퇴계와 고봉,

편지를 쓰다

퇴계와 고봉, 편지를 쓰다

김영두 옮김

소나무

옮긴이

김영두는 경남 진주 출신으로 서강대학교 사학과를 졸업했고, 같은 대학 대학원 박사과정을 수료했다. 현재 국사편찬위원회 편사연구사로 일하고 있으며, 조선 중기 사상사에 관심을 갖고 있다.

퇴계와 고봉, 편지를 쓰다

10쇄 발행일 2017년 3월 16일
1쇄 발행일 2003년 1월 29일

펴낸이   유재현
기획편집   조원식
마케팅   안혜련 장만
인쇄   한영인쇄
제본   영신사

펴낸곳   소나무
등록   1987년 12월 12일 제2013-000063호
주소   412-190 경기도 고양시 덕양구 대덕로 86번길 85 (현천동 121-6)
전화   02-375-5784
팩스   02-375-5789
이메일   sonamoopub@empas.com
전자집   blog.naver.com/sonamoopub1

ISBN   89-7139-319-X   03810

퇴계와 고봉, 편지를 쓰다

차례

1 부
일상의 편지들

1558~1561
영혼의 교류가 시작되다

1562~1565
처세의 어려움을 나누며

1566~1567
서울과 의주 사이에서

1568~1569
병과 귀향의 와중에

1570

마지막 해의 편지

2 부
학문을 논한 편지들

사단칠정을 논한
편지들

묘갈명을 논한 편지들

일러두기

1. 번역의 대본은 『고봉집』으로 삼았다.

   『퇴계집』에는 두 사람 사이에 오간 편지 가운데 일부가 없다. 또 『고봉집』에는 사소한 부분까지 상세하게 기록되어 있기 때문이다.

2. 이 책은 1부와 2부로 나누어 편집했다.

   첫 번째 편지부터 마지막 편지까지 모두 날짜 순서에 따라 싣되, '학문을 논한 편지들'만을 따로 갈라내어 2부에 주제별로 실었다. 1부의 각 편지 속에는 "어느 부분이 2부 어디에 옮겨졌는지"를 상세하게 밝혀 두었다.

3. 각 편지가 시작되는 쪽의 꼬리말에 '보낸 사람, 받는 사람, 당시의 직위나 처소 등'을 자세히 기록해 두었다.

4. 각 편지 끝부분에 편지 보낸 사람에 따라 '退' 혹은 '高'를 나타내는 인장을 넣었다.

1부
일상의 편지들

1558~1561
영혼의 교류가 시작되다

덕을 높이고 생각을 깊게

　기선달에게 감사하는 마음으로 씁니다.

　병든 몸이라 문밖을 나가지 못하다가, 덕분에 어제는 마침내 뵙고 싶었던 바람을 이룰 수 있어 얼마나 다행이었는지요? 감사하고 부끄러운 마음이 아울러 깊어져, 비할 데가 없습니다. 내일 남쪽으로 가신다니 추위와 먼길에 먼저 몸조심하십시오. 덕을 높이고 생각을 깊게 하여 하업을 추구하시기를 간절히 바랍니다.

　이만 줄이며 이황이 삼가 말씀드렸습니다. 退

---

1. 선달先達은 문무과에 급제했으나 아직 벼슬하지 아니한 사람을 가리킨다. 기대승은 무오년(1558, 명종 13년) 32세의 나이로 문과 을과에 1등으로 합격했다. 위 편지는 그 해 겨울에 보낸 것이다.

시대를 위해 더욱 자신을 소중히 여기십시오

기정자[1]의 안부를 묻습니다.

헤어진 뒤로 한동안 소식을 듣지 못했는데 어느덧 해가 바뀌었습니다. 어제 박화숙[2]을 만나 다행히 그대가 부탁한 편지를 받았습니다. 애타게 기다리던 마음에 매우 위안이 되었습니다. 영예롭게 돌아온[3] 뒤로 몸가짐과 마음가짐이 나날이 더욱 귀하고 풍성해졌을 것으로 생각합니다. 겉으로 처지가 바뀔수록 안으로 더욱 반성하고 보존함은 모두가 덕에 다가가고 어짊[仁]을 익히는 경지이니, 그 즐거움에 끝이 있겠습니까?

저는 언제나 갈 곳을 몰라서 부딪히는 일마다 잘못되었고, 병은 깊어져 고질이 되었습니다. 그런데도 임금의 은혜는 거듭 더해졌습니다. 정성을 다해 벼슬에서 벗어나기를 빌었습니다만 모두 쓸데없었습니다. 공조工曹가 비록 일이 없다고는 하지만 어찌 제가 병을 다스리는 곳이겠습니까?[4] 그래서 물러날 것을 꾀하지 않을 수 없으나 이처럼 소득이 없습니다. 게다가 주변에서는 오히려 물러나지 않는 것이 옳다고 여깁니다. 처세의 어려움이 이에 이르렀으니 어찌하겠습니까?

지난번에 비록 만나고 싶었던 바람을 이루기는 했어도, 한 순간의 꿈과 같이 짧아서 의견을 깊이 물을 겨를이 없었습니다. 그런데도 오히려 기쁘게 들어맞는 곳이 있었습니다. 또 선비들 사이에서 그대가 논한 사단칠정四端七情의 설을 전해 들었습니다. 저는 이에 대해 스스로 전에 말한 것이 온당하지 못함을 근심했습니다만, 그대의 논박을 듣고 나서 더욱 잘못되었음을 알았습니다. 그래서 그것을 다음과 같이 고쳐 보았습니다. "사단의 발현은 순수한 이理인 까닭에 선하지 않음이 없고, 칠정의 발현은 기氣와 겸하기 때문에 선악이 있다." 이처럼 하면 괜찮을지 모르겠습니다.[5] 그리고 「왕구령에게 보내는 편지[與王龜齡書]」[6] 가운데 '고인古人'이 잘못 합해져 '극克'자가 되었다는 말씀을 그대에게서 듣고, 지난날의 의심이 곧 풀렸습니다.

처음 만나면서부터 견문이 좁은 제가 박식한 그대에게서 도움 받은 것이 많았습니다. 하물며 서로 친하게 지낸다면 도움됨이 어찌 이루 말할 수 있겠습니까? 헤아리기 어려운 것은 한 사람은 남쪽에 있고 한 사람은 북쪽에 있어, 이것이 더러는 제비와 기러기가 오고 가는 것처럼 어긋날 수도 있다는 것입니다.

달력 한 부를 보내 드립니다. 이웃들의 요구에 따를 수 있을 것입니다. 드리고 싶은 말씀이 참 많습니다만 멀리 보낼 글이니 줄이겠습니다. 오직 이 시대를 위해 더욱 자신을 소중히 여기십시오.

삼가 안부를 묻습니다. 기미己未년(1559) 정월 5일, 황은 머리를 숙입니다. 退

1. 정자正字는 교서관·홍문관·승문원의 정9품 벼슬을 가리킨다. 기대승은 문과에 급제
   해 권지승문원부정자權知承文院副正字가 되었다.
2. 박화숙朴和叔(1523~1589)의 이름은 박순朴淳으로 호는 사암思菴이며 시호는 문충文
   忠, 화숙和叔은 그의 자字이다.
3. 과거에 급제한 뒤 부모님을 뵈러 돌아온 것을 말한다.
4. 퇴계는 무오년(1558) 12월에 공조참판이 되었다.
5. '또 선비들 사이에서'부터 이 구절까지는 사단칠정론에 관한 부분이기 때문에, 2-1에
   중복해서 싣는다.
6. 『주자대전』 권 37.

덕을 그리워하는 마음

퇴계 선생님께 올립니다.

삼가 여쭙습니다. 건강은 어떠신지요? 우러르는 마음 끝이 없습니다. 외람되게도 선생님께서 두터이 생각해 주심에 힘입어 저는 겨우 스스로를 지탱해 보전하고 있습니다. 지난달 16일에, 선생님께서 정월 초닷새에 쓰신 편지 한 폭과 달력 한 부를 받았습니다. 그것을 반복해서 음미하니 감동되고, 위안됨이 많았습니다. 어리석고 아는 것이 없는 저는 바닷가에 살면서 멀리서나마 선생님의 가르침을 받들어 늘 마음속에 두고 있었습니다. 그러다가 지난해 다행히 선생님을 찾아뵐 수 있었습니다. 삼가 가르침을 가까이에서 받고 보니 깨닫는 것이 많아 황홀하게 심취했고, 그래서 머물러서 모시고 싶었습니다.

그러나 병든 몸이 심한 추위를 견디지 못하고 아울러 형편도 여의치 못해, 마침내 떠날 계획을 하고 말머리를 남쪽으로 돌렸습니다. 비록 고향에 대한 걱정은 조금 풀렸지만 덕을 그리워하는 마음은 날이 갈수록 쌓이고, 생각은 늘 선생님께 달려가지만 직접 못 가는 것이 원망스럽기도 하며, 이렇게 떨어져 있는 처지가 아득하기도 하니 어쩌면 좋겠습니까? 더구나 과거에 급제한 뒤 접대하는 일이 자못 괴롭고 번거로운데 병까지 들어서, 정신은 혼미하고 몸은 지쳐, 전에 배운 것은 아득하고 새로 배운 것은 거칩니다. 그래서 도학에 정진하고자 하는 평소의 뜻을 아주 저버리게 될까 매우 두렵고, 옛사람에게 미치기 어려움을 깊이 한탄합니다. 게다가 기질이 박약해 굳게 서지 못하고, 세속의 물결에 휩쓸려 헤어나지 못해, 평소 옛것을 사모해 도를 행하고자 하는 마음이 세속을 좇고 이익을 따르는 자리에 놓이게 되었으니 통탄스럽습니다. 그런데도 지난번에 외람되이 속마음을 보여주시며 노력하라고 깨우쳐 주신 선생님의 은혜를 입었으니, 일찍이 저를 더불어 이야기할 만한 상대로 여기신 것인지요? 송구하기 그지없습니다.

사단칠정론, 제가 평생 동안 깊이 의심했던 것이 바로 여기에 있습니다. 하지만 자신의 견해가 오히려 분명하지 못한데 어찌 감히 거짓된 주장을 펴겠습니까? 게다가 선생님께서 고치신 설을 연구해 보면 미심쩍은 것이 확 풀리는 것 같습니다. 그렇지만 제 생각에는, 먼저 이기理氣에 대해서 분명하게 안 뒤에야 마음[心]·성性·정情의 뜻이 모두 자리를 잡게 되고 사단칠정을 쉽게 분별할 수 있을 듯합니다. 후대 여러 학자들의 이론이 자세하고 분명하지만 자사子思, 맹자孟子, 정자程子, 주자朱子의 말씀으로 견주면 차이가 있는 듯하니, 그것은 이기를 제대로 이해하지 못했기 때문인 듯합니다.

어리석은 견해를 진술해 선생님께 바른 뜻을 구하고 싶었습니다만 오랫동안 바빠서 다시 살필 겨를이 없었습니다. 또 생각을 글로 쓰면 잘못될까 걱정스러워 감히 쓰지 못했습니다. 봄여름 사이에 서울로 가기로 정했습니다. 뵙고서 가르침 받기를 간절히 바랄 뿐입니다.' 마침 심기가 고단해 허둥대다 보니, 자획이 단정하지 못하고 말씨가 고르지 않습니다.

황공합니다. 살펴 주십시오. 삼가 여러 번 절하며 답을 올립니다.
기미 3월 5일, 후학 고봉 기대승이 올립니다. 高

---

1. 이어지는 편지들에서 알 수 있듯이 고봉은 서울에 가서 퇴계를 만나겠다는 계획을
실행하지 못했다. 퇴계도 기미년(1559) 3월 휴가를 받아 서울을 떠난다. 결국 고봉은
사단칠정론을 한 편의 글로 꾸며 퇴계에게 보낸다.

면신례의 고초 속에서

삼가 건강이 어떠신지 여쭙습니다. 그리운 마음 끝이 없습니다. 저는 선생님께서 염려해 주신 덕분에 근근히 지내고 있습니다. 다만 의지가 굳지 못해서 바닥 없는 구덩이에 빠져 있는 것 같습니다. 몸을 굴려 빠져나가려 합니다만 끝간 데를 모르겠습니다.

지난봄 선생님의 편지를 받아 보니 깨우치고 위로해 주심이 끝없었습니다. 빨리 서울에 가서 선생님의 말씀을 받들고자 꾀하기를 하루라도 하지 않은 적이 없었습니다. 그러나 가난 때문에 지체되어, 앉아서 시간만 끌고 있었습니다. 다만 인편이 있어 답장을 썼습니다만 선생님의 행차가 이미 남쪽으로 떠난 뒤였습니다. 부쳤던 편지가 헛되이 되돌아오고 보니 그것을 만지며 탄식만 했습니다.

4월초 비록 다시 힘을 내어 길을 나섰어도, 처음에 기대했던 즐거움은 쓸쓸하게도 다시 좇지 못하고, 창망한 마음 더욱 아득했을 뿐입니다. 서울에 도착한 다음 계속 병을 앓아서, 승문원[槐院]의 면신례免新禮에도 처음에는 가지 못했습니다. 누워서 오래 몸조리를 한 뒤에야 겨우 나갈 수 있게 되어, 지난달 하순에야 면신례를 마칠 수 있었습니다. 숲에 사는 사슴 같은 자질을 가지고 하루아침에 세상의 그물에 잘못 떨어져, 넘어지고 자빠지며 이리저리 몰리니 가지 않은 곳이 없었으며, 생각은 미칠 것 같고 몸은 아찔해서 멈출 곳을 알지 못했습니다. 그 고초는 말로 비유할 수 없을 정도였습니다. 지금 놀란 것은 조금 진정되었습니다만 오히려 넓은 숲이 생각나고 넉넉한 풀이 그립습니다. 저의 타고난 성품이 어째서 이처럼 기이하고 편벽된지 모르겠습니다. 요즈음은 주상의 윤허를 받아 고향으로 돌아가서, 오직 전에 하던 학문을 다시 찾고자 하는 마음 절실합니다. 그러나 인사人事가 과연 그렇게 될 수 있을지 모르겠습니다.

선생님은 벼슬을 내놓고 병을 고치고 계시리라 생각합니다. 비록 임금을 그리는 정성에 스스로 해이해질 수 없다고 해도 숲 속에서 조용히 지내시니 여가도 많으실 것입니다. 참 부럽습니다. 저는 제 주장에 얽매여 옛 글을 익혔을 뿐인데다가, 나이가 들어서도 초야에서 지냈으므로, 완고한 성품이 이미 굳어 순하게 바로잡기가 어렵습니다. 지금에야 준비를 하고 이 세상에 나가려 합니다만, 괴벽스럽고 게을러서 향하는 곳마다 막히고야 마니, 못난 몸을 내려보고 다시 탄식이나 할 뿐입니다.

옛 배움을 익히고 연구해 처음 세웠던 뜻을 저버리지 않고자 합니다만, 잡다한 일이 저를 얽어매어 종일 겨를이 나지 않습니다. 또 속마음을 털어놓을 만한 곳도 없으니 어찌하면 좋겠습니까? 멀리 산마루의 구름을 바라보노라면 저도 모르게 자꾸 선생님께서 계신 곳으로 고개가 돌아가곤 합니다. 언제나 뵙게 될지 탄식과 그리움뿐입니다. 이곳의 상황을 글로는 다 말씀드릴 수 없습니다. 또한 제가 마침 며칠 동안 감기를 앓고 있어서 자세히 적지 못했습니다. 황공합니다.

봄여름 사이에는 인편이 없어 어려웠고 또 병으로 누워 있었기 때문에 한 편의 글도 닦지 못했습니다. 끝내는 지난 겨울 이별할 때드렸던 말씀마저 빈말이 되어 버렸으니 매우 한탄스럽습니다. 봄에 써 놓고 부치지 못했던 편지를 함께 묶어서 보내 드립니다. 아울러 성정설性情說은 별지에 따로 썼습니다. 나머지 소식은 정자중鄭子中[2]이 자세히 알고 있으니 헤아려 주십시오. 자중이 돌아올 때 회답해 주시기를 바라도 괜찮겠습니까? 대단히 무례했습니다. 죄송합니다. 선생님께서 살펴 주십시오. 삼가 절하며 올립니다. 기미 8월 14일, 후학 대승이 머리를 숙이며 글을 올립니다. 병 끝에 어렵게 쓰다 보니, 대강 쓴 것 같아 죄송하고 부끄럽습니다. 대승이 다시 말씀드립니다.[3] 髙

---

1. 과거에 합격해 벼슬을 처음 하게 된 사람에게는 선배들이 갖은 곤욕과 놀림을 준 뒤에야 비로소 정상적인 일을 할 수 있도록 하는 관습이 있었는데, 그것을 면신례라고 한다.
2. 정자중은 정유일鄭惟一(1533~1576)을 가리킨다. 호는 문봉文峯이며 자중은 그의 자이다. 퇴계의 문인으로 시부詩賦에 뛰어났다고 한다.
3. 원래의 순서대로 하면, 이 뒤에 【2-2】의 편지가 이어진다. 일러두기에서 밝힌 것처럼, 주석에서 【 】로 표시된 부분은 2부에 따로 모아서 편집했다는 표시이다. 이 뒤로 나오는 이런 형식의 표시는 모두 이에 따른다. (편집자 주)

선생님을 깊이 그리워하며

이미 편지를 쓰고 난 뒤입니다만 선생님께 말씀드려야 할 것이 있어 다시 번거로움을 무릅쓰고자 합니다. 저는 진실로 학문을 아는 사람도, 또 학문에 뜻을 두고 있는 사람도 아닙니다. 다만 어릴 적 얕은 재능으로 고금의 책들을 제법 두루 읽을 수 있었을 뿐입니다. 그러나 그것은 글을 잘 해서 관직을 얻겠다는 계획에 지나지 않았습니다. 그런 다음, 과거 공부가 여의치 않자 다시 성현의 글을 구해 보게 되었는데, 그것도 다만 스스로 즐겼을 뿐 감히 진실로 자신의 임무로 삼아 힘을 다한 것은 아니었습니다. 이와 같은데도 감히 성정性情의 이론에 대해 입을 열어 옳지 못한 죄를 저질렀으니, 스스로 자신을 헤아리지 못했다고 이를 만합니다.

다만 가만히 생각하건대 사람은 하늘이 주신 성품을 고루 받아, 비록 물욕에 빠져 성품이 사그라진다 해도 반드시 없어지지 않고 남는 것이 있는 것 같습니다. 어찌 홀로 지난날 힘쓰지 않았던 것을 탓하기만 하고 다시 노력하려 하지 않겠습니까? 그러므로 보고 들은 바가 고집스럽고 누추한 것은 잊고, 감히 저의 설로써 선생님께 올바름을 구합니다. 바라건대 가르침을 주십시오.

또 저는 바탕이 얕고 기운이 빈 데가 많아 공부해야 하는 곳에 힘을 집중하지 못했고, 공부도 늦게 시작해 병집이 매우 많습니다. 공부를 할 때마다 정신이 조각나 흩어지는 것을 뉘우칩니다만, 성정의 본원에 대해서는 어떻게 공부를 해야 할지 모르겠습니다. 이것은 비록 스스로 노력할 일이요 스승과 친구에게 기댈 수 있는 것이 아닙니다만, 분수도 모르고 선생님께서 깨우쳐 주시기를 바랍니다.

저는 성품이 본래 물정에 어두워 세상과 맞지 않습니다. 그런데 벼슬을 버리고 물러나 숨으려고 하면 자취를 감추기 어렵게 되고, 힘써 일하려 하면 몸과 마음이 함께 여윕니다. 두 가지 경우가 마찬가지라면 차라리 시속時俗을 어기고 제 뜻대로 하겠습니다. 이 일 또한 평소에 마음속으로 결정한 것이었습니다만, 사람들의 의논이 같지 않았습니다. 추만秋巒[1] 어르신은 그사이 반드시 분명하게 응해 주실 듯한데도, 말씀하시는 것은 세속의 상식적 주장을 넘어서지는 못합니다. 저를 위인이 모자란다고 여기셔서 일러 주시지 않으셨거나, 아니면 어르신의 견해도 완전하지 못한 부분이 있는 것이 어찌 아니겠습니까? 그렇지 않다면 이른바 "남을 위해 일을 꾀할 때 충성스럽게 한다."[2]는 말도 있는데, 아마도 이와 같지 않을 것입니다.

병도 다 낫지 않았는데 몸을 돌보지 않고 면신례를 하는 것이 진실로 마땅치 않음을 알고 있었습니다만, 여러 사람들의 핍박을 면할 수 없어서 무턱대고 나아가 일을 마쳤습니다. 이는 곧 저의 식견이 높지 않은 허물 때문이니 다시 무슨 말씀을 드리겠습니까? 그러나 또한 이런 사건에서 세상 살면서 조금이라도 이상한 것이 있으면 사람들의 놀림과 배척을 면하지 못하고, 끝내 몸이 위태로워지거나 뜻을 억눌러야 하는 데에 이르게 됨을 볼 수 있습니다. 한탄스럽고 한탄스럽습니다. 바라건대 선생님께서 제가 나아갈 방향을 가리켜 주십시오.

저는 늘 말하기를, "처세가 어려운 경우 나는 내 배움이 완전하지 못함을 걱정할 뿐이다. 내 배움이 만약 완전하다면 반드시 처세에 어려움이 없을 것이다." 했습니다. 이 말의 뜻이 어떻습니까? 아울러 제가 드린 말씀을 하나하나 살펴서 비판해 주시기 바랍니다.

평생 우러르며 그리워했는데, 단지 두 번 뵙자마자 곧 서둘러 이별했습니다. 그리하여 제비와 기러기가 오가는 것처럼 되었으니 어찌합니까? 스스로도 남북이 너무 떨어져 있어 자주 오갈 수 없음은 헤아리고 있었습니다만, 설명하기 어려운 미묘한 이론과 쉽게 어지러워지는 세상일은 깨닫지 못하는 사이에 산과 구름처럼 쌓이고 말았습니다. 제가 근심하고 선생님을 깊이 그리워함은 멀리 떨어져 있기 때문만은 아닙니다. 종이를 대하니 아득해 무엇을 써야 할지 모르겠습니다. 헤아려 주시기 바랍니다. 삼가 다시 올립니다.

8월 보름, 후학 대승이 머리를 숙입니다. 기운이 약해 간신히 썼습니다. 두렵고도 부끄립습니다. 🔴

---

1. 추만은 정지운鄭之雲(1509~1561)을 가리킨다. 자는 정이精而요, 추만은 그의 호이다. 서울에서 퇴계를 만나 그가 지은 『천명도설天命圖說』을 고침 받았는데 이것이 퇴계와 고봉의 논쟁을 시작하게 만들었다.
2. "증자가 말했다. '내가 날마다 세 가지로 나 자신을 살피는데, 남을 위해 일을 꾀함이 충성치 못했는가, 벗과 사귀는 데 믿음이 없었는가, 배운 것을 익히지 못했는가 하는 것이다.'" 『논어』, 「학이」, 4장.

벼슬과 학문 사이에서

기정자 명언에게 답하는 글

이른 봄에 편지 한 통을 멀리 남쪽의 인편에 부친 다음 곧 동쪽으로 돌아왔습니다. 집안에만 틀어박혀 있으려니 서울 소식도 자주 듣지 못했습니다. 하물며 호남은 천 리 밖에 있으니 말할 나위 있겠습니까? 그사이 그대가 서울로 왔음을 물어 알고서 편지를 적어 나의 뜻을 전하려 했지만, 다시 생각하니 그대는 바야흐로 신임 관리로 곤욕을 치르고 있을 것 같았습니다. 저도 병으로 괴로워 인사를 닦을 겨를이 없었습니다. 다만 매번 자중子中이 오면 그대의 소식을 물어서 들었는데, 이번에는 자중이 오는 것도 늦어지더니, 마침내 지난달 11일께 자중의 심부름꾼이 와서, 비로소 그대가 지난 8월 보름에 보낸 편지 두 통과, 덧붙여 부친 3월 5일의 답장과, 저술 한 편을 받았습니다. 그것들은 제게 말할 수 없이 큰 위로가 되었고, 제 근심을 풀어 주었습니다. 이어 편지 세 통의 뜻을 되풀이하여 살피니, 그대가 마음을 기울여 저를 그리워하고 있음을 볼 수 있었으며, 또한 저를 한없이 슬프고 한탄스럽게 했습니다.

"무릇 벼슬에 나아가고 들어가는 거취는 마땅히 스스로 결정해야지, 내가 남을 위해 꾀할 수 있는 일이 아니며, 또한 남이 나와 함께 꾀할 수 있는 것도 아니다."라는 호강후胡康候[1]의 견해는 뛰어나서 본받을 만합니다. 다만 평소에 이치에 정밀하지 못하고 의지가 굳지 않으면, 스스로의 결정이 혹시 시대의 도리에 어둡거나 또는 바람과 그리움이 앞서게 되어, 그 마땅함을 잃을 뿐이라는 점이 걱정입니다. 보내 준 글의 뜻을 자세히 살피면 스스로 이르기를 "아직 배움을 이룩하지 못한 채 섣불리 나왔으므로 벼슬 길이 원래의 뜻을 빼앗을까 염려되니, 돌아가서 끝까지 학문을 연구하고 싶다." 했습니다. 이것이야말로 옛 사람들도 얻기 어려웠던 바요, 오늘날 보지 못하는 바입니다. 이것이 제가 그대 앞에서 깊이 옷깃을 여미는 까닭이며, 한편으로 그대 때문에 근심하고 두려워하지 않을 수 없는 까닭입니다.

　잠시 제가 몸소 겪은 일을 말하겠습니다. 저는 젊어서 일찍이 학문에 뜻을 누었으나, 선생이나 동료가 이끌어 주지 못했기에 얻은 것은 조금도 없이 몸에 병만 깊어졌습니다. 그때 마땅히 산 속에 들어가 평생을 마칠 계획을 정하고, 조용한 곳에 초막을 짓고서 글을 읽고 뜻을 길러, 아직 미진한 바를 더욱 추구해야 했습니다. 그렇게 30년 가량 공부를 더 했다면, 반드시 병도 낫고 학문도 이룩해, 세상의 모든 일이 제 뜻대로 되었을 것입니다. 그런데 어떻습니까? 돌아보건대 저는 그렇게 하지 않고 과거를 보고 벼슬을 구하는 일을 좇아가면서, "내가 일단 과거의 길을 시험해 보고 혹시 되지 않으면 물러나고 싶을 때 물러나자. 누가 나를 잡아매랴." 하고 생각했습니다. 처음에는 지금 세상과 옛 세상은 크게 다르고 우리 나라는 중국과 달라서, 선비들은 벼슬에 나아가고 물러서는 도리를 잊어버리고, 나이가 들면 벼슬에서 물러나는 예도 없어졌으며, 허울뿐인 이름의 허물은 더욱더 깊어지고 심해져, 물러날 길을 구하기가 갈수록 더욱 험난해질 줄도 몰랐습니다. 오늘에 이르러서는 나아갈 수도 물러날 수도 없게 되었으며, 비방하는 논의는 산과 같이 많아, 두려운 생각이 극에 달했습니다.

일찍이 스스로도 산야에 어울리는 성품을 가졌다고 생각해 작록爵祿을 바라지 않았지만, 학문이 이치에 밝지 못하고 시대의 도리에 어두워 처음을 한 번 그르쳤는데, 뒤에 그것을 깨달았지만 수습하지 못하고 이 지경에 이르렀습니다. 그러나 제가 그래도 옛 의리를 좇아갈 수 있는 까닭은, 저의 병이 이와 같다는 것을 온 나라 사람들이 다 함께 보는 바이고, 천지와 귀신이 함께 굽어보는 바이며, 핑계가 아니기 때문입니다. 그런 면에서 그대는 처신하기가 저보다 더욱 어려울 것입니다. 이 문제에 대해 이미 그대가 물어 오셨으니 제 생각을 대략이나마 말씀드리겠습니다.

그대는 빼어난 기상과 동량棟梁의 재질을 갖추어, 벼슬길에 나오기 전에는 멀고 가까운 곳에 이름이 퍼져 나갔었고, 벼슬길에 나오자 온 나라의 관심이 그대에게 쏠렸습니다. 먼 길 떠나는 수레가 막 구르기 시작했고, 몸에 저와 같은 병도 없습니다. 그런데도 벼슬을 버리고 물러나 숨고자 한다면, 세상 사람들이 선뜻 그대를 놓아 주겠습니까? 세상 사람이 자기를 버리지 않는데 자기가 세상을 버리려고 한다면, 버리려고 할수록 더욱 벗어나지 못할 것입니다. 게다가 병든 저처럼 자주 벼슬 그만두기를 빌기도 어렵지 않겠습니까? 그리고 사람들의 책망도 병든 저에게 하는 것보다 더 심하지 않겠습니까? 이것이 제가 그대 때문에 근심하고 두려워하는 까닭입니다.

그러므로 그대를 위한 계획은 마땅히 벼슬길에 나오기 전에 일찍 학문에 뜻을 세우는 것이어야 했습니다. 그렇게 했다면 학문에 전념

할 수 있었고, 도道를 얻을 수 있었을 것입니다. 그리하여 이로 말미암아 한 시대에 붉은 깃발을 세워, 우리 나라 끊어진 학문의 창도자가 되는 것도 가능했을 것입니다. 그러나 그렇게는 하지 않고 이미 과거에 응시해 벼슬을 구했으며, 또 머리를 숙이고 모욕을 참으면서 면신례免新禮를 행하고 난 지금에 와서야 비로소 다른 사람에게 계책을 물어, 벼슬길에서 물러나서 자신의 소원을 이루려 하니 사태를 파악하는 것이 너무 늦지 않았습니까? 이른바 세속을 거슬러 자신의 길로 나아가겠다는 바람을 예전부터 마음에 두었다는 것도 반드시 그 마음을 지니고 있었다고 할 수 없는 것일지도 모르겠습니다.

그대는 편지에서 "처세가 어려운 경우 나는 내 배움이 완전하지 못함을 걱정할 뿐이다. 내 배움이 만약 완전하다면 반드시 처세에 어려움이 없을 것이다." 했습니다. 이 말은 진실로 간절하고 지극한 말입니다. 그리고 저에게 보여준 사단칠정설四端七情說은 높은 경지에 이르렀다고 할 만합니다. 그러나 어리석은 제가 헤아려 보건대, 그대의 높은 학문은 크고 넓은 점에서는 볼 만한 것이 있으나 세밀하고 오묘한 정수를 꿰뚫지는 못했으며, 마음을 두고 행동을 다스림에 있어서 사방으로 터져 자유로운 면에서는 얻은 것이 많으나 오히려 몸과 마음을 거두어 들여 굳히는 공부는 부족합니다. 그러므로 말이나 글은 뛰어나지만 더러 들쭉날쭉 모순되는 병폐를 면하지 못하며, 스스로를 위한 계획이 비록 보통 사람으로서는 미칠 바가 아니나 오히려 여기에 두었다 저기에 두었다 하고, 나아갔다 물러갔다 하는 사이에서 벗어나지 못합니다. 그러니 큰 일을 맡아서 큰 이름을 걸고, 바람이 휘몰아치는 파도 속에서 처신하자면 어찌 어려움이 없겠습니까? 무릇 선비가 세상을 살면서 나아가기도 하고 물러나기도 하며, 때를 만나기도 하고 만나지 못하기도 하지만, 결국에는 몸을 깨끗이 하고 의를 행할 뿐이요 화복禍福은 논할 바가 아닙니다. 그러나 저는 일찍이 우리 나라의 선비 중에 조금이나마 뜻을 가지고 도의道義를 좇은 사람들 거의가 세상의 환란에 걸린 것을 이상하게 여겼습니다. 이것은 비록 땅이 좁고 인심이 박한 까닭이기는 하지만, 역시 그들 스스로를 위한 계획이 미진했기 때문에 그러했습니다. 이른바 미진했다 함은 다름이 아니라 학문을 이루지도 못했으면서 자신을 높이고, 시대를 헤아리지도 못했으면서 세상을 일구는 데에 용감했던 것입니다. 이것이 바로 실패한 까닭이니, 큰 이름을 걸고 큰 일을 맡은 사람은 반드시 경계해야 합니다.

그러므로 그대를 위한 오늘의 방도는 스스로를 너무 높이거나 세상을 일구는 데에 너무 용감하지 않는 것이며, 모든 일에 자신의 주장을 너무 지나치게 내세우지 않는 것입니다. 그대는 이미 벼슬길에 나와 몸을 나라에 바치기로 허락했으니 어찌 오로지 물러날 뜻만을 지킬 수 있으며, 도의를 따르기로 뜻을 세웠으니 또 어찌 나올 줄만 알고 물러갈 줄 모를 수 있겠습니까? 바로 옛 선생께서 "벼슬하다가 힘이 남으면 학문하고, 학문하다가 힘이 남으면 벼슬하라.[學優仕優]"[2] 하고 훈계한 것을 처신하는 기준으로 삼고, 의리義理에 비추어 맞는가를 잘 살펴야 할 것입니다. 벼슬할 때는, 오로지 국사를 걱정하는 일 외에는 항상 한 걸음 물러서고 한 고개 낮추어, 학문에 뜻을 모아 "나의 배움이 완전하지 못한데, 어찌 성급하게 나라를 다스리는 책임을 맡겠는가?" 해야 합니다. 시대와 맞지 않을 때에는 한 오라기도 바깥의 일에는 관여하지 말고, 반드시 한직閑職을 빌거나 물러나길 꾀하면서, 학문에 뜻을 모아 "나의 배움이 완전하지 못하니, 지금은 고요히 수련해 배움을 키우는 때이다." 하고 생각하십시오. 오래도록 이같이 하기를 기약하여, 나아가고 물러감에 모두 학문을 기준으로 하고, 의리의 끝없음을 깊이 알아서 스스로 만족하는 생각을 갖지 말고, 허물 듣기를 좋아하고 착하게 되기를 즐기어 진리가 쌓이고 공력이 오래되면, 도가 이룩되고 덕이 서게 되어 공功은 저절로 높아지고 업業이 저절로 넓어질 것이니, 위에서 말한 세상을 다스리고 도를 퍼뜨리는 책임을 그때서야 비로소 말할 수 있습니다.

보내오신 편지를 보건대 뜻이 물러나는 데 있습니다. 그런데 제 말씀은 나가고 들어가는 두 가지를 다 잡으라고 했으니, 세상 사람 누구나 하는 말이고 또 정지운이 그대를 위해 꾀한 것과 같다고 배척당하지 않을런지요? 그의 학설은 진실로 미진한 바가 있거니와, 그의 말은 어떤지 모르겠습니다. 그대에게 높이 날아 멀리 떠나서 다시는 돌아오지 말고 옛사람이 숨어서 뜻을 구한 이치를 따르도록 권하는 것이, 보통 사람들의 생각을 넘어 매우 깔끔하다는 것을 제가 모르는 것은 아닙니다. 그러나 일찍이 주선생朱先生이 정자程子가 봉급을 청하지 않은 일에 대해 문도와 함께 논한 것을 들었는데,[3] 그 뜻은 대개 "요즈음 과거를 거쳐 벼슬길에 오른 이는 보통 사람들같이 처신해야만 한다."는 것인 듯했습니다. 지금 그대는 이미 처음 세운 은거의 뜻을 잃었고, 또 뒤에 병이 생긴 처지도 아니면서 과거로 벼슬길에 들어왔으니, 그대를 위해 정성껏 꾀하는 이들이 어찌 모두가 세상에 나서라고 권하지 않겠습니까? 혹시 정지운의 의견도 여기서 나온 것이 아니겠습니까?

그러나 저의 이 말이 조금만 어긋나면, 그대는 일상을 편히 여기고 옛 것을 그대로 이어서 세상의 습속에 고개를 숙이고 따라가는 잘못에 빠지게 될 것입니다. 그러므로 언제나 빼앗을 수 없는 의지와 꺾을 수 없는 기개와 속일 수 없는 식견을 지녀야만 합니다. 그리하여 학문의 힘을 나날이 담금질한 뒤에야 발꿈치가 단단히 땅에 붙어서, 세속의 명예나 이익 그리고 위세에 넘어지지 않기를 바랄 수 있을 것입니다. 그렇게 하지 않는다면 맛들여도 맛이 없어 얻는 것이 없고, 뚫어도 더욱 굳어져 들어갈 수 없으니, 곧 마음이 게을러지고 생각이 막혀 뜻이 굽혀짐을 피할 수 없을 것입니다. 게다가 또 세속의 이익과 손해 그리고 화복禍福에 대한 주장들이 뒤따르며 꾀고 을러 처음의 뜻을 점점 녹여 낸다면, 처음의 뜻을 바꾸어 세상과 화해하고 받아들여지기를 바라며, 도에 등돌리고 이익을 따르는 것이 좋은 계책이라 여기지 않을 이가 드물 것입니다. 이것이 더욱 크게 두려워할 점입니다. 그대는 어떻게 생각하시는지 모르겠습니다.

이른바 본원本原을 공부함은 저도 바야흐로 구하고 있으나, 아직 성취 여부를 깨닫지 못했습니다. 지금 그대의 물음을 받아 감히 거론하니, 바로잡아 주시기를 바랍니다. 듣건대 마음은 모든 일의 근본이고, 성性은 모든 선善의 근원이라 합니다. 그러므로 이전의 유학자들은 배움을 논하면서, 반드시 풀린 마음을 거두고 덕성을 기르는 것을 처음 손댈 곳이라 했습니다. 이는 본원에 대한 공부를 이룸으로써, 도를 모으고 학업[業]을 넓히는 기초로 삼았기 때문입니다. 따라서 공부를 시작하는 요점을 어찌 다른 데서 구하겠습니까? 역시 하나를 오로지 하여 떠남이 없음[主一無適][4]과 삼가고 두려워함[戒愼恐懼][5]일 뿐입니다. 하나를 오로지 하는 공부는 감정의 움직임과 관계가 있고, 삼가고 두려워함은 오로지 감정이 일어나기 전의 경계 안에 있는 것이니, 두 가지는 하나도 빠뜨려서는 안 될 것입니다. 그러나 밖에서 제어해 안을 기르는 것이 더욱 긴요합니다. 그렇기 때문에 세 가지 반성,[6] 세 가지 귀한 것,[7] 네 가지 금지[8] 같은 것들은 모두 대응하는 곳을 가지고 말한 것이니, 이것도 본원을 기르는 의미라 하겠습니다. 만약 이렇게 하지 않고 오직 마음 공부 위주로만 한다면, 부처의 견해에 빠지지 않을 사람이 드물 것입니다. 어떻게 생각하십니까?

사단칠정에 대한 변론은 이미 그대의 가르침을 받았으니, 반향[三隅之反][9]이 없을 수 없습니다. 저의 주장은 따로 적었습니다. 주제넘고 경솔하여 부끄럽습니다만, 잘 비교해 보시기 바랍니다. 또 "텅 비고 형체가 없는 마음을 이와 기에 나누어 붙였다." 및 "이는 텅 비어 상대가 없다." 따위의 말에 대해서는, 다만 편치 않다고만 말했을 뿐 편치 않은 까닭을 보이지 않았습니다. 어떤 뜻으로 받아들여 회답을 해야 할지 몰라서 조항을 따로 만들어 회답하지 않았습니다. 이것도 아울러 그대의 생각을 보여서 저의 어리석음을 걷어내 주시기 바랍니다.

자중子中이 호송의 명령을 받고 뜻밖에 서울로 돌아가, 미처 편지를 전하지 못했습니다. 뒤따라 편지를 써서 인편으로 자중에게 보내어 그대에게 전해 주길 바랐습니다. 그러나 그대가 이미 호남湖南으로 내려갔는지 아직 서울에 있는지를 알 수 없으니, 편지가 떠돌게 되지나 않을는지 모르겠습니다. 종이를 앞에 두니 마음이 불안해 글이 잘 되지 않습니다. 바야흐로 춥고 얼음 어는 철입니다. 시대를 위해 자신을 소중히 하시기 바랍니다. 거듭 삼가 절하며 아룁니다.

가정嘉靖[10] 기미 10월[陽月] 24일, 병자 황이 절합니다.

제 편지에 환란을 염려하는 말이 별 까닭도 없이 많은 듯하지만, 늙은이가 세상일을 겪은 날이 많기에 자연히 염려가 이에 미쳤으니, 괴이쩍게 여기지 말기를 바라겠습니다. 제가 보기에 이 일은 평생 갖은 고생을 해가면서 공부해야 겨우 다다를 수 있는 것인데, 첫발을 내디디면서부터 헛된 명성이 먼저 세상에 퍼진다면, 이것이 예나 지금이나 늘 생기는 환란이니 매우 두려워할 만합니다.

무릇 원하는 배움은 아직 실제로 얻지 못했는데도 사람들이 내게 주는 대우는 이미 놀라워서, 성현의 자리로 떠받들거나 아니면 성현의 사업을 짐지웁니다. 그런데 만약 그것을 두려워할 줄 모르고 받아들여 성현으로 자처한다면, 이름과 실제가 맞지 않은 곳을 꾸미거나 덮어 버림으로써 자신을 속이고 남을 속이지 않을 수 없는 것입니다. 이것은 형편상 반드시 그런 것이니, 그렇다면 끝에 가서 실패하게 되는 것을 어찌 이상하다고 하겠습니까?

그러므로 우리는 섣불리 사람들에게 알려지고 기림을 받는 것이 곧 좋은 소식일 수 없고, 갑자기 관직에 나가 일하게 되는 것이 기뻐할 만하거나 바랄 만한 일이 될 수 없습니다. 만약 중요한 자리에 앉아 많은 사람들이 붙좇게 된다면, 결코 삶을 무사히 마감할 방도는 없는 것입니다. 그대가 지금은 제 말이 얼마나 절실한지 알지 못하겠지만, 훗날 몸소 그런 처지를 당하게 되면 제 말을 생각하게 될 것입니다. 바라건대 그대는 제 말을 마음에 새겨 신중하고 세밀함을 으뜸으로 삼기 바랍니다.

오늘 편지에서는 이처럼 말할 수 있지만, 그대가 권력을 잡고 우뚝하게 드러난 날에는 벼슬도 없는 제가 이런 한가로운 말로 편지를 주고받기가 어려울 것입니다. 그래서 하고 싶은 말을 다 했을 따

름입니다." 退

1. 호강후는 송대의 유학자 호안국胡安國을 가리킨다. 벼슬에 나아감과 물러남에 대한 말은 주진朱震의 물음에 답한 말로 그의 열전에 보인다. 『송사宋史』 435, 「열전」 194, 유림 5.
2. "자하가 말했다. '벼슬하다가 남는 힘이 있으면 공부해야 하고, 공부하다가 남는 힘이 있으면 벼슬해야 한다.'" 『논어』, 「자장」, 13장.
3. 정자는 중국 송대의 성리학자인 정이程頤(1033~1107)를 말한다. 벼슬을 할 때는 봉급을 청하는 서류를 내어야 봉급을 주는 것이 관례였는데, 그는 그 서류를 내지 않았다고 한다. 『근사록近思錄』 7, 「출처류出處類」, 31장.
4. "공경함이라는 것은 하나를 오로지 하여 떠남이 없음을 이른다." 『논어』, 「학이」, 5장의 주자 주석에 나오는 구절이다.
5. 『중용』 1장에 나오는 구절이다.
6. "증자가 말했다. '내가 날마다 세 가지로 나 자신을 살피는데, 다른 사람을 위해 꾀함이 충성치 못했는가, 벗과 사귀는 데 믿음이 없었는가, 배운 것을 익히지 못했는가 하는 것이다.'" 『논어』, 「학이」, 4장.
7. "군자가 도에서 귀히 여기는 것이 세 가지이니, 몸가짐을 함에는 사납고 거만함을 멀리할 것이고, 낯빛을 바르게 함에는 믿음직하게 할 것이며, 말을 함에는 더럽고 저속함을 멀리할 것이라. 그밖에 제사의 절차 등의 일은 맡아서 처리하는 부서가 알아서 할 일이다." 『논어』, 「태백」, 5장.
8. "공자가 말했다. '예가 아니면 보지 말고, 예가 아니면 듣지 말며, 예가 아니면 말하지 말고, 예가 아니면 움직이지 말라.' 안연이 말했다. '제가 비록 날래지는 못하나 이 말씀을 일삼겠습니다.'" 『논어』, 「안연」, 1장.
9. "공자가 말했다. '배우는 사람이 분발하지 않으면 깨우쳐 주지 않고, 애써 말하려 하지 않으면 틔워 주지 않는다. 한 모퉁이를 들었는데 세 모퉁이에서 반향하지 않으면 되풀이하지 않는다.'" 『논어』, 「술이」, 8장.
10. 명나라 세종世宗의 연호
11. 원래의 순서대로 하면, 이 뒤에 【2-3】의 편지가 이어진다.

그대와 같은 어진 벗이 학업을 이루기를

명언에게 인사드리며 안부를 묻습니다.

해가 바뀌었습니다. 큰 경사를 만나 성취가 날로 깊어지시고 훌륭해지시겠지요? 그리운 마음을 이루 말할 수가 없습니다.

지난해 초겨울에는 글을 한 통 써서 서울로 보내려 했습니다. 자중子中에게 맡겨 그대에게 전하도록 하려던 것이었습니다. 그러다가 다시 생각해 보니 자중이 사자로서 명령을 받들어 마침 남쪽으로 오게 되어 있어서, 만약 벌써 서울을 떠났다면 서로 어긋나 편지가 전달되지 못할 것 같았습니다. 결국 시일을 끌다가 겨울을 넘겼습니다. 또한 자중이 남쪽에 와서는 오래도록 돌아가지 않아, 오늘에서야 비로소 이 글을 전하도록 부탁했습니다. 그러니 어느 때나 이 글이 그대에게 전해질지 모르겠습니다.

이 곳에는 늘 저보邸報¹가 끊겨 있습니다. 그래서 연말의 전최殿最² 때 어떻게 그대를 처우했는지 모르겠습니다. 몇 해의 휴가를 얻게 되었습니까? 돌아간 뒤에는 옛날에 배운 것을 익히고 다스렸겠지요. 마땅히 더욱 조리가 있게 되고 의미가 깊어지게 되었을 것입니다. 서로를 좇아 오가지 못하는 것이 한스럽습니다.

저는 겨울 동안 감기에 자주 걸려 근근히 몸을 쉬게 하며 돌보고 있습니다만, 마음과 눈이 함께 어두워서 학업을 아주 그만두다시피

하고 있습니다. 배움에 진전이 있기를 바라기 어려우니 말씀드릴 만
한 것이 없습니다. 오직 그대와 같은 어진 벗이 학업을 이루어, 사람
들의 마음을 착하게 하고 임금의 통치를 돕는다는 말이 제 귀에 들
리기만을 바랄 뿐입니다.

사단칠정에 대한 저의 어리석은 주장을 정정이鄭靜而[3]가 굳이 한
번 보려 하므로, 봉하지 않은 채로 부쳤습니다. 그리고 정이가 보고
난 뒤에 자중子中을 시켜 돌려 받게 했습니다. 편지와 함께 그대에게
드릴 것입니다. 바라건대 그대가 한마디 답장을 또한 자중이 있는
곳으로 부쳐 주시면 틀림없이 잘 전달될 것입니다.

끝으로 시대를 위해 스스로를 더욱 아끼십시오. 이만 줄입니다.
경신(1560) 2월 5일, 황이 또 아룁니다. ⬛退

---

1. 저보邸報란 승정원에서 처리한 사항을 매일 아침에 기록하여 반포하는 관보를 가리
   킨다.
2. 전최殿最란 관원들의 근무 성적을 심사하여 우열을 매기는 일을 말한다. 성적을 매길
   때 상上을 최最, 하下를 전殿이라 했다. 매년 6월 15일과 12월 15일 두 차례에 걸쳐서
   시행하였다.
3. 추만秋巒 정지운鄭之雲이다.

뼈 없는 벌레처럼 물렁한 사람이 될까 두려워

퇴계 선생님께 답하여 글을 올립니다.

대승은 삼가 머리를 조아려 두 번 절하고 말씀드립니다. 지난해 가을 서울에 있을 적에, 동료 정자중鄭子中을 통해 삼가 한 통의 편지를 다듬어 올리며 안부를 여쭈었습니다. 아울러 저의 얕은 생각이나마 구구히 아뢰어 가르침을 받으려 했고, 또 한 편의 글을 꾸며 바로잡아 주시기를 바랐습니다. 이는 선생님의 가르침을 받들어 어려움 속에서도 헤매지 않게 되기를, 마치 장님이 보려 하고 귀머거리가 들으려는 듯이 바란 것이었습니다. 다만 잇따라 병이 점점 더 나빠져, 오래 객지에 있기 어려울까 염려되었습니다. 그래서 미처 답장도 기다리지 못하고 서둘러 고향에 돌아오려는 계획을 실행했습니다만, 제 마음은 늘 간절하게 선생님을 그리워하며 생각하고 있습니다.

병이 떠나지 않아서 하고下考를 받았습니다. 비록 세상 사람들에게 손가락질 받고 배척 당하는 신세를 벗어나지 못하겠지만, 처음의 마음으로 헤아려 보면 또한 제자리를 찾았다고도 할 수 있겠습니다. 선생님께서 한가로이 도를 맛보시는 것을 생각하면 한 번 문하에 나아가 모시고 싶습니다만, 천리 바깥 호남에 있으니 갈 수가 없습니다. 또한 지난번 여쭈었던 편지도 멀리 외진 곳에 있다 보니, 아득하여 회답도 받지 못했습니다. 그러니 떨어지는 잎을 보며 탄식하지 않을 수 있었겠습니까?

그런데 마침 4월 보름이 지나고 나서, 서울서 내려온 벗 편에 비로소 자중의 편지 속에 든 선생님의 지난해 10월 24일 편지 및 사단칠정변론[四端七情辯] 한 통, 그리고 올해 2월에 부치신 작은 편지를 받았습니다. 주신 편지를 삼가 읽고 또 읽고서, 선생님께서 안녕하심을 알았고, 아울러 가장 중요한 점을 경계하여 깨우쳐 주신 가르침을 받았습니다. 문득 몸소 모시고 담소를 나누는 것 같아 저도 모르게 기뻤습니다. 저같이 못 배우고 어리석은 사람이 큰 군자의 도움과 격려를 받아 근근히 여기라도 이르게 되었으니, 기쁘고 황송한 마음이 과연 어떠하겠습니까?

8일에 접어드니 좀 쌀쌀해졌습니다. 선생님께서 도를 기르시는 데 도움이 있고, 지내시는 데 복이 가득하시기를 빕니다. 저는 멀리서 선생님께서 생각해 주시는 데 힘입어 어렵사리 못난 몸을 보전하고 있습니다만, 큰 병을 여러 번 앓다 보니 원기가 크게 소모되어 드디어 폐병이 되었습니다. 병나기는 쉽지만 다스리기는 어렵나 봅니다. 여러 가지 일로 드나들기라도 하면 번번이 며칠씩 피곤해 누워 있으니, 제게는 큰 괴로움일 따름입니다. 또한 벼슬을 그만두고 시골에 있는 것은 본래 왕래를 끊고 병을 낫우며, 아울러 옛 학문의 이치를 익히고자 했기 때문입니다. 그러나 기질에 익은 얼룩은 지우기 어렵고, 속세의 얽힘은 너무도 무겁습니다. 인연에 따라 응대하는 사이에 자못 번거로움을 느끼게 되니, 병은 날이 갈수록 깊어지고 학문은 날이 갈수록 막힙니다. 스스로 그 잘못을 모르는 것은 아니지만, 이겨내어 자신을 다스리는 데 용감하지 못하고, 오히려 일상에 빠져 있으면서 하릴없이 근심하고 두려워할 뿐입니다. 어찌하면 좋겠습니까?

삼가 보내 주신 편지의 뜻을 자세히 살피건대, 세상에 대처하는 의리와 도를 배우는 공부에 대해 자세하고 분명하게 말씀해 주시어, 소경과 귀머거리를 보고 듣도록 해 주셨으니, 나를 이루어 주신 분의 은혜는 나를 낳아 주신 분과 같다는 말은 이를 두고 한 것입니다. 뼛속 깊이 새겨 죽을 때까지 따라야 할 것으로 여기지 않을 수 있겠습니까! 제게는 크나큰 행운이었습니다.

그러나 그 가운데 오히려 저의 생각을 모두 펼쳐 보여야 할 것이 있으므로 감히 번거롭게 해 드리려 합니다. 삼가 빌건대 선생님께서 헤아려 주시면 다행이겠습니다. 호강후胡康侯가 "벼슬에 나아가거나 물러나는 것은 마땅히 스스로 마음에서 결정해야 한다."라고 한 말은 제가 그 말을 읊을 때마다 늘 옳다고 여기면서도 또한 의심스럽게 여기지 않은 적이 없었습니다. 옛날 회암晦庵 선생[2]께서도 벼슬에 나아가야 할까를 결정해야 할 때, 늘 남헌南軒[3]과 동래東來[4] 등 여러 선생들에게 편지를 보내어 가르침을 구했는데, 하물며 후학이야 오죽하겠습니까?

주신 편지에 "이치에 정밀하지 못하고 의지가 굳지 못하면, 스스로의 결정이 마땅함을 잃게 됨을 면하기 어렵다." 하신 말씀은 참으로 옳은 말씀이며, 제가 지난날 의심했던 것입니다. 이에 자세한 가르침을 받들었으니, 단지 한 면만을 깨닫게 되었을 뿐 아니라 다른 면도 알게 되었고, 단지 잠시 동안 행할 수 있을 뿐 아니라 몸이 다할 때까지 지킬 수 있게 되었습니다. 전에 스스로 결정하고자 했는데, 만약 그랬다면 빠뜨린 것이 매우 많지 않았겠습니까?

하물며 주신 편지에서 말씀하신, 몸소 겪으신 일과 우리 나라의 선비들이 세상 걱정에 많이 매인 까닭에 대해서는, 모자라지만 저도 일찍부터 그와 같을 것이라고 생각하고 있었습니다. 다만 감히 자신하지는 못했던 것입니다. 그런데 주신 가르침의 말씀이 정확하고 간절하여 마치 촛불을 비추며 수를 세는 것과 같을 뿐만 아니라, 별지에 적으신 것은 더욱 세세하고 정확하여 말씀이 시귀蓍龜[5]와 같으니, 저로 하여금 깊이 반성하게 합니다. 선생님께서는 제가 마음을 두고 행동을 다스리며 말을 내고 진로를 결정하는 실정에 대해 상세히 논하시고, 또한 모두 하나하나 짚어 주신 것이 귀신이 옮겨 주어 그대로 그려낸 듯하니 "유 군이 나를 아는 것이 내가 나를 아는 것보다 낫다."[6]라는 말과 같습니다. 저는 "의사는 환자가 병을 얻게 된 근원을 안 뒤에야, 약을 써서 병을 치료하는 효과를 얻을 수 있다."라고 들었습니다. 지금 선생님께서는 제가 병을 얻은 근원을 이미 아십니다. 삼가 그 처방을 상세히 보여 주시기를 비오니, 끝내 못쓰게 되어 버려지는 지경에 이르지 않게 해 주시면 매우 다행이겠습니다.

다만 이야기가 오가는 사이 저의 마음에 편치 않게 여겨지는 것이 있어서 말씀드리지 않을 수 없습니다. 제가 지난번에 올린 글에서 "처세가 어려운 경우 내 배움이 완전하지 못함을 걱정할 뿐이고, 내 배움이 만약 완전하다면 반드시 처세에 어려움이 없을 것이다."했습니다. 그것은 제가 평소에 받들어 쓰는 말로서, 마치 주리고 목마른 이가 음식에 대해 말하는 것과 같을 뿐이지, 감히 스스로 그렇다고 여기는 것은 아니었습니다. 그런데 주신 글을 자세히 보면, 마치 제가 스스로 학문을 이룩했으므로 처세에 어려움이 없다고 한 것으로 여기신 듯합니다. 너무 송구스러워 드릴 말씀이 없습니다. 이는 비록 선생께서 배우는 사람의 말을 두고 그 잘못을 바로잡으려는 뜻임을 알고는 있습니다만, 후학으로서 이런 경계를 받았으니 어찌 감히 마음이 편할 수가 있겠습니까?

또한 높이 날아 멀리 가는 따위의 일은 유학자가 마땅히 할 바가 아닙니다. 그러므로 제가 평소에 준비해 오던 것도 아닌데, 어찌 감히 스스로 결정하려 하겠습니까? 벼슬에 나아감과 물러남 양쪽을 다 고려하라는 말씀은 진실로 제가 나름대로 생각해 오던 계획이었습니다. 지난날에 머리를 숙이고 모욕을 참으며 면신례를 했던 것도 모두 이런 뜻에서였습니다. 다만 지금은 병이 번갈아 생겨 억지로 견디기가 어려운 형편이기 때문에 잠시 물러나 있고자 하는 것일 뿐, 이대로 떠나서 영원히 돌아오지 않고자 하는 것은 아닙니다. 그러나 이 일이 만약 한 번 어긋나면 평범함을 편히 여기고 관례에 젖어 세속에 따라 주억거리는 누추함에 빠지게 된다는 것은, 진실로 주신 편지에서 경계하신 대로이니 염려하지 않으면 안 될 것입니다. 심지어 세속과 화합하여 받아들여지기를 구하며 도를 등지고 이익을 좇는 일에서는 더욱더 심히 두려워할 만합니다.

전에 서울에 있을 적에 일찍이 박화숙朴和叔과 함께 추만秋巒 선생을 모시고 이 일을 얘기한 적이 있었습니다. 그 때 제가 "정말로 끝에 가서는 뼈 없는 벌레처럼 물렁한 사람이 됨을 면치 못하게 될까 두렵습니다." 했더니, 추만 선생이 그럴 듯하다고 하며 크게 웃었습니다. 대개 드러난 이익과 눈을 홀리는 화려함에는 사람들이 쉽게 빠집니다. 그리고 사람을 꾀기도 하고 으르기도 하는 이해와 화복의 주장들은 살을 에고 뼈에 사무치는 것들이라, 뼈 없는 벌레가 됨은 형편으로 보아 결국에는 그렇게 되고 말 것이니, 괴이할 것이 뭐가 있겠습니까? 제가 지금 다행히 벼슬을 그만두었으니 몇 년 동안은 일 없이 한가할 수 있을 것입니다. 그러나 뒷날의 근심 또한 말로 표현하기조차 어려운 것일 터이니, 무슨 계획으로 대처해야 할지 모르겠습니다.

대체로 저는 바탕은 비록 허약하지만 기세는 강하고 거칩니다. 실행은 비록 완성되지 못했지만 이름은 먼저 퍼졌습니다. 무릇 허약한 바탕에 충실한 실행이 없다면 자신을 보존함에 반드시 허술한 구석이 있을 것이며, 강하고 거친 기세로 헛된 이름만 붙들고 있다면 다른 사람을 응대함에 반드시 미진한 것이 있을 것입니다. 게다가 품성이 강직하고 악을 미워하여 가벼이 입바른 소리를 해대니, 혜숙야 嵇叔夜[7] 같은 사람도 견디지 못할 것입니다. 이러고 어찌 세상에서 쓰일 만하다고 하겠습니까? 그러나 지금 세상에서 사람을 찾는 법은 헛된 이름으로 무리를 지을 뿐 그 실제를 따지지 않습니다. 그렇기 때문에 저도 사람들이 알아주고 받들어 주어 모두들 저를 깨끗하고 돋보이는 자리, 드러나는 자리에 끌어다 두고자 합니다. 사양하려 해도 핑계가 없고 피하려 해도 방책이 없으니, 참으로 걱정스러운 일입니다.

만약 처음부터 그냥 뭇 사람들에게 괴이하게 여겨지고 노여움을 사서 배척되었다면, 시골로 물러나서 미련 없이 늙어 죽었을 것입니다. 다만 두려운 점은 바로 배척되지 않고 세월만 끌게 되면 반드시 좋아하지 않는 사람이 많아져서, 재앙은 빈틈이 있을 때마다 쌓이고 화는 기회가 있을 때마다 불어나, 앞 수레가 뒤집어진 길을 따라가지 않을 가능성이 거의 없다는 점입니다. 이것이 바로 제가 잘못된 계책을 걱정하며 잠을 이루지 못하고 두려워하는 일입니다. 어떻게 하면 좋을지 모르겠습니다. 하지만 선생님의 가르침이 이처럼 반복하여 자상하시니, 마땅히 받들고 따라서 놓치지 않도록 하겠습니다. 다만 그 사이의 형편에 또한 이런 어려움이 있었습니다. 이 점이 제가 서성거리고 뒷걸음질치면서 굳이 사퇴하여, 세상 사람들이 버려주기를 바라는 까닭입니다. 만약 이 계획이 이루어지지 않으면 또한 마땅히 저의 정성을 다할 뿐 운명은 하늘에 물을 터이니, 죽고 사는 것과 화복은 말할 것이 있겠습니까? 단지 저의 배움이 스스로를 믿기에는 아직 부족한데, 도리어 점점 녹아서 없어져가니 걱정입니다. 그러니 흩어진 마음을 거두어들이고 덕성을 기르는 공부에 있어 힘을 다하지 않을 수 있겠습니까? 삼가 바라건대 선생님께서 끝까지 저를 가르쳐 주십시오.

하서선생河西先生 김공金公[8]이라는 분이 이곳 장성長城에 계시는데, 저의 집과는 단지 25리가 떨어졌을 뿐입니다. 제가 벼슬을 그만두고 돌아와서는 바로 이 선생께 의지하여 옛 학문을 배우려 했습니다. 그러나 선생께서 갑자기 1월 16일에 병을 만나 돌아가셨습니다. 우리 도道에 이보다 더 큰 불행이 있겠습니까만, 저의 불행이 더욱 심합니다. 매번 사색하다가 의심이 생겨 여쭈어볼 곳이 없을 때면, 문득 선생을 더 이상 뵐 수 없게 되었다는 사실이 떠올라, 말없이 아픔을 삼키려 하지만 스스로 그칠 수가 없습니다. 생각하건대 선생님께서도 오랫동안 서로 알고 지내셨으니, 돌아가셨다는 소식을 듣고 몹시 마음이 상하셨을 것입니다.

사단칠정의 설은 조목에 따라 상세히 여쭈어 책자에 기록했습니다. 그러나 저의 생각을 변명하고자 했기 때문에 번거로운 말이 많습니다. 말이 또한 직설적이고 망령되며 참람하기까지 하니 죽을죄를 지었습니다. 바라건대 선생님께서 적절한 대답을 내려 주시면 어떻겠습니까? 아울러 시대와 도를 위해 늘 스스로를 아끼십시오. 삼가 글을 올립니다만 제대로 갖추지 못했습니다.

가정 39년 경신 8월 8일, 후학 고봉 기대승은 삼가 머리를 조아리며 두 번 절하고, 이 글을 퇴계 선생님께서 계신 자리 아래 올립니다.[9]

소첩자小貼子

저에게 사사로운 바람이 있어서 또 다시 번거롭게 해드려야 할 것 같습니다. 저는 품성이 허술하고 느려서 늘 세심하게 일하지 못하는 것을 전부터 번번이 한탄하곤 했습니다. 그러나 일이 닥치면 여전히 그 버릇을 버리지 못합니다. 이는 아마도 뜻을 세우지 못하는 결점 때문인 듯합니다.

작년에 선생님께 몇 통의 편지를 닦아 올렸습니다. 막상 쓸 때는 자세하게 적었습니다만 부본을 남겨 두지 않았습니다. 나중에 생각해 보니 매우 공손하지 못한 일이었습니다. 더구나 선생님께서 주신 답서를 받고도, 아득하여 전에 올렸던 글의 뜻을 기억하지 못해, 서로 편지를 주고받는 의미를 잃었으니, 선생님께 더욱 죄송스럽습니다. 만약 저의 글을 없애지 않으셨다면 찾아서 돌려주시기 바랍니다. 아니면 시사侍史[10]에게 베끼도록 하여 부쳐 주시기를 간절히 바랍니다. 다른 뜻이 있어서 이러는 것은 아닙니다. 이것은 다만 논의의 시작과 끝을 보고자 하는 간절한 생각에서일 뿐입니다.

주신 가르침을 받자마자 바로 감사의 편지를 쓰려고 했으나, 병이
자꾸 생겨 초고 잡을 겨를도 없었습니다. 오래 뒤에 비로소 초안이
나마 잡았는데 마침 낙향하게 되어, 바로 고쳐 쓰지 못하고 게을리
미루어 놓은 것이 오늘에 이르렀습니다. 마침 가벼운 병을 앓고 있
는 참이어서, 어렵게 붓은 잡을 수 있었습니다만 글자가 단정치 못
하고 논의가 자세하지 못해 황공하기 그지없습니다.

제가 존存자로 서재 이름을 붙이고자 합니다. 존재存齋라는 두 글
자를 크게 써 주시기 바랍니다. 되겠습니까? 그리고 백지 두 묶음을
올리니, 한가하실 때마다 진서眞書나 초서草書로 써 주시면 어떻겠습
니까? 병풍으로 만들어 걸어 두고 한가할 때 도움으로 삼고자 하니,
「무이도가武夷櫂歌」[11]나 주자의 시에서 좋은 경구는 다 써 주셔도 좋
습니다. 살펴 주시기 바랍니다.

그리고 광주목사光州牧使 류공柳公[12]과는 전에는 모르는 사이였습
니다만, 여기 온 뒤에 몇 차례 인사했는데 자못 엄전했습니다. 듣자
니 그의 본가가 안동에 있어 선생님의 고향과 그리 멀지 않습니다.
그가 "가을쯤 성묘하러 돌아가서 영감을 찾아뵐 수 있었으면 한
다." 해서, 제가 선생님께 서신을 전하고 싶다는 뜻을 비추었더니,
공이 이미 허락했습니다. 성묘길이 아마도 초겨울에 있을 듯하니,
선생님께서 만약 그를 만나게 되시면 서신을 전해 달라는 뜻을 말
씀하시는 것이 어떻겠습니까? 명절 때마다 자주 오가는 인편이 있
을 것이니, 양쪽이 다 안다면 편지를 자주 주고받을 수 있을 듯합니
다.

가난한 집이라 하인이 거의 없어, 편지를 전하는 데 어려움이 있

습니다. 이번 인편도 장성의 수령 조유성趙惟誠에게 부탁했습니다.
조 군은 훌륭한 선비로 그 역시 도학에 뜻이 있는 이라 요청을 거절
하지 않았습니다. 아울러 살펴 주십시오. 대승이 삼가 엎드려 절합
니다.

추신 : 당지唐紙 두 폭을 올리오니 구방심求放心, 존덕성存德性이라
고 두 서재의 명銘을 써 주시기 바랍니다. 그리고 '존재가 마음속에
새기는 글[存齋銘記]' 같은 것을 지어 주시어 후학을 일깨워 주심이
어떻겠습니까? 다시 인사드립니다.[13]

저의 자잘한 생각들은 거의 다 쏟아 내어 남은 것이 없습니다만,
다시 선생님께 드러내 놓아야 할 사사로운 간청이 있습니다. 저는
요즈음 인사 때문에 나다니면서, 술을 지나치게 마셔 정신을 잃고
후회한 적이 있습니다. 우연히 「학림옥로기鶴林玉露記」에 실린, 주자
가 자신을 경계하는 시 한 구절을 보았습니다. 담암澹菴 호공胡公[14]에
대해 지은 것이라 하는데, 한동안 그것을 보고도 깨닫지 못하고 멍
하게 있었습니다. 이윽고 『주자대전』을 검토해 보니, 「매계梅溪 호
씨의 객관에 머물며 벽에 쓰인 글제를 보고 지은, 스스로를 경계하
는 시 두 구절」이라는 제목이었습니다. 앞머리의 일절에서 읊기를,

살기를 탐하여 여물과 콩을 먹고도 부끄러운 줄 모르고
뻔뻔스럽게도 다시 와서 준걸과 노니네
맑은 물에 옷소매 빨지 마소
그대의 옷소매가 맑은 물 더럽힐까 두렵네

라고 했고, 다음 한 구절에,

　십 년 동안 바다에 떠 가벼웠던 그 몸이
　돌아와 여천黎倩의 볼우물을 대하니 도리어 정이 이네
　세상사는 데 사람 욕심만큼 험한 것이 없으니
　이것으로 평생을 그르친 사람 몇이던가

라고 했습니다. 여천의 볼우물에 정이 있다는 말은 곧 담암澹菴이 이른바,

　임금의 은혜로 귀향을 허락 받고 이렇게 한번 취하노니
　곁에 있는 여천의 뺨에 보조개 생기네

라고 한 것이니, 대개 기생 여천을 가리키는 것입니다. 주자는 그가 평생을 그르쳤으니 한심하다고 비웃은 것입니다.

　"살기를 탐하여 여물과 콩을 먹는다.[貪生莝豆]"는 말은 무엇을 가리킨 것인지 분명하지 않아서 무슨 말인지 모르겠습니다. 여기에서는 찾아볼 책이 없으니, 궁금함을 참기 어렵습니다. 자세한 내용을 알려주시기 바랍니다. 이 두 구절은 모두 배우는 이가 몸을 가지런히 하고 욕심을 제어하는 데 가장 절실한 경계가 됩니다. 두 구절을 아울러 써 주시면 어떻겠습니까? 지내는 방의 벽에 붙여 놓고, 드나들 때 보면서 스스로를 반성하고자 합니다.

　또 옛사람이 이 버릇을 없애기가 어렵다고 했으니, 거듭 생각하지 않을 수 없습니다. 이 일은 뿌리가 깊고 단단하여, 진실로 말하기 쉽지 않습니다. 만약 낌새를 채지 못하고 미리 점검하여 막지 못한다

면, 바로 구덩이에 빠지는 소식만 있을 것입니다. 그리하여 평생을 그르치지 않은 사람이 몇이나 되겠습니까? 어떻게 공부를 해야 그런 생각을 씻고 구덩이에 빠지는 것을 면할 수 있을지 모르겠습니다. 바라건대 선생님께서 자세히 가르쳐 주시면 제 마음속에 새겨 놓겠습니다.

외람되이 자잘한 일을 가지고 들어주시길 번거롭게 청하니, 진실로 제가 경솔한 줄 압니다. 그러나 제 기질이 편협하므로 먼저 깨우친 분께 의지하여 그 힘을 빌려쓰지 않을 수 없습니다. 그러므로 감히 이렇게 누누이 말씀드렸으니 살펴 주시면 천만 다행이겠습니다.

후학 고봉 기대승은 머리를 조아려 삼가 절하고 적습니다. 가정 경신 8월 6일. 高

1. 고과에서 낮은 성적을 받았음을 뜻한다. 퇴계가 전최 결과를 물은 데 대한 대답이다.
2. 중국 남송의 유학자 주희朱熹(1130~1200)를 이른다.
3. 중국 남송 때의 유학자 장식張栻을 가리킨다. 자는 경부敬夫이며, 사람들이 남헌선생南軒先生이라 일컬었다. 주희의 절친한 벗이었다.
4. 중국 남송 때의 유학자 여조겸呂祖謙을 가리킨다. 자는 백공伯恭이며, 세상에서 동래선생東來先生이라 일컬었다. 주희·장식과 함께 동남삼현東南三賢이라 불렸다. 주희와 같이 저술한 『근사록近思錄』은 특히 유명하다.
5. 점을 칠 때 사용하는 시초蓍草와 거북의 등껍질을 말한다. 곧 점괘처럼 정확함을 뜻한다.
6. 『자치통감資治通鑑』 95.
7. 중국 진晉나라 사람 혜강嵇康을 가리킨다. 숙야叔夜는 그의 자이다. 죽림칠현竹林七賢의 한 사람으로 노장老莊을 좋아하여 『양생편養生篇』을 지었다. 도량이 넓고 감정을 잘 드러내지 않은 것으로도 유명하다.
8. 김인후金麟厚(1510~1560)를 가리킨다. 자는 후지厚之 또는 하서河西이고, 호는 담재湛齋이다.
9. 원래의 순서대로 하면, 이 뒤에 【2-4】 【2-5】의 편지가 이어진다.
10. 윗사람 곁에서 문서를 맡아보던 사람을 말한다.
11. 무이武夷는 중국 복건성 숭안현의 남쪽에 있는 산 이름으로, 그 산의 아홉 계곡[九曲]이 유명하다. 주희는 그 가운데 다섯 번째 계곡에 무이정사武夷精舍를 짓고, 1184년에 「무이구곡도가武夷九曲櫂歌」를 지었다.
12. 류경심柳景深(1516~1571)을 가리킨다. 호는 구촌龜村이고, 자는 태호泰浩이다.
13. 원래의 순서대로 하면, 이 뒤에 【3-1】의 편지가 이어진다.
14. 중국 송대의 사람 호전胡銓을 가리킨다.

자기의 병을 알고 고치고자 한다면

존재에게 답함

황은 머리를 숙여 거듭 절합니다. 제가 이태 전 무오년에 서울에 갔던 일은 크게 실패했습니다만, 오히려 다행스럽게 여긴 것은 우리 명언을 만났기 때문입니다. 그 뒤 남쪽으로 내려와 왕래를 끊고 지내다 보니, 아득히 다시 만날 기약도 없었습니다. 그리운 마음이 그지없던 차에 마침 자중子中이 전하는 그대의 편지와 사단칠정에 관한 논설을 받았으니, 그 기쁨을 짐작하실 수 있을 것입니다. 저는 바로 답장을 써서 자잘한 저의 의견을 늘어놓았습니다. 또한 사단칠정론에 대해서도 의심스러운 곳이 있었고, 또 그대의 의견에 대해 그냥 대충 동의한다고 할 수도 없었으므로, 저의 견해를 대략 적고 자중에게 맡겨 제 대신 가서 바로잡아 달라고 했습니다. 곧고 진실한 벗의 도움을 구해 어리석음을 깨치려 하는 경우 어쩔 수 없기도 했지만, 그 일은 너무 경솔했던 것 같습니다. 조금 지나서 다시 생각해 보니 저의 견해 가운데 편치 않은 곳이 한두 군데 있는 것을 깨달았으나 미처 고치지 못했습니다.

그런데 올해 가을 자중이 서울에서 내려와, 정추만鄭秋巒에게 보낸 그대의 편지를 보여 주었습니다. 그 가운데 제 견해를 논박한 곳이 몇 군데 있었는데, 거기에는 제가 이미 스스로 깨달았던 부분도 있었습니다. 그리고 그 편지 끝에서 조목별로 분석하여 회답하겠다고 한 것을 보았는데, 그때부터 그대의 편지를 애타게 기다린 지 오래입니다. 이제 천 리 멀리에서 사람을 보내 제 글에 대한 가르침과 아울러 틀린 곳을 바로잡은 책 한 권을 보내 주었습니다. 이에 관한 논변과 증명이 아주 넉넉하고 자세하여, 길 잃은 이를 이끄는 그대의 염려가 남김 없이 베풀어졌습니다. 아울러 무더운 여름이 가고 서늘한 가을이 오는 이때 지내시는 모습이 맑고 복되며, 하늘이 도와 그대의 생활이 매우 편안하다는 것을 알고는 말할 수 없이 기뻤습니다.

저는 재능이 모자라 변변한 공도 없는 데다가 평생 몸에서 병이 떠나지 않아, 벼슬에 나아가면 욕심은 부리면서 직책은 제대로 수행하지 못한다는 비난을 얻었고, 벼슬에서 물러나면 머뭇거리거나 숨어서 부끄러이 성은을 저버린다는 책망을 들었습니다. 게다가 이제 더욱더 노쇠하여 마음은 혼미해지고 눈은 어두워져서 몸이 마치 말라붙은 등나무 같으니, 다시는 사람 축에 끼지 못할 것 같습니다. 지난 세월은 이미 되돌릴 수 없고 이제야 아침에 도를 깨달으면 저녁에 죽어도 좋다는 바람이 있습니다. 그러나 훌륭한 스승과 부지런한 벗이 날마다 서로 격려하는 도움이 없고, 다만 해진 책 가운데 나아가 얼마간의 깨달음이 있지만, 얻은 것이 온전하지 못해 조금 쌓은 것마저 곧 흩어져 버립니다. 따라서 명분이나 의리를 말함에 있어서는 바람을 잡고 그림자를 붙들어 매는 것처럼 부질없고, 마음의 흐름에 기준을 삼는 일도 억지로 하는 것 같아 모순이 많습니다. 그래서 비록 이와 같은 우리 벗님의 충고와 이끌어 주심에 힘입어 보지만, 결국에는 오히려 마음을 비우고 받아들이는 자세와 진심으로 감복하는 정성이 없어, 그대의 성의에 만 분의 일도 따르지 못하게 될 것 같습니다.

그러나 두터운 은혜를 입었으니 조목조목 회답하여 끝까지 가르쳐 주기를 구하지 않을 수 없습니다. 하지만 무딘 저로서는 그 문장과 의미에 대해 여러 날을 두고 정밀히 생각하지 않고서는 이해할 수 없었습니다. 대략 그대가 논한 것을 살펴보니 너무 넓고 미묘하여, 선악이 정해지지 않았다는 조항의 그릇됨을 스스로 깨달은 것 이외에는, 아득히 끝이 없어 요점을 잡아내지도 못했습니다. 게다가 연일 손님이 찾아와서 연구할 겨를도 없었습니다. 심부름 온 사람도 오래 머무를 수 없는 일이라서, 지금 우선 대충 글을 닦아 회답합니다. 변론한 조목들은 두었다가 뒷날 류태호柳太浩의 인편을 기다릴까 합니다. 민첩하지 못함을 니그러이 용서하십시오. 그래도 되겠지요?

우리 벗님은 넓게 배우고 깊이 이루어 마치 먼 길을 좋은 수레로 나선 격이니, 보통 사람 같으면 틀림없이 나의 일은 이미 끝났다고 말하면서 스스로 위대하게 여기며 만족하기에 겨를이 없을 것입니다. 그런데 그대는 도리어 밖에서 얻은 것을 찐덥지 않게 여기고, 뜻을 구하는 데에 분발하고 있습니다. 지난번에 마침 전고殿考가 있었던 것은 하늘이 그대를 더욱더 완전하게 하려고 시련을 주신 것이니 얼마나 다행한 일입니까? 지난해 저의 편지에서 말했던 것은 모두 그대가 이미 홀로 터득한 것으로서, 저의 부족한 생각으로는 미치지 못합니다. 그런데도 그대는 편지에서 제 견해를 옳지 않다 하지 않고 매번 되풀이해서 말했습니다. 역시 포용하지 못하는 것이 없는 큰 도량과 하찮은 말이라도 살피지 않는 것이 없는 태도를 볼 수 있었습니다. 매우 다행입니다.

벼슬에 나아가고 물러나는 데 대한 설에서 강후康侯가 스스로 결정해야 한다고 한 것에 의심을 품고, 회암晦庵이 벗에게 물었다는 사실로 바로잡은 것은 과연 말씀하신 대로입니다. 그러나 회암이 평소 견해를 정하면 만길 절벽처럼 우뚝 솟아 있어서, 남들이 말한다고 해도 이전과 조금도 달라지지 않았으니, 이 또한 몰라서는 안 될 것입니다.

그리고 지난번에 세상의 환난을 겪었기 때문에 상황이나 시기에 대처하는 데에 어쩔 수 없는 경우가 있었다고 말씀드렸는데, 그 말은 기세가 꺾이고 위축되어 약해진 늙은이의 말입니다. 그런데도 한창 때의 강건한 기운을 가진 그대는 비천하다고 배척하지 않고 도리어 그 사이에 깊은 뜻을 찾았으니, 의리에 익숙하고 처세에 밝은 사람이 아니고서는 어떻게 이와 같을 수가 있겠습니까?

병이 생긴 근원은 참으로 어리석은 의원이 알 수 없는 일인데, 하물며 약을 쓰라고 재촉할 수 있겠습니까? 비록 그러하나 일찍이 주자의 말에 "자기의 병을 알고서 고치고자 한다면, 그 고치고자 하는 마음이 바로 병을 치료할 수 있는 약이 된다."라는 것을 들었습니다. 원컨대 우리 벗님은 다른 사람에게서 약을 구하려 하지 말고, 이 구절에서 답을 구해 아픈 자리에 침을 놓는다면, 반드시 입에 쓴 약으로는 미칠 수 없는 신묘한 효험이 있을 것입니다.

"학문이 지극하면, 처세에 어려움이 없다."라는 조항에 대해서, 당시 저의 소견으로는 그대가 이와 같이 자처하는지 사실 의심하지 않을 수 없었습니다. 그런데 지금 그대의 편지를 받고는, 스스로 남의 말을 다 알지 못한 제 실수를 분명히 깨달았습니다. "벼슬에 나아감과 물러감 양쪽을 다 고려하라."라는 대목 이하는 그대의 처신과 말이 모두 좋습니다. 주신 편지에 이른바 "마치 촛불로 비추고 수를 세는 것 같으며, 점을 친 것처럼 정확하다."라는 말은 저에게 해당되는 말이 아니니, 그대에 대한 말이라고 한다면 마땅할 것입니다. 그 가운데 '뼈 없는 벌레'라는 한마디는 정말 큰 웃음을 자아낼 만합니다. 그러나 이 벌레는 앞사람의 잘못된 전철을 밟아서는 안되니, 또한 마땅히 갈 길을 경계해야 할 것입니다. 이곳이 바로 포정庖丁이 칼을 댄 곳[2]으로, 가벼이 처리해서는 안 될 것입니다.

　자세히 살펴보건대 정숙자程叔子와 주부자朱夫子가 지극히 강직한 명성으로 세상을 살아가며 매사에 허물을 보아 넘기지 않음이 그 같았으되 세상의 환난에 걸리지 않은 것은, 조금이라도 편치 않은 곳이 있으면 한사코 사양하여 자기의 뜻을 밀어붙였기 때문입니다. 그런데 지금은 신하가 벼슬을 버리고 물러날 수 있는 길이 영영 막혀 버렸습니다. 그러므로 혹시 물러나기를 청하는 이가 있으면 허락되지 않을 뿐만 아니라, 반드시 뭇 사람들의 분노와 시기를 사게 되어 갖은 핍박을 받고, 다시는 물러나 피하지 못하고 그들과 한데 휩쓸리고야 맙니다. 이렇기 때문에 선비가 한번 조정에 서게 되면, 모두 낚시에 걸린 고기 꼴이 되는 것입니다. 그 가운데 강직하고 악을 미워하는 이는 대부분 화를 면하지 못하게 되고, 아부하는 이들이나 나약한 이들은 서로 얽혀서 허세를 부리거나 굽신거리는 모습을 보일 뿐입니다. 이 두 경우 모두 안타까운 일입니다. 더구나 관 뚜껑이 덮이기 전에는 이 일을 중간에 후회하는 것이 용납되지 않으며, 수레가 출발하자마자 그 소리는 이미 사방에 퍼져 나갑니다. 그러므로 덕이 높지 않으면서도 서둘러 정치를 맡는 것은 밥솥을 엎게 되는 길이 될 것이요, 정성이 미쁘지 않은데도 억지로 떠들며 그만두지 않는 것은 몸을 욕되게 하는 길이 될 것입니다. 앞사람들의 실패를 살펴보면 대부분 여기에서 비롯된 것들이었습니다. 그러므로 오로지 이 학문을 힘써 하고자 한다면, 물러나 감추는 것이 제일 좋습니다. 제 소견이 우연히 이에 미쳤기 때문에 지난번 편지에서도 말했던 것입니다. 이는 불로 뛰어드는 나방을 본받아서는 안되고, 담장 밑에 서서 깔려 죽는 일을 자초하는 것은 도리가 아니라는 뜻에서 말씀드린 것입니다.

병이 저처럼 심하지 않아 어쩔 수 없이 세상에 나아간 경우에는, 분수를 지키고 책임을 다하는 것이 마땅합니다. 생선을 버리고 곰발바닥을 취하는 데는[3] 분명한 법칙이 있으니, 이른바 "일찍 죽거나 오래 사는 것에 개의치 않고, 덕을 닦아 죽음을 기다린다."라는 것입니다. 그렇다면 세상에 나아가는 것이나 나아가지 않는 것이 무엇이 다르겠습니까? 그대의 편지에 "정성을 다해 천명을 따르겠다."라는 말은 매우 정성스럽고도 정확합니다. 요컨대 종래 버림받기를 바라던 마음으로써 이 한마디 말을 굳게 지켜 끝내 변하지 않는다면, 배운 바를 저버리지 않게 될 것입니다. 우리 벗님이 노력하여 부디 우리의 바람을 채워 주신다면 참으로 다행이겠습니다.

김하서金河西는 성균관[泮宮]과 홍문관[玉堂]에서 저와 함께 지낸 적이 있었는데, 그는 여러 곳을 노닐면서 자유로이 세상 바깥일에 마음을 두었습니다. 처음 공부에 들어간 곳이 대부분 노장老莊이었기 때문에, 한창 때에 자못 시와 술로 몸가짐을 흐트러뜨린 것은 애석한 일이었습니다. 그러나 듣자니 늘그막에 우리 학문에 뜻을 두었다 하고, 요사이 그가 학문을 논한 글을 보았는데 식견이 제법 정밀했습니다. 그가 한가한 때에 터득한 것이 이와 같음을 생각하고 매우 가상하게 여겼는데, 별안간 고인이 되었다 하니 보통 때와는 비교할 수 없을 정도로 비통했습니다. 지금 그 아들에게 전할 위문 편지를 보내니, 저의 간절한 마음을 전해 주기 바랍니다.

별지에서 부탁한 지난번 편지 세 통을 아이들에게 베끼도록 시켜서 보냅니다. 그리고 큰 글씨로 존재存齋 두 글자를 써달라는 것과, 백지와 중국 종이[唐牋]에 글을 써서 보내 달라는 부탁은 감히 거절할 수가 없어 우선 받아 두겠습니다. 그러나 힘이 없어서 보통 때에도 글씨 몇 폭을 쓰고 나면 피곤함을 느끼는 것이 날로 더해 가니, 억지로 한다고 해서 뜻대로 되겠습니까? 억지로 쓴다면 오히려 지저분해져서 감상할 만하지 못하게 될 것입니다. 하물며 '마음속에 새기는 글[銘記]'을 짓는 일이겠습니까? 이 일들은 모두 겨울쯤에 류태호柳太浩 집안의 인편이 오갈 때를 물어서 그 편에 보낼까 합니다만, 그대로 되는지는 모르겠습니다.

류태호의 집이 이곳에서 그리 가깝지는 않습니다. 게다가 그가 온다 해도 천리 길을 여행하고 집에 돌아와서, 다른 사람을 방문하기가 쉽겠습니까? 그를 만날 일은 기약하기 어려우므로, 그 집안 인편에 부치려 합니다. 생각해 보니 그렇게 하는 것이 서울에서 내려오는 벗에게 부탁하는 것보다 낫겠습니다. 벗에게 전하게 하면 소문이 널리 퍼질 염려가 있지만, 그렇게 하면 그럴 염려가 없습니다.

끝으로 이 학문을 위해 몸을 아끼기를 바라며 이만 줄입니다. 삼가 절하고서 이 글을 어진 벗 존재에게 올립니다. 가정 39년 경신 9월 1일에 병든 늙은이, 진성眞城의 이황은 눈이 어두워 함부로 적었으니 송구합니다.

이일재李一齋의 이름을 들은 지는 오래되었으나 그의 학문이 어떠한지는 몰랐습니다. 이번에 보내 준 '태극을 논하면서 서로 주고받은 글'을 받아 보니,[4] 미처 겨를이 없어 자세히 살펴보지는 못했어도 그 대략은 알 수 있었습니다. 매우 다행입니다.

그 말의 잘잘못에 대해 제가 이러니 저러니 할 것은 없습니다만, 뒷날을 기다려 의심스러운 점을 말씀드리겠습니다. 다만 그에게는 옛사람이 "자기만 알고 다른 사람은 모른다."라고 말한 병집이 있음을 알겠습니다. 이것은 작은 병이 아닐 듯 한데 어쩌면 좋겠습니까? 그의 글 가운데 한두 군데의 글 뜻이 잘못된 것은 굳이 따질 것도 없습니다. 우선 이 병을 먼저 없앤 뒤에야, 더불어 이 학문을 논할 수 있을 것입니다.

제가 이런 말씀을 드리는 것은 주제넘고 경솔한 일입니다. 하지만 그대가 일재의 잘못에 일침을 놓은 것이 언뜻 적중한 것 같지만, 오히려 그대 자신도 그러한 잘못에서 벗어나지 못하는 듯합니다. 아니면 저 역시 비슷한 잘못에 빠져 벗어나지 못하기 때문에, 그대의 설명을 이처럼 잘못 보고 있는 것일까요? 다시 깊이 생각하여 반성하겠습니다.

왕원택王元澤은 어떤 사람이고, 그 말이 어느 책에 나오며, 무슨 뜻인지, 뒷날 저에게도 분명히 가르쳐 주기를 바랍니다. 담암澹庵이 절개를 잃은 일은 선배들의 탄식에 자주 드러났습니다. 이른바 "살기를 탐하여 여물과 콩을 먹는다.[貪生秣豆]"라는 구절은 저 역시 그 출처를 알 수 없어 매번 마음이 편하지 않았습니다. 그러나 "뻔뻔스럽게도 다시 와서 준걸과 노니네.[靦面重來躡俊遊]"라는 구절의 섭躡자로 보아서, 다른 사람의 일을 담암이 끝내 피하지 못하고, 따른 까닭에 그렇게 말한 것이 아닌가 합니다.

　나머지는 모두 훗날로 미룹니다. 황이 다시 말씀드렸습니다.　退

1. 그 해 고봉이 승문원 고과考課에서 하등下等을 받은 일을 말한다.
2. 뼈와 힘줄이 맞닿은 핵심적인 부분을 가리킨다. 포정은 19년 동안의 수련 끝에 소 잡는 법이 신기에 이른 사람이다. 『장자』, 「양생주」, 2장.
3. "맹자가 말했다. '생선도 내가 바라는 것이고 곰 발바닥도 내가 바라는 것이지만, 두 가지를 모두 얻지 못한다면 생선을 버리고 곰 발바닥을 택할 것이다. 생명도 내가 바라는 것이고 의리도 내가 바라는 것이지만, 두 가지를 모두 얻지 못한다면 생명을 버리고 의리를 취할 것이다.'" 『맹자』, 「고자」상, 10장.
4. 3-1의 편지를 가리킨다.

「무이구곡도가」에 대해

기정자에게 줌

편지를 보낸 뒤 가을이 다 가고, 겨울도 반이 지나가려 합니다. 한가로이 지내면서 도를 맛보는 근황이 어떠합니까? 분명히 옛 것을 익혀 새 것을 알아내며, 날로 나아감이 있을 것이라고 생각합니다. 늙은 저는 다행히 최근 어지러운 세상의 의논을 면하고, 병든 몸을 근근히 지켜나가고 있습니다. 그리고 다른 것은 말할 것도 없습니다.

앞서 그대의 변론서를 받고서 감히 정성스런 마음을 저버릴 수 없기에, 자잘한 소견을 책자에 베껴 보냅니다. 다만 뜻이 얕고 사설이 늘어져, 보는 데 번거로움을 끼치지나 않을까 부끄럽습니다.

그리고 류태호柳太浩 집의 인편이 언제 있는지 멀리서 헤아릴 수가 없어, 그대에게 보내는 글을 집안 일을 맡아보는 종에게 주어, 인편이 있을 때 부쳐 달라고 했습니다. 그러니 언제 그대에게 전해질지 모르겠습니다. 여러 서첩書帖과 액자額字도 갖추어 보냅니다. 말씀드리고 싶은 것이 매우 많지만, 번거로운 듯하여 이만 줄입니다. 바람에 실어 답장 보내 주시기를 간절히 바랍니다.

종이를 앞에 놓으니 근심스러운 마음 그지없으나, 삼가 절하고 이 글을 올립니다. 경신 11월 5일, 황. 구곡십절九曲十絶도 한번 보아 주

시기 바랍니다.¹

회암의 「숙매계관시宿梅溪館詩」는 그대가 부탁한 대로 써 보냅니다. 보내 주신 글을 읽어 보니 그 시에 나오는 두 가지가 해롭다는 것을 깊이 경계하여 미리 없애고 막아, 구덩이에 빠지는 모욕을 피하고자 함을 알겠습니다. 그 뜻이 매우 좋습니다. 돌아보면 저 역시 십여 년 전에는 구덩이에 빠진 사람이었으나, 늙고 병들어 꺾이고 퇴락한 지경에 이르러서야 비로소 빠져 나올 수 있었습니다. 그래도 때때로 저녁에 돌아오다 사냥꾼들을 보고 좋아한다는² 병집이 있으므로, 늘 두려워하고 조심하여 다시 구덩이에 빠지지나 않을까 경계하고 있는데, 어느 겨를에 그대를 위해 도모할 수 있겠습니까? 게다가 무릇 남을 가르치려면 반드시 나에게 쌓인 것이 많은 다음에야 그 말에 힘이 생겨서 남을 움직일 수 있다고 했는데, 어떻게 자기도 남과 크게 다르지 않으면서 말로 남을 움직일 수 있겠습니까? 그러나 우리는 이미 서로에게 도의를 기대하는 사이니, 바로잡아 달라는 물음에 묵묵히 있을 수 없어서 감히 저의 정성을 바칩니다. 따로 화두를 세울 필요 없이, 다만 지금 써 보내는 명시銘詩를 본받으면 충분할 것입니다.

무릇 덕성을 높일 줄 알면, 반드시 하늘의 밝음과 사람의 도리를 업신여겨 소인배들의 행실로 흐르는 짓은 차마 못하게 됩니다. 흐트러진 마음을 거둘 줄 알면, 반드시 공경하는 마음을 가짐[持敬], 정성스런 마음을 보존함[存誠], 기미가 보이기 전에 막음[防微], 홀로 있을 때 삼감[愼獨] 같은 일에 힘써, 욕심을 막고 몸을 지킬 수 있게 됩니다. 그렇지만 사람 욕심의 위험이란, 천지를 떠받치고 해와 달을 꿰뚫을 만한 기상과 절개조차도 하루아침에 요물의 볼 위에 떠 있는 보조개에 꺾여 빠져들게 합니다. 자신을 그 지경으로 욕되게 하면, 호공胡公처럼 천하의 비웃음을 받게 되는 것입니다. 이처럼 두려운 것이기에 주자 같은 분도 평생을 호랑이 꼬리를 밟은 듯 봄에 풀리는 얼음을 밟은 듯 지내셨다고 했으며, 항상 눈이 녹기도 전에 돋아난 풀과 같이 경계하는 마음을 지니셨다고 했습니다. 그렇다면 우리들은 어떻게 해야 되겠습니까?

위의 말로는 만족스럽지 못하니 전쟁으로 비유하게 해 주십시오. 제가 욕심을 제어하는 것은 마치 패전한 장수가 지난날의 패전에서 잃은 사기를 분발하여, 성벽을 군게 하고 들을 깨끗이 비우고, 창을 머리에 베고 쓸개를 맛보면서, 병사를 격려하고 경계하여, 저절로 적이 오지 않게 하는 것입니다. 혹시 적을 만나게 되더라도 갖가지 방략을 써서, 싸우지 않고 앉아서 서강西羌[3]의 변란을 가라앉힌 것 같이 하는 것입니다. 또 어쩔 수 없이 군사를 움직이게 되더라도 마땅히 성을 뚫고 성난 소를 내몰아 일거에 연燕의 침략군을 쓸어버리거나, 나무에 글을 새겨 놓고 활과 쇠뇌를 쏘아 순식간에 궁지에 몰린 방연龐涓을 죽인 것 같이 하는 것은 옳다 하겠습니다.[4] 그러나 그대와 같은 이가 만인을 대적할 기상과 수많은 군사를 거느릴 지략을 가졌다고 자부하겠지만, 전쟁터 한 복판에서 날마다 강한 적과 마주치는데 장수는 교만하고 졸개는 게을러, 군율은 엄하지 못하고 병사들과 멋대로 어울리기까지 한다면, 비록 요행히 이겨서 하룻밤은 편히 잘 수 있어도, 이튿날 일어나 보면 사방에 적군이 또다시 몰려들 것입니다. 이런 상황이 끝없이 되풀이된다면, 병사들이 어찌 지치지 않겠으며 사기가 어찌 떨어지지 않겠습니까? 이렇게 되면 꾀를 낸다 해도 반드시 낮은 꾀를 내어, 화친과 응전을 아울러 쓰자는 주장을 하게 되거나, 아니면 도성에서 군사를 뽑아 멀리 신申 땅을 수비하게 하거나, 모자라는 군량을 방두枋頭로 옮겨 부비符丕의 주린 군사를 구제하게 되는 것입니다.[5] 그렇게 되면 수레를 뛰어넘는 용맹도 믿을 수 없게 되어, 초楚를 괴롭히던 군사가 이미 영도郢都에 들어올까 저는 두렵습니다.[6] 그러므로 그대를 위한 계책으로는 하수河水를 건넌 뒤 배를 불사르고, 솥을 깨고 집을 태워 사흘 치 양식만 가지게 하여, 병사들에게 살아서 돌아갈 마음이 없음을 보여주는 것이 최선입니다.[7] 그런 뒤에야 공을 이룰 수 있을 것입니다.

제가 한가할 때 『무이지武夷志』를 읽은 적이 있었습니다. 그때 여러 사람들이 「무이도가武夷櫂歌」에 화답한 것을 보았습니다만, 주자의 뜻을 깊이 안 사람은 없는 것 같았습니다. 또 별개別檗가 펴낸 『도가시주櫂歌詩註』를 보았습니다. 거기서는 구곡시九曲詩의 처음과 끝이 학문을 시작하여 도에 들어가는 차례라고 여겼습니다만, 가만히 생각하건대 주자의 본뜻이 이처럼 소심하지는 않았을 것 같습니다. 최근에 무장茂長에 사는 변성온卞成溫이란 사람이 일찍이 김하서에게 배웠다고 하면서 멀리서 나를 찾아와서, 하서가 지은 무이율시武夷律詩 한 편을 보여 주었는데, 그 역시 『도가시주』의 뜻만을 채용했더군요. 모르겠습니다만 그대는 평소에 어떻게 보았습니까?

그리고 제가 전에 「도가櫂歌」에 화답하는 시를 지은 적이 있는데, 매우 주제넘다는 것을 잘 알면서도 주변에 숨기지 못했습니다. 이제 적어서 그대에게 보내니, 따져 보고 논평해 주기를 바랍니다. 그 가운데 구곡九曲에는 두 구절을 적었는데, 하나는 『도가시주』의 뜻을 채용하여 옛날에 지은 것입니다.[8] 뒤에 "다시 찾는다.[更覓]"와 "이 세상이 아니라.[除是]" 같은 말뜻을 다시 되풀이 생각해 보니 그럴 듯 하지 않아서, 따로 한 수를 지었습니다. 모르겠습니다만 둘 가운데 어느 것을 가지고, 어느 것을 버릴까요?

무릇 마지막 구곡은 바로 나들이에서 가장 좋은 곳을 찾아가는 길인데, 별도로 뛰어난 경치에 대한 묘사가 없습니다. 만약 뛰어난 경치가 없기 때문에 마침내 "나들이가 끝났다." 하면 흥이 다하고 뜻이 막혀서, 지금까지 지나온 경치가 모두 헛일이 되고 맙니다. 그러므로 주자가 읊은 마지막 구절의 뜻은, 나들이 나온 이들이 모름지기 어부처럼 도원경을 찾아 들어가면, 세상 밖 별천지의 즐거움을 얻을 것이라 권유하는 것 같습니다. 이에 이르러야 비로소 끝까지 간 것이며, 단지 지금 본 게 모두가 아닌 것입니다. 이것이 바로 이미 나의 재주를 다한 뒤에 다시 우뚝 선 경지이며, 백척간두에서 다시 한 걸음 더 나간 경지입니다. 그러므로 이러한 경지와 팔곡八曲에서

이곳에 좋은 경치 없다고 하지 마소
여기부턴 나들이 나온 이들 올라오지 않는 걸

이라고 한 것들은 학문의 심오한 경지를 비유한 것으로 볼 수 있습니다.

그러나 『도가시주』의 주석가는 팔곡을 하급의 학문에 아주 가깝다고 풀이했습니다. 그가 이미 구곡시를 얕은 데서 깊은 데로 나아가는 차례로 풀이하고서, 팔곡에 이르러서도 하급의 학문에 아주 가

깝다고 했으니, 그럼 그 전에 배운 것은 무엇입니까? 구곡의 주에서는 "성인의 경지에 들어갔으나, 애당초 백성들이 날로 쓰는 평범한 도가 아닌 것이 없다. 그러므로 어찌 사람을 떠나고 세상을 끊어 버릴 것이며, 높고 멀어 따라하기 어려운 일이 있겠는가?" 했습니다. 이 말이 아름답지 않은 것은 아니나, "다시 찾는다.[更覓]"나 "이 세상이 아니라.[除是]" 같은 말과 맞지 않는 것은 어떻게 하겠습니까?

만약 "어부가 다시 찾는다." 다음을 우리 학문은 이렇다고 설명한 것이 아니라, 숨은 뜻을 찾고 괴이한 행동을 하는 무리가 이렇다는 것을 말하여, 저들을 그르다 하고 우리를 깨우치는 말씀일 뿐이라고 한다면 그럴 듯 합니다. 하지만 그렇다면 본주에서 "이런 경치는 사람들이 쉽게 얻을 수 없다." 한 것이 또 그르게 됩니다. 어리석은 나로서는 어디로 따라가야 할지 모르겠습니다. 가르침을 바랍니다. 退

1. 원래의 순서대로 하면, 이 뒤에 【2-6】【2-7】【2-8】【3-2】의 편지가 이어진다.
2. 정호程顥가 소년 시절에 사냥을 좋아했으나, 주돈이周敦頤의 문하에서 학문을 닦고
   는 스스로 사냥을 즐기는 병집이 없어졌다고 생각했다. 그러나 12년이 지난 다음 어
   느 날 저물녘에 사냥하는 사람들을 보고는 기뻐하는 마음이 다시 생겼다고 한다. 사
   람의 마음이 쉽게 동요됨을 경계하는 말이다.『근사록』4,「극기」, 21조.
3. 진대晉代 오호五胡의 하나로, 중국 서쪽 변방에 살던 티베트 계의 유목 민족이다.
4. 성난 소로 연燕의 침략군을 물리쳤다 함은 중국 전국시대 연나라가 제齊나라를 침공
   하였을 때, 연나라 군사를 물리친 전단田單을 가리킨다. 궁지에 몰린 방연龐涓을 죽
   였다 함은 위魏나라의 장군 방연을 제나라 군사 손빈孫臏이 죽인 것을 말한다. 이 두
   가지 예는 계략으로 적을 속여 방심하게 한 뒤, 한순간에 공격하여 패배시키는 것을
   가리킨다.『사기史記』82,「열전」22, 전단전田單傳 ;『사기』65,「열전」5, 손자전孫
   子傳.
5. 도성의 군사를 뽑아 신申 땅을 수비하게 하였다 함은 중국 주周나라 평왕平王이 초
   楚나라의 침략을 받는 신나라를 위하여 도성의 군사를 나누어 파견한 것을 가리킨다.
   부비符丕의 주린 군사를 구제하였다 함은 전진前秦의 왕 부견符堅이 그의 아들 부비
   의 군대를 위하여 부족한 군량을 나누어 준 것을 말한다. 이러한 예들은 눈앞의 위기
   를 피하려고 한 것이 결국에는 더 큰 어려움을 불러오는, 잘못된 전략을 구사하는 것
   을 가리킨다.『시詩』,「왕풍王風」, 양지수楊之水 ;『진서晉書』115,「부비符丕」.
6. 중국 춘추 시대에 오나라가 초나라를 공격하여, 초나라의 수도 영을 함락시킨 것을
   가리킨다.『춘추좌전』,「소공」30년.
7. 항우가 초나라에서 세력을 정비한 뒤에, 병사 2만을 거록鉅鹿에 파견했는데, 전세가
   불리해지자 직접 출전했다. 그는 이기지 못하면 돌아가지 않겠다는 뜻을 분명히 하
   기 위해 이렇게 했다고 한다.『사기』7,「항우본기」.
8. 무이도가의 구곡은 다음과 같다.『주자대전』9.

> "구곡이 다하려하자 눈앞이 환하게 트여　　　　　九曲將窮眼豁然
> 상마전에 비이슬 내린 평천을 바라보네　　　　　桑麻雨露見平川
> 어부가 도원의 길을 다시 찾으니　　　　　　　　漁郎更覓桃源路
> 이 세상이 아니라 별개의 천지일세"　　　　　　除是人間別有天

여러 가지 글과 편지를 받아 보고서

퇴계 선생님께 올리는 글

초여름 날씨가 갑자기 더워졌습니다. 몸은 어떠신지요? 우러르는 마음 날로 간절합니다. 저는 과분하게 내려 주신 은덕으로 못난 몸을 보존하고 있습니다. 지난해 9월 10일을 지나 삼가 선생님의 답서를 받고 이미 깊이 마음속에 새겼는데, 또 11월 그믐께 다시 선생님이 손수 쓰신 편지와 아울러 변답서辯答書 및 도가화운櫂歌和韻, 그리고 써 보내신 여러 폭의 명시銘詩까지 받고는, 기쁜 마음 더욱 지극했습니다. 그 뒤 해가 이미 바뀌어 봄도 다 갔습니다. 부디 선생님께서는 도를 함양하시는 데에 도움이 있고 지내시는 데에 편안하시기를 빕니다.

사단칠정설에 대해서는 감히 저의 소견을 서술하여 책자에 기록했습니다. 선생님께 올리고자 한 지가 오래였으나, 확실한 인편이 없어 전하지 못했습니다. 지금 본주本州 영공令公[1]의 행차 편에 삼가 올리오니, 되풀이하여 살펴 주시기를 바랍니다. 길이 멀어 뵐 길이 없으므로 천리 밖에서 글만 닦아 올리자니 슬픈 마음만 더할 뿐입니다. 우리 도와 이 시대를 위해 몸을 아끼시기 바랍니다. 삼가 절하고 글을 올립니다만 제대로 갖추지 못했습니다.

가정 신유 4월 10일, 후학 대승.[2]

숙매계관시宿梅溪館詩를 베껴서 보낸 데 대해

삼가 써 보내 주신 회암晦庵의 숙매계관시宿梅溪館詩 두 절구와, 아울러 여러 폭의 명시銘詩 및 큰 글씨로 쓴 존재存齋 두 쪽을 받았습니다. 모두가 정밀·단정·중후하여, 기상과 운치가 한가하고 조용하면서도 형식이 엄숙하니, 두고 보면 볼수록 느끼고 깨달음이 깊어졌습니다. 지난번에 주신 답서에서 이런 일을 억지로 할 수는 없다고 하셨기에, 제 마음에도 역시 감히 억지로 청할 수 없다고 생각했었는데, 지금 평소에 꾀한 것을 다 얻었으니, 기쁘고 다행스러움이 어떠하겠습니까? 다만 선생님께서 저 같은 소인의 청을 사양해 물리치기 어려워, 혹 힘을 허비하신 것이나 아닌지 염려되어 죄송하기 그지없습니다.

욕심을 억제하는 방법으로 일러 주신 것은 세세한 부분까지 꼼꼼하게 반복해 주시면서도 엄격하고 용단 있는 것이어서, 사람으로 하여금 분발해서 다시는 기세가 꺾여 세파에 빠지는 무리가 되지 말고 작은 일에서부터 삼가라는 가르침에 따르고자 하는 뜻을 갖게 했습니다. 그리고 얕은 자질을 가진 저를 감동시켜 분발하게 하시려고 전쟁에 비유하신 것은 더욱 친절했습니다. 그 가운데 적을 헤아리는 지혜와 적을 제압하여 승리하는 방책은, 진실로 가벼운 생각과 얕은 꾀로 그 어름을 엿볼 수 있는 것이 아니니, 공을 이룰 수 있기까지는 아직도 멀었다고 할 것입니다.

저는 이 한가지 일에도 매양 힘을 다하지 못하고, 일상사에서 번번이 실패한 다음 뉘우쳐 보지만 끝내 피하지 못하면서 한갓 부끄럽고 분하게 여길 따름입니다. 그런데 지금 자세한 가르침을 받고 시험삼아 그 방법을 평상시에 실천해 보니, 자못 힘을 얻을 곳이 있음을 깨닫게 되었습니다. 어쩌면 구덩이에 묻히고 마는 모욕을 끝내는 면하게 될 수도 있다는 기대를 가지게 되었으니 무척 다행스럽습니다.

별지別紙
무이도가 화운和韻[3]에 대해

삼가 도가화운櫂歌和韻 열 마리[4]와 또 다시 지으신 한 마리, 그리고 아울러 가르쳐 주신 글을 받고, 여러 날 동안 찬탄을 금하지 못했습니다. 저는 일찍이 「회암시집晦庵詩集」에서 무이정사武夷精舍에 대한 여러 시 및 서문과 도가櫂歌 열 마리를 찾아내 대략 시구를 살피고 곡절만 이해했을 뿐, 『무이지武夷志』가 있는 줄은 몰랐고, 또한 도가의 뜻이 무엇인지도 몰랐습니다. 계축년(1553년)에 과거에 응시하려고 서울에 있을 때, 종형의 처소에서 우연히 『도가주해櫂歌註解』를 보고서 시험삼아 살펴보았더니, 사람으로 하여금 황홀하여 어디에서 그쳐야 할지 모르게 했기에, 결국 끝까지 감히 다 보지 않고 덮어두었습니다.

저는 평소에 다음과 같이 생각했습니다. 주자는 구곡시九曲詩 열 마리[5]에서 사물을 통해 흥을 일으켜 가슴속의 느낌을 표현했으므로, 그 비유한 뜻이나 펼친 뜻이 모두 맑고 높으며, 온화하고 두터우며, 깊고 담담하고 깨끗하니, 그 쾌활함이 바로 욕기浴沂의 기상[6]과 같다. 어찌 한갓 도에 들어가는 차례를 꾸미면서 구곡도 속에 몰래 묘사해 넣어 가지고 은밀한 뜻을 붙였을 리가 있겠는가? 성현의 마음씨는 아마도 이처럼 복잡하지 않았을 것이다. 그런데 주석하는 이는 이곡二曲의 옥녀봉玉女峰에 색을 멀리하라는 경계의 뜻을 붙였다 하고, 삼곡 가학선架壑船에 목숨을 걸고 의를 취하라는 뜻을 붙였다 한다. 또 "배우는 사람은 반드시 색을 멀리하고 삶을 버린 뒤에야 도를 배울 수 있다." 했으니, 나는 이것이 무슨 말인지 모르겠다. 무릇 색을 좋아하여 덕을 잃고 생을 탐하여 의를 해치는 것은 진실로 학자들의 공통된 근심이다. 그러나 색을 멀리하고 생을 버릴 수 있는 것은 학문이 이루어진 뒤의 일이지, 처음 배우는 이들의 일은 아닌 듯하다. 만약 먼저 이 근심을 없앤 뒤에 학문을 하게 한다면, 나는 평생 학문을 할 수 있는 날이 없을까 두렵다. 이것은 바로 선불교의 이론이지, 유학자의 말이 아니다. 마음속으로 이렇게 단정하고 나니, 정말 다시 곱씹어 볼 수는 없었습니다.

그런데 지금 가르침을 받고서 자세히 검토해 볼 생각이 났지만, 궁벽한 시골이라 그 주석서를 구할 수가 없었습니다. 하서河西 선생이 그 주석을 매우 좋아하셨다고 했다지만 일찍이 저와 함께 이야기 한 적이 없고, 저 역시 제 마음과 맞지 않았으므로 감히 거론하여 묻지 않았습니다. 하지만 속으로는 항상 의심스러웠습니다. 그 주석을 본 지가 오래되어 전혀 기억나지 않고, 하서 선생의 시는 우연히 한 연聯을 기억하고 있습니다. 그 시에,

금계金鷄의 물과 달은 참으로 안 것 같더니
이슬비 내리는 평림平林은 또 문득 의심이 드네

한 것은 괴이한 것 같습니다. 만약 "달은 빈 산에 가득하고, 물은 못에 가득하네."라는 것을 참된 앎으로 여겼다면, "오랜 이슬비가 평림

平林을 어둡게 하네."라는 것을 또 어찌 의심했다고 하겠습니까? 옛
사람이 비록 학문은 의심을 하면 깨닫는다고 했으나, 어찌 깨닫고
난 뒤에 다시 큰 의심이 있겠습니까? 대체로 이러한 말들은 모두 제
대로 된 것 같지 않습니다.

제가 보기에는 오곡五曲은 바로 정사精舍가 있는 곳이니, 이른바
"숲 사이에 손[客]이 있다."라는 것은 반드시 자신을 비유한 것이 아
니라고는 못할 것입니다. 그러므로 그것은 이슬비로 흥을 일으켜 자
신이 깊이 숨어살며 쓰임새를 감추는 사실을 비유한 것이니, 이것을
학문에 의심이 있는 것으로 여기려 하면 안 될 듯합니다. 『주자대
전』을 살펴보건대, 양자직楊子直이 왕재신王才臣을 읊은 절구의 발문[7]
에, "왕마힐王摩詰의 「망천칠원시輞川漆園詩」에,

> 옛사람들 못된 관리가 아니었건만
> 스스로 경세의 일 젖혀놓았네
> 우연히 미천한 관직에 몸을 붙이어
> 몇 그루 나무 밑에서 배회하누나

하는 것이 있다. 나는 이 시를 매우 사랑하여 남들에게 이야기해 주
었으나, 내 뜻을 깨닫는 사람들이 없었다. 그런데 지금 자직子直의
이 시를 읽어 보니, 남곡편南谷篇에 감동되는 바가 있다." 하고, 그
끝에 양자직楊子直의 시를 기재했는데, 그 시는 다음과 같았습니다.

> 남산南山이 높고도 밝으니
> 그 밑에 깊은 골짜기 있네
> 얼룩무늬 표범도 숨고 드러남을 알아

아침 내내 내리는 안개에 목욕하네

저의 생각에는 오곡시에서 말한 뜻도 이와 같은 듯한데, 과연 그 런지는 모르겠습니다.

대개 이들 열 마리를 고집스럽게 끌어다가 비유하거나 하나하나 안배할 수는 없으나, 또한 그 사이에 의미를 비약한 듯한 곳이 있으 니, 비유하여 말할 뜻이 전적으로 없었다고 할 수는 없습니다. 일곡 시一曲詩에,

무지개 다리[虹橋]가 한번 끊어지자 소식이 없으니
만학천봉萬壑千峰이 푸른 연기로 잠겨 있네

한 것은 분명히 뜻이 있는 것 같습니다. 그러나 어찌 이것을 도道가 묻히고 없어진 것을 슬퍼하여 지은 것이라 할 수 있겠습니까? 대개 마주친 풍경에 따라 느낀 생각을 드러낸 것일 것입니다. 그러므로 생각과 환경이 참되면 그 말에 저절로 깊은 풍취가 있게 되는 것이 니, 이것이 주자의 시가 그다운 까닭입니다. 그런데 만약 이미 경치 를 형용하는 데다 생각을 두었는데도, 또 그 경치를 끌어다가 도학 道學을 비유하는 데 뜻을 두었다면, 바로 두 마음이 되는 것입니다. 그러므로 이것은 시를 읊으면서 성정性情의 바름을 잃는 것 뿐 아니 라, 학문을 하는 데 있어서도 작은 차이가 크게 어그러지는 데 이르 게 될까 두렵습니다.

이곡과 삼곡도 전혀 뜻이 없는 것은 아닙니다. 단지 주석가가 억 지로 해석한 것과는 같지 않은 듯합니다. 사곡도 그러하고, 육곡과 칠곡은 첫째 마리와 더불어 모두 담박하여 맛이 있습니다. 그러나

저의 소견은 어둡고 얕아, 감히 그 뜻이 있는 곳은 드러내어 생각해 볼 수 없습니다. 팔곡과 구곡도 뜻이 있는 듯합니다. 팔곡시에,

　　이곳에 아름다운 경치 없다 하지 마오
　　여기부턴 나들이 나온 이들 올라오지 않는걸

한 것은, 대개 비록 뛰어나고 기이한 구경거리는 없지만, 조용히 산책할 만한 경치가 없지 않으니, 만약 놀이 나온 이들이 조용히 찾는다면 분명히 맛없는 맛이 있을 것임을 말한 것으로서 뜻이 없는 것이 아닐 듯합니다.

　　구곡이 다하려 하자 눈앞이 환하게 트여
　　상마전桑麻田에 비이슬 내린 평천平川을 바라보네

하는 데 이르러서는, 그 기상을 보건대 맑고 깨끗하여 정신과 의미가 말 밖에 넘쳐흐르는 것을 깊이 알 수 있으니, 더욱 뜻이 없지 않은 듯합니다. 주석가가 "넉넉히 성인의 경지에 들어갔으나, 애당초 백성들이 날로 쓰는 평범한 도가 아닌 것이 없다."라고 한 말 따위는 장황한 듯합니다.

　어랑漁郎 다음은 평범하게 비유하여 경계한 말로 보아야 합니다. 그 뜻은 다음과 같습니다. "구곡을 다 구경하고 나면, 눈앞이 트여 뽕밭·삼밭에 내린 비이슬이 평천을 가득 덮는데, 이것은 참으로 맑고 그윽하며 평평하고 드넓은 경계로서 유람의 극치이다. 만약 이곳을 마음에 만족하게 여기지 않고서 다시 도원의 경지를 구한다면,

이는 곧 별천지이지 인간의 일이 아니다." 놀이 나온 이들에게 이것을 버리고 다른 데서 구해서는 안 된다는 것을 경계한 것인 듯합니다. 이제까지 제가 말씀드린 것들은 모두 평소의 제 의견입니다. 그러나 도를 어지럽혀 성문聖門에 죄를 얻게 될까 두려워, 원래는 입을 열어 번거롭게 말하지 않으려 했습니다. 하지만 과분하게 물음을 받았으므로, 감히 마음을 다하지 않을 수 없었습니다.

그렇지만 선생님의 화운和韻은 진실로 매우 정미하고 뛰어났습니다. 그러나 제가 이해할 수 없는 곳이 많았습니다. 이는 제가 무이武夷의 사실을 잘 알지 못해 그런 것 같습니다. 다시 지으신 한 수와 편지의 말씀은 제 생각에 감히 아주 옳지는 않다고 여깁니다. 하지만 "숨은 뜻을 찾고 괴이한 행동을 한다.[索隱行怪]"[8]라는 말을 인용하신 말씀은 이치에 가깝다고 생각합니다. 그리고 "이 경치는 세상에서 쉽게 얻을 수 있는 것이 아니다."라는 주석은 아마도 믿기 어려울 듯합니다. 그러나 전에 『연주시격聯珠詩格』을 보니 이 시를 싣고 또한 이 말을 끌어다가 주석을 달았으며, 또 그 밑에 "공이 일찍이 이 시 때문에 비방을 받았다." 했는데, 그 이유를 모르겠으니 자세히 가르쳐 주시기를 바랍니다.

그리고 또 근래에 선인들의 글을 주해하기도 하고 혹은 자기의 뜻을 저술한 이들의 저서가 어지럽게 나와서, 학자들로 하여금 옳고 그름이 혼란스러워 무엇을 선택할지 알지 못하게 하고 있습니다. 게다가 학자들은 바야흐로 일상 접하던 것을 싫어하고 새로운 것을 좋아해, 다투어 그런 책을 취하여 보니 참으로 한탄스럽습니다. 그리고 세속에 돌아다니는 『훈몽절구訓蒙絶句』에 대해서도 일찍이 마음속으로 의심하고 있었기 때문에, 지난날 서울에서 뵙던 때에 저의 소견을 여쭈었는데, 선생님께서도 역시 주자가 지은 것이 아닌 듯하다고 하셨습니다. 선생님의 이 말씀을 듣고서 저는 자못 스스로 다행으로 여겼습니다. 그러나 학자들은 역시 대부분 주자가 지은 것이라고 여겨 익히고 있으니 한탄스럽습니다. 황공하게도 알고자 하여 붓 가는 대로 언급했으니, 송구하고 송구합니다.

지난 가을에 받은 편지에 대한 답서

지난해 9월 돌아오는 인편에 편지 한 통과 가르치신 별지를 받았으니, 감사하고 위로되는 마음 지극했습니다. 가르쳐 주신 뜻을 자세히 보니 이미 분명하고 극진하여, 진실로 빈틈없이 받들어 놓쳐서는 안되겠습니다. 따라서 지금 감히 급히 답하여 거듭 번거롭게 헤드리지 않으려 하니 헤아려 주십시오. 그러나 저에게 간곡한 청이 있어 선생님께 말씀드리지 않을 수 없습니다. 주신 글에 저에 대한 예우가 너무 무거워 소생이 감당할 수 있는 바가 아니니, 헤아려 주시면 다행이겠습니다.

왕원택王元澤은 바로 왕개보王介甫의 아들로서 이름은 방雱입니다. 그 말은『주자어류』130권에 나오니, 한 번 찾아보시기 바랍니다. 지난번에 올린 저의 글을 베껴 보내 주셨으니, 부끄럽고 송구한 마음 그지없습니다. 사단칠정설의 끝에 아뢰었던 "이理는 비었으며[虛] 상대[對]가 없다."라는 말들의 한 문단도 초본이 없으니, 아울러 베껴 보내 주시면 어떻겠습니까? 잔다란 일까지 말씀 올리니 더욱 황공합니다. 대승은 삼가 절하고 또 답장드립니다. 髙

1. 광주목사光州牧使 류경심柳景深을 가리킨다.
2. 원래의 순서대로 하면, 이 뒤에 【3-3】의 편지가 이어진다.
3. 남이 지은 시의 운자韻字를 써서, 그것에 맞추어 화답하는 형식으로 시를 짓는 것을 말한다.
4. 『퇴계집退溪集』 1, 시詩 "한가히 『무이지』를 읽고 구곡도가의 운을 빌려 지은 열 마리의 시[閒讀武夷志次九曲櫂歌韻十首]"
5. 『주자대전』 9, 시詩 "순희 갑진년 2월에 정사에 한가로이 있으면서 장난 삼아 무이도가 열 마리를 지어 여러 동지들에게 드리며 더불어 한 번 웃고자 함[淳熙甲辰中春精舍閒居戲作武夷櫂歌十首呈諸同遊相與一笑]"
6. "공자가 누군가가 자신을 알아준다면 무엇을 하겠느냐고 물었을 때, 다른 제자들은 모두 나라를 제대로 다스리려는 포부를 펼쳤는데, 증자만은 다음과 같이 대답했다. '저문 봄에 홑옷을 다 지으면, 어른 대여섯과 아이 예닐곱과 더불어 기沂에서 목욕하고 무우無雩에서 바람 쐬며 노래하다가 돌아오겠습니다.'" 『논어』, 「선진」, 24장.
7. 『주자대전朱子大全』 84, 발跋 "발양자직소부왕재신절구[跋楊子直所賦王才臣絶句]"
8. "공자가 말했다. '숨은 뜻을 찾고 괴이한 행동을 하는 것에 대해 뒷날 좇아 서술할 사람이 있겠지만 나는 하지 않겠다.'" 『중용』, 11장.

편지 읽을 겨를조차 없으니

명언에게 답합니다.

전에 가르침을 받고 감히 입을 다물고 있을 수 없어, 함부로 고루한 소견을 말했습니다. 그러나 돌이켜 생각해 보니 매우 소홀하고 어그러진 곳이 있어서, 그저 스스로 두려운 생각에 땀이 날 지경입니다. 그런데 뜻밖에 버리지 않고 하나하나 채록하여 회답해 주니, 기쁘고도 다행스러웠습니다. 이어 그대의 마음이 한가하고 몸이 편안함을 알고는 또 못 견디게 기뻤습니다. 괴팍하고 늙은 저는 병이 떠나지 않고 날로 더욱 심해갑니다. 봄에는 처신하는 데 더욱 낭패를 보았는데, 다행히 임금의 너그러운 용서에 힘입어 구차히 엎드려 있기는 하지만, 아직도 결말이 나지 않은 일이 있어서 두려움 속에 날을 보내고 있을 따름입니다. 아마도 이 때문에 더욱 어진 이들로부터 버림을 받게 될 듯합니다. 그런데도 그대는 지금 저와 편지를 반복하여 논변하니, 모든 것을 포용하는 그대의 큰 도량을 볼 수 있습니다.

마침 명절을 만나 성묘를 떠나려고 말에 올랐다가, 그대가 보낸 사람을 만났습니다. 도로 들어와 앉아서 답서를 쓰다 보니, 실로 그대의 편지 가운데 한두 가지 내용도 엿볼 겨를이 없습니다. 그러므로 그대가 글에서 가르치신 것에 대해, 마음을 써 주어서 고맙다는 한 마디 말도 제대로 하지 못하니, 부끄러움을 이길 수 없습니다. 뒷날을 기다려 혹시 연구하고 음미하여 그대에게 알릴 만한 것이 있게 되면, 광주 목사 집안의 오가는 인편을 통해 보내겠습니다. 그렇게 하면 편지를 중간에서 잃어버릴 염려는 없을 것입니다.

그러나 천리 길이 험하고 멀어, 마주보고 물을 기약도 없이 다만 문자만을 의지할 뿐이므로, 우리들의 논쟁이 끝날 때가 없을 듯하니, 한갓 사람들의 비웃음과 비방만을 부를 뿐입니다.

김계진金季珍[1]이 돌아와 칠상漆上에 있을 것 같은데, 근황이 어떠합니까? 그대가 보낸 사람에게 물었더니 모른다고 했습니다. 일이 바빠서 간단한 안부 편지도 부치지 못했으니, 혹 그를 만나거든 나의 이런 뜻을 말해 주는 것이 어떻겠습니까? 뒤에 인편이 있을 때에는 편지를 전하겠습니다. 아울러 살펴 주십시오. 하고 싶은 말을 만 분의 일도 하지 못했습니다. 도를 위해 보중하기 바랍니다. 삼가 절하고 간략한 글을 보냅니다.

신유 5월 단양端陽[2] 2일 전에 황이 숙여 절합니다. 退

---

1. 김정金正을 가리킨다.
2. 단오端午.

추만 어르신의 부고를 받고서

퇴계 선생님께 답해 올립니다.

건강은 어떠신지요? 우러르는 마음 날로 깊어집니다. 저는 외람
되이 염려해 주심에 힘입어 근근이 지내고 있습니다. 5월 20일 즈음
에 삼가 편지를 받아, 선생님의 뜻을 자세히 알고는 위로되고 감사
한 마음 그지없었습니다. 그러나 산천이 막혀 있고 멀리 떨어져 있
어 답장도 제대로 이을 수 없으니, 안타까운 마음만 간절합니다.

우러러 아뢴 저의 설은 이미 살펴보셨을 것으로 생각되오니, 가르
침을 주시기 바랍니다. 기대하는 마음 가눌 수 없습니다. 그 사이 우
리 도道에 불행하게도 뜻밖에 추만秋巒 어르신께서 돌아가셨다는 부
고를 받고는, 슬픈 마음 견딜 수 없었습니다. 지난해 하서河西 선생
의 상을 당했는데, 금년에 또 추만을 위해 곡했으니, 하늘이 혹독한
화를 내리심이 어찌 이다지도 심하단 말입니까? 저와 같은 소생이
앞으로 어디서 덕을 살피고 학문을 묻겠습니까? 더욱 가슴이 찢어
지는 듯합니다. 삼가 생각하건대 선생님께서도 도의로써 깊이 사귄
사이이니, 반드시 슬퍼하실 줄 압니다.

저는 다행히 한가한 곳에 있으므로 학문에 힘쓸 수 있는데도, 어
지러운 세속에 따라 혼란스러워, 스스로를 돌아보건대 부끄러움이
견줄 데가 없습니다. 더구나 벼슬에 나아가야 할 때가 닥쳐, 장차 뻗

뻔스레 분주함을 면하지 못할 것이니, 앞으로의 근심과 두려움은 더욱 말할 수 없습니다. 어찌하면 좋겠습니까? 바라건대 선생님께서 이끌어 주시기를 빌고 빕니다. 할 말은 많으나 이만 줄이오니 살펴 주십시오. 삼가 절하고 글을 올립니다.

가정 40년 신유 7월 21일, 후학 대승은 머리 숙여 또 절합니다.

추만의 부고를 받고, 놀람과 슬픔을 견딜 수 없었습니다. 이에 감정이 말에 드러나기에 여덟 구의 시를 지어, 뜻을 같이하는 후배들에게 보여 주었는데, 지금 삼가 적어 올리오니 굽어살피시기 바랍니다.

> 작년에는 하서河西를 곡했고
> 금년에는 추만秋巒을 곡했네
> 좋은 사람들 연달아 떠나니
> 도는 떠나 돌아올 때 없네
> 나의 고루한 자질
> 누구에 의지할까
> 적막히 어둔 방에 누웠으니
> 시냇물만 부질없이 졸졸 흐르네

우러러 여쭐 일은 지난번에 정자중鄭子中에게 보낸 편지에 "나의 설 가운데 분명하지 않은 곳에 대해 이미 논술한 것이 있으나, 바빠서 미처 베껴 올리지 못한다." 했으니, 자중이 반드시 선생님께 여쭈었을 것 같은데 여쭈었는지요? 가르침을 내려 주시면 다행이겠습니다.

김계진金季珍은 현재 칠상漆上에 있고 별 탈 없습니다. 그러나 제가 여러 가지 일 때문에 공교롭게 어긋나서 오랫동안 인사를 하지 못했으므로, 지금까지 선생님의 말씀을 전하지 못했습니다. 한스럽고 부끄럽습니다. 박화숙朴和叔이 벼슬을 그만두고 고향으로 돌아와서, 지금 금성錦城의 서촌西村에 살면서 몸을 잘 보존하고 있습니다. 얼마 전에도 몇 차례 서로 만났습니다. 아울러 살피시기 바랍니다.

삼가 절하고 아룁니다. 高

---

1. 지금의 전라도 나주이다.

그대가 서울로 올라갈 날이 멀지 않음을 알고는

명언에게 답합니다.

광주 목사 편에 부쳐 온 그대의 편지로 요사이 화평하게 지낸다는 것을 알고는, 안 그래도 마음이 쏠리던 차에 매우 위안이 되었습니다.

지난 여름 그대의 답신을 받고서 즉시 답하느라 미처 자세히 검토하지 못했기 때문에 답신이 매우 소홀하게 되었습니다. 그 뒤 병을 앓는 동안 간간이 그대가 보내온 변론을 읽어 보고는 그 뜻이 더욱 깊고도 치밀함을 엿볼 수 있었습니다. 늙은 제가 이러한 고견을 듣게 되었으니, 이보다 큰 행운이 어디 있겠습니까?

그러나 그대의 변론 중에는 간혹 제 의견과 다른 부분도 없지 않았습니다. 그 때문에 저의 지난날의 미혹이 완전히 가시지 않은 상태에서 새로운 의심이 더욱 많이 일어납니다. 대략 그 가운데 한두 가지를 들어 그대에게 물어야 마땅하겠으나, 그대에게서 받은 책자를 정자중鄭子中이 가져갔으므로, 그것을 다시 찾아다가 앞뒤의 주장을 살펴본 다음에라야 질문을 할 수 있겠습니다. 여름 동안 자중이 서울에 있었으므로 머지않아 고향으로 내려올 것 같으나 아직 오지 않고 있습니다. 이런 사정 때문에 이번 답장에서도 지난번에 보내온 변론에 대한 답을 하지 못하니, 어리석은 죄에다가 게으른 죄까지 겸하게 되었습니다. 부끄럽기 그지없습니다.

추만秋巒은 늙기도 전에 죽었으니 애석하기 짝이 없습니다. 더구나 제 경우에는 교분이 깊은 사이인데도, 마침 이렇게 멀리 물러나 있는 관계로 그의 관도 한번 어루만지지 못했으니, 부끄럽고 애통한 마음 다할 길이 없습니다. 근자에 서울 가는 아들아이에게 간략한 제수를 가지고 가서 이 슬픈 마음을 그의 영전에 고하게 했을 뿐인데, 이제 그대가 보내 주신 한 편의 시를 보니, 풍모가 독실하고 같은 도를 배우는 사이에서 간절히 대하심이 이와 같음을 알았습니다. 돌아가는 인편이 바빠서 미처 저의 구구한 마음을 담은 화답의 시는 짓지 못하고, 다만 눈물을 참고 그대의 시를 쓰다듬으며 뒷날을 기약할 뿐입니다.

자중子中이 말했다는 것은, 제가 논술할 때에 그와 상의하지 않았기 때문에 어느 일을 말한 것인지 모르겠습니다. 그를 만나게 되면 알아보고 뒷날 마땅히 알려 드리겠습니다. 박화숙朴和叔이 떠나간 뒤로 한 번도 편지를 주고받지 않았는데, 이제 좋은 소식을 전해 받으니 기쁜 마음 이루 표현할 수 없으나, 역시 돌아가는 인편이 급한 관계로 그에게도 또한 따로 편지를 드리지 못합니다. 그대가 저를 위해 간곡한 뜻을 전해 주십시오. 아울러 부디 한가한 때에 학업에 힘써서, 멀리서 염려하고 있는 제 마음을 위로해 주면 매우 다행이겠습니다. 김정金正도 이번에 편지를 부쳐 보내왔습니다.

그대가 서울로 올라갈 날이 멀지 않음을 알고는, 경하스러운 가운데서도 저의 지나친 우려의 마음을 다 표현할 수 없기에, 종이를 앞에 놓고 근심할 뿐입니다. 또 앞으로는 한가하게 긴 글을 서로 주고받으면서 학문을 연마하는 것도, 초야에 있을 때와는 같지 않을까 염려됩니다. 오직 이 도道와 이 시대를 위해 부디 보중하시기를 빌면서 이만 줄입니다.

신유 8월 4일, 황. 물어 보고 싶은 것은 끝이 없지만, 이 두어 마디로 그치오니 헤아리시기 바랍니다. 退

봄에는 서울로 가오니

선생님께 올립니다.

세밑이라 추위가 갑절이나 기승을 부리는데, 선생님께서는 편히 계시는지요? 저는 근근히 제 몸만을 보전할 뿐이니 드릴 말씀이 없습니다. 또 가을부터 겨울까지 우환이 모이고 질병이 침범하여 어려움을 겪고 있습니다. 지난번에 여기 광주의 영공令公 편에 선생님의 서한을 받았는데, 내려 주신 은혜가 은근하고 지극하시니, 위로와 다행스러움을 어찌 이길 수 있겠습니까?

삼가 사단칠정에 대한 정론定論을 보여 주시기 바랍니다.

저는 근자에 벼슬길에 나아가는 은전을 입었으니, 봄에는 서울로 가야 하겠습니다. 그러나 가난과 질병이 서로 괴롭히므로, 다른 이들을 쫓아가기에 급급할 수밖에 없을 것 같아 마음이 자못 괴롭습니다. 하지만 서울로 가면 선생님께서 계시는 곳과 길이 약간 가까워 자주 연락을 통하게 될 듯하니, 이것은 다행입니다. 삼가 살피시기 바랍니다. 마침 지나가는 중을 통해 인사 여쭙다 보니, 제대로 갖추지를 못했습니다. 아울러 굽어살피시기 바랍니다. 삼가 두 번 절하고 올립니다.

신유 11월 15일, 후학 대승은 머리를 숙이며 올립니다. 高

1562~1565

처세의 어려움을 나누며

사단칠정 논변의 어려움

명언에게 드립니다.

그대가 호남에 있을 때는 제가 영남에 있고, 서울에 있을 때는 지방에 있게 되어, 해를 걸러 날이 지나도 서신의 왕래가 막혔습니다. 자중子中이 내려왔는데도 아직 만나 보지 못했습니다. 새로 가족을 버리고 벼슬에 나아가 나랏일에 힘쓰는 초기인 이때'에 근황은 어떠하며, 평소에 수양한 것을 세상에서 시험하는 데 불안한 점은 없는지요?

저는 여선히 궁벽한 이곳에 물러나 있으니 어리석은 분수에는 그나마 다행스러운 일이지만, 나이는 세월과 함께 쏜살같이 빨리 가고 병은 늙어감에 따라 더욱 심해져서, 지기志氣와 정력이 사그라져감을 실감하고 있습니다. 지금에 와서야 비로소 이 학문을 서두르지 않을 수 없겠다는 것을 깨달았습니다. 세상의 호방한 선비들은 분명히 저를 어리석고 굼뜨면서도 뉘우칠 줄 모른다고 비웃을 것입니다.

지난번에 주고받았던 사단칠정 논쟁이 저에게 이르러서 그쳤으나 이는 아직 결론이 나지 않은 문제이고, 그 가운데는 또한 저의 소견을 마무리하고 싶은 부분이 한 두 군데 있었습니다. 그러던 중에 다시 생각해 보니, 의리를 분석하여 밝히는 일은 본래 더없이 정밀하고 해박해야만 하는데도, 제가 논술한 내용을 돌아볼 때 조리가 번잡하고 문장이 방만하며, 의견을 펼친 것이 넓지 못하고, 조예가 미치지 못하는 곳이 있었습니다. 그때마다 이전 유학자들의 학설을 찾아서 따다가, 부족한 곳을 보충하여 그대의 변론에 회답하는 말로 삼았습니다. 이는 과거를 보는 사람이 과장에 들어가서 시제試題를 보고서, 고사를 따다 조목별로 대답하는 것과 무엇이 다르겠습니까? 설사 이와 같은 저의 회답이 매우 타당했다 하더라도, 자신의 학문을 충실하게 하는 데는 조금도 도움되는 것이 없으니, 다만 부질없는 다툼으로 고귀한 학문[聖門]의 중요한 금기를 범하는 것이 될 뿐입니다. 더구나 반드시 타당하다고도 할 수 없는 형편입니다. 이런 까닭에 다시 전날처럼 용감히 회답할 마음을 먹지 않고, 다만 두 사람이 말에 짐을 실은 것에 비유한 그대의 편지를 따라서,² 장난 삼아 절구 한 수를 지어 보냅니다.

  짐을 싣는 두 사람 경중을 다투며
  높고 낮음 공평히 맞추려 하지만
  이쪽을 누르고 저쪽으로 돌리면
  짐의 무게 언제나 공평해질까

  하하.³

책을 보다가 잘 모르는 것이 있어 별지에 적었습니다. 이것은 지난번 논변에 비할 것은 못되니 답해 주시리라 기대합니다. 나머지는 자중에게 말해 두었습니다. 삼가 절합니다.

임술 10월 16일. 황이 아룁니다.

『주자대전속집朱子大全續集』의 「채계통에 주는 답서[答蔡季通書]」[4]에서 "천지의 곳간을 다 열고자 한다면, 옹치과라癰痔果蓏가 손상을 당하게 되는 유감이 없을 수 없다." 했는데, 옹치과라가 손상을 당한다는 말이 무슨 뜻인지 모르겠습니다.

『연원록淵源錄』의 「사현도유사謝顯道遺事」[5]에서 "육문일관필六文一管筆로 특별히 써서 가르쳐 주시어, 이 사람의 마음을 안정시켜 주는 것이 좋지 않겠는가?" 했는데, '육문일관필'이란 무엇을 말하는 것입니까?

후인後人의 「제무이정사시題武夷精舍詩」에서,

성긴 밭에 달빛 비치니 잔나비 울고
대 책상에 먼지 나니 와작瓦雀이 지나가네

했는데, 출전도 적어놓지 않아서, 와작瓦雀이 무슨 물건인지 알지 못하겠습니다.

주자가 남악南岳을 유람할 때 「밤에 방광方廣에서 묵었는데 장로 수영守榮이 죽었다는 말을 듣고 지은 시」[6]에서 "허공에서 근두筋斗만 친다." 했는데, 허공에서 근두를 친다는 말이 무슨 뜻입니까?

여러 글들에서 존장尊丈의 장丈 자가 문文 자로 되어 있는 곳이 많기에, 처음에는 오자로 알고서 볼 적마다 고쳤습니다. 뒤에 그런 곳이 한두 군데가 아닌 것을 보고는, 다 오자가 아닐 것이란 생각이 들었습니다. 혹 존장尊丈을 '무슨 문文'이라고 하는 예가 있습니까?

『심경부주心經附註』[7]의 「욕심 때문에 도를 잊는다.[以欲忘道]」에 대한 주 가운데 호씨설胡氏說에 "반백班伯이 음란의 근원이라고 말했던 것이다."라는 말이 나오는데, 반백은 어느 때 사람이며 그 일은 어느 글에 나옵니까?

주자가 「공중지에게 주는 답서[答鞏仲至書]」[8]에서 방옹放翁[9]의 일을 말하기를 "까닭 없이 천진교 위에서 호손胡孫의 요란시킴을 당했으나, 도리어 대이삼장혁견大耳三藏覰見 했다."라고 했는데, 이것이 무슨 말입니까?

「유공신도비劉珙神道碑」에 '예조훈롱藝祖熏籠'이라 한 일도 모르겠습니다.[10] 退

---

1. 5월에 고봉은 예문관검열藝文館檢閱 겸 춘추관기사관春秋館記事官에 제수되었다.
2. 2-9에 그 비유가 보인다.
3. "지난번에 주고받았던~하하" 까지의 구절은 【2-11】에도 나온다.
4. 『주자대전속집』2. 서書.
5. 『연원록』은 주희가 주돈이周敦頤 이래 정호와 정이 및 그들의 문인 46명의 언행을 기록하여, 그 학문의 연원을 설명한 책인 『이락연원록伊洛淵源錄』을 말한다. 「사현도유사」는 『연원록』9권 학사學士 사량좌謝良佐에 대한 내용이다.
6. 『주자대전』5, 시詩.
7. 명나라의 유학자 정민정鄭敏政이 진덕수眞德秀의 『심경心經』에 대한 여러 학자들의 말을 모아, 해설하고 증보한 책이다. 퇴계 이황은 『심경』의 난해한 글자와 구절을 주석했는데, 후에 『심경부주석의心經附註釋疑』로 편찬했다. 호씨설은 『심경부주』 2권 5장인 「군자낙도君子樂道」의 주 가운데 치당致堂 호씨의 설을 말한다.
8. 『주자대전』권64, 서書.
9. 남송의 시인 육유陸游의 호이다.
10. 원래의 순서대로 하면, 이 뒤에 【2-12】의 편지가 이어진다.

우리에 갇힌 원숭이와 조롱에 갇힌 새처럼

선생님께 올립니다.

삼가 여쭙습니다. 건강은 어떠신지요? 그리는 마음을 그칠 수 없습니다. 봄기운이 점점 퍼지고 남은 추위가 물러가려는 이 때에, 지내시는 데 도움이 있고 날로 더욱 편안하시기 바랍니다. 저는 선생님의 도타운 은혜를 입어, 근근히 몸을 보전하고 있습니다.

지난해 봄에 벼슬길을 찾아 서울로 들어와서는, 즉시 사관史官에 임명되어 여름부터 겨울까지 줄곧 당직을 맡고 있다 보니, 심신이 함께 피로하여 거의 몸을 가누지 못할 것 같았습니다. 그리하여 10월 30일쯤에 이르러서는 성묘하려고 휴가를 받아 시골로 내려갔습니다. 그러나 산을 넘고 물을 건너느라 번거롭다 보니, 옛 병이 갑자기 다시 도졌습니다. 드디어 염치를 무릅쓰고 감사監司에게 글을 올려, 임금께 아뢰어 현직의 교체를 청해 주기를 바랐더니, 곧 휴가를 주어 병을 조리하게 하라는 천은을 입었습니다. 그러나 초야의 미천한 신하가 과분한 대우를 받으니 황공하여 어찌할 줄을 몰라, 즉시 병든 몸을 이끌고서 올라온 지가 지금 이미 한 달이 지났습니다. 그러나 몸 상한 것이 쌓인 데다가 다시 일이 매우 바쁘다 보니, 정신이 멍해져서 마치 미쳐서 바보가 된 듯한데, 고질적인 마음 병이 될까 두려워 근심이 실로 깊습니다.

지난번 정자중鄭子中을 통해 삼가 선생님의 편지를 받고, 서너 번 읽었습니다. 감사하고 부끄러우며 위로되고 마음이 넓어짐이 비할 데 없었습니다. 그런데도 오랫동안 답장을 못해, 매양 소홀하고 게으름을 스스로 탓했습니다. 그러나 이것은 몸이 궐 안에 갇혀 있음으로 말미암아 오갈 사람을 얻기 어려워 소식을 전하지 못한 것입니다. 또 자중이 고향으로 돌아갈 때에는 마침 척간擲奸[1]할 일로 영릉英陵[2]으로 떠났기 때문에 한 쪽의 편지도 올리지 못했으니, 불민한 죄를 무엇으로 속죄하겠습니까? 송구스런 마음 더욱 그지없습니다.

지난날 오간 글에 저의 어리석은 소견을 대략 말했던 것은 감히 선생님께 숨길 수 없어서였고, 진실로 스스로 옳다고 여긴 것은 아니었습니다. 그런데 지금 가르쳐 주신 내용을 받으니, 경계되고 두려운 마음을 이길 수 없습니다. "우리들의 잘못은 바로 진실한 공부는 하지 않고 한갓 말로만 서로 경쟁하는 데 있으니, 이 병의 원인을 알고 돌이켜 노력한다면, 헛되지는 않을 것이다." 하신 말씀의 뜻이 선생님의 경우에 있어서는 진실로 겸손하신 말씀이지만, 저의 경우에 있어서는 바로 병에 맞는 약입니다. 지금 다행스럽게도 알게 되었으므로, 감히 스스로 기뻐하고 있습니다.

별지에 기록하여 보여 주신 것은 자세히 알 수 없는 것이 많습니다. 단지 세 조항만을 따로 적어 올리니 살피시기 바랍니다. 저는 어릴 적부터 학문을 해 온 사람이 아니고, 한갓 의기와 글솜씨만을 자신했습니다. 뒤에 와서 비록 성현의 가르침에 뜻을 두기는 했으나, 마음대로 지낸 지가 너무 오래여서 법도로써 몸을 단속하지도 못하는데, 어찌 조금이나마 수양한 것이 있겠습니까? 그런데 지금 갑자기 벼슬길에 나서게 되어 힘써 종사하자니, 묵은 병을 치료할 수 없을 뿐만 아니라, 모든 일이 어그러지고 두려운 생각에 마음이 놓이지 않아, 하는 일마다 낭패스럽습니다. 비유하자면 우리에 갇힌 원숭이와 조롱에 갇힌 새가 구차히 세월만 보내고 있는 것과 같습니다. 뿐만 아니라 주자가 이른바 "머리를 들고 일어서지 못하고, 몸을 움직일래야 움직일 수 없어, 일마다 더욱 참아낼 수 없다." 한 것과 같으니, 어찌하면 좋겠습니까? 선생님께서 가르쳐 주시기를 바라는 지극한 갈망을 가져봅니다. 할 말은 많으나 이만 줄입니다. 아울러 너그러이 보아주시기 바랍니다. 삼가 절하고 올립니다.

계해 2월 12일, 후학 대승 머리 숙여 절합니다.

별지

'옹치과라饔峙果蓏'라는 말은 류자후柳子厚의 「천설天說」에 나옵니다.[3] 자세히 알 수는 없으나, 그런 뜻이 아니겠는지요?

반백班伯은 『한서漢書』의 「서전叙傳」에 나옵니다.[4]

'근두筋斗'는 광대가 거꾸로 서는 것을 이르는 말입니다. 일찍이 한 중을 만났더니, 그가 말하기를 "옛날에 한 중이 장로의 법회에 참여했는데, 깨달음이 있어 곧 거꾸로 서서 말했는데, 이 말은 『전등록傳燈錄』에 나온다." 했습니다. 모르기는 하나, 그런 뜻이 아니겠는지요? 髙

1. 부정이 있나 없나를 캐어 살피는 일을 말한다.
2. 조선 세종의 릉으로, 경기도 여주에 있다.
3. 류자후는 당나라 때의 시인 류종원柳宗元(773~819)을 가리킨다. 「천설天說」은 류종원의 문집인 『류하동집柳河東集』 16권에 있다.
4. 『한서』의 「서전」은 저자 반고班固가 자신의 가계에 대해 서술한 전기로, 반백은 그의 큰할아버지이다.

진실한 공부를 방해하는 세 가지

명언에게 답합니다.

구경서具景瑞[1]가 고향으로 돌아오면서 전해 준 그대의 편지를 받아 보았습니다. 지난해부터 지금까지의 여러 상황이 잘 갖추어져 있어, 먼 곳에 막혀있어 답답했던 마음이 얼음 녹고 안개 걷히는 것보다 더 시원하게 풀렸습니다. 크게 위로가 되었습니다. 저는 산간 벽지에 살고 있어서 서울 소식을 듣는 경우가 드물어, 그사이 고향에 내려갔다가 병으로 사직한 것과 명을 받고 다시 서울로 돌아가 일 같은 곡절을 모두 알지 못했는데, 이제 편지를 받고서야 알았습니다. 따라서 한번 시험하려 한 일이 뜻대로 되지 않는 상황에서 기분이 어떠했을지는 짐작이 됩니다. 이것이 오늘날 벼슬하는 데 있어 가장 어려운 것이고, 오늘날의 사람이 옛사람들에 미치지 못하는 것도 이것으로 말미암아 나뉘어지는 것입니다. 오랫동안 경력을 쌓으면 더 알게 되리라 생각합니다.

늙고 미천한 저는 병으로 인해 한가히 지내고 있으니, 임금의 은혜가 하늘과 같습니다. 다만 동지중추부사同知中樞府事의 직책이 지금까지 해임되지 않았습니다. 지난해 봄 소명을 받았을 때 사직을 청한 뒤로는 감히 다시 사직을 청하지 못했으니, 스스로의 마음만 불안할 뿐 아니라, 듣자니 여론도 사직하지 않는 것을 비난하는 것 같습니다. 이러한 여론이 매우 당연하지만 지난날에 사직으로 인해 낭패를 보았기 때문에 더욱 움츠리고 조심되어 감히 사직의 뜻을 밝히지 못하고, 대간의 탄핵으로 파직되기만을 기다릴 뿐입니다. 의리에도 맞지 않고 염치도 모르는 짓이라고 할 수 있겠지만 어쩌겠습니까?

지난 겨울 자중子中이 제게 왔을 때, 그대가 제 편지에 답하지 못하고 있는 까닭을 이미 말했습니다. 말재주만으로 경쟁하다시피 하는 것은 참으로 무익하고, 진실한 공부는 매번 하다가 말다가 하는 것이 괴롭습니다. 그러나 하다가 말다가 하는 잘못을 자세히 생각해 보면 기질과 습관의 치우침, 물욕의 가림, 세상사의 구속, 이 세 가지에 지나지 않습니다. 다행히 이곳은 산중이라서 물욕의 가림과 세상사의 구속은 적지만, 치우친 기질과 습관은 바로잡기 어려워, 뜰 앞을 서성이면서 매번 강직한 친구의 도움 받기를 생각하지만 만날 수 없었습니다. 그대의 편지를 받으니 마치 큰 보물을 얻은 것 같아, 펴서 읽어 보고는 깊이 감복한 나머지, 늙고 혼미하다는 이유로 감히 스스로를 포기하지는 않기로 했습니다.

그대도 지난날 스스로 방종했던 것을 후회하고 있는 줄 알고 있습니다만, 오늘에 와서 사람들이 그대의 풍모를 상상하고 흠모하기를 그치지 못하는 것은 무슨 이유이겠습니까? 부디 이렇게도 저렇게도 할 수 없다 하여, 마음속으로 너무 근심하지 마시기를 바랍니다.

보내 주신 별지는 저의 어리석음을 많이 깨우쳐 주니, 천하의 서적을 다 읽어 보아야 한다는 것을 더욱 깨닫게 되었습니다. 매우 다행입니다.

경서가 돌아가는 길에 이 글을 부칩니다. 이만 줄이오니 살펴 주시기를 빕니다. 삼가 절하며 답합니다.

계해 2월 24일, 황이 머리 숙입니다. 退

---

1. 구봉령具鳳齡(1526~1586)을 가리킨다. 호는 백담栢潭, 경서는 그의 자이다. 퇴계의 문인으로 저서 『백담집』이 있다.

승정원의 승지가 되어

퇴계 선생님께 답해 올립니다.

구정자具正字가 올라온 즉시 궁궐로 왔습니다. 건강이 좋으심을 듣고는 기쁘고 위로됨이 헤아릴 수 없었으나, 또 선생님의 편지를 받아 몇 차례 읽어 보고는 근심스러운 감회를 이길 수 없었습니다.

저는 꼼짝달싹 하지 못하는 형세에 처해, 몸을 의탁할 데가 없어 가족이 한데 모여 살 계획이나 세우고 있었습니다. 지난달 처자를 서울로 오게 하여 거처할 집을 마련해서 조금 편하게 지낼 생각을 했습니다. 그런데 이 달 초에 또 승정원[銀臺]의 승지가 되어 여러 날을 숙직하다 보니, 일은 많고 마음은 번거로워, 괴롭고 답답한 생각을 어찌할 수 없을 따름입니다. 며칠 전에 비록 다시 성현의 글을 읽었으나 평범하게 보아 넘기게 될 뿐, 마음을 쓰거나 경험에 미루어 몸에 익힌 적이 없기 때문에 참다운 공부를 조금도 하지 못했습니다. 오늘날 세상일을 맞닥뜨려도 전혀 힘을 얻을 수 없으니, 두려운 생각을 호소할 곳조차 없습니다.

지난번 편지로 가르치신 '하다가 말다가 하는 걱정'이란 말씀이 간절하고 지극하다 하겠습니다. 그러나 세 가지의 잘못이 눈앞을 어지럽혀, 잘라 내어도 없어지지 않고 쫓아버려도 떠나지 않습니다. 끝내 어떻게 될까 모르겠는데, 힘써 도와주는 친구는 더욱 얻을 수 없으니 어찌하겠습니까?

또 편치 않게 여긴다는 뜻을 보이신 것이 참으로 간절하고 지극하시니, 저로 하여금 탄식을 일으키어 망연해지는 줄도 깨닫지 못하게 했습니다. 오늘날 세상의 걱정이 바로 이 하나의 관문에 있기는 합니다만, 말을 하자니 가슴이 아픕니다. 그러나 어찌하겠습니까?

더욱 대업을 연구하시어 우리 도를 빛내시기를 기원합니다. 대충 편지를 쓰다 보니, 속에 있는 생각을 다 말하지 못했습니다. 멀리서 선생님께서 계시는 봄 정원을 생각하면서, 스스로 슬퍼할 뿐입니다. 살펴 주시기 바랍니다. 삼가 절하고 올립니다.

계해 3월 21일 밤에 후학 대승은 머리를 조아려 두 번 절하고, 숙직하는 등불 밑에서 간략하게 적었으니, 황송하고 부끄러움 더욱 그지없습니다. 아울러 살펴 주십시오. 高

처세의 마땅함에 대해

퇴계 선생님께 올립니다.

세월이 덧없이 빨라 벌써 봄이 다 갔습니다. 지내시기에 편안하시고 건강은 좋으신지요? 저는 아직도 임금 가까이 있으며 멍하게 시일만 보내다 보니, 병은 더해지고 정신은 더욱 초췌해졌습니다. 정력이 지탱하기 어려움을 매우 근심하면서도 그만두지 못하고, 한갓두려워만 하고 있을 뿐입니다.

지난번에 편지를 받아 삼가 말씀하신 뜻을 살피고는 위로되기도했지만, 한편으로는 한탄스럽기도 하여 항상 마음이 쓰입니다. 그러나 저는 선생님께서 한가로이 계시면서 뜻을 이루심에 넉넉한 즐거움이 있으니 다행이라고 여겼고, 관직을 가지고 집에 계시는 것이편안하지 않음은 미처 생각하지 못했습니다. 지식이 얕고 부족하여부끄럽기 그지없습니다. 그러나 이어 생각해 보니, 과연 주신 글에서 말씀하신 것처럼 어려운 점이 있었습니다. 지난번 올린 답서를닦을 적에는 일이 많고 바빠서, 물어오신 것을 다 대답해 올리지 못했으니, 한스러운 마음 그지없습니다.

선비가 이 세상을 살아가는 데는 진실로 운신할 만한 곳이 없습니다. 그러나 관직을 그만둘 생각은 감히 내지 못하고, 탄핵을 받아파직되기만을 기다린다면, 언제 그만 두게 되실지 모르겠습니다. 사직하면 낭패 당할 걱정이 염려되고, 사직하지 않으면 실로 구차하게 편안함만을 구하는 부끄러움을 감수해야 될 것입니다. 사직하지 않고서 항상 불편한 생각을 품고 있기보다는 차라리 사직하여 혹 난처한 경우가 생긴다 하더라도 처음에 먹었던 마음에 한이 되지 않게 하는 것이 낫지 않겠습니까? 더구나 오늘의 사직이 지난날의 사직과는 다르니, 혹 늙고 병든 실정을 가지고서 정성을 다해 사양하여 사직의 청을 거듭한다면, 또한 이루어질 수도 있지 않겠습니까? 어리석고 무식한 제가 처신하는 도를 함부로 논하는 것은 진실로 군자에게 죄를 얻는 것임을 압니다. 그러나 평소 선생님을 믿고 의지하기에 염려하는 정이 있으니, 감히 스스로 선생님의 처지를 모른 척할 수는 없었습니다.

검소함을 덕으로 삼아 자취를 감추는 것이 비록 처세의 법이지만, 몸을 세우고 도를 믿는 것도 실로 일을 처리하는 방법입니다. 그리고 거취의 어려움은 한때이지만, 처세의 마땅함은 후세에 널리 전해지는 것이니, 이것으로 헤아리고 결단하신다면 그 속에 반드시 하찮은 것과 소중한 것, 버려야 할 것과 취해야 할 것이 있을 것입니다. 선생님의 도는 한 시대가 우러러보는 것이 될 뿐만 아니라, 반드시 뒷날의 모범이 될 것이라고 늘 생각했습니다. 그렇기 때문에 선생님께서도 도에 스스로를 두시고, 일상의 법규에 집착하지 마시기 바랍니다. 정이 극진하다 보니 말이 방자해져서 그칠 줄을 몰랐으니, 선생님께서는 웃으시지 않을까 모르겠습니다.

바라건대 인편에 서신을 전하시어, 저의 미혹함을 깨우쳐 주심이 어떻겠습니까? 간절히 바라는 마음 견딜 수 없습니다. 헤아려 살피시기 바라면서 삼가 절하고 올립니다.

계해 4월 2일, 후학 대승은 절하고 올립니다. 너무 어리석어 겨우 썼으니 황공합니다. 高

사직하고 물러나는 일의 어려움

기명언에게 답합니다.

자중子中이 가지고 온 그대의 4월 2일의 편지를 겨우 다 읽자마자, 경서景瑞가 3월 21일의 답서를 가져 왔습니다. 때마침 이어 온 두 통의 편지를 아울러 읽어 보니, 지난번 편지에 미진한 곳이 있다 하여 다시 편지를 보내 가르쳐 주시는 성의를 잘 알겠습니다. 이야말로 이른바 "군자는 사람을 덕으로 사랑하되, 형편에 따라 자기가 편한 대로 대하지 않는다."라는 마음이고, 또한 증자가 "남을 위해 일을 꾀할 때 충성스럽게 한다."라는 뜻이니, 깊이 감명 받았습니다.

그대의 편지 속에 "사직하지 않고서 항상 불편한 생각을 품고 있기보다는 차라리 사직하여 혹 난처한 경우가 생기더라도 처음에 먹었던 마음에 한이 되지 않게 하는 것이 낫다."라고 한 말은 진실로 절실하고 지극한 논리입니다. 이 말은 일찍이 사직한 적이 없는 사람에게 해 주었을 경우에는, 의를 바르게 하고 도를 밝힐 뿐, 이익과 손해를 견주어 보지 않는 일이 되니 참으로 좋을 것입니다. 그러나 제 경우에 있어서는 사직하지 않은 것이 아니라, 실로 힘을 다해 사직을 청했다가 난처한 일이 생기기까지 했기에, 그것을 경계하여 지금 감히 다시 사직하지 못하는 것일 따름입니다.

또 늙고 병들어 물러나는 것이 옛사람들에게 있어서는 밥을 먹고 옷을 입는 것처럼 예사로운 일이었습니다. 이런 까닭으로 사직하는 사람은 기어이 자기의 뜻을 이루었고, 사람들도 이상하게 여기지 않았습니다. 그러나 지금 세상에는 이런 법도가 쇠퇴하고 끊어져서, 벼슬에서 물러나는 것을 겨우 나이가 찬 대신이 관례에 따라 사직하는 글[啓辭]에서나 볼 수 있을 뿐이고, 나머지 신료들은 이런 일이 있는 줄도 모릅니다.

저는 매우 불행하게도, 어리석은 사람인데도 드넓은 은혜를 입었고, 고질병을 앓는 몸을 가지고도 높은 벼슬에 올랐기 때문에, 의리로 보아 단 하루도 편안히 있을 수 없는 처지여서, 사퇴를 비는 일을 아무렇지 않게 생각할 수 없었습니다. 그러므로 수십 년 동안 수많은 글자를 써서 수많은 도리를 설명했고, 고사를 끌어다가 쓰면서 속마음을 다 드러내고 간곡히 애절한 사정을 아뢰기도 했습니다. 하지만 마침내 낭패를 보고서 어쩔 수 없이 다시 벼슬하여 허둥거리는 모습을 보이고, 덕이 높은 분들에게 비웃음을 사게 될 줄은 미처 깨닫지 못했습니다.

끝내는 사직이 이루어지지 않았을 뿐 아니라, 도리어 높은 관직이 더해졌습니다. 또 힘써 대여섯 차례 사양했지만, 벼슬만 끝없이 올라갔습니다. 천지간에 도망갈 곳도 없고 어찌할 수도 없었으니, 그저 힘없이 고분고분하게 아무 말 못하고 받아들였을 뿐이었습니다. 그러니 그대가 편지에서 차라리 사직하여 처음에 먹었던 마음에 한이 되지 않게 하라고는 했지만, 과연 어떻게 하겠습니까? 또 그대가 편지에서 "오늘의 사직은 지난날의 사직과 다르다."라는 말도 매우 일리가 있습니다. 다만 지난날에도 늙고 병든 실정이 이미 지금과 비슷했지만, 오히려 제 성의가 드러나지 못했습니다. 그러니 지금 비록 더 늙고 병이 더한 실정이라고 한들, 어찌 나이를 세고 병세를 비교하여 사직의 뜻이 반드시 이루어질 것이라고 바라겠습니까?

우리 고장 선배 농암聾巖 이 선생[1]은 나이 일흔 다섯에야 벼슬에서 물러나 여든 여덟에 돌아가셨는데, 고향으로 내려와서 죽는 날까지 계속 중추부의 관직을 가지고 있었습니다. 그분도 처음에는 매년 한 두 차례 사직을 청했지만, 번번이 청은 받아들여지지 않고 도리어 이따금씩 포상의 은전이 내려졌습니다. 그러므로 뒤에는 사직을 청하지 않기로 결심하고서 말하기를 "쓸데없음은 말할 것도 없거니와, 가장 편치 않은 것은 은혜의 명이 내림이니, 사직하지 않는 것이 낫다." 했습니다. 저도 그때는 오히려 농암이 의리를 다하지 못했다고 여겼습니다만, 지금 몸소 겪어 보니 과연 그렇다는 것을 알겠습니다.

또 들은대 옛날 주자께서 병으로 남강군임南康軍任의 직을 사양했으나, 이루어지지 않자 여백공呂伯恭에게 이르기를 "곧 다시 청하고 싶으나, 여러 사람들이 모두 '비록 대신이나 원로가 번진藩鎭[2]을 맡더라도, 반드시 일년이 지난 뒤에야 사직을 청하는 것이다.' 하며, 분수도 모르고 참람하다며 탓하는 듯하다. 그러므로 조금 참고 겨울을 넘겨 한 해가 지난 뒤에 청하라는 말을 따르지 않을 수 없다." 했습니다. 이 말대로라면 비록 시골에 있다 하더라도, 자주 사직소를 올려 기어이 관직에서 갈리는 것 역시 분수를 모르는 혐의가 있는 듯합니다. 그렇게 하지 않고서 다만 한 해에 한 차례만 청하는 예를 따른다면, 대수롭지 않게 보아서 끝내 청이 받아들여지지 않을 것이 뻔합니다. 이런 곡절을 깊이 생각했고 익히 보았기 때문에, 기미년

에 공조工曹를 사양하고 신유년에 임금의 부르심을 사양한 것 말고
는, 감히 다시 중추부의 관직에 대한 사직을 청하지 않은 지 이미
다섯 해가 되었습니다.

병을 지니고 궁벽한 산골에 살면서 이름이 관직자의 명부에 실려
있는 것은 옛사람의 뜻에도 맞지 않고 뒷사람이 물어도 할 말이 없
으므로, 밤마다 생각하느라고 잠도 이루지 못합니다. 지금 그대의
편지를 읽어 보니, "거취의 어려움은 한때이지만, 처세의 마땅함은
후세에 널리 전해지는 것이다." 했습니다. 또 "도에 스스로를 두시고
일상의 법규에 집착하지 마시기 바랍니다." 했으니, 참으로 장한 말
입니다. 오직 이와 같이 한 뒤라야 비로소 대장부라고 할 수 있을
것입니다. 그러므로 주자는 위학僞學에 대한 금령[3]으로 위급한 시절
에도, 사직하여 물러나는 일에 대해 반드시 받아들여진 다음에야 그
만두셨습니다.

그러나 스스로 생각하건대 저는 본래 세상에 쓰일 만한 재주가
없는 몸으로, 일찍이 병을 얻어 중년 이전에는 여러 번 쓰러졌습니
다. 늙고 나서야 바야흐로 흩어진 것을 수습하고 부족한 것을 보충
했으니, 허물을 줄여 평소의 원하던 것을 마치면 족하다고 생각했습
니다. 그런데 만약 앞뒤를 돌아보지 않거나 능력을 헤아리지 않고
서, 유독 벼슬에 나아가는 한 가지 일에 대해서만 모조리 옛 도로
돌아가고자 한다면, 이것은 이른바 한 다리는 짧고 한 다리는 길다
는 것이니, 어찌 엎어지는 화를 면할 수 있겠습니까? 그러므로 세상
에 대장부의 일이 있다는 것을 알면서도, 오히려 머뭇거리면서 감히
분발하여 곧추 나아가 일을 맡겠다고 하지 못하는 것입니다. 비록
그러나 저 역시 무슨 마음으로 옛 견해만을 굳게 지키며 변통할

줄을 모르겠습니까? 그대의 편지에 감동되어 깊이 생각해 보았습니다. 또한 시기를 살피고 의리를 헤아려서 다시 청해 볼 것이니, 어찌 끝내 안 한다고 하겠습니까? 도와주는 후한 은혜를 입었으므로, 이렇게 자잘하게 대답했습니다. 살펴 주기 바랍니다. 아울러 몸을 아껴 잘 보전하기를 빌면서 삼가 절하고 회답합니다.

　　계해 4월 17일, 황은 머리 숙입니다.　退

1. 이현보李賢輔(1467~1555)를 가리킨다.
2. 지방에 주둔하는 군진軍鎭을 말한다.
3. 송宋나라 영종寧宗 때 주자가 당시의 권력자 한탁주韓侂冑의 간악함을 상주했는데, 그는 주자에게 원한을 품고서 도학을 위학으로 몰아 주자의 관직을 삭탈하였다. 또 도학하는 사람들을 위학의 당黨이라 하여 등용을 금했다. 『송사』429, 열전 188, 도학 3, 주희전.

처신하는 방법이 달라

퇴계 선생님께 올립니다.

더위와 비가 연이어 심합니다. 요사이 건강은 어떠신지요? 그리는 마음 그지없던 차에 벗들을 통해 편치 않으시다는 기별을 듣고는, 놀라고 염려되는 마음 견딜 수 없었습니다. 지내시는 데에 기쁨이 있으시기를 빌며, 도를 실천함에 더욱 힘쓰시기를 빕니다. 저는 외람되이 멀리서 염려해 주시는 은혜를 입어, 근근이 나날을 보내고 있습니다. 다만 고강考講이 좋지 않게 나와서 군직軍職에 머물러 있게 되었습니다. 이 때문에 새벽부터 저녁까지 일해야 하는 괴로움이 없어서 자못 안정되게 지내고 있으니, 잃는 것이 있으면 얻는 것도 있다는 것을 잘 알겠습니다.

지난번에 주신 편지로 말미암아 외람되이 한두 가지를 선생님께 여쭈었는데, 말투가 참람하고 경솔했기에 꾸짖음을 받을까 두려웠습니다. 그런데 자중子中이 돌아오는 편에 회답을 받아 보니, 되풀이해 자세히 분석하시고 일의 도리를 두루 다 말씀하셨으므로, 천천히 음미하기를 그치지 못했습니다. 관직에 나아가는 의리에 대해서는 옛사람들이 비록 완전한 모습을 보여준 것이 있습니다만, 시대가 다르고 일이 같지 않아 처신하는 방법이 아마도 이렇게 다른가 봅니다.

정밀한 의리와 그 쓰임새는 반드시 제대로 맞아야 한다고 생각하는데, 뵙고서 가르침을 받을 방법이 없으니, 간절히 바라는 마음만 날로 깊어 갑니다. 그리고 맨 밑의 한 구절에서 "한쪽 다리는 길고 한쪽은 짧다."라는 비유는 저의 마음에 무언가 크게 느껴지게 합니다. 지난날 저의 잘못된 견해도 바로 이와 같았습니다.

평소 일을 대하고 사물을 접할 때에 반드시 안과 밖 또는 이것과 저것을 자세히 헤아려, 서로 부합하여 막힘이 없게 된 뒤에야 순서를 따라 행합니다. 그렇지 않다면 감히 멋대로 생각하거나 분수를 넘어 억지로 행하지 않습니다. 이것은 비록 뜻을 세운 것이 높지 못해 스스로를 제한하는 것 같지만, 몸과 마음을 반성해 보아도 서로 크게 어그러지지 않고, 차츰차츰 꾸준히 힘을 얻게 되는 데에 이르게 되니, 어쩌면 의미를 찾을 수 있을 것입니다. 지금 가르쳐 주시는 말씀을 보건대 이 뜻과 같은 듯하니, 장자莊子가 "아침저녁 사이에 만난다."라고 말한 것이 어찌 굳이 다시 천년을 기다려야 하는 것이겠습니까? 위로되고 다행스러운 마음 더욱 그지없습니다. 아뢰고 싶은 것이 매우 많습니다만, 번거로운 일로 바빠서 갖추지 못했습니다. 살펴 주십시오. 삼가 절하며 글을 올립니다.

계해 6월 28일, 후학 대승은 절하며 올립니다.

다시 아룁니다. 제가 가만히 세상의 여론을 들어보니, 선생님께서 올곧게 물러나심을 가상하다 하여 모두들 조정에서 포상하여 높이는 은전이 있어야 한다고 합니다. 이 논의가 어떻게 매듭지어질지는 알 수 없지만, 만약 선생님께서 사직을 청하는 사이에 이 논의가 일어난다면 지난날보다 훨씬 더 난처하게 될 것입니다. 어찌하겠습니까? 이 일에 대해서는 선생님께 이미 정해진 견해가 있음을 알고 있습니다만, 들은 바가 있으므로 감히 아뢰지 않을 수 없습니다. 살펴주시기 바랍니다. 저는 병으로 승정원 주서注書[2] 자리에서 갈려, 예문관 봉교奉敎[3] 자리를 받았습니다. 그래서 또 자리를 지키며 사무를 익히느라 관청을 떠나지 못합니다. 아울러 굽어살펴 주십시오. 삼가 절하고 아룁니다. 대승은 머리를 숙입니다. 高

1. "꿈에 술 마신 사람이 아침에 곡하며 울 수도 있고, 꿈에 곡하며 운 사람이 아침에 사냥하러 갈 수도 있다. 꿈을 꾸고 있을 때는 그것이 꿈인 줄 모른다. 꿈속에서 그 꿈을 점치기도 하지만, 깬 뒤에야 그것이 꿈인 줄 안다. 오직 크게 깨달은 뒤에야 인생이 큰 꿈인 줄 안다. 어리석은 사람은 자기가 깨어 있다고 생각하여, 따지고 캐며 아는 척한다. 군주니 관리니 하는 사람들은 고루하기만 하구나! 공자와 그대는 모두 꿈꾸고 있다. 내가 그대에게 꿈꾼다고 하는 것도 꿈이다. 이 말은 매우 이상하게 들릴 것이다. 만세 뒤에나 이 말을 이해하는 큰 성인을 만난다 하더라도, 오히려 아침저녁 사이에 만난 것처럼 일찍 만나는 것일 것이다." 『장자』, 「제물론齊物論」.
2. 왕명의 출납을 맡은 승정원의 정7품 벼슬.
3. 왕이 내리는 문서를 작성하는 일을 맡은 예문관의 정7품 벼슬.

만장 절벽에 마주 서서, 화살처럼 끝게

명언에게 답합니다.

그대의 편지를 받고, 한직을 얻어 여유롭게 지내는 것이 참 좋다는 것을 알았습니다. 정말로 승문원[槐院]의 강론하는 자리는 사람을 좋은 곳으로 옮겨 주나 봅니다. 저는 요사이 갑자기 엎친 데 덮친 격으로 병을 연이어 만나 여러 달 동안 고생을 했습니다. 벗들의 도움으로 여러 방면으로 약을 써서 이제 겨우 지낼 만합니다. 그러나 전보다 훨씬 더 힘이 빠져 버렸으니, 다시 무슨 정력이 있어 평소처럼 학업에 힘쓸 수 있겠습니까? 인생의 중간에서 다행히 잘못을 깨닫고 새로운 결심을 했지만, 벌써 나이가 들어 버려 어떤 성과를 낼 수 있을지 점치기 어렵습니다. 지금 다시 이와 같이 몸이 피폐하니, 어찌 수련의 결과를 얻을 수 있겠습니까? 진실로 걱정입니다.

그대가 "시대가 다르고 일이 같지 않아 처신하는 방법이 다르다."라고 논한 말과, 두 다리가 길고 짧다는 비유는 그 이치가 진실로 그렇습니다. 그러나 지난번 제 편지의 말은 모두 제 처지에서 나온 것일 따름입니다. 따라서 어쩔 수 없이 낮은 곳으로 옮겨 가서 말했습니다. 이것은 무릇 처지는 낮으면서 높은 것을 말하여 감히 자신을 속이고 남도 속일 수 없어서였습니다. 스스로도 매우 마음에 차지 않고, 군자들의 논의로도 크게 배척을 받을까 두려웠습니다. 그런데 그대의 편지에서는 배척해 꾸짖지 않았을 뿐 아니라 도리어 하신 말씀은 무엇입니까? 어떤 이는 만장 절벽에 마주 서서 화살처럼 곧게 행동한다고 하는데, 그대는 이제 겨우 먼길을 갓 떠나는 출발점에 있는데도 뜻대로 다 되지 않는 것이 있습니까? 그대의 뜻이 높고 밝아 평소 정해진 견해가 있음을 압니다. 한순간 우연히 남의 말끝에서 나온 것일 리 없습니다. 그러나 우리들의 논의를 주자의 문하에 여쭈면 뭐라고 하시겠습니까? 만약 꾸짖으시기를 "너희들은 어찌하여 절벽에 마주 서서도 화살처럼 곧은 뜻은 없고, 이익을 위해 뜻을 굽히는[枉尺直尋]¹ 논의만을 서로 배우느냐?" 하신다면, 제가 먼저 말을 꺼냈으므로 더욱 책망이 깊을까 두렵습니다. 하하.

자중子中이 고을의 수령이 되어² 편안히 요양하게 되었으니, 원하던 바와 꼭 들어맞으리라 생각했는데, 고을이 쇠잔하여 겨를이 없다 합니다.

병을 앓고 난 뒤라 어지럽고 피곤하여, 하고 싶은 말을 다하지 못했습니다. 시대를 위해 스스로를 아끼며, 더욱 높고 깊게 공부에 힘쓰시기를 바라며 이만 줄입니다. 삼가 절하고 회답합니다.

가정 계해 8월 5일, 늙은 병자 황은 고개를 숙입니다.

따로 주신 글에서 말한 일이 어찌 있었겠습니까? 설령 그런 일이 있었다 하더라도 그런 은전을 받을 사람은 세상에 따로 있으니, 제게는 반드시 미치지 않을 것입니다. 만일 잘못되어 제게 미친다면 저의 낭패는 말할 나위도 없거니와, 그것을 주장한 사람도 형편을 제대로 살핀 것이 못됩니다. 대개 아래위의 뜻을 헤아리지 않고 그렇게 한다면, 반드시 사람들이 거슬러 반대하고 나설 것입니다.

그대가 만약 그 사이에서 힘을 쓸 만하거든 제발 유의하여, 다른 사람은 되지만 저는 안 된다는 생각을 간절히 깨우쳐 주십시오. 그 것이 바로 구덩이 속에 빠진 사람을 건져 주는 은혜입니다. 일찍이 보건대 채개부蔡介夫는 장풍산章楓山을 벼슬길에 나서게 하려고 꾀하는 동모董某에게 편지를 보내 잘못이라 했는데,[3] 하물며 저는 어떻겠습니까?

위의 편지 한 편과 작은 별지는 지난 8월 5일에 보냈던 것입니다. 서울에 있는 조카를 시켜 그대에게 전하도록 했더니, 미처 전하기도 전에 그대가 남쪽으로 떠났기 때문에 조카가 편지를 가지고 도로 내려왔더군요. 곧이어 그대가 다시 예문관[翰苑]으로 들어왔다는 소식을 듣고 이 편지를 다시 보내고자 했으나, 조카가 서울로 돌아가지 않았습니다. 서울의 다른 친구들도 함부로 남에게 편지를 주지 말라고 경계하므로, 편지를 부탁할 만한 사람이 없었습니다. 제게 편지를 전해 주는 인편도 아울러 끊어지니 서울 소식을 전혀 듣지 못했습니다. 그래서 그대가 언제 서울로 돌아왔는지도 모르는 상태에서 편지를 묵히니, 마침내 삼동이 지나고 이미 해가 바뀌었습니다.

지금 우리 아이가 마관馬官[4]이 되어 서울로 가는 편에 드디어 이 편지를 보냅니다. 그대가 이 편지로 말미암아 당시의 제 뜻을 알아 주기 바랍니다. 이어 다시 생각하건대 지난번에 제가 그대를 위해 염려한 것과 이 편지에서 스스로 염려한 것은 모두 이미 대략 시험해 본 것 같습니다. 그렇다면 앞으로 우리가 형편을 헤아릴 때마다의 논의에 어떻게 대처해야 되겠습니까? 어리석은 제 생각에, 바꿀 수 없는 것은 더욱 굳게 지키고, 숨겨야 할 것은 더욱 높고 깊게 지켜야 할 뿐, 다른 것은 미리 헤아릴 수 없다고 여기고, 또한 감히 하나하나 거론하지 않았습니다. 왜냐하면 비록 우리 임금의 결단으로 사악한 무리가 쫓겨난 뒤이지만,[5] 우리가 여전히 남의 지목을 받고 있기 때문입니다. 그러니 이 편지를 널리 퍼뜨리지 말기 바랍니다. 우리 아이가 돌아오는 편에 몇 자 소식을 부쳐, 답답한 제 마음을 풀어 주시면 크게 다행스럽겠습니다. 退

1. "한 자를 굽혀 여덟 자를 편다.[枉尺直尋]"라는 말은『맹자』의「등문공」하편에 나오는 말이다. 맹자의 제자인 진대陳代가 몸을 굽혀 제후를 만나는 일은 작은 일이고, 제후와 같이 왕도를 펴는 일은 큰 일이니, 한자를 굽혀 여덟 자를 펴는 것과 같지 않느냐고 말하면서 맹자를 설득하려고 했다. 이에 대해 맹자는 그것은 뜻을 굽혀 이익을 꾀하는 일이라고 비판했다.

2. 이때 정유일鄭惟一은 경상도 진보현감眞寶縣監이 되었다.

3. 채개부는 중국 명대의 학자 채청蔡淸인데, 호는 허재虛齋이다. 장풍산은 같은 시대의 학자 장무章懋를 말한다. 동준도董遵道가 황제에게 아뢰어 장무에게 높은 벼슬을 줘서 초빙하려고 하자, 채청이 동준도에게 편지를 보내어 말했다. "장선생은 결코 나올 뜻이 없으니 부르심을 받들지 않을 것이다. 선생의 뜻이 견고할 뿐만 아니라 그의 마음을 조금이나마 이해하는 제자라면, 권력을 잡은 이에게 이런 방법으로 선생을 대우해서는 안 된다고 강력하게 말해야 될 것이다."『허재집』2.

4. 당시 퇴계의 큰아들 준寯이 경상도 안기도찰방安奇道察訪이 되었다.

5. 이량李樑(1520~1571)의 무리가 제거된 것을 가리킨다. 이량은 명종 때의 중신이며 외척이다. 명종의 신임에 힘입어 한때는 세력을 떨쳤으나, 다시 사화를 일으키려 했다는 탄핵을 받고 몰락했다. 그가 사화를 일으켜 제거하고자 하는 대상 가운데는 고봉도 포함되어 있었다고 한다.

둘째 아이가 병으로 죽었습니다

퇴계 선생님께 올리는 글.

삼가 요사이 건강이 어떠신지 여쭙습니다. 우러르는 마음 더욱 지극합니다. 얼마 전 삼가 주신 편지를 받고, 또 찰방 아드님을 만나 건강히 잘 계심을 알고는 기쁘고 위로되는 마음 그지없었습니다. 저는 선생님의 은덕에 힘입어 가까스로 지내고 있습니다.

지난해 가을 벼슬에서 내처진 뒤 바로 남쪽으로 내려가서는, 처음에 원했던 것을 드디어 이룰 수 있게 되었다 했습니다만 곧 벼슬길에 나서라는 명이 돌아왔습니다. 의리로 보아 편안하기만을 구하기 어려워, 마침내 10월 20일 즈음에 서울로 왔습니다. 그러나 가솔을 이끌고 객지 살림을 하자니 뜻대로 되지 않는 것이 너무 많아 탄식이 자못 그치지 않았습니다. 게다가 또 섣달 초순에 둘째 아이가 병으로 죽었습니다. 아이가 이제 일곱 살로 뭐든지 빨리 깨우쳐 사랑스러웠는데, 갑자기 이리 되고 보니 아픈 마음 스스로 견딜 수 없을 지경이었습니다. 그 뒤 막내 아이가 또 위독했으나 간신히 살려냈습니다. 오랫동안 걱정 속에서 지내다 보니 정신은 나간 듯하고 껍데기만 남아 있습니다. 이에 저의 수양이 굳지 못해 어려움을 만나면 안정되지 못함을 알겠으니 참으로 답답합니다.

가르쳐 주신 것은 하나하나 갖추어 보았습니다. 그 가운데서도 이익을 위해 뜻을 굽힌다는 말씀은 오늘날 학자들의 병폐에 바로 맞는 말이니, 더욱 가슴에 담아 두고 잊지 않고자 하며, 나머지는 다시 되풀이하여 말하지 않겠습니다. 오늘날의 형편을 보건대 마치 물이 새는 배로 큰 바다를 건너는데 돛대는 기울고 노도 부러진 데다 풍랑이 번갈아 들이치는 것과 같으니, 어찌 실은 짐을 망치지 않고 빠져 죽지 않을 사람이 있겠습니까? 그런데 더구나 우리를 지목하는 사람들이 아직도 있으니, 끝내 어떻게 될지 모르겠습니다. 그러나 형편이 이미 이렇게 되었으니, 구차하게 자신을 위한 계책을 꾀하지는 않겠습니다. 다만 학문을 익히지 않고 덕을 닦지 않아, 스스로 신하로서의 도리를 다해 선왕의 영전에 그 정성을 바치지[自靖自獻] 못하는 것만이 몸을 마치는 날까지의 근심이라 하겠습니다. 살펴 주시기를 바랍니다.

평소 글을 읽고 일을 처리하는 사이에 산처럼 쌓인 의심과 회의를 몸소 뵙고 여쭙지 못하는 것이 한스럽습니다. 바람을 맞으며 슬픈 마음으로 멀리 내다보니 부질없이 그리움만 간절합니다. 큰 덕을 더욱 풍성하게 이루시어 우리 도를 빛내기를 빌면서 이만 줄입니다. 삼가 백 번 절하고 올립니다.

가정 갑자甲子 2월 1일, 후학 대승은 절하고 올립니다. 지난번 찰방이 돌아갈 때에는 제가 마침 관청에서 숙직하느라 편지를 닦아 올리지 못했습니다. 대단히 송구합니다. 아울러 살펴 주십시오. 高

---

1. 『상서尙書』, 「미자지명微子之命」.

몸을 마치는 날까지의 근심

명언에게 답합니다.[1]

지난 2월 2일에 편지를 받은 뒤, 여름과 가을이 다 가도록 한 번도 소식을 전하지 못했으니, 인정상 도리에 가깝지 않은 듯합니다. 그때 다시 임용되어 돌아와서 처음인 데다가 어린 자식을 잃는 참변까지 겹쳤으니, 견디기 어려우리라는 것을 생각했으면서도 제대로 위로해 드리지도 못했습니다. 비록 병으로 갇혀 있다고 하지만, 이렇게까지 인사를 차리지 못한다는 말입니까? 야인으로 사는 늙은이는 그대가 다시 서울로 왔다는 소식을 들으니, 진실로 마음이 놓이지 않습니다. 바야흐로 서늘한 가을에 즐겁고 온화한 기상과 날로 새로워지는 몸가짐으로 잘 지내고 계시는지요? 저는 늙은 몸에 병이 쌓여, 별 볼일 없는 사람이 되었습니다. 그런데 요즘에는 습기로 뼈마디가 쑤시는 병을 앓아, 다리를 절고 비틀거리기까지 하니 더욱 근심스럽습니다.

마음속에 품은 생각을 없애 버릴 수는 없지만, 의문이 생기는 것을 말할 데가 없습니다. 돌이켜 생각하건대 지난날 서로 소리 높여 이야기했는데, 이제 다시 할 수는 없겠지요? 그러나 주신 편지에서 '몸을 마치는 날까지의 근심'이라고 하신 밝은 경계를 감히 버리겠습니까? 우리 아이가 서울로 가는 편에 대략 적어 보냅니다. 이만 줄이고 삼가 답합니다.

갑자 9월 초순에 황은 머리 숙입니다. 退

1. 『퇴계집』 속집 3권, 「기명언에게 답하는 글[答奇明彦]」, 甲子.

근심 걱정이 몸을 얽매니

퇴계 선생님께 답해 올리는 글.

봄부터 가을까지 일이 많고 바빠서 어찌 지내시는지 문안 편지
한번 못했습니다만 늘 그리워하고 있습니다. 이번에 주신 편지를 받
으니 경계하시는 말씀이 효험이 있는 것 같아 걱정은 사라지고 위
로되는 마음 그지없습니다. 다만 습비를 앓고 계시다는 것을 알게
되니 선생님을 향한 염려 또한 지극합니다. 몸을 잘 다스리셔서 스
스로 다시 건강해지시기 바랍니다.

서는 외람되이 선생님의 두터운 은혜를 입어 겨우 지내고 있습니
다. 최근에 집안에 화가 자꾸 겹쳐 말할 수 없는 아픔을 당했습니다.
또한 장례를 치르느라 분주하여 겨를이 없었는데, 이제야 겨우 다
마치고 한숨 돌린 것 같습니다.

봄 사이에 일찌감치 병 때문에 자리에서 갈렸는데, 근심 걱정이
몸을 얽매니 몸은 피곤하고 마음은 괴로워 다시 예전처럼 학문을
그리는 뜻이 없습니다. 선생님의 기대를 저버릴까 두렵고, 그 때문
에 더욱 근심스럽습니다.

더욱 자신을 아끼시기를 비는 바입니다. 나머지는 김이정金而精에
게 자세히 말했습니다. 살펴 주시기 바랍니다. 삼가 절하고 답장을
올립니다.

갑자 10월 6일, 후학 대승은 절하고 올립니다. 마침 숙직하느라 번거로워 대략 적었습니다. 죄송합니다.

삼가 건강은 어떠신지 여쭙습니다. 우러러 그리는 마음 그지없습니다. 저는 외람되이 두터운 은혜를 입어 겨우 관직에서 벗어날 수 있었습니다. 그러나 번잡한 사무에 시달려 본래 공부를 버려 두고 있으니, 다른 것은 말할 것도 없습니다. 부끄럽고 두려울 뿐입니다. 살펴 주시기 바랍니다. 삼가 절하고 글을 올립니다만 제대로 갖추지 못했습니다.

갑자 11월 12일, 후학 대승은 절하고 올립니다.

---

1. 김취려金就礪(1526~?)를 가리킨다. 호는 잠재潛齋, 이정은 그의 자이다. 안산 사람으로 퇴계의 문인이다.

명언에게 절하며 답합니다.

김이정이 오는 편에 편지를 받고도 회답을 하지 못했는데, 얼마 전 우리 아이가 돌아오는 편에 또 편지를 받았습니다. 아울러 김이정이 이곳에 있으니 자주 소식을 주고받아, 그대의 최근 형편이 좋다는 것을 알게 되었습니다. 감동스러울 뿐 아니라 기쁘고 경사스러운 마음 비할 데 없습니다.

판윤공判尹公이 갑자기 세상을 떠나신 것은 시운과 관계가 있으니, 한탄스럽고 애석함을 무엇에 비기겠습니까?

모르겠습니다만 그대가 평소에 품고 있던 계획은 이룰 수 있겠습니까? 이루셨다면 오랫동안 머무르지 않을 것으로 생각되는데, 언제쯤 남쪽으로 내려가십니까? 바라는 대로 되어 마음이 참으로 상쾌하고 즐거우시겠습니다. 다만 기한이 지나 버렸는데도 여전히 끌려다니며, 마치 낚시에 걸린 고기처럼 오도가도 못하게 되는 근심이 이즈음에 있게 될까 두렵습니다. 그러나 실로 눈앞의 형세에 맞추어 나갈 뿐, 다른 것이야 어찌 미리 계획할 수 있겠습니까?

저는 늙음과 병이 함께 하여 여러 증상이 번갈아 달려드니, 눈 쌓이고 얼음 덮인 골짜기에서 제 몸 하나 건사하느라 애를 씁니다. 올해는 농사마저 흉년이라 군색함이 더욱 심합니다. 오직 다행스러운

것은 먼지 묻고 좀이 슨 책 사이에 배인 성현의 향기가, 난초 향기
가 스며드는 것보다 더 진하다는 것입니다. 한공韓公이 어떤 사람에
게 준 시²에 나오는

> 무슨 일로 그 세월 다 보냈는가
> 어느새 한 해가 저물어 가네

라는 구절을 늘 사랑했는데, 그 말을 되풀이하여 맛볼수록 진정으로
제 마음을 미리 이해했다 할 만하니, 그것으로 근심과 번뇌를 잊을
수 있을 정도입니다. 그대가 만약 벼슬을 버리고 돌아가게 된다면
여기서 얻는 것이 재질이 얕고 누추한 저로서는 못 미칠 정도일 것
이니, 때때로 인편에 소식을 전해 터득한 것을 가르쳐 주시기를 간
절히 바랍니다.

　광주에서 낙안樂安까지 거리가 얼마나 되는지는 모르겠으나, 그
곳 군수 김부인金富仁³이 저희 고장 사람입니다. 때때로 왕래하는 인
편이 있다 하니 편지를 부칠 수 있을 것입니다. 그렇지 않으면 이정
而精이 서울로 돌아간 뒤에는, 서울로 편지를 부쳐 이정에게 전하도
록 하면 도착하지 않을 염려가 없을 것이니, 꼭 소식을 전해 주기
바랍니다. 이정이 제게 잘못 와서 오래 머물러 있습니다만, 쉽게 얻
기 어려운 사람입니다. 다만 본래 글을 깊이 읽지 않았기 때문에, 의
리를 보는 데 미흡한 곳이 많을 따름입니다. 해가 바뀌려 합니다. 덕
과 의리를 갖춘 모습이 점점 드러나 좋은 일이 많기를 바라면서, 이
만 줄이며 삼가 절합니다.

　갑자 12월 27일, 황. 저희 아이가 서울에 갔을 적에 여러 차례 맞

아 주시고 문밖까지 나와서 전송하셨다 하니, 감사하고 송구하기 그지없습니다.[4] 退

1. 판윤공은 고봉의 종형 기대항奇大恒을 가리킨다.『명종실록』29, 18년 12월 12일 병진.
2. 당대唐代의 학자인 한유韓愈가 쓴「원십팔元十八에게 따로 드리는 협률協律 여섯 마리」가운데 첫 번째 시.『창려집昌黎集』6.
3. 김부인(1512~1584)은 퇴계의 문인으로 자는 백영伯榮, 호는 산남山南이다.
4. 원래의 순서대로 하면, 이 뒤에【4-1】의 편지가 이어진다.

낚시에 걸린 고기처럼 갇혀

선생님께 올리는 글.

삼가 여쭙습니다. 건강은 어떠신지요? 새해를 맞아 더욱 학문에
힘쓰신다면, 제 마음이 매우 기쁘고 경사스럽겠습니다. 저는 외람되
이 두터운 은혜를 입어, 남은 목숨을 보존하고 있습니다. 다만 12월
초순에 든 감기가 병이 되었는데도 오래도록 조리하지 못하고 보니,
원기가 쇠약해져서 갖가지 병이 드나들어, 지금까지 두 달 가량 바
깥에 출입하기조차 어려운 형편이라 매우 걱정입니다.

얼마 전 김이정이 전해 주는 선생님의 편지를 받았습니다. 깨우쳐
주신 말씀을 살피고는 흐뭇하고 위로가 되어, 걱정이 깨끗이 씻겨
나감이 비할 데가 없었습니다. 다만 병으로 흐트러진 데다 세속의
길에 깊이 빠져, 몸부림쳐도 벗어나기 어려우니 자못 당황스럽습니
다. 비록 선생님께서 다시 다스려 주시고 이끌어 가르쳐 주셨으나,
진실로 은혜에 보답하지 못할까 두려우니, 부끄럽고 송구한 마음 더
욱 지극합니다.

또 이곳에서 일을 처리한 것이 익숙하지 못해 평소에 마음먹었던
계획이 허사가 되었고, 벼슬에서 물러나 쉴 수 있는 두 번의 기회를
다시 바랄 수 없게 되었습니다. 그래서 오래 앓고 있는 병을 핑계로
벼슬을 내놓고 돌아갈까도 생각했으나, 자취가 너무 드러나 뒤에 수

습하기 어려울 뿐만 아니라 지금 제 생각에도 불편한 것이 많습니다. 마치 낚시에 걸린 고기처럼 갇혀 있으면서도, 다시 뻔뻔스레 녹이나 타먹을 꾀에서 벗어나지 못하니, 평생을 돌이켜 생각하건대 탄식을 그칠 수 없습니다.

무릇 우리 배움의 힘이 지극하지도 못한데 세속의 인연이 온몸을 얽고 있다면, 힘써 옛사람들의 자취를 따르고자 해도 끝내 가까이 갈 수 없는 것입니다. 비유하자면 마치 활시위를 팽팽히 당길 때, 자신의 힘으로 벌릴 수 있는 만큼 이상은 더 벌리기 어려운 것과 같습니다. 그러니 세속에 따라 나약하게 행동하고, 벼슬길에 드나드는 일을 깔끔하게 할 수 없는 것 또한 이상할 것 없습니다.

멀리서 한가로이 계시면서 도를 음미하시는 아름다운 모습과 세모의 짧은 볕을 만끽하는 즐거움을 상상하니, 저도 모르게 정신이 들떠 선생님께 쏠립니다. 그러나 뵈올 길이 없어 한마디 한탄을 누르기 어려우니, 고개를 들어 멀리 바라본들 어찌하겠습니까? 항상 짧은 편지나마 자주 닦아 올려 안부를 여쭙고, 아울러 의심스러운 것을 물어 옛 학업을 익히고자 했지만, 몸이 이미 쓸데없이 번거롭고 인편도 맞추기가 어려워서 뜻을 이루지 못했으니, 헛되이 간절한 마음만 더할 뿐입니다. 이것은 또한 겨우 벼슬길에 들어서자마자 남들의 지목을 받았기 때문에, 비록 거칠고 어리석지만 제 생각으로는 항상 두려운 마음이 간절하여, 감히 다시 어지럽게 편지하여 존엄한 선생님께 누가 미치지 않게 하려는 뜻이기도 합니다. 바라건대 가련하게 여기시어 이해해 주시면 어떻겠습니까?

전에 주신 가르침에서 중요한 자리에 있어 남들이 붙좇는 대상이 되는 것을 경계하라는 말씀은 아직까지 잊지 않고 마음속에 담아

두고 있습니다. 하지만 지금 스스로 그 길로 빠져들고 있음을 깨닫게 되니, 어찌해야 뒷일을 잘 마무리할 수 있을지 모르겠습니다. 두렵고 한탄스러운 마음 또한 깊으니 살펴 주시기 바랍니다. 납약[1] 몇 가지를 올리니, 향촌에 구급용으로 두고 쓰시는 것이 어떻겠습니까?

김 군이 먼데서 선생님의 문하에 들어가 의지하고 있는 일은 실로 쉽게 얻기 힘든 기회인데, 불행하게도 갑자기 흉변을 만났으니 근심과 슬픔을 어찌 이길 수 있겠습니까? 듣건대 그는 너무 가난해 장사도 지낼 수 없다 하니 매우 염려스럽습니다. 아울러 헤아리시기 바랍니다. 삼가 다시 절하며 글을 올립니다.

가정 을축乙丑 1월 23일, 후학 대승 절하며 올립니다. 요즘 오른팔이 아파서 붓을 잡기 어려워, 글씨가 정성스럽지 못합니다. 송구합니다.[2] 高

---

1. 납일臘日 어간에 임금이 근신들에게 내리는 약이다. 납일은 동지 뒤 셋째 미일未日로, 조정과 민간에서 종묘·사직과 조상에게 제사를 지내던 날이었다.
2. 원래의 순서대로 하면, 이 뒤에 【4-2】【4-3】【4-4】의 편지가 이어진다.

독서당에 들어가며

선생님께 올리는 글.

삼가 건강은 어떠신지 여쭙습니다. 우러러 그리는 마음 간절합니다. 저는 외람되이 두터운 은혜를 입어 겨우 남은 목숨을 지키고 있습니다. 다만 지난달 8일에 다시 병조좌랑兵曹佐郎 벼슬이 더해져, 일 처리로 밤낮으로 뛰어다녔더니, 오랫동안 병을 앓고 난 뒤라서 견디기 힘들었습니다. 그런데 어제 마침 독서당에 들어갈 순번이라 임금께 아뢰어 자리가 갈렸습니다.[1] 이제부터 쉴 수 있게 되었으니 자못 다행이라 여깁니다. 일찍이 김이정 편에 선생님의 근황을 들었고, 아울러 제 편지가 선생님께 전달되었다는 것을 알고는 스스로를 위안했습니다. 다만 제가 아뢴 것에 대한 선생님의 뜻이 끝내 어떠신지는 자세하지 않습니다. 선생님께서는 헤아려 회답해 주시기를 빕니다. 그리고 김 군은 이달 17일에 관을 모시고 안산安山으로 가서 장사를 마쳤고, 지금은 별 탈 없이 괜찮다고 합니다. 아울러 살펴 주십시오. 나머지는 소홀하고 번거로워 갖추지 못했습니다. 삼가 절하고 글을 올립니다. 을축 3월 28일, 후학 대승이 절하며 올립니다. 高

---

1. 독서당讀書堂은 젊은 문신들이 독서와 연구에 전념할 수 있도록 나라에서 설치한 기관으로 호당湖堂이라고도 불렸다. 독서당에 들게 되면 따로 번거로운 일을 맡지 않고 학문에 힘쓸 수 있었다.

상소 중에 국상을 만났으니

명언에게 절하며 답합니다.

정월 23일에 주신 글을 받아 보니, 가르치신 뜻이 아름답고 소중했습니다. 아울러 물으신 내용이 담긴 별지가 있었는데, 모두 식견이 얕고 누추한 제 소견으로는 미치지 못하는 것이어서, 감히 경솔히 대답하지 못해 잠자코 있었습니다. 또 병으로 인해 답장도 거르고 말았는데, 의홍義興의 김현감이 내려오는 편에 다시 물으시는 편지를 받으니 부끄럽고도 부담스럽습니다.

저는 발자취가 세상과 맞지 않고 자꾸 막혀서 벼슬을 사퇴하는 일도 감히 하지 못하고 있었습니다만, 최근에 어려움을 무릅쓰고 상소를 올렸습니다. 그런데 그것을 가지고 가는 도중에 마침 나라에 대상大喪이 생겼으니, 아마도 올릴 방도가 없을 것으로 생각합니다. 대상을 당해 달려가지도 못하고 또 면직을 호소할 수도 없으니, 슬프고 두려우며 괴롭고 근심스러워 진정할 수가 없습니다. 지난번 주신 편지에 일처리가 미숙하여 낚시에 걸린 고기와 같다는 비유가 참으로 그럴 듯합니다.

저는 병이 오래 쌓여 쓸모 없는 사람이 되어 버렸다고 다들 알고 있는데도, 어근버근하여 벼슬을 버리는 데 어려움이 있습니다. 하물며 그대는 이런 일도 없으면서 벼슬 버리기가 뜻대로 되겠습니까?

전부터 제가 매번 그대에게 계책이 잘못되었다고 우려했건만 그때는 깊이 믿지 않으시더니, 오늘에 와서야 비로소 늙은이가 세상을 헤쳐가면서 고심했던 것을 아시게 되었으리라 생각합니다. 더욱 두려운 것은, 어차피 세상의 파란을 면하지 못하면서도 스스로 구차한 마음을 불러 일으키고 지난날의 태도를 바꾸어, 집안이나 보전하여 무사히 지내자는 계획을 하는 데 이르는 것입니다. 이 또한 형편상 반드시 닥칠 일입니다. 어떻게 생각하십니까?

병조좌랑에서 호당湖堂으로 들어갔다 하니 매우 다행입니다. 다만 요즘처럼 일이 많은 때에 다시 벼슬길에 나오라고 얽매이지 않을까 염려됩니다. 김이정의 일은 참으로 마음 아팠습니다. 부질없이 멀리 이곳에 와 있다가 이렇게 혹독한 변을 당했고, 또 장사도 치를 수 없다고 들었는데, 지금 장례를 마칠 수 있었던 데는 그대가 두루 보살핀 도움이 많았다 하니, 위안되고 감탄스러운 마음을 이길 수 없습니다.

조천桃遷[2] 등의 일은 예 가운데서도 큰 것인데, 지금 널리 쓰이는 예는 옛 예와 다른 것 같습니다. 의심스런 것들을 감히 다 말하지 않을 수 없어서 별지에 적어 보내니, 하나하나 분석하여 회답해 주시기 바랍니다. 전에 보내 준 납약은 아주 고마웠습니다. 이정而精이 외지에 있으니 편지를 전할 인편이 더욱 없는 듯합니다. 지금 우리 고을 사람이 서울로 가는 편에 이 글을 부칩니다만, 과연 아무 탈없이 전달될지 모르겠습니다. 할 말은 많으나 이만 줄입니다. 삼가 절하며 답합니다.

을축 4월 23일, 황. 동봉한 이사평李司評[3] 이성而盛에게 보내는 편지를 이좌랑에게 주어 전하도록 하면 매우 다행이겠습니다. 그가 도

독을 맞았다 들었습니다. 넉넉해 보이지 않았는데 염려됩니다.[4] 退

---

1. 이때 대왕대비 윤씨가 세상을 떠났다. 『명종실록』31, 20년 4월 6일 임신.

2. 퇴계는 조천祧遷을 체천遞遷과 같은 뜻으로 쓰고 있다. 체천이란 봉사손奉祀孫의 대
   수代數가 다한 신주를 최장방最長房이 제사를 받들기 위해 자기 집으로 옮겨 가는
   일이다. 최장방은 사대손 가운데 가장 항렬이 높은 사람인데, 최장방이 죽었을 때는
   그 다음 최장방의 집으로 옮긴다. 최장방이 없을 때는 무덤 앞에 묻는 것이 보통인데,
   그것을 매안埋安이라고 한다.

3. 사평司評은 노비에 관한 문서와 소송 사건을 담당하는 장예원掌隸院의 정6품 벼슬이
   다.

4. 원래의 순서대로 하면, 이 뒤에 【4-5】의 편지가 이어진다.

선생님께 답해 올리는 글.

4월 23일에 주신 편지를 받고서, 편안히 계심을 알고는 무척 위로가 되었습니다. 더구나 자세한 설명까지 받았으니, 더욱 마음이 가벼웠습니다. 저는 외람되이 두터운 은혜를 입어, 병든 몸을 어렵게 보존하고 있습니다.

요사이 소장疏章을 올려 사직을 청하시는 움직임이 있었음을 알고는 매우 기뻤습니다. 하늘이 선생님께서 쌓으신 정성을 도와 마침내 평소에 원하던 뜻을 이루신다면, 우리 도道는 더욱 빛날 것입니다. 우러르는 마음을 추스를 길 없어 한 통의 글을 올려 축하드리는 뜻을 전하려 했으나, 마침 국상國喪을 만나 정신없이 바빠서 인사드릴 겨를이 없었습니다. 또한 적당한 인편을 얻기 어렵기에 자꾸 미루어져 한 장의 글도 올리지 못했으니, 부끄럽고 한스럽습니다.

저는 외람되이 한직閑職에 있음에도 불구하고 여전히 병조에 매여 있으니, 과연 선생님께서 잘 지적하신 대로 번거롭게 대열을 따라다니며 구차하게 시일만 보내고 있습니다. 괴로운 마음 어찌하겠습니까? 또 몇 해 전부터 오랜 습기로 인해 몸이 저린 병이 들어 손발을 펼 때 늘 불편했는데, 지금은 두 무릎이 아프고 정강이가 잘 펴지지 않고 당기며, 그 증세가 점점 심해지고 있습니다. 이러한 기

맥氣脈을 살피건대, 말을 달리는 것을 감당하지 못하는 것은 말할 것도 없고 오래 살기도 어려울 것 같습니다. 그런데도 여전히 세속의 인연에 얽매여 애초에 먹었던 마음을 저버리고 있으니, 평생을 회상하면 저절로 슬퍼질 뿐입니다. "무사히 지내려 한다."라는 경계를 어찌 감히 마음 깊이 새기지 않겠습니까? 하지만 그 밖의 많은 것들을 또 어찌 다 아뢸 수 있겠습니까? 모시고 말씀드릴 길이 없으니, 부질없이 슬프고 그리운 마음만 지극합니다. 헤아려 살피시기 바랍니다.

이사평李司評에게 보내는 편지는 즉시 이전적李典籍에게 맡겼는데, 듣자니 이미 보냈다고 합니다. 편지를 전하는 데 조심하라는 당부는 말씀대로 따르겠습니다. 조천 등의 조항에서 다시 여쭈어야 할 몇 군데가 있지만, 바빠서 다 적지 못했습니다. 적당한 시기에 여쭙겠으니, 아울러 살펴 주시기 바랍니다. 삼가 두 번 절하고 글을 올립니다.

을축 5월 27일, 후학 대승大升은 절하며 올립니다.

의심스러운 몇 가지 조항에 대해 여쭈며

명언에게 절하며 답합니다.

김이정金而精이 보낸 인편에 그대의 5월 27일 편지를 받고서 요즘 소식을 알았고, 이어 소식을 전하는 짧은 글을 받고서 그대가 병조를 떠나 성균관으로 옮겼다는 사실을 알았습니다. 매우 다행입니다. 얼마 전 정자중鄭子中이 서울 가는 편에 한 통의 서신을 부쳤는데, 제때에 전달되었는지 모르겠습니다.

그대가 편지에서 말한, 정강이가 잘 펴지지 않고 당기는 증세는 처음에는 비록 가볍지만 점점 더해 가서 무거운 병이 되니, 더욱 조심해서 방비해야 할 것입니다. 이사평李司評에게 보내는 편지를 마음 써서 전해 주어 고맙습니다.

다행히 지금의 임금께서 초야에 숨어사는 사람들을 놓아 주었으니 더욱 도의에 힘써야 할 때이지만, 이처럼 늙고 용렬하니 옛 사람들에게 부끄러울 따름입니다. 다만 벗들을 떠나 홀로 지내면서 「유회부幽懷賦」 읊을 날을 기다리는 생각이 깊이 쌓였으나, 천리 길을 달려가기가 쉽지 않은 것이 한스럽습니다. 의심스러운 몇 조항은 앞으로 있을 인편에 알려 주면 고맙겠습니다. 이만 줄입니다. 삼가 절합니다.

을축 6월 24일, 황滉.

『예기禮記』주註에 보이는 석량石梁 왕王씨는 이름이 무엇이며, 어느 때, 어느 곳 사람이며, 또 어떤 사람입니까?

물헌勿軒 웅熊씨의 이름은 강대剛大인데,『성리군서性理群書』에 주註를 달았습니다. 퇴재退齋 웅熊씨의 이름은 화禾이고, 자는 거비去非인데,『한묵전서翰墨全書』를 지었습니다.

이상의 두 웅씨는 분명 두 사람입니다. 웅화熊禾가 일찍이『고정서원기考亭書院記』를 지었고, 그 뒤 구석丘錫이『중수기重修記』를 지으면서 웅화가 지은 기문記文 중의 말을 인용하면서 '물헌勿軒과 웅공熊公의 두 기문'이라고 했습니다. 이는『무이지武夷志』하권에서 보궐補闕한 곳에서 찾아볼 수 있습니다. 또『성리대전보주性理大全補註』에 나오는 여러 유학자들의 성씨 밑에도 두 사람을 서로 섞어서 불렀던 것으로 기억합니다. 다만 이곳에 마침 보주가 달린 책이 없고 기억도 분명하지 않으니, 아울러 고증하여 알려 주기 바랍니다.

「숙흥야매잠夙興夜寐箴」은 남당南塘 진백陳柏 무경茂卿이 지은 것입니다. 이 사람은 학문이 보통이 아닌데도 다른 곳에 나오는 데가 없기 때문에, 어느 시대에 살던 어떤 인물인지 모르겠습니다. 退

1566~1567
서울과 의주 사이에서

인심·도심에 대한 설

선생님께 올리는 글.

삼가 여쭙습니다. 병에는 차도가 있으신지 염려되는 마음이 떠나지 않아 마음 둘 데가 없습니다. 저는 외람되이 염려해 주신 은혜를 입어 어렵지만 그럭저럭 지내고 있습니다. 요사이에 들으니 임금의 부르심을 병으로 사양하셨으나 이내 높은 벼슬이 내렸다 하니, 우러르는 마음에 기쁨과 두려움이 함께 했습니다. 그런데 지금 직강直講 정자중鄭子中의 편지를 받고서 벼슬이 갈렸다는 것을 알고는, 위로해 드리고 싶은 마음 또한 많습니다. 다만 그 곡절을 자세히 알 수는 없기에 더욱더 그리운 마음 깊습니다. 삼가 높으신 덕은 성취가 있으시고 날로 건강하시기 빕니다.

저는 지난 겨울 말미를 받아 고향으로 돌아가는 길에 추위에 몸이 상했고, 이것이 큰 병이 되어 더 이상 공부에 진전이 없었습니다. 게다가 벼슬에서도 풀려나게 되어, 시골에 틀어박혀 다른 일에 얽히지 않기만을 바랐습니다. 그러나 봄부터 여름까지 질병과 근심이 연이어 끊이지 않았습니다. 오랫동안 곤란과 고민 가운데 놓였던 까닭에, 다시 지난날에 닦은 학업을 익히고 다스릴 여유를 얻지 못하고 무료하게 시일만 보내었으니, 상심하며 탄식할 뿐이었습니다. 그리고 손목과 무릎이 당기는 증세가 오래되면서 더욱 심해져, 침을 맞고 뜸을 떠서 치료하고자 했습니다. 그런데 외람되이 제게 예조[南宮]의 낭중郎中 자리가 맡겨지니, 명을 듣고 두렵고 놀라워 어찌할 바를 몰랐습니다. 그런데 결코 벼슬길을 나설 수 있는 형편이 아니므로, 뜸을 떠서 기운이 회복되기를 기다려 천천히 마땅한 방도를 찾으려 합니다. 그러나 오가기가 쉽지 않아 끝내 편하기 어려울 듯하여 염려되는 마음이 더욱 더하니, 어찌 처신해야 할지를 모르겠습니다. 어찌하면 좋을지 가르쳐 주시기를 간절히 바랍니다.

지난해 가을 6월 24일에 쓰신 편지를 받고서, 감동되고 위로되는 마음을 이길 수 없었습니다. 그 뒤 번거로운 일로 정신없이 바빠서 글을 올릴 겨를이 없었을 뿐 아니라, 적당한 인편을 얻기 어려워 문안 편지 한 장도 올리지 못했습니다. 게다가 서둘러 남쪽으로 돌아와서도 답장을 드리지 않고 지낸 지 지금 한 해가 다 되었으니, 부끄럽고 송구한 마음 말로 다하기 어렵습니다. 더구나 지금은 멀리 호남 바깥에 박혀 있어, 길은 멀고 오고 가는 인편조차 드무니, 선생님을 그리는 구구한 정성을 어찌하면 알릴 수 있겠습니까? 부질없이 절절히 아쉬워만 합니다.

지난 편지에 말씀하신 석량石梁 왕씨王氏 등의 조항은 살필 근거가 없어 감히 함부로 아뢰기 어렵습니다. 다만 물헌物軒과 퇴재退齋는 두 사람인 듯합니다만, 근거가 없으니 또한 마음대로 단정할 수 없을 뿐입니다. 주신 편지에 자중子中이 서울로 갈 때 한 통의 편지를 부쳤다고 하셨는데, 지난번에 자중에게 물었더니 편지를 받지 못했다고 했습니다. 어찌된 일인지 알 수 없어 안타깝습니다. 여기에다 따로 편지를 써서 가르침을 구하오니, 저의 소견을 자세히 비평해 주시기 바랍니다. 날씨가 더워집니다. 절기에 맞추어 건강을 살피시어, 우러르는 사람들의 마음을 위로하시기 바랍니다. 삼가 절하고 글 올립니다. 제대로 갖추지 못했습니다.

병인丙寅 5월 1일, 후학 대승은 팔목이 아파 겨우 글씨를 써서 생각을 아룁니다. 황공합니다.

인심人心·도심道心에 대한 설은 정자程子와 주자朱子로부터 애당초 별다른 뜻이 없었으니, 그 설은 『중용장구中庸章句』의 서문에 가장 잘 갖추어져 있습니다.¹ 학자들이 그것만 차근차근 살핀다 해도 그 설의 절반 이상을 알았다고 할 수 있을 것입니다. 요사이 보고 있는 『곤지기困知記』는 나정암羅整菴이 지은 책으로서 그 주장이 정자·주자의 설과 다르다고 하는데, 저는 과연 그러한지 아닌지 모르겠습니다. 나정암의 뜻을 가만히 살펴보니, 이理와 기氣를 하나로 여겼기 때문에 그 주장이 어쩔 수 없이 그와 같은 것입니다. 참으로 '실견實見의 잘못'²이라고 해야 하겠습니다.

무릇 정자程子와 장자張子³는 성性이 선善하다는 설을 명확하게 밝히면서 기질氣質을 논했는데, "성性이 선한 까닭은 이理 때문이고, 간혹 선하지 않은 까닭은 기氣가 작용하기 때문일 뿐이다. 인심人心·도심道心의 설 역시 이와 같다." 했으니, 이것이 위에서 "별다른 뜻이 없다."라고 한 까닭입니다. 그런데 정암은 이理와 기氣를 하나로 보고, 주자朱子가 '그렇게 되는 까닭[所以然]'이라고 한 것을 옳지 않다고 하여, "만약 까닭[所以]이라는 글자를 붙인다면 바로 둘이 된다." 했습니다. 그랬기 때문에 인심과 도심을 이와 기에 나누어 붙일 수 없었던 것입니다.

그 이론에 실견實見의 잘못이 있음을 알아채기 어렵지 않은데도,

145

노과회盧寡悔[4] 어른만이 그 이론을 깊이 받아들이는 이유가 무엇인지요? 이일재李一齋가 힘써 정암을 배척하면서 과회까지 아울러 비난했지만, 과회는 자신의 주장을 굽히지 않았습니다. 그러나 일재가 논한 것 역시 정자와 주자의 본 뜻을 잃었습니다. 그러므로 저는 일찍부터 정암이 참으로 옳지 않지만, 일재 설의 근거도 잘못되었다고 여겼습니다. "요순堯舜은 인심人心이 없다. 높은 지식[上智]은 나면서부터 아는 것[生知]에 버금간다. 우禹와 안자顏子는 성인聖人보다 한 등급 아래이므로 인심이 있다. 요가 순에게 왕위를 이을 때에는 인심·도심의 설을 언급하지 않았는데, 순이 우에게 왕위를 이을 적에 한 말[5]은 우에게 인심이 없을 수 없기 때문이다."라고 일재는 말했으나, 이 몇 조항의 말은 도대체 무슨 말인지 모르겠습니다. 그냥 한숨만 나올 뿐, 깊이 분석해 볼 것도 없습니다.

　노盧씨 어른은 나정암의 설을 힘써 주장했는데, 시를 지어 사람들에게 보여 주면서 말씀을 하신 정도입니다. 평소 그 뜻을 잘 알 수 없었으니, 찾아 뵙고 여쭙지 못하는 것이 한스러웠습니다. 그런데 지난해 겨울 노씨 어른이 성은을 입어 유배지를 옮길 때[6], 제가 사는 곳을 가까이 지나갔습니다. 제가 힘껏 달려가 도중에 뵙고 그 설을 시험삼아 여쭈었더니, 과연 들었던 그대로였습니다. "만약 고명하신 어르신의 견해대로라면 무엇 때문에 정情을 위태롭다고 했습니까?"라고 제가 물었더니, "선할 수도 있고 악할 수 있기 때문에 위태롭다고 했다."라고 대답했습니다. "정암은 바로 이와 기를 하나로 보는 주장을 지켰기 때문에 그 논의가 그렇습니다. 그렇다면 어르신께서 보기에는 이와 기가 둘입니까, 하나입니까?"라고 다시 물었더니, "선현들께서 비록 이理라 하고 기氣라 하여 가리켜 이름 붙인 것이 다르지만, 어찌 두 가지 뜻이 있겠는가?"라고 답했습니다. 그때 노씨 어른이 벌써 거나하게 술에 취해 있었기 때문에 저도 감히 강력히 변론하지 못했습니다만, 돌아와서 생각해 보아도 괴이하여 탄식을 금할 수 없었습니다.

주자朱子의 말씀을 살펴보면, "사람의 정情은 본디 선하다고 할 수 있을 뿐, 악하다고는 할 수 없다." 했으니, 이것이 바꿀 수 없는 정론 인데, 지금 "선할 수도 있고 악할 수도 있기 때문에 위태롭다고 했 다."라고 합니다. 그렇다면 이것은 본래 준칙準則이 없어서 무엇이든 가능하다는 것이니 옳겠습니까? 제 생각에는 이와 기를 비록 둘이 라 할 수는 없으나, 그렇다고 하나라고 한다면 또 도道와 그것을 담 는 그릇[器]의 분별이 없어집니다. 그런데 지금 "가리켜 이름 붙인 것이 다르지만, 두 가지 뜻은 아니다." 했으니, 이것은 성현이 이理 라 하고 기氣라 한 것이 애당초 실체가 없이 가짜로 빌려 말한 것이 라는 뜻입니다. 무릇 이러한 두 항목은 모두 의심하지 않을 수 없습 니다.

그리고 "『주자어류』는 문인들이 기록한 것이기 때문에 볼 필요가 없고, 사서오경의 집주集注도 뒷사람들이 찬수纂修한 것이기 때문에 역시 볼 필요가 없다."라고 했습니다. 이 논의는 더욱 이치에 어긋나 니, 이 말이 점점 널리 퍼져 배우는 이들을 그르치게 될까 매우 두 렵습니다. 그러나 저는 사람이 미천하고 말이 경솔한데다 학문 또한 얕고 설익어서, 감히 논변하여 참으로 옳은 쪽으로 되돌리지 못했습 니다. 바라건대 선생님께서 힘껏 분석하시어 학자들을 깨우쳐 주시 면 어떻겠습니까? 이것은 진실로 도道를 맡은 이의 책임이니, 선생 님께서 자꾸 사양하실 일이 아닙니다. 아울러 노씨 어른께도 편지를

보내어 잘못을 깨닫고 바른 데로 돌아오도록 도움을 주시는 것이
어떻겠습니까? 주제넘고 경솔하니 죽을 죄를 지었습니다. 살펴 헤아
려 주시기를 간절히 바라면서 삼가 절하고 여쭙습니다.

　뒤이어 아룁니다. 여쭙고 싶은 것은 매우 많으나, 며칠 전부터 기
운이 매우 고르지 않고 정신이 아득합니다. 어렵게 이 글을 쓰다보
니 마음속에 담은 생각을 다 말씀드리지 못해 한스럽기 그지없습니
다. 아울러 헤아리시기 바랍니다. 모시게 될 날이 아득하여 기약할
수 없으니, 우러르는 마음을 품고만 있기가 요즘은 더욱 어렵습니
다. 그러나 어찌하겠습니까? 삼가 아룁니다. 高

1. "마음의 '텅 비어 신령함'과 '알고 느끼는 능력'은 하나일 따름이로되, 인심과 도심이
　다른 까닭은 그 마음이 형기의 사사로움에서 생기기도 하고, 성명의 바름에서 근원
　하기도 하여, 알고 느끼는 까닭이 같지 않기 때문이다. 따라서 위태로워 편치 않기도
　하고, 미묘하여 보기 어렵기도 한 것이다."『중용장구』,「서」.
2. 빔[虛]과 참[實]을 균형 있게 보지 못하고 참[實] 한쪽으로만 보는 잘못.
3. 장재張載를 가리킨다. 자는 자후子厚요, 호는 횡거橫渠이다.
4. 노수신盧守愼(1515~1590)을 가리킨다. 호는 소재蘇齋·이재伊齋·암실暗室·여봉노인
　茹峰老人 등이며, 과회는 그의 자字이다.
5. "인심은 위태롭고 도심은 은미하니, 오직 마음을 하나로 집중하여 그 중도를 지키
　라."『서경書經』,「대우모大禹謨」.
6. 노수신은 을사사화때 파직되어 순천을 거쳐 진도에 유배되었다가, 19년이 지난 이때
　괴산으로 옮겨졌다.

두 가지 관직에서는 물러났으나

명언에게 절하며 답합니다.

지난해 겨울 끝자락에 자중子中이 편지를 보내어, 그대가 남쪽으로 돌아갔는데 속히 돌아올 것 같지 않다고 하기에, 곧 안부를 묻는 편지 한 장을 보내고 싶었지만, 어디에 머무르는지 몰라 머뭇거렸습니다. 우러러 그리는 마음은 하루도 떠난 적이 없었는데, 지금 자중이 그대의 편지를 전해 와서 남쪽으로 돌아간 뒤의 여러 정황을 자세히 알게 되니, 답답하던 차에 근심이 걷히고 걱정이 트이는 것을 어찌 말로 다할 수 있겠습니까? 다만 아직 병이 다 낫지도 않았는데 벼슬길에 나오라는 기별이 별안간 도착해, 나아갈까 물러날까 하는 사이에서 마음이 흔들릴 염려가 있겠습니다. 하지만 실제로 벼슬길에 나서게 될 것인가 하는 결정을 내리기까지는 아직 여유가 있을 것입니다. 그러니 우선 병이 나아가는지 여부를 헤아려 처신하십시오. 물론 융통성 없이 하나만을 고집하는 것[膠柱鼓瑟]도 안 되거니와, 또한 어찌 큰 의리를 위해 작은 의리를 버릴[枉尺直尋] 수 있겠습니까?

저는 전부터 처신이 온당하지 못하고 헛된 이름만 얻어 위로 임금을 속였으니, 일찍부터 얼마나 어렵고 근심스러웠겠습니까? 가까스로 지난해 벼슬에서 놓여나게 된 것을 스스로 다행으로 여겨, 30

년 동안 씨름하던 문제를 매듭지었다고 말했는데, 다시 올해와 같은 일이 있게 될 줄을 짐작이나 했겠습니까?[2] 그대가 알다시피 제가 이처럼 어리석고 병든 데다 늙고 쇠약한데, 이처럼 중대한 책무를 맡아 감당할 수 있겠습니까?

작고 가벼운 벼슬은 끝내 사양하더니 크고 중한 벼슬은 냉큼 받는 짓은, 제가 비록 아무 생각이 없지만, 어찌 차마 할 수 있겠습니까? 이것이 제가 죽기를 무릅쓰고 사퇴를 아뢰었던 까닭입니다. 그런데 오히려 너그러운 성은을 입어 죄를 받지 않았을 뿐 아니라 두 가지 중요한 관직[3]에서 풀어 주시니, 감사하고 송구하여 부끄러운 마음만 더할 뿐입니다. 그러나 과분한 벼슬인 지중추부사[知樞]가 아직 남아 있어, 아울러 고쳐 주시기를 빌었습니다. 그러자 너무 빨리 결정하는 것이 되어, 여론이 해괴하게 돌아 꾸짖는 말이 많이 들립니다. 게다가 이처럼 빈번히 임금의 뜻을 거슬렀으니, 일이 뜻대로 다 되지는 않을 것 같아 두렵습니다. 그래서 맞부딪치지 않고 천천히 주변을 돌면서 지금까지 조용히 지내고 있습니다만 어찌될지는 모르겠습니다. 그러나 어쩔 수 없이 차선을 선택해 실행한 것이니 하늘에 맡길 따름입니다.

노과회盧寡悔가 가까운 곳으로 옮겨진 것은 선비들이 함께 축하할 일입니다. 지나는 길을 알고서 기다렸다가 중간에서 만났다 하니, 저로 하여금 옛 생각을 불러일으키게 합니다. 별지에서 펼치신 여러 주장은 삼가 충실히 보았습니다. 바로 하나하나 회답해야 마땅하겠으나, 사정이 이러합니다. 지금 같은 때에 다른 사람과 서신을 주고받으며 논변한다면, 분명히 보고 듣는 사람들의 구설수에 오를 것입니다. 또한 이치에도 온당하지 않을 듯하니, 잠시 동안은 회답하지 못하지만 뒷날에는 꼭 잊지 않겠습니다.

　대체로 보내오신 편지의 내용이 타당합니다. 지난해 우연히 과회寡悔의 인심人心·도심道心에 대한 시 두 구절을 보고서[4] 마음속으로 매우 의심했는데, 지금 그의 견해가 이와 같다는 것을 알았으니 벗들의 큰 근심입니다. 듣건대 서울의 여러 사람들도 점차 이 일에 관심을 가지는데, 그들의 견해와 논의도 대부분 그대의 주장과 비슷합니다. 하지만 더불어 하나하나 견주어 밝히려고 한다면 우리들끼리 서로 다투고 모순되어 변장자卞莊子가 틈을 탄 것[5]처럼 될 것이고, 그렇게 하지 않으면 명색이 성리학을 한다 하면서 도를 어지럽힐 뿐이니 작은 일이 아닙니다. 어찌하면 좋겠습니까?

　자중이 가을에는 반드시 고향으로 내려올 것이므로, 그가 서울에 있을 때 사람을 써서 이 편지를 그대에게 부치라고 전하려 했기 때문에 대략 한두 가지만 맡씀드렸습니다. 병으로 피곤하여 이만 줄입니다. 삼가 절하며 답합니다.

　병인 6월 16일, 황은 머리를 숙입니다. 退

1. 거문고의 줄을 괴는 기러기발을 아교로 붙여놓고 거문고를 탄다는 말로, 고지식하여 융통성이 없음을 가리킨다.
2. 퇴계가 2월에 공조판서에 임명된 일을 가리킨다.
3. 이 때 퇴계는 동지중추부사同知中樞府事에다가, 공조판서工曹判書와 예문관제학禮文館提學을 겸하고 있었다.
4. 과회의 시는 다음과 같다. "元來道與器非隣, 可認人心是外塵, 須就道心爲大本, 用時還用道乘人. 此心無外强分隣, 要著工夫入息塵, 若道發時方致一, 靜中眞箇睡中人."『퇴계문집고증』4.
5. "변장자가 범을 찌르려 하자, 관수자館豎子가 말리며 말하기를 '지금 두 마리의 범이 한 마리의 소를 먹고 있으니 반드시 서로 싸우게 될 것이고, 싸우면 큰놈은 부상하고 작은놈은 죽을 것이다. 그때 부상한 놈을 찌른다면 일거에 두 마리의 범을 잡게 될 것이다.'라고 했다. 장자는 그의 말을 옳게 여겨 서서 기다리고 있었는데, 조금 뒤 과연 두 마리의 범이 서로 싸워 관수자의 말처럼 되었으므로, 장자는 한번에 두 마리의 범을 잡았다."『사기史記』70, 열전10, 장의張儀열전.

사단칠정 「후설」과 「총설」을 드리며

선생님께 답해 올리는 글.

5월 초순에 편지 한 통을 닦아 멀리 자중子中에게 맡겨 선생님께 전해 주기를 부탁했습니다만, 그 뒤 소식이 끊겨 어떻게 지내시는지 살피지 못했습니다. 우러르는 마음이 끊이지 않아 다시 글을 써서 다른 사람을 통해 부치려 했습니다만 역시 이루어지지 않았습니다. 그런데 이번에 마침 자중의 편지와 그가 전하는 선생님의 편지를 받았습니다. 봉함을 열고 펼쳐 읽으면서도 감사함과 위로됨을 이길 수 없었습니다. 아울러 요사이 넉넉하게 잘 지내심을 알고는 더욱 기쁘고 마음이 놓였습니다. 다만 선생님께서 서신을 보내신 뒤로 흙비가 내리고 더욱 더워지고 있습니다. 도학의 수련과 양생에 두루 도움이 있으시고, 몸을 보존하고 학문을 연마함이 더욱 왕성해지시기를 엎드려 바랍니다.

저는 다행히 돌보아 주시는 두터운 은혜를 입어 어렵사리 병고를 피하고 있습니다. 구석지고 적막한 시골에 있으면서 하는 일이 없으므로, 때때로 전에 배운 학문을 익히고 연구하다 보니 자못 한두 가지 터득한 것이 있어서 스스로 즐기기에 넉넉합니다. 그래도 스승과 벗이 함께 갈고 닦는 도움이 없으니, 분명하지 않은 곳이 많기도 합니다. 그럴 때면 멀리 계시는 선생님을 생각하고, 모르는 사이에 마음이 괴로워질 뿐입니다.

전날 관직에 임명하는 문서가 내렸을 때 병으로 가지 못했으므로, 기한이 지나 자리가 갈렸습니다. 그런데 며칠이 지나지 않아서, 또 전과 같은 관직에 임명한다며 전령이 갑자기 들이닥쳤습니다. 응대를 하면서 갖가지 생각에 얽매이게 되니, 탄식만 더욱 깊게 하게 됩니다. 비록 병이 조금 나았지만 기운이 아직 완전하지 못해, 몸을 잊고 벼슬길에 나서기가 어려운 듯하니, 이번에도 따라나서지 못하겠습니다.

자세하신 회답을 엎드려 보건대 흠복되는 마음 그지없습니다. "물론 융통성 없이 하나만을 고집하는 것도 안되거니와, 또한 어찌 큰 의리를 위해 작은 의리를 버릴 수 있겠는가?"라고 하신 말씀은 진실로 제 마음을 읽으셨다고 이를 만합니다. 제가 벗들의 견해를 두루 살피건대 모두 이에 미치지 못했습니다. 융통성 없이 하나만을 고집하지는 않더라도 또 모두 큰 의리를 위해 작은 의리를 버릴 생각을 하고 있었으므로, 일찍부터 그것을 가슴 아파했습니다. 그러나 저 역시 그 문제를 스스로 해결하지 못했는데, 지금 가르침을 받으니 가려졌던 문제들이 환하게 밝아집니다. 다만 소견이 투철하지 못해, 혹 옳고 그른 결정을 분명히 하지 못할까 두려울 따름입니다. 무릇 군자가 벼슬길에 나가는 것은 의義를 행하기 위함이니, "비록 자신을 깨끗이 하기 위해 임금께 충성하는 윤리를 어지럽히지 않아야 하겠지만, 또한 의義를 잊고 벼슬길만을 좇아서도 안 된다."¹ 하신 선현의 교훈이 어찌 우리를 속이는 말이겠습니까? 아울러 주신 편지로 말미암아 선생님께서 스스로 처신하시는 태도를 자세히 알게 되니, 쏠리는 마음이 또한 지극합니다. 엎드려 바라건대 높으신 덕과 큰 사업을 품으신 선생님께서는, 미리미리 방도를 정해 두시어 곤궁한 지경에 이르지 마십시오. 벼슬길에 나가고 물러가는 의리에 대해서는 참으로 이미 정밀하시니, "내 정성을 다한 뒤 하늘이 내린 결과를 듣겠다."라는 말씀은 참으로 지당하십니다. 그러나 벼슬을 하거나 안 하는 것, 오래 하거나 빨리 떠나는 것[2] 사이에서 다시 한 번 깊이 헤아리시기를 빕니다. 그것이 어떻겠습니까?

인심·도심의 설에 대해서는 비록 자세히 깨우쳐 주시는 가르침은 받지 못했으나, 이미 옳다는 인정을 받았으니 마음 깊이 위로되고 또 위로됩니다. "명색이 성리학을 한다 하면서 도를 어지럽힐 뿐이다." 하신 말씀은 구구절절 모두 옳습니다만, 이는 작은 일은 아닌 듯합니다. 비록 하나하나 시끄럽게 다투어서는 안 될 것입니다만, 마땅히 연구하고 분별하여 진리를 추구하면서, 한두 동지라도 더불어 잘 지켜서 뒤이어 올 성인을 기다려야 한다고 말하는 것이 옳겠습니다. 이것이 바로 "지금 사람은 비록 믿지 않지만, 뒷날에는 모름지기 이 설을 알아보는 이가 있을 것이고, 또한 반드시 몇몇 사람들의 생각을 바꿀 수 있을 것이다." 하신 주자의 말씀과 같습니다. 사특한 주장이 멋대로 유행하면 사람의 마음 씀씀이를 무너뜨리게 되니, 어찌 시끄러운 혐의를 피하려고 그들과 다투지 않겠습니까?

지난날 서울에 있을 적에 우연히 허태휘許太輝[3] 공을 만났는데, 그의 주장은 너무 많이 어그러져서 이루 다 논박할 수도 없었습니다. 그는 심지어 『중용中庸』의 비은費隱[4]을 형체를 넘어서는 것[形以上]과 형체에 묶이는 것[形以下]에 나누어 붙이기까지 했으므로 제가 힘써 반박했습니다. 지금 자중의 편지를 보니, 태휘가 아직도 자기의 견해를 고집하고 있다고 합니다. 태휘의 소견은 너무 치우쳐서 참으로 고칠 수조차 없었습니다. 그런데 과회寡悔의 설이 태휘의 설과 같다는 소문을 들으니 깊이 한숨만 나옵니다.

『대전大傳』에서 "형체를 넘어서는 것을 도道라 하고, 형체에 묶인 것을 기器라 한다." 했고, 『중용中庸』에서는 "군자의 도는 넓게 쓰이거니와[費] 은밀하다.[隱]" 했습니다. 따라서 도道란 본디 형체를 넘어서는 것이니, 어떻게 형체에 묶인 것으로 나누어 붙일 수 있겠습니까? 이것은 콩과 보리처럼 쉽게 분별할 수 있는 것인데도 분별하지 못한 것이니, 그의 학문이란 것도 알 만합니다. 이러한 현상은 대개 평상시에 세심히 글을 읽지 않고, 다만 억측과 상상만을 좋아했기 때문입니다. 그러다가 남의 질문을 받게 되면 모른다고는 말할 수 없기에, 다만 억측하고 상상한 것으로 말을 만들고, 남을 속이고 자신도 속입니다. 이것이 무슨 기상이며 무슨 도리입니까? 한편으로 넌더리가 나기도 하고 한편으로 두렵습니다. 엎드려 빌건대 통렬히 분석하시어, 삿되고 비뚤어진 주장을 가라앉히고 막는 계책으로 삼으시면 매우 다행이겠습니다.

전에 사단칠정설에 대해 비루하고 막혀 통하지 않음을 헤아리지 않고 저의 좁은 소견을 남김없이 말씀드렸던 것은, 오로지 선생님의 가르침을 받아 진실로 옳은 것을 얻고자 했던 것이었습니다. 그 사이에 더러 의견이 다른 논의가 없지 않았습니다. 이는 제 소견에 따라 말하다 보니 그렇게 된 것이지, 결코 일부러 어지럽힌 것은 아니었습니다. 일찍이 회답으로 주신 절구絶句 한 마리를 받고는, 참으로 아득하여 다시는 새롭게 아뢸 기회가 없겠다고 생각했으므로, 오랫동안 여쭙지 않았습니다. 생각하건대 선생님께서는 한가로운 가운데서도 깊이 연구하시어, 더욱 정밀하고 자세하며 더욱 밝아지셨을 것입니다. 저도 마침 한적한 때를 이용하여 다시 생각하고 검토해 보니, 지난날의 주장에서 미처 헤아리지 못했던 점들이 꽤 있었음을 알았습니다. 그러므로 감히 후설後說 한 편과 총설總說 한 편을 써서 전해 드리고자 했습니다만, 인편이 없어서 부치지 못했습니다. 지금 아울러 올리오니 살펴 주신다면 다행이겠습니다.[5]

호남과 영남은 너무 떨어져 있어서 사람을 시켜 편지를 부탁하기 어렵거니와, 편지를 맡겨 서울로 보내는 것 또한 쉽지 않습니다. 구구히 쏠리는 마음을 이을 길이 없으니, 어찌해야 할지 한탄스럽습니다. 지난해 주신 편지에 낙안樂安 수령에게 부탁해 편지를 전할 수 있다고 하셨습니다만, 이곳에서 낙안까지가 거의 이틀 길입니다. 제가 그 수령과 평소부터 알고 지내던 사이가 아니어서 함부로 찾아가기가 어려운 까닭에, 오래도록 연락 드리지 못했습니다. 나머지는 갖추어 아뢰지 못합니다. 도道를 위해 스스로 아끼시기를 빌면서, 삼가 절하고 답장을 올립니다.

병인 7월 15일, 후학 대승이 절하며 올립니다.

이곳에서 저는 간절한 생각이 있을 적마다 문득 우러러 아뢰고 싶었지만, 주제넘고 경솔한 듯하여 감히 서둘러 말씀드리지 않았습니다. 그러나 마음속에 숨겨만 두고 있는 것도 편치 않아, 감히 다시 말씀드립니다.

가만히 생각하건대 선생님께서는 요즘과 같은 때에 진실로 가벼이 움직여서는 안 될 줄 압니다. 그러나 임금께서 이미 그렇게 돌봐 주시니, 또한 한 번 나아가 은혜에 감사해야 할 것 같습니다. 혹 생각을 임금께 아뢰었음에도 들어맞지 않아 돌아오신다면, 그것은 의리로 보아도 용납되는 일입니다. 하지만 만약 한결같이 굳게 거절하시어, 우리 임금께 어진 이를 좋아하는 마음이 이미 일어났는데 다시 막아버린다면, 또한 크게 보아 해롭지 않을까 두렵습니다. 무릇 형편이 비록 일을 도모할 만하지 않지만, 예로부터 성현께서 한시라도 포기한 적이 있었습니까? 엎드려 생각하건대 선생님께서 여기까지 헤아리지 못하신 것이 아니라면, 끝내 난처한 점이 있기 때문에 앞으로 나아가시기를 늦추고 머뭇거리시는 것인지요?

제가 비록 어리석고 고루하여 무례하지만, 외람되이 저를 비천하게 여기지 않으시고, 때때로 정성스럽게 가르쳐 주시는 은혜를 입은 지도 여러 해 되었습니다. 늘 사랑하고 그리는 정성이 그칠 날이 없어, 일찍부터 선생님의 일을 제 일 이상으로 염려해 왔습니다. 뜻하지 않게 이와 같은 견해를 갖게 되었으나, 이것이 옳은지 그른지도 모르면서 감히 여쭈었습니다. 바라건대 이끌어 주시면 어떻겠습니까?[6] 髙

---

1. "벼슬함은 임금과 신하의 의義를 행하는 것이다. 그러므로 비록 도가 행해지지 않을 것을 알더라도 그만 둘 수 없다. 그러나 그것을 의라고 말한다면, 곧 일의 성공과 실패, 자신의 나아감과 물러감에 또한 자연히 구차하게 해서는 안되는 부분이 있다. 그러므로 비록 자신을 깨끗이 하고자 하여 윤리를 어지럽혀서는 안되지만, 또한 의를 잊고 벼슬길만을 좇아서도 안 된다." 『논어』, 「미자微子」, 7장 가운데 주자朱子의 주註.
2. "벼슬할 만하면 벼슬하고, 그만둘 만하면 그만두며, 오래 할 만하면 오래 하고, 빨리 떠날 만하면 빨리 떠난 분은 공자이시다." 『맹자』, 「공손추」상, 2장.
3. 허엽許曄을 가리킨다. 호는 초당草堂이요, 태휘는 그의 자이다. 화담 서경덕의 제자이다.
4. "군자의 도는 넓게 쓰이거니와 은밀하다." 『중용』, 12장.
5. "전에 사단칠정설에 대해~다행이겠습니다."까지의 구절은 【2-13】에도 나온다.
6. 원래의 순서대로 하면, 이 뒤에 【2-14】【2-15】의 편지가 이어진다.

여러 번 관직을 옮기며

선생님께 올리는 글.

요즘 어떻게 지내시는지 삼가 여쭙습니다. 그리는 마음을 이길 길이 없습니다. 저는 지난달 초순에 성은을 입어 홍문관 교리校理에 임명되었다가, 이내 사간원 헌납獻納의 관직을 받았습니다. 두 번이나 임금의 교지를 받았으므로 의리로 보아 편안함만을 구하기 어려워, 병을 무릅쓰고 길을 떠났습니다. 그런데 또 의정부 검상檢詳의 자리로 옮겨졌습니다. 말을 달려오느라 너무 피로하여 간신히 서울로 들어왔는데, 바로 그날 선생님의 살펴 주시는 은덕을 입었으니, 근근히 사람 모습만 지키고 있습니다.

시골에 있을 적에 칠계漆溪 김정金正을 통해 선생님의 소식을 듣고 매우 위로가 되었습니다. 그러나 산천이 막히고 길이 멀어서 소식을 전할 수 없으니, 선생님을 우러러 그리며 부질없이 근심스런 마음만 간절했습니다. 지내시면서 좋은 일만 있으시기를 축원하며 이만 줄이오니 살펴 주시기 바랍니다. 삼가 절하고 글을 올립니다.

병인 윤10월 11일 후학 대승은 절하며 올립니다. 지난번에 보내드린 주장에 대해 세심히 보시고 가르침을 주시기 바랍니다. 바쁜 틈에 급히 쓰느라 제 마음을 다 펴 보이지 못했으나, 뒤에 있을 인편을 기다리겠습니다. 아울러 살펴 주십시오. 高

사단칠정 총설과 후설의 안목이 두루 바르니

명언에게 절하며 답합니다.

지난 가을 자중子中이 서울에서 7월 15일에 보낸 그대의 서신을 보내 왔으나, 아파서 오랫동안 회답을 미루었기에 늘 마음이 편치 않았습니다. 겨울을 지내는 동안 그대에게 거듭하여 벼슬을 내렸다고 들었습니다. 받아들여 나아가기로 했는지를 알 수 없으니, 자꾸만 마음이 쓰이는 것이 평소보다 갑절은 더합니다. 그런데 어제 자중이 다시 그대의 편지를 가지고 와서, 그대가 이미 임금의 부름에 따라 서울로 왔고, 다시 벼슬이 바뀌어 의정부[中書]로 들어갔음을 알았습니다. 이러한 상황이 비록 지난날 물러날 때의 본뜻과는 서로 맞지 않지만, 일이 이에 이르렀으니, 이에 대처하기 위해서는 때에 맞춘 처신 또한 따라서 변하지 않을 수 없습니다. 정자程子가 "도를 따른다.[以從道]"라고 말한 것은 바로 이를 가리키는 것입니다.

저처럼 비천한 이의 경우를 들어 말하기에는 충분하지 않지만, 제가 지금처럼 심하게 늙고 병들지 않았을 때는 임금의 부름을 받을 때마다 즉시 달려가지 않은 적이 없으니, 팔구 년 사이에 그와 같은 예가 세 차례나 됩니다. 하물며 그대의 경우는 저와 같지 않으니, 장차 무슨 핑계로써 끝내 자신을 고집하며 나아가지 않을 계책을 쓰겠습니까? 다만 저는 무오년 이후로 늙고 병이 매우 심해졌건만, 오히려 성은이 더욱 무겁게 내려와, 병을 무릅쓰고 벼슬을 받아들이기 어려움이 뭐라고 설명할 수 없을 정도였습니다. 그래서 몇 차례 외람되이 성은을 피했으나, 일이 점점 꼬여 오늘과 같이 낭패를 보는 데에 이르렀습니다. 그러나 임금께서는 오히려 병이 낫기를 기다려 올라오라는 뜻을 보이셨습니다. 그리고 저의 병에 차도가 없어도 독촉하는 뜻을 내비치지 않으셨습니다. 다만 위로는 고위대관부터 아래로는 벼슬 없는 선비에 이르기까지 글을 올려, 거의 한 달도 거르지 않고 저를 꾸짖어 왔습니다. 비록 각자가 힘껏 옳고 그름을 분간해 아뢰어 보지만, 임금께서 살펴 받아들이실 뜻이 없음을 보자, 어떤 이는 저를 도리어 바깥으로 물리쳐야 한다는 말을 더하기도 하여, 저로 하여금 근심하고 두려워 쉴 곳을 모르게 하니 어찌하면 좋겠습니까? 그 동안 박화숙朴和叔에게 보낸 편지에서 그 내용을 자못 자세히 말했습니다만, 회답을 받지 못해 그가 어떻게 생각하고 있는지는 모르겠습니다.

7월 15일에 보내 준 별지에서 길을 잃고 헤매는 저를 깨우치려 하신 뜻은 매우 좋았습니다만, 그 말이 저의 경우와는 맞지 않습니다. 왜 그럴까요? 만약 제가 과연 어질어서 우리 임금의 요구에 부응할 수 있는 사람이라면, 그대의 말이 참으로 이치에 맞는 말입니다. 그러나 저는 재상감도 아니고 경륜을 갖춘 것도 아니기 때문에, 임금의 은혜에 만 분의 일도 부응할 수 없음을 스스로 알고 있습니다. 이러고서야 어찌 빈손으로 나아가 높디높은 벼슬을 움켜쥐고 한 몸의 영예와 이익으로 삼을 것이며, 또한 이내 다시 돌아가고자 하여 스스로의 편안함을 꾀할 수 있겠습니까? 이것은 평상시에 갈고 닦았던 의리와 이익을 구분해야 한다는 주장과 아주 맞지 않습니다.

훗날 지하에 가서 옛사람들을 뵙게 되면 여쭐 말씀이 없을 것입니다. 그런 까닭에 감히 할 수 없을 따름이니 어찌하겠습니까?

사단칠정에 관한 총설과 후설 두 편은 논의가 매우 명쾌하여, 트집을 잡아 어지럽게 공격하는 병통이 없었습니다. 안목이 두루 바르고 마땅하니, 홀로 밝고 너른 근원을 보았다고 하겠습니다. 또한 지난날 견해의 차이를 털끝만큼 작은 것까지 분별하여, 곧바로 자신의 주장을 고쳐 새로운 생각을 따랐습니다. 이것은 더욱 사람들이 하기 어려운 것이니, 그대의 결행은 참으로 보기 좋았습니다. 다만 저의 주장 가운데 '성현의 기쁨·노여움·슬픔·즐거움[喜怒哀樂]'에 대한 것과 "각각 연원[所從來]이 있다." 같은 주장에 대해 그대가 논한 부분에는 진실로 편치 않음이 있는 듯하니, 그 사이를 다시 생각해 보지 않을 수 있겠습니까? 아울러 그대가 보여 주신 '인심人心·도심道心' 등의 설은 모두 다양한 측면에서 곱씹어 보고 가르침을 구해야 마땅할 것입니다. 하지만 이번에는 여기까지 다루지 못했으니, 자중이 서울로 가는 날 삼가 하나하나 가르침을 청하겠습니다. 추워졌습니다. 때에 맞게 몸조심하기 바라면서 삼가 절하고 회답합니다.

병인 윤10월 26일, 황은 머리를 숙입니다.[2] 退

---

1. "때에 따라 변하여 도를 따른다." 『역전易傳』, 「서序」.
2. "사단칠정에 관한 총설과 후설 두 편은~머리를 숙입니다."까지는 【2-16】에도 나온다.

인심·도심에 대한 논의

명언에게 거듭 답합니다.

최근에 자중子中을 통해 그대가 서울로 돌아온 뒤에 보내 주신 편지를 받고는, 즉시 답장을 써서 도로 그대에게 전하도록 자중에게 부탁했는데, 제때에 도착했는지 모르겠습니다. 겨울 날씨가 심상치 않고, 편지가 오간 뒤 공무로 바쁘셨을 텐데, 근황이 어떠한지 모르겠습니다. 빛나게 드높은 의정부[鳳池]의 벼슬이 그대에게 내렸는데 제가 무엇을 너할 수 있겠습니까? 조정의 동료들과 맺어지게 되었으니 앞으로는 좋은 일만 있을 것입니다. 저는 오래된 속병 이외에 귀에서는 바람소리가 나고 눈에서는 별이 번쩍여, 어지러이 하루하루 보내고 있습니다. 학문을 닦지 못하는 근심이 오죽하겠습니까?

전에 보내온 사단칠정에 대한 두 가지 설을 되풀이하여 깊이 생각해 보았습니다. 옛사람이 "처음에는 의견이 들쭉날쭉하여 달랐으나, 끝내는 찬란하게 같은 데로 모아졌다."라는 말이 헛말이 아니었습니다. 이미 지난번 편지에서 대략을 말했으되, 그것은 오래 생각하고 쓴 것이 아니어서 그대의 귀만 더럽힌 꼴이 되었습니다. 이에 다 말하지 못했던 것을 지금 말하려 합니다.

"기쁨·노여움·슬픔·즐거움[喜怒哀樂]을 어짊·의로움·예의바름·지혜로움[仁義禮智]에 짝하여 놓는다."라는 말은 참으로 그럴 듯합니다만 완전하진 않습니다. 지난날 「천명도天命圖」 속에서도 서로 비슷한 점 때문에 애오라지 시험삼아 나누어 적어 보았지만, 그렇다고 그것이 마치 사덕四德이 어짊·의로움·예의바름·지혜로움과 짝해 결합하는 것처럼 진짜로 정해진 짝이 있다고 여긴 것은 아니었습니다.

그대의 말에 "이理의 발현이란 오로지 이理만을 가리켜 말한 것이고, 기氣의 발현이란 이理와 기氣를 섞어서 말한 것이다."라는 것이 있습니다. 저는 일찍이 이 말을 가지고 "근본은 같으나 끝이 다르다." 했습니다. 저의 견해는 진실로 이 말과 같으니, 이른바 "근본이 같다." 하는 것입니다. 그리고 그대는 이것을 토대로 마침내 "사단과 칠정을 이와 기에 나누어 붙여서는 안 된다." 했으니, 이른바 "끝이 다르다." 하는 것입니다. 그러나 지난날 그대의 견해와 논의가 지금 보내온 두 가지 설처럼 분명하고 깔끔한 것이었다면 어찌 "끝이 다르다." 같은 말이 있겠습니까?

일찍이 우리 두 사람이 주고받은 논변을 한 권의 책으로 만들어 때때로 보면서 잘못된 곳을 고치려고 했으나, 간혹 정리해서 싣지 못한 것이 있어 한스러웠습니다.[1] 그대가 말한 절구 한 마디 역시 기억할 수가 없으니, 다음 편지에서라도 천천히 일러 주시면 어떻겠습니까? 인심·도심에 대한 여러 사람의 논의는 참으로 의심스러운 것이 있습니다. 일찍이 이강이李剛而[2]가 제게 보내 준 이일재李一齋의 설이 있는데, 강이의 편지와 함께 제 설 두 가지를 보내겠습니다. 시험삼아 살펴보시고 편지를 통해 가르쳐 주십시오. 그리고 아울러 청하고 싶은 것은 여러 사람에게 그것을 보이지 말아달라는 것입니다. 혹 별일도 아닌 것으로 일을 만들까 두렵습니다.

병인 11월 6일, 황은 머리를 숙입니다.

별지

전에 사람들이 말하기를 "과회寡悔는 자못 선종의 미묘한 맛을 좋아한다." 했고, 그 사이에 또 과회가 『곤지기困知記』를 높여 믿는다는 말을 들었습니다만, 저는 그래도 그러한 말을 믿지 않았습니다. 그가 지었다는 '인심도심을 읊음[人心道心吟]'이라는 두 절구絶句를 보았을 때도 마음속으로 매우 의아해 하면서, 과회가 여기까지 이르지는 않았을 테니 아마도 일 만들기 좋아하는 이가 그의 이름을 훔쳐 쓴 것이라고 생각했습니다. 그런데 지금 보내온 편지에서 그대가 직접 그와 더불어 이야기하면서 물어 보았는데 그의 말과 뜻이 정말 그랬다 하니, 그로 인해 슬프고 실망스러운 제 마음을 어찌해야 좋을지 모를 정도입니다. 크게 보아 정암整菴이 도에 대해 하나의 깨달음도 얻지 못했다고는 할 수 없지만, 근원이 되는 중대한 문제에 대해서는 잘못 생각했습니다. 그러니 나머지 자잘한 논의 가운데 비록 이치에 맞는 것이 많다고 해도, 모두 소중하게 여길 수 없는 것들입니다. 저는 과회가 오랜 세월 동안 학문에 힘을 썼으니 엉성하지 않을 것으로 생각했는데, 뜻밖에 그의 견해가 정주程朱의 이론과 맞지 않고, 도리어 정암과 맞는군요.

이일재李一齋가 일찍이 이강이李剛而에게 보낸 편지에서 정암의 잘못을 논했는데, 강이가 그 글을 제게 보내왔습니다. 일재의 견해는 과연 정밀하지 못하고 주장에 그릇된 곳이 많으니, 정말로 그대가 보내 준 글에서 지적한 대로였습니다. 하지만 듣건대 이 늙은이가 책은 깊이 읽지 않고 성급히 자신만을 지나치게 믿는다 하니, 그의 잘못에는 반드시 어떠한 연원이 있는 것은 아닐 겁니다. 그러나 과회의 오류는 선학禪學으로 말미암아 길을 잘못 든 데서 온 듯하니, 지난번에 들은 것이 헛말은 아닙니다. 그러므로 그대의 편지에서 말한 대로 『어류語類』와 『집주集注』 같은 부류는 모두 받아들이지 않으니, 이는 곧 이치를 추구하는 번거로움을 싫어하여 곧바로 간략하고 빠른 길로 가려 하는 것이므로, 더욱 크게 우려할 일입니다.

하지만 지금 그 까닭을 밝히고자 하면 말이 매우 길어질 것입니다. 주신 글을 보면 이미 중요한 요점을 터득했으니, 어찌 우매한 나의 의견이 필요하겠습니까? 다만 그 사이에서 또 알 수 없는 것은, 과회가 이미 이理와 기氣를 하나로 여겼다면 도道와 그것을 담는 그릇[器]도 하나로 여겨야 될 듯한데, 그 시에서 "원래 도와 그릇은 이웃하지 않는다." 했으니, 이는 또 도와 그릇을 둘로 갈라 서로 간섭하지 않는 것으로 본 것입니다. 이 잘못은 어디서 비롯되었는지 생각해 보아도 알 수가 없으니, 깨우쳐 주면 다행이겠습니다.

벗에게 답했던 「배움을 논한 글」을 지금 존재에게 드립니다.

담씨湛氏[3]의 학문은 일찍이 『백사집白沙集』에서 그 문제점을 대략 보았습니다. 그의 『격물통格物通』도 일찍이 펴 보았으나, 그가 기이한 이론異論을 좋아함을 보고 마음속으로 싫어했습니다. 지금 거론한 책의 몇 조목 가운데 "'잊지 말고 돕지도 말라.[勿忘勿助][4]'는 것이 경敬이다." 하는 말이 있습니다. 저의 외람된 생각으로는 "잊지 말고 돕지도 말라는 것을 경敬을 간직하는 절도로 삼는다." 한다면 옳습니다만, 바로 그 네 글자를 가리켜 경敬이라고 한다면 잘못입니다. 심지어는 '위태롭다[危]'를 '크다[大]'로, '은미하다[微]'를 '없어진다[滅]'라고 해석하여, "사람의 욕심이 크게 퍼지면 하늘의 이치가 쇠미해 져서 없어진다."라는 말까지 했습니다. 이것은 뜻과 이치가 어떠한지 논할 것도 없이, 글자를 새기는 데서도 아주 잘못 되었으니, 깊이 따져 볼 만한 것이 없습니다.

　나씨羅氏의 『곤지기困知記』를 보면, "도심道心은 성性이고, 인심人心은 정情이다. 지극히 순수한 본체[體]는 볼 수 없기 때문에 미묘하다[微]고 하며, 끊임없이 변하는 작용[用]은 헤아릴 수 없기 때문에 위태롭다[危]고 한다." 했습니다. 이와 같은 그의 설은 자못 근사해서 담씨의 설에 견줄 바가 아니지만, 해로움은 더욱 심합니다. 무릇 도심을 감정이 발현되기 전으로 한정하면, 그 도심은 하늘의 작용[叙秩命討]과 함께 하지 않으니, 성性에는 본체는 있지만 작용은 없게 됩니다. 인심을 감정이 이미 발현한 뒤라고 판정하면, 그 인심은 근본이 되는 성명性命에 근거하지 않으니, 정情에는 악만 있고 선은 없게 됩니다. 이렇게 되면 위에서 "볼 수 없어서 미묘하다." 하는 말과 "헤아릴 수 없어 위태롭다." 하는 말 사이는 멀리 떨어지거나 섞여 버립니다. 그리하여 자세히 살피고자 하면 할수록 더욱 멀리 떨어지고, 하나로써 지키고자 하면 할수록 더욱 섞이고 맙니다. 그것을 주자가 본체와 작용의 정밀함과 성김, 공부의 효과에 대해 모두 꿰어서 남김없이 말한 것과 견주어 본다면 어떠합니까?

　"학자들은 마땅히 성性을 알아야 하지만 마음을 기를[養心] 필요는 없다." 했는데, 이 설은 더욱 이해할 수 없습니다. 맹자가 "어짊[仁]은 사람의 마음이고, 의로움[義]은 사람의 길이다." 라고 논하면서, 반드시 흩어진 마음[放心]을 구하면서 끝마쳤습니다.[5] 그런데 나씨가 말한 대로라면, 어짊을 알고 의로움을 알면 그것으로 충분합니다. 무엇 때문에 굳이 흩어진 마음을 구하겠습니까? 맹자는 야기夜氣를

167

논한 곳에서도 처음에는 인의仁義를 말했습니다.[6] 그러나 기르는 것[得養]과 기르지 못하는 것[失養], 그리고 잡아서 지키는 것[操存]과 놓아서 잃어버리는 것[捨亡]을 논한 곳에서도 다시 성性을 말하지 않고 마음[心]을 말했습니다.[7] 마음을 다하는 것[盡心]과 성을 아는 것[知性]에 대해 논한 곳에서도 반드시 마음을 보존하고 성性을 기르는 것으로써 끝을 맺었습니다.[8] 무릇 마음[心]은 성정을 거느린다고 합니다. 그것은 마음을 기르지 못하면 성이 홀로 보존될 수 없기 때문입니다. 하물며 마음을 기르지 않고 참으로 성을 알 수 있는 사람은 이 세상에 없습니다.

"선악은 하늘의 이치[天理]의 이름[名]이다."라는 것도 이렇게 두루뭉실하게 말하면 안 됩니다. 옛날에 하숙경何叔京[9]이 "사람의 욕망[人欲]은 성性이 아니다."라는 구산龜山[10]의 말을 논하면서, "어디에서 이 사람의 욕망이 생기는지 모르겠습니다." 하고 물었습니다. 주자는 "이 물음은 매우 중요하다. 사람의 욕망이라는 것은 바로 하늘의 이치에 반대되는 것일 뿐이다. 만약 하늘의 이치로 말미암아 사람의 욕망이 생긴다고 말한다면 옳다. 하지만 사람의 욕망 또한 하늘의 이치라고 말한다면 그르다. 무릇 하늘의 이치 가운데는 본디 사람의 욕망이 없다. 다만 그것이 흘러 나와 차이가 생기면 비로소 사람의 욕망이 생겨나는 것이다. 정자는 '선악은 모두 하늘의 이치이다. 주자의 본주에서 '이 구절은 매우 해괴한 듯하다' 라고 했습니다. 악이라 일컫는 것은 본래 악이 아니다. 본주에서 '이 구절은 완전히 뒤집혔다' 라고 했습니다. 다만 너무 지나치거나 미치지 못해 이렇게 된 것이다. 본주에서 '어디에서 사람의 욕망이 생기냐는 물음에 이 구절로 답했다' 라고 했습니다.'라고 말했다. 여기서 인용한 악은 또한 성性이라고 하지 않을 수 없으니, 그 뜻 또한 그렇다." 이상은 주자의 설입

ㅆ. 하고 말했습니다. 저 또한 선악은 하늘의 이치의 이름이라고 말하고 싶습니다. 그대가 편지에서 의심스럽다고 한 견해는 다만 정자와 주자의 이 몇 가지 설"에 맞추어 따져 보면 될 것입니다. 무릇 정자程子가 비록 "선악이 모두 하늘의 이치이다."라고 말했지만 바로 아래의 두 글귀[12]를 가지고 새롭게 설명했습니다. 그리고 주자는 이 단락을 인용하면서 다시금 더 분명하게 해석하면서, 처음에 악도 이理가 된다고 했던 설을 말끔이 씻어, 흠이 없는 이론으로 만들고자 했습니다.

지금 그대는 그렇게 하지 않고, 다만 이렇게 두루뭉실하고 애매하게 한 덩어리로 만들고 말았습니다. 어찌 자신을 그르치고 남까지 그르치는 일이 아니겠습니까? "학자들은 마땅히 성을 알아야 하지만…" 이의 두 조항은 벗의 물음에 따라 동지간에 서로 의논한 것이지 담씨와 나씨의 설이 아닙니다.

지난번 서울의 한 벗이 글을 보내와 몇 조항을 묻기에, 망령되이 제 생각을 이같이 답했습니다. 그대가 인심·도심 등의 설을 논한 편지를 지금 받고, 옛 상자를 뒤져 전에 베껴 놓은 편지를 찾았습니다. 그 가운데 한 단락은 바로 정암을 논한 것이니, 그것이 지금 논의하는 것의 의미를 도와서 밝혀줄 수 있을지 모르겠습니다. 이제 이 글을 보내니, 이치에 맞지 않는 것이나 아울러 그 나머지 단락의 논의 가운데 바로잡아 고칠 것들을 가르쳐 주시면 매우 다행이겠습니다.

1. "전에 보내온 사단칠정에 대한 두 가지 설을~ 한스러웠습니다."까지는 【2-17】에도 나온다.
2. 이정李楨(1512~1571)을 가리킨다. 퇴계의 문인으로 호는 구암龜巖이고, 강이는 그의 자이다.
3. 중국 명대의 학자 담약수湛若水(1466~1560)를 가리킨다. 그는 젊었을 때 백사白沙 진헌장陳獻章에게서 배웠다. 한때는 왕수인王守仁과 함께 공부했으나, 뒷날 각기 다른 주장을 하여 두 개의 학파로 분리되었다. 『명사』283, 유림열전.
4. 호연의 기가 무엇이냐는 공손추의 물음에 대해 맹자가 대답하면서, 그 기운을 키우는 데 대하여 잊지도 말고 또 인위적으로 돕지도 말라고 하였다. 『맹자』, 「공손추」상, 1장.
5. "인은 사람의 마음이고, 의는 사람의 길이다."라는 대목의 마지막 부분에서 "학문의 길은 다른 것이 아니라, 바로 흩어진 마음을 구하는 것일 따름이다."라고 했다. 『맹자』, 「고자」상, 11장.
6. "비록 사람에게 보존된 것인들 어찌 인의仁義한 마음이 없겠는가만, 양심을 잃어버림이 또한 도끼와 자귀가 아침마다 나무를 베어가는 것과 같으니, 이렇게 하고도 아름다울 수 있겠는가?" 『맹자』, 「고자」상, 8장.
7. "그러므로 그것을 기를 수 있으면 자라지 않을 것이 없고, 그것을 기르지 못하면 사라지지 않을 것이 없다. 공자가 말하기를, '잡으면 있고, 놓으면 없어진다. 들고 나는 데 정해진 때가 없으며, 그 돌아갈 곳을 모른다고 한 것은 바로 마음을 이르는 것이로구나'라고 했다." 『맹자』, 「고자」상, 8장.
8. "맹자가 말했다. '그 마음을 다하는 것은 그 성性을 아는 것이요, 그 성을 아는 것은 하늘을 아는 것이다. 그 마음을 지키고 그 성을 기르는 것은 하늘을 섬기는 바요, 죽고 사는 문제에 흔들림 없이 몸을 닦아 기다리는 것은 명命을 세우는 바이다.'라고 했다." 『맹자』, 「진심」상, 1장.
9. 중국 송대의 학자 하호何鎬를 가리킨다. 호는 대계臺溪이고 숙경은 그의 자이다.
10. 중국 송대의 학자 양시楊時를 가리킨다. 정자程子의 제자로 구산은 그의 자이다.
11. 『근사록近思錄』「도체류道體類」에 보이는 정이천의 말과 주자의 주석.
12. 사람이 태어나기 이전에는 성이라 말할 수 없고 성이라 말할 수 있을 때는 이미 성이 아니다. 곧 사람이 태어나기 전은 단지 이理라 할 수 있고 성性이라 할 수 없으며, 비로소 성이라 할 수 있을 때에는 사람이 태어난 이후로서 이가 이미 형기形氣 가운데 있는 것이니 성의 본체本體라 할 수 없다는 뜻이다. 『근사록』「도체류」

잠시의 틈조차 내지 못하며

선생님께 올리는 글.

삼가 엎드려 여쭙습니다. 건강은 어떠하신지요? 우러르는 마음 그지없습니다. 저는 외람되이 선생님의 두터운 은혜를 입어 겨우 벼슬길에 나아가고 있습니다. 다만 서울에 들어온 뒤로 질병과 근심이 끊이지 않는 데다가 번거로운 일에 쫓기어 허둥지둥 잠시의 틈조차 내지 못하니, 마음이 매우 혼란스러울 따름입니다.

자중子中이 와서 앞뒤의 두 편지와 「벗에게 답하는 글」을 받았고, 아울러 여러 사람들에게 보내는 편지를 받으니, 기쁨과 위안을 말로 표현하기 어렵습니다. 그런데도 저는 전에 말씀드린 것처럼 번거롭고 시끄러운 일에 얽매여 오래도록 선생님께 감사의 편지를 빠트리고 있었으니 한탄만 늘어날 뿐이었습니다.

요사이 지내시기가 더욱 편안하시리라 생각합니다. 또 한 해가 저물어갑니다. 새해에는 더욱더 모든 일이 복되시고, 하시는 일마다 넉넉히 이루시길 빌며 이만 줄입니다. 아울러 살펴 주시기 바랍니다. 삼가 절하며 글을 올립니다.

병인 12월 29일, 후학 대승이 절하며 올립니다.

자중이 잠시 수검어사搜撿御史로 용만龍灣에 갔습니다만 오래지 않아 돌아올 것입니다. 2월쯤에 고향에 내려오려고 한다니, 그 때 하

나하나 아뢸까 생각합니다. 또 본사本司²에서 으레 나누어 주는 약과
그 밖의 것 몇 가지를 아울러 올립니다. 살펴 주시기 바랍니다. 髙

1. 평안도 의주義州.
2. 고봉이 재직하고 있던 의정부를 가리킨다.

도학을 한다는 사람들이 많지만

선생님께 올리는 글.

삼가 엎드려 여쭙습니다. 건강은 어떠하신지요? 그리는 마음이 날로 더합니다. 요사이 봄기운으로 점점 따뜻해집니다. 편안히 지내시며 모든 일에 복이 가득하시기 바랍니다. 저는 외람되이 두터운 은혜를 입어 겨우 벼슬에 나아가고 있습니다. 다만 서울에 온 뒤 벼슬이 어지러이 갈려 잠시의 틈조차 낼 수 없었으니, 몸과 마음이 피곤해 견디기 어려울 정도입니다. 이제 또 종사관 직을 더해 용만龍灣으로 나가게 되었으니, 이른바 뜻대로 되지 않는 일이 열에 여덟이나 아홉이어서 탄식만 나옵니다.

지난해 선생님으로부터 밝은 깨우침을 받아 한없이 기뻤습니다. 제 생각으로는 조금 한가해지기를 기다려 다시 제 생각을 아뢰고자 했습니다만, 번거로운 일에 계속 이끌려 아직 이루지 못했으니 매우 부끄럽고 한스럽습니다. 사단칠정에 대한 두 설을 가지고 선생님께 인정을 받았으니, 얼마나 다행인지 모르겠습니다. 다만 그 사이에 생각할 것이 많이 있어서 감히 가벼이 여쭤 보지 못했습니다. 뒷날에 혹시 몇 가지 작은 견해라도 생길까 싶어 기다립니다. 절구를 베껴 올립니다. 앞뒤로 오갔던 글들을 모아 한 권의 책으로 만들면서, 넣고 뺄 것을 정했으면 하고 바라고 있습니다만, 어떻게 생각하시는

1-40 고봉이 퇴계에게, 이지사 댁으로

지요? 정암整庵의 책은 지난 가을에 한 번 읽었습니다. 잘못된 곳을 낱낱이 파헤쳐, 각각 한 편의 글로 그 그릇됨을 통렬히 분석하려 했으나, 아직 뜻을 모아 글을 쓰는 데는 손을 대지 못하고 있습니다. 한두 해를 기다려도 또한 늦지는 않을 것 같습니다.

선생님께서 편지로 깨우쳐 주신 몇 조항은 모두 세밀하고 적당합니다. 요사이 도학을 한다고 이름을 내걸면서도 소견이 어긋나고 잘못되어 도리어 도道를 해치는 이가 많아, 다 분별할 수도 없을 정도니 어찌하겠습니까? 게다가 "배우는 이는 마땅히 성性을 알아야 하겠지만, 마음을 기를 필요는 없다."라는 설은 누구에게서 나왔는지, 놀랍기도 하거니와 탄식하지 않을 수 없습니다. 사람의 소견이 이렇게까지 어긋나니, 어찌 말로써 이와 다툴 수 있겠습니까? 진실로 근심스럽고 두렵습니다.

박화숙朴和叔에게 부치신 편지를 지난번에 그의 집에 가서 한 번 펼쳐 읽어 보았습니다. 삼가 선생님의 뜻을 알겠습니다. 선생님의 뜻이 이미 그러한데 그밖에 무슨 말을 하겠습니까? 비록 공경公卿자리의 높은 벼슬아치들에서부터 관직 없는 선비에 이르기까지 그들이 무어라고 하더라도 또한 깊이 변명할 필요가 없을 듯한데, 어떻게 생각하시는지 모르겠습니다. 제가 지난날 아뢰었던 것은 다만 제 의견을 생각나는 대로 선생님께 감히 여쭈어 본 것일 뿐, 진실로 선생님께서 받아들이기를 바랐던 것은 아닙니다. 그런데도 몸소 부지런히 답해 주시니 송구스럽기 그지없습니다. 그 사이 아뢰고 싶은 것이 하나 둘이 아니지만, 쓸데없이 바빠 다하지 못합니다. 다만 도를 음미하시는 일에 더욱 힘쓰시고, 우리 시대를 위해 더욱 몸을 아끼시기를 빕니다. 직접 뵐 기약이 없으니, 슬피 우러르는 마음 말

로 다하기 어렵습니다. 엎드려 바라건대 살펴 주십시오. 삼가 엎드
려 절하고 글을 올립니다.

　정묘丁卯 1월 24일, 후학 대승은 절합니다. 일재一齋와 구암龜巖의
편지 2통을 아울러 올리니 받으시기 바랍니다. 🔳

제 이름을 빌어 나도는 책을 없애 주시길

명언에게 절하며 말씀드립니다.

요사이 여러 가지 상황 때문에 소식이 서로 오가지 못했습니다. 그래서 그리운 나머지 몹시 걱정하고 슬퍼하는 지경에 이르렀습니다. 저는 해가 바뀌기 전에 병을 얻었는데, 정초에 갑자기 나빠졌습니다. 가래와 기침이 많이 나올 뿐 아니라 여러 증상이 함께 나타나 괴롭히니, 괴로움으로 몸을 뒤척이며 자리에서 일어나지 못한 지 여러 달이 되었습니다. 혈기도 쇠잔해지고 기운도 거의 다 꺾여, 마침내 어찌될지 모르겠으니 어떻게 하면 좋겠습니까?

그 사이 전해 듣기를, 평안도 중화군中和郡에서 책 하나를 판각해서 『용학석의庸學釋義』라고 하고, 『어록석語錄釋』을 덧붙여 모두 제 설이라고 한답니다. 그것을 들으니 놀라움과 괴로움을 이기지 못하겠습니다. 『어록석』이라고 하는 것은 제가 알지도 못하는 것이거니와, 『용학석』이란 것은 전에 『중용』과 『대학』에 대한 우리 나라 사람들의 여러 설이 너무 어지러운 것을 보고서, 모두 모아 연구하고 교정하며, 버리고 받아들일 것을 헤아려서, 본뜻을 찾아 하나의 주장으로 모아 보려 한 것입니다. 다만 제 소견이 분명하지 못해, 더러 여러 설을 모아놓기만 해서 버릴 것과 받아들일 것을 결정하지 못하기도 하고, 혹은 논변하기만 하고 결론을 내지 못하기도 했습니다. 한마디로, 하나같이 뒤섞여 번잡스럽기만 할 뿐 글을 이루지 못하니, 남에게 내보이기에 부족합니다. 그런데도 뜻하지 않게 아이들이 내어 향리 간에 널리 퍼진 것만해도 매우 부끄럽고 두려웠는데, 어찌 다시 이런 일이 있을 줄 알았겠습니까?

중화군수 안위安瑋[1]는 좋은 뜻을 가지고 있지만 일 벌이기를 즐기는 병이 있습니다. 훈도 문명개文命凱는 글로 이름이 났지만 문제가 많은 사람입니다. 이들이 더불어 이 일을 했고, 두 사람 모두 제가 평소에 아는 사람입니다. 그래서 지금 글을 보내어 크게 책망해서 판본을 없애도록 시키려고 합니다. 다만 그것을 자진해서 없애라고 하면, 그들이 기꺼이 따를지 여부가 염려스럽습니다. 그래서 사방으로 벗들을 돌아보아도 이 일을 부탁할 사람이 없습니다. 마침 그대가 중국의 사신을 맞이하는 일행으로 관서지방으로 간다고 들었습니다. 가만히 생각하건대 거의 죽게된 늙은이를 위해 힘써 이 일을 해 주리라 기대할 만한 사람은 오직 그대뿐입니다. 그래서 이 글을 급히 써서 마음속의 바람을 드러내 알립니다. 엎드려 바라건대 중화군에 도착하거든 바쁜 일을 제쳐두고, 곧바로 그 판본을 찾다가 뜰에서 불태우는 것을 감시한 다음 떠나기 바랍니다. 그렇지 않고 단지 군수에게 부탁하여 불태우도록 한다면, 끝내 제대로 되지 않을 것이 분명합니다. 거듭 부탁드리거니와 소홀히 하지 마십시오. 병중에 손을 빌어 겨우 이 몇 자를 받아쓰도록 했을 뿐입니다. 그 밖의 많은 것들은 하나도 거론하지 못했습니다. 오직 모든 일에 힘써 우리 시대의 기대를 저버리지 마시기 바랍니다. 삼가 절하며 아룁니다.

정묘 2월 5일, 황이 씁니다. 退

---

1. 『퇴계집』에는 안상安瑺이라고 되어 있다.

환후가 여전하시다니

선생님께 답해 올리는 글.

그리던 마음 지극하던 차에 이번 달 5일에 주신 글을 받았습니다. 환후가 여전하시다니 멀리서 염려되는 마음만 가득합니다. 소식을 보내신 뒤로 어떻게 좀 나아지셨습니까? 병세에 차도가 있어 이미 건강을 회복하셨기를 바랄 따름입니다. 저는 외람되이 두터운 은혜를 입어 근근히 몸을 보존하고 있습니다. 다만 어머니께서 돌아가신 뒤 고향에서 동생이 거상居喪하고 있었는데, 지나친 슬픔에 몸을 상한 나머지 회복하지 못하고 죽었습니다. 소식을 듣자 찢어지는 듯 마음이 아파 말로는 비유할 길이 없고, 정신이 모두 나가버려 마치 꿈속에 있는 사람 같았습니다.

지난번 자중子中이 돌아갈 때 부친 편지는 이미 선생님께 도착했으리라고 생각합니다. 말씀하신 판본을 없애는 일을 어찌 감히 유의하지 않겠습니까? 다만 제게 장령掌令[1]의 직이 더해져서, 형편상 관서쪽으로 나가지 못할 수도 있을 것 같습니다. 어떤 이는 또 저를 대관臺官[2]의 직에서 사신 수행으로 바꿔야 한다고도 하니, 끝내 어찌될지 모르겠습니다. 또한 그 사이 세 정승이 임금께 아뢰어 선생님을 힘써 맞이하라는 분부가 내렸습니다. 건강이 좋지 않은 때에 어지러운 생각에 사로잡혀 크게 근심하실까 매우 염려스럽습니다. 엎드려 생각하건대 선생님께서는 덕이 높고 공이 크시니 미리 대처할 방도를 정하시면 곤궁해지지 않으실 것이고, 때에 따라 쉬시면 반드시 여유가 있을 것입니다.

다시 바라건대 병을 잘 다스리시고 건강을 회복하셔서, 보잘 것 없는 저희의 바람을 저버리지 마십시오. 나머지는 이만 줄입니다. 아울러 살펴 주십시오. 삼가 절하고 답장을 올립니다.

융경隆慶 원년 2월 19일, 후학 대승은 절하며 올립니다.

지난번에 납약을 싸서 현저인縣邸人[3]에게 주어 보냈는데 받으셨는지 모르겠습니다. 약이 필요하시면 언제든지 말씀하십시오. 조치할 수 있을 것입니다. 마음이 혼란하여 겨우 몇 자 적고 보니 두렵기만 합니다. 高

---

1. 정치를 논평하고 관원을 규찰하는 임무를 맡은 사헌부의 정4품 벼슬.
2. 사헌부 장령직을 가리킨다. 대관은 어사대의 관리를 뜻하고, 어사대는 사헌부의 다른 이름이다.
3. 지방의 각 현에서 각종 사무를 주선하고 연락을 유지하기 위하여 서울에 파견된 향리.

모두들 남을 이기기에만 힘을 쓰고

명언에게 답합니다.

지난달 자중이 왔을 때 1월 24일에 쓰신 편지를 받았고, 곧이어 다른 인편으로 2월 19일에 쓰신 글도 받았습니다. 이토록 지극히 염려해 주심에 감사드립니다. 동생 분이 거상 중에 돌아가셨다고 하니, 놀라고 슬픈 마음 그지없습니다. 우애의 정이 깊었으니 가슴이 찢어지는 비통함을 견디기 어려울 것이라 생각합니다. 그러나 멀리서 마음을 너그럽게 먹고 슬픔을 억누르기 바라는 저의 정성은 더욱 깊습니다.

관서로 나가게 되면 비록 대간에 있다 하더라도 그 관직을 바꾸어 주는 것이 마땅할 것입니다. 게다가 요사이 이미 벼슬이 갈리어 나갔다고도 들었습니다. 멀리 있으니 소식이 정확히 전해지지 않아 어떤 벼슬로 나가게 되었는지는 모르겠습니다. 다만 관서로 떠나는 것은 의심할 것이 없으니, 판본을 없애는 일이 한번에 해결될 것으로 믿고 있을 따름입니다. 만약 그대의 도움을 얻지 못한다면 다른 사람으로서는 결코 제 뜻대로 처리하지 못할 것입니다. 그러기에 이처럼 간절히 부탁드리는 것입니다.

사단칠정설에서 좀더 생각해 볼 만한 부분에 대해 밝히고 분석하신 글을 얻어 보게 된다면 매우 다행이겠습니다. 정암의 글에 오늘날 많은 사람들이 중독되었습니다. 주신 편지에서 말씀하시기를, 정암의 글에 해설을 붙이고 잘못된 부분을 지적하여 사람들로 하여금 어둠 속에서 길을 찾게 하고자 한다니 이는 저 또한 바라는 일입니다.[1] 요사이 떠돌아다니는 여러 사람들의 학설을 들으니 매우 근심스럽습니다. 게다가 모두들 남을 이기기에만 힘을 쓰고, 다시 옳은 곳으로 돌아가려 하지 않으니, 더불어 논쟁하여 남들에게 손가락질 받을 필요가 있겠습니까? 차라리 그들에게 말을 많이 하지 말도록 권고하여 변장자卞莊子가 꾀를 부리는 걱정을 없애는 것이 상책일 듯합니다.

주신 편지에서 말씀하시기를 박화숙朴和叔의 집에서 제 편지를 보셨다고 했습니다. 그것은 제가 헛된 명성과 임금의 과분한 은혜 사이에서 처신하는 상황이 그와 같지 않을 수 없는 까닭에 평소의 제 생각들을 대략 적은 것일 뿐입니다. 이번에 사신이 왔을 때 처음에 초선抄選에 들지 않았다고 하기에 너그러운 성은에 감격하고 있었습니다.[2] 그런데 뜻밖에 여러분들이 다시 저를 끌어들이고 아울러 물러날 길까지 막아 꼼짝달싹 못하게 했습니다. 지극히 황공하고 곤궁한 형편이니 어쩌면 좋겠습니까? 과분한 은혜를 이미 감당할 수 없다고 해 놓고서, 관례에 따른 부름마저 다시 사양하고자 하니 정말로 편치 않습니다. 그러나 큰 병이 아직 낫지 않았으니 바로 올라갈 수는 없습니다. 약으로 조리하면서 낫기를 기다려 잠시나마 여러분들의 뜻을 따를까도 생각했습니다만, 이것은 진실로 눈앞의 급한 일이나 면해 보려는 계책일 뿐입니다. 애오라지 그렇게라도 할까 했지만 돌이켜 생각해 보니 한번 서울로 들어가면 다시는 빠져 나오기 어려울 것 같습니다. 일마다 모두 응대하다가는 지극히 난처한 지경에 빠질 것이고 후회와 비방이 날로 쌓일 것입니다. 그리하여 구차히 면하려던 계획 때문에 뜻하지 않은 일이 생길 수도 있다는 점이 매우 걱정되니, 다시 본래 먹었던 마음을 더욱 굳게 지키는 것만 못할 것 같습니다.

옛사람이 비록 자신의 거취는 다른 사람과 상의할 일이 아니라고 했으나, 저에 대해 도타운 정을 가지고 계시니, 때를 헤아리고 상황을 재어 길 잃은 저에게 방향을 일러 주시기를 바라고 또 바랍니다. 걱정스런 일이 매우 많으나 함부로 적기가 쉽지 않습니다. 부디 자중하고 성실하여 멀리 있는 저의 기대를 저버리시지 말기 바랍니다. 이만 줄이며 삼가 절합니다.

융경 3월 18일, 황.

지난해 12월 29일에 그대가 의정부[蓮亭]에 있을 때 약과 붓을 보내며 아울러 안부를 묻는 편지까지 보냈다는데 어찌 된 까닭인지 약과 붓만 먼저 오고 편지는 도착하지 않았습니다. 제가 의정부로 보낸 답장 안에 편지를 받지 못했다는 뜻을 대략 말했습니다만, 생각해 보니 답장이 도착할 즈음이면 그대는 이미 그 곳을 떠났을 것 같았습니다. 그런데 최근에 서울에 있는 친구가 잃어버린 줄 알았던 그 편지를 부쳐 왔습니다.

편지의 뜻이 매우 충실하니 고마울 따름입니다. 필요한 약이 있으면 구해 주고자 하신다니 또한 고맙습니다. 그러나 서울에 있는 친지 몇 사람이 전부터 계속 구해서 보내 주었고 지금은 또 손자 아이가 서울에 가 있으므로 약이 떨어지지는 않을 것 같습니다. 그러므로 그대에게까지 번거로움을 끼치지는 않아도 될 듯합니다.

어떤 사람이 전하기를 그대가 근래에 자못 술을 좋아하는 병폐가 있다 하니, 사실인지는 모르겠습니다. 과연 그러한 병폐가 있다면 덕을 키우고 몸을 돌보는 길이 아닐 듯합니다. 어떻게 생각하십니까? 退

1. 고봉은 정암의 『곤지기』를 비판하는 「곤지기론」을 지었다. 『고봉집』2.
2. 초선은 의정부의 대신과 이조의 당상관이 모여 경연관이나 접반관으로 적합한 사람을 선발하는 일을 가리킴. 이때 퇴계는 명의 사신이 오게된 데 따라 제술관製述官으로 부름을 받아 서울에 왔다. 때마침 명종이 돌아가시자 명종의 행장을 지어올리고 예조판서에 임명되었다. 『선조수정실록』1, 즉위년 7월 17일 경오.

병이 나으신 뒤 서울에 오시게 된다면

삼가 엎드려 여쭙습니다. 건강은 어떠신지요? 그리운 마음 그지
없습니다. 지난번 김이정金而精을 통해 선생님의 병세가 좋아지고 있
다는 소식을 듣고 매우 위로가 되었습니다. 저는 두터운 은혜를 입
어 겨우 목숨이나마 보존하고 있습니다. 다만 나그네 생활이 불편하
고 가족까지 따르고 보니, 일이 처음의 마음과 어긋나 한탄만 늘어
납니다. 게다가 앞으로는 어떻게 수습해야 할지 모르겠습니다.

가만히 생각하건대 선생님께서 이미 임금의 부름을 받았으니, 병
이 나으신 뒤 서울에 오시게 된다면, 다시 뵙고 의심스럽고 모호한
것들을 여쭙게 되기를 바랍니다. 이것은 실로 제 평생의 행운이 될
것이니, 기대하는 마음을 이길 수 없습니다.

이만 줄입니다. 철에 맞춘 조섭에 더욱 마음 쓰시기를 바랍니다.
엎드려 바라건대 살펴 주십시오. 삼가 절하고 글을 올립니다.

융경 원년 3월 21일, 후학 대승이 절하며 올립니다. 髙

의리와 운명에 따라

선생님께 답해 올리는 글.

삼가 여쭙습니다. 편히 지내시는지, 병은 좀 다스리셨는지 궁금합니다. 우러르는 마음 그지없습니다. 저는 외람되이 두터운 은혜를 입어 근근히 지내고 있습니다. 이 달 초닷새에 장령掌令에서 응교應敎[1]로 관직이 바뀌었고, 다음날 용만龍灣으로 출발했습니다.

지난번 자중子中이 오는 편에 선생님의 편지를 받았습니다. 자세히 일러 주신 말씀을 살피니 감격스럽고 두려운 마음 헤아리기 어렵습니다. 얕고 어두운 저의 소견으로 어찌 감히 선생님과 같은 큰 군자의 거취에 대해 더불어 의논할 수 있겠습니까? 그러나 생각하건대 선생님께서는 반드시 미리부터 정해 두신 계획이 있으실 것이니, 새로이 상황을 헤아리고 옳고 그름을 참작하시어 의리와 운명에 따라 결정하시는 것이 어떻겠습니까? 대중의 의견을 따라 구차히 어려움을 면하려는 것은 실로 성현의 뜻이 아닐 뿐더러, 비방과 뜻하지 않는 일에 대한 염려도 이치를 바로 세우는 데 해로울 듯합니다.

정자의 "불러도 오지 않으면 나라에는 나름의 법도[常憲]가 있다."라는 말씀으로 보면 임금의 부름에 응하지 않는 것이 의리에 어긋나는 듯하지만, 주자가 나아가기를 머뭇거리며 간절히 사퇴하고 물러나기를 청했던 일로써 물으면 그 사이에 어찌 나름대로의 마땅함이 없겠습니까? 두 선생이 놓였던 시대가 각각 같지 않았고, 또 그 뒤의 거취도 당시의 마땅함에 따랐기 때문에 한쪽으로 치우친 행동을 한 적이 없으니, 그 뜻이 과연 어떠한지 모르겠습니다. 예전의 현자들께서 때에 따르신 의리를 깊이 알지도 못하면서 함부로 그분들의 발자취를 논했으니 조심스럽고 두려운 마음 실로 깊습니다. 엎드려 살피시기를 바랍니다. 또한 술을 즐기는 데 대한 경계는 마음 깊이 새겨야 할 것입니다. 저의 이 병은 사실 어릴 때부터 있어서 늘 괴로워하면서도 고치지 못했던 것입니다. 만일 선생님의 꾸짖음으로 이 병을 고칠 수 있게 된다면 제 평생 이보다 더 큰 행운이 있겠습니까? 제게는 커다란 위안이 되었습니다. 나머지는 이만 줄입니다. 계절의 변화에 따르며 건강히 지내시기를 비오니 살펴 주십시오. 삼가 절하며 답장을 올립니다. 융경 원년 5월 11일, 후학 대승은 절하며 올립니다.

오랫동안 답장을 올리고 싶었으나 오가는 사람이 없어 뜻을 이루지 못했습니다. 지금 먼길을 떠나기에 앞서 서둘러 이 글을 적어 이정而精에게 주어 전합니다. 아울러 살펴 주십시오.

제가 항상 선생님을 위해 되풀이하여 생각해 보건대, 시기로 보면 나오셔서는 안 될 듯하고 의리로 보면 한번 오셔서 임금의 은혜에 감사하지 않아서는 안 될 듯합니다.[2] 그러니 가을 사이에 형세를 보아 올라오셔서 한번 임금을 뵙고, 나이 들고 병든 사실을 간곡히 아뢰어 벼슬을 사양하고 물러나신다면 시기에 있어서나 의리에 있어서 모두 유감이 없을 듯합니다. 너그러이 살펴 주시기 바랍니다. 판본을 없애는 일은 분부대로 하겠습니다. 아울러 살펴 주십시오. 高

1. 서적과 문서를 관장하고 왕의 자문에 응하던 홍문관의 정4품 벼슬.
2. 명종은 작년(1566)에 퇴계에게 다섯 차례에 걸쳐 벼슬을 제수하고 상경을 재촉했다.

판각본을 마당에서 불태웠습니다

선생님께 올리는 글.

삼가 안부를 여쭙습니다. 건강은 어떠하신지요? 사모하는 마음을 이길 수가 없습니다. 저는 이 달 12일 서울을 떠나서 어제 생양관生陽舘[1]에서 묵었습니다. 일이 생기는 바람에 그대로 머무르고 있습니다. 선생님께서 신경 써 주시는 덕분에 길을 나서고서도 별 근심 없이 잘 지내고 있습니다. 내일은 평양을 향해 떠납니다.

지난날 판본을 없애는 일을 부탁 받았기에, 관사에 도착한 즉시 그 판각을 찾아보니, 겨우 여섯 개 판에 간행한 것이 스물 네 장뿐이었습니다. 이것을 모두 모아 마당에서 불태우기는 했습니다만 관리들과 벗들이 매우 아쉬워 했고 저 역시도 매우 슬펐습니다. 그러나 선생님의 간곡한 부탁을 받고서 따르지 않을 수 없었습니다. 살펴 주십시오.

서울에 있을 때 급히 편지 한 통을 닦아 이정而精에게 맡겨 전하게 했으니, 여기서는 다시 번거롭게 하나하나 다시 아뢰지 않겠습니다. 아울러 너그러이 살펴 주십시오. 삼가 절하며 글을 올립니다.

융경 5월 22일, 후학 대승이 생양관에서 절하며 올립니다. 高

---

1. 중화군中和郡에 있는 역관驛館.

오래된 회포를 풀었으니

　선생님께 올리는 글.

　아침에 사람을 보내어 안부를 물으심을 받잡고 또 이어서 편지를 받으니 우러러 감격했고 또한 위안이 됩니다.

　앞서 선생님 안전에 절하고 오래된 회포를 풀었으니 제게는 참으로 크나큰 위안이 되었습니다. 그러나 그때는 밤이 깊었고 조용한 틈을 얻을 수가 없어, 가까스로 잠시 모시고 정답게 말씀을 나누었을 뿐인데도 마치 꿈결처럼 황홀했습니다. 다시 가서 뵙고 싶었는데도 일이 바빠서 뜻을 이루지 못했으니 그저 한스러울 따름입니다. 그런데 마침 성균관[泮宮]에서 선생님의 모습을 멀리서나마 뵈올 수 있었습니다. 가만히 바라보니 선생님께서 너무 수척해지신 듯해서 정말로 제 마음이 근심스러웠습니다. 엎드려 바라건대 모든 일을 다 떨쳐 버리시고 몸을 조리하시는 데 더욱 힘쓰시는 것이 어떻겠습니까?

　또 황공한 말씀을 올리겠습니다. 일찍이 산릉山陵의 일이 아직 다 끝나지 않았으니 의리로 보아 서둘러 물러나기 어렵다는 저의 뜻을 비록 배척하지는 않으셨으나, 선생님의 생각에는 조금의 변화도 없었습니다. 물러 나와 생각해 보아도 끝내 의심스럽고 답답했습니다. 다시 헤아려 보시는 것이 어떻겠습니까? 맹자는 "계속하여 전쟁[師

命]이 있었으므로 감히 그것을 청하지 못했다."라고 말씀하신 적이 있습니다. 무릇 맹자께서 제왕齊王과 맞지 않아 떠나려 했지만, 제나라에 전쟁이 있기 때문에 떠나겠다고 청하기가 어려웠다는 것입니다. 여기에 오늘의 상황을 견주어 보면 서둘러 떠나겠다고 청하기는 더욱 어렵습니다. 모르겠습니다만 이 뜻이 어떠합니까? 굽어살피시기 바랍니다. 이처럼 함부로 말씀 올렸으니 무례하고 경솔한 죄를 지었습니다. 그러나 이해되지 않는 것을 감히 말씀 올리지 않을 수 없었습니다. 아울러 너그러이 살펴 주십시오. 삼가 절하며 글을 올립니다.

정묘 7월 20일, 후학 대승이 절하며 올립니다. 벽제관의 등잔 밑에서 서둘러 적었습니다. 죄송합니다. 글 가운데 썼다가 지운 곳이 많습니다. 더욱 송구합니다. 高

---

1. 『맹자』, 「공손추」하, 14장.

오히려 따르지 못할 내용이 있으니

명언에게 답합니다.

사신을 영접하는 바쁜 일 속에서도 소식을 전해 주시는군요. 편지를 가져온 아드님을 보니 마치 난초와 옥의 아름다움이 사람을 비추는 것 같아서 모르는 사이에 우울한 생각이 가셨습니다.

지난번 바쁜 일들을 다 떨쳐 버리고 저를 찾아 주어, 하룻밤 함께 이야기를 나누었던 것이 십 년 동안 책을 읽은 것보다 더욱더 큰 도움이 되었습니다. 매우 감사하고 고맙게 생각합니다. 다만 이번 편지에서 하신 당부에는 오히려 따르지 못할 내용이 있으니, 편지를 받고 두세 번을 거듭 읽어 보았습니다만 아득하여 어떻게 해야 좋을지 모르겠습니다. 그대처럼 저와 지극히 각별한 사이에 있는 이조차 제가 해야할 행동에 대해 너그럽게 헤아리지 못하니 다른 사람들에게서 무엇을 바랄 수 있겠습니까?

또한 이미 제가 심하게 수척해진 것을 보고 근심스러웠다고 했으면서도 무엇 때문에 다시 떠나지 못하게 하십니까? 끝내 이루는 것이라고는 이익을 탐하고 부끄러움을 잊는 것일 터이니, 살아서 와서 죽어서 돌아가게 될 것이고, 남들이 손가락질하며 비웃고 침 뱉으며 욕하는 수모를 받게 될 것입니다. 지난번 편지에서 말씀하신 전쟁과 산릉에 대한 말씀은 진실로 서로 비슷한 부분이 있습니다. 하지만 저와 맹자의 사이는 벌레[壤蟲]와 고니[黃鵠]의 차이보다도 더한데 어찌 맹자를 끌어들여 비유하실 수 있습니까? 저는 남보다 나은 것이 한 가지도 없이 온갖 병만이 몸에 쌓여 있을 뿐인데다가, 이미 헛된 명성으로서 선왕을 속였으니, 어찌 또 자리를 훔쳐 새 임금을 속일 수 있겠습니까?

저는 진실로 한자韓子가 '우연히 나무 거사居士라고 이름지었더니'라고 했던 것과 같은 사람일뿐인데, 요즈음 사람들이 도리어 감당하기 어려운 책임을 많이 더하여 맡기고자 합니다. 그런데 그대는 저를 위해 거사의 길로 나아갈 방향을 꾀한다고 해놓고, 급히 피해 숨으라고는 차마 하지 못할 망정 어찌 편안하게 그것이 마땅하다고 할 수 있습니까? 오직 바라는 것은 넓은 도량과 원대한 식견으로 너그러이 다시 고쳐 평가해 주어서, 외롭고 못난 제가 조금이나마 세속의 비난을 벗는 것을 도와주신다면 다행이겠습니다. 삼가 절하며 답합니다.

정묘 7월 24일, 황. 햅쌀에 정갈한 반찬이었습니다. 매우 감사드립니다.

제가 높은 지위의 관리로서 지금 여기에 와 있으니 급히 돌아가야 될 이유가 없는 것 같아 보입니다. 하지만 지난날의 발자취로써 이야기하자면, 어리석고 병이 있는 까닭에 벼슬이 낮았을 때부터 오랫동안 사퇴를 청하면서 멀리 가 있었습니다. 그런데 오늘날 높은 벼슬에까지 이르게 되었으니, 이는 모두 헛되고 거짓된 명성이 쌓여서 그렇게 된 것입니다. 이번에 일 때문에 올라오기는 했지만 일이 끝나면 곧 돌아갈 계획이었고, 애당초 힘써 벼슬에 나아가 일을 도모하고 공을 세우고자 하는 뜻이 없었습니다. 그런데 불행히도 국상을 만나니, 도리어 백관의 반열에 끼어서 초상에 분주하여 지금에 이르게 되었습니다.

지극한 슬픔이 그치지 않는데 제 병이 갑자기 심해지고, 인산因山 날짜는 아직도 멀었는데 찬 기운이 이미 저를 괴롭힙니다. 이삼십 년 동안 병을 이유로 자리를 떠났던 신하인 제가 어찌 지금이라고 그러한 이유가 없어졌겠습니까? 조금이라도 늦추면 하고자 하는 일을 제대로 하지 못할 것입니다. 하물며 제가 편지에서 말했던 나무 거사居士가 책임을 피하고자 한다는 뜻까지 있으니 오죽하겠습니까? 제가 보인 요즈음의 행동들이 세속에서 믿음을 얻지 못하는 것은 이상할 것이 없습니다. 그러나 식견이 높고도 밝은 그대에게서도 믿음을 얻지 못하는 데에 미쳐서는 슬픈 마음이 없을 수가 없습니다.

조서를 받들고 왔던 사신의 물음에 답한 말 중에서 잘못이 있다고들 합니다.[2] 답변 가운데 '심학心學·주수疇數' 같은 말은 실제로 제가 초를 잡은 부분이라, 그러한 이야기를 들으니 걱정이 됩니다. 그러나 어떤 말이 잘못되었는지 알지 못하겠으니 가르쳐 주시기를 바랍니다. 기록된 선유先儒들 가운데 이언적李彦迪·조광조趙光祖의 이름 밑에도 제가 주를 달았는데 역시 무슨 잘못이 있습니까? 그리고 우탁禹倬의 이름 밑에, "그 임금이 덕을 잃자"에서 "당개唐介에 비유한다." 한 것도 제가 주에 덧붙인 것입니다.[3] 이것은 본래 사실이 그러하고 그 뒤 점필佔畢 선생께서 그의 고향을 지나시다가 읊은 시에도

궁궐의 붉은 뜰에서 도끼를 진 것은 당개와 같고
가난한 흰 초가에서 경전을 연구한 것은 정현鄭玄과 같네

193

하셨기에 그리 말한 것입니다.[4] 사람들이 비록 우탁을 당개에 비유한 것이 『고려사』 열전에서는 언급되어 있지 않다고 말하지만 점필 선생의 말씀이니 어찌 채택할만하지 않겠습니까? 믿을만하면 취하는 것이니 어찌 또한 본전에 그 말이 있는지 여부에 구애되겠습니까? 退

---

1. 중국 당대의 문인 한유韓愈가 지은 시를 따와서 말한 것으로 나무 거사는 목불木佛을 말한다. 시는 다음과 같다. "火透波穿不計春 根如頭面幹如身 偶然題作木居士 便有無窮求福人"『창려집』9, 「나무 거사라고 이름 짓다[題木居士]」.
2. 『퇴계집』 속집 8권, 「중국 사신에게 회답하는 글[回示詔使書]」.
3. 우탁이 충선왕에게 간한 것이 송宋 인종仁宗 때 당개가 죽음을 두려워하지 않고 인종에게 간한 일에 비길 만하다는 것을 말한다. 우탁이 간한 사실은 아래와 같다. "고려高麗 충선왕忠宣王이 숙창원비淑昌院妃와 간음하자, 우탁이 도끼를 들고 궁궐로 들어가서 간했다. 크게 소리를 질러 측신들을 꾸짖으니 좌우의 신하들은 놀라 떨고 왕이 부끄러워했다."『고려사』109, 열전 22, 우탁.
4. 점필 선생은 김종직金宗直(1431~1492)을 가리킨다. 『점필재집』3 「예안을 지나며 우탁을 생각함[過禮安有懷禹諫議倬]」.

짐을 꾸려 동쪽으로 돌아가셨다는 말을 듣고

선생님께 올립니다.

삼가 엎드려 여쭙습니다. 댁으로 돌아오신 뒤 건강은 어떠신지요? 우러르는 마음 더욱 간절합니다. 저는 외람되이 두터이 내려 주신 은혜를 입어 지난달 23일에 무사히 서울로 돌아왔습니다. 다만 어려운 일이 다하지 않았고 사행의 환송 결과를 보고해야 했기에 자못 번거롭게 지내다가 이제야 조금 안정되었을 따름입니다.

지난번 의주義州에서 돌아올 때 곽산郭山에 도착하여 편지와 별지 두 폭을 받아 보고는 선생님의 뜻을 잘 알았습니다. 그러나 저의 얇은 소견으로는 오히려 이해되지 않고 더욱 깊이 의심이 들었습니다. 그러다가 안주安州에 도착하여 선생님께서 짐을 꾸려 동쪽으로 돌아가셨다는 말을 듣고는 놀라서 아무 것도 생각이 나지 않았습니다.

평생 선생님을 그리던 정은 다만 선생님을 가까이에서 자주 뵙고 가르침을 받고자 한 것뿐만 아니라, 늘 선비가 처신하는 큰 뜻을 선생님께서 참으로 깊게 살피시기를 바랐던 것입니다. 그런데 도리어 꾀하던 데서 크게 어그러졌으니, 제 마음이 슬프고 답답하여 오래도록 풀지 못했습니다. 제가 지난번에 가만히 생각하기를 선생님께서 서울에 계시면 불편한 일이 많아 형편상 오래 머물러 계실 수 없을 것이므로, 반드시 벗어나실 계획을 해야 한다고 여겼습니다. 하지만 어찌 일이 이처럼 매듭지어지리라고 말할 수 있었겠습니까? 모르겠습니다만 옛사람들의 의리에 비추어 본다면 어떻겠습니까? 바라건대 깨우쳐 주시면 다행이겠습니다.

또 요사이 여러 사람들이 의논하는 것을 들건대 공의전恭懿殿[1] 께서는 복을 입지 않아야 한다는 설이 선생님에게서 나왔다고 합니다. 그것은 어떤 뜻입니까? 일찍이 박화숙을 만나 직접 쓰신 글을 보았는데 더욱 황공하고 당혹스러웠습니다. 맹자도 "제후諸侯의 예는 내가 배우지 못했다." 했는데, 지금 어찌 사서인士庶人 집안의 예를 가져다가 국가의 일에 적용하여 결론을 단정할 수 있습니까? 예의 뜻을 상세히 참고해 보아도 결단코 복이 없는 이치는 없습니다. 바야흐로 여러 책을 널리 살펴 증거를 찾아 바로잡고자 했으나, 갑작스럽게 해서 미칠 수 있는 일이 아니니 참으로 한스러운 일입니다. 그리고 하동군부인河東郡夫人에게 제사를 지내게 한 일도 매우 예에 어긋나고[2] 망자에 대해 호칭[稱謂]하는 말도 어그러졌다고 느꼈는데, 선생님께서는 어찌하여 그것을 고치기 위해 한 말씀도 하시지 않았습니까? 제 생각에는 이 역시 편치 않은 듯합니다. 어떻게 생각하시는지요?

조서를 받들고 왔던 사신의 물음에 답하는 말이 두서가 없고 또한 잘못된 곳도 많았습니다. 그러나 예조가 고치는 것을 허락하지 않아 어쩔 수 없이 원래 내용을 그대로 올렸더니, 두 사신이 매우 탐탁지 않게 여겼습니다. 그러나 선생님께서 초안을 잡으신 여러 조항은 모두 의심스럽거나 잘못된 것 속에 끼지 않았습니다. 이찬성李贊成과 이순李純의 글도 모두 부사에게 전했습니다. 다만 두 사신은 모두 선학禪學[3]을 한 사람들이어서 더불어 말하기 어려웠습니다. 할 말은 많으나 이만 줄입니다. 엎드려 바라건대 살피시기 바랍니다. 삼가 절하며 글을 올립니다.

정묘 9월 8일, 후학 대승이 절하며 올립니다. 매우 피곤하여 어렵게 초를 잡았습니다. 황공합니다.

1. 인종仁宗의 비妃 박씨朴氏를 가리킨다. 인종과 명종은 형제로서 왕위를 이었기 때문에 이러한 논쟁이 일어났다.
2. 선조의 친모인 하동부부인河東府夫人 정씨鄭氏를 가리킨다. 선조는 중종의 손자요, 덕흥대원군德興大院君의 아들로 처음 하성군河城君에 봉해졌다가, 명종이 후사 없이 돌아가자 대궐에 들어와 왕위에 올랐다. 이때 그는 모친상을 입고 있었는데, 국상 중에는 일반인의 상례를 격식에 따라 수행하지 않는 것을 원칙으로 했기 때문에 이같은 논란이 일어났다. 『선조실록』1, 총서.
3. 양명학을 가리킨다.

다섯 가지 번거로움과 두 가지 근심

명언에게 답합니다.

인산因山날의 참담한 분위기 아래 장례행렬[厰衛]이 당도하면 모든 관료들이 뒤따르며 더위잡고 다들 애통해 할 터인데, 저는 병이 깊어 그렇게 할 길이 없으므로 돌아와서 오래된 절¹에 머무르고 있습니다. 마침 편지를 보내어 옛사람들의 의리로써 꾸짖으시니 죽도록 부끄러울 뿐 무슨 말을 하겠습니까? 제가 참으로 소인이고 또 죄인이라는 것을 더욱 잘 알게 되었습니다.

그러나 이것에 대해 오히려 미심쩍게 여기지 않을 수 없는 까닭이 있습니다. 제가 이번에 고향에 돌아와 버린 것에 대해 온 세상이 비웃고 욕을 합니다. 어떤 이는 저를 산새에 비유하기도 하고 어떤 이는 이단이라 배척하기도 하면서, 다시는 그들 사이에서 저에 대해 이야기하지 않을 뜻을 보였습니다. 그런데 유독 그대만이 이러한 꾸짖는 말이 없고 오히려 다른 말씀을 하시니 어째서입니까? 길을 잃고 어려움에 빠져 있는 저를 가련히 여겨 회유하는 술책을 쓰고자 하십니까? 스스로 떠들어대는 것이 더욱 죄가 될까 염려스럽지만, 두터운 호의를 헛되이 하기 어려워 애오라지 몇 자 적어볼까 합니다.

저의 사람됨이 또한 이상하지 않습니까? 저의 처신 역시 이해하기 어렵습니다. 왜 그렇습니까? 큰 어리석음, 심한 병, 헛된 명성, 그리고 과분한 은혜의 네 가지 번거로움이 제 몸에 모두 모여있으니 그것들이 간섭하고 모순되어 함께 저를 방해합니다. 옛사람들에게 미치고자 해도 그들에게는 저와 같은 큰 어리석음이 없었고, 요즈음의 사람들과 함께 하고자 하지만 그들에게는 저와 같은 심한 병이 없습니다. 헛된 명성에서 도망하려고 해도 매번 그것이 뒤를 쫓고, 과분한 은혜를 사양하고자 해도 더욱더 큰 은혜가 더해집니다. 큰 어리석음을 가지고 헛된 명성을 채우고자 하면 무모한 행동을 하는 것이 되고, 심한 병이 있는 몸으로 과분한 은혜를 감당하고자 한다면 부끄러움을 모르는 것이 됩니다. 부끄러움도 모르고 무모한 행동을 한다면, 덕을 키움에 있어서는 상서로울 것이 없고, 다른 사람들에게는 좋을 것이 없으며, 나라에는 해가 됩니다. 제가 벼슬하기를 즐기지 않고 항상 물러나는 데에 어찌 다른 이유가 있겠습니까? 무릇 저를 곤란하게 하는 네 가지의 번거로움과 저를 쫓는 두 가시 근심 때문일 뿐입니다.

돌아보건대 저는 마흔 셋이 되던 때에 이미 이것을 알고 물러나기를 꾀했는데 그리고 나서 지금까지 25년이 흘렀습니다. 그러나 행동이 미쁘지 못하고 정성이 지성스럽지 못해 아직도 위아래 모든 이들이 믿지 못하고 있습니다. 그러므로 여러 차례 나아가고 물러나고 하는 사이에 낭패하여 비틀거리니, 그것이 작년과 올해에 이르러서는 극에 달하게 되었습니다. 게다가 지금 나이도 일흔에 가까우니 네 가지 번거로움에 하나가 더해 다섯으로 늘었고, 과분한 은혜가 더해 지위가 육경六卿에 이르렀으니 일이 더욱 어려워 졌습니다. 지난해의 일은 말하지 않는다고 하더라도 올해 두 번 부르심을 받았습니다. 지난해에 다섯 번의 부르심을 받고 응하지 않았기에 끝내 고집 부리기가 너무 난처하여, 구차히 나아가서 이전에 완강히 사양하던 은혜를 받았습니다. 이는 두 가지 근심 가운데 하나를 스스로 어긴 것입니다. 핑계를 대자면, 조사詔使를 맞이하는 일 때문에 부르심을 받았기에 일이 끝나면 마땅히 물러나게 될 것이라고 여겼습니다. 그런데 뜻하지 않게 들어오자마자 갑자기 대상大喪을 만나, 분주히 곡을 하며 여러 신하들의 뒤를 따랐습니다. 조서를 받든 사신들이 도착했을 때에 병이 심해졌음에도 이처럼 애를 썼으니 기력이 다하고 정신을 잃게 되어 거의 다 죽게 된 위급한 상황에 이른 것이 무엇이 이상하겠습니까?

마침 이러한 때에 예조[春官]를 맡으라는 명령이 내려, 선왕을 이으신 임금께서 새로운 정치를 펴실 즈음에 융성한 은혜를 입게 되었습니다. 감격하여 한 목숨 바치고자 하는 생각에 다함이 있겠습니까만, 위중한 병에 시달리며 중요한 임무를 감당한다는 것이 남들이 보기에도 결단코 불가능한 것이었습니다. 그래서 지난번에도 벼슬에 나오지 않고 다섯 차례 모두 사직을 청했던 것이고, 다행히 그때는 은혜를 입어 자리에서 풀려나올 수 있었습니다. 지난 임금이 계실 때에도 이러한 상황은 없었는데, 막상 새로운 명령을 받고 이처럼 은혜를 저버리니, 장차 어떻게 얼굴을 들고 스스로 여러 신하들의 반열에 낄 수 있겠습니까?

옛날의 군자는 나아가고 물러나는 분별에 밝아 하나의 일이라도 소홀히 지나가지 않아서, 조금이라도 관리의 직분을 잃으면 반드시 바로 물러났습니다. 그들도 임금을 사랑하는 정으로 본다면 틀림없이 차마 그렇게 하지 못했을 것입니다. 그러나 정 때문에 떠나야 하는 도리를 저버리지는 않았으니, 그것은 몸을 바쳐야 할 곳이지만 도리상 행할 수 없으면 반드시 물러난 뒤라야 의리를 좇을 수 있기 때문이 아니겠습니까? 이런 때를 당했다면 비록 차마 그렇게 할 수 없는 정이 있을지라도 어쩔 수 없이 도리에 따라 굽히지 않을 수 없는 것입니다.

제가 비록 무도한 사람이나, 돌아가신 임금의 각별한 은혜를 가없이 입었는데, 비록 온몸이 가루가 된들 일을 사양하고 싶지는 않을 것입니다. 하물며 산릉山陵을 위해 몇 달 머무는 것에 무슨 거리낌이 있겠습니까? 다만 신하로서의 도리가 이미 없어졌는데 공허한 정만 붙들고 자리를 지키며 녹만 축내거나 부끄러움을 무릅쓰고 상중에 시일만 끌다가는, 위태한 목숨을 가진 허약하고 겁 많은 제가 어느 날 아침 갑자기 죽게 되는 경우가 마른 털을 태우듯 쉽게 일어날 수 있으니, 그렇게 되면 생명을 바쳐서 이루어 놓은 것이 아녀자나 내시의 충성[2]에 지나지 않게 될 것입니다. 그러면 지금까지 수십 년 동안 어려움을 참고 애를 써가며 두 가지 근심을 피하려던 뜻이 끝내 어디에 남아있겠습니까? 제가 크게 두려워하는 것은 오로지 여기에 있습니다. 그렇기 때문에 돌아갈 계획을 서둘러 결행하지 않을 수 없었습니다.

그러나 벼슬을 그만두는 길이 막힌 지 오래여서 요사이 물러나기를 청하여 허락 받는 경우를 보지 못했습니다. 여러 가지 생각을 해보아도 아무런 방도가 없었습니다. 그래서 벼슬에서 물러나라는 명이 내린 뒤 아직 새 벼슬이 내리지 않은 때는 관직이 없이 자유로운 틈이니, 이 때를 타고 몸을 빼어 돌아와 버렸습니다. 제가 보기에 여러분들은 산릉을 위해 맡은 직분을 다해 정과 뜻을 쏟으니, 진실로 신하된 이의 간절한 바람일 것입니다. 제가 산릉의 일을 마치지 못하고 정을 꺾어 도리를 좇은 것은 불행한 신하의 처신하는 태도가 또한 이와 같지 않을 수 없었기 때문입니다.

임금과 부모는 한 몸이라 한결같이 섬겨야 하니, 목숨을 바쳐 그 일을 해야 할 것입니다. 그러나 아버지와 아들은 하늘이 맺어준 것이니 곁에서 모시는 데에 일정한 격식이 없고[無方], 임금과 신하는 의리로써 만나는 것이니 곁에서 모시는 데에 일정한 격식[有方]이 있습니다. 일정한 격식이 없음은 은혜가 항상 의리를 덮으니 떠날 때가 없다는 것입니다. 일정한 격식이 있음은 의리가 혹 은혜를 빼앗아 어쩔 수 없이 떠나는 경우가 생긴다는 것입니다. 산 분을 봉양하는 일이나 죽은 분을 보내드리는 일이나 그 법도는 한결같습니다. 그런데 지금은 이와 같이 하지 않아서, 의리와 뜻을 묻지 않고 옳고 그름을 헤아리지도 않으며 오로지 정 하나로만 몰아갑니다. 저는 임금을 섬기는 데 일정한 격식이 있다는 도리가 이처럼 뭉뚱그려 분별없는 것은 아닐 것이라고 생각합니다. 제가 만일 어리석음과 병을 염두에 두지 않고 직분을 감당하지 못하는 것을 부끄러워하지 않으며 오랫동안 관직에 있었더라면, 여기서 참으로 버리고 떠날 도리가 없었을 것입니다.

신하로써 저는 지극히 보잘 것 없이 누추했으나 돌아가신 임금의 넓은 아량과 풍성한 덕을 만나 오히려 두터운 은혜를 입었습니다. 그분께서도 비록 흔쾌히 벼슬을 그만두라고 허락하지는 않으셨지만 끝내는 너그럽게 사퇴를 용납해 주셨습니다. 그리하여 죄를 주지 않으셨을 뿐만 아니라 도리어 격려하는 뜻을 보이시니, 어리숙하고 병든 제가 마침내 십육칠 년 동안 한가로이 몸이나 추스리고자 하는 소원을 이루게 하셨습니다. 돌아가신 임금께서는 예전부터 저를 진실로 산야의 멀리 있는 신하로 여기셨으니, 지금 제가 군이 임금을 따르다가 죽지 않았다고 하여 탓하시지 않으리라는 것은 분명합니다.

그런데 지금 맡은 일은 제대로 하지 못해 임금의 은혜를 저버리게 되고, 병은 또한 위급한 지경에 이르렀는데 부끄러운 줄도 모르고 떠나지 않아, 절개를 욕되게 하고 이름을 더럽혀놓고 죽는다면, 잘은 모르겠지만, 하늘에 계신 돌아가신 임금의 영령께서 "내게는 은혜를 저버리지 않는 신하가 있었구나" 하고 기꺼이 말씀하실 수 있겠습니까? 도리어 혹시 저에게 내려오셔서 꾸짖으시며 "네가 이처럼 절개를 지키지 못하는가! 옛날에는 어찌하여 내 명에 따라 벼슬하기를 그렇게 끝내 거절했느냐?" 하신다면 제가 무슨 말로 대답하겠습니까? 이러한 생각에도 이치와 형세에 있어서 타당한 부분이 있습니다. 따라서 이러한 입장을 가지고 논의를 이어나간다면, 제가 비록 정을 좇아 도리를 잊고 스스로를 욕되게 하려 해도, 떠나고 머무르며 죽고 사는 사이에서 함부로 자신을 가볍게 여기지 못하는 까닭이 있는 것입니다. 그러니 떠나지 않고 어찌하겠습니까?

그런데 이러한 문제에 대해, 우리가 같은 길을 간다면 말하지 않아도 서로 이해할 것이고 길이 다르다면 천 마디를 해도 깨우치지 못할 것입니다. 만약 그대가 제게 우리의 길이 다르다고 하신다면 어쩔 수 없습니다. 하지만 제가 하는 일이 간혹 그 길에 맞는데, 그대의 식견과 입장에서 어찌하여 그것을 보잘것없는 저의 변명을 기다린 뒤에야 아신다는 말입니까? 지금 제가 아직 꺼내지 않은 말과 그대의 생각이 맞지 않음은 말할 나위도 없을뿐더러, 지난번 미리 단서를 조금 내비쳤던 것도 받아들여지지 않았습니다. 또한 이번에 보내신 편지에서 "서울에 계시면 불편한 일이 많아 형편상 오래 머물러 계실 수 없을 것이므로, 반드시 벗어나실 계획을 해야 한다." 같은 몇 구절을 말씀하시면서 제 뜻을 따라주시는 듯하더니, 그 나머지 뒷부분에서는 더욱 서둘러 저를 공박했습니다. 나머지 박화숙朴和叔, 이중구李仲久,[3] 정자중鄭子中, 이숙헌李叔獻[4] 같은 이들도 모두 소식을 들은 이는 더욱 소리 높여 비난하고 제가 떠난 사실을 더욱 의심하니, 다른 사람들에게서 무엇을 바라겠습니까? 임금의 엄한 꾸짖음이 내려오기를 숨죽이고 두려워하며 기다리고 있습니다.

   그러나 마음을 가다듬고 생각해 보면 여러 선비들과 정승들은 원래 모두 선비·군자의 일반적인 도로써 저를 책망하여 어느 한 가지를 고집하거나 꺼려하지 않고 다만 의리만을 좇아 움직이라고 용납해 주시려는 것이니, 그 뜻이 매우 도탑습니다. 하지만 저의 한 평생 발자취는 늘 고향에 내려와 몸을 숨기고 의리를 좇는 것뿐이었습니다. 여러분들의 의심과 여러 정승들의 노여움을 모두 풀어드리지 못함이 매우 부끄럽습니다. 비록 그러하나 일찍이 제가 시험삼아 배워서 무엇을 할 수 있다고 하면 할 수 있기는 하지만 종종 구차한 데에 이르게 되었고, 배워서 안다고 하면 제대로 알기는 하지만 반드시 세상을 따라 바르지 못한 쪽으로 흘러 버려, 다섯 가지 번거로움과 두 가지 근심이 그 사이를 단단히 막아서게 되니, 이는 도리어 조용히 저의 깨달음을 지키는 것만 못합니다. 그러므로 저는 옛사람의 도에 부합되기를 구하면서 늘 벼슬에서 물러나는 것으로 말미암아 이루려 했으며, 따라서 번번이 임금에게 몸을 바쳐 일하는 것과는 어그러졌습니다. 이는 진실로 노魯나라 남자가 "내가 하지 못함

을 가지고 유하혜柳下惠의 할 수 있음을 배우겠다."라고 말한 것과
같습니다. 이것을 어찌 그렇지 않다고 하겠으며 믿을 수 없다고 하
겠습니까? 무릇 의리라는 것은 사람에 따라, 때에 따라 변하는 것이
니 여러분에게는 벼슬에 나아가는 것이 의리가 되겠지만 그 의리를
제가 하도록 강요하는 것은 옳지 않습니다. 마찬가지로 제게는 물러
나는 것이 의리가 되겠지만 그것을 여러분이 하도록 강요하는 것
또한 옳지 않습니다.

요사이 듣건대 남시보南時甫가 이황이 자신을 위한[爲我] 학문을
한다고 말하면서 "무릇 이황이 자신을 위한 학문을 하고자 하지는
않았지만, 그의 행적을 보면 마치 자신을 위하는 듯했다."라고 했답
니다. 그 말을 들으니 저는 땀이 나서 옷을 적실 정도였습니다. 그러
나 만일 행동만으로 남을 판단한다면 옛날에도 양주楊朱가 아니면서
자신을 위하는 듯했던 이들이 어디 한둘뿐이겠습니까? 주자는 일찍
이 부처의 말을 인용하여 "장차 이러한 몸과 마음으로 많은 절들을
받든다면 그것은 겉으로만 부처의 은혜에 보답하는 것이다." 했고,
두보의 시를 가지고 "이웃이 쟁기 메고 나간다 하여, 무어라 우리
집도 그럴 것인가!"라고 했습니다. 이연평李延平은 말하기를 "지금과
같은 때에는 다만 적막한 곳으로 몸을 피해 힘써 평소의 학업을 닦
을 뿐이다." 했고 완전한 문장을 기억하지 못하지만 전체적인 뜻은 이와 같았습니다, 양구
산楊龜山의 시에서 "성그른 꽃봉오리 살짝 눈과 싸울세라, 달 밝은
속에 좋이 맑고 고움 간직하소." 한 것도 모두 자신을 위한 학문을
위해 말한 것입니다.

윗자리에 올라야 아랫사람들의 곧고 굽음을 분별할 수 있다 했습
니다. 잘은 모르겠습니다만 그대는 이 두 가지 가운데 무엇을 옳고

무엇을 그르다고 보십니까? 또 무엇을 가지고 무엇을 버리시겠습니까? 아낌없이 가르침을 베풀어주신다면 매우 다행이겠습니다.

융경 정묘 9월 21일, 병자 이황이 고개를 숙입니다.[8]

사신들의 물음에 대한 대답은 잘못이 어디에 있는지 모르겠습니다. 다음 편지에 알려주시면 어떻겠습니까? 최치원·설총·최충·안유 등에 대해서는, 예조에서 처음에 다만 선대의 유학자들[先儒]이라고 하여 이들 몇 사람을 거론했습니다. 저는 다른 분들이 거론한 뜻을 모두 배척하려 한 것은 아니고, 오로지 제 나름대로 비평하고자 했습니다. 그래서 그분들의 이름을 그대로 두고서 답하는 말 가운데서 신라와 고려의 유학자들은 심학心學을 한 것이 아니었다고 설파하며, 이런 정도로 말한 것은 별 문제 없을 것이라고 생각했습니다. 그러나 지금에 와서 생각해 보니 후회가 끝이 없으니 청하여 지워버리면 좋겠습니다. 그밖에 길재와 점필재 같은 이들에 대해서도 비평하지 않을 수 없었고, 제가 거론한 이들 가운데 윤상尹祥 역시 비평하지 않을 수 없었던 듯합니다. 두 사신이 모두 어진 분이지만 아쉽게도 학문하는 입장의 차이가 이와 같다면 이이상李貳相의 글[9]은 바로 그들의 적병과 같을 테니 어찌 바로 항복의 깃발을 쳐들 수 있겠습니까? 이상의 글에 대한 그대의 뜻은 어떠하십니까? 반드시 의견이 있을 터이니 그 역시 편지로 보여주시기 바랍니다. 마침 저녁이되어 어두워지는 가운데 서둘러 적었습니다. 退

1. 낭풍의 빌인날 퇴계는 집에 있기가 불편하여 용수사龍壽寺에 나와 머물고 있었다.
2. 순종하기만 하고 바르게 보필하지 못한다는 뜻이다.
3. 이담李湛(1510~1575)을 가리킨다. 호는 정존재靜存齋, 중구는 그의 자이다.
4. 이이李珥(1536~1584)를 가리킨다. 호는 율곡栗谷, 숙헌은 그의 자이다.
5. "옛날 노나라의 한 과부가 폭풍우가 몰아쳐 집이 무너지자, 풍우를 피하기 위해 이웃
   에 사는 홀아비의 집으로 찾아갔으나 홀아비가 문을 열어 주지 않았다. 그러자 과부
   는 '그대는 어찌 유하혜와 같지 않은가'라고 물었는데, 홀아비는 '유하혜는 할 수 있
   지만 나는 못한다. 그러니 나는 장차 나의 하지 못함을 가지고 유하혜의 할 수 있음
   을 배우겠다.'라고 했다." 『공자가어孔子家語』2, 호생好生10.
6. 남언경南彦經(1528~1594)을 가리킨다. 호는 정재靜齋, 시보는 그의 자이다. 진백사陳
   白沙와 왕양명의 『전습록傳習錄』을 탐독하고 그 영향을 받아 조선시대 최초의 양명
   학자가 되었다.
7. 두보杜甫의 시 「큰 비[大雨]」의 한 구절이다.
8. 원래의 순서대로 하면, 이 뒤에 【5-1】의 편지가 이어진다.
9. 이상貳相은 의정부의 좌찬성左贊成과 우찬성右贊成의 다른 이름으로, 의정부 삼정승
   의 다음가는 벼슬이란 뜻이다. 여기서 말한 이이상의 편지란 이언적李彦迪(1491~
   1553)이 조한보曹漢輔에게 보낸 편지를 말한다.

꾸짖지 않고 자세히 답해 주시니

선생님께 올리는 글.

9월 21일에 보내 주신 편지는 잘 받아 보았습니다. 수백 마디 말씀을 거듭하며 되풀이하여 깨우쳐 주시고, 양쪽의 입장을 다 아울러 어리석은 제 소견을 깨우쳐 주셨습니다. 거듭하여 펼쳐 읽고 나니 흠모와 탄식이 그치지 않습니다. 다만 편지를 보내신 뒤, 건강이 어떠신지 살피지 못하겠으니, 뵙고 싶은 마음이 갑절이나 더합니다. 저는 오늘도 외람되이 두터운 은혜를 입어 근근히 몸을 보존하고 있습니다.

요사이 여러 정황은 말할 만한 것이 없습니다. 다만 임금께서 별안간 새로운 마음으로 너그러운 분부를 내리시니, 수십 년 동안 그늘진 곳에서 원한을 품고 있던 무리들이 다시 밝은 햇빛을 보게 되었고,¹ 한 시대 바른 정치가 펼쳐지는 것도 바랄 수 있게 되었습니다. 지금까지 녹봉만을 축내고 남들을 따라 몰려다니기만 하던 신하인 저도 다행히 여기에 함께 하니 감격스럽고 기쁩니다만 근심되는 점 또한 남아있습니다.

앞서 함부로 저의 소견을 말씀드려 선생님을 번거롭게 했던 것은, 의심스러운 대목이 있어 그 대답을 구하고자 한 것일 뿐, 감히 이것을 가지고 선생님을 지목하여 마치 남처럼 논평하려 한 것은 아닙니다. 어쨌든 선생님께서 꾸짖지 않으시고 이렇게까지 자세히 답해 주시니, 제 평생 이보다 큰 행운은 없었습니다. 지난날 마음속의 의심은 이미 열에 아홉은 없어졌으니 이런 식으로 공통점을 찾아나간다면 끝내는 일치될 때가 있을 것입니다. 주신 편지에서 '아녀자나 내시의 충성'이란 말씀과 "고향에 내려와 몸을 숨기고 의리만을 따른다." 같은 말씀은 제 뜻과는 아주 맞습니다만, 과연 선생님의 은미한 뜻과 맞는지는 잘 모르겠습니다.

남시보南時甫가 말했다는 것에 대해서는 정말로 그가 그런 말을 했는지 모르겠습니다. 하지만 말을 함부로 했다는 책망을 면하기는 어려울 것 같습니다. 별지에 대해 저의 생각을 대략 펴서 다시 가르침을 구하니 비평해 주시면 어떻겠습니까?

요사이 힘든 일이 계속되어 마음 쓰는 일을 오래 못합니다. 글을 쓸 때도 멍하여 하고 싶은 이야기를 다 못하니 매우 부끄럽고 두렵습니다. 살펴 주시기 바랍니다. 이만 줄이며 삼가 절하고 글을 올립니다.

조서를 가지고 온 사신의 물음에 답한 말 가운데 잘못된 곳이 있다는 것은 다만 글의 의미가 온당하지 못한 부분이 있다는 것일 뿐, 누구를 지적하여 그르다고 한 것은 아닙니다. 그 주장이 매우 길어 편지로 전하기 어려울 뿐더러 다시 거론할 만한 것도 없습니다. 이 이상貳相[2]의 글은 다만 한번 보았을 뿐이므로 감히 어떻다고 단정할 수 없습니다. 나머지는 이만 줄입니다.[3]

융경 정묘 10월 11일, 후학 대승이 절하며 올립니다.[4] 高

---

1. 을사사화 때에 파직 당한 노수신盧守愼·백인걸白仁傑·류희춘柳希春 등이 10월에 복직되었다.
2. 이언적李彦迪을 가리킨다. 1-49 편지를 참조할 것.
3. 이 편지는 【1-51】에서 왔다.
4. 원래의 순서대로 하면, 이 뒤에 【5-2】【5-3】의 편지가 이어진다.

한번 나오셔서 뜻을 받들어야

퇴계 선생님께 올리는 글.

삼가 엎드려 여쭙습니다. 건강은 어떠하신지요? 그리운 마음 그지없습니다. 저는 두터운 은혜를 입어 근근히 못난 몸을 지키고 있을 따름입니다. 초겨울에 정자중이 가는 편에 한 통의 편지를 부쳤는데 보셨는지 모르겠습니다.

요사이 임금의 부르심이 다시 내리고 상황도 구차하지 않은 듯하니, 멀리서 생각하건대 선생님께서 임금의 뜻을 받들어 수레를 기다리지 않고 먼저 나아가는 계책이 있을 것이라고 여겼습니다. 다만 겨울이라 날씨가 너무 추운 것이 걱정인데, 어떻게 먼길을 오실 수 있을까 염려되는 마음 갑절이나 더했습니다. 마침 뒤이어 날씨가 따뜻하기를 기다려 올라오라는 분부가 내리니, 번거롭게 서두르지 않고 길에 오르실 수 있게 되었습니다. 깊이 위로가 되고 다행스럽게 여깁니다.

저는 외람되이 강관講官'이 되어 자주 임금을 곁에서 모시게 되었습니다. 엎드려 성상聖上을 뵈옵건대 학문을 좋아하고 선善을 즐기심을 견줄 이가 없습니다. 하루는 부름을 받고 나아가 성현의 일을 아뢰었더니 말씀하시기를, "후세의 현자들이 대부분 벼슬하고자 하지 않으나 어찌 현자의 본 마음이 벼슬하고자 하지 않는 것이겠는가?

아마도 임금이 정성스런 마음이 없어서 현자를 등용할 수 없는 것이 아니겠는가?" 하셨고, 또 말씀하시기를, "만약 지극한 정성이라면 어찌 현자를 등용하지 못할 이치가 있겠는가?" 하셨습니다. 그 뒤에도 여러 번 전교傳敎에서 이런 뜻을 드러내셨습니다. 이 뜻이 매우 크니 어찌 따라야 하겠다고 생각하지 않을 수 있겠습니까? 가만히 생각하건대 선생님께서 한 번 나오셔서 우리 임금의 이 뜻을 받들어야 할 것 같습니다.

옛날 주자께서 남강의 명을 사양하니, 동래와 남헌이 모두 한번 나가기를 권했습니다. 그러면서 남헌은 "만일 한결같이 굳게 거절하기만 하면 윗사람이 현자는 쓰이려 하지 않는다고 말할 것이니, 크게 보아 해로움이 있다." 했습니다. 이 뜻이 매우 분명하므로 저는 이 말을 선생님께 바치고자 합니다. 다만 선생님께서 무어라 하실지 모르겠습니다. 우리 도가 행해질 수 있으리라고 이제는 점칠 수 있게 되었으니, 한쪽으로 치우쳐 지난날의 주장만을 지키려 해서는 안 될 듯합니다. 엎드려 바라건대 헤아려주십시오.

섣달도 다 가고 봄이 돌아오고 있습니다. 빨리 길에 오르신다면 곁에서 모시게 될 날도 멀지 않았습니다. 기다리는 마음 간절하여 우선 이렇게 편지 올립니다. 살펴 주시기 바랍니다. 삼가 절하며 편지 올리며 이만 줄입니다.

융경 정묘 12월 9일, 후학 대승이 절하며 올립니다. 숙직하면서 밤에 쓰다 보니 글씨가 고르지 못합니다. 황공합니다.

경연에서 『대학』을 『예기』 네 편과 번갈아 가며 모두 강의를 마쳤고 지금은 바야흐로 숙독하고 있습니다. 오늘 부르심을 받고 나아갔더니 말씀하시기를, "『대학』 전傳 10장의 강령을 논한 곳에서는 다만 공부만을 말하고, 조목을 논한 곳에서는 병집까지 겸해 말했는데, 이것이 무슨 뜻인가?" 했습니다. 이와 같으신 전교는 임금께서 보통 사람보다 뛰어나신 점으로, 저같이 보잘 것 없는 신하는 감격스러움을 이길 수 없었습니다. 선생님께서도 알아두시기 바랍니다. 정월 초부터 아침과 점심에는 『논어』를, 저녁에는 『소학』 대문大文을 강의하기로 이미 정해 아뢰었습니다. 아울러 알아두시기 바랍니다. 高

1. 경연 때 임금에게 경전을 강의하고 토론하는 관리.

1568~1569
병과 귀향의 와중에

두 가지 고민과 두 가지 근심

선생님께 올리는 글.

삼가 여쭙습니다. 건강은 어떠하신지요? 그리는 마음 날로 깊어집니다. 겨울부터 봄까지 부르시는 명이 여러 번 내려 새로 주어진 벼슬이 더욱 높습니다. 한데 선생님께서는 어떻게 계획하고 계시는지 알 수 없으니, 염려되는 마음이 더욱 지극합니다. 저는 선생님의 보살핌에 힘입어 근근히 지낼 따름입니다.

요사이 선생님께서 올린 앞뒤의 사직서와 품은 뜻을 드러내신 상소를 보았습니다. 또 이직장李直長을 만나 선생님의 근황을 살필 수 있었습니다. 그러면서 저는 개인적으로 괴롭고 근심스런 마음을 누를 수 없어 감히 한두 가지 말씀을 올리고자 합니다. 엎드려 바라건대 선생님께서는 귀담아 들어주십시오.

바야흐로 임금께서 의욕이 넘쳐, 선생님을 보고 싶어하시는 간절한 생각이 옛 성현을 그리워하는 정도에 그치지 않습니다. 그런데 선생님께서는 재삼 굳게 사양하시고 끝내 나오려 하지 않으시니, 임금께서 답답하고 게을러져서 혹 생각을 바꾸시게 될까 두렵습니다. 그렇게 된다면 어찌 아쉽지 않겠습니까? 이것이 첫 번째 고민입니다. 선생님께서 나오셔서 우리 임금을 한마디 말씀으로 깨우치려 하고, 그리하여 서로 미덥게 되기를 바라기만 한다면, 그것은 다만 한

때의 다행일 뿐만이 아니라 우리 나라 만세토록 다행한 일입니다. 그러나 선생님께서 또한 이것을 하고자 하시지 않으니, 이것이 두 번째 고민입니다.

또한 선생님께서 성의를 다해 글을 올려 반드시 물러나고자 하심은 참으로 도리로서도 당연하고 의미도 있다고 하겠습니다. 다만 생각하건대 선생님께서 물러나 피하는 데 힘을 쓰면 쓸수록 임금께서 쏟으시는 관심이 더욱 도타우시니, 만에 하나 임금께서 꼭 한번 선생님을 나오게 하시려고 혹 정승[大拜]에 임명하시기라도 한다면, 선생님께서는 마침내 어떻게 처신하시겠습니까? 이것이 첫 번째 근심입니다. 이 시대의 도道가 대단히 가볍고 보잘 것 없으며, 인심이 눈 먼 장님처럼 갈 길을 찾지 못하여, 일을 도모하기가 지극히 어렵습니다. 하물며 곁에 지켜 서서 구경만 하는 무리들이 멋대로 선생님께 등을 돌려, 겉으로는 받드는 체하며 속으로는 배척한다면, 선생님께서 이미 들어오신 뒤에 어떻게 수습하실지 모르겠습니다. 이것이 두 번째 근심입니다. 무릇 근심과 고민의 꼬투리를 들자면 하나하나 헤아리기도 어려울 정도입니다만 이것들이 그 가운데서 큰 것입니다. 선생님의 생각은 어떠십니까?

어리석은 소견으로 전부터 되풀이하여 곰곰 생각해 보아도, 선생님이 처하신 형편상 끝내 사퇴하여 피할 수만은 없을 듯합니다. 그러니 선생님께서는 봄을 좇아 올라오셔서 임금의 은혜에 사례하고, 아울러 경연에서 임금께 성학聖學을 깨우치는 일로써 성의에 만 분의 일이나마 보답하신 다음, 늙고 병든 실상을 간곡히 알리며 도리로써 물러나기를 청하신다면, 대의로 보아도 끝까지 서운한 감정이 없을 것입니다. 주자도 일찍이 임금의 명이 여러 번 내렸는데도 편안히 누워 있기만 하는 것은 편치 않다고 했으니, 이 뜻을 깊이 살피지 않을 수 없습니다. 드리고 싶은 말이 예서 그치지 않으나 어른께 무례가 되는 듯하여 더 이상 말씀드리지 못하겠습니다. 황공하고 부끄럽기 그지없습니다. 엎드려 살피시기를 빌며 삼가 절하고 글을 올립니다.

무진 2월 12일, 후학 대승은 절하며 올립니다.

또 아룁니다. 제가 선생님을 위해 일을 꾀함에 있어 어찌 감히 말만 앞세운 무리들과 같을 수 있겠습니까? 늘 간절히 두루 힘쓰지만 마땅함을 얻지 못하니 어찌하면 좋겠습니까? 교서를 짓는 것이 곧 저의 직분이니 감히 멋대로 선생님께 유리하도록 지을 수는 없습니다. 어찌하겠습니까? 아울러 밝게 살피시기를 바랍니다. 바쁜 일로 깊이 밀씀드리지 못합니다. 高

아직까지 강릉에 가지 못하여

명언에게 드립니다.[1]

제가 성은을 입어 짐을 벗게 되었으니 감사하고 다행함이 비할 데 없습니다. 아직까지 강릉康陵[2]에 한번도 가지 못해 참으로 깊이 황송하고 부끄럽습니다. 오는 삭제朔祭[3] 때는 차향사差香使로 갔다 오고 싶습니다. 다만 예로부터 일식이 있으면 제사를 폐지한다고 했는데 지금도 그러한지 모르겠습니다. 만약 옛 법도를 따라 제사를 폐지한다면 위안제慰安祭나 선고사유先告事由 등의 제사에도 사신을 파견합니까? 알아봐 주시기 바랍니다. 삼가 아룁니다. 황. 退

---

1. 여기부터는 퇴계와 고봉이 같이 서울에 있으면서 주고받은 짧은 편지들이 한동안 이어진다. 짧은 시기에 많은 편지를 주고받다 보니 여러 가지 주제의 편지들이 뒤섞여 있다. 게다가 날짜가 제대로 적혀 있지 않아 순서를 알기도 어렵다. 그래서인지 『퇴계집』의 편지 순서와 『고봉집』의 편지 순서가 서로 맞지 않다. 일단 『고봉집』의 편지 배열 순서가 시간적인 흐름에 충실하다고 생각하여 따른다. 하지만 『고봉집』의 배열도 완전하지는 않은 듯하다.
2. 명종의 능을 가리킨다.
3. 왕실에서 음력 초하루마다 조상에게 지내는 제사.

1-54 퇴계가 고봉에게, 기찬의 댁으로

분부하신 일은 알아보고 추진하겠습니다

선생님께 답해 올리는 글.

어제 편지를 받고서 우러러 감사했습니다. 하지만 저녁 늦게 돌아왔으므로 즉시 답장을 올리지 못했습니다. 죄송하고 한스러운 마음 실로 깊습니다. 오늘은 건강이 어떠신지 모르겠습니다. 그리운 마음 더욱 간절합니다. 분부하신 일은 알아보고 추진하겠습니다. 살펴 주십시오. 나머지는 만나 뵐 때를 기다리겠습니다. 삼가 글을 올리며 이만 줄입니다. 후학 대승이 절하며 올립니다. 高

『성학십도』를 보냅니다

드립니다.

지금 『성학십도聖學十圖』를 보냅니다. 잘못된 곳이 있으면 가리켜 논박한 뒤 돌려주시면 어떻겠습니까? 황. 일단은 다른 사람 눈에 띄게 하지 마십시오. 退

『성학십도』가 매우 정밀하고 정확하니

선생님께 올리는 글.

엎드려 여쭙습니다. 건강은 어떠하신지요? 그리는 마음 그지없습니다. 저는 어제 집에 있으면서 약간 몸조리를 했더니 오늘은 출근할 수 있었습니다. 또 죄송한 말씀을 올려야겠습니다. 『성학십도』가운데 백록동 동규에서 '이치의 당연함'이라고 한 곳에 보면 모두옆에 동그라미를 쳤습니다. 하지만 '지당之當' 두 글자에는 동그라미를 치지 않았으니 적다가 실수한 듯 합니다. 『성학십도』를 급하게대충 살펴 보았을 뿐이니 비록 의심스러운 곳이 있어도 아뢰지는못하겠습니다. 어찌하겠습니까? 동료들은 바로 임금께 올리고자 하나 제 생각에는 더 살필 곳이 있을지도 모르니 잠깐 두었으면 합니다. 모르겠습니다만 내일쯤 임금께 올려도 되지 않겠습니까? 살펴주십시오. 삼가 절하며 글을 올립니다. 후학 대승이 절하며 올립니다. 『성학십도』가 매우 정밀하고 정확하니 받들어 임금께서 보시도록 한다면 참으로 다행이겠습니다. 차자箚子[1]의 말씀은 더욱 정확하니 한층 기쁘고 위안됩니다. 高

---

1. 퇴계가 『성학십도』를 올리면서 쓴 「진성학십도차進聖學十圖箚」를 가리킨다. 『퇴계집』7. 『선조수정실록』2, 원년 12월 1일 을해.

그대의 가르침을 받으니[1]

영공에게 절하며 사례합니다.

그대의 가르침을 받으니 감격스럽고 다행스러웠습니다. 두 글자
에 동그라미를 치지 않은 것은 잘못 적은 것이니 동그라미를 쳐서
올려 주시기 바랍니다. 참으로 다행스럽습니다. 그 밖에 의심스러운
곳이 많을 것입니다. 앞서 다시 고치고자 했으나 이렇게 갈등만 하
다가는 언제 마칠지 기약할 수 없었기에 그냥 올리고 말았습니다.
만약 제가 올린 것이 윤허를 받게 되면, 여러 경연관들이 평가하고
논의할 때, 그대가 다시 자세하게 베껴 정본으로 삼기 바랍니다. 황.

---

1. 이 편지부터 퇴계는 고봉을 영공令公이라 부르는데, 이는 고봉이 정3품인 우부승지
   의 직에 올랐기 때문인 듯하다. 정3품 이상은 당상관이라 하여 그 이하의 관리와 구
   분했다.

어제 선생님을 뵙고서 인사드리니

선생님께 올리는 글.

추위는 점점 기승을 부리는데 건강이 어떠신지 살피지 못했습니다. 그리는 마음 둘 곳이 없습니다. 저는 감기가 차차 진정되고 있고 아내의 병도 나아가고 있습니다. 어제 선생님을 뵙고서 인사드리니 저로서는 다행스러운 마음 가득했습니다. 다만 마음속에는 근심이 짓쳐들고 아울러 술 때문에 몸이 피곤하여 가만가만 품은 생각을 다 펼쳐 보이지 못했으니 한스럽습니다. 또 그 가운데는 아뢰올 일을 더러 잊고 아뢰지 못한 것도 있고, 더러 뒤미처 생각해서 얻은 것도 있어서 별지에 따로 적었으니 가르침을 주십시오. 살펴 주신다면 다행이겠습니다.

저는 병이 조금 나았는데도 정월 초하루 친제親祭에 참석하지 못했으니 마음이 대단히 편치 않습니다. 내일은 출근하고자 합니다. 아울러 살펴 주시기 바랍니다. 삼가 절하며 글을 올리면서 이만 줄입니다. 후학 대승은 절하며 올립니다. 髙

건곤乾坤

　　두 글자는 『주역』에 나오는데 본래 복희가 그린 팔괘의 이름으로서 하늘과 땅, 음과 양을 본뜬 것이라고 합니다.

색수塞帥

두 글자에 대해서는 주가 없고 대략 그 기氣가 자극히 크고 강하다는 말과 기가 몸에 가득찼다는 따위의 말을 아울러 기록했습니다만 체體 자는 또한 내력이 있습니다.

패덕悖德

『효경』에 나오는데 이미 기록하셨는지 여부를 기억하지 못하겠습니다.

영봉인穎封人의 일

기록이 번다하니 깎아내고 다듬는 것이 어떻겠습니까?

성性은 만물의 한가지 근원

본디 횡거橫渠의 말입니다. 다시 몇 마디 말로 주를 다는 것이 어떻겠습니까?

도망갈 곳 없다

아마 『장자』의 "하늘과 땅 사이에 도망갈 곳이 없다."라는 말을 쓴 것 같은데, 그것을 인용한다면 뜻이 더욱 분명해질 것입니다.

신생申生의 일

「단궁檀弓²」을 참고하여 좀더 분명히 하는 것이 어떻겠습니까?

창고를 고치고 우물을 판다

그런 일이 있었는지 없었는지 알 수도 없는데, 끌어다가 힘쓰고 고생했음을 증거하니 편치 않은 듯합니다.

말이 미진하여 이치가 남음이 있다.

말이 자세하지 않아서 이치에 남은 부분이 있다고 말한 것입니다. 말을 다하지 않아 이치에 설명되지 않고 남은 것이 있다는 말과 같으니 구산龜山의 글을 미진하다고 한 것입니다. 다만 이치에 남음이 있다고만 말하니 말이 자극히 함축되어 이전 현자들의 뜻을 배척하지 않게 되었습니다. 다시 자세히 밝히시는 것이 어떻겠습니까?

---

1. 이 별지는 퇴계의 「서명고증강의西銘考證講義」에 대한 고봉의 논평이다.
2. 『예기』의 편명

224

고증이 소홀했던 부분들을 깨우쳐 주시니

영공에게 절하며 답합니다.

편지를 받고서 그대가 지내시기에 평안하시고 부인[閫儀]께서도 안녕하심을 알고 매우 위안이 되었습니다. 어제 저를 방문해 주시고 고증이 소홀했던 부분들을 깨우쳐 주시기까지 하셨으니 저로서는 깊이 다행스럽다고 여겼습니다.

생각해 보건대 『소학』을 끝낸 지도 지금 이미 여러 날이 되었으므로, 본관'에서 저의 고증이 끝나기를 기다린 뒤에 올리고서 개강을 아뢰는 것도 여러분의 생각에는 더디게 여겨질 것입니다. 그런데 지금 거의 올려야 할 때에 다시 수정하여 정본을 고쳐 베낀다면 훨씬 더 답답하게 느려질 것입니다. 그래서 어두운 눈으로 침침한 등불 밑에서 병을 무릅쓰고 더하고 고쳐서 아침까지 모두 끝마쳐 버렸습니다. 그리고서는 감히 그대에게 괜찮은지 묻지도 않고 곧장 관으로 보냈습니다. 그랬더니 거기서 그대의 답서를 받아 가지고 돌아왔습니다. 지금 그대가 별지에서 말씀하신 것을 접하고 보니 다시 가서 더하고 보태기 어려운 상황이 매우 한스럽습니다. 그대의 별지에 대한 대답은 별지에 다시 적었습니다.

다시 한 번 감사드립니다. 황.

'건곤' 두 자는 말씀하신 대로 해석하면 좋겠습니다. 미치지 못한 것이 안타깝습니다.

'색수'는 본주가 비록 생략되었지만 큰 뜻이 이미 갖추어졌으니 더 자세히 쓴다면 쓸데없는 말이 될 듯합니다.

'패덕' 두 자는 『효경』의 말을 인용한 것입니다.

'영봉인의 일'은 『좌전』의 글이 많아 이렇게 깎아내고 요약하여 큰 뜻만 드러내고자 했습니다. 만약 다시 더 깎아낸다면 사실이 묻힐까 염려스럽습니다.

'성은 만물의 한가지 근원'은 횡거의 말을 인용한 것이고 "도망갈 곳 없다."는 『장자』의 인용입니다. 미처 생각이 미치지 못한 것이 한스럽습니다.

'신생의 일'은 그렇게만 하고 놓아두어도 무방할 듯합니다.

"창고를 고치고 우물을 판다." 하는 말은 이전의 유학자도 그런 일이 있었는지 없었는지 확인할 수 없다고 했습니다. 그러나 이 말로써 노력을 늦추지 않았음을 증명해도 무방할 듯 합니다.

"말이 미진하여 이치가 남음이 있다."에 대해, 저는 생각하기를 주자의 말씀은 바로 이 말을 인용하여 구산에 대해 말한 것으로 여겼습니다. 말은 비록 미진하지만 이치는 남음이 있다고 했으므로 저도 지금 그 뜻에 따라 이치를 위와 같이 밝혔던 것입니다. 또한 고증하면서 '뜻이 비록 남음이 있지만'이라고 쓰고 이理 자를 쓰지 않았습니다만 무방할 듯합니다.

"도망할 곳이 없어 팽형을 기다린 것은 신생의 공손함이다."는 말 아래 "하늘과 땅 사이에 도망할 곳이 없다는 말은 『장자』에 나온 다."는 12자는 '공恭' 자 아래 '진헌공' 위에 들어가야 하겠습니다.

후론後論의 칭물평시稱物平施 밑에 "뜻은 비록 남음이 있으나[意雖有餘]"의 "남음이 있다."는 두 자를 "잃지 않았다.[不失]"로 고쳤습니다. 退

---

1. 홍문관을 가리킴.

바르게 지키며 질박한 것을 높게 여겨

선생님께 올리는 글.

삼가 여쭙습니다. 요즈음 건강이 어떠하신지요? 언제나 우러러 그리워하고 있습니다. 어제 급히 물러났으므로 마음속에 있는 생각을 다 말씀드리지 못했으니, 참으로 안타깝습니다. 무릇 예는 하늘의 이치로서 그 구분이 환하게 밝아, 만약 한 올이라도 그 사이에서 꾸며서 내리고 올린다면 폐단이 끝이 없을 것입니다. 깊이 살펴야 하지 않겠습니까? 글자 하나가 있고 없는 것이 대단할 것은 없지만 혹시 예문의 본뜻과 조금이라도 차이가 난다면 어찌 애석하지 않겠습니까? 그러니 너무 깊이 걱정하고 지나치게 셈하여 뭔가 더하는 것보다는 바르게 지키며 질박한 것을 높게 여겨 마땅함을 얻는 것이 나을 듯합니다. 어떻게 생각하십니까? 아울러서 살펴 헤아리시기 바랍니다. 나머지는 뵙고서 말씀드리기로 하고 우선 몇 가지만 대략 여쭙습니다. 후학 대승은 절하며 올립니다. 高

앞 시대의 전적을 널리 참고하여

답합니다.

안부를 물어주시어 고맙습니다. 주신 편지에서 하신 말씀은 진실로 옳습니다. 그러나 의심스러운 것은 올리려는 칭호가 "항상 그 칭호를 얻었다." 할 때의 칭호와 서로 거리끼는 부분이 있으니, 도리어 바르게 지키고 질박함을 높이 여길 수 없을 듯하다는 것입니다. 하물며 이에 대해서는 근거할 만한 전적이 없으니, 어찌하여 이렇게 해야만 제통을 세울 수 있다고 고집할 수 있겠습니까? 이곳에는 서책이 없으니, 그대는 모름지기 앞 시대의 전적을 널리 참고하여 큰일을 결정하기 바라겠습니다. 삼가 답합니다. 황. 退

조정암이 임금께 아뢴 글의 초본을 보내니

영공께 절하며 안부를 묻습니다.

추위로 몸을 움츠리고 있으니 하릴없는 염려만 생겨납니다. 앞서 보내 주셨던 사서四書를 돌려보냅니다. 다만 『논어論語』의 목차에서 「이인里人」은 빠져 있고 「향당鄕黨」은 추가로 써넣어 줄이 비뚤어지고 말았습니다. 늙어서 정신이 어두우니 참으로 부끄럽습니다.

조정암趙靜庵이 임금께 아뢴 글을 모아 요약한 것을 보내니, 한가한 때에 시험삼아 자세히 살펴보시기 바랍니다. 저는 이 글을 본 뒤, 마치 취한 것도 같고 깬 것도 같은 상태로 보름하고도 열흘 동안이나 있었습니다만 아직도 낫지 못한 형편입니다. 가만히 헤아려보니, 이 사람은 어려움을 몰랐던 것이 아니었습니다. 어려운 줄 알면서도 잘못 믿는 구석이 있었기 때문입니다. 하지만 또한 잘못 믿었기 때문만도 아니었습니다. 오랫동안 물러나려 했지만 길이 없어서 결국 그렇게 된 것입니다. 그러니 이것으로 "길이길이 영웅으로 하여 눈물로 수건을 가득 적신다." 하는 말이 죽은 제갈량諸葛亮 한 사람에게만 해당되지 않는다는 것을 알겠습니다.[2] 또 당시의 상황을 살펴보건대, 비록 정국공신靖國功臣에 대한 위훈삭제 사건이 없었더라도 또한 한 번의 패배를 면할 수는 없었습니다. 그러나 뭇 간신 소인배들을 들끓게 하여 경악스러운 계략을 촉발시킨 것은 바로 이 한 가지 일에서 말미암은 것입니다. 이것은 곧 여러 현자賢子들이 위태로운 때를 맞아 경계하지 않고 너무 날카롭게 앞으로만 나아갔기 때문입니다. 이 점 또한 몰라서는 안 될 것입니다.

정자중鄭子中의 「유산록遊山錄」 한 책을 드립니다. 그의 시가 요즘에 약간 나아지니 기쁩니다. 다만 그 많은 글 가운데 한 마디도 우리 학문에 대한 생각을 언급하지 않았으니 그것이 흠이 될 따름입니다. 황.

박화숙朴和叔의 본관이 어디인지요? 굳이 알고자 하는 곳이 있으니 알려 주십시오. 退

---

1. 조광조趙光祖(1482~1519)를 가리킨다. 자는 효직孝直, 정암靜菴은 그의 호이다. 그는 중종 때 사림의 영수로서 개혁을 추진했으나 기묘사화 때 죽음을 당했다.
2. 이는 중국 당의 시인 두보杜甫가 뛰어난 영웅으로서 때를 만나지 못해 좌절했던 촉한의 승상 제갈량諸葛亮을 사모하여 지은 「촉상시蜀相詩」에서 온 말이다.

오늘을 정암의 시대와 비교해 보니

선생님께 답하며 글을 올립니다.

삼가 내려 주신 글을 받고 선생님의 고마운 뜻을 갖추어 알았으니 감사한 마음 그지없습니다. 『사서』의 목차에 손수 글을 쓰시는 번거로움을 아끼지 않으셨으니 참으로 귀하고 소중히 여기겠습니다. 그릇된 곳이 있는 것은 이른바 옥이 티를 숨기지 않는다는 뜻을 더욱 명백하게 깨우쳐주니 참으로 은혜를 입었습니다. 선생님께서 주신 두 편의 글은 마땅히 두루 훑어본 다음 천천히 속 깊은 가르침을 줄 것을 기다리고자 합니다. 삼가 헤아리건대 죽은 제갈諸葛은 조치를 잘 했는데도 하늘이 돕지 않았습니다. 가까이 일어났던 일은 조치가 미진하여 놀랄 만한 일이 생기게 한 것이니, 아마도 구별해야 할 듯합니다. 물러나기를 구해도 길이 없고 형세가 자못 이상하게 돌아가면 마땅히 삼가며 두려워하기에 겨를이 없어야 합니다만, 도리어 함부로 다시 일을 벌여 화를 재촉했습니다. 이것이 당시의 고질병이었습니다. 오늘날에도 엄하게 살펴 깊이 경계하지 않을 수 없습니다. 어떻게 생각하십니까? 나머지는 뵙지 않고서는 다 말씀드리기 어렵습니다. 살피시기 바랍니다. 삼가 절하고 답을 올립니다. 후학 대승이 절하며 올립니다. 박화숙은 본관이 충주忠州입니다. 눌제訥齋가 일찍이 스스로를 중원中原 박모라고 했습니다. 高

『성학십도』와 차계는 어제 저녁에 바쳤습니다

선생님께 올리는 글.

엎드려 여쭙습니다. 건강은 어떠신지요. 우러러 그리는 마음 갑절이나 더합니다. 『성학십도』와 차계箚啓는 어제 저녁에 바쳤습니다만, 아직 다시 나오지[啓下] 않았습니다. 요사이 일이 많아 가서 뵙지 못하니 한스럽습니다. 나머지는 이만 줄입니다. 살펴 주시기 바랍니다. 삼가 절하며 글을 올립니다. 후학 대승이 절하며 올립니다.

죄송한 말씀을 덧붙이겠습니다. 『주자어류朱子語類』 법제法制 가운데 한 조목에 "지금 남반南班의 종실들이 대부분 황형皇兄·황숙皇叔 같은 칭호를 띠어 관직 위에 쓰고 있다." 했으니, 이로써 보건대 황皇 자가 아름답고 크다는 칭호가 아님을 알 수 있습니다. 상세히 검증해 보시는 것이 어떻겠습니까? 한 글자를 연구하지 않은 해로움이 큰 폐단으로 자랄까 염려되어 저로서는 한없이 근심스럽습니다. 아울러 너그러이 보아주시기 바랍니다. 高

임금의 친부모에 대한 호칭을 논하다

절하며 답합니다.

주신 편지는 잘 보았습니다. 황형皇兄, 황숙皇叔, 황친皇親, 황자皇子 등의 황皇 자가 비록 황제의 황 자이기는 하나, 「곡례曲禮」에서 말한 대로 대대로 평범한 집안에서 쓰고 있는 황 자는 진실로 아름답고 크다는 뜻입니다. 그렇기 때문에 지금 종묘에서도 쓰고 있는 것입니다. 만약 황제의 황 자라면 어찌 종묘에서 쓸 수 있겠습니까? 원元 조정에서 비록 한 때의 명령으로 현顯 자를 쓰도록 허락했습니다만, 지금 이 칭호에는 쓸 수 없습니다. 더구나 예禮에서 천자가 성이 같은 제후 가운데 항렬이 높은 이를 모두 백부라고 한다고 했습니다. 그런데 지금 만약 황 자를 없애고 백부라고만 칭한다면 그러한 범칭과 같아지니 더욱 소원하게 여기는 뜻이 되지 않겠습니까?

이전의 현자들도 오히려 남다른 칭호를 따로 세워야 한다는 말씀을 하셨습니다. 그런데 지금은 도리어 이 한 글자를 가지고 평범한 집안에서 관례적으로 쓰는 것과 다르다고 하여 끝끝내 다투고 있습니다. 어찌하면 좋겠습니까? 게다가 이것은 신주神主에 쓸 것도 아니고 다만 지금 임금께서 잠시 쓸 친속親屬의 호칭을 정하는 것뿐입니다. 어찌하여 보통 사람들이 쓰는 것에 이 한 글자를 더할 수 없다고 고집하겠습니까? 만약 꼭 쓸 수 없다고 생각한다면 혹 대大 자로

대신하는 것은 어떻겠습니까? 일단은 이런 제 생각을 삼가 여쭙습니다. 황. 退

---

1. 『퇴계집』에 기사년己巳年(선조 2년, 1569)의 편지라고 나와 있다.

『서명도』를 고치다 1

영공께 다시 답합니다.

어제 저녁에 다시 편지를 받고 참 다행스러웠습니다. "노력을 늦추지 않았다.[不弛勞]" 하는 말뜻을 보건대 "힘을 다해 밭을 갈았다.[竭力耕田]" 같이 순舜이 스스로 힘든 일을 맡았음을 가리킨 것이 아닙니다. 그것은 바로 고수瞽瞍가 순으로 하여금 힘든 일을 하도록 시켰음을 가리켜 말한 것입니다. "창고를 고치고 우물을 팠다.[完廩浚井]" 하는 말은 비록 이전 유학자들이 의심했지만, 맹자는 사실 여부를 따지지 않았습니다. 그러니 여기에 끌어다가 증거해도 무방할 듯합니다. "하늘과 땅 사이에 도망할 곳이 없다.[無所逃於天地之間]"는 그대의 제안대로 추가하고자 합니다. "뜻이 비록 남음이 있지만[意雖有餘]"은 지금 "뜻이 비록 잃은 것이 없지만[意雖不失]"으로 고치고자 하는데 어떻습니까? 별지를 보신 뒤 괜찮은 듯하면 홍문관[玉堂]으로 보내 주십시오. 황. 退

선생님께 올리는 글.

　엎드려 여쭙습니다. 건강은 어떠하신지요? 우러러 그리워하고 있습니다. 저는 요즘 오랜 병이 약간 나아 겨우 남들을 따라 다니고 있을 따름입니다. 어제 주신 글을 받고 감사하고 다행스러운 마음 헤아릴 길이 없었습니다. 별지는 바로 옥당으로 보내어『성학십도』의 원본元本 속에 베껴 넣도록 했습니다. 살펴 주십시오. 삼가 절하며 글을 올립니다. 후학 대승이 절하며 올립니다. 　高

선생님께 올리는 글.

회답하신 글을 받으니 크나큰 위로가 됩니다. 개강開講이 늦어지는 것은 고증이 끝나지 않았기 때문이 아닙니다. 강릉康陵을 수리하는 일로 이달 16일부터 강의를 중지할 것을 아뢰었고, 오늘과 내일은 또 국기國忌와 삭제朔祭로 말미암아 강의를 중지하자고 아뢰었습니다. 개강은 내달 2일이나 3일 사이에야 될 것으로 헤아리고 있습니다. 그리고 왕께 답하실 각 조목의 내용들[條議]은 모두 타당합니다. 혹시 미처 완성하지 못했더라도 강의하실 때에 임금께 아뢰어도 될 것입니다. 그러나 "창고를 고치다.[完廩]"와 "남음이 있다.[有餘]" 같은 문자는 제가 생각하기에 아직은 상당히 불안한 듯합니다. 다시 적어서 아뢰니 보시고 헤아려주시기 바랍니다. 삼가 절하며 글을 올립니다. 후학 대승은 절하며 올립니다.

『맹자孟子』의 "힘을 다해 밭을 갈아 공손히 자식의 직분을 한다."는 말로 노고를 증거하는 것이 더욱 꼭 맞을 듯합니다.

총론에서 "서명西銘은 이치는 하나이지만 분수가 나뉨[理一而分殊]을 밝힌 것이다."의 주註에 "말은 비록 지극히 간략하지만 이치는 남김이 없다.[言雖至約理則無餘]"는 말의 뜻이 "이치에 남음이 있다.[理有餘]"

는 말과 정확히 상반됩니다. 다시 자세히 곱씹어 보시기 바랍니다. 어떻게 생각하십니까? 高

---

1. 국기國忌란 임금과 왕비의 제사를 가리키고 삭제朔祭란 왕실에서 음력 초하루마다 조상에게 지내는 제사를 말한다.

그대는 아직도 나를 모릅니까?

영공에게 말씀드립니다.[1]

어제 어떤 이가 와서 야대夜對[2] 때에 그대가 임금께 아뢴 말씀의 줄거리를 말해 주었습니다. 그 말을 듣고 저는 몹시 놀라 식은땀을 흘리며 어찌할 바를 몰랐고, 밤새도록 잠도 이루지 못했습니다. 그대는 어찌하여 그렇게도 생각이 없으십니까? 제가 이토록 낭패하여 구차히 여러 가지 일에 묶여 있으면서, 벗어나려 해도 벗어나지 못하고 밤낮으로 근심하고 두려워하게 된 까닭은 오로지 헛된 이름[虛名]이란 두 글자 때문입니다.

가령 다른 사람이 저에 대해서 지나치게 추켜세워 임금께 아뢰었다 하더라도, 그대는 오히려 마땅히 힘써 막고 덜어내어 저로 하여금 하늘을 속이는 죄를 면할 수 있도록 해야 할 터인데, 지금 도리어 저를 크게 높여 임금의 귀를 어지럽혔습니다. 저의 죄는 더욱 무거워지고 사람들의 생각은 한층 혼란스러워졌습니다. 그들의 노여움이 더욱 격해진다면 끝내 저는 어디에 숨어 그것을 피할 수 있겠습니까? 평소 서로를 잘 알아 서로 인정해 주던 그 뜻은 또 어디에 있습니까? 또 우리 두 사람 사이는 뻔질나게 오가며 서로를 좇는 것이 이미 다른 사람들로부터 별나게 여겨지고 있는데, 또 뒤따라 이런 행동을 했으니 누가 그대의 말을 공정하다고 믿으려 하겠습니까?

저는 조만간 사흘 정도 시험삼아 나가 보고 견디지 못하겠으면 돌아가 움츠려 있으려고 작정했습니다. 그런데 이제 이 일로 말미암아 부끄러워서 얼굴을 들고 사람을 대할 수 없게 되니 마음의 병이 갑자기 더해졌습니다. 그러니 문을 닫아걸고 자리에 누어 꾸짖음과 벌이 내려오기만 기다리고 있습니다. 앞으로는 사람을 보내 서로 안부를 묻는 일도 다 그만두어서 조금이나마 편하게 해 주신다면 제 마음에 이보다 더한 다행이 없겠습니다. 삼가 절합니다. 황. 退

---

1. 『퇴계집』에 무진년戊辰年(선조 원년, 1568)의 편지라고 밝혀져 있다.
2. 야대夜對는 임금이 밤에 신하들을 불러서 경연經筵을 여는 일을 말한다. 이때 고봉은 선조가 퇴계를 스승으로 삼을 정도로 남다르게 대우해야 한다고 주장했다. 『선조실록』2, 원년 12월 6일 경진.

참으로 복잡한 내막이 있는데

퇴계 선생님께 답하며 글을 올립니다.

편지를 통해 가르침을 받으니 두렵고 부끄럽기 그지없습니다. 애초 저의 의도가 어찌 선생님을 드높이고자 하는 것이었겠습니까? 마침 임금의 명령을 받들었으므로 자못 많은 이야기를 한 듯합니다만, 감히 실정에 지나치는 말을 하지는 않았습니다. 다만 저의 소견을 임금께 들려드렸을 뿐입니다. 이 일에는 참으로 복잡한 내막이 있는데 아마도 선생님께서는 미처 살피지 못하신 듯합니다. 오늘 저녁에 찾아 뵙고자 하오니 너그러이 살피시기 바랍니다. 삼가 절하고 답장을 올립니다.

무진戊辰 12월 초 9일, 후학 대승은 절하며 올립니다. 高

굳이 오실 것 없습니다

답합니다.

복잡한 사정이란 것을 사람들이 어찌 알겠습니까? 제게 들르시도록 허락하고 싶지만, 이 일에는 아무 도움이 되지 못하고 남들의 지목만 더할 듯하니 굳이 오실 것 없습니다. 삼가 답합니다. 황. 退

과회공이 부친상을 당했다는 소식을 듣고

영공께 아룁니다.

삼가 여쭙습니다. 병환이 지금은 어떠합니까? 근자에 소식이 막혀 그리움이 간절합니다. 과회공寡悔公이 바로 지금 부친상 당했다는 소식을 듣고 황급히 뛰쳐나가, 마을 어귀까지 가서 바래다 주고 눈물을 뿌리며 돌아왔습니다.¹ 사람일이 어찌될지 모른다더니 이런 일이 생기는군요. 황. 退

---

1. 과회공 노수신은 당시 부모가 연로한 것을 이유로 거듭 사직하고자 하는 뜻을 밝혔는데, 선조는 그런 그의 뜻을 받아들여 고향 가까이에서 지낼 수 있도록 충청감사에 임명했다.『선조수정실록』2, 원년 12월 1일 을해.

찾아뵈려고

선생님께 답하며 글을 올립니다.

내려 주신 편지를 받았습니다. 충청감사가 부친상으로 급히 집으로 달려갔다는 기별을 받으니 놀라고 슬픈 마음 그지없습니다. 저는 요사이 한 번 찾아 뵙지도 못해 슬프고 한스러운 마음만 지극했습니다. 아내의 병도 나은 듯하고 해서 찾아뵈려고 아침나절에 사람을 시켜 살피게 했더니 출타하신 듯하다 하기에 머뭇거리다가 그만두었습니다. 저는 지금 벗의 집에 있는데 저녁에는 찾아뵈어야지 하고 생각하고 있습니다. 살펴 주시기 바랍니다. 삼가 절하고 답장을 올립니다. 후학 대승은 절하며 올립니다. 高

---

1. 원래의 순서대로 하면, 이 뒤에 【5-4】【5-5】의 편지가 이어진다.

벼슬을 떠나는 도리 1

영공께 다시 답합니다.

보내신 편지는 잘 받았습니다. 고마우신 뜻을 잘 알겠습니다. 편지를 읽어 보니 정말로 편지에서 알려주신 것처럼 마음속에 있는 생각을 다 말씀하지 않으셨더군요. 내일 중으로 다시 임금을 뵙고 제 생각을 말씀드리게 되겠지만 아마도 그 전과 같을 듯합니다. 행동을 취할 때 속도를 적절히 조절하기가 쉽지 않습니다. 하지만 다 같이 어려운 가운데서도 벼슬이 없을 때 재빨리 결행하는 것이 하나의 계책이 될 듯합니다. 어떻게 생각하십니까?

어제 근신近臣들이 아뢴 것 가운데 벼슬을 물러날 길을 열어 놓자는 뜻이 있기도 했습니다. 그러나 못나고 서투른 저와 같은 이에게는 불편한 점이 또한 많으니 한스럽습니다. 나머지 이른바 효상爻象에 대한 설은 모두 듣지 못했습니다. 곧 만나기를 기다리며 이만 줄입니다. 황. 退

벼슬을 떠나는 도리 2

선생님께 다시 올리는 글.

내려 주신 편지를 받으니 감사하고 위안되는 마음 지극합니다. 하지만 제 생각에 편치 않은 부분이 있어 다시 여쭙지 않을 수 없습니다. 무릇 떠날 것인가 머무를 것인가, 더디 갈 것인가 빨리 갈 것인가는 마땅히 의리로써 결정해야 합니다. 어찌 관직이 있고 없음에 얽매이겠습니까? 정말로 그렇게 한다면 아마도 천명도 없고 의리도 없는 데로 빠지고 말 것입니다. 하물며 간절하게 벼슬에서 물러나게 해달라고 청한 것을 임금께서 이미 진실로 믿고 윤허하시지 않으셨습니까? 그런데 그런 틈을 타서 도망갈 계획을 세우는 것이 어찌 또한 진실로 믿어 준 데 대해 스스로를 다 바치는 도리이겠습니까? 이것은 평소 선생님께 바라던 것이 아닙니다. 마음속의 생각을 말하다 보니 적당히 멈추지 못하고 감히 이처럼 번거롭고 외람되이 아뢰었습니다. 너그러이 살펴 주시기 바랍니다.

효상爻象에 대한 설은 마침 눈여겨보기 전에 여러 일들이 있었으나 제대로 들은 것이 없습니다. 아울러 살펴 주십시오.

삼가 절하고 다시 글을 올립니다. 후학 대승은 절하며 올립니다.

벼슬을 떠나는 도리 3

영공께 다시 답합니다.

가르치시는 글을 다시 받고 지극한 뜻에 감복했습니다. 관직이 있고 없음에 얽매인다는 말씀은 말할 것도 없이 그대가 옳습니다. 다만 관직을 내린 뒤 물러가기를 허락하는 명령이 없는 것을 두려워함이니, 관직이 내려진 뒤에 떠난다면 그것은 관리의 직분을 마음대로 버리고 떠나는 것이 됩니다. 그러니 어찌하여 관직이 없는 틈을 타는 것만 하겠습니까? 국문國門을 나서며 한편으로 글을 올려 사직의 명령을 청하려 하니, 허락을 얻으면 참으로 좋을 것이고, 허락을 얻지 못하더라도 떠날 수 있는 길이 있을 것입니다. 그러니 저는 이것을 갖가지 계책 가운데 제일로 여깁니다. 모르겠습니다만 그대는 끝내 이를 옳지 않게 여기시겠습니까? 몰래 떠나는 것은 제가 바라는 것이 아닙니다. 또 문을 나서서 명령을 기다리는 것을 어찌 몰래 떠난다고 말하겠습니까? 하지만 돌아와 다시 머물게 될지도 모른다고 생각되면 이 두 글자[1] 또한 사용하지 않을 수 없을 따름입니다.

삼가 절하며 사례합니다. 황. 退

---

1. "몰래 떠난다.[遁去]"는 말을 가리킨다.

봄 얼음을 밟는 것 같이 두려운 마음으로

답장을 올립니다.

편지를 받고서 몸이 제법 편치 않으면서도 여전히 날마다 입직[僚直]하고 있다는 것을 알게 되었습니다. 염려되는 마음 갑절로 더합니다. 저는 이같이 추운 날씨에 천식을 지니고 있으니 마치 봄 얼음을 밟는 것 같이 두려운 마음으로 나날을 보내고 있습니다. 이정而精을 만나 그대가 제 뜻을 아직도 받아들이지 못하고 있다는 말을 들었습니다. 그러나 제가 매끄럽지 못한 행동을 하는 것은 또한 형편상 피하지 못하는 측면이 있으니, 마주 보지 않으면 제내로 말씀드리기 어렵습니다. 그러니 우선 이렇게 답합니다. 황은 머리 숙여 인사드립니다. 退

이정而精이 제 뜻을 깨닫지 못하니

선생님께 답해 올리는 글.

깨우쳐주시는 편지를 받으니 감사하고 위로되는 마음 그지없습니다. 지난날 사퇴하실 때 뵌 자리에서 사람을 시켜 안부를 여쭙는 것을 당분간 쉬라고 하셨습니다. 그래서 그 이튿날 감히 사람을 시켜 안부를 여쭙지 못했습니다. 그 다음날 이정而精에게 선생님께서 사람을 시켜 안부를 여쭙는 것을 허락하지 않으시므로 편히 계신지 살필 수 없어 근심스럽다고 편지를 했습니다. 이정은 복잡한 사연을 처음부터 몰랐으므로 제 편지를 오해하고 자못 많은 말로써 저를 깨우치는 글을 보내왔습니다. 하지만 저는 오래지 않아 만나서 자세히 이야기하리라는 생각으로 굳이 자세히 글로 답하지 않았습니다. 어찌 아직도 선생님의 뜻을 받아들이지 못하고 있겠습니까? 이정이 저의 이러한 뜻을 깨닫지 못한 듯하니 한스럽습니다.

관청의 직무에 얽매어 오랫동안 찾아 뵙지 못하니 슬프고 답답한 마음 견디기 어렵습니다. 날씨가 더욱 추워지자 묵은 병이 점점 심해집니다. 조만간 병을 이유로 사직할 꾀를 내어볼까 합니다. 그러니 선생님을 찾아 뵙기가 쉽지 않을 듯하므로 감히 이렇게 글로만 번거롭게 해드립니다. 살펴 알아주시기 바랍니다. 삼가 절하고 다시 글을 올리며 이만 줄입니다. 후학 대승이 절하며 올립니다. 高

군신 사이는 예로부터 어렵게 여겼다고 하는데

거듭 답합니다.

주신 편지를 받고서 이정이 잘못 알았다는 뜻을 자세히 알았습니다. 어제 어떤 사람이 정암靜菴이 조정에서 일할 때의 언론을 묶은 책 한 권을 보여 주었습니다. 그 가운데 참으로 거울 삼아 경계할[鑑戒] 일로 놀랄 만한 것이 있었습니다. 군신 사이는 예로부터 어렵게 여겼다고 하는데 어찌 그렇지 않겠습니까? 삼가 답합니다. 황. 退

어제 주신 편지를 읽고

선생님께 올리는 글.

삼가 여쭙습니다. 하루하루 지내심이 어떠하신지요? 우러러 그리는 마음 자못 깊습니다. 저는 병을 무릅쓰고 억지로 출근했더니 감기가 더욱 심해졌습니다. 그러나 물러나려 해도 할 수가 없어 부질없이 스스로 슬퍼할 뿐입니다. 어제 주신 편지에서 "머리를 돌이킨다.[回首]"는 글자는 뜻이 깊으니 오랫동안 음미해 보고는 기쁨과 위로가 되었습니다. 제 율시律詩의 낙구落句를 고치고자 하여 뒷면에 기록했습니다. 살펴서 헤아려 주시기 바랍니다. 이처럼 오랫동안 찾아 뵙지 못했으니 슬퍼하고 한탄한들 어찌하겠습니까? 삼가 절하며 글을 올립니다. 후학 대승은 절하며 올립니다. 高

시는 고치는 것을 싫어하지 않는다고 하더니

절하며 답합니다.

편지를 잘 받았습니다. 병을 무릅쓰고 입직하고 있다니 제 마음이
편하지 않습니다. 고친 싯귀는 뜻도 깊고 가락도 맞습니다. 옛말에
도 시는 고치는 것을 싫어하지 않는다고 하더니 이 때문일 것입니
다. 삼가 아룁니다. 황. 退

동료들이 관직에 나오라 하니

선생님께 올리는 글.

삼가 여쭙습니다. 건강은 어떠하신지요? 우러러 그리는 마음 날로 깊어갑니다. 저는 요사이 피곤하고 힘이 없는 증상의 병을 앓고 있었는데, 이제 겨우 조금 나았습니다. 그런데 또 동료들이 제가 나와서 일하게 해 달라고 임금께 아뢰어 청하는 일을 당했습니다. 매우 걱정스럽습니다. 이런 가운데 어제 이정而精을 만나 선생님의 편지를 받아 보았습니다. 매우 위로되고 지극히 감사했습니다. 나머지 이야기는 틈을 내어 한 번 찾아 뵙고서 말씀드리겠습니다. 살펴 주시기 바랍니다. 절하며 글을 올립니다.

후학 대승이 절하며 올립니다. 高

처신이 점점 어려워지니

영공께 절하며 답합니다.

편지를 받고서 관직에 나오도록 청하는 일을 겪었음을 알았습니다. 생각하건대 아무리 막아보고 걱정해 보아도 물러나기 어려울 것 같습니다. 저는 휴가[休告]를 받은 지가 40일에 가까워지고 있습니다만 벼슬자리에서 갈리는 은혜를 입지 못했으니, 매우 두렵고 구차스럽습니다. 해가 바뀌려 하는데도 이렇게 어정쩡하게 물러나 있기만 하니 편치 않은 일이 한 두 가지가 아닙니다. 내일은 나가서 임금을 뵙고 사직을 빌어볼 생각입니다. 그러나 만약 사직도 허락 받지 못하고 일을 맡아 나서지도 못한다면 그 사이에 처신이 훨씬 더 어려워지게 될 뿐입니다.

이정而精이 말씀드린 것은 과연 그러합니다. 다만 또한 무슨 글자로 대신할 수 있을지 모르겠습니다. 그밖에도 결단하기 어려운 사정이 또한 많으니 어찌하면 좋겠습니까? 요컨대 얼굴을 마주 보지 않고서는 다 말할 수가 없습니다. 우선 절하며 답합니다. 황. 退

---

1. 해가 바뀌려 한다는 구절로 미루어 보아 무진년 12월의 편지인 것으로 보인다. 그러므로 앞에서 말한 대로 편지의 순서에 착오가 있는 듯하다.

편찮으시다는 소식을 듣고

선생님께 올리는 글.

삼가 여쭙습니다. 건강은 어떠신지요? 우러러 그리는 마음 그지 없습니다. 마침 이정而精의 편지를 받아 선생님께서 편찮으시다는 소식을 들으니 염려되는 마음 더욱 더합니다. 저는 어렵게나마 맡은 일에 힘쓰고 있습니다. 다만 어제와 그저께는 일로 인해 늦게 물러 나오게 되었습니다. 날이 어두워 찾아 뵙지 못하게 되니 한스러웠을 뿐입니다.

어제 임금께서 『성학십도』를 승정원에 내리시어 병풍을 만들고 초안을 붙이라고 명령하셨습니다. 하지만 그때까지 「차자箚子」는 아 직 내리지 않으셨습니다. 살펴 헤아리시기 바랍니다. 삼가 절하며 글을 올립니다. 후학 대승은 절하며 올립니다. 高

깊은 물과 높은 끌짜기에 임한 듯

영공께 절하며 답합니다.

안부를 물어주시니 감사합니다. 요즈음 눈보라가 심해 날마다 병이 발작하니 건강을 돌보기가 매우 어렵습니다. 마치 깊은 물과 높은 골짜기에 임한 듯이 조심조심 지내고 있습니다. 주신 편지에서 말씀하신 『성학십도』가 내려온 사실은 또한 조보朝報를 통해서도 자세히 보았습니다. 다만 그 가운데도 소홀한 곳이 틀림없이 많았을 것입니다만 홍문관에서 지적해 낸 것이니 흠없이 고쳤다고 믿어도 되겠지요. 그러나 또한 여러분이 밝게 실펴 잘못된 곳을 찾아내 주시면 참으로 다행이겠습니다. 삼가 절하고 답합니다. 황. 退

강 위의 이별은 꿈결처럼 아득하고

선생님께 올리는 글.[1]

강 위의 이별은 꿈결처럼 아득했습니다. 양근楊根에서 돌아온 김별좌別坐에게서 선생님의 길 떠나시던 모습을 들으니, 슬프고 그리운 마음 갑절이나 더했습니다. 그 뒤로는 제대로 살피지 못했습니다만, 여행하시는 동안 건강은 어떠셨는지요? 그리는 마음 말로 다하기 어렵습니다. 지금쯤은 이미 고향 가까이 가셨을 것이니, 귀향의 흥취가 더욱 아름다울 것이라 생각합니다. 저는 겨우겨우 지내고 있을 뿐이니 달리 말할 만한 것이 없습니다. 이제부터 가까이 모시지 못하게 되었음을 생각할 적마다 마음이 절로 슬퍼집니다.

보내 주신 매화편梅花篇을 보고서 그 운韻에 맞추어 저의 느낌을 표현해 보았습니다. 웃으며 보아주시면 다행이겠습니다. 그밖에도 떠오르는 생각이 끝이 없어 글로는 다할 수가 없습니다. 살펴 헤아려 주시기 바랍니다. 삼가 절하며 글을 올리며 이만 줄입니다.

융경 3년 3월 15일, 후학 대승이 절하며 올립니다. 🔴

---

1. 기사년(1569) 3월 4일 퇴계는 임금께 사직 인사를 하고 도성을 나서 동호東湖의 몽뢰정夢賚亭에서 묵었다. 이날 조야의 인사들 수백 명이 그를 전송했다고 한다. 다음날 퇴계는 배로 한강을 건너 봉은사奉恩寺에서 묵었는데 고봉은 거기까지 따라가서 퇴계를 배웅했다.

이별의 정이 꿈결 속에 되살아나니

명언에게 절하며 답합니다.

동호東湖의 배 위에서 나누었던 정이 꿈결 속에 되살아나니, 봉은사奉恩寺까지 따라와 묵은 하룻밤의 뜻이 더욱 깊게 느껴집니다. 서로 취해 말없이 바라보며 천리의 이별을 다 이루었습니다. 손수 쓰신 편지와 아울러 시 한 편을 받으니, 마치 다시 얼굴을 대하는 듯하여 참으로 위로되고 다행스러움을 말로 표현하기 어렵습니다. 저는 여강驪江을 지나면서부터 사나운 바람과 심한 비로 뱃길에 상당한 어려움을 겪었습니다. 하지만 충주忠州에서 육지로 올라, 눈 덮인 길을 걸어 산봉우리를 넘었으나, 오히려 다른 병이 생기지 않았습니다. 고향 땅에 들어서니 봄이 한창 무르익어 마치 항상 서로 대했던 것 같은 모습이었습니다. 이 또한 스스로 뜻이 깊다 하겠습니다.

앞뒤를 살피고 돌아보건대 임금의 은혜를 입고도 보답하지 못한 것이 더욱더 깊이 부끄럽고 두렵습니다. 한편 지난번에 여러분들과 모인 자리에서 한 말을 저는 농담으로 생각했습니다. 그런데 뜻밖에 그 말이 탄핵하는 글로 거론되기까지 했다고 합니다. 그 이야기를 들으니 마음이 선뜻해집니다. 만약 실제로 그 글에서 말한 바와 같다면, 보잘것없는 이 몸은 끝내 아무도 모르는[尸竊] 가운데 죽어야 될 것입니다. 성군께서 다스리는 시대에 어찌 이런 일이 있을 수 있습니까?

　앞으로는 서로 만날 날이 아득하여 기약이 없습니다. 오직 큰 일에 더욱 힘쓰고 뜻을 높이고 깊게 하는 데 노력하시어 시대의 바람에 부응해 주시기를 바랄 따름입니다. 보내 주신 시는 참 좋았습니다. 보잘 것 없지만 답하는 시를 지어 별지에 기록했습니다.

　삼가 답합니다. 기사 4월 2일, 황은 머리를 숙입니다.

　지난번 드린 매화시 여덟 마리는 비록 제각기 느낌이 담겼지만 모두가 한 때의 즐거움을 위한 것이었습니다. 그런데도 뜻밖에 화답하는 시를 멀리서 보내 주시니, 저를 생각해 주시는 뜻을 그 가운데서 볼 수 있어 무척이나 고마웠습니다. 지난날 고향에 돌아와 매화를 보고 또 시 두 마리를 지었습니다. 여러분들에게 숨길 생각은 없어 다시 보내드리니 아울러 보시고 웃어주십시오. 退

---

1. 경기도 여주를 가리킨다.

간원諫院의 직을 더하여 맡게 되어

선생님께 답해 올리는 글.

이별한 뒤로 염려하는 마음이 떠나지 않으니 어디에 비유할 데도 없습니다. 그러던 차에 문득 12일에 주신 편지를 받고, 내려가시던 길 위에서의 소식과 도산陶山으로 돌아가신 뒤 맑고 고요하게 잘 지내신다는 소식을 두루 알게 되었습니다. 실로 위로가 되고 마음이 놓였습니다. 다만 선생님을 뵈올 날이 아득함을 생각하면 다시 슬픈 생각으로 정신이 멍해집니다. 저는 오늘도 외람되이 염려해 주시는 은혜를 입어 겨우 몸을 보존하고 있습니다. 그러나 저는 지난달 그믐께부터 정신이 피곤하고 나른하며 마음이 답답해 편하게 지내기가 어려웠습니다. 또 뜻밖에 간원諫院의 직을 더하여 맡게 되었으므로 마음이 매우 편치 않아, 먹고 자는 것도 제대로 하지 못하는 지경에 이르렀습니다. 근심 걱정이 산처럼 쌓여 고민스럽고 우울한 마음을 어찌할 수가 없었습니다.

이러한 가운데 세 마리 시를 보내 주시어, 그 뜻을 음미하며 기쁘고 다행스런 마음이 생겨나니 뭐라고 감사해야할지 모르겠습니다. 주제 넘는 일입니다만 저도 제 생각을 적어 별지에 기록했습니다. 그리고 거기에 더해 두 장의 별지에 기록한 것을 함께 봉해 올립니다. 살펴 주시기 바랍니다. 나머지 마음속의 생각은 글로써 다 말씀

드릴 수가 없습니다. 다만 선생님의 학문과 건강이 더욱 강건해지시
기를 빕니다. 삼가 절하고 답장을 올립니다.

기사 4월 17일, 후학 대승이 절하며 올립니다.[1] 高

---

1. 원래의 순서대로 하면, 이 뒤에 【5-6】의 편지가 이어진다.

아무 일도 없는 듯 태연하지 못하니

영공께 아룁니다.

헤어져 돌아온 일을 생각하면 아득해지는 증상이 오래도록 낫지 않는데, 마침 그대의 편지를 받으니 이만한 위로가 어디에 있겠습니까? 지난번 소식을 보낸 뒤로도 잘 지내셨는지요? 가르치는 일[賚盤]이 물리기도 전에 다시 사간원[薇垣]으로 옮겨갔습니다.¹ 시대를 짊어진 책임이 전보다 더 무거워졌는데 어떻게 맞서고 계신지 모르겠습니다. 저는 조정에 있을 때에도 보잘 것 없었는데 초야에 있으면서 무슨 일에 관여할 수 있겠습니까? 하지만 일찍이 나지지 못했던 일에 대해 들리는 말이 있으면 차마 아무 일도 없는 듯 태연하지 못하니 망령된 사람이라 하겠습니다. 그러나 그대에게는 감히 숨길 수 없어 조그맣게 적었습니다. 번거롭게 여기저기 알리지는 말았으면 좋겠습니다. 그 밖에도 생각이 많고도 많습니다만 모두 마음속으로 짐작하시도록 맡기겠습니다. 오직 진중하고 삼가며 덕업을 높이고 깊게 하는 데 힘써서 시대의 여망에 부응하시기 바랍니다.

기사 4월 21일, 황은 고개를 숙입니다.² 退

1. 숙반菽盤은 목숙苜蓿만이 올라 있는 밥상[盤]이라는 뜻으로 교사의 가난하고 검소한 생활을 말한다. 목숙은 콩의 일종이다. 미원薇垣은 사간원의 다른 이름이다. 이 때 고봉이 성균관 대사성에서 사간원 대사간으로 옮겼기 때문에 한 말이다.
2. 원래의 순서대로 하면, 이 뒤에 【5-7】의 편지가 이어진다.

문소전과 관련된 논의의 줄거리는 별폭에 자세히 적었고

선생님께 답해 올리는 글.

그리는 마음 날로 깊어져 정을 스스로 억누를 수 없던 차에, 갑자기 직장直長이 서울에 들어오는 편에 손수 쓰신 편지와 자세히 가르치시는 별지를 받았습니다. 지내시고 계신 형편과 이르시는 말씀의 자세한 사정을 갖추어 알게 되니 말할 수 없는 위로가 되고 감사했습니다. 저는 외람되이 생각해 주시는 은혜를 입어 겨우 지내고 있습니다. 다만 어제 승정원[銀臺]의 일을 더 맡아 한 품계가 올랐습니다. 하릴없이 부끄럽고 마뜩찮기만 하여 말없이 나가 자리에 나란히 설 뿐입니다. 문소전과 관련한 논의의 줄거리는 별폭에 자세히 적었고, 조보朝報도 아울러 넣어서 보내드립니다. 살피시기 바랍니다. 나머지는 번거로워 이만 줄입니다. 삼가 절하고 답장을 올립니다.

융경隆慶 기사己巳 4월 28일, 후학 대승은 절하며 올립니다.[1] 髙

---

1. 원래의 순서대로 하면, 이 뒤에 【5-8】의 편지가 이어진다.

묘당廟堂의 논의가 떠들썩하여

선생님께 올리는 글.

삼가 여쭙습니다. 지내시기가 어떠하신지요? 생각하건대 한가로 이 지내시는 정취가 고요하고 넉넉하실 테니 그리운 마음만 덧없이 간절합니다. 저는 선생님의 돌보아 주심에 힘입어 근근히 보잘 것 없는 몸을 지켜가고 있습니다. 다만 요사이 더욱 사람들의 손가락질 을 받아 몸둘 곳이 없으나 그냥 모르는 체 맡겨둘 뿐입니다. 어찌하 겠습니까?

또 최근 묘당廟堂의 논의가 자주 번복되고 떠들썩하여 참으로 마음이 아팠습니다. 지금은 다행히 조금 누그러져 위안이 됩니다만 가슴속에 노여운 기운은 여전히 들끓고 있습니다. 나머지는 꼬치꼬치 다 말씀드리지 못합니다. 살피시기 바랍니다. 삼가 절하며 글을 올립니다.

기사 5월 24일, 후학 대승은 절하며 올립니다.[1] 髙

---

1. 원래의 순서대로 하면, 이 뒤에 【5-9】의 편지가 이어진다.

돌아가신 아버지의 명문을 부탁하며

영공께 드리는 글.

지난달에 연달아 4월 17일과 28일의 두 편지를 받았고, 아울러 화답하여 적어 주신 시 여러 편을 보았습니다. 꼼꼼히 읽고 깊이 음미하니 다행한 마음 그지없습니다. 매번 인편으로만 편지를 주고받으니 급작스레 편지를 쓰게 되고, 회답도 정한 때가 없으니 많이 부끄럽고 계면쩍습니다. 지금 제 뜻을 겨우 드러내어 별지에 기록하여 보냅니다. 그대의 가르침이 담긴 회답을 받아볼 수 있게 되기 바랍니다.

그 가운데 제게 간절한 바람이 있어 애절히 호소합니다. 저의 돌아가신 아버지께서는 돌아가신 형님 덕분에 가선대부嘉善大夫에 추증追贈되신 적이 있습니다. 당시에 이미 묘 앞에 비석을 세웠으나 빗돌에 흠이 생기고 부스러져 다시 세우기를 꾀했습니다. 그러던 차에 집안에 화를 만나게 되니 두렵고 당황스러워 시일을 끌다 오래도록 아무 성과가 없었습니다. 그 뒤 계속 저 때문에 여러 번 다시 추증이 더해지는 은혜를 입었습니다. 그것은 제게 너무도 과분하여 감당할 수 없다고 이미 굳게 생각하고 있었습니다. 하지만 사양해도 되지 않아 그 증전贈典을 받았습니다. 그러니 묘도墓道의 표석表石도 지금의 증직에 따라 다시 새기지 않을 수 없게 되었습니다. 따라서 이미 다른 돌을 사들여 놓고 가을에 다듬어 세우려고 계획했습니다. 지난번에 비석에 새긴 것은 다만 『주자가례』에 따라 대략 고향과 가계와 같은 부류의 내용만 기록했을 뿐 명문銘文이 없었습니다.

가만히 생각하건대 돌아가신 어른께서는 뜻을 품었으나 써보지 못하시어 이름을 역사에 올리지 못했습니다. 그렇다고 단지 이처럼 기록하여 평생의 행적을 묻어버린다면 그것은 자식의 마음에 끝없는 안타까움으로 남을 것입니다. 그러므로 이번에 비석을 다시 세우는 일을 계기로 이 시대의 큰 군자인 그대의 한 마디를 얻어 숨은 행적을 드러내어서 후손들에게 보여주게 되기를 바랍니다. 삼가 제가 지은 행장行狀 한 통을 동봉해 올립니다.

돌아보건대 저는 운수가 사납고 복을 타고나지 못했으니 태어나서 돌이 되기 전에 고아가 되었습니다. 고아들이 자라나게 되면 또한 앞 세대와는 점점 멀어지게 되고, 옛 사람들은 점점 돌아가시게 되니 찾아가 물을 데가 없어집니다. 그런 까닭에 말씀하시고 행하신 구체적인 사실이 여러 가지 있음에도, 빠뜨리고 적지 못한 것이 많으니, 부모를 끝까지 모시지 못한 아픔[匪莪之痛]이 지극합니다. 행장에 기록한 선대의 사적과 자손이 누구와 결혼하고 누구를 낳았는가 하는 일들이 너무 자세한 듯도 합니다. 하지만 일반적으로 행장을 짓는 형식이 번잡함을 꺼리지 않으니, 그렇게 자세히 기록하여 놓고 글 짓는 이가 알아서 내용을 빼고 넣고 하기를 기다리려 한 것일 뿐입니다. 그 내용을 모두 글 속에 담기게 하고자 한 것은 아닙니다.

임금을 가까이 모시는 승정원[西掖]에 계시는 형편이니 이런 부탁을 하기 어렵다는 것을 잘 압니다만, 생각이 간절하고 일이 촉박하여 뒷날을 기다릴 수가 없습니다. 글을 지어 비를 세우는 일을 9월이나 10월 사이에 할 계획이니, 그 사이에 어찌 입직을 서는 데서 물러나 한가로이 쉬는 날이 없겠습니까? 그런데 만약 시한이 다된 때에 비로소 부탁하면 때를 맞추지 못할 염려가 있으니, 감히 이처럼 번거롭게 합니다. 간곡히 살피시어 망극한 저의 바람을 이루어 주십시오. 간절히 비는 마음을 이길 수 없습니다.

융경 3년 6월 9일, 판중추부사判中樞府事 이황.

무극無極의 설과 물격物格의 설[1]은 모두 훗날을 기다려 회답하겠습니다.[2] 退

---

1. 『태극도설』의 "무극이면서 태극이다.無極而太極"와 『대학』의 "사물의 이치에 이른 뒤에 지식이 지극해진다.物格而后知至"에 대한 해석을 가리킨다.
2. 『고봉집』에 따르면, 이 편지 뒤에 【5-9】의 편지가 이어진다. 하지만 『퇴계집』에 따르면, 【5-9】의 편지가 먼저 오고, 그 뒤에 이 편지가 이어진다.

몇 편의 글을 함께 올립니다

선생님께 올리는 감사의 글.

장마가 한 달이나 이어지고 있습니다. 그 동안 선생님께서 한가하신 가운데 지내시기 어떠하신지 살피지 못했습니다. 멀리 있으니 그리움이 더욱 더하여 억누를 수 없습니다. 저는 외람되이 선생님의 두터운 은혜를 입어 근근히 전과 다름없이 벼슬길에 나가고 있습니다.

얼마 전에 서첨정徐僉正을 통해 선생님의 소식을 듣고서 저으기 위로 받고 다행스럽게 여기고 있었는데, 곧 직장直長을 만나 선생님께서 주신 편지 한 통을 받고 아울러 부탁하시는 뜻을 받들고는 참으로 크게 놀랐습니다. 편지를 뜯어 자세히 읽어 보고서 선생님께서 저를 너무 높이 평가해 주시어 저로 하여금 갈문碣文을 짓게 하신 것을 알았습니다. 말할 수 없이 위축되고 부끄러워, 편지를 다시 붙여 되돌려 보내며 지을 수 없다고 사절하고 싶었습니다. 그러나 다시 생각해 보건대, 선생님께서 저를 아시고 난 뒤 저는 참으로 많은 이끄심과 도움을 받았습니다만 감사하는 마음이 가슴속에 사무쳐도 우러러 보답할 길이 없었습니다. 그러니 이런 부탁을 받고서 의리상 진실로 사양할 수 없다고 생각했습니다. 이에 감히 받아들이기는 했습니다만 그래도 역시 부끄러운 마음에 흐르는 땀을 그칠 수 없습니다. 며칠 안으로 갈문의 초안을 잡아 어느 정도 모양을 갖추었습니다만, 글의 기운이 비속하고 허약하여 서로 크게 들어맞지 않으니 두려운 마음 더욱 지극합니다. 마땅히 베껴서 인편으로 보내어 살펴서 바로잡아 주십사고 아뢰겠습니다.

또한 별지의 간곡하신 가르치심을 헤아리건대, 매섭게 채찍질하시어 못된 습관을 없애고 부족한 부분을 반성하게 하셨으니, 감복되는 마음 그지없습니다. "기운을 드러내고 변론을 마음대로 하여 남을 업신여기고 꺾어버린다." 같은 조목은 실로 저의 고질병이며, "자신을 돌이켜 몸을 단속하며 분노를 경계하고 욕심을 막아 허물을 고치고 좋은 쪽으로 옮겨가라." 같은 공부는 더욱 소홀히 했던 것입니다. 평소 매번 스스로 그것을 허물했으나 거기까지 힘이 미치지 못했는데, 지금 훈계를 받았으니 어찌 감히 마음을 다하지 않겠습니까? 살피시기 바랍니다.

그리고 이곳의 상황이 매우 좋지 못하니 놀라운 사건이 생길 것만 같은 분위기가 아침저녁으로 이어집니다. 그러나 죽고 사는 화복禍福을 하늘에 맡겼으니, 바로 장자莊子가 어찌할 수 없다는 것을 알았으니 천명天命으로 생각하고 편안히 여긴다고 말한 것과 같습니다.[1] 어떻게 생각하십니까? 선생님께서 빌미 잡히기 전에 멀리 떠나시어 세속 더러움의 바깥에 서 계신 것을 상상하니 참으로 감탄스럽고 그리워 견딜 수 없습니다.

많고 많은 생각을 글로는 다 말씀드릴 수 없습니다. 나머지는 별지로 아뢰었으니 헤아려 살피시기 바랍니다. 삼가 절하며 글을 올립니다. 융경 3년 윤 6월 8일, 후학 대승은 절하며 올립니다.[2]

김개金鎧[3]는 애당초 경연 자리에서 대신을 중요하게 대우해야 한다는 말에 빗대어 선생님을 능멸하더니, 이어 기묘년의 여러 분들을 헐뜯어[4] 선한 무리를 모함하여 곤경에 빠트리려고 했으므로 여러 사람들이 해괴하게 여겼습니다. 그 뒤에 다시 경연 자리에 들어가 스스로 변명하는 꾀를 내어, "젊은 사람들이 차례로 삼공三公을 헐뜯기 때문에 싹이 크기 전에 미리 막고자 그렇게 아뢰었다." 했으니, 그 말이 매우 참혹하여 장차 사림에 헤아릴 수 없는 화를 불러일으키고자 하는 것이었습니다. 그러므로 저는 동료들과 의논하여 직접 임금께 뵙기를 청한 뒤, 소인배의 사정을 힘써 아뢰고 아울러 당면한 문제에 대해서도 언급했는데, 저도 모르는 사이에 충정이 분노가 되며 감정이 격해져서 이것저것 많은 이야기를 급하게 아뢰다가 자못 말을 가려서 하지 못하는 잘못을 저질렀습니다. 그러나 큰 뜻에서는 진실로 정당했으니 성공과 패배, 날카로움과 둔함은 따질 일이 아닙니다.

그런데 바깥의 논의가 떠들썩하게 저와 심승지沈承旨[5]에게 허물을 돌리니, 저희들을 탄핵하려 하는 사람까지 있습니다. 벗들 사이에서도 많은 이들이 이해 관계에 끌려 모두 우리 두 사람이 옳지 않다고 합니다. 심 군은 병을 핑계로 나오지 않다가 오늘 자리가 갈렸습니다. 저 또한 이 길로 물러나 엎드려 있고자 합니다. 세상의 습속이 가벼우니, 돌아가는 형편은 오로지 이해관계만 마음에 둘 뿐, 도의가 무엇인지도 모릅니다. 비록 평소에 서로 기약한 사람들이라 해도 힘을 얻기 어렵습니다. 우리 도道의 외로움이 이에 이르렀으니 기가 막힐 지경입니다.

저는 요사이 자못 누추한 저의 학문을 익히고 연구하여 스스로 목숨을 돌아보지 말라는 가르침[夭壽不貳][6]을 깨닫게 되었으니, 마치

서 있는 사람 앞을 가린 듯, 수레 앞의 채 끝에 기댄 듯[參前倚衡]⁷ 견
해가 점점 더 분명해 집니다. 그러나 몸을 닦고 기다리는[修身以俟]
공부는 전혀 제대로 갖추지 못한 듯합니다. 그러므로 바야흐로 이
방면에 힘을 다해 보려고 합니다만, 습관으로 물든 병을 없애기는
어렵고 경계하고 두려워하는 생각은 쉽게 풀어지니, 이것이 근심일
따름입니다. 비록 그러하나 또한 당연히 그것을 경계하고 힘쓸 뿐,
그 밖의 여러 가지로 말미암아 어찌 제가 꺾이거나 빠져들겠습니까?
제 마음은 이와 같으나 선생님께서 어떻게 생각하시는지 모르겠습
니다. 바라건대 이끌고 가르쳐 주시어 마침내 길을 잃고 헤매지 않
게 해 주십시오. 후학 대승 절하며 답합니다.

지난번에 연이어 입시入侍하여 임금께서 물으시면 제가 답하는
시간을 갖는 은혜를 입었습니다. 감격스러움을 이길 수 없었습니다.
우리 임금의 자질이 높고 밝으시니 참으로 세상에 다시없는 분이시
지만, 곁에서 도울 사람이 없으니 어찌하면 좋겠습니까? 아울러 살
펴 주시기 바랍니다. 김개가 처음 아뢴 글은 베껴서 이정而精 편에 부
쳤고, 나중에 아뢴 것을 지금 베껴서 올립니다. 살피시기 바랍니다.

무극無極에 대한 해석이 제 생각에는 매우 옳지 않습니다. 마침
과거에 합격한 임천臨川 오씨吳氏의 글 한 편을 베껴 올리오니 살펴
헤아리시기 바랍니다. 그리고 강가에서 모시고 이야기를 나누었을
때, 잘못을 없애고 이理에 비추어 밝힌다는 설은 제가 젊어서 본 것
을 잘못 알았던 것이었습니다. 돌이켜 생각해 보니 크게 틀렸다고
해야 할 것 같습니다. 아울러 너그러이 헤아려주시기 바랍니다. 죄

송할 따름입니다. 물격物格의 설에 대해서는 한가한 사이에 다시 살펴보시는 것이 어떻겠습니까? 저로서는 걱정스럽고 답답합니다. 부디 밝게 살피시기 바랍니다.

　삼가 절하고 아룁니다. 후학 대승은 절하며 올립니다.

　둥근 부채 두 자루를 올리오니 웃으시며 거두시기 바랍니다. 髙

---

1. 『장자莊子』, 내편, 인간세 4.
2. 원래의 순서대로 하면, 이 뒤에 【5-10】의 편지가 이어진다.
3. 김개(1504~1569)는 자가 방보邦寶, 호는 독송정獨松亭이며 본관은 광주光州이다. 선조 2년(1569) 조광조를 비롯해 기묘년에 죽은 선비들을 비난했다는 이유로 고봉으로부터 공박을 받고 관직을 박탈당했다.
4. 김개가 경연에서 "조광조는 일을 처리함에 잘못이 있어, 자기에게 붙는 이는 천거하고 거역하는 이는 배척했다." 했고, 또 "기묘년의 많은 사람들이 어찌 모두 선하기만 한 사람들이며, 선한 사람 중에도 어찌 잘못 생각하여 실수한 사람이 없겠는가?" 하여, 조광조 이하 기묘제현을 헐뜯은 일을 말한다. 『선조실록』3, 2년 6월 신사.
5. 당시 좌승지였던 고봉과 함께 김개의 탄핵에 앞장섰던 우승지 심의겸沈義謙(1535~1587)을 가리킨다.
6. "맹자가 말했다. '마음을 다하면 성性을 알게 되고, 성을 알면 하늘을 알게 된다. 그 마음을 지키고 그 성을 기름이 바로 하늘을 섬기는 것이요, 죽고 사는 데 개의치 않고 몸을 닦고 기다림이 명命을 세우는 것이다.'" 『맹자』, 「진심」상, 1장.
7. "자장이 널리 행할 수 있는 도리를 물으니, 공자가 말했다. '말을 정성스럽고 미덥게 하고, 행동을 독실하고 공경스럽게 하면, 비록 오랑캐의 나라에서도 행할 수 있을 것이다. 하지만 말을 정성스럽고 미덥게 하지 않고, 행동을 독실하고 공경스레 하지 않는다면, 자기가 사는 곳에선들 행할 수 있겠는가? 서 있을 때는 그런 행동이 바로 내 앞에 함께 서 있는 듯이 하고, 수레에 타면 그런 행동이 채 끝 횡목橫木에 기대고 있는 듯이 해라. 그런 뒤에야 행할 수 있을 것이다.' 자장이 그것을 잊지 않으려고 띠에다 썼다." 『논어』, 「위령공」, 6장.

어찌하여 세상이 이렇게 어지럽습니까?

명언에게 절하며 답합니다.

사헌使憲 이백춘李伯春이 제가 있는 곳까지 와서 그대의 답서와 몇 폭의 별지 및 화답한 시 한 마디를 전해 주었습니다. 받아 보니 그 내용이 정성스러운 데서 그치지 않았습니다. 일찍이 제가 급한 마음에 쫓기어 감히 선친에 대한 글을 가지고 번거롭게 청했던 것 때문에 대단히 조심스러웠습니다. 그런데 아직 시일이 많이 지나지도 않았는데 차례를 이미 정했다는 편지를 받으니, 처음에 기대했던 시기보다 훨씬 빠릅니다. 기쁨과 감격스러움을 마음속에 새겨 둘 뿐, 무엇이라 드릴 말씀이 없습니다. 글을 빨리 보게 되기를 날마다 발돋움하고 서서 기다릴 뿐입니다. 저는 산과 계곡 속에 숨어 지내니 다행히 다른 걱정은 없습니다. 다만 장마 때에 고생한 것 때문에 쇠약한 몸을 추스르기가 다른 때보다 갑절이나 더 어렵습니다. 그 때문에 스스로 피곤함을 느끼는 것도 더욱 심합니다.

이따금 떠도는 소문을 듣건대 세상의 형세가 그대가 말한 것과 같다고 합니다. 하릴없이 주자의 시에서 말한 "고요히 단촐한 상을 앞에 놓고 홀로 한숨짓는다." 하는 탄식만 내뱉게 됩니다. 제 나이가 중년에 접어든 뒤로 예羿가 쏘는 화살의 사정권 안에서[2] 놀아났으나, 좋은 세상을 만나 이제 앞으로는 다시 이런 근심이 없을 것으로 여졌는데, 어찌하여 세상이 이렇게 어지럽습니까? 사람들은 흔히 산림에 숨어사는 것이 즐겁다고 하지만, 만약 이러한 일이 끊이지 않는다면 어찌 산림인들 편안하기만 할 수 있겠습니까?

전에 제가 그대에게 말했던 것은 자기 밭은 버리고 남의 밭을 김매는 주제 넘는 일이었습니다. 하지만 제가 아는 많은 사람들이 전에 제가 말씀드렸던 내용을 가지고 그대에게 허물을 돌렸기 때문에 그것을 들었으면서도 말씀드리지 않을 수 없었습니다. 마음속 깊이 간직해 주시기를 다시 한번 바랍니다. 나머지는 별지에 갖추어 적었으니 이만 줄이겠습니다. 삼가 절하며 답장합니다.

융경 기사 윤6월 27일, 황이 씁니다.[3]

김개의 일은 참으로 괴이하다고 할 만한 것 같지만 끝내는 괴이하게 여길 것이 없습니다. 오늘날 우리는 자신이 세상에 뛰어난 재주를 지니지도 못했고 학문을 이룩하지도 못했는데 이름이 먼저 퍼져 버렸으니, 나라를 다스려보겠다고 나서기도 어렵게 되었습니다. 게다가 엎어진 수레[4]가 앞에 있으니 더욱 큰 경계로 삼지 않을 수 없습니다. 그러므로 망령되이 스스로 때를 만나고 임금의 신임을 얻었다고 말하면서, 나라의 제도를 고치고 정해진 법을 어지럽히며 옛 신하를 몰아내고 대신 자신을 올리고 자기 무리를 심는 짓을 하려는 사람은 한 사람도 없습니다. 그러니 지난날 나라를 바로잡고 세상을 다스리는 일을 스스로 맡았던 이들에 견주어 보면 아주 다릅니다.

그러나 김개는 우리에게 있지도 않은 것을 가지고 억지로 그들에게 빗대어 죄를 삼고, 옛날에 무고했던 것을 끌어내어 지금을 배척하는 증거로 삼아, 반드시 함정 속에 밀어 넣고야 말겠다고 합니다. 그러니 그가 까닭 없이 갑자기 이러한 계획을 낸 것이 이미 괴이하다 할만합니다. 게다가 그가 만약 이런 좋지 못한 뜻을 마음속에 품고 있었다면 무엇 때문에 지난날 친근한 척 저를 찾아와 밤새도록 앉아 이야기하며, 속마음을 털어놓는답시고 혀를 놀려 제게 물러나지 말기를 간곡히 권했을까요? 이것이 무슨 뜻이었는지 모르겠으니 매우 괴이하다고 했던 것입니다.

그렇기는 하지만 이런 무리가 오늘날에만 있는 것이 아니고 예로부터 있었으니, 지금 이 사람 때문에 유독 놀라고 의아해 할 필요가 없습니다. 그러므로 끝내는 괴이하게 여길 것이 없다고 한 것입니다. 그렇기는 하지만 우리의 학문이 옛사람들의 경지에 가까이 가지도 못했는데 이처럼 사람들에게 욕을 먹고 핍박을 받으니, 어떻게 대처해야 옛사람들에게 부끄럽지 않을지 모르겠습니다.

임금께 아뢴 말이 지나쳤다고 하신 말씀은, 비록 그것이 무슨 말이었냐고 묻지 않겠지만, 듣고 보니 또한 두렵습니다. 제가 비록 외진 곳에 있지만, 조금 다행스럽게도 여러분들이 놓인 처지가 멀리 있는 저의 행적과 서로 관계가 없지 않은 듯합니다. 그 때문에 저도 늘 마음쓰고 있습니다. 심승지가 사퇴한 까닭은 이 일 때문만은 아니고, 다른 일도 아울러 있어서 그렇게 된 것으로 생각합니다만, 아무튼 매우 잘된 일입니다. 그대가 뒤이어 물러나는 것은 형세가 너무 드러난 듯하니 어렵습니다. 형편을 보고 빌미를 살펴 잘 처리하면 매우 다행이겠습니다.

평소에 서로 기약한 이들에게 힘을 얻을 수 없는 경우는 예로부터 자주 있는 일이니, 벗을 사귈 때 신중한 것이 가장 좋습니다. 무릇 지나치게 앞으로만 내닫지 말고 늘 물러서려 해야 하고, 서로 싸우지도 말고 꺾이지도 말면서 더욱 안으로 자기를 닦는 데 힘써, 오로지 그 근심에 대한 생각만을 일삼는 것이 오늘날의 가장 중요한 도리입니다.

스스로 목숨을 돌아보지 말라는[夭壽不貳] 말에 대해 진실로 터득한 것이 있다고 하니 매우 좋습니다. 그러나 이것은 몸을 닦고 기다리는[修身以俟] 공부와 더불어 이루어지는 것입니다. 만약 몸을 닦는 일에 대해 다른 사람들의 눈에 차지 못한 구석이 있으면서도 스스로 목숨을 돌아보지 않는다고 말한다면, 또한 허점이 있다고 해야 할 것입니다.

하고 싶은 말은 많으나 자질구레하여 그만 두었습니다. 황은 머리를 숙입니다. 김개가 몇 차례 임금께 올렸다는 말을 모두 보았습니다. 고맙습니다.

지금 임금께서는 참으로 세상에 다시없을 분이시니, 실로 종사宗社의 가없는 복이요 태평한 시절을 만세토록 이어나갈 경사입니다. 요사이 일어나는 일에 이르러서는 저들이 좌복左腹에 들[5] 실마리가 없으니, 이는 누가 시켜서 그런 것입니까? 엎드려 듣건대 우리 임금의 밝은 덕이 나날이 더해진다 하니, 시골에 있으면서 정성을 다해 임금을 위해 비는 마음을 이기지 못하겠습니다.

송구스럽게도 『성학십도聖學十圖』는 판각을 이미 마쳤다 들었습니다. 만약 인쇄하여 반포하라는 명령이 내리면 혹시 예에 따라 임금께 올리는지요? 만약 그대가 승정원[銀臺]에 있는 날 십도를 올리게 되거든 추가로 고친 곳 가운데 자잘하고 중요하지 않은 곳은 군이 번거롭게 아뢸 것 없습니다. 하지만 「심성정도心性情圖」의 중도와 하도에서 고친 곳 같은 부류는 고친 까닭을 갖추어 아뢰지 않을 수 없을 테니, 바라건대 깊이 생각한 뒤 일을 처리하여 소홀한 곳이 없도록 하는 것이 어떻겠습니까?

십도는 모두 선현들께서 깊이 마음을 쓴 곳이고, 어리석은 신하인 제가 바치는 변변찮은 정성도 역시 이 안에 다 담겨 있습니다. 그런데 헐뜯는 말이 이미 널리 퍼졌다는 소문이 들리는 듯하니 이미 주광柱纊[6] 아래 홀리는 말을 늘어놓은 사람이 있는 듯합니다. 가만히 생각하건대 임금께서 밝은 덕을 펼치시려는 바탕을 갖추셨지만, 미처 정미롭게 연구하여 성대한 도를 기뻐하시는 경지에는 이르지 못하셨습니다. 그런데 정신을 모으고 마음을 합치기 전에 먼저 싫어하여 박대하는 뜻이 생긴다면 끝내 임금을 보필하는 도움이 없을 것입니다. 하지만 이는 어쩔 수 없는 일이고, 오직 할 수 있는 일이란 마음속에 쌓인 것을 남김없이 다하는 것일 뿐이라 감히 십도를 아뢴 것입니다.

처음에 글자가 너무 작지 않았으면 한다고 하여 길이와 너비를 모두 넉넉히 했습니다. 그러다 보니 도면을 만들 때 글꼴이 너무 커져서 병풍으로 만들어 보기에는 맞지 않게 되었습니다. 미처 고칠 생각을 하기도 전에 판각이 이미 끝나버렸으니, 지금에 와서 어찌 비난을 무릅쓰고 다시 고치겠다고 하겠습니까? 한스러울 뿐입니다.

이理와 기氣가 합쳐 마음[心]이 되니 저절로 허령虛靈 지각知覺의 신묘함이 있다.

고요하여[靜] 모든 이치를 갖춘 것이 성性이지만, 이 성을 쌓아서 싣고 있는 것은 마음[心]이다.

움직여[動] 세상 모든 일과 대응하는 것이 정情이지만, 이 정을 펼쳐 쓰는 것은 또한 마음이다.

그러므로 마음이 성과 정을 통솔한다[心統性情]고 이르는 것이다.

마음이 성과 정을 통솔한다는 것에 대해 임금께서 전에 자주 물어보시는 것을 제가 들었고, 제가 물러 나오던 날에도 또한 물으셨지만 흡족하게 대답해 드리지 못했습니다. 만약 위와 같이 대답해 드린다면 옳은 답에 가까울 듯한데 어떻습니까? 그대 또한 저의 대답이 흡족하지 못했던 것을 한스러워 했다고 전에 들었기 때문에 이렇게나마 말씀드리는 것입니다. 退

1. 이양원李陽元(1526~1592)을 가리킨다. 퇴계의 문인으로, 백춘은 그의 자이다.
2. 예는 중국 하夏나라 때 활을 잘 쏘던 유궁후예有窮后羿를 말한다. 여기서 예는 당시의 권력자를 비유함이니, 화살의 사정권이 사람을 농락하는 권력자의 손아귀에서 벗어나지 못했다는 말이다.
3. 원래의 순서대로 하면, 이 뒤에 【5-11】의 편지가 이어진다.
4. 조광조가 개혁에 나섰다가 실패한 것을 가리키는 듯하다.
5. 좌복에 든다[入于左腹]는 말은 소인배가 높은 관직에 있으면서 임금의 비위를 맞추고 간사한 방법을 써서 깊은 신임을 받는 것을 뜻한다. 『주역』 명이괘明夷卦 육사효 사六四爻辭.
6. 누른 빛의 솜이라는 뜻으로, 황제가 쓰는 면류관의 한 부분이다. 누른 빛의 솜을 뭉쳐 둥글게 만든 것을 면류관 양쪽에 늘어뜨려 귀를 막게 했는데, 이것은 옳지 못한 말을 망령되이 듣지 않겠다는 뜻이다.

십도의 판각이 거의 끝났으므로

삼가 여쭙습니다. 가을에 접어들었는데, 지내시기는 어떠하신지
요? 우러러 사모하는 마음 그지없습니다. 저는 외람되이 두터운 은
혜로 겨우 몸을 지탱하여 세월을 보내고 있습니다. 그러나 요사이
정신이 너무 피로하여 어쩔 수 없이 승지[銀臺]의 직분에서 물러났
습니다. 지금은 군직軍職에 임명되어 조금 여유를 찾았습니다.

그사이 윤달 27일에 주신 편지와 별지를 받았습니다. 자세히 가르
치신 말씀을 살피고는 말할 수 없을 정도로 감격해 깊이 마음속에
새겼습니다. "꺾이지 말고 더욱 안으로 자기를 닦는 데 힘쓰라." 하
신 가르침에 대해 어찌 힘을 다하지 않겠습니까? 다만 요사이 상황
이 더욱 어수선하여 근본을 갖추지도 못한 무리들이 앞을 다투어
떠들어대니, 이 사태가 어떻게 끝맺어질지 모르겠습니다. 하지만 조
용히 기다릴 뿐, 어찌하겠습니까? 그러나 믿는 것은, 위로 밝으신 임
금께서 계시어 하늘에 순응하여 올바른 길[皇極]을 따르시니, 어찌
갑자기 다른 근심이 생기겠습니까? 선생님께서는 어떻게 생각하시
는지요? 저는 마음속으로 가만히 "이렇게 생각하지 않고, 혹시 사사
롭게 잔꾀를 내거나 걱정을 한다면 아마도 스스로를 다스리는 길이
아닐 것이다." 하고 말해 봅니다.[1]

십도의 판각이 거의 끝났으므로 오래지 않아 찍어서 임금께 올린

다고 들었습니다. 도형의 모양이 비록 너무 크고 글자도 작지 않은 듯하지만, 두고 보는 데는 불편함이 없습니다. 다만 보는 사람들이 평소에 이런 글을 본 적이 없어 얼핏 보고 많이 놀라니, 두고두고 살피면서 깊은 맛을 터득하는 도움이 없을까 염려스럽습니다.

얼마 전 경연 자리에서 전교하시기를 "뒷날 불러서 십도를 강의하게 하고자 한다." 하시니, 이어서 경연관이 "고친 데가 있어 아직 판각을 다하지 못했으니 뒷날을 기다리소서."라고 평계를 대었습니다. 대개 사람들이 십도의 전체 내용에 대해서 잘 모르기 때문에 임금 앞에서 강의하기를 매우 꺼립니다. 참으로 탄식할 일입니다. 마음이 성정을 통솔한다는 설은 가르쳐 주신 말씀이 매우 옳습니다. 뒷날 만약 조정에 나가 임금을 모시게 되면 마땅히 이것을 자세히 아뢸 계획입니다. 그러나 또한 임금의 마음이 필경 우리의 도를 행하도록 할지 알 수 없습니다. 그러니 조용히 천명을 기다리는 것이 마땅할 따름입니다. 어떻게 생각하십니까?

대승은 삼가 답합니다.

앞서 제 시에 대해 자세한 가르침을 입은 적이 있습니다. 고맙고도 그리운 마음 말로 다하기 어렵습니다. 고쳐주신 몇몇 말이 참으로 마땅합니다. 다만 처음에는 제 생각에도 고쳐 주시기를 청할 뜻이 있었으나 지금은 말씀드려야 할 것이 있습니다. 승정원[銀臺]의 좌대언左代言이 임시로 머무는 곳에 작은 누각 한 칸이 있는데, 제법 시원하게 뚫려 있어 동남쪽이 볼만합니다. 저는 날마다 거기 있으면서 선생님께서 계시는 남쪽을 바라볼 때, 하늘에 가로놓인 구름이 하늘 저 끝을 보지 못하게 막고 있음을 한스러워 했습니다. 선생님의 편지를 받고 답장을 닦을 적에도 마침 또 그러했습니다. 비록 한 통의 편지를 닦아 올린다 하더라도 제 감정을 다 표현하지는 못하니 다만 이렇게 쌓여만 갑니다. 그러므로 그 시에 상積 자와 제 감정이 쌓였다[積下情]는 말을 썼습니다. 이는 대개 특별한 풍경을 만나서 감정이 마주친 끝에 일어난 생각이지만, 한때의 사정에 꼭 들어맞습니다. 그러므로 하정下情이라는 말이 비록 속되지만 피하지 않은 것입니다. 이 뜻이 어떤지 모르겠습니다. 이로 말미암아 또 절구 둘을 지어 제 감정을 펴니 웃으며 보아주시기 바랍니다.

기사 7월 21일, 후학 고봉 기대승은 절을 올리며 씁니다. 高

---

1. 원래의 순서대로 하면, 이 뒤에 【5-12】【6-1】의 편지가 이어진다.

스스로 반성하지 않아서는 안 되겠습니다

영공께 절하며 답하는 글.

7월 21일에 주신 편지는 명문銘文이 들어있는 까닭에 아이들이 경솔하게 인편으로 부치지 않았습니다. 때문에 9월 초순에야 비로소 받아 보고 그대가 승지 자리에서 사직하고 나가 관직 없이 있다는 것을 알았습니다. 그런데 최근 관직 임명자의 목록을 보고서 다시 성균관의 장으로 복귀했음을 알았습니다. 관직과 차서가 여러 번 바뀌었는데 요사이는 어떻게 지내시며 건강은 어떠십니까? 우러르고 그리워한다는 것이 빈말이 아닙니다.

편지에서 말씀하신 여러 가지 일들을 하나하나 잘 살피었습니다. 이미 각각의 사항에 따라 별지로 답했으니, 그 가운데 이치에 맞지 않는 것이 있거든 다시 회답하여 밝게 깨우쳐 주십시오. 지난번 편지에서 어수선하다고 말씀하신 사건의 끝은 요사이 어떻게 되었습니까? 저쪽에서 스스로 구분을 지어 그만 멈추어야 하는데도 멈추지 않고서 반드시 사단을 일으키고야 말겠다는 것은 진실로 이해할 수 없습니다. 그러나 그날 몇몇 분들이 저쪽을 공격한 것도 또한 너무 지나쳤습니다. 그 때문에 최근 상황이 이처럼 격렬해졌으니, 허물을 저쪽에만 돌리고 스스로 반성하지 않아서는 안되겠습니다. 밝으신 임금께서 위에 계시어 조야朝野가 함께 우러러 의지하고 있습니다. 사단이 일어나 어수선하게 된 뒤 지금까지 양쪽이 무사했던 것은 바로 이에 힘입은 것입니다. 그러나 앞선 수레가 뒤집히는 것을 보지 못했습니까? 그것은 너무 지나치게 믿고, 너무 소홀하게 처신하고, 너무 급하게 공격했기 때문이지 않겠습니까? 이에 대해서 다시 더욱 깊이 생각해 보시기를 청합니다.

돌아가신 아버지의 갈문碣文을 경솔히 편지로 청하여 바야흐로 죄송한 마음을 품고 있는데, 천하다고 여기지 않으시고 정성을 다해 문장을 다듬어 우리 아버지의 숨은 뜻을 밝혀 주셨습니다. 이 글을 받은 뒤에 되풀이하여 외워 보고는 지극한 감명의 눈물을 이기지 못했습니다. 한 집안의 자손으로서 이런 글을 다른 사람에게 구하고자 할 적에 정성이 지극하면 성공하지 못할 것이 없기는 하지만, 죽을 때까지 구하지 못하기도 하고, 여러 대가 지나도록 뜻을 이루지 못하는 경우도 많습니다. 그런데 지금 저는 몇 달 편지가 오가는 사이에 소원을 이루었으니, 어찌 이다지도 큰 행복이 있을 수 있습니까? 하지만 글을 살펴보니 제가 감당할 수 없는 대목이 몇 구절 있고 아울러 한 두 가지 다른 청이 있으므로 별지에 털어놓았습니다. 잘 살펴보시고 갖가지 자잘한 저의 소망에 따라 주실 수 있게 되기를 바랍니다.

끝으로 도를 위하고 시대를 위해 아끼고 삼가며 스스로를 더욱 지켜 나가기를 빌며 이만 줄입니다.

융경 3년 기사 9월 그믐, 황은 절합니다.'

소문을 듣건대 저쪽 편 사람들이 그대를 가장 깊이 미워하여 "저

이는 어찌하여 지방으로 내려갈 것을 자청하지 않고 많은 사람들의 노여움을 무릅쓰면서도 조정에 있는가?" 하고 떠들어대기까지 한다고 합니다. 그대 또한 그런 말을 들은 적이 있는지 모르겠습니다. 그런 말을 하는 사람들이 어느 쪽 사람들인지, 기세 좋게 타오르는 쪽인지 사그러 들어가는 쪽인지 모르겠으나, 그것에 대해서는 짐짓 묻지 않겠습니다. 그렇지만 임금께서 그대를 멀리하며 물리칠 뜻이 없는데 그대가 먼저 물러나려 하는 것은 옳지 않은 듯합니다.

제게는 따로 근심이 있습니다. 옛날 송 효종孝宗이 주자朱子를 알아주고 칭찬함은 우연한 것이 아니었으나, 주자가 벼슬에 나아갈 때마다 반드시 물러나기를 구한 것은 바로 그때마다 이간하는 사람이 있었기 때문입니다. 바야흐로 남헌南軒[2]이 효종의 인정을 받아 서로 매우 기뻐하고 의지할 때에도 주자는 오히려 당시의 재상 우윤문虞允文에게 믿을 만한 신실함이 없음을 근심하여, 남헌에게 한결같이 물러나기만을 권했습니다.

지금 사람들이 이미 이 학문의 이름으로 그대를 지목하여 저처럼 제거하고자 하는데, 그대는 도리어 주자와 남헌이 처신한 것과 같이 처신하지 않으니, 끝내 크게 후회하고 수습할 수 없게 되지 않겠습니까? 어떻게 생각하십니까? 호강후胡康候가 말한 "나가고 물러남은 다른 사람이 꾀할 수 있는 것이 아니다." 하는 말에도 의심이 들어 애오라지 어리석은 제 생각을 올립니다.[3]

십도에 관해 주신 편지의 여러 말씀을 보고는 지극하신 뜻에 깊이 감사했습니다. 도형이 비록 크지만 두고 살피는 데 크게 방해받지 않는다는 말씀이 옳습니다. 그러나 끝내 그 넓이가 너무 넓어서 책상에 놓거나 서가에 꽂는 데에는 이따금 불편함이 있을 듯합니다. 그러므로 도형의 크기를 약간 줄이고 글자를 더 빽빽하게 써넣어 넷째 줄과 셋째 줄이 차지한 넓이를 줄이려고 하는데 그러면 알맞을 듯합니다. 하지만 지금 이미 인쇄하여 임금께 올렸다면 어쩔 수 없 겠지요. 삼가 듣건대 밝으신 임금께서 관심을 가지시고 이것을 어전 에서 강의하도록 하신다니, 혹시 조금이라도 도움이 된다면 죽어서 개울에 버려져도 한이 없겠습니다. 다만 이런 때에 그대가 승정원에 계시지 않는 것이 한탄스러울 뿐입니다.

그런데 그 가운데 지금 「대학도大學圖」를 자세히 보니, 썩 좋아 보이지 않는 곳이 한두 군데 있는 것 같아, 별지에 그려 붙여서 올 립니다. 그대의 생각에는 어떻습니까? 저는 반드시 이와 같이 고쳐 야 비로소 흠이 없다고 말하고 싶습니다. 그러나 이미 인쇄해서 올 렸다면 임금께 고치자고 아뢰기는 어려운 형편이니, 당시에 참고하 고 교정하는 일을 소홀히 하여 이런 상황에 이르게 된 것이 참으로 한스럽습니다. 고친 곳을 박화숙朴和叔에게도 보여 주어, 그와 더불 어 교정 일을 의논하면 어떻겠습니까?[4] 退

---

1. 원래의 순서대로 하면, 이 뒤에 【6-2】의 편지가 이어진다.
2. 송대의 성리학자 장식張栻(1132~1180)을 가리킨다. 자字는 경부敬夫이고, 남헌은 그
   의 호이다. 주자와 동시대 인물로 학문적인 교류가 각별했다.
3. 원래의 순서대로 하면, 이 뒤에 【5-13】의 편지가 이어진다.
4. 원래의 순서대로 하면, 이 뒤에 【5-14】의 편지가 이어진다.

상부相府의 노여움을 사고 있습니다

선생님께 답하는 글.

가을이 한창인 철에 편지 한 통을 닦아 올린 뒤, 풍문으로 더러 선생님의 소식을 듣기는 했으나, 늘 선생님의 편지를 받지 못해 근심했습니다. 그런데 18일에 갑자기 선생님의 편지를 받아, 건강히 지내신다는 소식을 알게 됨과 아울러 자세하고 간곡하신 가르침을 담은 회답을 살피고는, 감격하고 위로되는 마음 끝이 없습니다. 저는 외람되이 살펴 주심에 힘입어 근근히 보잘 것 없는 몸을 보존하고 있습니다. 그러나 지난 8월부터 왕실에 일이 많은 까닭에 바빠서 쉬지 못했더니 몸과 마음이 부대껴 하루도 못 버틸 것처럼 매우 어지러웠습니다. 최근에야 비로소 조금 안정되었으므로 문을 닫아걸고 몸조리를 하고 있습니다.

그사이 이곳의 상황이 점점 나빠져 가는 것을 보게 되니 사사로운 근심과 무리한 계책을 그만 둘 수 없었습니다. 그런데 지금 선생님의 가르침을 받으니 보잘 것 없는 저는 더욱 분발하게 됩니다. 또한 별지에서 하신 말씀은 제 마음을 그대로 꿰뚫어보신 것입니다. 다만 큰 뜻을 가지고 가볍게 움직일 수 없기에 우선은 이렇게 열심히 할 뿐입니다. 너그러이 살펴 주시기 바랍니다.

또한 편지에서 말씀하신 여러 조항에 대해서는 때마침 너무 힘들어서 하나하나 답하지 못했습니다. 다음 번 인편을 기다리려고 생각합니다. 갈문도 분부하신 대로 고쳐서 다시 보내드리려고 생각하고 있습니다. 드릴 말씀은 많으나 이만 줄입니다. 아울러 살펴 주시기 바랍니다. 삼가 절하고 답장을 올립니다.

기사 10월 23일, 후학 대승은 절하며 올립니다.

처음에 홍판서는 낭관[1][2]이 자기에게 고분고분하지 않는 것 때문에 노여움이 쌓였고, 김 대사헌[3]을 힘써 끌어들인 다음 함께 그들을 함정에 빠트릴 계책을 세웠습니다. 하지만 마침 공론公論의 공격을 받아 뜻을 이루지 못하자 더욱더 분노하여 은밀히 상부相府[4]에 참소하는 말을 퍼트렸습니다. 참소하는 말이 이르지 않는 곳이 없게 되어, 심지어는 저와 방숙方叔[5]이 공거公擧에 들기를 꾀하는 논의를 한다는 말까지 했으므로, 상부가 매우 노해 그것을 경연 자리에서 임금께 아뢰기로 하고 계획을 이미 정했습니다. 마침 저의 친지 한두 명이 해명하여 구제해 주어서 겨우 그치게 되었습니다. 그 뒤에도 홍판서는 그 말을 거듭했으나, 상부가 허락하지 않았기 때문에 다행히 별일 없었습니다.

그러나 문소전의 논의로 상부의 노여움이 대단한데, 제가 그 주동자로 지목을 받고 있습니다. 그 때문에 상부가 저를 좋아하지 않는 기색이 있자, 어떤 사람은 지방관으로 가는 것이 좋겠다고 하고 어떤 사람은 대사간大司諫의 후보자로 추천되지 말라고 했습니다. 저 또한 그 사이의 사정을 알고 오래 전부터 벼슬자리에서 떠나고자 했으나, 동료들의 만류로 아직까지 결정을 하지 못했습니다. 괴롭고 답답합니다.

영의정[首台]이 일찍이 경연 자리에서 면대面對하는 것은 옳지 않다고 하면서 50년 동안에 전례가 없던 일이라고 했습니다. 방숙이 그때 마침 대사간으로 같이 있다가 "옛날에 옷깃을 붙들고 난간을 부러뜨린 일이[6] 어찌 전례가 있어서 그러했겠습니까?" 하여 더욱 그를 격노하게 했습니다. 어둡고 간사한 세력은 날로 자라나고 바른 길은 날로 흐려져서 우리 임금을 고분고분 별일 없이 하루하루 지내는 지경에 빠뜨려 큰 일을 할 수 없게 합니다. 말을 하자니 마음이 아픕니다만 어찌하겠습니까? 그 죄의 책임을 따져 올라가면 반드시 귀결되는 곳이 있을 터이니, 모르기는 하겠습니다만 뒷날 훌륭한 사관이 있어 그를 깎아 내릴 수 있지 않겠습니까? 한탄스럽습니다. 나머지는 다 말씀드릴 수 없으니 조용히 깨우치시기 바랍니다.

　　문소전의 당가에 관한 일은 성묘成廟의 자리에도 왕후가 두 분이기 때문에 소昭의 한 방에도 탁자 셋을 두는 것입니다. 살펴 주시기 바랍니다. 髙

1. 홍담洪曇(1509~1576)을 가리킨다. 자는 태허太虛요 시호는 정효貞孝이며 본관은 남
   양南陽이다. 당시에 이조판서를 맡고 있었다. 『선조실록』 21, 2년 6월 병자.
2. 부서의 당하관堂下官을 가리킨다.
3. 김개를 가리킨다.
4. 의정부를 가리킨다. 하지만 여기서는 구체적으로 당시 영의정을 맡고 있던 이준경李
   浚慶을 가리킨다. 이준경은 자字가 원길原吉이고, 호는 동고東皐이다. 명종말부터 영
   의정을 맡아온 당대의 중신으로, 선조를 왕위에 올려 보필하고, 기묘·을사년에 화를
   입은 선비들을 풀어준 것으로 유명하다. 하지만 이때 그는 기대승과 뜻이 맞지 않아
   대립하였다.
5. 심의겸沈義謙을 가리킨다. 방숙은 그의 자이다.
6. 옷깃을 붙들고 난간을 부러뜨린 일은 모두 임금의 잘못을 굳이 간했던 사건이다. 중
   국 위魏나라의 신비辛毗는 사가士家 10만 호戶를 하남河南으로 옮기려는 문제文帝
   의 계획에 반대하여 강력히 간쟁했는데, 문제는 아무 대답도 하지 않고 내전으로 들
   어가려 했다. 그러자 신비는 문제의 옷깃을 붙들었다고 한다. (『삼국지三國志』 25, 「위
   지魏志」 신비전辛毗傳) 중국 한漢나라의 주운朱雲은 간하다가 효성제孝成帝의 노여
   움을 사서 전상殿上에서 끌려 내려가게 되었는데, 어전의 난간을 붙잡고 버티며 간
   하다가 난간이 부러졌다고 한다. (『한서漢書』 67, 「주운전朱雲傳」)

찬 기운이 스며드는 것을 피하지 못하고

영공께 절하며 답합니다.[1]

이 달 초에 우리 집 아이가 내려오는 편에 지난달 23일에 주신 편지를 받았습니다. 몸이 약간 편찮아 휴가를 받고 몸조리 중에 있음을 알았습니다. 올 겨울은 추위가 유난스러운데 요사이 지내시기 편안하신지 모르겠습니다. 밤낮으로 우러르는 마음 이길 수 없습니다. 저는 집안 깊이 숨어서 단단히 막았는데도, 찬 기운이 스며드는 것을 피하지 못하고 가래가 끓더니 병이 되었습니다. 의원과 약을 뜻대로 구하기 어려워 고질병이 되어 버릴 듯하니 적지 않게 걱정입니다.

갈명碣銘은 그대의 성의에 힘입어 간절한 소원을 이루었으니 마음속 깊이 새겨진 고마움이 이미 지극합니다. 그런데 다시 돌에 새기기 편리하게 하기 위해 번거롭게 해드렸으니 죄송한 마음 더욱 깊습니다. 주신 답서를 보건대 그것을 탓하지 않으시고 제가 바라는 대로 따라 주겠다고 하시니, 감사한 마음 이루 다 말할 수 없습니다. 내년 봄에 비석을 세우기로 했으니, 삼가 고친 글이 도착할 날만을 기다립니다.

요사이 일어난 일에 대해서는 전혀 듣지 못했으므로, 다만 별지에서 일러 주신 것만을 가지고 말씀드리겠습니다. 비록 밝으신 임금께서 진정시키는 데에 힘입어 잠시 동안은 이렇게 이끌려 날을 보내고 있으나, 끝내 편안할 수 있는 형세는 아닌 듯합니다. 그러니 저는 누추한 생활 가운데서도 여러분들을 위해 근심하지 않을 수 없습니다. 마침 몸이 좋지 않아 하나하나 다 말씀드리지 못하니 너그러이 헤아려주기 바랍니다. 삼가 절하고 답합니다.

기사 11월 16일, 황은 머리를 숙입니다. 退

---

1. 이 편지는 『퇴계집』에 보이지 않는다.

봄이 오면 벼슬을 버리고

선생님께 답해 올리는 글.

봉화奉化가 돌아갈 때 마침 병이 약간 있었기 때문에, 뒤쫓아가서 배웅하며 저의 간절한 정성을 전하지 못했습니다. 다만 편지 한 장만을 닦아 보낸 뒤, 선생님께서 어찌 지내시는지 생각할 때마다 그리로 향하는 마음을 멈출 수 없었습니다. 지금 선생님의 편지를 받아 건강이 좋지 않으시다는 것을 알게 되니, 위로되는 마음과 염려되는 마음이 함께 일어, 그리운 정이 더욱 지극합니다. 앞으로 간호에 차도가 있어 점차 건강해지시기를 간절히 빕니다.

저는 외람되이 선생님의 두터운 돌보심에 힘입어 겨우 용렬한 몸을 지키고 있습니다. 다만 올해는 유난히 추운 데다가 또 공무로 말미암아 마비 증세가 생겼으므로, 억지로 대열을 따르고는 있지만 거의 견디지 못할 듯합니다. 몸져눕는 데에는 이르지 않았으나, 마치 흙이나 나무로 만든 인형처럼 정신이 전혀 없어, 모든 일을 모두 버려 두고 돌보지 못하니 한탄스럽고 근심스럽습니다. 지난번에 가르치신 것에 대해서도 한두 군데 다시 여쭈어야 할 것이 있지만, 허둥대기만 할 뿐 글을 닦아 전할 겨를이 없으니 참으로 죄스럽고 한스럽습니다. 갈명碣銘도 아직 손대지 못했습니다. 조금 조용해지기를 기다려 적절하게 고쳐서 올릴 생각을 하고 있습니다.

또한 요사이 일어나는 일 가운데 걱정스런 것들이 이루 말할 수 없을 정도이라, 밤늦도록 생각해 보지만 두려움만 더할 뿐입니다. 봄이 오면 정말로 벼슬을 버리고 성묘하러 떠나고 싶습니다. 생각이 간절하지 않은 것이 아니나 또한 뜻밖의 일로 꺾일까 걱정이니, 어떻게 해서 끝끝내 빠져 나올 수 있을지 모르겠습니다. 한없이 많은 일들을 편지로는 다 말씀드릴 수 없으니 살피시기 바랍니다. 삼가 절하고 답장을 올립니다.

기사 12월 6일, 후학 대승은 절하며 올립니다.

조보朝報 아홉 장을 동봉하여 올리오니 살펴 주시기 바랍니다. 송지사宋知事가 남쪽으로 돌아갈 때 제가 그를 강가까지 가서 배웅했는데, 지사가 선생님이 돌아가실 때의 일을 말하고서 이어 지난날에 지은 시 한 마디를 내어놓았습니다. 제가 지사에게 손수 써서 선생님께 부쳐드리기를 청했더니 그가 자은 종이에 그 시를 썼습니다. 지금 삼가 보내드리오니 감상해 보시기 바랍니다.

박일초朴一初[2]가 심의深衣[3]를 사기 위해 서울에 와서 저의 집에 머물고 있습니다. 그러나 꿰매느냐 꿰매지 않느냐에 대해서 선생님의 지시를 받지 못했기 때문에 아직 이곳에 머물러 있습니다. 편지로 일러 주시는 것이 어떻겠습니까? 얼린 물고기와 산 꿩 한 마리씩을 자루에 넣어 보냅니다. 웃으며 받아 주시기 바랍니다. 高

---

1. 퇴계의 아들이다.
2. 박근원朴謹元(1525~1585)을 가리킨다. 호는 망일재望日齋요, 일초는 그의 자이다.
3. 옷 가장자리에 검은 비단으로 선을 두른, 유학자들의 법의이다. 주자가 『가례』에서 유학자의 법의로 추천했기 때문에, 주자학의 전개와 더불어 우리 나라에서도 유행했다. 당시의 유학자들이 일상적으로 입는 옷이었다. 『주자가례』 1, 「통례通禮」.

1570
마지막 해의 편지

세상에 드러나는가의 여부

퇴계 선생님께 올립니다.

삼가 여쭙습니다. 건강은 어떠하신지요? 엎드려 생각하건대 새해를 맞이하여 만복이 깃드실 것이라 우러러 하례드립니다. 저는 외람되이 선생님의 두터운 돌보심에 큰 걱정 없이 지내고 있습니다. 다만 새해가 되기 전부터 감기로 인해 사직하고 한가로이 지내다 보니, 원망과 걱정을 불러일으킨 것이 다 말하기 어려울 정도입니다. 그래서 벼슬을 버리고 남쪽으로 돌아가려고 계획하고 있습니다. 아마 다음달 초순을 넘기지 않을 것입니다. 호남과 영남은 산천이 막히고 길이 멀어 소식을 자주 주고받기는 분명히 어려울 것입니다. 참으로 슬프고 한탄스럽습니다. 비문은 고쳐서 올리니 살펴보시고 판단해 주십시오. 한없이 많은 일들을 편지로 다 말씀드릴 수 없습니다. 올해 나이는 한 살 더 먹는데도 학업은 더 나아진 것이 없으니 한갓 개탄만이 더해질 뿐입니다. 어찌하겠습니까? 아울러 살펴주십시오. 삼가 절하며 글을 올립니다.

경오 정월 16일, 후학 대승은 절하며 올립니다.[1]

수상首相[2]이 얼마 전 경연 자리에서 선비들 습속의 폐단을 아뢰기를, 선비들이 자신의 수양은 게을리 하면서 정치적인 일들만 논의하는 것은 부당하다 했습니다. 이어 성균관의 관원들이 학생들을 천대하여 식사 준비를 소홀히하는 잘못을 범했다면서, "유생들에게 패자牌子[3]를 내고, 몸소 식당을 점검하지 않았다."라고 지적했습니다. 그러므로 승정원에서 임금께 아뢰고 명령을 받아 지관사知館事[4] 이하를 불러 말했는데, 저는 그때 마침 병으로 휴가 중이었기 때문에 패초牌招[5]를 받는 데 끼지 않았고, 그 뒤 곧 벼슬이 갈렸습니다. 바깥에서 논의하기로는 다들 그렇게 한 뜻이 저를 배척하는 데 있다고들 합니다.[6] 제가 식당에 들어가지 않은 것은 사실이지만 패자를 낸 적은 없었습니다. 사람이 세상에 드러나는가 못하는가는 운명에 달린 것이니, 그가 운명을 어찌겠습니까? 가소롭습니다.

화숙和叔도 그에게 미움을 깊이 받고 있습니다. 얼마 전 중국에 사신을 보내는 일의 부당함에 대해 의견을 모을 때, 말 가운데 그런 기색이 크게 드러났습니다. 화숙은 스스로 편치 않게 여겨 이조판서[銓長]에서 사직하고 물러났습니다. 요즈음의 상황이 이와 같으니, 끝내 어디까지 가서야 그칠지 알 수 없습니다. 매우 두렵고 근심스러울 뿐입니다. 살펴 주시기 바랍니다. 高

---

1. 원래의 순서대로 하면, 이 뒤에 【6-3】의 편지가 이어진다.
2. 당시의 영의정이었던 이준경李浚慶(1499~1572)을 가리킨다.
3. 패지牌旨라고도 한다. 윗사람이 아랫사람에게 권한을 위임하는 문서이다.
4. 지성균관사知成均館事를 가리킨다. 성균관을 관장하는 정2품 벼슬로, 성균관지사라고도 하며, 으레 홍문관 대제학을 겸임한다.
5. 승지가 왕명을 받들어 신하를 부를 때 쓰는 패이다. 명命 자가 쓰인 붉은 바탕에, 부름 받은 신하의 이름을 써서 전달한다
6. 당시 고봉의 관직은 성균관 대사성大司成이었다.

300

글은 더욱 맛나고, 가난은 더욱 즐거우니

영공께 드리는 글.

일찍이 저보邸報를 보고서 고비皐比를 걷었다는 사실[1]을 알았습니다. 이어서 손자 아이와 김이정金而精의 편지를 받아 보니, 모두 그대가 지내는 형편이 새해를 맞아 더욱 복받은 모습이라고 말하므로 기뻐 축하하는 마음 끝이 없습니다. 그들은 또한 그대가 아버지의 갈문을 이 달 보름께 끝마치기로 했으니 받아다가 보낼 예정이라고 했습니다. 오래지 않아 애쓰신 글을 받아 볼 수 있을 것 같으니, 감명되는 마음 지극하여 빌돋옴하고 목마르게 기다립니다.

편지 속에서 말하기를, 그믐께 남쪽으로 돌아가기로 이미 정했다고 했는데, 참으로 이와 같이 하기만 한다면 장주莊周가 이른바 "고기에 대한 계책을 얻었다.[於魚得計]"[2] 하는 것이니, 좋은 일이요 힘써야 할 일입니다. 하지만 제가 이런 말을 하는 것은 그대에게 갑자기 떠오른 생각을 말하는 것이 아닙니다. 예로부터 이와 같은 상황에서, 이미 현임 정승이 가장 미워하는 대상이 되어 심지어 임금 앞에서까지 드러내 놓고 공격하는데, 머뭇거리며 떠나지 않는 경우가 있었습니까? 지난번 편지에서는 벗들이 가지 못하게 잡아끈다고 했는데, 이 말은 참으로 허술합니다. 붕래지복朋來之復[3]을 어찌 형편이 이런 때에 바랄 수 있겠습니까? 구석진 곳에 살아서 요즘 일어나는 일

들의 줄거리를 듣지 못했으나, 요즘 들어 더욱 심해지는 것은 복의
濮議⁴로 말미암아 그렇게 되는 듯합니다. 그러나 이런 부류의 일은
예로부터 매번 이런 결말에 이르렀으니, 또한 깊이 괴이하게 여기고
한스럽게 여길 것이 있겠습니까? 오직 떠날 뿐입니다.

　저는 지난해 돌아온 뒤, 겨우 한 차례 사직을 청했으나 허락받지
못했습니다. 그 뒤로는 사직을 청하여 번거롭게 하는 것을 크게 두
려워해 몸을 낮추고 입을 다물고 금년까지 끌어왔습니다. 이제 마침
관직에서 물러 나온 기한이 다했으니, 전箋을 올려 사직을 청하면
허락받지 못할 이치가 없습니다. 만일 허락받지 못하면 계속 글을
올려 뜻을 이루기를 기약할 것입니다. 명분이 바르고 말이 이치에
맞으니 번거롭게 한다는 거리낌은 제가 헤아릴 부분이 아닙니다. 이
소원을 이루게 되면 산은 더욱 깊어지고 물은 더욱 멀어지며, 글은
더욱 맛나고 가난은 더욱 즐거울 수 있을 것이라고 되뇌어 봅니다.

　그러나 그대와는 더욱 멀어지게 되니 소식을 자주 주고받기는 어
렵겠습니다. 옛날 어진 이가 "의심나는 것은 누가 가르쳐 주며, 허물
은 누가 경계해 줄꼬?" 말했다던데, 오늘 그런 일을 만나니 유달리
한탄스럽습니다. 하지만 서로가 각각 날마다 학문하는 일에 종사한
다면, 자리를 함께 하고 책상을 맞대고 있는 것과 다름이 없습니다.
화복에 대한 걱정은, 파란 하늘이 위에서 보고 있으니 어찌 미리부
터 허둥대거나 서두를 수 있겠습니까? 원컨대 밝은 덕 높이는 노력
을 머리가 하얗게 셀 때까지 하기로 약속합시다. 삼가 편지를 올려
이별을 대신합니다.

　융경 경오庚午 맹춘孟春 24일, 황은 머리를 숙입니다.

이 편지는 서울에 보내어 최덕수崔德秀[5]로 하여금 전해 올리게 했습니다. 만약 그대가 이미 남쪽으로 떠났다 하더라도 그렇게 밖에 하지 못하니 그로 하여금 전해 보내도록 하겠습니다. 다만 그대의 하인 가운데 편지를 전할 수 있는 사람이 서울에 남아 있는지 모르겠습니다. 알려주시면 다행이겠습니다.

12월 6일의 편지에 대해 아직 답장을 쓰지 못했고, 그 전에 보내주신 무극無極 등에 대한 논의에 대해서도 아직 회답을 드리지 못했으니 너무나 게으릅니다. 마음을 오로지 명문銘文을 받는 데에만 쏟아 다른 한가한 이야기는 하고 싶지 않았기 때문입니다. 얼린 물고기와 살찐 꿩은 잘 받았습니다. 고맙고도 부끄럽습니다. 退

---

1. 스승의 자리에서 물러난다는 뜻이다. 고비는 호랑이 가죽인데, 옛날에는 스승이 학문을 강론할 때 모두 호랑이 가죽을 깔고 앉았으므로 교사의 뜻으로 쓰였다. 여기서는 고봉이 성균관 대사성의 직분에서 물러났음을 가리킨다.
2. 『장자』 「서무귀徐無鬼」.
3. 주역 복괘의 말로, 양陽이 하나 회복되기는 했으나, 그 형세가 지극히 미약하여 여러 음陰을 이길 수 없으므로 여러 양이 회복된 뒤에야 사물을 살리는 공을 이룰 수 있듯이 군자가 소인을 이기려면 반드시 많은 군자가 모이기를 기다린 뒤에야 가능하다는 뜻이 들어 있다. 『주역』 「복復」.
4. 중국 송宋의 영종英宗이 복안濮安 의왕懿王의 아들로 인종仁宗의 뒤를 이어 즉위한 뒤에 아버지인 복왕을 높여 황고皇考로 정하자 이로 인해 조정의 논의가 분분했던 일을 가리킨다. 여기서는 선조의 아버지인 덕흥군을 추봉한 일을 말한다.
5. 퇴계의 조카사위.

술을 굳게 다스리지 못하면

영공께 답하는 글.

제가 며칠 전에 편지 한 통을 써서 우리 고장 선비로 과거 보러 가는 사람에게 주면서 그대에게 전할 수 있도록 최덕수崔德秀에게 맡겨 달라고 했습니다. 그 편지가 가고 있는 중에, 참판 류태호柳太浩가 오면서 가지고 온 그대의 편지를 받아 보았습니다.

또한 너무 많던 글자 수를 줄여서 보내 주신 갈문도 받았습니다. 저의 바람을 헤아려 주시고 4백 자 남짓 줄여 주셨으니 다 새겨 넣지 못할까 하던 걱정을 면할 수 있게 되었습니다. 가슴 깊이 새겨진 고마운 마음은 말로써 다 할 수 없을 정도입니다. 지난번 제가 편지로 청했던 것도 역시 이와 같은 것에 지나지 않았습니다. 너무 줄여 사실이 묻혀 버리는 것을 제가 어찌 바라겠습니까? 호칭에 대해서는 삼가 주신 뜻을 잘 알겠습니다. 그러나 아직도 더러 맞지 않게 외람되이 쓴 글자가 있을까 두려우니 천천히 다시 헤아려 주십시오. 저를 칭찬하시면서 썼던 네 글자를 줄인 것은 참으로 다행입니다. 그 밖에도 아직 지나친 말이 있는데, 없애 주시지 않으니 돌아가신 어른에 대해 제가 두렵고 불안한 마음 실로 깊습니다. 어찌하면 좋겠습니까?

그대가 시골로 내려가실 뜻을 이미 굳혔다고 전해 들었지만 오히려 분명하지 않았습니다. 하지만 지금 편지에서 말씀하신 것을 보니, 비로소 소매를 떨치며 돌아가실 모습이 머지 않아 다가온다는 것을 알겠습니다. 정말로 좋고 참으로 마땅합니다. 호남과 영남이 막히고 멀어 소식을 전하기 어려운 것이 한탄스럽습니다만, 소식을 서울로 보내 여기저기 부탁한다면 오히려 서로 통할 방도를 찾을 수 있을 것입니다.

세상에 드러나고 못하고는 운명에 달린 것입니다. 저들이 우리에게 저렇게 하는 것도 다 운명일 뿐입니다. 다만 이런 일에 부딪히게 되면 또한 스스로를 되돌아보고 하나하나 뼈아픈 반성을 더하지 않을 수 없습니다. 요즈음 사람들이 모두 그대가 세상을 업신여기고 다른 사람들을 낮추어 본다고 하며, 말을 삼가는 데 모자라고 몸을 단속하는 데 소홀하다고 말합니다. 정말로 그렇다면 힘써 고쳐야 마땅할 것입니다. 그렇지 않나 해도 다시 한 번 분발하는 것이 옳겠습니다. 또 듣건대 요즈음 다시 술을 굳게 다스리지 못해 오래지 않아 큰 병이 나겠다고 하니, 그대가 무슨 까닭으로 이런 평판을 얻게 되었는지 모르겠습니다.

간절히 바라건대 지금부터 온갖 잡다한 일들을 끊어 버리십시오. 문을 닫고 마당을 쓸고 나서 옛 학업을 익히고 다스리십시오. 생각은 매우 깊게 하고 몸가짐은 애써 바로 잡으십시오. "말은 충실하고 믿음 있게 하고 행동은 돈독하고 공경스럽게 해야 하니, 서있을 때는 바로 앞에 같이 있는 듯, 수레를 탈 때는 채 끝 횡목에 기대고 있는 듯, 그런 행실을 몸에서 떼지 말아야 한다." 이런 말씀은 무릇 성현의 지극한 가르침입니다. 그런 말들을 모두 빈말로 보지 말고, 반드시 내 몸에서 그러한 행실이 친히 보이게 하여 실제로 그것을 경험하겠다고 기약하십시오. 그리하여 자신에게 돌아올 무거운 책임을 저버리지 않고자 하십시오.

세상 사람들은 제가 사람을 알아보지 못하고서 잘못 천거했다고 다투어 말합니다. 하지만 저는 아직 잘못 천거했다[2]는 뉘우침이 없다고 대답합니다. 그것은 제가 그대에게 바라는 것이 사람마다 다 같이 알 수 있는 그런 것이 아니기 때문입니다. 그런데 만약 그대가 평생 뛰어난 재주를 마구 써 버리고 방탕한 습관에 묶이며, 술 때문에 괴로움을 당하고 놀이와 방종에 빠져서, 마침내 성현의 세계와 수만리 멀리 떨어지게 된다면, 이는 곧 세상 사람들의 공격이 진실로 사람을 제대로 안 것이 됩니다. 그렇게 되면 제가 비록 잘못 천거한 것을 후회하지 않으려 한다 해도 그럴 수 있겠습니까?

공자께서 중궁仲弓에게 공경과 용서의 보람에 대해 말씀하시기를, "나라에도 원망이 없고 집에서도 원망이 없다." 하셨습니다.[3] 주자는 왕단명汪端明이 휴가를 얻은 것을 기뻐하시면서, 학문을 하고 마음을 바르게 하는 데 더욱 힘쓰라고 권하셨습니다. 바라건대 그대도 깊이 생각하고 힘써 자신을 돌이킨다면 더할 나위 없는 다행이겠습니다. 끝으로 부디 자신의 몸을 지키고 아끼시기 바랍니다. 이만 줄입니다. 삼가 절하며 감사드립니다.

융경 4년 1월 그믐, 황은 머리를 숙입니다.

이정而精이 궁하탕芎夏湯을 보내 왔습니다. 그대와 함께 약재를 구했다고 들었습니다. 고맙습니다.

오늘 박화숙朴和叔이 이조판서[銓長] 자리를 사직했다는 것을 들었습니다. 그 자신에게는 매우 다행입니다만 이것으로도 세상일을 알 수 있을 것 같습니다. 그런데 대제학[文衡]의 자리는 어떻게 했는지 모르겠습니다. 화숙이 말한 대로라면 모름지기 아울러 함께 사직해야 바야흐로 진정한 본보기가 될 터인데, 그가 정말 그렇게 할 수 있겠습니까? 조정에서 이런 사람들을 다 내어쫓다니, 아쉽고도 가슴 아픈 일입니다. 退

1. 『논어』, 「위령공」, 6장.
2. 퇴계는 서울에서 고향으로 내려오기 직전 임금을 만난 자리에서 고봉을 천거했다.
   『선조실록』 3, 2년 3월 4일 무신.
3. "중궁이 어짊에 대해 묻자 선생님께서 말했다. '문을 나섰을 때는 큰 손님을 뵌 듯이
   하고, 백성에게 일을 시킬 때에는 큰 제사를 받들 듯이 하고, 자신이 하고자 하지 않
   는 것을 남에게 베풀지 않아야 한다. 이렇게 하면 나라에도 원망이 없고 집안에도 원
   망이 없을 것이다.'" 『논어』, 「안연」, 2장.

마음의 중심이 불안하여 생긴 허물

선생님께 올리는 글.

삼가 엎드려 여쭙습니다. 봄이 오는 길목에서 지내시기는 어떠하십니까? 그리는 마음 지극합니다. 지난번 류참판柳參判에게 편지 한 장과 아울러 갈문碣文도 전해 달라고 부탁했습니다. 받아 보셨는지 모르겠습니다. 선생님께 향하는 마음 더욱 깊습니다.

저는 지난달 그믐께 성은을 입어 관직에서 풀려났습니다. 이 달 4일에 도성 밖 강가로 나와 하루를 묵고 지금은 직산稷山에 이르렀습니다. 서울을 나설 적에 벗들이 알고서는 많이들 뒤따라와 배웅해 주었습니다. 마음 한 가닥이 아득하여 괴로울 정도로 술을 많이 마시고, 길을 가면서 계속 신음하며 앓다가 어렵사리 안정이 될 수 있었습니다. 하지만 위로 임금께 사직하게 되니 개와 말이 주인을 그리워하는 정성이 없을 수 없고, 아래로 친구들과 가는 길이 어긋나게 되니 헤어진다는 생각에 아쉬워하지 않을 수 없습니다. 며칠 동안 속마음이 아주 언짢아 견딜 수 없을 지경이었습니다. 마음의 중심이 불안하여 이런 허물이 생겼습니다. 어쩌겠습니까?

죄송한 말씀을 드리겠습니다. 작은 공책 하나를 올리오니, 선생님께서 한가하실 때 중용의 큰 글자를 베껴 돌려주실 수 없겠습니까? 평생 동안 두고 보고자 합니다. 간절히 비는 마음 참으로 지극하니 보시고 받아들여 주시기 바랍니다. 영남과 호남 사이가 멀고 험해 소식을 잇기가 어려우나, 선생님의 풍성한 덕이 더욱더 저에게 이어지기를 바랍니다. 그렇게 된다면 참으로 다행이겠습니다. 말로써는 저의 심정을 다하지 못하니 종이를 앞에 놓고 슬퍼합니다. 아울러 살펴 주시기 바랍니다. 삼가 절하며 글을 올립니다.

경오 2월 6일 밤, 후학 대승은 절하며 올립니다.

짧은 시 삼장을 별지에 적었습니다. 살펴 주시기 바랍니다. 촛불 아래서 글을 짓다 보니 어지러이 차례를 잃었습니다. 꾸짖어 주십시오. 高

공경과 방자함을 같이 행하는 도가 어디 있습니까

명언에게 절하며 답합니다.

1월 26일에 참판 류태호가 와서 그대의 편지와 아울러 새로 고친 아버지의 갈명을 전해 주었습니다. 남쪽으로 떠날 날을 앞두고서도, 번거로운 일을 떨쳐버리고 갈명을 가다듬어 고쳐 주어 저의 바람을 채워 주시니, 감격한 마음에 드릴 말씀이 없습니다.

얼마 있다가 김이정金而精이 사람을 보내왔는데, 그가 보낸 편지에서 그대가 이미 남쪽으로 떠났다고 했고, 또한 배웅하는 날 함께 기성정箕城亭에서 하룻밤을 묵었다는 것을 자세히 말했습니다. 아울러 류流자 운에 화답한 것 등 두 마리의 절구를 부쳐왔습니다. 그 시를 읊으며 생각에 잠기니, 이별의 슬픈 마음이 지난해 동호東湖에서 이별할 때보다 갑절이나 더했습니다.

이미 편지 한 통을 이정에게 보내며 호남까지 전달하도록 일렀는데, 어제 이청지李淸之 공의 아들 함형咸亨이 편지를 가지고 왔더군요. 그래서 김이정金而精에게 맡긴 그대의 편지를 받아 보았습니다. 그것은 직산稷山에 도착하던 날에 보낸 것이었습니다. 그 뒤 고향으로 돌아가서 즐거움이 어떠한지 모르겠습니다. 옛사람의 마음으로 그것을 헤아려 보노라면 즐거움이 다시 어떠하십니까?

주신 글에서 하신 말씀을 곰곰이 살펴보았습니다. 마음에 걸리는 일을 품어 안지 못하고 술기운에 쏟아내고 낯빛에 드러내는 데 이르렀다고 하시는 것 같은데 어찌된 것입니까? 옛사람들이라고 해서 어찌 모두 위로 임금께 사직하고 아래로 벗을 떠나는 한탄이 없었겠습니까? 그러나 아울러 어그러지지 않는 즐거움을 행하셨으니 참으로 그 분들은 넓고도 크신 마음으로 담담히 넘기셨습니다. 만약 그대가 지금처럼 한다면 고향에 돌아간 뒤에도 초라한 거처를 편히 여기기 어려울 것이고 소박한 음식을 달게 여길 수 없을 테니, 쓸쓸한 마음에 답답할 것이요 허전한 마음에 방탕해 질 것입니다. 그러면 학업은 나아가지 못하고 허물만 쌓일 것이니, 여태까지 그대를 내치려 한 사람들이 크게 비웃고 떠드는 것처럼 되지 말라는 법이 있습니까? 제가 "도道에 뜻을 두어 굳게 서라." 말씀드린 까닭은 과연 어디 있습니까? 바라건대 우리 명언은 그것을 재삼 되풀이하여 깊이 생각하십시오.

저는 2월에 전箋을 올려 나이가 많아 벼슬을 그만둘 것을 빌었습니다만 오히려 부르신다는 명령이 내렸습니다. 황공하게도 급히 달려가기 어려워 도로 글을 갖추어 부르심을 사양했습니다. 요즈음 다시 사직하는 글을 올리고, 바야흐로 조심하고 두려워하면서 명령을 기다리고 있을 뿐입니다. 최근의 상황을 전해 들으니 별일 없으리라고 보장하기 어려울 것 같습니다. 이런 때에 이런 행동을 하는 것이 적절하지 않음은 잘 알고 있습니다. 그러나 평생 죄와 허물이 쌓인 이 몸이 이번 기회를 타고 벼슬자리에서 벗어날 것을 꾀하지 않는다면 끝내 벗어날 때가 없습니다. 그러므로 만사를 제쳐놓고, 다만 저의 바람을 이루기만을 기약하는 것입니다.

한편, 갈석碣石의 손질이 끝날 무렵 명문이 때마침 이르니, 기쁘고 다행스런 마음 비할 데 없었습니다. 그러나 뜻밖에 돌을 가는 일이 거의 끝날 무렵에 돌 속의 삭은 곳이 드러났습니다. 다시 갈아서 없 애려 할수록 삭은 곳이 더욱 드러나니, 글씨 새기는 일을 멈추지 않 을 수 없었습니다. 가을이나 겨울을 기다려 다른 돌을 구해 쓸 생각 입니다. 큰 일을 맞았는데 이처럼 하늘이 도와주지 않으니 아쉬운 마음을 이루 말할 수 없습니다.

명문 가운데 저를 지나치게 칭찬한 곳을 비록 약간 고쳐 주시기 는 했으나, 아직도 다른 사람에게 보이기 어렵습니다. 하지만 번번 이 고쳐 달라고 청하기도 어려우니 매우 걱정스럽습니다. 처음에는 눈이 비록 어둡다 해도 제가 직접 글을 쓰려고 했습니다. 하지만 남 에게 보이기 어려운 글을 스스로 써서 새겨 남에게 보인다면, 사람 들의 비웃음을 더 부르게 될 것이 분명합니다. 다른 사람을 사서 글 을 쓰게 하고 싶지만 살 만한 사람도 없으니 더욱 걱정스럽습니다.

별지에서 말씀드린 것은 글 가운데 중요한 부분을 고쳐 달라는 식의 부탁은 아니니, 밝게 헤아리셔서 고칠 수 있을지 답해 주시기 를 바랍니다. 편지는 서울로 보내어 최덕수崔德秀나 김이정金而精에 게 맡긴다면, 잃어버리지는 않을 것입니다. 이함형李咸亨의 처가가 순천順天에 있어서, 이 글을 그 집 종이 돌아가는 편에 부쳐, 함형咸 亨으로 하여금 그대에게 전해 올리게 했습니다. 그런데 답서는 서울 로 보내 주시기를 바라는 까닭은, 만약 답서를 함형咸亨에게 부탁한 다면 이 사람의 성품이 고집스럽고 남을 위하는 데 지나친 구석이 있어 혹시 이 일 때문에 먼길을 올까 걱정스럽기 때문입니다.

품고 있는 생각이 여러 갈래여서 맑은 마음으로 제 뜻을 다 말씀 드릴 수가 없습니다. 오직 이처럼 한가한 틈을 타서 마음을 가라앉혀, 큰 일만을 깊이 생각하고 밝은 덕을 높이는 데 힘을 쏟아, 시대의 바람에 부응하시고 영원히 집안을 드날리는 계책으로 삼기만을 바랍니다. 예로부터 이치와 욕망이 함께 쓰이고 공경[敬]과 방자함[肆]을 같이 행하는 도가 어디 있었습니까? 안은 정자와 주자 같은 마음인데 밖은 혜강嵇康과 완적阮籍² 같이 행동하는 군자가 어디에 있습니까? 삼가 절하고 답장 올립니다.

융경 경오 3월 21일. 황은 머리를 숙입니다.³

『중용』을 베껴 달라고 보내신 공책이 도착했고, 부탁하신 내용도 잘 알았습니다. 그러나 눈이 어둡고 몸이 피곤한 데다 손목에 힘이 없기 때문에 잔글씨를 쓰기는 더욱 어려우니, 이와 같은 요구에 점점 응할 수 없게 되어 갑니다. 끝내 부탁하신 것을 저버리게 될까 두렵습니다.

김계진金季珍⁴을 때때로 만나 보십니까? 옛날 함께 어울릴 때에는 정이 깊었습니다. 지금 그에게 편지 한 통을 썼는데, 만약 함형咸亨이 사람을 시켜 스스로 그에게 전했다면 그만이겠습니다만, 만약 그대에게 갔다면 번거롭더라도 전해 주십시오. 退

---

1. 이식李拭(1500~1587)을 가리킨다. 호는 손암損菴·외암畏菴이고 청지는 그의 자이다.
2. 혜강嵇康은 중국 진晉나라 사람으로 자는 숙야叔夜이다. 죽림칠현竹林七賢의 한 사람으로 노장학老莊學을 좋아해 「양생편」을 지었다. 완적阮籍 또한 죽림칠현에 속한 한 사람으로 삼국시대 위魏나라 출신이다. 술을 좋아하고 거문고를 잘 탔다.
3. 원래의 순서대로 하면, 이 뒤에 【6-4】의 편지가 이어진다.
4. 김언거金彦琚를 가리킨다. 호는 칠계漆溪·풍영정風詠亭이요, 계진은 그의 자이다.

호남과 영남으로 더욱 멀어지니

선생님께 답해 올리는 글.

삼가 엎드려 여쭙습니다. 지내시기는 어떠하십니까? 그리는 마음 그지없습니다. 저는 선생님께서 베풀어주신 두터운 은혜를 입은 덕분에 고향으로 돌아와 겨우 재앙을 면했습니다. 며칠 전 서울 집에서 전해 주어서 1월 24일에 선생님께서 쓰신 편지를 받았습니다. 편지의 말씀을 천천히 되새겨 보니 감사한 마음 말로 다하기 어렵습니다. 지난번에 내려오는 길 위에서 편지 한 통을 써 올렸는데, 받아보셨는지 모르겠습니다.

저는 다행히 이번에 몸을 빼는 바람에 옛날에 들었던 것들을 익힐 수 있게 될 것 같으니, 제게는 크나큰 위안입니다. 다만 호남과 영남으로 더욱 멀어지니 소식을 자주 오가게 하기가 또한 어렵습니다. 어찌하면 좋겠습니까? 힘써 밝은 덕을 높이라 하신 경계의 말씀을 감히 따르지 않을 수 있겠습니까? 살펴 주시기 바랍니다.

아내와 아이들은 다음달 사이에 내려오게 할까 합니다만, 소식을 전하라고 맡길 데가 또 하나 없어지게 되겠습니다. 만약 최덕수와 김이정 두 별좌別坐가 있는 곳에 소식을 보내시면 반드시 오고가는 사람 편에 저에게 전달될 수 있을 것입니다. 이런 생각도 아울러 헤아려 주십시오. 드릴 말씀은 많습니다만 다하지 못했습니다. 삼가 절하며 답을 올립니다.

경오 3월 11일, 후학 대승은 절하며 올립니다. 高

주신 말씀 제 병에 맞는 약 아닌 것 없으니

선생님께 답해 올리는 글.

삼가 엎드려 여쭙습니다. 여름에 들어서는 이 때에 지내시기는 어떠하신지요? 그리는 마음이 평소보다 갑절이나 더합니다. 저는 다행히 선생님의 두터우신 은혜를 입어 겨우 병을 면하고 시골에 숨어서 별일 없이 나날을 보내고 있습니다. 남쪽으로 돌아온 뒤부터 멀리서나마 선생님 생각을 한시라도 잊은 적이 없습니다. 그러니 일찍이 주신 편지에 위로받고 감사한 마음 말로 다하기 어려웠습니다. 이미 감사하다는 답장을 써서 서울 가는 사람에게 맡기고 전달되기만 바라고 있습니다만, 받으셨는지 모르겠습니다.

3월 16일[既望]에는 선생님께서 1월 그믐에 보내신 편지를 이어서 받았습니다. 주신 가르침을 갖추어 받자오니 기쁨과 두려움이 함께 지극하여, 참으로 마음속 깊이 새겼습니다. 이 달 초순에 이함형李咸亨 편에 보내 주신 편지가 또 도착했습니다. 수양에 힘쓸 것을 꾸짖어 주신 내용을 거듭 자세히 살피니 더욱 감사하고 두려웠습니다. 앞뒤로 깨우쳐 주신 말씀은 제 병에 맞는 약이 아닌 것이 없으니, 제가 어찌 감히 깊이 생각하고 힘써 실천하여, 참으로 병을 없애고 효과를 얻도록 노력하지 않을 수 있겠습니까? 만약 이처럼 한가로운 때에 위로는 선생님의 밝은 훈계를 따르고 아래로는 학업을 다스려 나간다면, 마침내 학문을 버리지 않아도 되리라는 희망을 가질 수 있을 테니 얼마나 다행입니까? 엎드려 바라건대 선생님께서는 더욱 저를 이끌어 주시고 끝내 큰 은혜를 베풀어주시기를 천만번 간절히 빕니다.

다만 그런 가운데서도 어리석은 제 마음을 드러내 보이고 싶은 것이 있습니다. 마치 스스로 변명하는 것 같아 조심스럽습니다만, 끝내 묵묵히 있을 수만은 없어 감히 한두 마디 말씀드리고자 합니다. 너그러이 살펴 주시기 바랍니다.

제가 세상을 업신여기고 다른 사람을 낮추어 본다고 하는 말을 들으셨는데, 저는 그런 마음이 없다고 스스로 믿습니다. 그러나 의논하는 때에 기운을 가라앉히지 못해 남들의 험담을 불러 일으켰으니, 참으로 아프게 스스로를 채찍질하여 치우친 성품을 바로잡는 것이 마땅합니다. 말을 삼가는 데 모자라고 몸을 단속하는 데 소홀한 병이 있다는 지적에 대해서는, 평소에 스스로 알고 있던 것이라 늘 경계하고 반성했음에도 그런 말을 피할 수 없었습니다. 아마도 그것은 뿌리가 깊고 두텁지 못한 까닭에, 일이 있을 때마다 드러나 이런 지경에 이르게 되는 것 같습니다. 비록 뿌리가 얕지만 그 위에 노력을 더한다면 아마 조금은 나아질 것입니다.

술에 대해서 말씀하셨는데, 근래에 병이 잦았기 때문에 끊었습니다. 그리고 그렇게 하는 것이 몸을 기르고 덕德을 기르는 데 모두 도움이 된다는 것을 깨달았습니다. 지금부터는 정말로 굳게 절제하여 술에 빠지지 않으려고 합니다만, 과연 그럴 수 있을지는 모르겠습니다.

남들이 저를 잘못 천거했다고 한다는 말씀을 하셨는데, 저도 또한 처음부터 그렇다고 생각했습니다. 그러니 남들의 헐뜯음과 비웃음을 어찌 면할 수 있겠습니까? 그러나 제가 그렇게 자처하는 것은 다만 분수에 맞게 힘을 써서 만분의 일이나마 그것을 면해 보려 함입니다. 만약 자신의 능력을 넓게 보아 큰 일을 이루려고 곧바로 높은 자리를 받아서 맡고자 한다면 '큰 밭[甫田]'에서 헐뜯은 것¹과 같은 잘못이 생길 것입니다. 어떻게 생각하십니까?

서울을 떠날 때에 참으로 단호하지 못했던 점이 있었습니다. 옛사람들의 처신으로 헤아려 보면 허물이 없을 수 없을 듯합니다. 그렇기 때문에 지난번 편지에서 이러저러한 말씀을 드렸던 것입니다. 이제 선생님께서 따끔하게 가르침을 주시니 감사와 부끄러움이 아울러 일어납니다. 제가 비록 못났지만 그래도 조금은 의리를 아는데, 어찌 옛사람들의 마음 씀씀이를 생각하지 않았겠습니까? 우울한 모습으로 슬퍼하는 것은 바로 조급한[熱中]² 사람이나 하는 짓입니다. 저는 스스로 이런 병통은 넘어섰다고 말하고 싶습니다만, 다른 사람들이 저를 볼 때는 또 어떻게 생각하는지 모르겠습니다.

돌아와 방안에 누워서, 보잘 것 없기는 하지만, 저의 학문을 새롭게 익히고 다시 찾으니 자못 맛이 느껴집니다. 초라한 집의 편안함과 거친 음식의 달콤함도 알기를 바랄 수 있겠습니다. 집에서 가까운 산벼랑에 작은 초막을 새로 지어 노니는 곳으로 삼을까 하는데, '낙樂'자를 그 집의 이름으로 걸까 합니다. 이것은 지난번에 주신 편지에 있는 "가난을 즐길 수 있어야 한다." 하신 말씀에 제 마음이 바라고 그리는 것을 빗대어 표현한 것입니다. 산이 비록 깊지는 않습니다만 시야가 수백 리까지 두루 미치니, 집을 다 지어 머물게 된다면 조용히 수양하는 데 딱 맞을 것입니다. 이곳에서 학문에 힘쓴다면 주위의 아름다운 경치가 피어내는 흥취가 없지 않을 것입니다. 이밖에 또 무엇이 마음을 끌 만한 것이 있어 다시 이러저러하다고 말씀드리겠습니까? 살펴 헤아려 보시고 비평해 주시면 다행이겠습니다.

갈석에 숨은 흠이 있어 앞으로 새로 구해야 한다고 들었습니다. 멀리 있는 저도 크게 걱정하고 있습니다. 명문銘文 가운데 한 두 곳 고쳤으면 한다는 뜻을 보이신 것은 어찌 받들지 않을 수 있겠습니까? 하지만 그 가운데는 또한 잘 구별해서 처리해야 할 것이 있습니다. 그러나 마침 인사 다니느라 번거로워 바로 생각해 보지 못했고, 며칠 뒤에는 눈병이 나서 이것을 가다듬고 앉아 있기가 어려웠습니다. 게다가 경솔히 고쳐 올릴 수도 없는 노릇이니, 가을이나 겨울이 되어야 돌에 새겨 넣을 것이라는 말을 들은 김에, 좀더 시간을 두고 있다가 고쳐서 올려도 좋을 듯합니다. 살펴 헤아려 주시기 바랍니다.

서울에 있는 아내와 아이들을 곧 불러 내리려고 했습니다만, 작은 아이가 홍역[小瘦]을 앓고 있다 하니 마음이 매우 어지럽습니다. 듣자하니 서울의 상황이 매우 좋지 못한 듯한데, 어찌 결말이 지어질지 모르겠습니다. 아내와 아이들을 외딴 이곳으로 빨리 돌아오게 하고 싶은데 형편상 쉽게 이루기 어려워 한탄스럽습니다.

마음속에 품은 생각이 너무 많아 글로 다 드러낼 수 없습니다. 지내시는 모습에 높으신 덕이 더욱 무성하기를 빕니다. 저의 이러한 정성을 밝게 비추어 알아주시기 바랍니다. 삼가 절하며 감사의 답장을 올립니다.

경오 4월 17일, 후학 대승 절하며 올립니다. 高

1. "큰 밭"은 제양공齊襄公이 예의도 없이 큰 공을 구하고, 덕을 닦지도 않고서 제후가
   되기를 구하는 모습을 제나라의 대부大夫들이 기롱한 시이다. 『시경』, 「제풍齊風」,
   보전甫田.
2. "사람이 어릴 때는 부모를 좇다가 여자를 알게 되면 젊고 예쁜 여자를 좇게 되고, 아
   내와 자식이 생기면 아내와 자식을 좇게 되며, 벼슬길에 나아가면 임금을 좇게 되는
   데 임금의 마음을 얻지 못하면 조급해진다. 큰 효도는 죽을 때까지 부모를 좇는 것이
   니 나이 오십에도 부모를 좇는 것을 나는 위대한 순 임금에게서 보았다." 『맹자』,
   「만장」상, 1장.

한가한 가운데 「감춘부感春賦」를 읽으니

선생님께 절하며 올리는 글.

여름에 들어선 뒤, 한가로운 가운데 지내시기가 어떠하신지 살피지 못했습니다. 그리는 마음 지극하던 차에, 마침 김이정金而精의 편지를 받고 건강히 잘 계시다는 것을 알게 되었습니다. 멀리서나마 크나큰 위로가 되었습니다. 그러나 선생님께서 벼슬을 그만두고 쉬기를 청하셨으나 받아들여지지 않고, 오히려 여러 번 임금의 부름을 받으셨다고 들었습니다. 평소에 선생님께서 품고 계셨던 마음을 떠올려 보면 깊이 걱정히고 계실 것이 분명하니, 더욱 선생님께 마음이 기우는 것을 이길 수 없습니다.

저는 선생님의 두터우신 은혜를 입어 겨우 아픔을 면하고 있습니다. 다만 요즈음에 다시 성균관 대사성[館官]의 벼슬이 더해졌습니다만 의리상 나갈 수는 없습니다. 그리고 홍역을 앓던 딸아이가 위독해지는 바람에, 제 아내가 출발하지 못하고 있습니다. 한가족이 헤어져 있으니 불편한 일이 많아 답답합니다.

지난달 보름 즈음에 편지 한 장을 닦아 이정而精에게 보내면서 선생님께 전해 드리기를 바랬는데, 받아 보셨는지 모르겠습니다. 그리고 갈문碣文에 대해 드릴 말씀은 다른 종이에 적었습니다. 제 뜻에만 따르고 선생님의 의향을 이처럼 무시했으니, 어떻게 여기실지 모르겠습니다. 너그러이 헤아려 주시면 다행이겠습니다. 남은 생각이 많지만 이만 줄이겠습니다. 온갖 복이 때에 따라 깃들시길 빕니다. 아울러 살펴 주시기 바랍니다. 삼가 절하며 글을 올립니다.

융경 경오 5월 9일, 후학 대승이 절하며 올립니다.[1]

한가한 가운데 「감춘부感春賦」[2]를 읽었는데, 깊이 느낀 바가 있었습니다. 주자는 그 때의 재상이 방해하고 헐뜯는 바람에 임금께 받아들여지지 못했던 분이었기 때문에, 그 말씀이 매우 간절합니다. 이런 생각을 어떻게 여기실지 모르겠습니다. 살펴 주시기 바랍니다.

김정金正에게 지난번 편지를 곧바로 전해 주었습니다. 지금은 답장을 받아서 올려 보냅니다. 잘 받으시기 바랍니다. 저는 고향에 온 뒤로 게으르고 피곤하여 바깥출입을 할 수 없었기에, 아직 김정金正과 인사를 나누지 못했습니다. 아울러 살펴 주시기 바랍니다.

---

1. 원래의 순서대로 하면, 이 뒤에 【6-5】의 편지가 이어진다.
2. 『주자대전』 권 1.

늙은이의 어둡고 막힌 생각 씻어 주시기를

명언에게 절하며 답합니다.

여름 사이 이어서 두 통의 편지를 받았습니다. 그 하나는 4월 17일에, 그리고 또 하나는 5월 9일에 차례로 보내신 것이었습니다. 편지를 받고서 한가로운 생활이 뜻에 맞아 지내시기가 좋고 넉넉하다는 것을 잘 알았습니다. 위로되는 마음과 그리운 마음을 천리 밖에서도 누르기 어렵습니다. 다만 요즘 일이 많이 헝클어져서 오랫동안 답장을 쓰지 못했습니다. 화성이 흐르는[火流]¹ 7월을 맞아, 자신을 경계하는 절도와 몸의 조화가 다시 바로잡히셨습니까?

성균관의 벼슬은 참으로 나아가서는 안 될 줄 압니다. 다만 요즘 다시 중국에 사신으로 가라는 명령이 내렸다고 들었습니다. 이번은 다른 보통 때의 사신 임명과 같지 않은 듯하니, 나가지 않으려 해도 사양하기 어려운 문제가 있을 것 같은데, 어찌 처리하실지 모르겠습니다. 이미 정권을 맡고 있는 이에게 쫓겨 나왔는데 갑자기 다른 일로 다시 들어간다면 매우 편하지 않을 것입니다. 이조吏曹로 하여금 사람들이 벼슬에 나오고 물러나는 길을 살피도록 조금이라도 신경 쓰게 한다면, 반드시 이와 같이 추천하지는 않을 것입니다. 하지만 지금 일이 이렇게 되어 버려, 옳게 처신하면서도 적절히 떠날 방도가 없으니, 걱정되는 마음이 평소보다 갑절이나 더합니다.

지난번 제 편지에서 그대를 위해 여러 가지 꾀했던 것은 대부분 저의 지나친 염려 끝에 나왔던 것입니다. 그런데도 답장을 보내시면서 그것을 잘못이라 여기지 않고 하나하나 애써 답해 주셨는데, 모두가 뜻을 북돋우고 도를 헤아린 말씀이 아닌 것이 없었습니다. 그러니 지금부터 더욱더 뜻을 기울여 오래도록 달라지지 않기만 한다면, 옛사람이 "이 한가한 때에 이룩하지 못했던 것을 공부하니 참으로 기쁘다." 했던 말이 정말 오늘의 일이 될 것입니다. 감히 축하드립니다.

저는 이미 물러났고 또 마침 일흔 살이 되어, 이제 은퇴를 청하는 한 가지 일만이 남았으니 하늘이 주신 행운이라 할 만합니다. 만약 여러분이 제 뜻을 굽히고 뽑아 세워 주지 않았다면, 미천한 신하인 저는 오래 전에 이미 제 소원을 이루었을 것입니다. 늘 한 장의 추천하는 전장箋狀이 들어가면 바로 승정원[銀臺]에서는 임금께 여쭈게 되고, 그 때마다 부르심이 내리게 되는 일이 그치지를 않습니다. 지난달에도 한 장의 교지를 받았는데, 몸을 추스르고 올라오라는 명령이었습니다. 이에 구차하게 시간이나 벌자는 꾀로 여겨질까봐 당분간 글을 올려 물러날 뜻을 아뢰는 일은 멈추었습니다. 이미 맑고 조용한 곳에 들어와 있다고 하는데도, 오히려 이렇게 좌우에서 끌고 당기는 어지러움이 있습니다.

높고 넓은 곳에 땅을 얻어 서실을 새로 짓고, 학문에 마음을 다하는 즐거움이 그곳에 깃들고 있다는 것을 잘 알았습니다. 또한 '요樂'를 그 곳의 이름으로 걸었으니, 참으로 마땅하고도 좋습니다. 한 번 가서 며칠 동안 머무르면서 그 즐거움이 어떠한지 들어보지 못하는 것이 한스럽습니다. 지금껏 가진 것과 새롭게 더해진 것이 곰곰이 찾고 생각하는 사이에 맞아 떨어져, 혹시 새로 드러난 것이 있으면 주저하지 말고 제게 보내 주시어, 늙은이의 어둡고 막힌 생각을 씻어 주시기를 간절히 바랍니다.

아버지의 갈명碣銘에 대해 하신 여러 가지 말씀은 잘 받아 보았습니다. 더러는 고치기로 하고 더러는 그냥 두셨습니다만, 삼가 모두 그대가 말한 대로 따르겠습니다. 이제 여기까지 이르렀으니 선인先人의 숨은 뜻과 자식의 슬퍼하며 그리는 정성에 더 이상 섭섭한 감정이 남아 있지 않습니다. 마땅히 농사일이 끝나기를 기다려 예천醴泉에서 새로운 돌을 구해 새겨서 세우려고 계획하고 있습니다. 베풀어주신 은혜가 너무도 깊고 두터워 갚을 수 없습니다. 다만 마음 깊이 새긴 정성이 저 하늘과 같이 끝이 없습니다.

가족들이 오래도록 서울에 머물러 있다니 어려움을 알 만합니다. 게다가 홍역까지 앓고 있다니 지금은 어떠한지 모르겠습니다. 들을 때마다 마음 편치 않습니다. 제 손자 안도安道의 아들도 서울에 있다가 홍역 때문에 일찍 죽었습니다. 너무 불쌍하고 슬퍼서 할 말이 없었습니다.

서울의 상황이 자꾸 변하며 안정되지 않습니다. 또 큰 논의[2]가 일어난다고 하니 일이 어찌될지 몰라 참으로 근심스럽습니다. 어쩌면 좋겠습니까? 드리고 싶은 말씀이 매우 많습니다만 멀리 보내는 편지이고 또 눈병으로 고통스러워 남김 없이 말씀드리기 어렵습니다. 오직 도를 위해 더욱더 자신을 아끼십시오. 삼가 절하며 감사의 글을 올립니다.

경오 7월 12일, 황은 절합니다.

「감춘부感春賦」는 참으로 말씀하신 그대로입니다. 무릇 깊이 느낀 것이 있었던 까닭에 겉으로 드러난 표현이 막힌 데가 없고 뜻이 깊은 것이니, 지극한 근심 가운데 더없는 즐거움이 있습니다. 저는 한가로울 때마다 박자를 치면서 읊조리는데, "어찌하여 천년이 그리 아득한가? 홀로 내 마음에 깨달음이 있구나!" 같은 곳에 이르러서는 세 번씩 되풀이하며 감탄하지 않은 적이 없었습니다. 지금 주신 말씀을 보니 제가 마음으로 느꼈던 것을 먼저 얻었다고 할 만합니다. 그러나 다른 사람들과 더불어 말하기에는 어려운 점이 있으니, 이 글을 다른 사람에게 보이지 않는 것이 좋겠습니다.

파당의 구분이 이미 생겨, 옳고 그른 것이 뒤섞여 버렸습니다. 만약 임금의 마음이 조금이라도 움직이셨다면 산이 옮겨가고 물길이 바뀌는 기세를 누가 막을 수 있겠습니까? 또한 복직·삭훈 같은 일[3]을 일년 내내 멈추지 않고 반드시 윤허를 받아 내려 한다고 들었습니다. 성현들께서 이런 일을 처리하셨다면 반드시 이런 지경에 이르게 하시지는 않았을 것입니다. 참으로 근심스럽고 두렵습니다. 어찌면 좋겠습니까?[4] 退

---

1. 화성火星이 음력 칠월부터 차차 서쪽으로 내려가는 것을 이른다. 『시경』, 「빈풍」, 칠월.
2. 이 해 5월 양사兩司와 홍문관 이하의 선비들이 을사·정미·기유년에 죄를 입은 이들의 신원을 거듭 청했다.
3. 삼사三司에서 을사·기유년에 억울하게 죄를 입은 이들을 복직시켜 문묘에 종사하고, 자격이 없는 정국공신靖國功臣의 훈작을 깎기를 거듭 아뢴 일을 가리킨다.
4. 『퇴계집』에는 경오년 1월 24일 편지 끝에 이 글이 붙어 있다. 하지만 여기서는 『고봉집』의 배열을 따른다.

사물의 이치에 이르는 길

명언에게 절하며 아룁니다.[1]

가을 사이에 편지 한 통을 써서 서울로 보내면서 그대에게 부치도록 했는데, 잃어버리지 않고 잘 갔는지 모르겠습니다. 호남과 영남은 막히고 멀어 소식 전하기가 너무 아득합니다. 한가로이 마음을 가다듬는 정취가 어떠신지 살피지 못하니 그대에게로 쏠리는 마음을 막을 수가 없습니다.

몇 차례 상소한 뒤로 여러 사람들이 그 소식을 듣고 놀랐을 것입니다만, 그것이 단지 우연히 그렇게 된 것만은 아닙니다. 이런 일이 옛날에는 더러 있었거니와, 그대는 지금이 옛날과 같다고 여기십니까? 어쩌면 그렇게 날카롭게 속내를 드러내셨습니까? 이로 말미암아 분한 마음을 쌓아 두고 있던 사람들을 더욱 심하게 부추겼으니, 사정이 아마도 조용하지 않을 것 같습니다. 비록 깊이 걱정할 일은 아니라고 하더라도, 저는 저로 말미암아 사단이 나는 것을 바라지 않습니다. 그렇기에 이렇게 말씀드릴 따름입니다.

저는 근자에 다시 글을 올렸습니다만, 은혜로운 허락이 내려올지 모르겠습니다. 늙고 병든 상황이 예사롭지 않은데도 이 일이 매듭지어지지 않으니, 밤낮으로 마음이 우울합니다. 그 사이 이정而精이 그대가 그에게 편지로 말한 "이理가 무극無極에 이른다." 같은 말을 적어 보내 왔는데, 그것을 보면서 갑자기 지난날 저의 견해가 잘못되었음을 깨달았습니다. 저 나름대로 깨달은 몇 마디 말을 별지에 기록했으니 밝게 살펴 주시면 매우 다행이겠습니다.

고향 친구가 무안 현감이 되었는데 그의 아들이 무안으로 가는 길에 인사차 들렀습니다. 무안이 그대가 사는 곳과 그리 멀지 않음을 물어서 알고 편지를 전할 수 있을 것 같아 잠깐 이야기를 나누는 사이에 대충 적어 보냅니다.

삼가 아룁니다. 경오 10월[陽月] 15일, 황은 머리를 숙입니다.

조정의 다툼이 저러한데도 오직 그대와 저만 말이 없으니, 이것을 적지 않은 사람들이 괴이하게 여길 것입니다. 그대의 뜻은 어떠한지 모르겠습니다.

"사물의 이치에 이른다.[物格]" 및 "사물의 궁극적 이치에 이르지 않음이 없다.[物理之極處無不到]"에 대한 주장에 대해서는 삼가 가르침을 듣겠습니다. 지난번 제가 잘못된 설을 고집했던 까닭은 단지 주자가 말한 "이치는 감정이나 의지가 없고, 계획함과 헤아림도 없으며 짓고 만들지도 않는다." 하는 설만을 알아서 지키려 했기 때문이며, 내가 사물의 궁극적 이치에 다다르는 것이지 이치가 어찌 스스로 지극한 곳에 이르는 것이겠는가 하고 생각했기 때문이었습니다. 그러므로 "사물의 이치에 이른다."의 '이치에 이른다.[格]'와 "이르지 않음이 없다."의 '이르다[到]'를 모두 내가 이르는 것만으로 파악했습니다. 지난날 서울에 있을 때, 그대에게 "이치가 이른다." 하는 설로 깨우침을 받고서 되풀이하여 세심하게 생각해 보았으나, 오히려 의혹을 풀지 못했습니다.

최근에 그대가 찾아낸 서너 조항을 김이정이 전해 주었습니다. 그것은 주자가 "이치가 이른다." 하는 것에 대해 말씀하신 내용이었습니다. 그것을 받아본 뒤에야 비로소 제 견해가 잘못되었다는 사실이 두려워지기 시작했습니다. 이에 옛 견해는 남김없이 다 씻어버리고, 마음을 비우고 주의를 기울여, 먼저 이理가 스스로 이를 수 있는 까닭이 무엇인가를 찾아보았습니다.

무릇 『대학大學』「보망장補亡章」[2]「혹문或問」 가운데 보이는 주자의 설은 이런 뜻을 밝힌 것으로, 해와 별처럼 분명합니다. 저도 항상 그 말씀을 뜻이 깊다고 보았습니다만 이처럼 분명히 깨닫지는 못했습니다. 그 설에 이르기를 "사람이 학문을 하는 대상은 마음[心]과 이理일 따름이다. 마음이 비록 한 몸을 주재하지만, 그 실체[體]는 텅 비어 신령하므로 천하의 이를 주관할 수 있고, 이는 비록 세상 만물에 흩어져 있지만, 그 작용[用]은 미묘하여 실로 한 사람의 마음을 벗어나지 않는다. 그러니 애당초 안과 밖, 정밀함과 조악함으로 대비하여 논할 수 없다." 했습니다. 작은 주[小註]를 보면, "어떤 이가 '작용이 미묘하다고 하는데, 그것은 마음의 작용이 아닙니까?' 하고 물으니, 주자가 말하기를 '이에는 반드시 작용이 있으니, 어째서 그것을 다시 마음의 작용이라고 말해야만 하겠는가? 마음의 실체도 이 이를 갖추고 있으며, 이는 해당되지 않는 곳이 없고 이가 없는 사물은 하나라도 있을 수 없다. 그러나 그 작용은 실제로 사람의 마음을 벗어나지 않는다. 무릇 이가 비록 사물에 있지만 작용은 실로 마음에 있는 것이다.' 했다." 하고 나와 있습니다.

"이는 세상 만물에 있지만 그 작용은 실로 한 사람의 마음을 벗어나지 않는다." 하는 말을 보면, 이는 스스로 작용하지 못하니 반드시 사람의 마음을 기다려야 하는 것이 아닌가 싶습니다. 그렇다면 이가 스스로 이른다고 말할 수 없을 듯합니다. 그러나 "이에는 반드시 작용이 있으니, 어째서 그것을 다시 마음의 작용이라고 말해야만 하겠는가?" 하는 말을 보면, 이의 작용이 비록 사람의 마음에서 벗어나지 않으나, 작용의 미묘함이라는 것은 실제로 이 이가 드러나 사람의 마음이 이르는 데를 따라 이르지 못하는 곳이 없고 다하지 못하는 것이 없는 것이 됩니다. 그러니 우리는 다만 우리가 사물의 이를 완전히 파악하는가[格物]를 걱정할 뿐, 이가 스스로 이르지 못할까 근심할 필요는 없는 것입니다.

그러므로 바야흐로 "사물의 이치에 이른다.[物格]" 말하는 것은 참으로 내가 사물의 궁극적 이치에 완전히 이르렀음을 말하는 것이고, 사물의 이치에 이르렀다고 말하는 데 이른다면 어찌 내가 완전히 이름에 따라 사물의 궁극적 이치 또한 같이 이르게 된다고 말하지 못하겠습니까? 여기서 감정이나 의지가 없고 짓고 만들지 않는 것이 이의 본연의 실체이며, 각각의 경우에 보는 정도에 따라 또한 같이 이르게 되는 것이 이의 지극히 신묘한 작용임을 알겠습니다. 지난번에는 다만 본체가 작용하지 않는다는 데 대해서는 알았지만, 신묘한 작용이 드러나 움직일 수 있다는 것은 알지 못했습니다. 그래서 이를 마치 죽은 것처럼 인식했으니, 또한 바른 도道와 거리가 너무 멀지 않았습니까? 지금 그대가 정성껏 저를 가르치신 덕분에, 잘못된 견해를 버리고 새로운 뜻을 얻었고 새로운 깨달음을 키웠으니 참으로 다행입니다.

"무극이면서 태극이다.[無極而太極]" 하는 말에 대한 해석도 요새

와서 비로소 제 견해가 잘못되었음을 알았습니다. 전부터 여러 유학자들의 주장을 두루 살피기를 기꺼워하지 않고 다만 제 견해만을 좇아 극極을 바로 이理로 보아, "분명히 무극을 말할 때 다만 형체가 없다는 점만을 말한 것이다. 어찌 이가 없다는 것을 말한 것이겠는가?" 하고 잘못 말했습니다. 그러므로 한결같이 여러분들의 해석을 그르게 여겼고, 일찍이 그대가 베껴 보내 준 오초려吳草廬[3]의 설을 받고서도 마음을 비우고 세심하게 살피지 않았습니다. 그 뒤 그대와 다른 벗들의 경계를 여러 차례 받고서야 비로소 선대의 여러 유학자들의 설을 하나하나 검토하기 시작했습니다. 그 가운데 황면재黃勉齋[4]의 설이 가장 상세하고 완전했습니다.

그는 "훗날의 독자들은 극極이 다만 비유로 든 것임을 알지 못하고 바로 이理라고 말하는 까닭에 '이치는 없을 수 없다.' 하는 것뿐만 아니라 주자周子의 무극이라는 말에 대해서도 잘 이해하지 못하게 된다." 했습니다. 이 말은 마치 제게 오늘날과 같은 의혹이 있을 줄을 미리 알고서 손수 가르치는 것 같습니다. 서울에 이상사李上舍 양중養中[5]이란 사람이 있는데, 만나 본 적이 있습니까? 지난번에 그가 편지 한 통을 보내 왔는데, 이런 뜻을 매우 정밀하게 밝혔습니다. 뒷사람 가운데 이런 사람이 있으니 매우 기쁩니다. 저는 이전부터 책을 읽을 때 대충 읽어 잘못 이해하는 잘못을 더욱 스스로 경계하고 두려워하여 조금이라도 고치려고 했습니다만, 죽기 전에 이런 뜻을 이룰 수 있을지 모르겠습니다. 退

1. 『퇴계집』에는 이 편지가 「심통성정도」에 대한 논의 뒤에 붙어 있다. 하지만 여기서는 『고봉집』에 따라 그 앞에 놓는다.
2. 본문이 없어진 것으로 간주하고, 주자 자신이 내용을 보충해 넣은 『대학』의 5장을 가리킨다.
3. 중국 원대의 정주程朱학자 오징吳澄(1249~1333)이다.
4. 중국 남송 때의 성리학자 황간黃幹(1152~1221)이다. 주희에게서 학문을 배웠다. 그의 사위가 되었으며 「주자행장朱子行狀」을 지었다.
5. 이양중李養中(1549~1591)은 퇴계의 문인으로 자는 공호公浩이다.

벼슬 없는 신세

선생님께 올리는 글.[1]

삼가 여쭙습니다. 건강은 어떠하신지요? 우러러 그리는 마음이 그치지 않습니다. 첫 추위가 혹독한 이때에 몸을 잘 돌보시기를 바라고, 또한 좋은 일만 있으시기를 빕니다. 저는 선생님의 두터운 돌보심에 힘입어 겨우 하루하루 보내고 있습니다. 가을쯤 아내와 아이들이 남쪽으로 돌아오는 편에 7월 12일에 쓰신 선생님의 편지를 받아볼 수 있었습니다. 자세한 가르침을 받아 보니 감사하고 위로되는 마음 그지없었습니다. 나만 선생님의 첫째 증손이 일찍 죽었음을 알고서는 놀라서 탄식하지 않을 수 없었습니다. 삼가 생각하건대 선생님의 애처롭고 슬픈 마음이 더욱 크셨으리라 여겨집니다.

지난날 중국 가는 사신에 임명되었으나 의리로 보아 억지로 나아가기 어렵기 때문에 어쩔 수 없이 글을 올려 면직을 청했습니다. 마음속에 품은 뜻을 다 숨길 수 없기에 그저 몇 마디 말로 임금께서 굽어살피시기를 바랐던 것인데, 바깥의 의논이 시끄럽고 헐뜯음과 나무람이 사방에서 일어나니, 두려워 떨면서 숨어 엎드려서 돌이켜 스스로를 책망할 뿐입니다. 초가을에 글을 닦아 올리려고 꾀했으나, 이처럼 난처한 일을 갑자기 만나게 되니, 다른 것을 할 겨를이 없었습니다. 게다가 아내와 아이들이 돌아온 뒤로는 서울 소식도 끊겼으므로 선생님께 편지를 전할 길도 없었습니다. 또한 이곳에서 사람을 보내어 인사를 여쭙고자 했으나 날마다 뜻과 같이 되지 않아 반년 동안이나 회답을 올리지 못했습니다. 이는 제가 치밀하지 못하고 게 으른데다가 정성이 부족하여 스스로 선생님과의 관계를 끊어버린 것이니, 죄송하고 부끄러운 마음을 이길 수 없습니다.

한편으로 선생님께서 물러나시기를 청하신 일은 어떻게 결말을 보셨습니까? 염려되는 마음 금할 수 없습니다. 저는 다행히 무례한 글이나마 올린 덕분에 이렇게 한가히 벼슬 없는 신세를 지킬 수 있 게 되었으니, 평생의 소원을 거의 이룬 듯합니다. 그러나 가을부터 는 여러 가지 일들이 자못 어지러워 책을 보는 데만 마음을 쓸 수가 없었습니다. 하지만 근심한들 무엇하겠습니까?

여쭙고 싶은 것이 한두 가지가 아닙니다만, 요사이 마침 일이 많 아 제대로 갖추어 올리지 못했습니다. 다만 다음 번 편지에 갖추어 올릴 수 있게 되기를 기다리겠습니다. 인사를 여쭙기에 급급하여 대 충 적었습니다. 살펴 주시기 바랍니다. 삼가 절하며 글을 올립니다.

경오 11월 1일, 후학 대승이 절하며 올립니다.

서울 소식을 한동안 듣지 못했습니다. 책을 두루 살펴보아도 어찌 이와 같은 시절이 있었습니까? 대중의 여론이 몹시 소란한 것이 무 슨 까닭인지 모르겠습니다. 성현들께서 이런 때를 맞으셨다면 어떻 게 일을 처리하셨을까요? 한탄스러움을 호소할 데가 없습니다. 헤아 려 주시기 바랍니다.

퇴계 선생님께서 고치신 「심통성정도」를 논함

김별좌金別坐가 전해 주어 선생님께서 고치신 「심통성정도心統性情圖」의 중도中圖와 하도下圖 둘을 얻어 보았습니다만, 제 마음에 의혹이 생겨 무엇이라고 해야 할지 몰라서, 곧장 편지를 써 올려 선생님의 가르침을 받고 싶었습니다. 하지만 갖가지 일로 바빠 허둥대기도 했고 소식을 전해줄 사람을 찾지도 못해 바로 행동에 옮기지 못했습니다. 지금 감히 저의 견해를 대략이라도 올리니 살펴 주시면 다행이겠습니다.

무릇 하도河圖·낙서洛書의 방위는 예로부터 전해 내려온 것입니다. 지금 그것을 이어서 글을 짓고 사실을 밝히려고 한다면, 참으로 다시 다른 주장을 내세워 그 사이를 어지럽게 만드는 것은 바람직하지 않은데, 선생님께서 고친 도설圖說에서는 도리어 오른쪽과 왼쪽을 바꾸었고, 나와 남을 구분했으며, 의리義理를 드러내 밝히는 것은 모자란 반면에 설명에만 힘을 쏟은 듯하여, 한갓 사람들로 하여금 마음대로 추측하고 멋대로 상상하는 폐단을 키우는 상황이니 어찌하겠습니까? 도리어 의리를 더 흐리게 하고 후배 학자들에게 허물만 될까 두렵습니다.

사람이 북쪽에서 남쪽을 향해 앉아 이 도형을 앞에 펴놓고 본다면 사람의 좌우가 곧 도형의 좌우가 되니, 비록 도형을 자기 마음이라고 여기고 본다고 해도 도리道理에는 해가 될 것이 없습니다. 이것이 바로 주자가 "마음을 스스로 잡으면 잃었던 것이 보존된다." 하신 말씀이 됩니다. 또한 이것은 부처가 "마음으로써 마음을 보존하니 마치 두 사물이 서로 잡고 서로 놓지 않는 것과 같다." 한 말과는 같지 않습니다. 하물며 어짊·의로움·예의바름·지혜로움은 우리가 본래부터 가지고 있는 것이니 나로써 나를 보는 것이 무엇 때문에 안되겠습니까?

그런데 지금 새 도형을 보면 북쪽에 도형을 펴놓고 남쪽에서 북쪽을 향해 보게 되어 있으니, 저와 나 사이에 도리어 단절이 생겨 아마도 도끼자루를 잡고 있으면서도 멀리 바라보는 수고[2]가 있을 것 같습니다. 그 위치가 역순으로 되어 있으니 옛 도형과 비교해 보면 더욱 번거로울 듯합니다. 차라리 그냥 별탈 없이 순서대로 되어 있는 옛 도형을 그대로 두는 것만 못할 것입니다. 제 생각은 이와 같습니다만 옳은지 모르겠습니다. 헤아려 보시고 고치지 않으시기만을 간절히 바랍니다.

참으로 두서없는 주장입니다만, 살펴 받아들여 주셔서 몇 글자 고쳐 적어 그 뜻을 밝혀 주신다면, 훗날의 폐단을 없앨 수 있을 것이고 저에게도 크나큰 위로가 될 것입니다. 高

---

1. 『고봉집』에는 퇴계가 고친 「심통성정도」에 대한 고봉의 글이, 그 글에 대한 퇴계의 답장보다 뒤에 놓여 있다. 따라서 여기서는 이 편지와 함께 고봉의 글을 퇴계의 답장 앞에 놓는다.
2. 도끼로 도끼 자루로 쓸 나무를 벨 때, 자루의 표준이 가까이 손에 쥔 도끼 자루에 있는데도 사람은 그것을 깨닫지 못하고 멀리 있다고 여겨 바라본다는 말이다. 『중용』, 13장.

고친 「심통성정도」에 대한
기명언의 논의에 답함

　고쳐서 보내 주신 「심통성정도」를 보면 하도河圖·낙서洛書의 방위에 따라 도형과 보는 사람이 모두 남쪽을 향하는 순서로 되어 있습니다. 이것은 원래 제가 그린 도형의 방향과 같습니다. 그런데 이렇게 되면 환하게 드러나야 되는 '예의바름[禮]'이 도형의 위쪽 아무 쓰임이 없는 지역에 놓이게 되고, 은밀하게 갈무리되어야 하는 '지혜로움[智]'이 도형의 아래쪽 아주 잘 쓰이는 차례에 놓이게 됩니다. 이것은 둘 다 마땅함을 잃었습니다. 만약 이런 잘못을 피하려고 아래위를 바꾸면, '예의바름[禮]'은 본래 차례가 남쪽 앞인데 지금은 북쪽 뒤가 되고, '지혜로움[智]'은 본래 차례가 북쪽 뒤인데 지금은 반대로 남쪽 앞이 됩니다. 이 또한 둘 다 마땅함을 잃은 것입니다.

　그래서 그 문제에 대해 일찍이 생각해 보니, 하도·낙서의 방위가 저와 같은 까닭은, 무릇 음양의 변화가 아래로부터 생겨나 동쪽·왼쪽으로 자라고 남쪽·위쪽에서 가장 왕성하다가, 위로부터 사그라들어 서쪽·오른쪽으로 줄어들고 북쪽·아래쪽에서 가장 쇠퇴하므로, 이것을 본떴기 때문일 따름입니다. 북쪽 뒤의 아래쪽에 매어 있는 사항이 없고, 덧붙여 놓은 개념들이 옳은지 그른지 따질 필요가 없는 것만 「심통성정도」와 같지 않습니다.

「태극도」의 경우는 다만 왼쪽은 양이고 오른쪽은 음이라는 구분만 있을 뿐, 남쪽은 앞이고 북쪽은 뒤라는 위치 개념은 없습니다. 그러므로 오행 이하가 비록 도형 아래 매여 있어도 덧붙이는 개념들을 어떻게 자리하게 할까 하는 어려움이 없습니다. 하지만 지금 이 「심통성정도」는 하도·낙서를 본뜬 옛 도형으로 다른 것은 다 되는데, 위에서 말한 것처럼, 유달리 예의바름과 지혜로움 두 가지의 자리를 매기기가 어렵습니다. 그래서 어쩔 수 없이 지금처럼 도형을 고치고 방위를 바꾸었습니다. 그런데 그대는 도형은 북쪽을 기준으로 하고 보는 사람은 남쪽을 기준으로 하자는 설을 내셨습니다. 하지만 저는 가만히 생각하건대 위와 같이 한다면 예의바름·지혜로움이 모두 제자리를 얻게 되며, 정情을 그 아래 매고 나머지 덧붙이는 개념들도 마땅하게 되어 전체적으로 차례가 맞게 된다고 봅니다. 아마 주신 글에서 걱정하신 것과 같은 지경에는 이르지 않을 것입니다.

주신 글에서 그대는 이름을 실상에 맞게 붙였는가 하는 점과 몸으로 느끼는 공부에 효과가 있는가 하는 점 모두에 크게 어긋난 측면이 있다고 하셨습니다. 하지만 제 생각에는 도형이 남쪽을 기준으로 하면 사람은 남쪽을 향해 보는 것이고, 도형이 북쪽을 기준으로 하면 사람은 북쪽을 향해 보는 것이니, 사람이 어느 쪽을 향하는가는 도형의 방향에 따라 달라지는 것일 뿐, 어찌 잘못 이름 붙여 크게 어긋난 측면이 있겠습니까? 이 도형은 본래 마음이 성정性情을 통괄한다는 이치가 이와 같다는 것을 밝힐 뿐, 처음부터 사람이 익혀야 할 데에 대해서는 언급하지 않았습니다. 그러니 어찌 이른바 몸으로 느끼는 공부를 이 도형에 견주어 옳고 그름을 논할 수 있겠습니까?

주인과 손님, 남과 나의 나눔에 대해서는 제가 도형을 새로 고치면서 붙인 작은 글에서 말한 적이 있습니다만, 지금 생각해 보면 참으로 이것과 저것을 너무 심하게 나눈 곳이 있는 것 같습니다. 예를 들어 "도형은 주인이 되고 보는 사람은 손님이 된다." 하거나 "도형을 따로 다른 사람의 마음으로 삼는다." 같은 말은 마땅히 고치거나 지우는 것이 옳겠습니다. 그러니 주신 편지에서와 같이 이 말이 어폐가 있으니 지우라고 하신다면, 그렇게 할 수도 있습니다. 하지만 그대가 주자의 "마음을 스스로 잡는다.[心而自操]" 하는 말을 끌어 와서 「심통성정도」가 스스로를 돌이켜 보아 답을 구할 줄은 모르면서 엉뚱한 방향으로 부추기는 잘못이 있다고 하신다면, 아마도 그대는 다른 사람의 말을 남김없이 이해하지도 못했으면서 계속 배척하는 흠이 있다는 비난을 면하지 못할 것입니다. 왜냐하면 이 도형을 만들면서 그것을 익히는 것에 대해서는 언급하지도 않았는데, 지금 갑자기 그 문제로 공격을 받았으니, 어찌 이것을 다른 사람의 말을 남김없이 이해하는 도리라고 할 수 있겠습니까? 하물며 주신 글처럼 남쪽을 향해 앉아서 도형 속의 마음을 내 마음이라고 여긴다면, 도형은 저기에 펼쳐 놓고 나는 여기에 앉아서 내 마음으로 도형의 마음을 바라보는 것이니, 그 병이 주자가 불교도들의 '마음 바라보기[觀心]'를 비난하면서 "입으로 입을 깨물고 눈으로 눈을 본다." 한 것과 무엇이 다르겠습니까? 실제로는 그렇지 않은 점이 있으니, 그 까닭을 말씀해 주셔서 명민한 이들이 판단할 수 있게 해 주십시오.

무릇 사람이 태어날 때에는 하늘과 땅의 기를 함께 얻어서 몸으로 삼고, 하늘과 땅의 이를 함께 얻어서 성으로 삼습니다. 이 이와 기가 모이면 마음이 됩니다. 그러므로 나 한 사람의 마음은 곧 하늘과 땅의 마음이고, 나 한 사람의 마음은 곧 수많은 사람들의 마음입니다. 그러니 처음부터 안과 밖, 저와 내가 다르지 않았습니다. 그러므로 예로부터 성현들이 마음의 학문[心學]을 논할 때, 반드시 모두를 나에게 끌어 붙여 내 마음에 대한 설명이라고 하지는 않았습니다. 대체로 모두를 아울러 사람의 마음[人心]이라고 하고, 그 개념과 이치가 어떠한지, 본체와 작용이 어떠한지, 무엇을 취하고 무엇을 버려야 하는지 논했습니다. 그리하여 견해가 이미 본질을 꿰뚫었으며 설명이 이미 분명해졌습니다. 그러므로 그것을 가지고 스스로 행하면 내 마음의 이理가 이미 이와 같아지고, 그것을 가지고 다른 사람을 가르치면 그들의 마음이 또한 이와 같아집니다. 이것은 마치 많은 사람들이 강물을 마셔도 각각 그 양이 충분해서 모자람이 없는 것과 마찬가지입니다. 어째서 어리석게 남과 나 사이를 나누고, 굳이 나에게만 근거해서 논리를 전개하여, 조금이라도 남의 마음과 간섭이 있을까 두려워하겠습니까?

그래도 꼭 '사람의 마음'이라고 하는 것은 옳지 않다고 하시겠습니까? 그렇다면 공자께서 "오직 마음이라 하겠구나!"[1] 말씀하신 데서 마음 위에 반드시 '나[吾]'를 더한 뒤라야만 옳다고 하시겠습니까? 맹자께서 "모든 사람에게는 남의 불행을 차마 보지 못하는 마음이 있다."[2] 하신 말씀과 "어짊은 사람의 마음이고 의로움은 사람의 길이다."[3] 하신 말씀 등에서 '사람'을 모두 '나'로 마땅히 고친 다음에야 옳다고 하시겠습니까? 주자의 「인설도仁說圖」에 나오는 "사람이 얻은 것이 마음이 된다." 같은 데서도 앞에서와 마찬가지로 '사람'을 '나'로 고쳐야 옳다고 하시겠습니까? 예로부터 마음에 대해 말한 곳을 죽 살피면서 찾아보면 이런 것들이 매우 많습니다. 그런데도 반드시 '내 마음[己心]'이라고 고친 다음에야 "마음을 스스로 잡는다.[心而自操]" 하는 뜻에 맞게 되고 엉뚱한 방향으로 부추기는 잘못이 없게 된다고 하시겠습니까? 그럴 리가 없다는 것은 분명합니다. 그러므로 도형을 고치면서 적은 말 가운데 문제가 되는 말을 없애고, 지금의 새 도형을 쓰려고 합니다. 크게 어그러지는 데 이르거나 하지는 않겠습니까?

또 한 가지 드릴 말씀이 있습니다. 만약 고명하신 그대가 옛 도형 가운데 예의바름·지혜로움 두 글자를 온당하게 자리 매길 수만 있다면, 그냥 옛 도형을 그대로 쓰고 싶은 것이 또한 저의 진정한 바람입니다. 오직 그대는 편견 없는 빈 마음으로 가리고 헤아려서, 곰곰이 자세하게 생각해 본 다음 가르침을 주시면 좋겠습니다. 저는 머리를 숙여 절하며 간절히 빕니다. 退

---

1. "공자가 말했다. '잡으면 있고, 놓으면 없으며, 들고 남이 때가 없어 그 갈 곳을 모르는 것은 오직 마음이라 하겠구나!'" 『맹자』, 「고자」상, 8장.
2. "맹자가 말했다. '사람은 누구나 남의 불행을 차마 보지 못하는 마음이 있다.'" 『맹자』, 「공손추」상, 6장.
3. "맹자가 말했다. '어짊은 사람의 마음이요, 의로움은 사람의 길이다. 그 길을 버리고 따르지 않고, 그 마음을 놓고 구할 줄 모르니, 슬프도다!'" 『맹자』, 「고자」상, 11장.

제 몸 보존하겠다는 생각 접은 지 오래

선생님께 올리는 글.

얼마 전 잘 지내시는지 안부를 여쭙는 편지 한 통을 올린 뒤, 갑자기 무안務安 사람이 와서 전해 주는 10월 15일의 선생님 편지를 받았습니다. 삼가 건강히 계시다는 것을 알게 되어 기쁘고 위로되는 마음 한량없었는데, 하물며 자세하신 가르침을 받았으니 기쁨이 어떠하겠습니까? 지극한 감명이 한층 더했습니다.

저의 지난날 처신이 일반적인 기준에 맞지 않았다는 것은 잘 압니다. 그러나 가만히 생각하건대 임금과 신하의 의리는 천성天性에 뿌리를 두고 있으니, 비록 받아들여지지 않아 떠났다 하더라도 모른 척하기만 하는 것은 옳지 않은 듯합니다. 그러므로 감히 세상이 꺼리는 것을 무릅쓰고 절실한 걱정을 대략 아뢰었던 것일 뿐입니다. 화복이 오는 것은 하늘에 달린 것이니, 미리 그 후환을 걱정해서 지나치게 나약하게 행동해서는 안 될 것입니다. 요즈음의 사대부들은 화란을 너무 두려워하여 그 마음가짐이나 행동이 자못 한쪽으로 쏠려 있으니, 장차 이러한 풍조가 남긴 폐단을 구제할 수 없을까 두렵습니다. 제가 비록 못났지만 마음속으로 늘 이것을 걱정했던 까닭에, 벼슬에 나온 이후로는 감히 구차하게 제 몸을 보전하겠다는 생각을 접은 지가 이미 오래인데, 오늘에 와서 어찌 다른 꾀를 내겠습니까?

상소하는 즈음에도 일찍이 되풀이하여 생각하고 헤아려 격한 감정을 만 분의 일이나마 눌렀습니다. 만약 제 마음속의 견해를 다 토로했다면, 모르겠습니다만 세상 사람들의 노여움이 또한 어떠했겠습니까? 그 일의 곡절이 이와 같은 데 지나지 않으니 살펴 헤아려 주시기 바랍니다. 비록 그렇지만 선생님의 자상하신 가르침을 받았으니 감히 거친 성정을 바로잡아 중도中道에 부합하기를 구하지 않을 수 있겠습니까? 다만 마음속의 의지가 굳지 못하고 배움이 보잘 것 없어 저를 알아주신 선생님의 은혜에 보답하지 못할까 걱정되니, 두려운 생각으로 밤낮 편히 지내기 어렵습니다.

"사물의 이치에 이른다.[物格]" 또 '무극無極' 같은 것에 대한 해석은 선생님께서 굽어살펴 주심에 힘입어 평소 어지럽게 오가던 것이 끝내 한가지로 매듭지어졌습니다. 한 평생 이보다 큰 행복이 있겠습니까? 춤을 추며 뜀을 뛰어도 그 즐거움을 다 드러내지 못할 것입니다.

호남과 영남이 막히고 멀어 찾아뵈올 길이 없으니, 몸소 경계의 말씀을 받들거나 의심나고 애매한 것을 여쭤 보지 못하는 것이 한스럽습니다. 종이를 펴놓고 앞에 앉으니 슬픈 생각이 일어, 동쪽을 바라보며 눈물을 흘립니다. 섣달 그믐이 가까워 추운 날씨가 더욱 사나워지는 이 때에 몸을 더욱 돌보시기 천만 번 비오며 이만 줄입니다. 아울러 살펴 주시기 바랍니다.

삼가 절하고 답장을 올립니다.

경오 11월 15일, 후학 대승이 절하며 올립니다.

"사물의 이치에 이른다.[物格]", "이치가 이르다.[理到]"는 설에 대해서는 자세한 가르침을 받았으니 기쁘고 다행스러움 이루 말할 수 없습니다. 논변하신 '행위하지 않는 본체'와 '지극히 신묘한 작용' 같은 말씀은 은밀하고 미묘한 이치를 더욱 정밀하게 밝혀 드러낸 것이니, 되풀이하여 음미하매 마치 눈앞에서 가르침을 받는 듯하여 더욱더 깊이 감복됩니다. 다만 자세히 보건대 그 사이에 도리가 자연스럽지 않다는 허물이 있는 듯한데, 어떻게 생각하시는지 모르겠습니다. 살펴 헤아려 주시기 바랍니다.

무극無極에 대한 해석도 아울러 옳다고 인정해 주시니 매우 다행입니다. 면재勉齋의 설은 과연 더욱 분명하고 확실했습니다. 이 상사上舍는 일찍이 만나 본 적은 없으나, 그의 정밀한 논의를 들어보니 후배들 가운데 뛰어난 인물이 있음을 기뻐할 만합니다.

조정의 논쟁이 참으로 심각한데, 과연 의리에 비추어 마땅한지 모르겠습니다. 저는 일찍이 우리 시대에 받아들여지지 못한 까닭에 놓여나기를 빌어 허락을 받았으니, 입을 열어 일에 대해 논하는 것이 마땅하지 않은 듯합니다. 그러므로 장차 다만 입을 다물고 침묵하려 할 뿐입니다. 그리 알아주시기 바랍니다.

이번에 김별좌의 편지를 받고서 선생님께서 제조提調에서 풀려나는 은혜를 받으셨음을 알았습니다. 멀리서나마 크게 위로가 되었습니다. 요사이의 형편이 어떠한지 모르겠으나, 다만 하늘의 명령을 들어야 할 뿐이니, 모름지기 먼저 근심하고 두려워해서는 안 될 듯합니다.

최근에 『성리대전』을 보다가 우연히 황면재黃勉齋가 진태구陳太丘의 일을 논한 것을 보았습니다. 그 말이 준엄하고 빼어나 나약한 사

람을 일으킬 만하니, 실로 제 마음을 사로잡았다고 하겠습니다. 아
울러 살펴 주시면 다행이겠습니다. 🔲

---

1. 『성리대전』 62, 「역대歷代」 4, 동한東漢.

제 견해가 잘못되었습니다

절하며 답해 올리는 글.

먼길을 애써 달려[百舍重趼] 사람을 보내시면서 부치신 귀한 편지와 별지를 함께 받아 보니, 한가로이 도를 음미하고 계시며, 지내시는 모습도 복이 가득하심을 잘 알게 되었습니다. 염려하던 마음에 크게 위로가 되었습니다.

저는 근심 걱정이 끊이질 않습니다. 어린 증손을 땅에 묻은 아픔은 지난 일이라 돌이킬 수 없거니와, 아들 준雋의 아내가 몇 해 동안 유핵乳核을 앓아 왔는데, 올 가을부터 그 증세가 종기로 발전하여 아프다가, 요 며칠 사이에는 매우 위독하여 끝내 어찌될지 알 수 없으니, 너무 급박하여 어찌할 줄 모르겠습니다.

저도 올해는 특히 쇠약하고 피곤한 증세가 심합니다. 하지만 사방의 후배들은 남의 생각을 헤아리지도 않고 많은 사람들이 번갈아 찾아옵니다. 갖은 방법으로 거절하여 돌려보내 보지만 또 다른 사람들이 이어서 옵니다. 그 사이에는 막무가내로 거절할 수 없는 이들도 있어 분수에 맞추어 응대하지 않을 수 없습니다. 이 때문에 앉아 있다 보면 더욱 피곤하여, 어떤 때는 책을 보거나 글을 쓰다가 어지럼증이 발작하여 사방을 분별할 수 없는 지경이 되곤 합니다. 나날의 공부에 방해되는 정도를 알만 할 것입니다.

근래에는 또 가슴에 가래가 갑자기 끓어 온 몸이 결리고 아픈 데다가 다른 증세까지 겹쳐 신음하며 엎드려 있었는데, 그대의 편지가 이르렀습니다. 생각을 다해 자세히 회답할 수 없었으니, 부끄러운 마음을 이길 수 없었습니다. 다만 「심통성정도」를 고치는 일이 마땅하지 않다고 하신 데 대해서는, 지난번에 김이정이 그대의 글을 적어 보내 준 덕분에 이미 짤막한 논변을 지었습니다. 미리 한 장 베껴서 이정에게 부쳤는데 중간에서 잃어버리지는 않을 테니 오래지 않아 그대에게 전해질 것입니다. 제 생각은 이미 거기에서 갖추어 말했으니 지금 다시 늘어놓지는 않겠습니다.

무릇 예의바름·지혜로움 두 글자의 자리가 편치 않아 고치고자 한 것일 뿐입니다. 만약 이 두 글자를 온당하게 자리매길 수만 있다면, 옛 도형을 그대로 두는 것이 제가 정말 원하는 것입니다. 그러나 온당하게 자리매길 도리가 달리 없다면, 고친 내용도 유의하여 받아들일 부분이 있을 듯합니다. 스스로 헤아리건대 그 병폐가 그대가 염려하는 지경에는 이르지 않을 것입니다. 이정이 바야흐로 작은 규모로 「심통성정도」를 만들고 있는데, 논의가 정해진 뒤에 마저 베끼려고 한다고 하기에, 그에게 답장을 보내어 그냥 속히 가져오라고 했습니다.

상소문 안에 임율林栗·왕회王淮 따위의 소행과 같다고 거리낌없이 넣은 것은, 모두 너무 거리낌없었다고 볼지는 몰라도 잘못된 것은 아닙니다. 다만 지금 세상에 그런 일로 말하는 이가 없으니, 너무 노골적으로 보여서 저들이 용납할 수 없을 것입니다. 권세에 아부하는 무리들이 머리가 부셔져도 원한을 갚겠다는 말을 하기에 이르렀다 합니다. 이 때문에 더욱더 수선스러워질 터이니 끝내 그냥 그만두지는 않을 것 같습니다. 하지만 시대의 흐름이 또한 이와 같으니 깊이 이상하게 여기며 탄식할 것은 못됩니다.

그러나 그대는 이 한 번의 일로 한가하고 고요하게 학문에 전념하려는 오랜 소원을 이루었습니다. 하지만 저는 일찍부터 세상에 굳건히 대항하여 자기 길로 나서지 못하고 세상 사람들의 노여움을 샀는데, 지금 이미 늙어서도 오히려 세상에 얽매어 있습니다. 지난 달 사직을 비는 글을 올렸으나 또 소원을 이루지 못했습니다. 언제나 끝날 때가 있을지 모르겠으니 늘 스스로 슬퍼하며 탄식할 뿐입니다.

지금까지 "사물의 이치에 이른다.[物格]"와 "무극이면서 태극이다.[無極而太極]"에 대한 주장은 저의 견해가 모두 잘못되었습니다. 또한 이미 그 고친 내용을 베껴서 그대에게 전하라며 이정에게 맡겼습니다. 하지만 아마도 전하는 과정에서 잘못된 듯하므로 지금 한 편을 다시 보냅니다. 아울러 헤아려 주십시오.

근심으로 마음이 어지러워 대충 적었습니다. 삼가 어려운 시절에 몸을 더욱 아끼고 학문의 성취를 게을리 하지 말아, 시대의 소망에 부응하기를 바라면서 삼가 답서를 올립니다.

경오 11월 17일, 황은 머리를 숙입니다. 退

---

1. 『주역』에 대한 견해가 자기와 다르다 하여 주자를 기롱한 임율林栗과, 주자를 좋아하지 않아 도학道學을 공격하여 위학僞學이라 한 왕회王淮의 행위를 말한다.

2 부
학문을 논한 편지들

사단칠정을 논한 편지들

그대의 논박을 듣고서

선비들 사이에서 그대가 논한 사단칠정의 설을 전해 들었습니다. 저는 이에 대해 스스로 전에 한 말이 온당하지 못함을 근심했습니다만, 그대의 논박을 듣고 나서 더욱 잘못되었음을 알았습니다. 그래서 그것을 다음과 같이 고쳐 보았습니다. "사단의 발현은 순수한 이인 까닭에 언제나 선하고, 칠정의 발현은 기와 겸하기 때문에 선악이 있다." 이렇게 하면 괜찮을지 모르겠습니다.[1] 退

---

1. 이 편지는 【1-2】에서 왔다.

퇴계에게 올린 사단칠정설

자사가 말하기를, "기쁨·노여움·슬픔·즐거움이 아직 발현하지 않은 때를 중도[中]라 하고, 이것들이 발현하여 모두 절도에 맞은 때를 조화[和]라 한다."[1] 했고 맹자는 말하기를, "측은한 마음은 어짊의 단서이고, 부끄러워하고 미워하는 마음은 의로움의 단서이고, 사양하는 마음은 예의바름의 단서이고, 옳고 그름을 가리는 마음은 지혜로움의 단서이다."[2] 했습니다. 이것은 성정性情에 관한 이론으로서 옛 유학자들이 다 밝힌 것입니다. 그런데 제가 연구해 보건대, 자사의 말은 전체를 말하는 것이고, 맹자의 이론은 가르고 나누는 것입니다.

무릇 아직 발현되지 않은 사람의 마음은 성性이라 하고 이미 발현된 것은 정情이라 하는데, 성은 언제나 선하고 정은 선악이 있습니다. 이것은 당연한 이치입니다. 다만 자사와 맹자가 강조하는 것이 서로 다른 까닭에, 네 가지 단서인 사단과 일곱 가지 감정인 칠정의 구별이 있을 뿐, 칠정의 밖에 따로 사단이 있는 것은 아닙니다.

이제 만일 "사단은 이에서 발현되므로 언제나 선하고, 칠정은 기에서 발현되므로 선악이 있다." 한다면, 이것은 이와 기를 나누어 둘이라고 하는 것입니다. 이것은 칠정은 성에서 나오지 않고 사단은 기를 타지 않는다는 말과 같은 뜻입니다. 이렇게 되면 말뜻에 병집이 있고, 따라서 후학들은 의심하지 않을 수 없습니다. 만일 다시 "사단의 발현은 순수한 이이므로 언제나 선하고, 칠정의 발현은 기를 겸하므로 선악이 있다."로 고친다면, 비록 지난번의 설보다는 조금 나은 것 같지만, 제 의견으로는 그래도 불만스럽습니다.

　무릇 성이 처음 발현될 때 기가 작용하지 않아 본연의 선을 즉각 이룬 것이 바로 맹자가 말한 사단입니다. 이것은 완전히 순수하니 곧 천리天理의 발현입니다. 그러나 이것도 칠정의 범주를 벗어나지는 못하니, 바로 칠정 중에서 발현하여 절도에 맞은 것의 싹입니다. 그러므로 사단과 칠정을 댓구로 놓고 순수한 이[純理]와 기를 겸한 것[兼氣]이라고 번갈아 말할 수 있겠습니까? 인심人心·도심道心을 논한다면 이런 설이 옳을 수도 있겠지만, 사단칠정의 경우에는 이렇게 말할 수 없을 것입니다. 왜냐하면 칠정을 인심으로만 볼 수 없기 때문입니다.

　무릇 이는 기의 주재자요, 기는 이의 재료입니다. 이들은 본래 구분이 있지만, 실제 사물에서는 완전히 섞여서 나눌 수 없습니다. 다만 이는 약하지만 기는 강하고, 이는 조짐이 없지만 기는 자취가 있습니다. 그러므로 이기가 사물 속에서 흐르거나 발현될 때, 지나치거나 모자라는 차이가 있게 됩니다. 이것이 칠정의 발현이 선하기도 하고 악하기도 하는 까닭이며, 성의 본체가 때로 완전하지 못한 경우도 있는 까닭입니다. 그렇다면 선은 하늘이 준 본래 성격이고, 악은 기가 너무 많거나 모자란 경우이니, 사단칠정이라는 것은 처음부터 두 가지 뜻을 가지지 않았습니다. 요즘 학자는 맹자가 선 쪽으로만 가서 갈라내어 가리킨 뜻을 살피지 않고, 그것을 예로 들어 사단과 칠정을 나누어 논하는데, 저는 그것을 잘못이라고 생각합니다.

주자는 "기쁨·노여움·슬픔·즐거움은 정이고 정이 발현되지 않은 것은 성이다."[3] 했습니다. 그리고 성정을 논할 때마다 사덕四德이나 사단四端으로 말했습니다. 그것은 주자가 사람들이 깨닫지 못하고 기를 가지고 성을 논할 것을 염려했기 때문입니다. 그러므로 학자들은 모름지기 이가 기의 바깥에 있는 것이 아니라, 기가 넘치거나 모자라지 않게 스스로 발현된 것이 이의 본래 모습임을 알아야 하겠습니다. 이러한 깨달음을 가지고 공부에 힘쓴다면 어긋남이 없을 것입니다. 기미 3월[4] 高

1. 『중용』, 1장.
2. 『맹자』, 「공손추」상, 6장.
3. 『중용』 제1장의 글귀에 대한 주자의 주.
4. 별지의 끝에 적힌 '기미 3월'로 이 논문이 편지를 보낸 시점인 8월이 아닌 3월에 작성된 것임을 알 수 있다. 이 편지는 【1-4】에서 왔다.

사단칠정이 이기로 나뉜다고 한 논설

성性과 정情에 관한 논설은 선대의 유학자들이 상세히 밝혔습니다. 다만 사단칠정에 대해 이를 때는 두 가지가 다 정이라는 것만 말했을 뿐 이와 기로 나누어 설명한 것은 볼 수 없었습니다. (이상 1절)

지난해 정지운이 지은 「천명도」에는 "사단은 이에서 발현하고 칠정은 기에서 발현한다." 하는 설명이 있었습니다. 제 생각에도 너무 심하게 나누어 놓아 논쟁의 실마리가 되지 않을까 염려스러웠습니다. 그리하여 '순수한 선[純善]'이나 '기를 겸함[兼氣]' 같은 말로 고쳤던 것입니다. 그렇게 고친 것은 서로 도와 가며 밝게 설명해 보려는 것이었지, 고친 말이 허물이 없다고 하려던 것은 아니었습니다. (이상 2절)

이제 손수 쓰신 논설을 보여주시고, 잘못을 가리켜 드러내시며 정성껏 깨우쳐 주시니, 더욱 깊이 깨닫게 됩니다. 그렇다고 하더라도 의심스러운 점이 없어지지 않아, 아래에 몇 말씀 적겠으니 바로잡아 주시기 바랍니다. (이상 3절)

무릇 사단이란 정이며 칠정 또한 정입니다. 같은 정인데 왜 사단과 칠정이라는 다른 이름이 있습니까? 보내 주신 글에서 말씀하신 대로 '강조점이 다르기' 때문입니다. 무릇 이와 기는 본래부터 서로 따르면서 본체[體]를 이루고, 서로 기다리면서 작용[用]이 됩니다. 참으로 이가 없는 기란 있을 수 없으며, 기가 없는 이도 있을 수 없습니다. 그러나 강조점이 다르기 때문에 분별하지 않을 수 없습니다. 예로부터 성현들께서 이 두 가지를 논하게 될 때, 하나로 합쳐서만 말하고 나누어 말하지 않은 적이 언제 있었습니까? (이상 4절)

또 성만 가지고 보더라도 그렇습니다. 자사가 말한 '하늘이 명한 성[天命之性]'[2]과 맹자가 말한 '본래 선한 성[性善之性]'[3]에서 두 성자가 강조하는 점은 어디에 있습니까? 이기의 타고난 성질 가운데 이의 근원의 본래 모습만을 강조해서 말하려 한 것이 아니었겠습니까? 강조점이 이에 있고 기에 있지 않기 때문에 순수한 선으로서 악이 없다고 말할 수 있을 뿐입니다. 만일 이기가 서로 나뉠 수 없다는 점 때문에 "기를 겸했다.[兼氣]" 하는 이론을 세우려 한다면, 이것은 이미 성의 본래 모습을 말하는 것은 아닐 것입니다. 자사나 맹자가 도의 전모를 꿰뚫어 보면서도 이렇게 말한 것은 하나만 알고 둘은 모르기 때문이 아닙니다. 그것은 성을 말할 때 기를 섞는다면 성의 본래 선함을 볼 수 없다고 여겼기 때문입니다. 후세에 정자·장자[4] 같은 이에 이르러 어쩔 수 없어 기질의 성[氣質之性]이라는 이론도 나왔습니다만, 이것 역시 이전보다 뛰어나고자 하여 색다른 이론을 세운 것은 아닙니다. 강조점이 기를 타서 움직임이 생긴 뒤라면, 또한 본연의 성이라고 싸잡아 부를 수 없습니다. 그러므로 일찍이 무모하게도 저는 성도 본래 그대로의 성과 기가 주어진 뒤의 성이 다르듯이 정에도 사단과 칠정의 분별이 있다고 생각했습니다. 그렇게 보면 성은 이미 이와 기로 나누어 말할 수 있는데, 정만 홀로 이와 기로 나누어 말할 수 없다고 하겠습니까? (이상 5절)

측은한 마음·부끄러워하고 미워하는 마음·사양하는 마음·옳고 그름을 가리는 마음은 무엇을 좇아서 발현합니까? 어짊·의로움·예의 바름·지혜로움의 성으로부터 발현합니다. 기쁨·노여움·슬픔·두려움·사랑함·미워함·하고픔[喜怒哀懼愛惡欲]은 무엇을 좇아서 발현합니까? 이것들은 바깥의 사물이 사람의 형기形氣에 닿으면 사람 안에서 움직임이 있게 되고 그 다음 바깥으로 나오게 됩니다. 사단의 발현에 대해 맹자가 이미 마음이라 했습니다만, 마음이란 진실로 이기의 합입니다. 그런데도 강조점이 주로 이에 있는데, 왜 그렇습니까? 어짊·의로움·예의바름·지혜로움의 성은 순수하게 사람 속에 존재하는데, 사단이 그것의 단서이기 때문입니다. 칠정의 발현에 대해 주자가 "본래 당연한 법칙이 있다." 했으니, 칠정에도 이가 없는 것이 아닙니다. 그렇지만 강조점이 주로 기에 있는데 왜 그렇습니까? 바깥의 사물이 가까이 다가오면 쉽사리 감응하여 먼저 움직이는 것으로 형기보다 더한 것이 없는데, 칠정이 바로 그 형기의 싹이기 때문입니다. 사람 속에 있어서 순수한 이인 것이 어떻게 발현되자마자 기와 섞인다고 말할 수 있겠습니까? 바깥 사물에 감응하면 형기인데, 어떻게 그것이 발현하면 이의 본체가 된다고 말할 수 있겠습니까? 사단은 모두 선한 까닭에 맹자는 "네 가지 마음이 없으면 사람이 아니다."[5] 했고 "정이란 선하다 할 수 있다."[6] 했습니다. 칠정은 선악이 정해지지 않았기에, 한번 이루었다 하더라도 잘 살피지 않으면 마음이 바름을 얻을 수 없습니다. 그리고 반드시 발현된 뒤 절도에 맞은 다음에야 조화롭다고 하는 것입니다. 이것으로 말미암아 본다면, 사단과 칠정은 비록 모두 이기를 벗어나지 않는다고 하겠습니다. 하지만 유래에 따라 주되고 중요한 것을 강조하여 말하면 어찌하여 어느 것은 이이고 어느 것은 기라고 말할 수 없겠습니까? (이상 6절)

보내 주신 논설의 뜻을 살펴보니, 이기가 서로 따르며 떨어지지
않는 관계라는 견해를 굳게 가지고 그 이론을 힘써 주장한 까닭에,
이 없는 기는 있을 수 없으며 기 없는 이도 있을 수 없다고 했습니
다. 그리고 사단칠정은 서로 다른 뜻이 없다고 했습니다. 이러한 주
장은 옳은 것이지만, 성현들의 뜻으로 헤아려보면 맞지 않는 점이
있는 듯합니다. (이상 7절)

무릇 의리義理의 학문이란 지극히 정밀하고 미묘한 것입니다. 모
름지기 마음을 크게 먹고 눈을 높게 둔 다음 절대로 먼저 한 가지
이론에 얽매이지 말고, 마음을 비우고 편안한 기분으로 속깊은 뜻을
차근차근 살펴야 합니다. 같은 것을 보더라도 다른 점이 있음을 알
아야 하고, 다른 것을 보더라도 같은 점이 있음을 알아야 합니다. 둘
로 나누더라도 나누기 전의 본래 뜻을 해치지 않아야 하며, 하나로
합치더라도 서로 제멋대로 섞이지 않게 해야 합니다. 그래야만 치우
침 없이 두루 알게 되는 것입니다. (이상 8절)

바라건대 다시 성현의 이론으로 반드시 그래야 함을 밝혀 봅시다.
옛적에 공자는 "선으로 잇고 성으로 이룬다.[繼善成性]"[7] 하는 이론을
남겼고, 주자周子[8]는 "무극이면서 태극[無極太極]"이라는 이론을 남겼
습니다. 이것들은 모두 이기가 서로 따르며 나뉘지 않는 성질 가운
데에서 따로 가르고 나누어서 이만을 말한 것입니다. 공자는 "서로
가깝고 서로 멀다."[9]는 표현으로 성을 말했고, 맹자는 '이목구비의
성'[10]을 말했습니다. 이것들은 모두 이기가 서로를 이루며 나뉘지 않
는 성질 가운데에서 기 한쪽만을 말한 것입니다. 이 네 가지야말로
어찌 같은 것을 보면서 다른 점이 있음을 아는 사례가 아니겠습니
까? 자사가 중도와 조화를 논할 때 기쁨·노여움·슬픔·즐거움은 말

했지만 사단에는 미치지 않았습니다.[11] 정자가 학문을 좋아함[好學]을 논할 때 기쁨·노여움·슬픔·두려움·사랑함·미워함·하고픔은 말했지만 사단은 말하지 않았습니다.[12] 이것은 바로 이기가 서로를 기다리며 나뉘지 않는 성질 가운데에서 그 두 가지를 통틀어 말한 것입니다. 이 두 가지야말로 어찌 다른 것을 보면서 같은 점이 있음을 아는 사례가 아니겠습니까? (이상 9절)

지금 그대의 변론은 이러한 것들과 다릅니다. 하나로 보기를 좋아하는 반면 나누기를 싫어하며, 통틀어 합치기를 즐기는 반면 쪼개어 가르기를 싫어합니다. 사단칠정의 유래를 끝내 추구하지 않은 채 대체로 이기를 겸한 것인 만큼 선악이 다 있다고 하여, 나누어 말하는 것이 옳지 않음만을 굳게 주장합니다. 중간에 비록 "이는 약하지만 기는 강하다."든가 "이는 조짐이 없지만 기는 자취가 있다."는 주장이 있습니다만, 마침내 끝에 가서는 "기의 자연스러운 발현이 이의 본체이다." 했습니다. 이것은 드디어 이기를 하나로 생각하여 구별이 없다고 여기는 것입니다. 근세에 나정암羅整菴[13]이 이기가 둘이 아니라는 주장을 하면서 주자의 이론이 틀렸다고 하는 데까지 이르렀지만, 저 같은 보통 사람으로서는 그 뜻을 따라가지 못합니다. 그렇다고 보내 주신 글의 뜻이 역시 그와 같다는 말은 아닙니다. (이상 10절)

보내 주신 논설을 보면, 이미 "자사와 맹자가 강조하여 말한 점이 같지 않다."든지 "사단은 가르고 나눈 것"이라 하신 말씀이 있습니다. 그런데도 도리어 "사단칠정에는 다른 뜻이 없다." 하시니, 잘못하면 서로 모순되지 않겠습니까? 무릇 학문을 함에 있어서 분석을 싫어하고 합하여 한 이론으로 주장하기에 힘쓰는 것을 옛 사람들은

"대추를 그냥 삼킨다.[鶻圇吞棗]" 했는데 그 병집은 작지 않습니다. 그럼에도 이와 같은 태도를 바꾸지 않는다면, 모르는 사이에 쉽사리 기로써 성을 논하는 폐단에 들어가게 되고, 사람의 욕망을 하늘의 이치[天理]로 여기는 잘못에 떨어지게 됩니다. 어찌 옳다고 하겠습니까? (이상 11절)

보내 주신 글을 받고 곧바로 제 생각을 알려드리고 싶었지만, 감히 제 의견이 반드시 옳고 의심할 것 없다는 자신이 생기지 않아서 오랫동안 덮어두고 있었습니다. 그런데 근래 『주자어류』에서 맹자의 사단을 논한 마지막 한 조항을 찾아보았습니다.[14] 바로 이 주제를 논하여 이르기를, "사단은 이의 발현이고, 칠정은 기의 발현이다." 했습니다. 옛 사람이 말하지 않았습니까? 감히 자신을 믿지 말고, 스승을 믿으라고. 주자는 제가 스승으로 삼는 분이고 또한 천하 고금의 큰 스승입니다. 이 설명을 얻은 뒤 비로소 저는 제 의견이 크게 그릇되지 않았음을 믿게 되었습니다. 게다가 처음 정추만의 설 역시 본래 병집이 없는 것으로서, 고칠 필요가 없을 듯합니다. 이상과 같이 변변치 못한 몇 마디를 조잡하게 적어 가르침을 청합니다. 그대의 뜻이 어떠실지 모르겠습니다. 만약 이치는 비록 다르지 않지만 이름을 붙여 표현하는 사이에 조금이라도 차이가 있어, 옛 선비들의 이론을 그대로 사용하는 것이 오히려 낫겠다고 생각하신다면, 주자의 이 이론으로 대신하고 우리의 것은 버리는 것이 온당하겠습니다. 어떻습니까? (이상 12절)[15] 退

1. 고봉은 이 논설을 받아 ㅂㄱ 전체를 12절로 나누어 상세히 검토했다. 절의 구분은 내용을 분명하게 파악하기 위해 고봉이 마음대로 나눈 것이므로『고봉집』에는 표시가 되어 있는 반면『퇴계집』에는 표시되어 있지 않다. 이 편지에 대한 고봉의 답장은 절의 구분에 따라 조목조목 되어 있으므로 쉽게 이해하기 위해 이 글에서도 절을 표시해 둔다.

2. "하늘이 명한 것을 성性이라 하고, 성을 따르는 것을 도道라 하며, 도를 닦는 것을 교敎라 한다."『중용』,「제1장」.

3. 맹자가 성선性善을 이야기했다는 점은 "맹자가 성선을 말했으며 말할 때마다 늘 요순을 거론했다."(『맹자』,「등문공」상, 1장)라는 대목을 통해 알 수 있다. 그가 말한 성선의 내용은『맹자』「고자」를 통해 구체적으로 알 수 있는데 대표적인 대목은 아래와 같다. "맹자가 말씀하시기를, 물은 진실로 동서의 구별은 없지만 위아래의 구분도 없는가? 사람의 성품이 선함은 물이 아래로 흐름과 같으니 사람은 선하지 않음이 없고 물은 아래로 흐르지 않음이 없다."『맹자』,「고자」상, 2장.

4. 중국 송대의 유학자 장재張載(1020~1077)를 가리킨다. 자는 자후子厚요 호는 횡거橫渠이다.

5. "이로 말미암아 본다면, 측은한 마음이 없으면 사람이 아니고, 부끄러워하고 미워하

는 마음이 없으면 사람이 아니며, 사양하는 마음이 없으면 사람이 아니고, 옳고 그름을 가리는 마음이 없으면 사람이 아니다."『맹자』,「공손추」상, 6장.

6. "'이제 성이 선하다 하시니, 그렇다면 저들은 모두 그릅니까?' 맹자가 말씀하셨다. '이에 만약 그 정이 선하다 할 수 있으면 성도 선하다고 이를 바이라.'"『맹자』,「고자」상, 6장.

7. "한번 음으로 일정하게 변화하고 한번 양으로 변화함을 가리켜 도라 하는데, 그 변화를 잇는 것은 선善이며, 변화를 성립시키는 것은 성性이다."『주역』,「계사」상.

8. 중국 송대의 유학자 주돈이周敦頤(1017~1073)를 가리킨다. 자는 무숙茂叔이요 염계선생濂溪先生이라고도 한다.

9. "공자가 말했다. '성은 서로 가깝지만 습관에 따라 서로 멀어진다.'"『논어』,「양화」, 2장.

10. "맹자가 말했다. '입은 맛난 것을, 눈은 아름다운 색을, 귀는 좋은 소리를, 코는 향기를, 사지는 편안함을 좇으니, 그것은 성性이다. 그러나 명命이 있으므로 군자는 성性을 말하지 않는다.'"『맹자』,「진심」하, 24장.

11. "기쁨·노여움·슬픔·즐거움이 발현하지 않았을 때를 중도[中]라 이르고, 발현하여 절도에 맞았을 때를 조화[和]라고 이른다. 중도라 함은 천하의 큰 근본이요 조화라 함은 천하의 통달한 도이다."『중용』,「제1장」.

12. "애공이 물었다. '제자 가운데 누가 배움을 좋아합니까?' 공자가 대답했다. '안회라는 이가 있어 배움을 좋아했습니다. 노함을 옮기지 아니했고 잘못을 두 번 되풀이하지 아니했습니다. 불행하게도 명이 짧아 죽은지라 지금은 없습니다. 그 뒤로 배움을 좋아하는 이에 대해 듣지 못했습니다.'"(『논어』,「옹야」, 3장) 위에 대한 주자의 주에는 정자의 다음과 같은 문답이 남아 있다. "'그것을 배우는 도는 어떤 것입니까?' 정자가 말했다. '천지의 정기를 모아 오행의 빼어난 것만을 얻으면 사람이 된다. 사람의 본성은 진실되고 고요해 발현되기 전에는 오성을 두루 갖추었으니 어짊·의로움·예의바름·지혜로움·믿음이라 한다. 그런데 형체가 생겨나면 바깥 사물이 그 형체와 닿아 안에서 움직임이 생기니, 안이 움직여 칠정이 나오는데 기쁨·노여움·슬픔·두려움·사랑함·미워함·하고픔이다. 정이 이미 타올라 더욱 넓어지면 성性이 뚫린다. 그러므로 깨달은 이는 정을 동여매어 중정中正에 부합되게 하고 마음속에 성을 기를 따름이다. 그러나 반드시 먼저 마음을 밝혀서 움직이는 방향을 안 뒤에야 힘써 실천하여 본성에 이르기를 구할 것이다.'"

13. 나정암羅整菴은 명대의 유학자 나흠순羅欽順(1465~1547)을 가리킨다. 자는 윤승允升이요, 정암은 그의 호이다. 『곤지기困知記』를 지었는데, 퇴계는 그의 이기론理氣論이 주자와 커다란 차이를 보인다고 보았다.

14. 『주자어류』권53,「맹자3·공손추상지하公孫丑上之下」.

15. 이 편지는【1-6】에서 왔다.

퇴계에게 답해 사단칠정을 논한 글

보내 주신 「사단과 칠정을 이와 기로 나눈 변론[四端七情分理氣辯]」한 편을 받았습니다. 성정과 이기에 대해 두루 인용하고 상세히 비유하며 되풀이하여 밝혔으니 자세하고 정성스럽다고 이를 만합니다. 그래서 천천히 되풀이하여 생각하고 풀어내니 깨닫는 바가 많습니다. 그러나 그 가운데에도 의심을 없애지 못하는 곳이 있습니다. 이치는 끝을 보기 어렵고 사람의 견해는 차이가 있어서 그런 것이 아니겠습니까? 이것을 바로 연구하고 살펴서 마땅한 결론을 구해야 할 것입니다. 따라서 감히 보내 주신 변론을 조목조목 자세하게 아뢰어, 선생님께서 끝까지 가르쳐 주시기를 바라고자 합니다. 생각하건대 선생님께서 밝게 증명하여 후학을 깨우쳐 주시면 천만 다행이겠습니다.

제 1 절

성정의 설은 선대의 유학자들이 논하여 더 이상 숨은 뜻이 남아 있지 않으나, 또한 자세하기도 하고 간략하기도 하여 아주 똑같다고 할 수는 없다고 제가 말씀드린 적이 있습니다. 따라서 뒤에 오는 학자들은 단지 그 변론의 자세함과 소략함에 따라 되풀이 연구함으로

써 자기 마음속에서 스스로 터득하려고 해야지, 한갓 이미 만들어진 이론을 대략 이해하고서 진리는 바로 이것일 뿐이라고 해서는 안 됩니다. 주자는 "마음·성·정의 구분은 정자와 장자張子께서 함께 내놓은 견해에 전혀 차이가 없다. 하지만 정자의 여러 제자들은 따로 스승의 이론을 전해 받아 도리어 하나같이 차이가 있었다." 했습니다. 무릇 스승의 이론을 물려받은 정자의 제자들도 오히려 차이가 있음을 면치 못했는데 하물며 후세의 학자는 어떻겠습니까?

지금 변론하신 것을 자세히 보니 큰 줄기에 있어서는 거리낌이 없는 것 같지만 자세히 설명하신 부분에는 편치 않은 곳이 많으니, 제 의견과 조금은 차이가 있는 듯합니다. 주자는 "여러 유학자들이 성을 논함에 의견이 같지 않은 것은 그것이 선악과 관련해 분명하지 않아서가 아니라 성의 뜻을 분명히 하지 않았기 때문이다." 했습니다. 제 생각에는 지금 변론하신 것도 이기와 관련된 내용이 분명하지 않아서가 아니라, 마음·성·정을 분명히 하지 않아서 그러한 듯합니다.

『주자어류』 가운데 한 조목을 살펴보니 "성이 발현되면 그것이 바로 정이다. 정에는 선악이 있지만 성은 온전히 선하다. 마음은 또 다른 것으로 성정性情을 하나로 포괄한다." 했습니다. 또 한 조목에 "성·정·마음에 대해서는 맹자와 횡거의 설이 가장 좋다. 어짊은 성이고 측은히 여김은 정인데, 이들은 모름지기 마음에서 발현되어 나오니 마음은 성정을 아우른다. 그런데 성은 다만 본래 이와 같이 마음에 아울러지지만 그것은 이일 뿐, 실재하는 개별적 사물이 아니다. 실재한다면 이미 선이 있는 이상 악도 있을 것이다. 그러나 성은 실재하지 않고 다만 이일 따름인 까닭에 언제나 선한 것이다." 했습니다. 그리고 또 한 조목에 "성은 언제나 선하다. 그것이 마음에서 발현되면 곧 정인데, 그것은 선하지 않을 수도 있다. 그러나 선하지 않다고 그 마음이 아니라고 말한다면 마음의 본체를 알지 못하는 것이다. 본래 언제나 선하지만 선하지 않게 흐른 것은 정이 바깥 사물로 옮겨가서 그렇게 되는 것이다. 성은 바로 이를 통틀어 부르는 이름이고, 어짊·의로움·예의바름·지혜로움은 성 가운데 있는 하나의 이의 이름이다. 측은히 여김·부끄러워하고 미워함·사양함·옳고 그름을 가림은 정이 발현된 이름인데, 이는 정이 성에서 나와서 선한 것이다." 했습니다. 이 세 조항을 보면 마음·성·정에 대해 많은 것을 생각할 수 있습니다.

사단과 칠정을 이와 기로 나누는 이론은 전에는 보지 못했다고 했습니다만, 지금 주신 변론을 받아 보니 『주자어류』의 말을 인용 하셨습니다. 그렇다면 옛날의 유학자들도 이미 말씀한 것인데 저의 학문이 얕아 보지 못했던 것일 뿐입니다. 그러나 사단은 이가 발현 한 것이고 칠정은 기가 발현한 것이라고 말한 데에는 아마도 복잡 한 사정이 없을 수 없을 것입니다. 주신 변론에 "정에 사단과 칠정 의 구분이 있음은 마치 성에 본성本性과 기품氣稟의 다름이 있음과 같다." 하신 말씀이 있는데, 이 말씀은 매우 타당하여 주자의 말씀과 함께 서로 밝혀주고 있으니 저도 그렇다고 생각해 왔습니다. 그러나 주자의 말씀에 "천지의 성을 논할 때에는 오로지 이만을 가리켜 말 하고, 기질의 성을 논할 때에는 이와 기를 섞어서 말한다." 하는 것 이 있습니다. 이로써 본다면 "사단은 이의 발현이다." 하는 말은 이 만을 가리켜 말한 것이고, "칠정은 기의 발현이다." 하는 말은 이와 기를 섞어서 말한 것입니다. 그러나 그것이 "이의 발현이다." 한 말은 진실로 바꿀 수 없습니다만, 그것이 "기의 발현이다" 한 말은 기만을 가리킨 것이 아니니, 이것이 바로 곡절이 있다고 한 까닭입니다.

대체로 주신 변론에 저의 생각과 같은 부분이 많지만, 다른 곳 또한 적지 않습니다. 더구나 다른 곳은 다들 중요한 부분입니다. 그렇기 때문에 그 부분에서 의견이 같지 않다면 나머지 부분의 같고 다름이나 옳고 그름은 논할 것도 없습니다. 반드시 이곳을 분명히 밝혀서 믿을 만한 뒤에야 다른 부분의 같고 다름이나 옳고 그름을 따질 수 있습니다.

보내 주신 변론에서 "사단은 어짊·의로움·예의바름·지혜로움의 성에서 발현되기 때문에, 비록 그것이 이와 기가 합쳐진 것이지만 주로 이를 강조한 것이다. 그리고 칠정은 바깥 사물이 형기形氣를 건드려 마음속에 움직임이 있고 나서 경계를 따라나오는 것이기 때문에, 이가 없는 것은 아니지만 강조점은 기에 있다. 그러므로 사단은 속에 있을 때는 순수한 이[純理]이고 발현되어도 기에 섞이지 않으며, 칠정은 밖으로 형기에 감응하므로 그 발현은 이의 본체가 아니다. 따라서 사단과 칠정은 그 연원이 같지 않다." 하셨습니다. 이 몇 마디 말씀은 실로 선생님께서 스스로 깨우치신 것으로서, 선생님께서 글 안에서 여러 가지 말씀을 하셨지만 그 큰 뜻은 여기서 벗어나지 않습니다.

하지만 제 의견은 이와 다릅니다. 무릇 사람의 정은 하나입니다. 그리고 정이라고 하는 것은 진실로 이기를 겸하고 선악이 있습니다. 다만 맹자는 이기가 오묘하게 합쳐진 속에서 오로지 이에서 발현하여 언제나 선한 것만을 가리켜 말했으니, 사단이 그것입니다. 자사는 이기가 묘하게 합쳐진 속에서 섞여 있는 것을 말했으니 정에서 진실로 이기를 겸하고 선악이 있는 것, 칠정이 그것입니다. 이것들이 바로 "강조점이 같지 않다." 하는 것입니다. 그런데 칠정이라는 것은 비록 기에 의해서 간섭받는 것 같지만 이 또한 스스로 그 속에 있습니다. 칠정이 발현되어 절도에 맞는 것이 곧 하늘이 준 성이요 본연의 실체로서, 맹자가 말한 사단과 실질은 같으면서 이름만 다른 것입니다. 발현되어 절도에 맞지 않게 된 것은 기가 부여하는 사물에 대한 욕망이 작용하여 성의 본연으로 돌아가지 못한 것입니다. 그러므로 제가 지난번에 "칠정 바깥에 따로 사단이 있는 것이 아니다." 한 것은 바로 이것을 이른 것입니다. 그리고 "사단과 칠정이 애당초 두 가지 뜻이 있는 것이 아니다." 한 것도 이것을 이른 것입니다.

결론적으로, "사단은 이가 주이고 칠정은 기가 주이다." 따위의 말씀은 비록 대체적인 줄거리는 같지만 세세한 곡절은 같지 않습니다. 주자의 말씀이 명백하고 간략하지만 학자들의 견해는 차이가 없을 수 없으니, 이것이 어찌 호리의 차이 곧, 아주 작지만 중대한 결과를 가져오는 차이가 아니겠습니까? 그런데 주자의 말씀을 선생님의 뜻으로 해석하면 반듯하게 잘려서 쉽게 깨달을 수 있지만, 저의 소견으로 해석하면 굽이굽이 복잡하여 통하기가 어려우니, 호리의 차이라는 것이 선생님께 있지 않고 저에게 있는 듯도 합니다. 다만 『중용』의 「장구」와 「혹문」 그리고 주자의 평생의 여러 설을 가지고 살펴보면 아마도 이와 같지 않을까 의심할 뿐입니다. 자세히 살펴 주시면 어떻겠습니까?

제 2 절

"사단은 이에서 발현하고, 칠정은 기에서 발현한다." 하는 두 구절은 추만 정지운의 도설圖說에 나타나 있는데, 이는 주자의 말과 다르지 않으니 만약 잘 이해한다면 어찌 병집이 있겠습니까? 제가 지난번에 의심했던 까닭은 깨닫지 못한 자들을 오해하게 만들지나 않을까 염려했기 때문입니다. 사단칠정을 넓은 뜻으로 논하여 사단은 이에서 발현하고 칠정은 기에서 발현한다고 한다면 안 될 것이 없습니다. 하지만 추만의 경우에는 그것을 도설로 만들어, 사단을 이의 구역에 놓고 이에서 발현된다고 하고 칠정을 기의 구역에 놓고 기에서 발현된다고 했습니다. 그림으로 만들자니 어쩔 수 없었겠지만 자리잡을 때 너무 심하게 갈라놓은 듯합니다. 만약 후학들이 그것을 보고 이미 결론이 났다고 하며, 이와 기를 둘로 나누어 따로 논한다면 사람들을 심하게 그르치는 것이 아니겠습니까?

뒤에 주신 편지를 보니 위의 말을 고치서서 "사단의 발현은 순수한 이인 까닭에 언제나 선하고, 칠정의 발현은 기와 겸하기 때문에 선악이 있다." 하셨습니다. 이것이 이전의 설명보다 훨씬 분명합니다만 제 생각에는 그래도 편치 않습니다. 사단과 칠정을 댓구로 놓고 번갈아 말하며, 도설 속에 배치해 놓고 어떤 것은 언제나 선하다고 하고 어떤 것은 선악이 있다고 한다면, 사람들은 정이 둘인가 하고 의심할 것입니다. 설령 정이 둘이라고 의심하지 않는다 하더라도, 정 속에 두 가지의 선善이 있어서 하나는 이에서 발현하고 하나는 기에서 발현한다고 의심할 것이므로 마땅하지 않습니다. 그런데 지난번에 제가 의심했던 것도 바로 이것이었습니다. 지금 상세한 변론을 보내 주신 데 따라 다시 도설을 점검해 보니, 의심이 여기서 그치지 않습니다. 이에 대해 참으로 옳고 그름이 제 쪽에 있는지 선생님 쪽에 있는지는 모르겠으나, 전에 "분명히 깨닫지 못한 이들을 오해하게 한다." 의심했던 것이 지나친 걱정만은 아니었습니다.

제 3 절

저는 어리석고 생각이 얕아 배움의 길을 알지 못합니다. 성정·이기의 설에 대해 하루도 실제 공부를 하지 못했는데 하물며 몸으로 느낀 효과가 있겠습니까? 그러면서도 주제넘다 생각하지 않고 번번이 소견을 펼쳤으니, 조심하지 않는 죄를 범한 것이며 증거도 없는 말을 한 사람입니다.

선생님께서 나무라지도 않으시고 이처럼 간절히 편지를 주고받으실 줄을 어찌 생각이나 했겠습니까? 이 점이 바로 제가 우러러 탄복해 마지않는 바입니다. 다행입니다.

제 4 절

사단과 칠정이 본래 똑같은 정인데 그 이름이 다른 것은 어찌 강조점이 같지 않았기 때문이 아니겠습니까? 제가 지난번에 바로 이렇게 주장했습니다만, 보내 주신 변론에서도 그렇다고 하셨습니다. 그러나 강조점이 같지 않다는 구절을 제 주장으로 따져 보면 본래 하나의 정이지만 강조점이 다르다는 뜻에 방해가 되지 않습니다만, 보내 주신 변론을 가지고 견주어 보면 사단과 칠정은 각기 연원이 있으니 단지 강조점이 다르다는 데서 그치지 않습니다. 따라서 비록 같은 말이라도 서로의 주된 뜻이 각각 따로 있으니, 살피지 않을 수 없습니다. 하물며 자사와 맹자의 말이 다른 것도 그 말에서 뿐 아니라 그 뜻에도 또한 달리 강조점이 있으니 어떡하겠습니까?

일찍이 주자의 「진기지에게 답한 글[答陳器之書]」을 보니, "성은 바로 태극이 섞여 있는 실체이니 본래 이름을 붙여 말할 수 없다. 그러나 그 속에는 모든 이치를 갖추고 있고 벼리가 될 만한 큰 이치가 넷이 있다. 그렇기 때문에 이름하여 어짊·의로움·예의바름·지혜로움이라고 한 것이다. 공자의 문하에서는 일찍이 그 이름을 갖추어 말하지 않았는데, 맹자에 이르러서 비로소 갖추어 말했다. 이는 공자 때에는 성이 선하다는 이치가 본래 밝혀져 있어서 비록 그 조목을 자세히 드러내지 않아도 그 설이 저절로 갖추어졌기 때문이었고, 맹자 때에 이르러서는 이단이 벌떼처럼 일어나서 성을 선하지 않다고 하는 사람이 더러 있었으므로, 맹자는 이 이치가 밝혀지지 못할까 염려하여 밝힐 마음을 먹었기 때문이다. 그런데 다만 성을 '섞여 있는 실체'라고만 말한다면 마치 눈 없는 저울이나 치[寸] 없는 자[尺]와 같아서 끝내 천하를 깨우칠 수 없게 될까 염려하여, 구별해 말하고 경계를 갈라 네 개로 쪼개었다. 사단의 설은 이렇게 이루어졌다." 했습니다. 이것이 강조점이 같지 않고 각각 주된 뜻이 있다는 것이 아니겠습니까?

자사는 중도와 조화[中和]를 말하여 성정의 덕을 논했고 기쁨·노여움·슬픔·즐거움을 말했습니다. 이것은 곧 정이 이와 기를 겸하고 선악이 있는 것을 통틀어 말한 것으로, 전체를 말한 것입니다. 맹자는 어짊·의로움·예의바름·지혜로움을 말하여 성이 선하다는 이치를 드러내 밝혔고 측은한 마음·부끄러워하고 미워하는 마음·사양하는 마음·옳고 그름을 가리는 마음[惻隱·羞惡·辭讓·是非]을 말했습니다. 이것은 곧 정의 선한 부분만 말한 것으로, 분석하여 한 쪽만 떼어낸 것입니다. 옛날 성현들이 이기와 성정을 논할 때에 합해 말한 것도 있고 나누어 말한 것도 있음은 그 뜻 역시 각기 주장하는 바가 따로 있는 것이니, 배우는 사람들이 정밀히 살펴야 할 것입니다.

제5절

이 조항에서 논하신 바는 모두 지극히 정밀하니 어찌 감히 다시 헤아리겠습니까. 하지만 그래도 서로 밝혀야 할 것들이 남아 있습니다. 주자는 "기가 있기 전에 이미 성이 있으니, 기가 존재하지 않아도 성은 항상 존재한다. 비록 성이 지금 기 속에 있다 하더라도 기는 기이고 성은 성일 뿐, 서로 섞이지 않는다." 했습니다. 또 "하늘이 준 성이라도 기질이 아니면 붙어있을 데가 없다. 그런데 사람의 기품은 맑고 흐리기, 비뚤고 바르기가 다르다. 그러므로 천명이 바르지만 또한 깊이와 두께가 다르다. 그렇지만 그것을 성이라 하지 않을 수도 없다." 했습니다. 또 "하늘이 명한 것을 성이라 이름은 가장 깊은 원천의 성을 말하는 것이다." 했습니다. 또 "맹자는 가르고 떼어내어 성의 근본을 말했고, 이천伊川은 기질을 겸해 말했다. 그러나 요약해 본다면 성과 기는 서로 떨어질 수 없다." 했습니다. 또 "기질의 설은 정자程子와 장자張子에서 비롯되었다." 했습니다. 위의 몇 조항을 보면 천지의 성과 기질의 성이라고 하는 것을 더욱 분명히 깨달을 수 있고 자사·맹자·정자·장자가 한 말씀의 차이도 볼 수 있습니다.

또 주자는 "천지가 만물을 나게 하는 원리는 이이고, 실제로 만물을 나게 하는 것은 기질氣質이다. 사람과 사물이 이 기질을 얻어 형체를 이루는데 그 속에 있는 이를 성이라 한다." 했습니다. 이 말은 천지와 사람·사물 사이에서 이와 기를 나누어 낸 것이니, 진실로 각각의 사물이 스스로 자신됨을 해치지 않습니다. 만약 성을 가지고 논하면, 기질의 성이라고 하는 것은 이가 기질 속에 떨어진 것일 뿐 별개의 성이 있는 것이 아닙니다. 그렇다면 성을 논하면서 본성이니 기품이니 하는 것은 천지와 사람·사물 사이에서 이와 기를 나누어 내어도 각각 스스로 자신이 된다고 한 말과는 상관없이, 하나의 성을 있는 곳에 따라 나누어 내어 말한 것일 뿐입니다.

정을 논한 데 미쳐, "본성이 기질 속에 떨어진 뒤에 발현되어 정이 되는 것이기 때문에 이기를 겸하고 선악이 있다. 정이 발현될 때에 이에서 발현하는 것도 있고 기에서 발현하는 것도 있다." 하고 말씀하였습니다. 비록 이렇게 나누어 말한다 하더라도 안 될 것은 없지만 자세히 가늠해 보면 어려움이 있는 듯합니다. 하물며 사단과 칠정을 이기에 나누어 붙이면, 칠정은 단지 기만을 가리켜 말씀하신 것만이 아니니, 이곳의 설명이 자못 편치 않게 느껴집니다.

제6절

이곳의 몇몇 항목을 살펴보면 사단·칠정의 내용과 근거를 상세히 논하셨기에, 바로 이 글에서 긴요한 대목입니다. 그러나 너무 이기를 나누기만 하셔서, 기에 대해 말씀하시면서 다시는 이와 기가 섞인 것으로 말씀하지 않으시고 오로지 기만을 가리키셨습니다. 따라서 그 설이 한 쪽으로 많이 치우쳤습니다. 그래서 여기서는 먼저 칠정이 오로지 기만이 아니라는 것을 논한 뒤에 단락에 따라 이해하고자 합니다.

『중용』에서는 "기쁨·노여움·슬픔·즐거움이 아직 발현하지 않은 때를 중도라 하고, 이것들이 발현하여 모두 절도에 맞은 때를 조화라 하니, 중도란 천하의 큰 근본이요, 조화란 천하를 꿰뚫는 도리이다." 했습니다. 「장구」에서는 "기쁨·노여움·슬픔·즐거움은 정이요 그것이 발현되기 전에는 성이다. 치우치거나 기댄 바 없기 때문에 중도라 한다. 발현되어 모두 절도에 맞음은 정의 바름이요 어그러짐이 없기 때문에 조화라 한다. 큰 근본이란 것은 하늘이 준 성인데, 천하의 이치가 모두 여기로부터 나오니 도의 본체이다. 꿰뚫는 도리란 것은 성을 따름을 말하는데, 천하 고금이 함께 말미암는 것이니 도의 작용이다." 했습니다. 이는 성정의 덕을 말하여 도는 잠시도 떠날 수 없다는 뜻을 밝힌 것입니다. 「혹문」에서는 "하늘이 명한 성에는 모든 이치가 갖추어져 있어서 기쁨·노여움·슬픔·즐거움이 각각 해당되는 곳이 있으나, 발현되기 전에는 그 안에 섞여 있어 치우치거나 기댐이 없기 때문에 중도라 하고, 발현됨에 미쳐서는 모두 마땅함을 얻어 어그러짐이 없기 때문에 조화라 한다. 중도는 성의 덕을 형상한 것이니 도의 본체로서 천지 만물의 이치를 갖추지 않은 것이 없기 때문에 천하의 큰 근본이라 한다. 조화는 정의 바름을 드러낸 것이니 도의 작용으로서 고금의 사람과 사물이 함께 말미암는 것이기 때문에 천하를 꿰뚫는 도리라 한다. 대개 하늘이 준 성은 순수하고 지극히 선하여, 사람의 마음에 갖추어져 있는 것도 그 본체와 작용 전체가 본디 모두 이와 같다. 따라서 성인이나 어리석은 이라 하여 더하고 덜함이 있는 것이 아니다." 했습니다. 「장구집주章句集注」 가운데 연평延平 이씨李氏는 "아직 발현되기 전에는 중도이고 성이지만 발현되어 절도에 맞으면 그것을 조화라 한다. 절도에 맞지 않으면 불화가 된다. 조화와 불화의 차이는 발현된 뒤에야 볼 수 있는 것이므로, 이것은 정이지 성이 아니다. 그러므로 맹자는 '성은 선하다.' 했고, 또 '정은 선할 수 있다.' 했는데 이 말은 자사에게서 나온 것이다." 했습니다.

만약 칠정의 설이 위의 인용구에서 밝혀진다고 한다면 칠정이란 것은 오로지 기만을 가리키는 것이 아니라는 사실은 이미 결정된 것이나 다름없다고 말하고 싶습니다. 하물며 이천의 「안자호학론顔子好學論」과 주자의 「악기樂記」의 동정動靜에 대한 설이 『중용』의 뜻과 부합하지 않는다고 할 수 있겠습니까? 자사가 전傳을 짓고 말을 세워 성정의 덕을 밝히셨으니 그 말씀에 어찌 치우침이 있겠습니까? 그리고 이천·연평·회암 등 여러 선생의 논의가 모두 이와 같으니 후학들이 어찌 다른 주장을 할 수 있겠습니까? 그렇다면 칠정은 어찌 이기를 겸하고 선악이 있는 것이 아니겠으며, 사단은 어찌 칠정 가운데의 이로서 선한 것이지 않겠습니까? 이와 같은데도 사단과 칠정을 이와 기에 나누어 붙이고 서로 상관없다고 하면 한쪽으로 치우쳤다고 해야 할 것입니다.

1. 선생님은 변론에서 "측은한 마음·부끄러워하고 미워하는 마음·(사양하는 마음·옳고 그름을 가리는 마음은 무엇을 좇아서 발현하는가? 어짊·의로움·예의바름·지혜로움의)² 성으로부터 발현한다." 하셨습니다. 하지만 저는 실로 사단이 어짊·의로움·예의바름·지혜로움의 성으로부터 발현되지만, 칠정 또한 어짊·의로움·예의바름·지혜로움의 성으로부터 발현된다고 말하고 싶습니다. 그렇지 않다면 어찌 주자가 "기쁨·노여움·슬픔·즐거움은 정이지만 그것이 발현되

기 전에는 성이다." 했으며, 또 어찌 "정은 성의 발현이다." 했겠습니까?

2. 변론에서 "기쁨·노여움·슬픔·두려움·(사랑함·미워함·하고픔[喜怒哀懼愛惡欲]은 무엇을 좇아서 발현하는가? 이것들은 바깥의 사물이 사람의 형기形氣에 닿으면 사람 안에서 움직임이 생기게 되고 그 다음 바깥으로) 나오게 된다." 하셨습니다. 제가 살펴보니 바깥의 사물이 형기에 닿으면 안에서 움직임이 생긴다는 글귀는 이천의 「호학론好學論」에서 나왔습니다. 그러나 그 본문을 보면 "형기가 이미 생기고 바깥의 사물이 그 형기에 닿아 안에서 움직임이 생긴다. 안이 움직이면 칠정이 나온다." 했습니다. 안에서 움직임이 생긴다고 하고 또 안이 움직인다고 한 것은 곧 마음의 감응이요, 마음이 감응하여 성이 하고자 함이 나오니 바로 정이라고 하는 것입니다. 그렇다면 정이 밖에 드러나는 것은 마치 바깥 사물에 닿아서 나오는 것 같지만 사실은 안으로부터 나오는 것입니다.

3. 변론에서 "사단의 발현에 대해 (맹자가 이미 마음이라 했지만, 마음이란 진실로 이기의 합이다. 그런데도 강조점이 주로 이에 있는데 왜 그런가? 어짊·의로움·예의바름·지혜로움의 성은 순수하게 사람 속에 존재하는데 사단이) 그 단서이기 때문이다." 하셨습니다. 사단과 칠정이 모두 마음에서 나오지 않는 것이 없고, 마음은 곧 이기의 합이니, 정은 진실로 이기를 겸한 것이지, 따로 하나의 정이 이에서만 나와서 기를 겸하지 않는 것은 아니라고 말하고 싶습니다. 이 대목은 정말로 사람들이 진실과 거짓을 분별해 알아야 할 곳입니다.

4. 변론에서 "칠정의 발현에 대해 (주자가 본래 당연한 법칙이 있다고 했으니 칠정에도 이가 없지 않다. 그렇지만 강조점이 기에 있는데 왜 그런가? 바깥의 사물이 가까이 다가오면 쉽사리 감응하여 먼저 움직이는 것으로 형기보다 더한 것이 없는데, 칠정이 바로 그 형기의) 싹이기 때문이다." 하셨습니다. 제가 「악기」를 살펴보니, "사람이 나서 고요한 것은 하늘의 성性이고, 사물에 감응하여 움직이는 것은 성의 하고픔[欲]이다." 했습니다. 주자도 "성의 하고픔은 바로 정이란 것이다." 했습니다. 그러니 정이 사물에 감응하여 움직이는 것은 자연의 이치입니다. 본래 그 사이에 진실로 이가 있기 때문에 바깥에서 감응한 바와 일시에 서로 부합하는 것이지, 그 사이에 본래 이가 없는데 바깥의 사물이 와서 우연히 서로 모여 감응하여 움직이는 것이 아닙니다. 그렇다면 "바깥의 사물이 가까이 다가오면 쉽사리 감응하여 먼저 움직이는 것으로 형기보다 더한 것이 없다." 하는 말씀은 칠정을 설명하는 데 들어맞지 않는 듯합니다. 만약 사물에 감응하여 움직이는 것으로 말하면 사단도 역시 마찬가지입니다. 갓난아이가 우물에 빠지려는 것을 감지하면 어짊의 이가 바로 감응하여 측은한 마음이 형기로 드러나고, 종묘 앞이나 조회하는 뜰을 지나는 상황을 감지하면 예의바름의 이가 바로 감응하여 공경의 마음이 형기로 드러납니다. 사물에 감응하는 것은 칠정과 다를 것이 없습니다.

5. 변론에서 "사람 속에 있어서 (순수한 이[純理]이던 것이 어떻게 발현되자마자 기와 섞인다고 말할 수 있는가? 바깥 사물에 감응하는 것 하면 형기인데, 어떻게 그것이 발현하면) 이의 본체가 된다고

말할 수 있겠는가?" 하셨습니다. 저는 다음과 같이 말하고 싶습니다. 속에 있을 때는 진실로 순수한 하늘의 이치입니다. 그러나 이때에는 다만 성이라고 할 수 있을 뿐 정이라고 할 수는 없습니다. 그런데 그것이 만약 발현하면 바로 정이 되어 조화[和]와 불화의 차이가 있게 됩니다. 대개 발현하기 전에는 오로지 이理일 뿐이지만 이미 발현하면 바로 기를 타고 움직입니다. 주자는 「원형이정설元亨利貞說」[3]에서 "시작함[元]·자라남[亨]·여물음[利]·이룸[貞]은 성이고, 남[生]·자람[長]·거둠[收]·간직함[藏]은 정이다." 했고, 또 "어짊·의로움·예의바름·지혜로움은 성이고, 측은한 마음·부끄러워하고 미워하는 마음·사양하는 마음·옳고 그름을 가리는 마음은 정이다." 했습니다. 남·자람·거둠·간직함이 정이라는 점에서 바로 기를 타고 움직이는 실제를 볼 수 있으니, 사단 역시 기입니다. 주자의 제자가 한 질문 가운데서 "예를 들면 측은해 함은 기이고 측은하도록 하는 원리는 이이다." 했는데, 이 말이 더욱 분명합니다. 기는 그대로 좇아서 발현되어 나오는 것일 뿐 어지럽게 흩날리지 않습니다. 그렇다면 주신 변론에서 하신 칠정이 바깥과의 경계에 닿아서 나온다느니 형기에 감응하는 것이라느니 하는 말씀은 모두 편치 않습니다. 그리고 바깥으로 형기에 감응한 것이지 이의 본체가 아니라는 말씀에 미쳐서는 크게 잘못되었습니다. 만약 그렇다면 칠정은 성 바깥의 물건이어서 자사가 조화[和]라고 한 것은 그릇되게 되니, 또 크게 옳지 못한 점이 있습니다. 맹자가 기뻐서 잠을 이루지 못함은 기쁨[喜][4]이고, 순舜이 사흉四凶을 죽임은 노여움[怒][5]이며, 공자가 애통하게 곡함은 슬픔[哀][6]이고, 민자閔子·자로子路·염유冉有·자공子貢이 곁에서 모실 적에 공자가 즐거워함은 즐거움[樂][7]이었으니, 이것이 어찌 이의 본체가 아니겠습니까? 또 보통 사람들도 저절로 하늘의 이치가 발현되는 때가 있습니다. 가령 부모나 친척을 만나면 기뻐하고 남의 죽음이나 아픔을 보면 슬퍼하는데, 이것이 어찌 이의 본체가 아니겠습니까? 이 몇 가지 모두를 형기가 하는 것이라 하면 형기와 성정이 서로 관계 없는 것이 되니 옳겠습니까?

6. 변론에서 "사단은 모두 선한 까닭에 (맹자는 네 가지 마음이 없으면 사람이 아니라고 했고, 정이란) 선하다 할 수 있다고 했다."라고 하셨습니다. 제 생각에 이것이 바로 연평 선생이 "맹자의 설이 자사에게서 나왔다." 한 것입니다.

7. 변론에서 "칠정은 선악이 (정해지지 않은 까닭에, 한번 이루었다 하더라도 잘 살피지 않으면 마음이 바름을 얻을 수 없다. 그리고 반드시 발현된 뒤 절도에 맞은 다음에야) 조화롭다고 하는 것이다." 하셨습니다. 제가 살펴보니 정자가 "기쁨·노여움·슬픔·즐거움이 발현하지 않았을 때에는 어찌 원래부터 선하지 않음이 있겠는가? 발현하여 절도에 맞는다면 가는 곳마다 선하지 않음이 없을 것이다." 하셨습니다. 그렇다면 사단은 본래 선한 것이고 칠정 역시 모두 선한 것입니다. 다만 발현하여 절도에 맞지 않으면 한 편에 치우쳐 악하게 되는 것일 뿐이니, 어찌 선악이 정해지지 않았겠습니까?

그런데 지금 "선악이 정해지지 않았다." 하시고, "한번 이루었다 하더라도 잘 살피지 않으면 마음이 바름을 얻을 수 없다. 그리고 반드시 발현된 뒤 절도에 맞은 다음에야 조화롭다고 하는 것이다." 하셨으니, 그렇다면 이 칠정은 대단히 번잡하고 쓸데없습니다. 더구나 발현되어 절도에 맞기 전에는 장차 무엇이라고 이름짓겠습니까?

또 '한번 이루었다 하더라도' 같은 말은 『대학』 제7장 「장구」 가운데 있는 말로서, 그 뜻은 대개 노여움·두려움·즐거움·근심 네 가지는 아무데서나 발현하여 나오는 것이니 먼저 생각을 마음속에 둘 수 없다는 것입니다. 「혹문」에서 "기쁨[喜]·노여움[怒]·걱정[憂]·두려움[懼]은 느낌에 따라 반응하고, 아름다움[姸]·추함[蚩]·숙임[俯]·쳐듦[仰]은 사물로 말미암아 형기가 주어지는 것으로서, 바로 마음의 작용이다. 어찌 갑자기 바름을 얻지 못할 일이 있겠는가? 오직 사물이 왔을 적에 살피지 못한 것이 있으면, 대응함에 간혹 잘못이 있을 수도 있다. 또한 마음과 사물이 함께 갖추어 가지 않을 수 없고 보면 그 기쁨·노여움·걱정함·두려움이 반드시 속에서 움직임이 있어야 비로소 마음이 바름을 얻지 못하게 되는 것일 뿐이다." 했습니다. 이는 바로 마음을 바로잡는[正心] 일에 대한 것인데, 이 말을 인용하시어 칠정을 증명하셨으니 원래 뜻과 너무 다릅니다.

무릇 주신 변론의 설명은 반복하여 분석함이 매우 자세합니다. 그러나 성현의 뜻으로 견주어 보면 이처럼 같지 않습니다. 이같은 결과는 그 연원에 따라 각각 주된 것과 중요한 것을 가리킨다고 하는 것이, 비록 논의할 만한 것 같지만, 사실에 있어서는 모두 타당하지 않기 때문에 나온 듯합니다. 그렇다면 사단을 이라 하고 칠정을 기라 하신 말씀도 어찌 안 될 것이 없다고 할 수 있겠습니까? 더구나 이 변론은 이름 붙이는 데에 옳지 않을 뿐만이 아니라 성정性情의 실상과 존성存省의 공부에도 모두 잘못이 있는 듯합니다. 어떻게 생각하시는지요?

제 7 절

제가 소견이 있는 것도 아닌데, 단지 지난번에 드린 말씀에 보이는 "사단은 기에 타게 되고 칠정은 성에서 나온다." 하는 의견 때문에, 이기가 서로 따르고 떨어지지 않는다는 견해에 대해서 동의해 주시니 제가 진실로 감당할 수 없습니다.

그러나 제 뜻은 오로지 여기에 있는 것이 아니니 선생님은 이에 있어 잘못 말씀하신 듯합니다. 제가 사단과 칠정에는 애당초 두 가지 뜻이 없다고 한 것은, 사단이 칠정 가운데에서 발현하여 절도에 맞음과 실제는 같으면서 이름만 다를 뿐이니, 그 근원을 미루어 보면 진실로 두 가지 뜻이 있는 것이 아니라는 점을 말한 것일 따름입니다. 그러니 어찌 곧장 본래 다른 의미가 없다고 했겠습니까? 만약 곧장 다른 의미가 없다고 한다면 어찌 성현의 가르침과 어긋나지 않겠습니까?

제 8 절

이 조항에 논하신 바는 책 읽고 이치를 구하는 데 절실하고 중요한 말씀이니 어찌 감히 정성을 다해 가슴속에 간직하지 않겠습니까? 매우 다행스럽습니다.

제 9 절

이 몇 조항은 모두 옛 유학자들의 설에 의거한 것이니 진실로 논단할 수 없습니다. 그 가운데 "기 한쪽만을 말한 것이다." 하신 구절은 타당치 않은 듯합니다. 이미 성이라 했으면 비록 기질 속에 떨어져 있더라도 오로지 기라고만 볼 수 없습니다. 『논어』를 살펴보면 공자께서는 "성은 서로 가깝지만 습관[習]에 따라 서로 멀어진다." 했습니다.[8] 주註에서 주자는 "여기서 말하는 성은 기질을 겸해 말한 것이다." 했습니다. 그러니 성이 주가 되고 기질을 겸한 것입니다. 맹자는 "입은 맛난 것을, 눈은 아름다운 색을, 귀는 좋은 소리를, 코는 향기를, 사지는 편안함을 좇으니, 그것은 성이다. 그러나 명분[命]이 있으므로 군자는 성을 말하지 않는다." 했습니다.[9] 주註에서 정자는 "다섯 가지의 욕망은 성이다. 그러나 분수가 있는 것이어서 모두 바라는 대로 할 수 없으니, 이것이 명분[命]이다." 했습니다. 다만 집주集註에서 주자는 "여기의 성은 기질을 가리켜 말한 것이고, 명분은 이와 기를 합해 말한 것이다." 했습니다. 이와 같으니 의심할 수도 있을 것입니다. 그런데 『주자어류』를 살펴보니 "맹자가 '성에는 명분이 있다.' 했는데 이 성은 기가 부여한 욕망을 겸해 말한 것이다." 하는 말이 있습니다. 그렇다면 무릇 성을 말할 때에 기 한쪽만을 가리키지 않았다는 것을 알 수 있습니다. 그런데도 지금 선생님께서는 "기 한쪽만을 말한 것이다." 하시니 그렇지 않은 듯합니다.

또 변론에서 "자사가 중도와 조화[中和]를 논한 것은 이기가 섞여 있는 것을 말한 것이다." 하셨습니다. 그렇다면 칠정은 어찌 이기를 겸하지 않았겠습니까? 주신 변론의 설이 이처럼 들쭉날쭉하니 다시 자세히 살펴보시는 것이 어떻겠습니까?

제 10 절

하나로 보기를 좋아하고 나누기를 싫어하며, 통틀어 합치기를 즐기는 반면 쪼개어 가르기를 싫어하는 것이 바로 공부 못하는 이들이 늘 가지는 허물입니다. 그러나 진실로 제가 스스로 그것을 만족하게 여긴 적은 없고, 저 역시 하나하나 분석하고자 했습니다. 사단칠정의 연원 및 이기를 겸하고 선악이 있다는 말씀에 대해서는 모두 이미 앞에서 자세히 여쭈었습니다. 다만 "기의 자연스러운 발현이 이의 본체이다." 같은 말에 대해서는 할 말이 있습니다. 이는 조짐이 없고 기는 자취가 있다 했으니 이의 본체는 막연하여 볼 수 있는 형상이 없기 때문에 기가 흐르는 곳을 징험徵驗하여 알 수 있을 뿐입니다. 정자가 "잘 살피면 이미 발현한 때에 이를 볼 것이다." 한 말이 바로 이것입니다.

저의 설은 애초부터 이와 기를 분별하여 둘은 각각 한계가 있어서 서로 섞이지 않는다는 것이었습니다. 그리고 기의 자연스러운 발현이 이의 본체라고 말한 것은 바로 이와 기가 만나는 곳을 말한 것이지 이기를 하나로 여긴 것은 아니었습니다.

『논어』 "자재천상子在川上" 장의 집주集注에 "천지의 조화는 갈 것은 지나가고 올 것은 계속 이어져 한 순간의 멈춤도 없는 것이니, 이것이 바로 도의 본연의 모습이다." 했습니다.[10] 이것이 어찌 기의 입장에서 인식하는 것이 아니겠습니까? 또 누가 "이가 기 가운데 있으면서 발현하는 것을 어떻게 압니까?"하고 묻자, 주자는 "음양오행이 뒤섞여도 질서를 잃지 않으면 그것이 이이다. 기가 뭉치지 않았을 때에는 이도 붙어 있을 데가 없다." 했습니다. 그렇다면 기가 자연스럽게 발현하여 모자라거나 넘치지 않는 것이 어찌 이의 본체가 아니겠습니까? 그리고 측은해 하는 것, 부끄러워하고 미워하는 것과 같은 것이 어찌 기의 자연스러운 발현이 아니겠습니까? 그러나 그렇게 되는 원리는 이입니다. 그렇기 때문에 그것을 이에서 발현한다고 이르는 것입니다.

　사단은 이에서 발현하고 칠정은 기에서 발현한다고 한 말은 큰 줄거리로는 옳습니다. 하지만 그렇게 되는 원리를 끝까지 논하면, 마침내 칠정의 발현도 이의 본체가 아니고 기의 자연스러운 발현도 이의 본체가 아니니, 이에서 발현한다는 것을 어디에서도 볼 수 없게 되고, 기에서 발현한다는 것도 이의 바깥에 있게 됩니다. 이 점이 바로 이기를 너무 심하게 나누어 말한 주장의 잘못이니 살피지 않을 수 없습니다.

　나정암이 논한 것은 본 적이 없기 때문에 어떤지 모르겠습니다만 말씀하신 구절에 의거해 보면 매우 잘못되었습니다. 저는 진실로 이기를 하나라고 하지 않았습니다. 또한 이기가 서로 다른 것이 아니라고도 하지 않았습니다. 저의 설에는 처음부터 그런 뜻도 없었고 그런 말도 없었습니다. 선생님께서 저의 설에서 동의할 수 없는 부분이 있는 것을 보시고는, 취할 만한 것이 없다고 여기셔서 다시 살피지 않으신 듯합니다. 그렇지 않다면 어째서 이렇게 가르치셨겠습니까? 다시 밝게 고쳐 주시기 바랍니다. 어떻게 생각하시는지요?

　제 11 절

　전에 제가 망령되이 제 견해로 한 편의 설을 지었습니다. 그 때 자사는 정을 다루면서 이기를 겸하고 선악이 있다고 하여 종합해서 말했다고 여겼기 때문에 "전체를 말했다." 했고, 맹자는 정 가운데에서 다만 이에서 발현하여 선한 것만을 들어 말했다고 여겼기 때문에 "한쪽을 떼어냈다." 했습니다. 그렇다면 같은 정인데 사단이라 하고 칠정이라 한 것을 어찌 강조점이 같지 않을 뿐이고 실제는 두 가지 정이 있는 것이 아니라고 하지 않을 수 있겠습니까?

그러므로 그 아래에서 다시 말을 맺어서 사단과 칠정은 애당초 두 가지 뜻이 있는 것이 아니라고 했는데, 스스로는 그 말들이 서로 모순됨을 몰랐습니다. 그런데 지금 깨우쳐 주시는 편지를 받고서 다시 스스로 자세히 되짚어 보았으나, 역시 옳지 않음을 깨닫지 못하겠습니다. 어찌 스스로 아는 데 어두워서 그런 것이 아니겠습니까! 기로써 성을 논함은 역시 제 설의 뜻이 아닙니다. 만약 사람의 욕망을 하늘의 이치로 여기는 폐단이 있다면 마땅히 깊이 살펴 잘 다스리겠습니다.

제 12 절

주자는 진실로 천하 고금의 큰 스승이시니 학자들은 삼가 그 말씀을 지켜야 마땅합니다. 하지만 그 말씀에 차이가 있는 것 또한 자세히 살피지 않으면 안 됩니다. 『중용』의 이미 발현했음[已發]과 아직 발현하지 않았음[未發]의 논의에 대해, 주자는 일찍이 정자가 마음을 싸잡아 모두 이미 발현한 것이라고 말한 것 때문에 말뜻을 잘못 알아들었는데, 남헌南軒·서산西山 같은 이들과 힘을 다해 변론한 뒤에 곧 크게 깨달았습니다. 「호남의 여러분들에게 주는 편지[與湖南諸公書]」^ⁿ에서 스스로 자신의 실수를 말하고 "정자가 마음을 싸잡아 모두 이미 발현한 것이라고 말한 것은 바로 갓난 아이의 마음을 가리켜 말한 것이니, 마음을 싸잡아 말해서 그렇다는 설명은 잘못되었다. 그러므로 나 스스로 마땅치 않다고 여기고 다시 고쳤다. 그러니 진실로 이미 고친 말을 가지고 여러 설이 다 잘못되었다고 의심해서는 안 될 것이고, 마땅치 않다고 하여 가리킨 내용의 차이를 깊이 연구하지 않아서도 안 된다." 했습니다. 이 말씀이 지극히 공정하고 밝으니 후학들이 마땅히 본받아야 할 것입니다.

그렇다면 이의 발현이니 기의 발현이니 하는 것들을 나머지 앞뒤에서 논한 것들과 다시 서로 참고하여 비교해 보면, 그 차이나 근거들을 절로 알게 될 것입니다. 모르긴 해도 후학들이 앞뒤의 사정을 갖추어 꼼꼼히 진술한 말씀을 따라야 하겠습니까? 아니면 한때 우연히 치우치게 가리켜 하신 말씀을 지켜야 하겠습니까? 이처럼 따르고 버리는 것을 결정하기가 어렵지 않을 듯한데, 선생님께서는 어떻게 생각하시는지 모르겠습니다.

「천명도」는 도형을 그리고 분류하여 분석한 것이 제대로 갖추어졌으니, 식견이 이에 미치기 쉽지 않다고 할만 합니다. 그러나 제 생각에는 그 사이에 편치 않은 곳이 많은 듯합니다. 반드시 다시 자세히 견주어 본 뒤에야 옛사람들과 어긋나지 않을 수 있을 것입니다. 만약 그렇지 않다고 여기신다면 빈론 속에서 누리를 세워 이 뜻까지 겸해 논파할 수는 있습니다. 하지만 옛 유학자들의 이론을 인용한다고 해 놓고 이처럼 모호할 뿐이어서는 안 됩니다. 이미 스스로를 그르치게 되고 또 장차 남까지 그르치게 될 것입니다. 어떻게 생각하시는지요?

자잘한 저의 의견을 이미 조목조목 갖추어 말씀드렸습니다. 그러나 그 옳고 그름을 자신할 수 없어서 다만 선생님께 바로잡아 주실 것을 청합니다. 바라건대 선생님께서는 자세히 살펴 주십시오. 한편 써 놓고 다시 자세히 보니 사이사이 오히려 미진한 곳이 있어서 감히 다시 번거롭게 아뢰니 아울러 받아주시면 좋겠습니다.

제가 우연히 『주자대전朱子大全』을 읽다가 이에 대해 매우 분명하게 논한 곳을 보았습니다. 「호광중에게 답한 글[答胡廣仲書]」[12]에서 말하기를 "이천 선생은 '하늘과 땅에 쌓여 있는 정기 가운데 오행의 빼어남을 얻은 것이 사람이니, 그 근본은 참되고 고요하다. 아직 발현되기 전에는 오성을 갖추었으니 어짊·의로움·예의바름·지혜로움·신실함이 그것이다. 형기形氣가 생기면 바깥의 사물이 형기와 닿아 안에서 움직이는데, 안이 움직이면 칠정이 나오니 기쁨·노여움·슬픔·두려움·사랑함·미워함·하고픔이 그것이다. 정이 너무 왕성하여 방탕해지면 성이 뚫린다.' 했다. 내가 이 말씀을 자세히 음미해 보건대 「악기樂記」의 말과 뜻이 다르지 않다. 「악기」에서 말한 고요하다는 것 역시 감응하기 전을 가리켜 말한 것이니, 이때에는 마음에 보존된 것이 온전한 하늘의 이치[天理]이고 사람의 욕망에서 오는 거짓이 없기 때문에 하늘의 성[天之性]이라 했다. 물체에 감응하여 움직이게 되면 옳고 그름, 참과 거짓이 이때부터 나뉘어지는 것이다. 그러나 성性이 아니고서는 어디로부터도 발현될 수 없기 때문에 성의 하고픔[性之欲]이라고 했다. 이곳에서 말한 움직임[動]이란 글자는 『중용』의 발현[發]이란 글자와 같다. 그러니 그 옳고 그름, 참과 거짓도 다만 절도가 있나 없나, 절도에 맞나 맞지 않나 사이에서 결정될 뿐이다. 그러니 그대가 보낸 편지에서 '바로 이곳에서 참과 거짓을 알아야 한다.' 한 것이 바로 그것이다. 그러나 모름지기 평상시에 함양하는 공부가 있어야 일이 닥쳤을 때 바로 참과 거짓을 알 수 있고, 만약 우두커니 하는 일없이 있다가 일이 생긴 뒤에 처리하려 한다면 이미 늦어 일에 미치지 못할 것이다." 했습니다.

　「호백봉에게 답한 글[答胡伯逢書]」[13]에서 "대개 맹자가 '성은 선하다.' 한 것은 그 본체를 가지고 말한 것이니, 어짊·의로움·예의바름·지혜로움이 아직 발현하지 않은 것이다. '선할 수 있다.' 한 것은 그 작용을 가지고 말한 것이니, 사단과 같은 정이 발현하여 절도에 맞는 것이다. 대개 성과 정이 비록 발현하기 전과 후라는 다름은 있으나, 이른바 선하다는 것으로 핏줄처럼 상통하여 처음부터 같지 않음이 없다." 말하고, 스스로 주석하기를 "정자가 말하기를 '기쁨·노여움·슬픔·즐거움이 아직 발현하지 않았는데 어찌 벌써부터 선하지 않을 수 있겠으며, 발현하여 절도에 맞으면 가는 곳마다 선하지 않음이 없다.'라는 것이 바로 이것이다." 했습니다.

이 두 편의 글을 보면 지금까지의 변론에 대해서도 결단하기 어렵지 않을 것입니다. 선생님께서도 이미 이 글을 보셨을 줄로 생각합니다만 아마도 꼼꼼히 견주어보지 않으신 듯하므로 지금 같이 거론하여 정정해 주시기를 바랍니다. 선생님께서 과연 어떻게 생각하실지 모르겠습니다.

제가 가만히 근세에 이름나고 비범한 인물들을 보건대 이 학문을 하는 이들이 적지 않습니다. 비록 그 얕고 깊음, 성글고 촘촘함에 있어서 나름대로 이룬 바가 있겠으나, 의논하는 사이에 대부분 한 궤도만을 따르고 있습니다. 이는 아마도 세속에서 대대로 전해져 오는 말에 일종의 마디들이 있어서 그러한 듯합니다. 사단과 칠정의 설에 대해서도 일찍이 추만의 말씀을 들어보면 역시 이기에 나누어 붙인다는 식이었습니다. 저는 마음속으로 그것을 의심하여 질문하고자 했습니다만, 원래 공부가 없었던 제 자신을 되돌아보고 쉽사리 말할 수가 없었습니다. 그래서 이처럼 침묵했으나 여러 해 동안 고민스러웠습니다. 이제 다행히 선생님을 만나 되지도 않는 말을 내뱉게 되었습니다. 비록 참람한 죄를 감추지 못하겠습니다만 그래도 끝내 가려진 의혹을 걷어내게 되었으니 매우 다행입니다.

일찍이 헤아려 보건대 요즈음 성정을 논하는 이들의 병의 뿌리는 대개 운봉雲峰 호씨胡氏에게서 나온 듯합니다.[14] 『대학』 1장 4절의 집주를 보면, 호씨가 "성이 발현하면 정이 되니 처음에는 선하지 않음이 없다. 마음이 발현하여 뜻[意]이 되니 이에 선함과 선하지 않음이 있다." 했습니다. 이 몇 구절은 본래 「장구」의 '발현하는 바[所發]'라는 두 글자를 해석한 것입니다. 그러나 그 말에 폐단이 있어, 드디어 학자들로 하여금 따로 의견을 내어, 정도 선하지 않음이 없으며 사단이 그에 해당한다고 여기게 했습니다. 그렇다면 칠정이란 것은 해당되는 곳이 없고, 그 가운데 선하지 않음도 있어서 마치 사단과 상반되는 듯합니다. 그러므로 또 칠정은 기에서 발현된다고 갈라내어 이야기합니다. 그러니 어찌 성은 선하지 않음이 없으나 성이 발현되면 바로 정이 되고 정에는 선함과 선하지 않음이 있다는 것을 알겠습니까? 또한 어찌 맹자가 "정은 선할 수 있다." 한 말이 선한 쪽만 떼어내어 말한 것이라는 것을 알겠습니까? 이 때문에 어지럽게 의견이 갈려 사단칠정이 각기 연원이 있다고 하는 데까지 이르니, 어찌 그릇되지 않겠습니까? 무릇 각기 연원이 있다는 것은 처음부터의 발단이 다르다는 것을 말합니다. 사단과 칠정이 모두 성性에서 발현하는데 각기 연원이 있다고 하면 옳겠습니까? 사단칠정 가운데 절도에 맞고 맞지 않는 것을 가지고 각기 연원이 있다고 하면 비슷할 수도 있을 것입니다. 이러한 모든 잘못의 뿌리는 호씨의 잘못에서 비롯된 것입니다. 그런데 후대의 학자들이 신중히 생각하고 명백히 밝혀서 마땅한 결론을 구하지 않으니 진실로 한탄스럽습니다. 함부로 한 말이 이에 이르니 매우 참람합니다만 선생님께서 끝내 죄로 여기지 않으시고 다시 잘 살피신다면 아마도 만 분의 일이나마 도움이 없지는 않을 것입니다.

또 주자의 『성도性圖』에서 "성이 선하다." 하신 것은 성을 이르신 것입니다. 그러므로 자신의 주석에서 "성은 선하지 않음이 없다." 하셨습니다. 그리고 그 밑에 선과 악을 나란히 놓으신 것은 정을 이르신 것입니다. 그러므로 선 밑의 주에는 "발현하여 절도에 맞으니 가는 곳마다 선하지 않음이 없다." 하셨습니다. 악 밑의 주에서는 "악은 선에서 곧장 나오는 것이라 할 수 없다. 다만 선하지 못하면 한쪽에 치우쳐서 악이 된다." 하셨습니다. 이 도형은 『성리대전』29권에 보이니 살펴서 따져볼 수 있습니다.

무릇 사단의 정은 이에서 발현하여 언제나 선하다고 한 말은 본래 맹자가 가리키신 것을 인용하여 말한 것입니다. 그렇지만 만약 넓게 정을 다루어 자세히 논한다면, 사단의 발현에도 절도에 맞지 않는 것이 있으니 진실로 모두 선하다고 할 수 없습니다. 이를테면 보통 사람들 가운데에는 미워하지 말아야 할 것을 미워하는 수가 있고 따지지 말아야 할 것을 따지는 때도 있습니다. 이것은 대개 이가 기 속에 있으면서 기를 타고 발현할 때에, 이는 약하고 기가 강하여 이가 기를 지배하지 못하게 되면, 정이 흐를 즈음에 진실로 이와 같이 되는 것입니다. 그러니 어찌 정은 늘 선하지 않다고 할 수 있습니까? 또 어찌 사단은 선하지 않은 때가 없다고 할 수 있겠습니까? 여기가 바로 학자들이 정밀히 살펴야 할 곳입니다. 만약 참과 거짓을 분간하지 않고서 덮어놓고 선하지 않음이 없다고 한다면, 사람의 욕심을 천리의 작용으로 잘못 아는 경우가 이루 말할 수도 없을 정도로 생길 것입니다. 어떻게 생각하십니까?

그런데 제가 전부터 진술하기를 늘 사단을 이라 하고 선하다고
했습니다. 그런데 지금은 사단의 발현에도 절도에 맞지 않은 것이
있다고 했습니다. 그 말이 서로 모순되니 선생님께서 이상하게 여기
시리라 생각합니다. 그러나 잘 연구해서 말하면 이러한 이론도 무방
하니 스스로 하나의 설이 될 만합니다. 삼가 바라건대 깊이 생각해
보시는 것이 어떻습니까?

또 지난번 글에서 참람하게 "이는 비어서[虛] 상대가 없다." 하는
말씀과 "마음의 빔[虛]과 신령함[靈]을 이와 기에 나누어 붙였다." 같
은 말씀은 편치 않다고 여쭈었습니다. 이에 선생님의 가르침을 받고
그 말씀의 논거를 알았으니 어찌 감히 숨김이 있겠습니까? 두 조항
을 살펴보니, 역시 근세의 논의이지 성현의 본뜻은 아닌 것 같습니
다. 주자는 "천하의 이치는 텅 빔 가운데 가득 참이 있고, 아주 없음
가운데 다 있음이 있다." 했습니다. 그렇다면 이가 빈 것 같지만 실
로 그 본체가 본래 비었다고 할 수는 없습니다.

어떤 이가 태허太虛에 대해 묻자 정자는 "역시 태허는 없다." 말씀
하시면서, 드디어 빔[虛]에 대해 "모두가 이인데 어찌 비었다고 할
수 있는가? 천하에 이보다 충실한 것이 없다." 하셨습니다. 그렇다면
이는 본래 가득 찬 것인데 지금은 비었다고 하면 옳겠습니까? 선생
님께서 "비었기 때문에 상대가 없고, 상대가 없기 때문에 사람이나
사물에 있어서 진실로 더하고 뺄 것이 없이 한결같다." 하신 것도
이를 설명한 데서 벗어나지 않는 듯합니다만 무릇 이에 더하고 뺄
것이 없음이 어찌 비어서 상대가 없기 때문이겠습니까? 만약 상대
가 없기 때문에 더하고 뺄 것이 없다고 한다면, 이에 대한 이해가

대충대충 흐릿한 사이에 있게 될까 두렵습니다.

　마음을 가지고 이야기한다면, 텅 비어 신령하니 어두운 구석이 없다[虛靈不昧]라고 한 것이 곧 본래 그러한 마음의 본체입니다. 주자는 마음을 논한 곳에서 늘 텅 비어 신령하다[虛靈]고 말씀하였고, 더러는 텅 비어 밝다[虛明], 더러는 신령하고 밝다[神明]고 말씀하시기도 하였습니다. 이것들은 모두 마음의 본체만을 가리켜 말씀하신 것입니다. 그러나 텅 빔[虛]과 신령함[靈]을 이와 기에 나누어 붙인 적은 없었습니다. 대개 텅 비어 신령한 것은 기이고, 텅 비어 신령하도록 하는 원리는 이입니다. 그러므로 마음을 논하는 이가 텅 비어 신령하다고 한 것은 본체[體]만을 가리켜 말한 것이고, 텅 비어 신령하지만 알고 느낀다고 한 것은 본체[體]와 작용[用]을 함께 말한 것입니다.

　『대학집주』에서 북계北溪 진씨陳氏는 "사람은 나면서 천지의 이를 받고, 또 천지의 기를 받는다. 이와 기가 합처짐이 사람의 마음을 텅 비어 신령하게[虛靈] 하는 원리이다." 했습니다. 이 말은 매우 간단하고 적절하여 음미할 만합니다. 그러나 텅 빔[虛]은 이에, 신령함[靈]은 기에 나누어 붙이지는 않았습니다. 그런데 옥계玉溪 노씨盧氏에 이르러 텅빔과 신령함의 두 글자를 갈라, 텅 빔은 고요함 [寂]이라 하고 신령함은 느낌[感]이라고 하며, "모든 이치를 갖추었다.[具衆理]"와 "만사에 감응한다.[應萬事]"에 나누어 붙였습니다. 이것은 경전을 해석하면서 옛 학설은 무시하고 새로운 학설을 펴는[說經新巧] 폐단입니다. 정자와 주자의 설에 맞추어 보아도 합당하지 않은 듯합니다. 그러나 노씨의 의도는 다만 텅 빔과 신령함이라는 두 글자를 가지고 「장구」의 말뜻을 나누어, 비었기 때문에 모든 이치를 갖출 수 있고[具衆理] 신령하기 때문에 만사에 감응할 수 있다[應萬事]고 한 것뿐이었습니다. 그러니 단지 텅빔은 이이고 신령함은 기라고 한 것은 아닙니다.

그런데 선생님께서는 지금 도설을 지어서 "하늘이 사람에게 명을 내리지만 기가 아니면 이를 살게 할 곳이 없고, 마음이 아니면 이기를 살게 할 곳이 없다. 그러므로 우리 마음은 텅 비고 또 신령하여 이기의 집이 된다." 따위의 말씀을 하셨습니다. 그리고는 허자虛字 밑에 이라고 주를 다시고 영자靈字 밑에 기라고 주를 다셨습니다. 그러나 이것은 너무 심하게 찢어 나눈 것일 뿐 아니라 이치도 그렇지 않습니다. 이 두 조목은 아마 세속에서 입에서 입으로 전하는 말인 듯 합니다. 비록 이치를 방해하는 데까지 이르지 않았다 하더라도, 마땅히 변론하고 연구하여 세속의 비루한 견해를 깨뜨리는 것이 마땅할 것입니다. 그런데 도리어 그것을 받아들여 하나의 설을 만들고 후세에 전하신다면, 장차 학자들로 하여금 서로 허무한 논의만 계속하여 노자와 불교의 영역에 빠지게 할 것이니 옳다고 하겠습니까? 저는 실로 이 점을 편치 않게 여깁니다. 선생님께서는 어떻게 생각하시는지 모르겠습니다.

외람되이 엉성하고 아둔한 학문으로 선배를 마구 논했습니다. 주제넘고 경솔한 일인줄 잘 알고 있습니다만 말씀드리지 않는다면 어떻게 연구할 수 있겠습니까? 그래서 입바르게 드릴 말씀을 다 드린 것입니다. 바라건대 선생님께서 아울러 너그러이 살펴 주신다면 매우 다행이겠습니다. 제게는 의심이 산처럼 쌓여 있어 선생님께 여쭙고 싶은 것이 한 두 가지가 아닙니다. 하지만 편지로 전하는 것이라 말뜻을 충분히 담지 못해 오직 가슴을 부여잡고 탄식하며 동쪽을 바라보고 눈물만 흘릴 뿐입니다. 어찌하겠습니까? 삼가 바라건대 혜아려 주십시오. 대승은 삼가 머리를 조아리고 다시 절하며 말씀드립니다.[15] 高

1. 『주자대전』 권58.
2. 『고봉집』에는 퇴계가 그에게 보낸 편지의 인용을 생략하여 앞과 끝만 싣고 있다. 여기서는 이해를 돕기 위해 퇴계의 편지에서 생략된 내용 전체를 싣고 괄호로 묶었다. 아래의 예도 마찬가지이다.
3. 『주자대전』 권67.
4. "노魯나라가 악정자樂正子로 하여금 정사를 맡게 하니 맹자가 말했다. '나는 그 소식을 듣고 기뻐서 잠을 이루지 못했다.'" 『맹자』, 「고자」하, 13장.
5. "정자가 또 말했다. '기쁨과 노여움이 일에서 말미암았다면 이치상 마땅히 기뻐하거나 노여워할 일이다. 기쁨과 노여움의 원인이 혈기에 있지 않다면 옮기지 않을 것이다. 순임금이 사흉을 벤 것은 노여움의 원인이 저들에게 있었던 것이니 스스로가 어찌 그 노여움과 함께 하겠는가? 그것은 마치 거울이 사물을 비추는 것과 같으니, 곱고 추한 원인은 그 사물에 있어서 거울은 단지 그에 따라 비출 따름이다. 어찌 그것이 거울로 옮겨오는 일이 있을 수 있겠는가?'" 『논어』, 「옹야」, 2장의 호학好學에 대한 주註에 나온다.
6. "안연이 죽으니 공자가 매우 서럽게 곡했다. 따르는 이가 말했다. '선생님께서 너무 슬퍼하십니다.' 공자가 말했다. '너무 지나치게 슬퍼했는가? 하지만 이 사람을 위해 지나치게 슬퍼하지 않는다면 누구를 위해 그렇게 하겠는가?'" 『논어』, 「선진」, 9장.
7. "민자는 공자를 곁에서 모실 때 부드러웠고, 자로는 굳세었으며, 염유와 자공은 강직했는데, 선생께서는 즐거워하셨다." 『논어』, 「선진」, 12장.
8. 『논어』, 「양화」, 2장.
9. 『맹자』, 「진심」하, 24장.
10. 『논어』, 「자한」, 17장.
11. 『주자대전』 권64.
12. 『주자대전』 권42.
13. 『주자대전』 권46.
14. 운봉 호씨는 중국 원대의 학자 호병문胡炳文을 가리킨다. 자는 중호仲虎, 운봉은 그의 호이다.
15. 이 편지는 【1-8】에서 왔다.

논의의 시말을 드러내고자

"자사가 말하기를…" 이것은 고봉이 퇴계에게 올린 사단칠정설이다.

위에서 든 저의 설은 논의의 시말을 드러내고자 지금 아울러 기록하여 올립니다. 제가 처음에 대략 이와 같은 생각을 얻어, 드디어 모호한 설을 만들고 좁고 얕은 견해로 거짓을 말했으니 어르신께 죄를 얻는 것이 마땅합니다. 그러나 그 사이를 자세히 보면 말은 비록 끝까지 추구하지 못했으나 뜻은 대략 완비된 것 같고, 생각은 비록 간절하지 못하나 이치는 크게 어그러짐이 없으니, 만약 마음을 비우고 평온한 기운으로 자세히 살펴보신다면, 도와서 밝히는 점이 없지 않을 것입니다. 보내 주신 변론에서 지적하신 것은 모두 해당 조목 밑에 진술했습니다만 선생님께서는 어떻게 생각하시는지 모르겠습니다.

다만 "사단은 이에서 발현하여 언제나 선하고 칠정은 기에서 발현하여 선과 악이 있다." 한 것은 제가 일찍이 「천명도」를 보았으나, 자세히 기억할 수 없어 다만 대체적인 뜻이 이와 같다고 여기고서, 저의 설에서 언급했던 것입니다. 그런데 지금 다시 「천명도」를 검사해 보니, "사단은 이에서 발현하고 칠정은 기에서 발현한다." 하는 두 구절만이 있고 "언제나 선하다."거나 "선악이 있다." 같은 말은 없었습니다.

이것은 글을 대충대충 보는 병집입니다. 다른 사람의 말뜻을 끝까지 살피지 않는다는 것으로 그 병집 또한 작지 않으니 매우 부끄럽고 송구합니다. 그러나 『천명도설』을 고찰해 보면 그 뜻이 본디 이와 같습니다. 그러므로 추만이 저의 설을 친히 보았습니다만 이것 때문에 꾸짖지 않았습니다. 어떻습니까? 혹시 저의 설을 보는 이들이 제대로 살피지 못할까 하여 아울러 말씀드립니다.

대승은 다시 절합니다.[2] 高

---

1. 고봉은 자신이 처음 썼던 글을 퇴계에게 다시 부쳤다. 「고봉이 퇴계에게 올린 사단칠정설(이 책의 2-2 편지)」이 그것이다. 여기서는 『고봉집』의 예에 따라 생략한다.
2. 이 편지는 【1-8】에서 왔다.

제1서를 고친 글[改本]

　지난번에 잘못을 깨우쳐 주시는 둘째 편지를 받고서, 저의 앞선 편지에서 말이 거칠고 어긋나서 형평을 잃은 곳이 있음을 알았습니다. 이미 새롭게 고쳤는데, 이제 그 고친 글을 베껴 앞에 두고 옳은지 그른지 묻고자 합니다. 뒤이어 저의 둘째 편지를 보내니 밝게 답해 주시기 바랍니다.

　성性과 정情에 관한 논설은 선대의 유학자들이 상세히 밝혔습니다. 다만 사단칠정에 대해 이를 때는 두 가지가 다 정이라는 것만 말했을 뿐 이와 기로 나누어 설명한 것은 볼 수 없었습니다.
　지난해 정지운이 지은 「천명도」에 "사단은 이에서 발현하고 칠정은 기에서 발현한다." 하는 설명이 있었습니다. 제 생각에도 너무 심하게 나누어 놓아 논쟁의 실마리가 되지 않을까 염려스러웠습니다. 그리하여 '순수한 선[純善]'이나 '기를 겸함[兼氣]' 같은 말로 고쳤던 것입니다. 그렇게 고친 것은 서로 도와 가며 밝게 설명해 보려는 것이었지, 고친 말에 허물이 없다고 하려던 것은 아니었습니다.
　이제 손수 쓰신 논설을 보여 주시고, 잘못을 가리켜 드러내시며 정성껏 깨우쳐 주시니, 더욱 깊이 깨닫게 됩니다. 그렇다 하더라도 의심스러운 점이 없어지지 않아, 아래에 몇 말씀 적겠으니 바로잡아 주시기 바랍니다.

　무릇 사단이란 정이며, 칠정 또한 정입니다. 같은 정인데 왜 사단과 칠정이라는 다른 이름이 있습니까? 보내 주신 글에서 말씀하신 대로 '강조점이 다르기' 때문입니다. 무릇 이와 기는 본래부터 서로 따르면서 본체[體]를 이루고 서로 기다리면서 작용[用]이 됩니다. 참으로 이가 없는 기란 있을 수 없으며, 기가 없는 이도 있을 수 없습니다. 그러나 강조점이 다르기 때문에 분별하지 않을 수 없습니다. 예로부터 성현들께서 이 두 가지를 논하게 될 때, 하나로 합쳐서만 말하고 나누어 말하지 않은 적이 언제 있었습니까?

　또 성만 가지고 보더라도 그렇습니다. 자사가 말한 '하늘이 명한 성[天命之性]'과 맹자가 말한 '본래 선한 성[性善之性]', 이 두 성자[性字]가 강조하는 점은 어디에 있습니까? 이기의 타고난 성질 가운데 이의 근원의 본래 모습만을 강조해서 말하려 한 것이 아니었겠습니까? 강조점이 이에 있고 기에 있지 않기 때문에 순수한 선으로서 악이 없다고 말할 수 있을 뿐입니다. 만일 이기가 서로 나뉠 수 없다는 점 때문에 "기를 겸했다.[兼氣]" 하는 이론을 세우려 한다면, 이것은 이미 성의 본래 모습을 말하는 것은 아닐 것입니다. 자사나 맹자가 도의 전모를 꿰뚫어 보면서도 이렇게 말한 것은 하나만 알고 둘은 모르기 때문이 아닙니다. 그것은 성을 말할 때 기를 섞는다면 성의 본래 선함을 볼 수 없다고 여겼기 때문입니다. 후세에 정자·장자 같은 이에 이르러 어쩔 수 없어 기질의 성[氣質之性]이라는 이론도 나왔습니다만, 이것 역시 이전보다 뛰어나고자 하여 색다른 이론을 세운 것은 아닙니다. 강조점이 기를 타서 움직임이 생긴 뒤라면, 또한 순전히 본연의 성이라고만 부를 수는 없습니다. '순전히…' 이하는 지난번에

400

'본연의 성性이라고 싸잡아' 했습니다만 지금 고쳤습니다. 그러므로 일찍이 무모하게도 저는 성도 본래 그대로의 성과 기가 주어진 뒤의 성이 다르듯이 정에는 사단과 칠정의 분별이 있다고 생각했습니다. 그렇게 보면 성은 이미 이와 기로 나누어 말할 수 있는데, 정만 홀로 이와 기로 나누어 말할 수 없다고 하겠습니까?

측은한 마음·부끄러워하고 미워하는 마음·사양하는 마음·옳고 그름을 가리는 마음은 무엇을 좇아서 발현합니까? 어짊·의로움·예의바름·지혜로움의 성으로부터 발현합니다. 기쁨·노여움·슬픔·두려움·사랑함·미워함·하고픔은 무엇을 좇아서 발현합니까? 이것들은 바깥의 사물이 사람의 형기에 닿으면 사람 안에서 움직임이 있게 되고 그 다음 바깥으로 나오게 됩니다. 사단의 발현에 대해 맹자가 이미 마음이라 했습니다만 마음이란 진실로 이기의 합입니다. 그런데도 강조점이 주로 이에 있는데 왜 그렇습니까? 어짊·의로움·예의바름·지혜로움의 성은 순수하게 사람 속에 존재하는데 사단이 그것의 단서이기 때문입니다. 칠정의 발현에 대해 정자는 '안에서 움직인 것[動於中]'이라 했고, 주자는 '각각 마땅한 바가 있다.[各有攸當]'고 했으니 또한 진실로 이기를 겸했습니다. "정자는…" 이 하는 지난번에 "주자가 본래 당연한 법칙이 있다고 했으니, 칠정에도 이가 없는 것이 아닙니다." 했습니다만 지금 고쳤습니다. 그렇지만 강조점이 주로 기氣에 있는데 왜 그렇습니까? 바깥의 사물이 가까이 다가오면 쉽사리 감응하여 먼저 움직이는 것으로 형기보다 더한 것이 없는데, 칠정이 바로 그 형기의 싹이기 때문입니다. 사람 속에 있어서 순수한 이[純理]인 것이 어떻게 발현하자마자 기와 섞인다고 말할 수 있겠습니까? 바깥 사물에 감응하는 것 하면 형기인데, 어떻게 그것이 발현하면 도리어 이라 하고 기가 아니라고 하겠습니까? "도리어 이라 하고…" 이하는 지난 번에 "이의 본체가 된다고 말할 수 있겠습니까?" 했습니다만 지금 고쳤습니다. 사단은 모두 선한 까닭에 맹자는 "네 가지 마음이 없으면 사람이 아니다." 했고 "정이란 선하다 할 수 있다." 했습니다. 칠정은 본래 선하지만 쉽사리 악으로 흐르기 때문에 발현하여 절도에 맞아야만 조화롭다고 하고, 한 번 이루었다 하더라도 잘 살피지 않으면 마음은 이미 그 바름을 잃는 것입니다. "본래 선하지만…" 이하는 지난번에 "선악이 정해지지 않은 까닭에, 한번 이루었다 하더라도 잘 살피지 않으면 마음이 바름을 얻을 수 없습니다. 그리고 반드시 발현된 뒤 절도에 맞은 다음에야 조화롭다고 하는 것입니다." 했습니다만 지금 고쳤습니다. 이것으로 말미암아 본다면, 사단과 칠정은 비록 모두 이기를 벗어나지 않는다고 하겠습니다만, 유래에 따라 주된 이 사이에 지난번에는 "…고 중요한 것[與所重]"의 세 글자가 있었습니다만 지금 고쳤습니다. 것을 강조하여 말하면 어찌하여 어느 것은 이이고 어느 것은 기라고 말할 수 없겠습니까?

보내 주신 논설의 뜻을 살펴보니, 이기가 서로 따르며 떨어지지 않는 관계라는 견해를 굳게 가지고 그 이론을 힘써 주장한 까닭에, 이 없는 기는 있을 수 없으며 기 없는 이도 있을 수 없다고 했습니다. 그리고 사단칠정은 서로 다른 뜻이 없다고 했습니다. 이러한 주장은 옳은 것이지만, 성현들의 뜻으로 헤아려보면 맞지 않는 점이 있는 듯합니다.

무릇 의리義理의 학문이란 지극히 정밀하고 미묘한 것입니다. 모름지기 마음을 크게 먹고 눈을 높게 둔 다음 절대로 먼저 한 가지 이론에 얽매이지 말고, 마음을 비우고 편안한 기분으로 속깊은 뜻을 차근차근 살펴야 합니다. 같은 것을 보더라도 다른 점이 있음을 알아야 하고, 다른 것을 보더라도 같은 점이 있음을 알아야 합니다. 둘로 나누더라도 나누기 전의 본래 뜻을 해치지 않아야 하며, 하나로 합치더라도 서로 제멋대로 섞이지 않게 해야 합니다. 그래야만 치우침 없이 두루 알게 되는 것입니다.

　바라건대 다시 성현의 이론으로 반드시 그래야 함을 밝혀 봅시다. 옛적에 공자는 "선으로 잇고 성으로 이룬다.[繼善成性]" 하는 이론을 남겼고 주자周子는 "무극이면서　태극이다.[無極太極]" 하는 이론을 남겼습니다. 이것들은 모두 이기가 서로 따르며 나뉘지 않는 성질 가운데에서 따로 가르고 나누어서 이만을 말한 것입니다. 공자는 "서로 가깝고 서로 멀다." 하는 표현으로 성을 말했고, 맹자는 '이목구비의 성'을 말했습니다. 이것들은 모두 이기가 서로를 이루며 나뉘지 않는 성질 가운데에서 둘을 겸하여 가리켜 기를 위주로 말한 것입니다. "둘을 겸하여 가리켜…" 이하는 지난번에 "기 한쪽만을 말한 것입니다." 했습니다만 지금 고쳤습니다. 이 네 가지야말로 어찌 같은 것을 보면서 다른 점이 있음을 아는 사례가 아니겠습니까? 자사가 중도와 조화를 논할 때 기쁨·노여움·슬픔·즐거움은 말했지만 사단에는 미치지 않았습니다. 정자가 학문을 좋아함[好學]을 논할 때 기쁨·노여움·슬픔·두려움·사랑함·미워함·하고픔은 말했지만 사단은 말하지 않았습니다. 이것은 바로 이기가 서로를 기다리며 나뉘지 않는 성질 가운데에서 그 두 가지를 통틀어 말한 것입니다. 이 두 가지야말로 어찌 다른 것을 보면서 같은 점이 있음을 아는 사례가 아니겠습니까?

　지금 그대의 변론은 이러한 것들과 다릅니다. 하나로 보기를 좋아하는 반면 나누기를 싫어하며, 통틀어 합치기를 즐기는 반면 쪼개어 가르기를 싫어합니다. 사단칠정의 유래를 궁구하지 않은 채 대체로 이기를 겸한 것인 만큼 선악이 다 있다고 하여, 나누어 말하는 것이 옳지 않음만을 굳게 주장합니다. 중간에 비록 "이는 약하지만 기는 강하다."든가 "이는 조짐이 없지만 기는 자취가 있다."는 주장이 있습니다만, 마침내 끝에 가서는 "기의 자연스러운 발현이 이의 본체이다." 했습니다. 이것은 드디어 이기를 하나로 생각하여 구별이 없다고 여기는 것 같습니다. 만약 진실로 하나여서 나눌 것이 없다고 여긴다면 제가 감히 안다고 할 것이 없습니다. 그러나 그렇게 여기는 것이 아니라면, 결국은 역시 이기는 하나가 아니고 나눌 것이 있기 때문에 '본체'라는 말 아래에 '그러하다[然也]' 라는 두 자를 붙인 것이니, 어찌하여 굳이 「천명도」에 대해서만 나누어서 말했으므로 옳지 않다고 하겠습니까? "드디어…" 이하는 지난번에 "드디어 이기를 하나로 생각하여 구별이 없다고 여기는 것입니다. 근세에 나정암이 이기가 둘이 아니라는 주장을 하면서 주자의 이론이 틀렸다고 하는 데까지 이르렀지만, 저 같은 보통 사람으로서는 그 뜻을 따라가지 못합니다. 그렇다고 보내 주신 글의 뜻이 역시 그와 같다는 말은 아닙니다." 했습니다만 지금 고쳤습니다.

보내 주신 논설을 보면, 이미 "자사와 맹자가 강조하여 말한 점이 같지 않다."라든지 '사단은 가르고 나눈 것'이라 하신 말씀이 있습니다. 그런데도 도리어 "사단칠정에는 달리 가리킨 것이 없다." 하시니, 잘못하면 서로 모순되지 않겠습니까? 무릇 학문을 함에 있어서 분석을 싫어하고 합하여 한 이론으로 주장하기에 힘쓰는 것을 옛사람들은 "대추를 그냥 삼킨다." 했는데 그 병집이 작지 않습니다. 그럼에도 이와 같은 태도를 바꾸지 않는다면, 모르는 사이에 쉽사리 기로써 성을 논하는 폐단에 들어가게 되고, 사람의 욕망을 하늘의 이치[天理]로 여기는 잘못에 떨어지게 되고 맙니다. 어찌 옳다고 하겠습니까?

보내 주신 글을 받고 곧바로 제 생각을 알려드리고 싶었지만, 감히 제 의견이 반드시 옳고 의심할 것 없다는 자신이 생기지 않아서 오랫동안 덮어두고 있었습니다. 그런데 근래 『주자어류』에서 맹자의 사단을 논한 마지막 한 조항을 찾아보았습니다. 바로 이 주제를 논해 이르기를, "사단은 이의 발현이고, 칠정은 기의 발현이다." 했습니다. 옛 사람이 말하지 않았습니까? 감히 자신을 믿지 말고, 스승을 믿으라고. 주자는 제가 스승으로 삼는 분이고 또한 천하 고금의 큰 스승입니다. 이 설명을 얻은 뒤 비로소 저는 제 의견이 크게 그릇되지 않았음을 믿게 되었습니다. 게다가 처음 정추만의 설 역시 본래 병집이 없는 것으로서 고칠 필요가 없을 듯합니다. 이상과 같이 변변치 못한 몇 마디를 조잡하게 적어 가르침을 청합니다. 그대의 뜻이 어떠실지 모르겠습니다. 만약 이치는 비록 다르지 않지만 이름을 붙여 표현하는 사이에 조금이라도 차이가 있어, 옛 선비들의 이론을 그대로 사용하는 것이 오히려 낫겠다고 생각하신다면, 주자의 이 이론으로 대신하고 우리의 것은 버리는 것이 온당하겠습니다. 어떻습니까? 退

---

1. 이 편지는 【1-10】에서 왔다.

　지난번에 멀리서 편지를 보내 주시고, 사단칠정에 대해 깨우쳐 주시는 글 한 권까지 덧붙여 주시니, 어리석고 거짓된 이 사람을 버리지 않고 극진히 깨우쳐 주려는 뜻이 매우 깊고 간절하게 느껴집니다. 때마침 조금 바쁜 일이 있어서 그 사이에 마음을 다해 연구할 수가 없었습니다. 그래서 편한 대로 먼저 답장을 대강 써서 돌아가는 인편에 부쳤습니다. 이제야 비로소 병이 조금 나은 사이를 엿보아, 찬찬히 읽고 생각을 풀어 한두 가지 논의나마 살펴보고자 했으나, 담고 있는 뜻이 깊고 인용이 해박하여 종횡무진 치달리는 변론을 다 헤아릴 수 없었습니다. 힘이 다한 노인이 많고 많은 뜻과 이치를 다 아우를 수 없음이 마치 용문龍門에 물을 터놓고 조각배로 원류를 찾으려는 것에 비길 수 있으니, 또한 어려운 일이었습니다. 그러나 여러 날을 두고 물을 따라 거슬러 올라간 나머지 작은 물줄기의 끝이라도 보게 된다면 지난번 주장의 잘못을 볼 수 있을 것입니다. 거기에 더해 새로운 지식을 보태는 계기가 될 것이니, 학문이 토론에 힘입는 바가 어찌 적다 하겠습니까? 매우 다행입니다.

　제 주장의 잘못된 곳은 이미 고쳐서 앞에 적어놓고 옳고 그름을 물었습니다. 그리고 그대의 변론에 대해서도 처음부터 끝까지 조목에 따라 대답하여 제 뜻을 낱낱이 드러내려 했으나, 앞뒤의 여러 주장들이 서로 얽히고 설키어 갈라내기가 쉽지 않았습니다. 만약 하나하나 본문의 차례에 따라 설명하면, 산만하고 되풀이되는 형세를 면할 수 없어서, 도리어 흐려지고 얽히기만 할 듯 합니다. 그러므로 글 전체에서 조목마다 요점만을 뽑아, 같은 것끼리 모아서 대략이나마 차례를 잡아 보았습니다. 그렇게 해도 다시 어리석은 소견으로 헤아려 보건대, 같다고 해야할지 다르다고 해야할지, 의견을 따른다고 해야할지 따르지 않는다고 해야할지 쉽게 나누기 어려운 부분이 있습니다.

첫째, 그대의 말에 본래 잘못이 없는데 제가 착각하여 엉뚱하게 논한 것
둘째, 그대의 편지를 받고서 제 말이 마땅하지 않음을 깨달은 것
셋째, 그대의 편지 내용이 제가 들은 것과 근본이 같아서 다름이 없는 것
넷째, 근본은 같지만 다르게 나아간 것
다섯째, 의견이 달라서 끝내 따를 수 없는 것

대체로 이 다섯 조목으로 나누어 아래와 같이 조목별로 적습니다.

첫째, 그대의 말에 본래 잘못이 없는데 제가 착각하여 엉뚱하게 논한 것
제10절, "기의 자연스러운 발현이 이의 본체이다."

위의 한 조항은 그대의 말에 본래 잘못이 없는데 제가 착각하여 엉뚱하게 논했던 것으로, 이미 고쳤습니다.

둘째, 그대의 편지를 받고서 제 말이 마땅하지 않음을 깨달은 것
제6절, "칠정이 오로지 기만은 아니라는 설."

같은 절 가운데 두 번째 '변론에서…',

"정이 비록 바깥 사물에 닿아서 나오는 것 같지만 사실은 안으로부터 나온다는 설."

같은 절 가운데 일곱 번째 '변론에서…',

"선악이 정해지지 않았다는 설."

제9절, "기 한쪽만을 말했다는 설."

위의 네 조항은 그대의 편지를 받고서 제 말이 마땅하지 않음을 깨달은 것으로, 역시 이미 고쳤습니다.

셋째, 그대의 편지 내용이 제가 들은 것과 근본이 같아서 다름이 없는 것

제1절, "『주자어류』에서 마음·성·정을 논한 것을 인용한 세 조목."

제4절, "주자가 진잠실陳潛室에게 답한 글을 인용하여, 가리켜 말한 것이 다름을 밝힌 대목."

제5절, "주자의 설을 인용한 제1조 : 기와 성이 섞이지 않음을 밝힌 대목."

"주자의 설을 인용한 제2조 : 기품이 다르기 때문에 천명도 다르나 또한 성이라 하지 않을 수는 없다는 점을 밝힌 대목."

"주자의 설을 인용한 제3조 : 천명의 성은 가장 깊은 원천의 성이라고 한 대목."

"주자의 설을 인용한 제5조 : 정자와 장자가 처음 기질을 말했다는 대목."

제6절, "『중용장구』, 「혹문」, 「연평설」, 정자의 「호학론好學論」, 주자의 「동정설動靜說」을 인용하면서, 이 모두가 칠정이 이기를 겸했음을 밝힌 대목."

위의 열세 조항은 제가 들은 것과 근본이 같아 다름이 없습니다.

다시 논하지 않겠습니다.

넷째, 근본은 같지만 다르게 나아간 것
    제1절, "천지의 성은 오로지 이만을 가리키고 기질의 성은 이와 기
       를 섞어서 말한다. 이의 발현이라고 한 말은 진실로 바꿀 수
       없지만 그것이 기의 발현이라고 한 말은 기만을 가리킨 것이
       아니라고 한 대목."
    제5절, "천지와 사람·사물 사이에서 이와 기를 나누어도 진실로 각
       각의 사물이 스스로 자신됨을 해치지 않는다. '성을 가지고
       논하면, 이가 기질 속에 떨어진 것일 뿐이고 만약 정을 논하
       면 성이 기질 속에 떨어져 이기를 겸하고 선악이 있다.' 하고
       나누어 말하면 편치 않다고 한 대목."
    제6절 첫 번째 '변론에서…', "칠정 또한 어짊·의로움·예의바름·지
       혜로움의 성으로부터 발현한다고 한 대목."
    제6절 세 번째 '변론에서…', "따로 히니외 정이 이에서만 나올 뿐
       기에서는 안 나오는 것이 아니다 한 대목."
    제6절 네 번째 '변론에서…', "그 사이에 본래 이가 없는데 바깥의
       사물이 우연히 서로 감응하여 움직이는 것이 아니다. 바깥 사
       물에 감응하여 움직이는 것은 사단도 역시 마찬가지라고 한
       대목."
    제6절 다섯 번째 '변론에서…', "이미 발현하면 바로 기를 타고 움직
       인다. 사단 역시 기이다고 한 대목."
    제7절, "그 근원을 미루어보면 진실로 두 가지 뜻이 있는 것이 아니
       라고 한 대목."
    제9절, "무릇 성을 말할 때 기 한쪽만을 가리키지 않았다 … 칠정 역시

이기를 겸했다고 한 대목."

위의 여덟 조항은 근본은 같으나, 다르게 나아간 것입니다.

다섯째, 의견이 달라서 끝내 따를 수 없는 것

제1절, "실질은 같으면서 이름만 다른 것이다. 칠정 바깥에 따로
사단이 있는 것이 아니다. 사단과 칠정이 애당초 다른 뜻
이 있는 것이 아니다 한 대목."
제2절, "넓은 뜻으로 논하면 안 될 것이 없다. 하지만 도설로 만들
면 너무 심하게 갈라놓은 듯하다. 사람들을 그르치는 것이
아닌가 한 대목."
"어떤 것은 언제나 선하다 하고 어떤 것은 선악이 있다고 한
다면 사람들은 정이 둘인가 하고 의심하거나 두 가지의 선 善
이 있다고 의심할까 두렵다고 한 대목."
제3절, "보내 주신 변론으로써 견주어 보면 사단과 칠정은 각기 연
원이 있으니, 단지 강조점이 다르다는 데서 그치지 않는다
한 대목."
제5절, "주자의 설을 인용한 제4조 : 맹자는 떼어내어 말했고, 이천
은 겸하여 말하였다. 그러나 요약해 본다면 서로 떨어질 수
없다 한 대목."
제6절 다섯 번째 '변론에서…', "주신 변론에서 바깥으로 형기에
감응한 것이지, 이의 본체가 아니라는 말씀에 미쳐서는 크
게 잘못되었다. 만약 그렇다면 칠정은 성 바깥의 물건이다 따
위. 맹자가 기뻐서 잠을 이루지 못함은 (중략) 이것이 어찌
이의 본체가 아니겠는가 한 대목."

제6절 일곱 번째 '변론에서…', "한번 이루었다 하더라도 잘 살피지 않으면 마음이 바름을 얻을 수 없다고 한 대목."

제6절 끝의 논의, "주된 것과 중요한 것에 대한 논의가 타당하지 않다고 한 대목."

제12절, "주자는 마음을 싸잡아 모두 이미 발현했다[已發]는 말뜻을 잘못 알아들었는데, 뒤에 깨달았다. 그렇다면 이의 발현이니 기의 발현이니 하고 논한 것들은 우연히 치우치게 가리켜 하신 말씀이라고 한 대목."

위의 아홉 조항은 의견이 서로 달라서 끝내 따를 수 없습니다. 이상의 여러 조항에 대한 변론은 모두 아래에 기록했습니다.

보내 주신 편지 내용이 비록 종횡으로 변화하고 수많은 논리를 전개했으나, 요약해서 말하면 제가 잘못 본 한 조항을 제외하고 대체로 4절로 묶을 수 있습니다. 그리고 다시 4절을 요약해서 말하면 2절에 지나지 않습니다. 왜냐하면 편지를 받고서 마땅하지 않음을 깨달은 것은 모두 근본이 같은 부류이고, 근본은 같으나 다르게 나아간 것도 결국 모두 끝내 따를 수 없는 것으로 귀결되었기 때문입니다.

상세히 말해 보겠습니다. 무릇 이와 기가 서로 떨어지지 않고 칠정이 이기를 겸했다는 것은 저도 일찍이 옛날 유학자들의 주장에서 보았습니다. 그러므로 앞의 변론에서 누누이 말하기를, 성정을 통틀어 논한 데서는 이가 없는 기가 없고 또한 기가 없는 이도 없다고 했고, 사단을 논한 데서는 마음은 진실로 이기의 혼합이라고 했으며, 칠정을 논한 데서는 이가 없는 것이 아니라고 했습니다. 이와 같이 말한 곳이 한두 군데가 아니니, 제 소견이 두 번째 절의 열세 조항에서 말한 그대의 변론과 무엇이 다릅니까? 그런데도 첫 번째 절의 네 조항과 같이 설명에 차이가 있는 것을 피하지 못하니, 이는 눈으로 보고 입으로 외기만 하는 학문을 하여 마음에 얻은 것도 없으면서 제멋대로 헤아려 설명한 것으로, 마땅함을 잃어 병집이 있게 된 것이니, 깊이 두려워할 만합니다. 다만 그대가 제가 다시 고친 말을 자세히 보면, 그대의 가르침에서 얻은 바가 있어, 이내 근본이 같은 뜻으로 되돌아왔다는 것을 알 수 있을 것입니다.

주자는 "공영달孔穎達이 괘를 얻는 법[揲法]을 모르는 것은 아니었지만, 익숙하지 않았기 때문에 그 말이 틀리기가 쉬웠다." 했으니, 이것은 군자가 사람을 용서하는 논리입니다. 하지만 제가 학문을 논하는 데 이처럼 쉽게 틀리는 것은 마음을 참으로 알지 못했기 때문이니, 알지 못한다는 것을 인정하고 입을 다물고 말을 하지 않는 것이 옳습니다. 그러나 이미 다른 의견이 생겼는데도 자신의 주장을 다 말하지 않는다면, 이 또한 학문을 강론하고 연마하여 더욱 보태는 길이 아닙니다. 그러므로 의견이 같은 앞의 두 절은 논하지 않고, 뒤의 두 절에 대해서만 감히 구차하게 의견을 같이할 수 없는 뜻을 논하겠습니다.

무릇 사단에 기가 없는 것이 아니고 칠정에 이가 없는 것이 아니라는 것은 그대가 말했을 뿐만 아니라 저도 말했고, 우리 두 사람이 말했을 뿐만 아니라 옛 유학자들도 이미 말했습니다. 그리고 옛 유학자들이 억지로 그렇게 말한 것이 아니라, 하늘이 부여한 것과 사람이 받은 것의 원류와 맥락이 본디 그러한 것입니다. 그렇다 하더라도 그대와 저의 소견이 처음에는 같으나 마지막에 다른 것은 다른 까닭이 없습니다. 그대는 사단과 칠정이 모두 이기를 겸하여 실질은 같으면서 이름만 다른 것이니, 이와 기에 나누어 붙여서는 안 된다고 여깁니다. 저는 다른 가운데 같은 것이 있음을 보았기 때문에 두 가지를 섞어서 말한 것이 진실로 많으며, 같은 가운데 다름이 있음을 알았기 때문에 두 가지 사이에서 말에 따라 자연히 이를 주로 하고 기를 주로 하는 차이가 있는 것이니 어째서 나누어 붙일 수 없느냐는 생각입니다.

이 이치에 대해 지난번의 말이 비록 흠이 있기는 했으나, 그 큰 뜻에는 실로 복잡한 연원이 있었던 것입니다. 그런데 그대의 변론에서는 한결같이 모두 배척하여, 글귀 하나 글자 하나도 그대로 넘긴 것이 없으니, 지금 다시 논하여 그러한 까닭을 밝힌다 하더라도, 제 말을 믿게 하는 데는 도움이 없고 허물만 얻게 될까 두렵습니다.

넷째, 근본은 같지만 다르게 나아간 것에 관해

첫 번째의 '가르쳐 주시는 글[辯誨]'²

> "'천지의 성은 오로지 이만을 가리키고 기질의 성은 이와 기를 섞어서 말한다.' 이의 발현이라고 한 말은 진실로 바꿀 수 없지만, 그것이 기의 발현이라고 한 말은 기만을 가리킨 것이 아니다."

황은 말합니다 : 천지의 성은 진실로 이만을 가리켜 말한 것인데, 모르긴 해도 이 경우 다만 이만 있고 기는 없는 것입니까? 천하에 기 없는 이가 없으니 이만 있다고 하면 그르게 됩니다. 그런데도 오로지 이만을 가리켜 말할 수 있다면, 기질의 성이 비록 이기가 섞여 있지만 어찌 기만을 가리켜 말할 수 없겠습니까? 하나는 이가 주되기 때문에 이를 가지고 말했고, 하나는 기가 주되기 때문에 기를 가

지고 말한 것뿐입니다. 사단에 기가 없지 않은데도 이의 발현이라고 만 말하고, 칠정에 이가 없지 않은데도 기의 발현이라고만 말하는 것도 그 뜻이 이와 같습니다. 그대는 사단이 이의 발현이라고 한 데 대해서는 바꿀 수 없다고 했으면서도, 기의 발현이라고 한 데 대해 서는 기만을 가리킨 것이 아니라고 하여, 한 가지 모양의 말을 잘라 서 두 가지 모양으로 본 것은 어째서입니까? 만약 실제로 기만을 가 리킨 것이 아니고 이도 아울러 가리킨 것이라면, 이의 발현이라는 말 과 댓구로 놓고 나란히 겹쳐 말하는 것과 맞지 않습니다.

두 번째의 '가르쳐 주시는 글'
"'천지와 사람·사물 사이에서 이와 기를 나누어 내어도 해가 되지 않는다. 성을 가지고 논하면 이가 기질 속에 떨어진 것일 뿐이고, 만약 정을 논하면 성이 기질 속에 떨어져 이기를 겸하고 선악이 있다.'고 나누어 말하면 편치 않다."

황은 말합니다 : 천지와 사람·사물로써 보건대 이가 기 밖에 있는 것이 아닌데도 오히려 나누어 말할 수 있으니, 그렇다면 성이나 정 에 있어서도 비록 이가 기 속에 있고 성이 기질 속에 있지만, 어찌 나누어 말할 수 없겠습니까? 대개 사람의 몸은 이와 기가 합쳐서 생 겨난 것이기 때문에 두 가지가 번갈아 발현하고 또한 서로 따르게 되는 것입니다. 번갈아 발현한다면 각각 주되는 것이 있음을 알 수 있고, 서로 따른다면 함께 그 속에 있음을 알 수 있습니다. 함께 그 속에 있기 때문에 섞어서 말하는 것이 물론 가능하고, 각각 주되는 바가 있기 때문에 나누어서 말해도 안 될 것이 없습니다.
성을 논하는 경우, 이는 기 속에 떨어져 있는 것인데도 자사와 맹

자는 본연의 성을 떼어내어 가리켰고, 정자와 장자는 오히려 기질의 성을 가리켜 논했습니다. 마찬가지로 정을 논하는 경우, 성은 기질 속에 떨어져 있는 것인데 유달리 각각 발현하는 곳에 따라 사단과 칠정의 연원을 나눌 수 없겠습니까? 이와 기를 겸하고 선과 악이 있는 것은 정만이 아닙니다. 성도 그러합니다. 그런데 어찌 이것으로써 분별할 수 없다는 증거로 삼습니까? 이가 기 속에 떨어져 있다는 말을 따랐기 때문에 성도 그러하다고 했습니다.

세 번째의 '가르쳐 주시는 글'
　　"칠정 또한 어짊·의로움·예의바름·지혜로움에서 발현한다."

황은 말합니다 : 이것은 이른바 다름에 나아가서 같음을 본다는 것이니, 사단과 칠정 두 가지는 진실로 섞어서 말할 수 있습니다. 그러나 같기만 할 뿐 다르지 않다고는 말할 수 없습니다.

네 번째의 '가르쳐 주시는 글'
　　"따로 하나의 정이 있어 이에서만 나올 뿐 기에서는 안 나오는 것이 아니다."

황은 말합니다 : 사단의 발현에는 진실로 기가 없지 않다고 말합니다. 그러나 맹자가 가리킨 것은 진실로 기에서 발현된 것에 있지 않았으니, 만약 기까지 아울러 가리켰다면, 이미 이것을 다시 사단이라고 할 수 없습니다. 그런데 가르쳐 주시는 글에서는 어째서 사단이 이의 발현이라는 것을 바꿀 수 없는 것이라고 했습니까?

다섯 번째의 '가르쳐 주시는 글'

"그 사이에 본래 이가 없는데 바깥 사물과 우연히 서로 감응하여 움직이는 것이 아니다. 바깥 사물에 감응하여 움직이는 것은 사단 도 역시 마찬가지이다."

황은 말합니다 : 이 설은 진실로 그러합니다. 그러나 이 문단에 인용한 「악기樂記」에 대한 주자의 설은 모두 섞어서 말했다는 것이 니, 이 말씀을 가지고 나누어 말하는 것을 공박한다면, 제가 대응할 말이 없을까 걱정할 필요가 없을 것 같습니다. 게다가 나누어 말했 다는 것 또한 제가 있지도 않은 말을 아무렇게나 만들어 낸 것이 아 닙니다. 하늘과 땅 사이에 원래 이러한 이치가 있고, 옛 사람들도 원 래 이런 말을 했습니다. 그런데 지금 그대는 하나에 집착하여 다른 하나를 없애려고 하니 치우친 것이 아닙니까? 대개 섞어서 말했다 는 것은 칠정이 이기를 겸했다는 것인데, 그것은 많은 말을 보텔 것 도 없이 명백합니다. 다만 칠정을 사단과 댓구로 놓아 각각 나누어 말한 것은, 칠정과 기의 관계가 사단과 이의 관계와 같이, 발현할 때 각각 나름의 흐름이 있고, 제각기 따로 가리키는 이름이 있기 때문 에, 주된 바에 따라 이와 기에 나누어 붙일 수 있다고 한 것뿐입니 다. 저도 칠정이 이와 전혀 관계없이 바깥의 사물이 우연히 서로 모 이고 붙을 때만 감응하여 움직인다고 말하는 것은 아닙니다. 마찬가 지로 사단이 사물에 감응하여 움직이는 것도 진실로 칠정과 다르지 않습니다. 단지 사단은 이가 발현하여 기가 따르는 것이고, 칠정은 기가 발현하여 이가 타는 것일 뿐입니다.

여섯 번째의 '가르쳐 주시는 글'

"이미 발현하면 바로 기를 타고 움직인다. 사단 역시 기이다."

황은 말합니다 : 사단 역시 기라는 것은 앞뒤에서 되풀이 말씀하셨는데, 이번에 또 주자 제자의 질문 말씀으로 더욱 분명히 했습니다. 그렇다면 그대는 맹자가 말한 사단을 기의 발현으로 보십니까? 만약 기의 발현으로 보신다면, 이른바 어짊의 단서, 의로움의 단서나 어짊·의로움·예의바름·지혜로움 네 글자를 어떻게 보아야 하겠습니까? 만약 약간의 기라도 섞인 것으로 본다면 순수한 하늘의 이치[天理]가 지닌 본연의 모습일 수 없으며, 순수한 하늘의 이치로 본다면 발현되는 단서가 분명히 맑고 깨끗하지 못한 사물이 아닐 것입니다. 그대는 어짊·의로움·예의바름·지혜로움을 발현하기 전의 이름으로 여겼기 때문에 순수한 이라 했고, 사단을 이미 발현한 뒤의 이름으로 여겨, 기가 아니면 움직이지 못하기 때문에, 사단 역시 기라고 했을 따름입니다.

저의 생각에 비록 사단이 기를 탄다고는 해야겠지만, 맹자가 가리킨 점은 기를 탄다는 사실에 있지 않고, 다만 순수한 이가 발현했다는 데에 있었기 때문에 어짊의 단서, 의로움의 단서라고 했던 것입니다. 그리고 후세의 현자들도 그 말씀을 가리켜, 갈라내어 선한 쪽만 말했을 뿐이라고 했던 것입니다. 만약 굳이 기를 겸했다는 것을 끌어와, 이미 더러운 물에 적셔지고 난 뒤라고 말한다면, 이런 말은 모두 붙일 데가 없을 것입니다.

옛사람이 사람이 말을 타고 드나드는 것으로써 이가 기를 타고 움직이는 것을 비유한 것은 참으로 좋습니다. 무릇 사람은 말이 아니면 드나들지도 못하고 말은 사람이 아니면 길을 잃게 되니, 사람과 말이 서로 따라야 하며 떨어질 수 없습니다. 이 비유를 가리켜 어떤 이는 넓게 보아 '간다.'는 사실만을 말하니, 사람과 말이 모두 그 말 안에 있습니다. 사단과 칠정을 섞어서 말하는 경우가 그것입니다. 또 어떤 이는 "사람이 간다."는 것만 가리켜 말하니, 이 경우 말까지 아울러 말하지 않더라도 말이 같이 가는 것이니, 사단이 그것입니다. 또 어떤 이는 "말이 간다."는 것만 가리켜 말하니, 이 경우 사람까지 아울러 말하지 않더라도 사람이 같이 가는 것이니, 칠정이 그것입니다. 그런데 지금 그대는 제가 사단과 칠정으로 나누어 말하는 것을 보고, 매번 섞어서 말한 것을 인용하여 공격합니다. 이는 어떤 이가 "사람이 가고 말이 간다."고 말하는 것을 보고서 사람과 말은 하나이니 나누어 말할 수 없다고 우기는 것입니다. 또 제가 칠정을 기의 발현이라고 말한 것을 보고는 이의 발현이라고 우깁니다. 이는 어떤 이가 "말이 간다." 하는 말을 듣고서 반드시 사람도 간다고 해야 한다고 우기는 것입니다. 또 제가 사단을 이의 발현이라고 말한 것을 보고는 기의 발현이라고 우기니, 이는 어떤 이가 "사람이 간다." 하는 말을 듣고서 반드시 말도 간다고 해야 한다고 우기는 것입니다. 이것은 바로 주자가 숨바꼭질이라고 말한 것과 비슷합니다. 어떻게 생각하십니까?

일곱 번째의 '가르쳐 주시는 글'

　　"그 근원을 미루어 보면 진실로 두 가지 뜻이 있는 것이 아니다."
　황은 말합니다 : 같은 곳에 나아가 논한다면 두 가지 뜻이 있는 것이 아니다 하는 말이 그럴듯합니다. 그러나 만약 사단과 칠정 두

가지를 댓구로 놓고 그 근원을 미루어 본다면, 실로 이와 기의 구분이 있는데 어찌 다름이 없다고 하겠습니까?

여덟 번째의 '가르쳐 주시는 글'
> "무릇 성을 말할 때 기 한쪽만을 가리키지 않았다. 그런데도 지금 '기 한쪽만 말했다.' 하니 옳지 않은 듯하다. 또 변론에서 '자사가 중도와 조화[中和]를 논한 것은 이기가 섞여 있는 것을 말한 것이다.' 했다. 그렇다면 칠정은 어찌 이기를 겸하지 않았겠는가?"

황은 말합니다 : 성을 말하면서 기를 가리켜 말한 것이 없지는 않습니다. 다만 저의 변론에서 '한쪽만을[偏獨]'이라는 말이 과연 병집이 있는 듯하여, 그대의 가르침에 따라 이미 고쳤습니다. 그러나 칠정이 이기를 겸했다고 섞어서 말한 것과는 가리킨 점이 처음부터 같지 않습니다. 그런데 지금 이것을 가지고서 저의 주장이 앞뒤가 맞지 않다고 합니다. 하지만 실은 앞뒤가 맞지 않는 것이 아니고, 가리킨 점이 이미 같지 않으므로 말도 다를 수밖에 없는 것입니다.³

다섯째, 의견이 달라서 끝내 따를 수 없는 것에 관해
첫 번째의 '가르쳐 주시는 글'
> "실질은 같으면서 이름만 다른 것이다. 칠정 바깥에 따로 사단이 있는 것이 아니다. 사단과 칠정이 애당초 다른 뜻이 있는 것이 아니다."

황은 말합니다 : 같은 것 가운데서 실제로 이의 발현[理發]과 기의 발현[氣發]의 구분이 있음을 아는 것이야말로 달리 이름 붙인다는

것일 따름입니다. 만약 본래 다름이 없다면 어찌 다른 이름이 있겠습니까? 그러므로 비록 칠정의 바깥에 따로 사단이 있다고 말할 수 없다 하더라도, 끝내 사단과 칠정에 다른 뜻이 없다고 여긴다면 안될 듯합니다.

두 번째의 '가르쳐 주시는 글'
"넓은 뜻으로 논해 사단은 이에서 발현되고, 칠정은 기에서 발현된다고 하면 안 될 것이 없다. 하지만 도설로 만들어 사단은 이理쪽 동그라미 안에 놓고, 칠정은 기氣쪽 동그라미 안에 놓으면 너무 심하게 갈라 놓아 사람들을 매우 그르칠 것이다."

황은 말합니다 : 옳다면 모두 옳고 그르다면 모두 그릅니다. 어찌 넓은 뜻으로 논하면 둘로 나누어 발현한다고 해도 그르지 않고, 도설로 만들어 둘로 나누어 둘 경우에만 그르겠습니까? 하물며 도설 안에서 사단과 칠정이 실제로 같은 동그라미 안에 있으나, 겉과 속이 다르다고 하여 그 옆에서 나누어 주석을 달았던 것일 뿐이니, 애당초 각각의 동그라미 안에 나누어 놓은 것이 아닙니다.

세 번째의 '가르쳐 주시는 글'
"어떤 것은 언제나 선하다 하고 어떤 것은 선악이 있다고 하니, 사람들은 정情이 둘인가 하고 의심하거나 두 가지의 선善이 있다고 의심할까 두렵다."

황은 말합니다 : 순수한 이이기 때문에 언제나 선하고 기를 겸했기 때문에 선악이 있습니다. 이 말은 본래 이치에 어긋나는 말이 아

닙니다. 알아듣는 이는 같은 데 나아가서 다름을 알고, 또한 다름으로 인해 같음을 알 수 있습니다. 어째서 못 알아듣는 이가 잘못 아는 것을 걱정하여 이치에 맞는 말을 없앨 걱정을 합니까? 다만 지금 도설에서는 오직 주자의 주장만을 채택한 까닭에 이 말은 이미 지웠을 따름입니다.

네 번째의 '가르쳐 주시는 글'
"보내 준 변론으로써 견주어 보면 사단과 칠정은 각기 연원이 있으니, 단지 강조점이 다르다는 데서 그치지 않는다."

황은 말합니다 : 사단과 칠정이 비록 같은 정이기는 하지만 연원이 다르기 때문에 옛날부터 그것을 말할 때 같지 않은 말이 있다고 생각합니다. 만약 연원이 본래부터 다르지 않았다면 그것을 말할 때 무엇 때문에 달리 했겠습니까? 공자는 이것을 갖추어 말씀하지 않았고 자사는 전체를 묶어 말씀하셨으니, 이때에는 참으로 연원을 따지는 설명이 필요 없었습니다. 하지만 맹자가 한 쪽을 떼어 내어 사단을 설명한 때에 이르러서는, 이의 발현만을 가리켜 말한 것이라고 하지 않을 수 있겠습니까? 사단의 연원이 이라고 이미 인정한다면, 칠정의 연원은 기가 아니고 무엇이겠습니까?

다섯 번째의 '가르쳐 주시는 글'
"주자의 설을 인용해 '맹자는 떼어내어 말했고, 이천은 기질을 겸해 말했다. 그러나 요약해 본다면 서로 떨어질 수 없다.'"

황은 말합니다 : 이 말을 인용해 그대는 성性이 떨어질 수 없다는 것을 말함으로써, 정도 나눌 수 없다는 것을 밝히려 했을 뿐입니다. 하지만 윗글에서 인용한 주자의 말에 "성이 비록 지금 기 속에 있다 하더라도 기는 기이고 성은 성일 뿐, 서로 섞이지 않는다." 하지 않았습니까? 제 생각에 주자가, 맹자가 떼어내어 말한 것과 이천이 겸해 말한 것에 대해서, "요약해 본다면 서로 떨어질 수 없다." 한 것은 바로 제가 다름 가운데에서도 같음이 있음을 보았다고 한 것이고, 성이 기 속에 있는 것에 대해서 말하면서 "기는 기이고 성은 성일 뿐, 서로 섞이지 않는다." 한 것은 바로 제가 같음 가운데에서도 다름이 있음을 안다고 말한 것입니다.

여섯 번째의 '가르쳐 주시는 글'

> "주신 변론에서 바깥으로 형기에 감응한 것이지 이의 본체가 아니라는 말씀에 미쳐서는 크게 잘못되었다. 만약 그렇다면 칠정은 성 바깥의 물건이다 따위. 맹자가 기뻐서 잠을 이루지 못함은 (기쁨[喜]이고, 순舜이 사흉四凶을 죽임은 노여움[怒]이며, 공자가 애통하게 곡하심은 슬픔[哀]이고, 민자·자로·염유·자공이 곁에서 모실 적에 공자가 즐거워하심은 즐거움[樂]이었으니)[4] 이것이 어찌 이의 본체가 아니겠는가?"

황은 말합니다 : 처음에 제가 잘못하여 "바깥 사물에 감응하면 형기인데, 어떻게 그것이 발현하면 이의 본체가 된다고 말할 수 있는가?" 한 것은, 감응할 때에는 기이던 것이 발현하게 되자 이理가 된다 하니 이런 이치가 어디에 있느냐는 것이었습니다. 하지만 그 말이 분명하지 않음을 깨달았기 때문에 이미 고쳤습니다.

그런데 이번에 주신 편지에서 제 글을 고쳐서 바로 "바깥으로 형기에 감응한 것이지 이의 본체가 아니다." 했으니 그러면 저의 본뜻과는 멀어져 버립니다. 그리고 그 밑에서 꾸짖어 말하기를 "만약 그렇다면 칠정은 성 바깥의 물건입니다." 하셨는데, 그렇다면 주자가 "칠정은 바로 기의 발현이다." 한 것도 칠정을 성 바깥의 물건으로 여긴 것입니까?

무릇 이가 발현하면 기가 그것을 따른다는 말은 이를 주로 할 수 있어서 말한 것일 뿐, 이가 기에서 벗어난다고 말한 것이 아니니 사단이 바로 그것입니다. 기가 발현하면 이가 그것을 탄다는 말은 기를 주로 할 수 있어서 말한 것일 뿐, 기가 이에서 벗어난다고 말한 것이 아니니 칠정이 바로 그것입니다. 맹자의 기쁨과 순의 노여움, 공자의 슬픔과 즐거움은 기가 이를 따라 발현하여 털끝만큼도 막힘이 없기 때문에 이의 본체가 온전한 것입니다. 한편 보통 사람들이 친한 이를 보면 기뻐하고 상을 당하면 슬퍼하는 것 역시 기가 이를 따라 발현하는 것입니다. 다만 기가 고르지 못한 까닭에 이의 본체 역시 순수하게 온전하지 못한 것입니다. 이것으로 논하면 비록 칠정을 기의 발현이라고 하더라도 이의 본체에 무엇이 해가 되며, 어찌하여 형기와 성정이 서로 관계되지 않는다는 염려가 있겠습니까?

일곱 번째의 '가르쳐 주시는 글'
　　"'한번 이루었다 하더라도 잘 살피지 않으면 마음이 바름을 얻을 수 없다. 그리고 반드시 발현한 뒤 절도에 맞은 다음에야 조화롭다고 하는 것이다.' 했으니, 그렇다면 이 칠정은 대단히 번잡하고 쓸데없다. 도리어 마음에 해가 된다."

황은 말합니다 : 이 대목의 이전 설은 그 뜻이 앞뒤가 맞지 않아서 병집이 있었습니다. 지금은 삼가 이미 고쳤거니와, 그대의 가르침에 크게 힘입었습니다. 다만 이번의 편지에서도 "한번 이루었다 하더라도 잘 살피지 않으면…" 이라는 말을 배척하여, "이는 바로 마음을 바로잡는[正心] 일에 대한 것인데, 이 말을 인용하여 칠정을 증명했으니 자못 원래 뜻과 다르다." 했습니다. 그대의 이 말은 그럴 듯 하지만 사실은 그렇지 않습니다.

이 말이 비록 『대학』「정심正心」「장구」의 말이기는 하지만, 이 한 구절은 기쁨[喜]·노여움[怒]·근심[憂]·두려움[懼]을 마음속에 두어서는 안 된다는 것으로써 마음의 병을 설명한 것일 뿐, 설명이 마음을 바로잡는 데까지 이르지 않았습니다. 위의 네 가지가 마음에 해가 되기 쉬운 까닭은 바로 기의 발현을 따르기 때문에 본래 선하다 하더라도 쉽게 악으로 흐르기 쉬워서 그런 것일 뿐입니다. 그러나 사단이 이가 발현하는 것이라면 어찌하여 갑자기 이런 병집이 있겠습니까? 또한 어찌 마음에 측은惻隱함이 있으면 바르게 되지 못하고, 마음에 부끄러워하고 미워함[羞惡]이 있으면 바르게 되지 못한다고 할 수 있겠습니까?

「정성서定性書」에서 "사람의 마음에서 쉽게 발현하고 제어하기 어려운 것으로는 노여움이 으뜸이다. 그런데 노여울 때 서둘러 그 노여움을 잊고 이理의 옳고 그름[是非]을 보면 또한 바깥의 유혹이 미워할 만한 것이 못됨을 보게 될 것이다." 했습니다. 쉽게 발현하고 제어하기 어렵다는 것이 이입니까 기입니까? 이라면 어째서 제어하기 어렵겠습니까? 오직 기이기 때문에 갑자기 내달려 부리기 어려울 따름입니다. 또한 노여움이 이의 발현이라면 어찌하여 노여움을 잊고 이를 본다고 하겠습니까? 오직 기의 발현이기 때문에 노여움을 잊고 이를 보라고 하는 것입니다. 이것은 바로 이로써 기를 제어하는 것을 말함이니, 제가 이 말을 인용하여 칠정이 기에 속한다는 것을 증명한 것이 어째서 원래 뜻과 다릅니까?

여덟 번째의 '가르쳐 주시는 글'
> "그 연원에 따라 각각 주된 것을 가리킨다고 하는 설이 잘못되었음을 논한 것. 그리고 '이름 붙이는 데에 옳지 않음이 있을 뿐만이 아니라 성정性情의 실상과 존성存省의 공부에도 모두 잘못이 있는 듯하다.'는 변론"

황은 말합니다 : 연원이나 주된 것을 가리킨다고 한 주장은 앞뒤의 변론으로 밝힐 수 있으니, 여기에서 다시 논할 필요가 없겠습니다. 이름 붙여 말할 때에 성정의 실제와 조금 맞지 않아 편치 않다고 했던 곳은 그대의 가르침에 따르거나, 아니면 스스로 깨달아 이미 고쳤습니다. 고쳐서 편치 않은 부분을 빼고 나서 보니, 의미와 이치가 밝게 통하고 맥락이 분명하여 창틈으로 들어오는 맑고 투명한 빛과 같아서, 입 속에 죽을 한 입 가득 떠 넣듯 뭉뚱그려 넘어가는 병집이 거의 없습니다. 존성의 공부에 대해 감히 주제넘게 말할 수는 없으나 아마 크게 잘못되지는 않을 것입니다.

아홉 번째의 '가르쳐 주시는 글'
> "주자는 마음이 모두 이미 발현한 것[已發]이라는 말뜻을 잘못 알아들었는데, 뒤에 깨달았다. 그렇다면 이理의 발현이니 기의 발현이니 하고 논한 것들은 우연히 치우치게 가리켜 하신 말씀이다."

황은 말합니다 : 그대가 이 대목에 대해 말한 뜻을 보건대, 마치 주자의 이 말씀에 만족하지 않는 듯하니 저는 이것이 더욱 편치 않습니다. 무릇 정자와 주자의 어록에도 어쩔 수 없이 때때로 착오가 있으니, 이는 말씀을 하실 때 의미와 이치의 핵심적인 곳에 대해, 받아 적던 이의 식견이 미치지 못하면 더러 그 본뜻을 잃는 경우가 있었기 때문입니다. 그러나 지금 이 대목은 몇 구절의 간단한 말씀이요, 한 사람에게 은밀히 전한 뜻입니다. 그리고 이것을 기록한 사람은 바로 보한경輔漢卿[5]입니다. 그는 실로 주자 문하에서 으뜸가는 사람인데, 이런 것을 잘못 기록했다면 어찌 보한경이라고 하겠습니까?

만약 그대가 평소에 『주자어류』를 살피다가 이 말을 보았다면 의심하지 않았을 것입니다. 그러나 지금 이미 저의 견해를 그르다 하고 힘써 논단하자니, 주자의 이 말씀은 제가 받드는 것이라 아울러 배척하고 나서야, 저의 견해가 잘못되었다고 판정하고 다른 사람들도 그렇게 믿도록 할 수 있습니다. 그래서 주자께서 연루되어 여기에 이르게 된 것입니다. 이는 진실로 제가 주제넘게 주자의 설을 인용한 죄입니다. 그러나 저는 그대의 이런 점에 대해 도를 자신의 임무로 맡아 나가려는 용기에 감복합니다만, 어찌 마음을 비우고 의지를 굽힐 줄 모르는 병집이 없다고 하겠습니까? 계속 이와 같다면 혹시 성현의 말씀을 몰아다가 자기의 뜻에 맞추는 폐단에 이르지 않겠습니까? 안자顔子는 있되 없는 것 같이 하고, 찼으되 빈 것 같이 하여, 오직 의리義理의 끝없음을 알고 나와 남에 사이가 있음을 보지 않았다고 했습니다. 모르겠습니다만 안자 이후 다시 이 같은 기상이 있었습니까?

주자의 강직함과 용기는 고금에 한 분뿐이신 것입니다. 그럼에도 조금이라도 자신의 견해에 잘못이 있거나 자기 말에 편치 않은 곳이 있다고 깨달으면, 남의 말을 받아들여 바로 고치기를 즐거이 하지 않으신 적이 없었습니다. 늘그막에 도가 높아지고 덕이 성대해진 뒤에도 오히려 그러하셨거늘, 겨우 성현의 길에 첫발을 내디뎠을 적에 어찌 벌써 우리가 잘못을 지적할 수 없는 윗자리에 앉아 계셨겠습니까? 그러므로 진정한 강직함과 진정한 용기는 기세 높여 자신의 주장을 강조하는 것이 아니라 잘못을 고치는 데 인색하지 않고 의義를 들으면 바로 따르는 데 있다는 것을 알겠습니다.[6] 退

1. 퇴계는 아래에서 논할 내용을 이해하기 쉽도록 이렇게 표로 제시했다.
2. 변회辯誨는 고봉의 반문 또는 반박을 가리킨다. 고봉의 반문과 반박이 자신을 가르쳐 준 것이라는 뜻에서 퇴계가 변회라고 한 것이다.
3. 지금까지 근본은 같으나 다르게 나아갔다는 8개 조항에 대해 논했다.
4. 이해를 돕기 위해 생략된 부분을 찾아서 넣었다. 2-4의 6절에 달린 몇 개의 주석을 참조할 것.
5. 중국 남송 때의 학자 보광輔廣을 가리킨다. 호는 잠암潛菴이고 한경은 그의 자이다. 주자의 제자로 위학을 금하던 송 영종 초년 대부분의 학자들은 흩어져 돌아갔으나 그만은 전혀 동요되지 않았으니 주자가 매우 신임했다.『송원학안宋元學案』 64.
6. 이 편지는 【1-10】에서 왔다.

후론에 대해

　가만히 가르쳐 주신 글을 보니, 크고 깊은 말씀과 이론이 겹겹이 보이고 층층이 나오며, 넓고 높은 식견이 평범한 사람을 훌쩍 뛰어넘으니 그 하나하나에 대해 하백이 바다를 바라보며 약若을 향해 탄식하는 듯 하지 않을 수 없습니다. 그러나 좁은 소견에도 의심이 없을 수는 없어서 이미 앞에서 삼가 갖추어 말씀드렸습니다.

　뒤에 논하신 나머지 가르침이 더욱 절실한 도움이 되니, 군자가 남을 그지없이 아끼는 마음에 더더욱 힘입었습니다. 그 가운데 이와 기 두 글자를 빔[虛]과 신령[靈]이란 글자 밑에 나누어 주註로 단 것은, 비록 정이靜而의 원래 주장을 그대로 두었지만, 저 역시 너무 자잘하게 분석했다고 의심했습니다. 도설을 볼 때마다 이 구절에 이르면 붓을 적시어 지워 버리고자 한 것이 여러 번이었습니다. 그럴 때마다 오히려 새 것을 만들어 내었음을 기뻐하여 그만두곤 했습니다. 이제 가르침을 얻어 제 마음에서도 고민이 풀렸으니, 마땅히 정이에게 알리고 지우겠습니다. 다만 그 밖의 여러 설은 의견이 같은 것도 있고 다른 것도 있어 다 따를 수는 없습니다. 그대가 인용한 주자의 호광중胡廣仲·호백봉胡伯逢에게 답한 글과 성도性圖의 세 조항은 모두 사단과 칠정에 두 가지 뜻이 있지 않다는 것을 밝힌 데에 지나지 않으니, 바로 이전에 섞어서 말했다고 한 것입니다. 저도 이것을 모르는 것은 아니지만 칠정을 사단과 대칭으로 놓자면 나누어 말할 수밖에 없습니다. 전에 이미 다 말했으므로 번거롭게 거듭 논하지는 않겠습니다.

빔과 신령함[虛靈]을 논한 곳에서 빔을 이라고 한 주장은 뿌리를 대고 있는 바가 있으니, 두 글자를 나누어 주를 단 잘못 때문에 이것도 더불어 잘못으로 여길 수는 없을 듯합니다. 여기서 그대가 변론에서 인용한 몇 가지 설을 가지고 논해 보겠습니다. 주자는 "텅 빔 가운데 가득 참이 있다." 했으니, 이것은 비었으면서 찼다고 말한 것일 뿐, 텅 빔 자체가 없다고 한 것이 아닙니다. 또한 "아주 없음 가운데 다 있음이 존재한다." 했으니, 이것은 없으면서도 있다고 말한 것일 뿐, 없음이란 없다고 한 것이 아닙니다. 정자가 어떤 사람에게 답하기를, "역시 태허는 없다." 했습니다. 그리고 드디어 빔[虛]을 가리켜 이라고 했던 것은, 또한 빔에서 참[實]을 인식하고자 한 것일 뿐, 본디 빔이 없고 참만 있다고 말한 것이 아닙니다. 그러므로 정자 및 장자로부터 빔을 가지고 이理를 말한 것이 적지 않습니다. 이를테면 정자는 "도는 태허이며, 형체를 넘어서는 것[形而上]이다." 했고, 장자는 "빔과 기를 합하면 성이라는 이름이 있다." 했으며, 주자는 "형체를 넘어서는[形而上] 빔은 섞어서 말한 도리이다." 했고, 또 "태허는 「태극도」의 맨 위쪽 동그라미이다." 했습니다. 이와 같은 부류의 말은 하나하나 예를 들 수 없을 정도로 많습니다. 주자가 "무극이면서 태극이다.[無極而太極]" 하고 말한 곳에 이르러서는 "무극을 말하지 않으면 태극은 하나처럼 되어 버려 만물을 생겨나게 하는 근본이 되기에 부족하고, 태극을 말하지 않으면 무극은 적막한 공空에 빠져버려 만물을 생겨나게 하는 근본이 될 수 없다." 했습니

429

다. 아! 이 같은 말은 사방 어디에도 미치나 치우치지 않고 때려도 깨지지 않는다고 이를 만합니다.

　그런데 그대는 지금 단지 이의 참[實]만을 밝히고자 마침내 이를 빔이 아니라고 합니다. 그렇다면 주자周子·정자程子·장자張子·주자朱子 같은 여러 위대한 학자들의 논의를 모두 폐기할 수 있습니까? 『주역』의 '형체를 넘어섬[形而上]'과 『중용』의 '소리 없음과 냄새 없음[無聲無臭]'을 노장老莊이 말한 허무의 설과 더불어 도를 어지럽히는 것으로 돌리겠습니까? 그대는 빔[虛]이라는 글자의 폐단이 장차 학자들로 하여금 모두들 허무의 논의만 일삼아 노자와 불교의 영역에 **빠**지게 할까 염려합니다. 그런데 저도 '빔[虛]'을 쓰지 않고 '참[實]'만을 붙드는 것이 장차 학자들로 하여금 상상하고 짐작하여 실제로 무위진인無位眞人과 곡신추장谷神酋長의 번쩍번쩍하는 경지가 거기에 있다고 여기게 될까 염려합니다.

　또한 사단에도 절도에 맞지 않는 것이 있다는 논의는, 비록 참신하다고는 하겠지만, 역시 맹자의 본뜻은 아닙니다. 맹자의 뜻은 다만 순수하게 어짊·의로움·예의바름·지혜로움을 좇아 발현하여 나오는 것을 가리켜 성性이 본래 선하기 때문에 정 또한 선하다는 뜻을 드러낸 것일 따름입니다. 그런데 지금은 이처럼 정당한 본뜻을 굳이 버리고 아래로 끌어내려 보통 사람의 정이 발현하여 절도에 맞지 않는 것과 뒤섞어 설명해 갔습니다. 무릇 사람들이 부끄러워하고 미워하지 않아야 할 경우에 부끄러워하고 미워하며[羞惡], 옳고 그름을 가리지 말아야 할 경우에 옳고 그름을 가리는[是非] 것은 모두 기가 어지러워져서 그렇게 된 것이니, 어찌 이것을 가리켜 경솔히 논하여 사단이 순수한 천리의 발현이라는 것을 어지럽힐 수 있겠습니까?

이와 같은 논의는 우리 도를 밝히는 데 도움이 되지 못할 뿐더러 도리어 후학들에게 가르침을 전하는 데에 해가 될까 두렵습니다.

저는 지난번에 그대의 견해가 이와 기가 둘이 아니라는 나정암의 주장과 비슷하다고 말한 적이 있습니다만, 그것은 저의 옳지 않은 주장이었습니다. 지금 가만히 그대의 생각을 엿보니 정암의 그릇된 주장과는 같지 않습니다. 그대의 주장은 다만 사단과 칠정의 구분에 대해서, 둘의 자리가 너무 떨어져 있어서 잘 모르는 이들이 정이 둘인 것으로 오해하지나 않을까 걱정한 것에 지나지 않습니다. 또 이로써 빔을 설명한 논의²에 대해서, 그 말이 없음[空無]과 관련지어져서 잘 모르는 이들이 엉뚱한 곳으로 달려가지나 않을까 걱정한 것에 지나지 않습니다. 그 의도는 나쁘지 않았습니다만, 제 생각에 도형으로 그리고 해설을 붙이는 것은 진실로 아는 이들을 위해 해야 할 일이지, 모르는 이들을 염려해서 하지 않을 일이 아닙니다. 만약 모르는 이들 때문에 너무 나눈 폐단을 염려했다면 주렴계周濂溪의 「태극도太極圖」에서 태극의 동그라미를 따로 만들어 음양의 위에 두지 않았을 것이고, 이미 위에 태극이 있는데도 다시 가운데에 태극을 두지도 않았을 것이며, 오행의 동그라미를 음양의 아래에 두지도 않았을 것입니다. 또 만약 빔[虛]을 없음[無]으로 알아듣는 폐단을 염려했다면, 태극이 가득 차서 거짓이 없음[眞實無妄]을 염계가 무극無極이라고 하지 않았을 것이고 도와 성과 태극의 참[實]을 정자와 주자 모두가 빔[虛]이라고 말하지 않았을 것입니다. 후대에 와서 과연 염계의 도설을 비방하는 유학자들이 어지러이 일어났으니, 주자가 논하여 드러내고 밝혀주지 않았더라면 「태극도설」은 오랫동안 잊혀졌을 것입니다. 시험삼아 주자가 「태극도」를 해설한 뒤, 여러 사람들의 변론과 비방을 논하여 고쳐잡아 놓은 곳을 음미해 보십시오. 그러면 나누어 놓아도 이해하는 데 아무런 방해가 되지 않음을 볼 수 있을 것입니다. 어째서 세상 사람들이 오해하는 폐단을 지나치게 걱정하십니까? 제가 말하는 빔[虛]은 비었지만 찼으니 저들의 빔이 아니며, 제가 말하는 없음[無]은 없지만 있으니 저들의 없음이 아닙니다. 어째서 굳이 이단으로 돌아갈까 걱정하십니까?

그러므로 제가 책을 읽은 방법은 다음과 같습니다. 무릇 성현이 의리에 대해 말씀하신 곳이 드러났으면 그 드러난 곳을 따라 구하여 마음대로 숨겨진 뜻을 찾지 않고, 숨겨져 있으면 숨겨진 곳을 따라 연구할 뿐 그 뜻을 가벼이 드러내지 않습니다. 얕으면 얕은 데 말미암지 멋대로 뚫고 들어가지 않고, 깊으면 깊은 데로 들어가지 멋대로 얕은 데서 그치지 않습니다. 나누고 드러내어 설명하는 곳에서는 나누고 드러내어 보되 섞어서 설명한 것을 해치지 않고, 섞어서 설명한 곳에서는 섞어서 보되 나누고 드러내어 설명한 것을 해치지 않습니다. 제 뜻에 맞추어 왼쪽으로 끌고 오른쪽으로 당겨 나누어 드러낸 것을 섞거나 섞어놓은 것을 나누어 드러내지 않습니다. 이렇게 오랫동안 하면 저절로 차츰차츰 가지런해져서 어지러운 곳을 용납하지 않게 되고, 차츰차츰 성현의 말씀이 가로세로 각각 마땅하여 서로 방해하지 않는다는 것을 깨닫게 될 것입니다.

그렇게 한다면 이것으로 자신의 설로 삼더라도 의리의 정해진 본분과 거의 어긋나지 않을 것입니다. 그리고 만약 잘못 본 곳이나 잘못 말한 곳을 만나게 되더라도, 남이 지적한 것을 따르거나 스스로 깨달아 손 가는 대로 고치면 또한 스스로 만족하여 기분이 좋아질 것입니다. 어찌하여 하나의 견해를 자기 뜻이라고 붙들고 다른 이의 한 마디 말도 용납하지 않을 수 있겠습니까? 또 어찌하여 성현의 말씀이 자기 뜻과 같으면 받아들이고, 같지 않으면 억지로 같다고 하거나 틀렸다고 내칠 수 있겠습니까? 그렇게 한다면 비록 한때는 하늘 아래 모든 이들이 나에게 대항하여 시비하지 못한다 하더라도, 천년만년 뒤에 성현이 나와 내 흠집을 드러내고 숨어 있는 잘못을 찾아내어 깨트리지 못한다고 어찌 장담하겠습니까? 그렇기 때문에 군자는 서둘러서 뜻을 겸손히 하고 말을 살피며, 의리에 굴복하고 선을 따라, 감히 한때 잠깐 한 사람 이기기를 꾀하지 못하는 것입니다.

그대는 근세의 유명하고 위대한 학자 가운데 우리 학문을 하는 이들이 세속에서 전해오던 말을 그대로 따르는 데서 벗어나지 못하는 경우가 많다고 말한 적이 있습니다만, 그렇지 않다고는 할 수 없을 것 같습니다. 저는 시골에서 소박하게 공부한 까닭에 전하고 따르는 속설에 대해서는 아주 생소합니다만, 지난해 성균관에 있을 때 여러 학생들이 익히는 바를 보니 모두 그러한 속설을 따르고 있었습니다. 그래서 시험삼아 그들을 따라서 널리 그러한 속설들을 구해 보았습니다. 여러 속설들을 모아 놓고 보니, 정말로 알 수 없는 곳도 있었고, 다른 사람의 의도를 오해하고 있는 곳도 있었으며, 잘못 보고 엉뚱하게 이해하거나 말에 얽매여 주장을 왜곡하는 것도 있었으니, 그 폐단이 하나하나 바로잡을 수 없을 정도로 많았습니다.

하지만 유독 말씀하신 사단과 칠정을 이와 기에 나누어 붙인 설은 보지 못했습니다. 지금 「천명도」 가운데 사단과 칠정을 이와 기에 나누어 붙인 것은 본디 정이靜而에게서 나온 것입니다. 그러나 그가 어디에서 그것을 이어받았는지는 알지 못합니다. 처음에는 저도 자못 의심스럽게 여겨, 마음속으로 여러 해 동안 이리저리 생각을 거듭한 뒤에야 정했던 것입니다. 하지만 그러한 이론을 앞선 유학자들의 설에서 얻지 못해 찜찜지 않았었는데, 뒤에 주자의 설을 얻어 증명한 다음에야 스스로 더욱 믿게 되었을 뿐입니다. 그러니 그것은 근거 없이 전하는 속설에서 말미암은 것이 아닙니다. 하물며 호운봉 胡雲峯의 설은 다만 성性·정情·마음[心]·뜻[意]을 논했을 뿐, 이와 기의 구분이 없습니다. 따라서 사단과 칠정을 이와 기로 나눈 것과는 가리키는 것이 서로 다르니 제 견해가 그 설에 따라 나온 것이 아님은 분명합니다. 결론으로, 사단과 칠정의 구분은 제가 주자의 설을 지나치게 믿었기 때문에 나온 것일 뿐인데, 주신 글에서 밝힌 것처럼 속설에서 나왔다고 하여 운봉에게 죄를 돌린다면, 운봉 선생 홀로 허물을 달게 받아들이지 않을 뿐 아니라, 근세 여러 선생들의 원망이 여기에서 그치는 정도가 아닐 것 같아 두렵습니다.

　주신 글에서 또한 "이는 비었기 때문에 상대가 없고 상대가 없기 때문에 더하고 뺄 것이 없다." 하는 말을 통렬히 꾸짖었습니다. 이제 이 말의 병집을 밝혀보자면, 다만 '상대가 없기 때문[無對故]'이라는 세 글자에 있는 것 같으니 "이는 비었기 때문에 상대가 없고 더하고 뺄 것도 없다."로 고치면 괜찮을 듯합니다. 그러나 그대의 꾸짖음은 말의 병집에 있지 않고 오로지 그 말이 그릇된 견해에서 나왔다는 데 있습니다. 저는 혼잣말로, 이것이 이치를 보려면 깨달아 아는 경지에 이르러야 하고 이치를 설명하려면 완벽한 경지에 이르러야 한다는 뜻이구나 했습니다. 하지만 제 경우에 십년의 공부를 쌓아 겨우 비슷한 것을 얻었으나, 오히려 참으로 알지는 못했기 때문에 이처럼 말에 병집이 있습니다. 그런데 그대의 경우에 한 번 붓을 들어 잠깐 사이에 판가름 내버렸으니, 사람이 알고 모르는 것이 어찌 삼십 리에서 그치겠습니까?[3] 하지만 이것이 어찌 다시 말로써 다툴 수 있는 것이겠습니까? 다만 마땅히 그대는 달마다 나아가고 저는 날마다 힘써 십여 년의 공부를 쌓은 뒤에 각자가 이룬 것을 가지고 어찌된 것인지 본다면, 서로의 옳고 그름이 비로소 정해질 것입니다. 만약 여기서도 정해지지 않는다면 뒷날의 주문공을 기다린 뒤에야 옳고 그름을 판정할 수 있을 것입니다.

제가 듣건대 "도가 같으면 한 마디 말로도 서로 맞을 수 있고, 같지 않으면 많은 말이야말로 도를 해치게 된다." 했습니다. 우리 두 사람의 학문이 다르다고 할 수 없습니다. 그런데도 한 마디 말로 맞추지 못하고 이처럼 많은 말을 했으니, 진실로 밝히지는 못하고 얽어서 해치게 될까 두렵습니다. 비록 그러하나 거기에는 두 가지 경우가 있습니다. 그 마음이 이기기를 구해 도를 본받지 못하면 끝내 합쳐질 수 있는 이치가 없으니, 다만 천하의 공론을 기다릴 따름입니다. 반면에 뜻이 도를 밝히는 데 있고 둘 다 사사로운 뜻이 없다면 반드시 하나로 돌아가는 날이 있을 것이니, 이는 이치에 통달하고 학문을 좋아하는 군자가 아니면 할 수 없습니다.

저는 이처럼 늙고 정신이 아득하니, 학문이 뒷걸음질치고 사사로움이 앞서서 터무니없이 쓸데없는 말로 그대의 간절한 도움을 외면하는 것은 아닌가 하여 깊이 두려움을 느낍니다. 다만 바라건대 주제 넘는 말을 용서하고 어진 마음으로 받아주시면 끝끝내 다행이겠습니다.[4] 退

1. "가을 물때가 되어 모든 개천이 황하로 몰려드니, 흐르는 물의 넓이가 양쪽 기슭에서
   소와 말을 구별할 수 없을 정도였다. 황하의 신 하백이 스스로 기뻐하며 천하의 아름
   다움이 모두 자기에게 있다고 여겼다. 흐름을 따라 동쪽으로 가니 북해에 이르렀다.
   거기서 동쪽을 바라보니 그 물의 끝을 볼 수 없었다. 이에 하백은 비로소 얼굴을 돌
   려 바다를 보며 북해의 신 약若에게 탄식하며 말했다. '속담에 몇 가지 도를 듣고서
   는 지기만한 사람이 없는 줄 안다고 했는데, 나를 이르는 말이었군요.'" 『장자』, 「추수」.
2. 빔과 신령함[虛靈]의 빔[虛]이 이치라는 말.
3. 후한後漢 말 조조曹操가 양수楊修와 함께 길을 가다가 조아비曹娥碑의 '황견유부黃
   絹幼婦 외손제구外孫藿臼'라는 글자를 보고 양수는 그 말의 뜻을 바로 깨달았으나,
   조조는 삼십 리를 더 가서야 깨달았다는 고사. 즉 재주에 차이가 있다는 말이다. 황
   견은 색깔[色] 있는 실[絲]이니 절絶이고, 유부는 어린[少] 여자아이[女]니 묘妙이
   며, 외손은 딸[女]의 아들[子]이니 호好이고, 제는 매운[辛] 부추이고 구는 받는[受]
   것이니 사辭가 된다. 이것을 합치면 절묘호사絶妙好辭가 된다. 『세설신어』중권 「하
   첩오捷悟」제11.
4. 이 편지는 【1-10】에서 왔다.

436

고봉이 사단칠정을 다시 논한 글

지난해 보내신 변론을 받잡고 다시 참람하게 사단칠정을 논하는 글을 닦아서 선생님께 올렸으나, 감히 스스로 옳다고 여긴 것은 아니고 저의 소견을 차례로 진술하여 큰 군자께서 보시고 바로잡아 주시기를 바란 것뿐이었습니다.

돌아오는 인편에 보내신 글을 받아 보고서 저를 내치지 않으시는 뜻을 살피고는 비할 데 없이 기쁘고 다행스럽게 여겼습니다. 다만 저의 물음에 조목별로 답해 주시는 글은 겨울에나 받을 수 있을 것으로 생각했기에 기다리는 마음이 날이 갈수록 더하던 차에, 11월 그믐께 주신 편지를 삼가 받고, 이어 변답서 한 통을 받아 보니, 지세하고 분명하게 의견의 차이를 남김없이 말씀하셨으므로 여러 날을 두고 읽어도 그칠 수 없었습니다.

생각하건대 선생님께서는 이미 높은 덕과 큰 도량을 이루시고도 매일 새롭게 더해 공부하시니, 성정의 실상과 성현의 말씀에 대해 이미 남김없이 꿰뚫고 계십니다. 그런데도 논변하시는 사이에 항상 스스로 만족하지 않으시고, 내가 뛰어나다고 남의 말을 소홀히 하지도 않으며 내가 넉넉하다고 남의 단점을 부끄럽게 여기지도 않고서, 겸허한 마음으로 남의 말을 받아들이는 데 인색하거나 싫어하지 않으십니다. 게다가 한 글자의 잘못도 반드시 고쳐서 덮어두지 않으며 한 글귀의 치우침도 반드시 진술하여 숨기지 않으셨으니, 선생님께서는 당신의 지식도 높이시고 다른 사람도 깨우쳐 주셨습니다. 이와 같으므로 보잘 것 없는 저도 선생님의 가르침에 빠져들어 마음을 썼고 뜻을 다듬어 학문을 그만두지 않을 수 있게 되었습니다. 이는 진실로 옛사람도 하기 어려운 일이었는데 선생님께서 하시었습니다. 제가 이것을 몸소 보게 되었으니 얼마나 다행한 일인지 모르겠습니다.

변답서를 자세히 보면 모두 서른이 넘는 조목이 있습니다. 이미 의견이 같은 것이 열여덟 조목이고 같지 않은 것이 열일곱 조목입니다. 이미 의견이 같은 것은 모두 큰 절목이고 같지 않은 것은 자잘하게 남은 논의이니, 이미 같은 것으로 같지 않은 것을 파헤친다면 같지 않은 것도 끝내는 같은 데로 귀결될 것입니다. 하물며 그 사이에는 또 근본은 같으면서 다르게 나간 것이 있어서, 의견을 펼치는 즈음에 간혹 균형을 잃어 다르게 어긋난 것 같기도 하지만, 큰 뜻에서는 다를 것이 없었으니 매우 다행입니다.

도의 이치는 하늘과 땅 사이에 있어 본래 두 가지가 아니고, 성현의 말씀은 책에 모두 실려 있습니다. 오늘 우리의 토론은 처음부터 이기려고 도를 헤아리지 않는 것이 아닙니다. 그러므로 도를 밝히고자 하여 양쪽 모두 사사로운 의도가 없다면, 마침내 같은 의견으로 귀결될 것이 분명합니다. 혹 그 사이에 의견이 모아지지 않는 한두 곳이 있는 것은, 비록 견해가 치우치지 않았다고 말할 수는 없지만, 작은 흠이 있는데도 구차하게 같다고 할 수 없어 끝내 갈고 닦아서 지당한 결론을 구했기 때문이니, 바로 마음씨가 공정한 대인 군자의 행위입니다. 선생님께서 이미 이것을 스스로 맡으셨는데 제가 어떻게 감히 마음대로 벗어나겠습니까? 엎드려 바라건대 선생님께서는 끝까지 가르쳐 주십시오.

그러나 그 사이에 또한 의심스러운 것이 있으니 감히 우러러 여쭙지 않을 수 없습니다. 제가 지난번 글에서 선생님의 논변이 지나치게 잘게 나누어 분석하는 데로만 쏠린 것을 근심했는데, 지금 선생님께서 주신 글에는 저의 설이 반대로 합쳐서 분명하지 않게 됨을 염려하시어 이끌고 가르치심이 너무 구속하는 데 이르렀습니다. 이와 같은 말들은 모두 자기의 견해를 펴다가 도리어 정기正氣에 누를 끼치게 되는 듯하니 또한 살펴야 할 것입니다. 이런 생각을 선생님께서 무어라 하실지 모르겠습니다. 그러나 제가 헤아려 보건대 마음을 비우고 기운을 화평하게 하여 각각 같고 다른 견해를 다 말하되, 저로써 이를 없애지 말고 안으로써 바깥을 의심하지 말며 먼저 들은 말로써 주인 삼지 말고 다른 사람의 말로써 손님 삼아 내치지 말아, 널리 참고하고 꼼꼼히 살펴야 할 것입니다. 그런 뒤에야 옛사람의 뜻과 거의 어긋나지 않아서 토론하며 익힌 보람이 있을 것입니다.

또 한 가지 일로써 비유하겠습니다. 두 사람이 각자의 짐을 실은 한 마리의 말을 함께 몰고 가고 있었습니다. 그 짐이 쏠리지 않기가 어려우니, 길을 가다 흔들려서 왼쪽 짐은 처지고 오른쪽 짐은 올라갈 것입니다. 동쪽 사람이 자기 짐이 떨어질까 하여 밑에서 떠받쳐 올리면 도리어 서쪽으로 기울어지게 될 것입니다. 서쪽 사람은 자기 짐을 처지게 했다고 화를 내며 다시 힘을 다해 자기 짐을 떠받치면 또 짐이 동쪽으로 처지게 될 것입니다. 계속 이같이 하면 그 짐은 끝내 평형을 이루지 못하고 한쪽으로 기울어져서 뒤집히고 말 것입니다. 그러니 두 사람이 마음과 힘을 합해 동시에 떠받쳐 올리거나, 혹 실은 짐이 한쪽으로 쏠렸으면 적당히 옮겨 싣는 것이 낫습니다. 그러면 처지거나 들리어 기울어지는 염려가 없어서, 마침내 험한 재를 넘고 먼 곳에 다다라 함께 돌아올 수 있을 것입니다. 이번 논쟁이 이와 비슷하니, 삼가 바라건대 이런 뜻으로 생각해 보시면 매우 다행이겠습니다.'

변답서의 조목들이 대체로 저의 생각과 이미 같은 것이지만 그렇지 못한 것도 있어, 감히 저의 소견을 진술하여 가르침을 받고자 합니다. 아낌없이 반복하여 일러 주시기 바랍니다. 저는 이 도리가 본래 익숙하지 못한데도 입만 믿고 떠들어대는 사이에 쉽게 잘못됨을 더욱 절실히 깨닫습니다. 그리하여 단지 자신의 말과 정신이 꺾이고 상처 입어 두려운 데서 그치지 않고 다른 사람에게서도 죄를 얻게 되니 그것이 더욱 두렵습니다. 바라건대 선생님께서는 그러한 어리석음을 살피시어 죄를 셈하지 마시고 어질게 대해 주시면 못내 다행이겠습니다.

'첫 번째 사단칠정서를 고친 글'에 대해

저는 외람되게도 지난번 글에서 주신 변론에 잘못된 곳이 있다고 여쭈었으니 진실로 옳은 것을 그르다고 한 죄를 이미 지었습니다. 그러나 저는 일찍이 학자가 도리를 논하는 때에는 구차하게 남의 의견을 따라서는 안 된다고 여겼습니다. 따라서 저는 다만 마음속 생각을 다 말씀드려 다듬고 깨우쳐 주시기를 바란 것이지, 선생님의 설을 나무라고 배척하여 저의 사견을 드러내려 한 것이 아니었습니다. 그런데 선생님은 너그러운 도량으로 저를 죄주지 않으셨을 뿐아니라, 마음을 비우고 저의 말을 받아들이시어 다시 정성스러운 답까지 내려 주셨습니다. 아울러 변답서 본문에 많은 곳을 고치시어의심 많은 속을 열어 주시고, 또 저에게 권유하시면서 밝게 회답해가르쳐 달라고 하셨으니, 이것은 자신을 없애는 경지에 이른 성한덕과 큰 도입니다. 그렇지 않다면 어찌 이런 경지에 미칠 수가 있겠습니까? 다행스러운 마음을 이길 수 없습니다.

　삼가 변론 가운데 논한 것을 자세히 보면 과연 선생님께서 가르치신 말씀과 같습니다. 성정을 통틀어 논해 "이가 없는 기란 있을수 없고, 기가 없는 이도 있을 수 없다." 한 말과 사단을 논해 "마음은 진실로 이기의 합이다." 한 말, 그리고 칠정을 논해 "이가 없는것이 아니다." 같은 말씀이 어찌 이전 유학자들의 논의에 부합되지않겠습니까? 선생님의 논의 가운데 저의 생각과 같다고 할 것이 이곳에 제일 많습니다. 단지 그 아래에서 곧 사단과 칠정을 이와 기로나누어서 댓구로 만들고 두 갈래로 논의를 이어갔으니, 말투가 한쪽으로 기운 듯하여 자못 안정된 생각을 쳐서 넘어뜨리고 있는 것을깨달았습니다. 때문에 제가 일찍이 의심했습니다. 그런데 이제 잘못된 곳을 고치셨으니 그 분명한 맥락이 지난날에 견줄 수 없습니다.제가 어찌 감히 더욱 정밀하게 생각하여 스스로 그 이치를 얻으려하지 않겠습니까? 오직 "바깥 사물에 쉽게 감응하여 먼저 움직이는것이 형기보다 더한 것이 없다." 및 "바깥에 감응하는 것 하면 형기이다." 같은 말씀에 대해서는 아직도 치우치지 않았다고 볼 수 없으므로, 감히 다시 말씀 올리니 가늠해 보시는 것이 어떻겠습니까?

또 "사단칠정은 서로 다른 뜻이 없다." 및 "도리어 사단칠정에는 달리 가리킨 것이 없다." 하는 말씀은 저의 본뜻이 아닌 듯합니다. 저의 설에는 다만 "사단과 칠정이 애당초 두 가지 뜻이 있는 것이 아니다." 했을 뿐인데, 지금 선생님께서는 "다른 뜻은 없다고 했다." 또 "달리 가리킨 것이 없다고 했다." 하셨으니 말뜻이 저의 본뜻에서 훨씬 더 앞서나가 버렸습니다. 또 "사단칠정의 유래를 궁구하지 않은 채 대체로 이기를 겸하고 선악이 있다고 했다." 하신 말씀도 저의 본뜻이 아닙니다. 저의 설에서는 사단을 칠정 가운데서 발현하여 절도에 맞는 것의 싹으로 보았습니다. 앞의 편지에서도 "사단은 칠정 가운데 발현하여 절도에 맞는 것과 실체는 같으면서도 이름만 다르다." 했으니, 대체로 이기를 겸하고 선악이 있다고 한 것은 진실로 아닙니다. 그런데 지금 선생님께서는 자세히 살피지 않으시고 가르쳐 말씀하시기를 "그대의 생각에서는 사단과 칠정이 모두 이기를 겸하고 선악이 있어서 실체는 같으면서도 이름만 다르니 이와 기에 나누어 붙일 수 없다고 여긴다." 하셨습니다. 이는 제가 선생님께 제 생각을 끝내 제대로 펼치지 못했기 때문이니 어찌하겠습니까?

또 지난 편지에서 "칠정은 이기를 겸하고 선악이 있기 때문에 발현하여 절도에 맞는 것은 곧 이에 뿌리를 두어 언제나 선하고, 발현하여 절도에 맞지 않는 것은 기에 섞여 악으로 흐를 수도 있는 것이다. 사단은 바로 이이고 선하기 때문에 칠정 중에 발현하여 절도에 맞는 것과 실체는 같으면서 이름만이 다른 것으로 여긴다." 했는데, 제가 앞뒤로 여러 번 올린 말씀도 모두 여기서 벗어나지 않습니다. 그리고 그 사이에 "사단 역시 기이다." 하고 말한 것은 주신 변론에 "어찌 안에 있을 때는 순수한 이이던 것이 발현하자마자 기에 섞이는 경우가 있겠는가?" 하는 말씀 때문에 위와 같은 말을 하여 사단에도 기가 있다는 실상을 밝힌 것뿐입니다.

또 "사단도 절도에 맞지 않는 경우가 있다." 한 것은 보통 사람들의 정은 기와 물욕의 얽매임이 있어서 하늘의 이치[天理]가 겨우 발현하자마자 이내 기와 물욕의 얽매임과 가림을 받게 되므로 절도에 맞지 않는 경우가 있다고 말한 것일 뿐, 진실로 사단이 이기를 겸하고 선악이 있다고 한 것은 아닙니다.

또 "나누어 붙일 수 없다." 한 것에 대해서는 제 생각에 칠정이 이기를 겸하고 선악이 있다는 것은 이미 이전의 성현들이 논의를 끝냈는데, 선생님께서는 사단을 칠정에 댓구가 되도록 들어 번갈아 말씀하시면서 사단은 이이고 칠정은 기라 했으니, 이것은 마치 칠정의 이 한쪽을 도리어 사단이 점유하여 선악이 있는 것은 기에서만 나오는 것 같기 때문이었습니다. 하지만 이는 도형으로 표현하기에는 좀 모자란 듯하다고 여긴 것일 뿐, 완전히 틀렸다고 한 것은 아닙니다. 그렇지 않고서 다만 대강 말하여 이것은 이의 발현이고 저것은 기의 발현이라고 하면, 이른바 천지의 성과 기질의 성을 나누어 말하는 것과 비슷한 것이니 무엇이 안되겠습니까? 바라건대 밝게 증명해 주시면 어떻겠습니까?

'조열條列'[2]에 대해

변답서의 조목들을 자세히 살펴보면, 모두 서른 다섯 조목인데 잘못 보았다고 하신 것이 하나, 마땅하지 않음을 깨달았다고 하신 것이 넷이며, 본뜻이 같아 견해차가 없다 하신 것이 열 셋, 본뜻은 같으나 다르게 나갔다고 하신 것이 여덟, 그리고 소견이 달라서 끝내 따를 수 없다 하신 것이 아홉이니, 구별하신 절이 다섯입니다. 그리고 이르시기를 "잘못 본 한 조항을 제외하고 대체로 네 절로 묶을 수 있다. 그리고 다시 네 절을 요약해서 말하면 두 절에 지나지 않는다. 왜냐하면 편지를 받고서 마땅하지 않음을 깨달은 것은 모두 근본이 같은 부류이고, 근본은 같으나 다르게 나아간 것도 결국 모두 끝내 따를 수 없는 것으로 귀결되었기 때문이다." 하셨습니다.

같고 다른 논변이 정리되지 않은 형편이므로 비판하는 이론이 없어지기 어려움은 당연한 것이니 이상할 것 없습니다. 그러나 마땅하지 않음을 깨달았다고 하신 절이 모두 본뜻이 같다고 하신 절과 같은 부류라면, 본뜻은 같으나 다르게 나아갔다고 한 절을 어찌 끝내 따를 수 없다 하신 절로 돌리겠습니까? 더구나 끝내 따를 수 없다 하신 절도 물과 불이나 남쪽과 북쪽처럼 상반되는 것이 아니라 다만 털끝만큼의 차이가 있는 것뿐입니다. 만약 마음을 비우고 기운을 편하게 하여 조용히 되풀이한다면 반드시 본뜻이 같다 하신 절로 귀결되지 않겠습니까?

주신 글에서 "가르침을 받았다." 하심은 선생님의 겸손하신 말씀이니 진정 제가 감당할 수 없습니다. 하지만 "소견이 처음에는 같다가 끝에 가서 달라졌다." 하신 데 대해서는 감히 여쭙지 않을 수 없습니다. 먼저 "그대의 생각은 어떠하다." 하신 데 대해서는 이미 앞에서 갖추어 여쭈었습니다. 그리고 "사단과 칠정 두 가지를 가리켜 말하면 이를 주로 하는 것[主理]과 기를 주로 하는 것[主氣]의 차이가 있다." 하신 말씀에 저는 의심이 갑니다. 맹자가 나누어 이 한쪽만을 가리킨 때에는 이를 주로 말했다고 할 수 있겠습니다.[3] 하지만 자사가 합쳐 이기를 겸해서 말한 때에도 기를 주로 말했다고 할 수 있습니까?[4] 이것이 제가 정말 이해할 수 없는 곳이니, 다시 가르쳐 주시면 어떻겠습니까?

제1·2조

지금 이 두 조항의 가르침을 살펴보면, 모두 정밀하여 핵심에 이르렀으니 저의 엉성한 소견으로는 다시 입을 열 수가 없습니다. "이만 있는 것이 아닌데도 오로지 이만을 가리켜 말할 수 있다면, 기질의 성이 비록 이와 기가 섞인 것이기는 하지만 어찌 기만 가리켜 말할 수 없겠는가" 하는 말씀과 "세상 만물을 보면 기의 바깥에는 이가 있을 수 없는데도 이와 기를 나누어 말할 수 있다. 그렇다면 성과 정의 경우에 비록 이가 기 속에 있고 성이 기질氣質 속에 있다 하더라도 어찌 나누어 말할 수 없겠는가" 같은 말씀은 이와 기의 한계를 판별하여 분별의 설을 밝힌 것으로 매우 자세하다고 하겠습니다. 그러나 어리석은 저의 생각으로는 역시 조금은 너무 지나치게 분별의 설을 주장하는 느낌이 드는 것을 면하기 어려운 듯합니다. 그러므로 옛사람들의 말에 대해서도 더러 본뜻을 과장한 경우가 있었습니다.

예를 들어 자세히 말씀드리겠습니다. 주자는 말하기를 "천지의 성은 태극 본연의 오묘한 이치이니 만물의 근본이고, 기질의 성은 두 기운이 번갈아 움직여 생기니, 한 근본이 만가지로 달라지는 것이다. 기질의 성은 바로 이 이가 기질 가운데 떨어진 것일 뿐, 따로 하나의 성이 있는 것은 아니다." 했습니다. 제 생각에 천지의 성은 천지를 통틀어 설명한 것이고, 기질의 성은 바로 만물이 제각각 받은 것으로 설명한 것입니다. 천지의 성은 비유하자면 하늘의 달이고, 기질의 성은 비유하자면 물에 비친 달입니다. 달이 비록 하늘에 있고 물에 비쳐 있어 다른 듯하지만, 달은 하나의 달일 뿐입니다. 그런데 하늘의 달은 달이라 하고 물에 비친 달은 물이라고 한다면, 어찌 잘못이 있다고 말할 수 없겠습니까?

천지를 이와 기로 나눈다면 태극은 이이고 음양은 기입니다. 사람과 사물을 이와 기로 나눈다면 건순建順·오상五常은 이이고 혼백魂魄·오장五臟은 기입니다. 이와 기가 사물에 있으면 비록 섞여서 나눌 수 없으나 서로 각자의 고유함을 해치지는 않습니다. 그러므로 하늘과 땅, 사람과 사물을 이와 기로 나누어도 각자 스스로의 고유함을 해치는 경우는 없습니다. 따라서 만약 성으로써 논하면, 그것은 마치 하늘의 달과 물에 비친 달이 하나이지만 있는 곳에 따라 나누어 말하는 것과 같을 뿐, 따로 하나의 달이 있지 않습니다. 그런데 지금 하늘의 달은 달이라 하고, 물에 비친 달은 물이라 한다면, 어찌 그 말에 치우침이 있지 않겠습니까? 하물며 사단과 칠정은 이가 기질에 떨어진 뒤의 일이니 마치 물에 비친 달빛과 비슷한데, 칠정은 그 빛에 밝고 어두움이 있는 것이며 사단은 특별히 밝은 것입니다. 칠정에 밝고 어둠이 있음은 진실로 물의 흐림 때문이고, 사단이 절도에 맞지 않음은 비록 빛이 밝지만 물결의 움직임을 피하지 못했기 때문입니다. 삼가 바라건대 이런 이치로 다시 생각해 보심이 어떻겠습니까?

또 살펴보니 1조에서 "이의 발현이라는 말과 댓구로 놓고 나란히 겹쳐 말하는 것과 맞지 않는다." 하셨습니다. 하지만 제 생각에 주자가 사단은 이의 발현이고 칠정은 기의 발현이라고 함은 댓구 형식의 설명[對說]이 아니고 인과 형식의 설명[因說]입니다. 댓구 형식의 설명은 오른쪽 왼쪽으로 대립시켜 놓고 설명하는 것이고, 인과 형식의 설명은 아래위로 인과 관계를 만들어 설명하는 것입니다. 성현의 말씀에는 댓구 형식의 설명과 인과 형식의 설명의 차이가 있으니 살피지 않을 수 없습니다.

다음 조에서는 "어찌 각각 발현하는 곳에 따라 사단과 칠정의 연원을 나눌 수 없겠는가" 하셨습니다. 하지만 제 생각에 사단과 칠정은 다 같이 성에서 발현하는 것이니 각각 발현하는 곳에 따라 나눌 수는 없을 듯합니다. 그런데도 선생님은 천지의 성과 기질의 성을 마주 놓아 도설을 하나 만드셨고 사단의 정과 칠정의 정을 마주 놓아 하나의 도설을 만드셨습니다. 서로 가늠해 보신 뒤에 명확하게 회답하여 가르쳐 주시면 매우 다행이겠습니다.

제3조

아래위의 조항에 섞여 나오므로 번거롭게 거듭 논하지 않겠습니다.

제4·6조

이 두 조항을 살펴보면 "보내 주신 말씀에 치우친 곳이 있기 때문에 어쩔 수 없이 다시 반복한다." 하시며 사단에도 기가 있다는 내용을 밝히셨습니다. 하지만 제 생각에 맹자가 가리킨 것이 기를 겸한 것이라고 여길 수는 없습니다. 저의 설에 "성이 잠깐 발현할 때는 기가 작용하지 않고 본연의 선이 곧장 이루어지니, 이것이 바로 맹자가 말한 사단이다." 한 것은, 비록 사단에 기가 있어도 그것이 발현할 즈음에 천리의 본체가 조금의 흠도 없이 순수하게 드러나, 마치 기를 볼 수 없는 듯하다는 것이었습니다. 이는 달이 고요한 못에 비친 경우로 비유할 수 있습니다. 물은 이미 맑고 깨끗하여 달이 더욱 밝아지고 투명해져서 마치 물이 없는 듯하기 때문에 이에서 발현한다고 할 수 있습니다. 그런데 만약 혹시라도 기를 섞어 사단을 본다면, 어찌 맹자의 뜻이겠습니까?

그리고 숨바꼭질 같다는 꾸짖음이 있었습니다. 비록 제 본뜻은 아니지만 말 사이에 이러한 병폐가 없지 않으므로 항상 스스로 뉘우치고 있으나 고칠 수가 없습니다. 선생님께서 가리켜 경계해 주시기 바랄 뿐입니다.

제5·7·9·12·14조

삼가 이 다섯 조항을 살펴보니 바로 가르침의 요점이고 의견이 엇갈린 곳이었습니다. 그러므로 감히 모아서 논하겠습니다.

　5조 "발현에는 각각 흐름이 있고 제각기 따로 가리키는 이름이 있다."

　7조 "근원을 미루어 본다면 실로 이와 기의 구분이 있다."

　9조 "실로 이의 발현, 기의 발현이 구별되므로 다르게 이름지었다."

　12조 "사단의 연원이 이라면 칠정의 연원이 기가 아니고 무엇이랴."

　14조 "맹자의 기쁨[喜], 순의 노여움[怒] 그리고 공자의 슬픔[哀]과 즐거움[樂]은 기가 이를 따라 발현한 것이다."

위에서 말씀들은 모두 분별을 주장하신 설입니다. 저도 감히 객기를 부려 억지 주장을 하지 않고 다만 가르침 속에 있는 말로써만 밝혀 보겠습니다.

감히 여쭙습니다만 기쁨·노여움·슬픔·즐거움이 발현하여 절도에 맞는 것이 이에서 발현하는 것입니까 기에서 발현하는 것입니까? 그리고 발현하여 절도에 맞아 가는 곳마다 선하지 않음이 없다는 선과 사단의 선은 같습니까 다릅니까? 만약 발현하여 절도에 맞는 것이 바로 이에서 발현된 것이고 그 선이 같다고 하신다면, 위의 다섯 조항에서 말씀하신 것은 모두 마땅한 논의가 될 수 없을 듯합니다. 그리고 만약 발현하여 절도에 맞는 것이 바로 기에서 발현한 것이고 그 선善이 같지 않다고 하신다면, 『중용』의 「장구」·「혹문」 및 여러 설에서 모두 칠정이 이와 기를 겸했다고 밝힌 말들은 또 어떻게 결론짓겠습니까? 그리고 가르치신 글에서 여러 차례 칠정이 이와 기를 겸했다고 하신 것도 빈말이 되고 맙니다. 이 양끝을 자세히 살피시면 옳고 그름이 반드시 하나로 돌이켜질 수 있을 것입니다. 선생님께서는 어떻게 생각하실지 모르겠습니다. 만약 이것으로도 판단하지 못하신다면 말씀대로 후세의 주문공朱文公을 기다려야 할 것이니 제가 감히 알 바는 아닙니다. 자세히 살피시는 것이 어떻겠습니까?

또 "사단은 이가 발현하여 기가 따르고, 칠정은 기가 발현하여 이가 탄다." 하는 두 글귀는 매우 정밀합니다. 하지만 제 생각에 이 두 글귀의 뜻이 칠정에는 이와 기가 겸해 있고 사단은 이의 발현 한쪽만 있는 것이 될 뿐이라고 여겨집니다. 그러므로 저는 이 두 글귀를

"정이 발현할 때는 이가 움직여서 기가 갖추어지거나 또는 기가 감응하여 이가 탄다."라고 고치고 싶은데 이 말이 선생님의 생각에 어떨지 모르겠습니다.

자사가 전체를 말했을 때는 참으로 연원을 따지는 설을 쓰지 않았으니, 맹자가 갈라내어 사단을 말했을 때 이의 발현 쪽만을 가리켜 말했다고 할 수 있을 것입니다. 비록 그렇기는 하나, 칠정은 자사가 이미 이와 기를 겸해 말한 것입니다. 어찌 맹자의 말씀 때문에 갑자기 바꾸어 기쪽이라고 하겠습니까? 이들 논의는 서둘러 결정할 수 없을 듯합니다. 기가 이를 따라 발현하여 조금도 막힘이 없다면 이것은 바로 이의 발현입니다. 그런데 만약 이것을 돌려두고 다시 이의 발현을 찾는다면, 저는 헤아려 찾으면 찾을수록 더욱 찾을 수 없을 것이라고 생각합니다. 이것이 바로 이와 기를 너무 나누어 설명한 병폐입니다. 지난번 글에서도 여쭌 듯합니다만 다시 말씀드립니다. 만약 그렇지 않다면 주자가 "음양·오행이 뒤섞여 어울렸어도 단서를 잃지 않는 것이 바로 이이다." 한 말도 따를 수 없을 것입니다. 자세히 증명해 보시기 바랍니다.

제8·16조

제가 드린 편지를 살펴보건대, "주신 변론의 설이 들쭉날쭉하다."는 말과 "존성存省의 공부에도 잘못이 있다."는 말은 마음대로 함부로 한 말이니 진실로 두렵습니다. 당시 선생님의 말씀에 지적할 것이 있어서 이렇게 말씀드렸던 것입니다. 그러나 지금은 여러 조항 가운데서 칠정은 오로지 기만이 아니라는 설과 선악이 정해지지 않았다는 설에 대해 외람되이 인정해 주셨고, 첫 번째 주신 글도 이미 고치셨으니, 지난번 지나쳤던 제 말도 헛말이 되어 다시 할 것이 없습니다. 굽어살피시기 바랍니다.

제 10·11 조

제가 "넓은 뜻으로 논하면 안 될 것 없다." 한 것은 인과 형식의 설명[因說]을 그렇게 말한 것이고, "도설에 그린다면 잘못됨이 있다." 한 것은 댓구 형식의 설명[對說]을 그렇게 말한 것입니다. 만약 반드시 댓구 형식의 설명으로 말해야 한다고 하면, 비록 주자의 본설이라 하더라도 잘못 파악한 병폐를 면하지 못할 것입니다. 어떻게 생각하시는지요?

제 13 조   맹자는 떼어내어 말했고 이천伊川은 겸해 말했다

제가 주자의 설을 따온 것이 모두 다섯 조항인데 대개 본성과 기질의 설을 밝히고자 한 것이었습니다. 하지만 쓸데없는 의논만 자꾸 생겨나게 되어 버렸습니다. 처음에는 이것을 인용하여 정을 구분할 수 없음을 밝힐 생각이 아니었습니다. 그런데 선생님께서 도리어 분별을 주장하는 의도가 있다고 이 조항까지 의심하여 끝내 따를 수 없는 부류에 두셨습니다. 비록 어리석고 고루한 저의 설은 취하지 못하는 쪽에 두겠지만 주자의 말씀은 어찌하겠습니까? 이는 사심 없이 도를 밝히는 뜻이 아닌 듯합니다.

만약 반드시 이 말을 가지고 끝까지 연구해 보려 한다면, 맹자가 갈라내어 성의 근본을 말한 것은 물 속의 달을 가지고 하늘의 달이라고 가리켜 말함과 같고, 이천이 기질을 겸해 말한 것은 물 속의 달을 달이라고 가리킨 것과 같으니, 이것이 나눌 수 없다고 여기는 이유입니다. 만약 기는 기이고 성은 성이라고 구별한다면 마치 물은 물이고 달은 달이어서 서로 섞일 수 없다고 보는 것과 같습니다. 저의 생각은 이와 같으니 옳고 그름을 끝까지 살펴 주심이 어떻겠습니까?

제15조 한 번 이루었다 하더라도 잘 살피지 않으면

삼가 이 조항의 가르침을 자세히 살피면, 비록 힘써 되풀이하시기는 했으나, 역시 지나친 설명이어서 통하기 어렵습니다. 대개 『대학』의 「장구」와 「혹문」의 뜻은 본래 이렇지 않은데 이처럼 말씀하시니, 선생님께서 어째서 이런 견해를 갖게 되었는지 모르겠습니다. 그러나 이미 이끌어 가르쳐 주셨으니, 감히 어리석은 제 생각을 다 말씀 드리겠습니다.

『대학』의 전傳을 살피면 "화를 내면 그 바름을 얻을 수 없다." 한 대목에 모두 네 개의 유자有字가 있는데, 제가 보기에는 이 유有는 저절로 있다는 유有가 아니고 고의로 가진다는 유有입니다.[5] 그러므로 「장구」에 "한 번 이루었다 하더라도 잘 살피지 않으면[一有之而不能察]"이라 했고, 「집주」에도 기다림[期待]·머무름[留滯]·따로 걸어둠[偏繫]이라는 말이 있으며, 또 『주자어류』에 "이런 여러 가지 즐거움[好樂]·두려움[恐懼]·노여움[忿懥]·근심[憂患]은 어느 곳을 따라 나오는 것이 아니고, 먼저 그것을 마음속에 두었다가 나오는 것도 아니다. 이것은 이 몇 항목에만 해당되는 것이 아니라, 모든 경우에 어떻게 하겠다고 먼저 마음속으로 생각한다고 해도 그대로 되는 것이 아니다. 이를테면 사람이 엄숙하고 굳세기로 마음먹어도 얼마 되지 않아 점점 생각이 줄어 그럴 필요가 없다는 데 이르러 그런 생각이 구속과 핍박을 하게 되고, 사람이 자상하고 너그럽기로 마음을 먹어도 얼마 되지 않아서 생각이 점점 줄어 그럴 필요가 없다는 데 이르러 그러한 생각이 고식적이고 구차해지는 것이다." 했습니다. 이 몇 구절을 자세히 살피면 아마도 선생님의 해석과는 다른 것 같습니다. 하물며 마음의 병을 말하여 사람들이 살펴서 고치게 하는 것이 바로 마음을 바로잡는[正心] 일인데, 무엇 때문에 정심을 말한 것이 아니라고 하십니까?

그리고 이 장의 뜻은 본래 사람들이 마음의 바름을 얻어서, 거울처럼 비우고 저울처럼 공평하게 되어, 사물에 감응할 때마다 절도에 맞도록 응할 수 있게 하고자 한 것입니다. 만약 측은해서는 안 될 때에 먼저 측은한 마음을 갖거나, 부끄러워하고 미워해서는 안 될 때에 먼저 부끄러워하고 미워하는 마음을 갖는다면, 아마도 마음의 바름을 얻지 못할 것입니다. 「정성서定性書」에 "노여움을 잊는다." 한 것은 곧 절도에 맞지 않는 것을 가리켜 말한 것인데, 이것을 인용하여 말씀하셨으니 역시 이해하지 못하겠습니다. 만약 그렇지 않다면 『주자어류』의 "기쁜 일이 있을 때 노여운 마음 때문에 기뻐해야 함을 잊어서도 안 되고, 노여운 일이 있을 때 기쁜 일 때문에 노여움을 잊어서도 안 된다." 하는 말을 「정성서」의 말과 비교하면 과연 어떠한지 모르겠습니다.

다시 자세히 보여 주시면 어떻겠습니까? 저는 크게 바라 마지않습니다.

끝조목末條

이 조목의 가르침을 자세히 살피건대 제 잘못의 깊은 고질까지
다 말씀하셨으니, 진실로 끝없이 사람을 사랑하시는 선생님의 큰 덕
이 아니라면 어찌 여기까지 이르렀겠습니까? 매우 다행스러운 일이
니, 죽을 때까지 가슴에 담아두고 감히 잊지 못할 일입니다. 그러나
또한 저의 간절한 생각을 감히 펴서 아뢰지 않을 수 없으니 굽어살
펴 주십시오.

제가 지난번 글에서 주자의 「호남의 여러분들에게 주는 편지[與湖
南諸公書]」를 인용했던 것은 학자가 편벽되게 한 가지 말만을 고집해
서는 안 된다는 뜻을 밝힌 것일 뿐이었습니다. 진실로 주자의 설에
만족하지 않는 뜻은 없었고, 또한 기록한 사람을 가리켜 배척한 말
도 없었는데, 선생님께서 어째서 이런 가르침을 내리셨는지 모르겠
습니다. 두려운 마음 견줄 데가 없습니다. 다만 제 글 가운데 "한때
우연히 치우치게 가리켰다." 하는 말이 선생님의 꾸짖음을 듣게 된
까닭인 듯합니다. 그러나 이 말은 갖추어 말해야 하고 빈틈이 없어
야 한다는 말에 대비해서 말한 것일 뿐, 감히 만족하지 않고 가리켜
배척한 것은 아닙니다. 일찍이 『중용』 「혹문」을 보니 "성현의 말씀
은 진실로 단서를 말해 놓고서 끝맺지 않은 것이 없다. 학자들은 더
욱 마음을 비우고 생각을 자세히 하여 그 귀결을 살펴야 하지, 한
가지 말을 잡고 급하게 정론으로 삼아서는 안 된다." 했습니다. 이
말씀이 공명 정대하지 않습니까? 진실로 마음을 비우고 생각을 자
세히 하지 못하고서, 한 마디 말을 고집하여 급하게 여러 설을 끼워
맞추려 한다면, 성현의 말씀을 억지로 끌어다가 자신의 의견에 따르

게 하려는 폐단이 이루 말할 수 없을 정도로 많을 것입니다.

그리고 홀로 은밀하게 전했다는 말씀은 잘못인 듯합니다. 주자가 평생 글을 짓고 논리를 세워 후학을 가르치면서, 해와 달의 운행처럼 환하게 하여 눈이 있는 자들은 모두 볼 수 있게 했는데, 어찌 가르침을 아끼고 숨겨 한 사람에게만 전했을 리가 있겠습니까? 저는 성현의 마음씨가 이처럼 얇고 좁지 않다고 생각합니다. 만약 과연 이와 같았다면 "원앙의 수를 놓아 사람들에게 보여 주기는 하되, 바늘을 잡고 남을 가르치지는 말라"한 것을 꾸짖을 필요가 없습니다.

또 가르치시기를 "그대가 평상시에 『주자어류』를 보다가 이 말을 보았다면 반드시 이 곳을 의심하지 않았을 것이다. 하지만 지금 내 견해를 그르다 하여 힘써 논단하자니 내 말의 뿌리가 되는 주자의 이 말씀까지 아울러 배척하고서야, 견해가 잘못되었다고 판정하고 다른 사람들도 그렇게 믿도록 할 수 있다. 그 때문에 이렇게 연루시키기에 이르렀으니, 이는 진실로 내가 참람히게 주자의 설을 인용한 죄이다." 하셨습니다. 저의 어리석음이 진실로 먼저 깨우치신 분에게 죄를 얻을 만합니다만, 그러나 이로써 죄를 얻는다면 달게 받아들일 수 없습니다. 선생님의 말씀이 남을 책망하는 데 너무 박절하고, 남을 대하는 데 너그럽지 못한 것이 아닌지요? 생각이 공평하지 못해 도리어 지극히 공정함에 누가 될 듯합니다. 무릇 사람이 학문을 하는 데 비록 깊이가 다르나, 그 마음은 진실로 모두 선善에 들어가려 할 뿐이니, 스스로 남을 속여서 밖으로 학문을 한다는 명예를 구하고자 하지는 않습니다. 만약 학문을 하면서 먼저 이것에 마음을 쓴다면 학문을 한다는 것이 과연 무슨 마음이겠습니까? 이런 짓은 세간에서 아무 생각 없이 이랬다 저랬다 하는 사람도 차마 못할 바

이니, 제가 달게 받아들일 수 없는 것은 당연한 일입니다. 삼가 바라
건대 다시 헤아려 주십시오. 송구한 마음 금할 길이 없습니다.[6] 高

1. 퇴계는 나중에 이 비유에 답해 같은 내용으로 시詩를 짓게 되는데, 그것을 계기로 두
   사람 사이의 사단칠정과 관련된 논쟁은 멈추게 된다.
2. 사단칠정에 대한 퇴계의 두 번째 편지에서는 고봉의 '가르쳐 주시는 글[辯誨]'에 대
   해 퇴계가 대답을 단 것이 모두 열 일곱 조목이었다. 고봉이 여기서 조열이라 한 것
   은 바로 그 열 일곱 조목을 말하는 것이다.
3. 『맹자』, 「공손추」상, 6장에 보이는 사단에 대한 언급을 말한다.
4. 『중용』 1장의 중도와 조화[中和]에 대한 설명을 가리킨다.
5. "'몸을 닦음은 그 마음을 바로잡는 데 있다.'는 것은, 몸이 화를 내면 그 바름을 얻지
   못하고, 두려워하면 그 바름을 얻지 못하고, 좋아해서 즐기면 그 바름을 얻지 못하고,
   근심 걱정하면 그 바름을 얻지 못한다는 것이다."(所謂修身在正其心者 身有所忿懥則
   不得其正 所有恐懼則不得其正 所有好樂則不得其正 所有憂患則不得其正)『대학』, 7
   장, 「석정심수신釋正心修身」.
6. 이 편지는 【1-11】에서 왔다.

456

빔을 이理라 한 설에 대해

지난번 가르침에 "빔과 신령함[虛靈]을 논한 곳에서 빔을 이라고 한 주장은…" 이하의 말씀은 마땅하여 다시 고쳐 평할 것이 없습니다. 다만 제 글에서는 이와 빔을 논하여 한 문단을 만들고 빔과 신령함을 논하여 한 문단을 만들어서 각각 한계를 지웠는데 지금 선생님께서는 합쳐서 말씀하셨습니다.

그러나 이것은 논할 필요가 없습니다. 선생님께서는 주자가 "무극이면서 태극이다."를 논한 문단 하나를 인용하여 "이 같은 말씀은 사방 어디에도 미치나 치우치지 않고 때려도 깨지지 않는다." 말씀하셨습니다. 이는 매우 마땅한 의견이기는 합니다. 하지만 여러 글을 인용하실 때 자못 치우친 폐단이 있으니, 어디에도 미치시는 뜻에는 맞지 않을 듯합니다.

삼가 『주역대전周易大傳』을 살펴보면 "형태를 넘어서는 것[形而上]을 도道라 하고 형태에 묶인 것[形而下]을 그릇[器]이라 한다." 했고, 정자는 "오직 이 말이 아래위를 가장 분명하게 잘라서 파악했다." 했으며, 또 "모름지기 이처럼 말해야 하니, 그릇이 또한 도이고 도가 또한 그것을 담는 그릇이다." 했습니다. 이것이 어찌 골고루 치우친 곳 없고 때려도 깨지지 않음이 아니겠습니까? 정자가 또 "음양을 떠나면 도는 없다. 음양은 기요 형체에 묶인 것이고, 도는 커다란 빔이요 형체를 넘어선 것이다." 했고, 주자는 "형체를 넘어선 빔은 온전한 도리道理이고, 형체에 묶인 참[實]은 바로 그릇이다." 했는데 모두 이것을 말한 것입니다.

그런데 지금 선생님께서 아래의 한 절은 버려 두고, 위의 한 절만을 든 것은 어째서입니까?『중용』에서 군자의 덕을 말하면서, "스스로를 위하고 홀로 삼가는 일과 같은 낮은 학문에서 시작하여, 미루어 독실히 공손하여 천하가 태평해지는 성대함까지 말했고, 그 신묘함이 소리 없고 냄새 없는 경지에 이른 뒤에 그치는 것을 찬양했다." 했으니 그 말이 그럴 듯합니다. 그리고 주자도 "하늘의 일이 소리 없고 냄새 없다는 것은 바로 있음[有]에서 없음[無]을 말한 것이고, 무극無極이 곧 태극이라는 것은 없음에서 있음을 말한 것이다." 했으니 그 뜻을 볼 수 있습니다.

장자張子도 "커다란 빔[太虛]으로 말미암아 하늘이란 이름이 있게 되었고, 기의 조화[氣化]로 말미암아 도라는 이름이 있게 되었으며, 빔과 기가 합해 성이란 이름이 있게 되었고, 성과 지각이 합해 마음이란 이름이 있게 되었다." 했으니, 그 말씀이 잘 구분하고 있는 것 같습니다.

그러나 주자는『중용』「혹문」에서 빔[虛]을 어짊[仁]의 근원이라고 하는 것은 분명하지 못하다고 했고, 정자도 "횡거가 낸 청허淸虛의 큰 설은 사람들로 하여금 엉뚱한 곳으로 달려가게 하니, 공경[敬]만을 말하는 것보다 못하다." 했으니, 이런 구절도 생각해 보아야 할 것이 있는 듯합니다. 이렇게 볼 때 한갓 빔[虛]이라는 한 자에만 의거하여 설을 만들려고 해서는 안 될 듯합니다.

주자가 일찍이 「태극도」의 고요함[靜]을 주로 한 설을 논하여 "고요함은 공경[敬]으로 만들어 보는 것이 좋다. 만약 텅빈 고요함[虛靜]으로 여긴다면 불교나 도교에 빠져들 염려가 있다." 말했으니, 이 말이 진실로 의미가 있습니다. 그러니 제 생각에는 '진실되어 거짓이 없음[眞實無妄]', '올바르고 고요함[中正精粹]' 같은 말을 사용하여 이 理를 형용하면 치우치지 않고 폐단이 없게 되어 더 좋다고 생각됩니다. 그러나 꼭 빔[虛]을 써야 한다면 고쳐서 "이의 실체는 비어 있는[虛] 듯하면서도 충실하고[實] 없는 듯하면서도 있다. 그러므로 그것이 사람과 사물에 있을 때는 더하고 덜함이 없고 언제나 선하다." 해야 하겠습니다.

이렇게 말을 만들면 어떨는지 모르겠습니다만 깊이 두고 생각해 보시고 다시 가르쳐 주시기를 삼가 바랍니다.

사단이 절도에 맞지 않는다는 설

사단이 절도에 맞지 않는다는 말을 살피면 얼핏 보아 해괴한 듯합니다. 그래서 제 생각에 선생님의 인가를 받지 **못할** 것으로 여겼는데, 지금 과연 그러합니다. 그러나 저의 **주장**은 애당초 맹자의 본뜻이 이와 같다고 한 것은 아니고, 다만 보통 사람들의 정情이 이럴 수도 있다고 한 것뿐입니다. 그리고 그 **말** 또한 연원이 있습니다. 『주자어류』를 보면 맹자의 사단을 논한 곳의 한 조목에서 "측은과 부끄러워하고 미워함[羞惡]도 절도에 맞고 맞지 않음이 있다. 만약 측은해서는 안 될 때 측은해 하거나, 부끄러워하고 미워해서는 안 될 때에 부끄러워하고 미워한다면 바로 절도에 맞지 않는 것이다." 했습니다. 이것은 바로 맹자가 이미 한 말씀을 가지고 미비한 부분을 드러내 밝힌 것으로서 생각해 볼 여지가 아주 많이 있으니 깊이 살펴야 하겠습니다.

맹자가 성선性善의 이치를 드러내 밝히면서 사단으로써 말했으니, 대체로 언제나 선하다고는 했으나 세밀한 곳까지는 언급하지 않았다고 하겠습니다. 예로부터 성현은 적으나 어리석고 불초한 이는 많으며, 나면서부터 아는 이는 적으나 배워서 아는 이와 어렵게 아는 이는 많으니, 진실로 날 때부터 아는 성인이 아니고서야 그 발현하는 사단이 어찌 순수한 천리라고 보장할 수 있겠습니까? 기품과 물욕의 가림이 없을 수 없지 않겠습니까?

그런데 지금 이에 대해서는 살피지 않고, 한갓 사단은 선하지 않음이 없다고만 하여 그 뜻을 확충하고자 한다면, 저는 선을 끝까지 다 밝히지 못하게 되고, 잘못된 방향으로 힘써 행하게 될까 두렵습니다. 더구나 저는 보통 사람보다도 더 열등해서, 기질이 번잡하게 섞이었고 물욕에 몸을 얽매어, 늘 일상 생활에서 발현하는 단서를 자세히 살펴보면 절도에 맞는 것이 적고 절도에 맞지 않는 것이 많습니다.

그러므로 지난번에 감히 이것을 여쭈어 다행히 선생님의 뜻에 부합될까 했는데 지금 주신 글을 자세히 보건대 진실로 지당하신 말씀입니다. 하지만 『주자어류』의 말로써 본다면 이처럼 단정해서는 안 될 듯합니다. 바라건대 세밀히 살피시는 것이 어떻겠습니까?

도설圖說을 만들 때는 마땅히 아는 이를 위해 만들어야지 모르는 이를 위해 없애면 안 된다

선생님의 가르침이 진실로 마땅합니다만 일찍이 명도 선생明道先生의 말씀을 보니 "무릇 이론을 세울 때는 생각을 함축시켜서, 덕을 아는 사람은 염증을 내지 않게 하고 덕이 없는 사람은 미혹됨이 없게 해야 한다." 했으니 이 뜻을 살피지 않을 수 없습니다.

그런데 「천명도」를 살펴보니 비록 모두 성현의 뜻에 뿌리를 두었다고는 하나, 자세히 보면 그 사이에 부서지고 흩어진 잘못이 없지 않아, 성현의 뜻으로써 견주어 보면 부합하지 않는 곳이 많으니 어째서입니까? 지금 조목마다 여쭐 겨를은 없고 다만 제 생각대로 도형을 만들어서 옆에다 기록했으니 선생님의 판단을 바랍니다. 이 일이 진실로 참람하고 분수에 넘친다는 것을 잘 알고 있습니다만 편치 않다고 생긱하는 것을 감히 말씀드리지 않을 수 없습니다. 옛부터 도서圖書는 모두 위아래로 위치를 잡고 위쪽을 남으로 아래쪽을 북으로 했는데, 이 「천명도」는 남북으로 위치를 잡고 북쪽을 위로 남쪽을 아래로 했으니 전혀 이해가 되지 않습니다. 『주역대전』에서 "천지가 위치를 정했다." 했고 소자邵子[2]는 "하늘[乾]과 땅[坤]이 위아래의 위치를 정했다." 했으니, 이것이 바로 천지 자연의 변화[易]로서 바로 주자가 "다시 바꿀 수 없다." 한 것입니다. 그런데 지금 선생님께서는 그것을 바꾸었으니, 아무리 힘을 다해 해명하더라도 부합되지 않는 부분이 있을 것입니다. 어떻게 생각하시는지요? 바라건대 거듭 자세한 증거로 저의 의혹을 깨우쳐 주시면 어떻겠습니까?

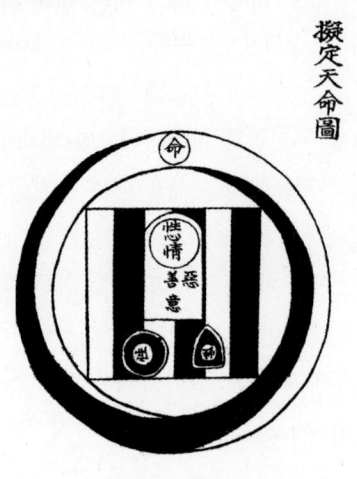

속되게 서로 전하는 말은 호씨胡氏로부터 나온 것이 아니다

선생님의 가르침도 옳습니다만 저 역시 할 말이 있습니다. 저는 어리석고 고루하며 도움 받을 데도 거의 없었습니다. 어릴 적부터 비록 책을 읽고 글을 짓기는 했으나, 과거를 보아 명예와 녹을 얻자는 계획이었을 뿐, 일찍이 성현의 학문이 있는 줄 몰랐습니다. 그런데 스무 살이 넘어 다행히 선배들을 좇아 배운 뒤에야 비로소 그 설을 대체로나마 듣고서 뜻을 두게 되었습니다. 다만 매우 소홀하고 보잘 것 없었습니다.

하지만 늘 성정性情의 설을 의심하여 남들에게 물으면 모두 호씨胡氏의 설을 들어 대답해 주었습니다. 그러나 저의 마음에는 의심이 풀리지 않아 "정은 언제나 선한데, 사단이 바로 그러하다면 칠정은 또 어째서 선하지 않음이 있느냐?" 하고 물었습니다. 대답하는 이는 "칠정은 기에서 발현하기 때문이다." 했습니다. 저는 더욱 의심이 들어 다시 다른 사람들에게 물어 보았습니다. 그러나 그들의 말도 모두 같아 묻는 곳마다 번번이 그러했고 다른 뜻이 없었습니다. 그러니 이 말을 진실로 믿어야 할 것 같기도 했지만, 제 생각에는 깊이 옳다고 여길 수 없어 때때로 성현의 글을 읽으면서 그 설을 추구해 보니 역시 부합되지 않는 곳이 많았습니다.

그리하여 곧 『성리대전』의 마음·성·정을 논한 곳과 『중용』의 여러 설을 찾아서 거듭 참고하니, 제 마음에도 그 사이에서 얻은 것이 있는 것 같았고, 지난번에 들은 말들이 옳지 않다는 것도 더욱 깨닫게 되었습니다. 지난해 서울에 있을 적에 추만 선생과 이 설을 논했는데, 그도 호씨胡氏의 설을 끌어다가 주로 말하기에 제가 그렇지 않다고 하면서 『중용』의 여러 설을 인용하여 증거를 댄 일이 있었습니다. 그 분이 분별하여 말하는 것은 매우 분명했으나 합쳐서 말하는 것은 자못 분명치 못한 것 같았습니다. 그래서 이 설이 과연 호씨에게서 나왔다는 것과 요즈음 여러 사람들의 논지가 대체로 한가지를 따르는 것도 바로 여기에서 나왔다는 것을 알았습니다.

지난번에 보내신 변론의 가르침과 인용하신 『주자어류』의 논의를 받아 보니, 지난 의심을 다 털어 버리고 하나의 설로 합쳐질 수 있을 것 같았습니다. 그러나 다시 여러 글을 가져다가 참고하여 검증해 보니, 역시 이 설명은 군더더기 말로 미비한 부분을 밝힌 것이어서, 전적으로 믿을 수 없다는 것을 깨달았습니다. 그러므로 지난번 저의 글에서 이것을 여쭈려 했습니다. 지금 멀리서 주신 가르침이 지극히 자세하니 지난번의 의문이 확 풀렸고, 세속의 논의가 호씨에게서 나왔다는 의심도 알 것 같습니다.

추만 선생의 설이 호씨에게서 나왔다는 것은 제가 분명히 아는 바입니다. 그리고 요즘 여러 사람의 논의에도 이와 같은 부류가 많아서, 근원으로 거슬러 가지는 않고 하류를 더듬으며 근본을 따르지 않고 말단을 쫓고 있습니다. 또 성이 먼저 움직이느니 마음[心]이 먼저 움직이느니 하는 따위의 난데없는 설들이 있습니다. 이것들은 심상치 않은 잘못이니 그냥 꺼려하여 덮어 둘 수 없습니다. 그러니 여러 사람들이 비록 억울하다고 하더라도 그것은 내용도 없이 함부로 호소하는 것이 되고 말 것입니다. 버릇없는 많은 말이 이에 이르니 대단히 죄송합니다. 너그러이 가려 주시면 매우 다행이겠습니다.

위는 구구한 저의 의견을 속에 있는 생각까지 숨김없이 들추어 늘어놓고 말씀드린 것입니다. 선생님께서는 한 장의 글로 옳고 그름을 보여 주시면 어떻겠습니까? 그리고 저에게 다시 한 말씀 드릴 것이 있어 이렇게 번거롭게 아뢰니 아울러 거두어 주십시오.

무릇 성정性情의 설은 『중용』「장구」와 「혹문」의 연평延平의 설[3] 및 정자의 「호학론」, 주자의 「성도性圖」에 보이는 동정설動靜說과 두 호씨胡氏에게 답한 글로써 줄거리를 삼고 『주자어류』의 설을 참고하면 스스로 분명히 깨달을 수 있습니다. 그런데 선생님은 반드시 분별의 설을 주장하여 위에 보이는 여러 설로 줄거리를 삼지 않고, 『주자어류』의 설을 정론으로 삼아, 이것을 홀로 은밀히 전해진 것이라 하는 데까지 이르렀습니다. 그리고 그것을 도설圖說로 증명하고 변론에서 밝힐 때 반드시 댓구 형식의 설명[對說]으로 말하여, 마치 음과 양이나 강함과 부드러움이 서로 대가 되고 아래위와 사방이 정해진 위치가 있는 것처럼 양편으로 나누어서, 서로 섞이거나 통하는 뜻이 전혀 없습니다. 이것이 과연 그런지 모르겠습니다만 아마 먼저 배운 것만을 옳다고 하는 잘못이 없지 않은 듯합니다. 깊이 살펴보시면 어떻겠습니까? 말이 매우 참람하고 경솔하니 죽을죄를 지었습니다. 대승은 삼가 여쭙니다.

최근 후배 하나가 서울에서 편지를 보내어, 제게 잠시 논쟁을 그만두고 다시 깊이 생각하여 깨닫는 것이 급히 해야 할 일이라고 권하면서, "어지럽게 글을 주고받는 사이에 의미와 기상이 말의 해침을 받게 될 것이다." 했습니다. 이는 참으로 약이 되는 말이어서 제 마음에 깊이 느껴지는 바가 있습니다. 그래서 이번 가르침을 받고서는 그 권고를 좇아 논쟁을 잠시 그치고자 했습니다. 하지만 거듭 생각해 보니, 이번 논쟁은 큰 부분에서 이미 견해가 같고 다만 작은 절목만이 일치되지 않았을 뿐인데, 만약 여기서 그친다면 끝내 성정에 대해 자신할 수 없게 될 듯하여 감히 어리석은 말을 다했습니다. 정자가 "상대에게 도움이 없더라도 나에게 도움이 있다." 한 말은 지극히 공정합니다. 따라서 딴 마음을 품고도 미움받지 않으려고 일부러 상대의 학설을 받아들여서는 안 될 것입니다. 이 생각이 어떠한지 살펴 주시기를 바라면서 다시 여쭙니다.

제가 이 글을 다 쓴 뒤에 되풀이해서 살펴보니, 그 사이에 설명이 극진하지 못한 곳이 있습니다. 이는 자신이 주장하는 도리를 오히려 자신이 믿지 못해서, 논하는 사이에 미움을 면하려고 선생님의 의견을 받아들이려는 사심을 피하지 못했기 때문입니다. 이것이 바로 충성스럽지 못하고 신실하지 못한 단서이니 매우 두렵습니다.

삼가 생각하건대 선생님께서는 굳세고 독실하시어 그 빛이 날로 새로워지시니, 진실로 처음 배우는 저로서는 그 한계를 엿볼 수 있는 바가 아닙니다. 그러나 요즘 오간 논설로 말미암아 항상 선생님을 기리는 마음 간절했으니 한두 가지 비슷한 것은 혹 마음속으로 헤아려 논할 수 있을 것 같습니다. 가르치신 말씀을 보면 편벽되고 치우친 폐단이 없지 않은데 이것은 바로 너무 이기를 나누어 말하려는 잘못에서 온 것이라 여겨집니다. 2조에 "사람의 몸은 이와 기가 합쳐서 생겨난 것이기 때문에 두 가지가 번갈아 발현하고 또한 서로 따르게 되는 것이다. 번갈아 발현한다면 각각 주되는 것이 있음을 알 수 있고, 서로 따른다면 함께 그 속에 있음을 알 수 있다." 한 것이 바로 병을 얻게 된 근원이니 깊이 살피지 않아서는 안 될 것입니다. 무릇 이기에 대한 것은 알기가 무척 어렵고 말하기도 역시 어려워서 이전의 성현들도 오히려 걱정했는데 하물며 후학이겠습니까?

그러나 이제 저의 견해를 대략 진술하여 깨우쳐 주시기를 바라고자 합니다. 말이 생각과 잘 맞지 않아 바르게 말하기 어려우므로 우선 한 가지 일로 비유하겠습니다. 이理는 해가 공중에 있는 것에 비유할 수 있습니다. 그 빛은 늘 새로워서 비록 구름과 안개가 일어도 줄어들지 않고 늘 그대로입니다. 다만 구름과 안개에 가렸기 때문에 흐리기도 하면서 날씨가 고르지 않은 것입니다. 그러다가 구름이 흩어지고 안개가 걷히면 빛이 다시 아래 세상에 두루 비칩니다. 하지만 이것은 빛이 더해진 것이 아니고 본래 그대로입니다.

이가 기에 있음도 이와 같습니다. 기쁨·노여움·슬픔·즐거움과 측은한 마음·부끄러워하고 미워하는 마음·사양하는 마음·옳고 그름을 가리는 마음의 이가 뒤섞여 속에 있는 것은 바로 그 본체의 진리입니다. 하지만 기품과 물욕이 구속하고 가리면, 이의 본체는 본래 그대로지만 그 발현한 것에는 흐림과 맑음, 진리와 거짓의 구분이 있는 것입니다. 그러나 만약 기품과 물욕의 얽매임을 다 없앤다면 그 본체의 흐름이 어찌 해가 아래를 두루 비치는 것과 같지 않겠습니까? 주자가 "기는 뭉쳐서 작용할 수 있으나 이는 느낌도 계획도 작용도 없다. 다만 기가 뭉친 곳에는 이가 바로 그 속에 있다." 했으니 바로 이것을 이른 것입니다. 하지만 지금 "두 가지가 번갈아 발현하고 또한 서로 따르게 되는 것"이라면 이에 느낌·계획·작용이 있는 것입니다. 또 마치 이기가 두 사람 같아서 한마음을 나누어 차지하고 번갈아 나와서 일을 하고 또 서로 호응하는 것 같습니다. 이 대목은 바로 도리의 기틀이니 아주 작은 차이도 있을 수 없습니다. 만약 이곳에 차이가 있다면 차이기 없는 곳이 없을 것입니다. 자세히 증명해 주시면 어떻겠습니까? 대승은 삼가 올립니다.

가정 신유 정월 16일. 후학 고봉 기대승은 머리를 조아려 두 번 절하고 삼가 올립니다.[4] 高

1. "자사가 앞 장의 (성인과 천도의) 극치에 대한 말에 따라, 스스로 돌이켜 근본을 구하고, 다시 초학자가 제 몸을 닦기 위해 홀로 삼가는 일에서부터 미루어 말씀했다. 그래서 독실하고 공손히 해서 천하가 태평해지는 성대함에 대해 가르치고, 또 그 오묘함이 소리도 없고 냄새도 없는 지경에 이른 뒤에야 그치는 것을 찬양했다." 『중용』, 33장.
2. 중국 북송 때의 성리학자 소옹邵雍(1011~1077)을 가리킨다. 자는 요부堯夫요 안락선생安樂先生이라고도 한다. 뒤에 강절康節이라는 시호를 받아 소강절邵康節이라고 흔히 불린다.
3. 중국 송대의 성리학자 이동李侗(1093~1163)을 가리킨다. 자는 원중愿中이다. 주자의 스승으로 많은 영향을 끼쳤다.
4. 이 편지는 【1-11】에서 왔다.

사단칠정 논변의 어려움

지난번에 주고받았던 사단칠정 논쟁이 저에게 이르러서 그쳤으나 이는 아직 결론이 나지 않은 문제이고, 그 가운데는 또한 저의 소견을 마무리하고 싶은 부분이 한두 군데 있었습니다. 그러던 중에 다시 생각해 보니, 의리를 분석하여 밝히는 일은 본래 더없이 정밀하고 해박해야만 하는데도, 제가 논술한 내용을 돌아볼 때 조리가 번잡하고 문장이 방만하며, 의견을 펼친 것이 넓지 못하고, 조예가 미치지 못하는 곳이 있었습니다. 때론 그때마다 이전 유학자들의 학설을 찾아서 따다가, 부속한 곳을 보충하여 그대의 변론에 회답하는 말로 삼았습니다. 이는 과거를 보는 사람이 과장에 들어가서 시제試題를 보고서, 고사를 따다 조목별로 대답하는 것과 무엇이 다르겠습니까? 설사 이와 같은 저의 회답이 매우 타당했다 하더라도, 자신의 학문을 충실하게 하는 데는 조금도 도움되는 것이 없으니, 다만 부질없는 다툼으로 고귀한 학문[聖門]의 중요한 금기를 범하는 것이 될 뿐입니다. 더구나 반드시 타당하다고도 할 수 없는 형편입니다. 이런 까닭에 다시 전날처럼 용감히 회답할 마음을 먹지 않고, 다만 두 사람이 말에 짐을 실은 것에 비유한 그대의 편지를 따라서 장난삼아 절구 한 수를 지어 보냅니다.

짐을 진 두 사람 경중을 다투지만
생각하니 높고 낮음 같아져 버렸네
이쪽을 누르고 저쪽으로 돌리자면
짐의 무게 언제나 공평해질까

하하.[1] 退

---

1. 이 편지는 【1-16】에서 왔다.

사단칠정을 논한 세 번째 편지[1]

고봉의 편지

맹자가 사단의 정만 가려내어 이 한쪽만을 가리킨 때에는 이를 주로[主理] 말했다고 할 수 있겠습니다. 하지만 자사가 사단과 칠정을 합쳐 이기를 겸해서 말한 때에도 기를 주로[主氣] 말했다고 할 수 있습니까? 이것이 제가 정말 이해할 수 없는 곳이니, 다시 가르쳐 주시면 어떻겠습니까?[2]

퇴계의 비평

이미 "동틀이 말하면…"이라고 했으니, 어찌 "이를 주로 하고 기를 주로 하는 분별"이 있겠습니까? 바로 대조하고 나누어 밀할 때 이러한 분별이 있게 됩니다. 이것은 역시 주자가 "성이란 가장 말하기 어려운 것이어서, 같다 해도 되고 다르다 해도 된다." 말한 것과 같고, 또 "온전하다고 해도 괜찮고 치우쳤다 해도 괜찮다." 말한 것과 같은 것입니다.

고봉의 편지

주자는 "천지의 성은 태극 본연의 오묘한 이치이니 만물의 근본이고, 기질의 성은 두 기운이 번갈아 움직여 생기니, 한 근본이 만가지로 달라지는 것이다. 기질의 성은 바로 이 이가 기질 가운데 떨어진 것일 뿐, 따로 하나의 성이

있는 것은 아니다." 했습니다.[3]

퇴계의 비평

지난번의 글에서 성을 인용하여 말한 것은, 다만 성의 경우에도 이와 기를 겸해서 말할 수 있다는 것으로, 정의 경우에 어찌 이와 기를 나눌 수 없겠는가 하는 뜻을 밝히기 위한 것이었을 뿐입니다. 그것은 성을 논하기 위한 것이 아닙니다. "이가 기질에 떨어진 뒤의 일" 아래야말로 진실로 그러하니, '기질의 성'에만 못박아 논의해야 할 것입니다.

고봉의 편지

천지의 성은 비유하자면 하늘의 달이고, 기질의 성은 비유하자면 물에 비친 달입니다. 달이 비록 하늘에 있고 물에 비쳐 있어 다른 듯하지만, 달은 하나의 달일 뿐입니다. 그런데 하늘의 달은 달이라 하고 물에 비친 달은 물이라고 한다면, 어찌 잘못이 있다고 말할 수 없겠습니까?

하물며 사단과 칠정은 이가 기질에 떨어진 뒤의 일이니 마치 물에 비친 달빛과 비슷한데, 칠정은 그 빛에 밝고 어두움이 있는 것이며 사단은 특별히 밝은 것입니다. 칠정에 밝고 어두움이 있음은 진실로 물의 흐림 때문이고, 사단이 절도에 맞지 않음은 비록 빛이 밝지만 물결의 움직임을 피하지 못했기 때문입니다. 삼가 바라건대 이런 이치로 다시 생각해 보심이 어떻겠습니까?[4]

퇴계의 비평

달이 여러 시냇물에 비치매 곳곳마다 둥근 달이 있다는 설은 일찍이 앞선 유학자들이 그 옳지 않음을 논한 것을 본 적이 있는데, 지금 그것을 기억하지 못하겠습니다. 다만 보내 주신 글에 따라 논한다면, 하늘이든 물 속이든 하나의 같은 달이라 하더라도 하늘의 것은 '진짜'이지만 물 속의 것은 '빛 그림자'일 뿐입니다. 그러므로 하늘의 달은 가리키면 실상을 얻지만, 물 속의 달은 잡아도 얻는 것이 없습니다. 참으로 성으로 하여금 기 가운데 있게 하는 것은, 물 속의 달 그림자를 잡아 보아도 아무 것도 얻지 못하는 것과 같으니, 어떻게 선을 밝혀 몸을 참되게 하고 본성의 시초를 되살릴 수 있겠습니까?

이것을 성에 비유한 것은 그래도 얼마만큼은 비슷하다고 할 수 있습니다. 만일 이것을 정에 비유한다면 더욱 그럴듯하지 않을 것입니다. 무릇 물에 비친 달은 물이 고요하면 달도 고요하고 물이 움직이면 달도 움직입니다. 그 움직임을 보면, 고요히 흐르는 물, 광경이 또렷이 드러날 정도로 맑은 물에서는 물에 비친 달이라 하더라도 움직임에 아무런 방해도 받지 않습니다. 그러나 물이 아래로 급히 흐르는데 바람이 불어 물결을 일으키거나 돌에 부딪쳐 물을 튕기기라도 하면 달은 부서져 이리저리 번득이다가 심하면 없어져 버리기까지 합니다.

이와 같으니 어찌 물에 비친 달이 밝고 어두움은 모두 달 때문이지 물의 간섭 때문이 아니라고 할 수 있습니까? 그러므로 저는 다음과 같이 말하고 싶습니다. "달빛이 고요히 맑게 흐르는 물에 비친 때라면, 비록 달을 가리키며 달의 움직임을 말하더라도 물의 움직임이 그 속에 있다. 그리고 만약 물이 바람에 흩어지고 돌에 부딪치면서 달을 가라앉혀 없애 버린 때라면, 마땅히 물을 가리키며 그 움직임을 말해야 하며, 달의 밝고 어둠, 있고 없음은 물의 움직임의 크고 작음에 달려 있다."

고봉의 편지

감히 여쭙습니다만 기쁨·노여움·슬픔·즐거움이 발현하여 절도에 맞는 것이 이에서 발현하는 것입니까 기에서 발현하는 것입니까? 그리고 발현하여 절도에 맞아 가는 곳마다 선하지 않음이 없다는 선과 사단의 선은 같습니까 다릅니까?[5]

퇴계의 비평

그것은 비록 기에서 발현한 것이지만, 이가 타서 주인이 되는 까닭에 그 선함은 같습니다.

고봉의 편지

또 "사단은 이가 발현하여 기가 따르고, 칠정은 기가 발현하여 이가 탄다."는 두 글귀는 매우 정밀합니다. 하지만 제 생각에 이 두 글귀의 뜻이 칠정에는 이와 기가 겸해 있고 사단은 이의 발현 한쪽만 있는 것이 될 뿐이라고 여겨집니다. 그러므로 저는 이 두 글귀를 "정이 발현할 때는 이가 움직여서 기가 갖추어지거나 또는 기가 감응하여 이가 탄다."라고 고치고 싶은데 이 말이 선생님의 생각에 어떨지 모르겠습니다.

기가 이를 따라 발현하여 조금도 막힘이 없다면 이것은 바로 이의 발현입니다. 그런데 만약 이것을 돌려두고 다시 이의 발현을 찾는다면, 저는 헤아려 찾으면 찾을수록 더욱 찾을 수 없을 것이라고 생각합니다.

이것이 바로 이와 기를 너무 나누어 설명한 병폐입니다. 지난번 글에서도 여쭌 듯합니다만 다시 말씀드립니다. 만약 그렇지 않다면 주자가 "음양·오행이 뒤섞여 어울렸어도 단서를 잃지 않는 것이 바로 이이다."는 말도 따를 수 없을 것입니다.[6]

"도가 곧 그릇이고, 그릇이 곧 도이다."라는 것이라든가 "아득한 가운데 만상이 이미 갖추어져 있다."라는 말은 실제로 도가 곧 그릇이라는 뜻이 아닙니다. "사물을 놓고 보면[卽物] 이는 그 바깥에 있지 않다."라는 것은 실제로 사물[物]이 곧 이라는 뜻이 아닙니다.

고봉의 편지

제가 "넓은 뜻으로 논하면 안 될 것 없다." 한 것은 인과 형식의 설명[因說]을 그렇게 말한 것이고, "도설에 그린다면 잘못됨이 있다." 한 것은 댓구 형식의 설명[對說]을 그렇게 말한 것입니다. 만약 반드시 댓구 형식의 설명[對說]으로 말해야 한다고 하면, 비록 주자의 본설이라 하더라도 잘못 파악한 병폐를 면하지 못할 것입니다.[7]

퇴계의 비평

기가 이에 따라 발현한 것을 '이의 발현'이라 한다면, 이것은 기를 이로 보는 잘못을 면하지 못합니다. 만약 그렇지 않다면 어찌하여 위에서 이러니저러니 말했겠습니까? 退

1. 이 편지는 퇴계가 고봉에게 부치지 않았으므로 『고봉집』의 「양선생왕복서」에는 보이
   지 않고, 『퇴계집』에만 실려 있다. 『퇴계집』에는 다음과 같은 설명이 덧붙여져 있다.
   "퇴계선생이 두 번째 편지에 답했는데 명언이 다시 논변하는 편지를 보내왔으므로,
   선생께서는 다시 회답하지 않고 다만 서한 중의 몇 단락에 대해 비평해 두었을 뿐이
   다. 이제 보내온 편지를 절략하고, 선생이 비평한 말을 기록해 둔다."
2. 조열의 머리말에 보인다.
3. 제1·2조를 논한 곳에 보인다.
4. 제1·2조를 논한 곳에 보인다.
5. 제5·7·9·12·14조를 논한 곳에 보인다.
6. 제5·7·9·12·14조를 논한 곳에 보인다.
7. 제10·11조를 논한 곳에 보인다.

후설과 총설을 함께 올립니다

전에 사단칠정설에 대해 비루하고 막혀 통하지 않음을 헤아리지 않고 저의 좁은 소견을 남김없이 말씀드렸던 것은 오로지 선생님의 가르침을 받아 진실로 옳은 것을 얻고자 했던 것이었습니다. 그 사이에 혹 견해가 다른 논의가 없지 않았습니다. 이는 제 소견에 따라 말하다 보니 그렇게 된 것이지 결코 일부러 어지럽힌 것이 아니었습니다. 일찍이 회답으로 주신 절구絶句 한 마리를 받고는 참으로 아득하여 다시는 새롭게 아뢸 기회가 없겠다고 생각했으므로 오랫동안 여쭙지 않았습니다. 생각하선내 선생님께서는 한가로운 가운데 깊이 연구하시어 더욱 정미롭고 더욱 밝아지셨을 것입니다. 저도 마침 한적한 때를 이용하여 다시 생각하고 검토해 보니, 자못 지난날의 주장에서 미처 헤아리지 못했던 바가 있었음을 알았습니다. 그러므로 감히 후설後說 한 편과 총설總說 한 편을 써서 전해 드리고자 했습니다만, 인편이 없어서 부치지 못했습니다. 지금 아울러 올리오니 살펴 주신다면 다행이겠습니다.[1] 圖

---

1. 이 편지는 【1-35】에서 왔다.

사단칠정 후설

　사단칠정의 설에 대해 전에는 칠정이 발현하여 절도에 맞는 것은 사단과 더불어 다르지 않다고 생각했습니다. 그리하여 사단과 칠정을 이와 기로 나누어 붙여, 정이 발현하는 것은 이와 기를 겸하고 선과 악이 있는 것이지만, 사단은 오로지 이에서 발현하여 언제나 선한 것을 말하고, 칠정은 이기를 겸하고 선악이 있는 것을 말한다는 주장을 의심했습니다. 만약 사단을 이에 속하게 하고 칠정을 기에 속하게 하면, 이것은 칠정의 이 한쪽을 도리어 사단이 점유하게 되는 것인데, 그렇게 되면 선악이 있다고 말한 것은 다만 기로부터 나온 것처럼 됩니다. 이렇게 되면 말하는 사이에 의심이 없을 수 없습니다.

　그러나 "사단은 이가 발현한 것이고, 칠정은 기가 발현한 것이다."라는 주자의 말을 참조하면서 되풀이하여 연구하고서 제 생각에 맞지 않는 부분이 있다는 것을 깨달았습니다. 이에 다시 그것을 생각해 보니 지난날의 제 주장에 상세히 고찰하지 않고 끝까지 살피지 않은 부분이 있음을 알았습니다. 맹자는 사단을 논하여 "무릇 나에게 있는 사단을 넓히고 채울 줄 안다면" 했습니다. 이처럼 사단이란 것이 있어 그것을 넓히고 채우고자 하는 것이라면, 사단이 이의 발현임은 확실합니다. 정자는 칠정을 논하여 "정이 이미 타올라 더욱 번져나가면 성을 갉아먹게 된다. 그러므로 깨달은 사람은 정을 붙들어 묶어서 중도에 맞춘다." 했습니다. 칠정이란 것이 타올라 더욱 번져나가서 그것을 붙들어 묶어서 중도에 맞추어야 하는 것이라면, 칠정이 기의 발현임은 또한 그럴 듯하지 않습니까? 이로써 보건대, 사단과 칠정을 이와 기에 나누어 붙임은 의심할 것이 없게 됩니다. 그리고 사단과 칠정의 이름과 의미에 진실로 각각의 연원 있으니 살피지 않을 수 없습니다.

그러나 칠정이 발현하여 절도에 맞는 것은 애초에 사단과 다르지 않습니다. 칠정이 비록 기에 속하긴 해도 이는 분명히 저절로 그 가운데 있습니다. 발현하여 절도에 맞는 것은 곧 하늘이 준 성이요, 본래부터 그러한 실체이니, 어찌 그것을 기의 발현이라 하여 사단과 다르다고 말할 수 있겠습니까? 주신 글에서 이르신 "맹자의 기쁨, 순순의 노여움, 공자의 슬픔과 즐거움은 기가 이를 따라 발현하여 털끝만큼의 막힘도 없다." 및 "각각 연원이 있다." 같은 말씀은 모두 편치 않다고 생각했습니다. 무릇 발현하여 모두 절도에 맞는 것을 조화롭다[和]고 합니다. 조화로움은 이른바 '두루 미치는 도[達道]'입니다. 만약 보내신 말씀대로라면 두루 미치는 도 역시 기가 발현한 것이라고 할 수 있겠습니까? 또한 살피지 않을 수 없습니다.

주자는 일찍이 "천지의 성을 논한다 함은 이만을 가리켜 말하는 것이며, 기질의 성을 논한다 함은 이와 기를 섞어서 말하는 것이다."[2] 했는데, 이것이 바로 이의 발현과 기의 발현에 대한 논의입니다. 제가 전에 이 말을 인용하여 "여기서 이의 발현이라는 것은 오직 이만을 가리켜 말한 것이며 기의 발현이라는 것은 이와 기를 섞어서 말한 것이다." 했습니다. 하지만 이치에 많이 어긋나지 않았는데도 받아들여지지 못했습니다. 아마도 말이 생각을 제대로 드러내지 못해서 그런 것 같습니다.

보내 주신 글에서 "정에 사단과 칠정의 구분이 있는 것은 성에 본성과 기품의 다름이 있는 것과 같다."고 말씀하신 것은 제 견해와 다르지 않은 것 같은데, 어찌하여 살피지 않으시고 "근본은 같으나 다르게 나아갔다." 하시는지 모르겠습니다. 무릇 기질의 성이라고 하는 것은 이와 기를 섞어서 말한 것이니, 그것은 대개 본연의 성이 기질 가운데 떨어져 있는 까닭에 섞어서 말한다고 이르는 것입니다. 그러나 기질의 성에서 선한 것은 곧 본연의 성이지 따로 하나의 성이 있는 것은 아닙니다. 그렇다면 저의 견해라고 말씀드린 "칠정이 발현하여 절도에 맞는 것은 사단과 더불어 실제는 같되 이름만 다르다."라는 것은 아마 이치를 해치지 않을 듯합니다. 다만 사단칠정과 이기의 이론을 펴면서 분명하게 갈라서 설명하지 못했기 때문에, 그 설명이 자못 한 편에 치우쳤고, 말하는 사이에서 실수가 있을 수밖에 없었던 것입니다.

이제 감히 요점만을 추려 논했으니 비판과 가르침을 주시기를 바랍니다. 그밖에 글의 표현이 적당하지 않은 것은 지금 하나하나 분석하여 갈고 닦을 겨를이 없었습니다. 큰 줄기가 이미 같다면, 자잘한 것들은 굳이 억지로 맞추려고 하지 않더라도 끝내는 반드시 같은 데로 맺어질 것입니다. 엎드려 바라오니 밝게 회답해 주시면 매우 다행이겠습니다.[3] 髙

1. 『맹자』, 「공손추」상, 6장.
2. 『성리대전』30, 「기질지성」.
3. 이 편지는 【1-36】에서 왔다.

주자는 "사람이 하늘과 땅의 고갱이를 받아 태어나, 아직 아무 것과도 감응하지 않은 상태에서는 순수하고 지극히 선하며 온갖 이치를 갖추고 있으니, 그것이 이른바 성이다. 그러나 사람이 성을 가지게 되면 곧 형상이 있게 되고, 형상이 있게 되면 곧 마음이 있게 되니, 사물에 감응하지 않을 수 없다. 사물에 감응하여 움직이면 성의 하고픔[欲]이 나온다. 그러면 선악이 바로 여기서 나뉘게 되는데, 성의 하고픔이 이른바 정이다." 했습니다. 이 몇 마디 말은 사실 「악기樂記」에 나오는 '동정動靜'[1]의 뜻을 해석한 것인데,[2] 말이 비록 간단하지만 모든 이치는 갖추어져 있으니, 이것이면 성정性情의 설명을 남김 없이 다 했다고 하겠습니다.

그런데 주자가 말한 정은 기쁨·노여움·슬픔·두려움·사랑함·미워함·하고픔의 정으로서, 『중용』에서 말한 기쁨·노여움·슬픔·즐거움과 같은 정입니다. 무릇 이미 마음이 있으면 사물에 감응함이 없을 수 없는 것이니, 정이 이와 기를 겸했음을 알 수 있습니다. 사물에 감응하여 움직이면 선과 악이 여기에서 나뉘니, 정에 선악이 있음을 또한 알 수 있습니다. 그리고 기쁨과 노여움, 슬픔과 즐거움이 발현하여 모두 절도에 맞으면 곧 이이고 선이라고 합니다. 그러나 그것이 발현하여 절도에 맞지 않으면 곧 기가 부여한 치우친 성질로 말미암아 선하지 않음이 있게 됩니다.

맹자가 말한 사단은, 이와 기를 겸하고 선과 악이 다 있는 정으로부터 이에서 발현하여 선하지 않음이 없는 것만을 갈라내어 말한 것입니다. 맹자는 성이 선하다는 이치를 밝히면서 사단을 가지고 말했으니, 그것이 이에서 발현하여 선하지 않음이 없음을 또한 알 수 있습니다.

주자는 또 "사단은 이의 발현이요, 칠정은 기의 발현이다." 했습니다. 무릇 사단이 이에서 발현하여 언제나 선하다는 것을 가지고 이의 발현이라고 말하는 것은 참으로 의심할 바가 없습니다. 칠정이 이기를 겸하고 선악을 갖는다는 것은, 발현되는 것이 비록 오롯이 기만은 아니더라도 또한 기질의 섞임이 없을 수 없는 까닭에, 기의 발현이라고 말한 것입니다. 이것은 바로 기질의 성에 대한 설명과 같습니다. 무릇 성이 비록 본래 선하더라도 기질에 떨어지면 치우침이 없을 수 없는 까닭에 기질의 성이라고 말하는 것입니다. 칠정이 비록 이와 기를 겸하지만, 이가 약하고 기가 강하여, 이가 기를 관리해도 되지 않고 악으로 쉽게 흐르기 때문에 기의 발현이라고 말한 것입니다. 그러나 그것이 발현하여 절도에 맞는 것은 이에서 발현하여 언제나 선한 것이니 사단과 더불어 애초에 다르지 않습니다.

다만 사단은 오로지 이의 발현이며, 맹자의 뜻은 바로 사람들로 하여금 이를 넓히고 채워나가게 하는 것이니, 배우는 이는 사단의 발현을 몸으로 깨우쳐[體認] 넓히고 채워나가지 않을 수 있겠습니까? 칠정은 이와 기의 발현을 겸하여 가지고 있어서, 이의 발현이 간혹 기를 주재하지 못하는 경우가 있으며, 기의 흐름이 또한 도리어 이를 가리는 경우가 있으니, 배우는 이는 칠정의 발현을 잘 살펴서 다스리지 않을 수 있겠습니까? 이것은 또한 사단과 칠정의 개념에 각각의 연원이 있다는 것이니, 배우는 이가 진실로 여기서 시작하여 답을 구한다면, 많은 것을 얻을 수 있을 것입니다.

또 누가 "지금까지의 논의를 보면 기쁨·노여움·사랑함·미워함·하고픔이 도리어 어질고 의로움[仁義]과 가까운 듯합니다."라고 묻자, 주자는 "참으로 비슷한 곳이 있다." 했습니다. 거기서 "참으로 비슷한 곳이 있다."라고만 말하고 바로 비슷하다고 말하지 않은 것은 뜻한 바가 있어서입니다. 오늘날 논하는 이들이 많이 기쁨·노여움·슬픔·즐거움을 어짊·의로움·예의바름·지혜로움에 짝해 놓습니다만, 주자의 뜻이 과연 그러했을지 모르겠습니다. 무릇 칠정과 사단의 설은 각각 하나의 뜻을 드러낸 것이니 혼합하여 하나의 설로 만들어서는 안 될 것 같은데, 이 또한 알지 않으면 안 될 것입니다.[3] 圖

---

1. "사람이 나서 고요한 것은 하늘의 성性이고 사물에 감응하여 움직이는 것은 성의 하고픔이다." 『예기』, 「악기樂記」.
2. 『예기집설禮記集說』18, 「악기」.
3. 이 편지는 【1-36】에서 왔다.

사단칠정 총설과 후설을 받고서

사단칠정에 관한 총설과 후설 두 편은 논의가 매우 명쾌하여 트집을 잡아 어지럽게 공격하는 병통이 없었습니다. 안목이 두루 바르고 마땅하니 홀로 밝고 너른 근원을 보았다고 하겠습니다. 또한 지난날 견해의 차이를 털끝만큼 작은 것까지 분별할 수 있게 되었으니, 문득 자신의 주장을 고쳐 새로운 생각을 따랐습니다. 이것은 더욱 사람들이 하기 어려운 것이니, 그대의 결행은 참으로 보기 좋았습니다. 그대가 논한 저의 주장 가운데 '성현의 기쁨·노여움·슬픔·즐거움'에 대한 것과 "각각 연원[所從來]이 있다." 같은 주장에는 과연 편치 않은 대목이 있는 듯하니, 그 사이에서 되풀이하여 생각해 보지 않을 수 있겠습니까? 아울러 그대가 보여 주신 '인심·도심' 같은 설은 모두 다양한 측면에서 곱씹어 보고 가르침을 구해야 마땅할 것입니다. 하지만 이번에는 여기까지 미치지 못하니, 자중이 서울로 가는 날 삼가 하나하나 가르침을 청하겠습니다. 추워졌습니다. 때에 맞게 몸조심하기 바라면서 삼가 절하고 회답합니다.

병인 윤10월 26일 황은 머리를 숙입니다.[1] 退

---

1. 이 편지는 【1-37】에서 왔다.

그대의 편지를 깊이 생각하며

전에 보내온 사단칠정에 대한 두 가지 설을 되풀이하여 깊이 생각해 보았습니다. 옛사람이 "처음에는 의견이 들쭉날쭉하여 달랐으나, 끝내는 찬란하게 같은 데로 모아졌다." 한 말이 헛말이 아니었습니다. 이미 지난번 편지에서 대략 말했으니, 그것은 오래 생각하고 쓴 것이 아니라 그대의 귀만 더럽힌 꼴이 되었습니다. 이에 다 말하지 못했던 바를 지금 말하려 합니다.

"기쁨·노여움·슬픔·즐거움을 어짊·의로움·예의바름·지혜로움에 찍혀 놓는다."라는 말은 참으로 그럴 듯합니다만 미진하다 하겠습니다. 지난날 「천명도」 속에서도 또한 이와 같은 비슷한 점 때문에 애오라지 시험삼아 나누어 적어 보았지만, 그렇다고 그것이 마치 사덕四德이 어짊·의로움·예의바름·지혜로움과 짝해 결합하는 것과 같이 진실로 정해진 짝이 있다고 여긴 것은 아니었습니다.

그대의 말에 "이의 발현이란 오로지 이만을 가리켜 말한 것이고, 기의 발현이란 이와 기를 섞어서 말한 것이다."라는 것이 있습니다. 저는 일찍이 이 말을 가지고 "근본은 같으나 끝이 다르다." 했습니다. 저의 견해가 진실로 위의 말과 같았는데, 이른바 "근본이 같다."라는 것입니다. 그리고 그대가 이것을 토대로 마침내 "사단과 칠정을 이와 기에 나누어 붙여서는 안 된다." 했으니, 이른바 "끝이 다르다."라는 것입니다. 그러나 지난날 그대의 견해와 논의가 지금 보내온 두 가지 설과 같이 분명하고 깔끔한 것이었다면 어찌 "끝이 다르다."라는 말을 했겠습니까?

일찍이 우리 두 사람이 주고받은 논변을 한 권의 책으로 만들어 때때로 보면서 잘못된 곳을 고치려고 했으나, 간혹 정리해서 싣지 못한 것이 있어 한스러웠습니다.[1] 退

---

1. 이 편지는 【1-38】에서 왔다.

태극을 논한
편지들

일재 선생과 주고받은 편지들

대승은 다시 아룁니다. 이곳에 일재一齋 선생이란 분이 계시는데, 성은 이씨요 이름은 항恒이며 자는 항지恒之입니다. 태인현泰仁縣에 사시는데 덕을 이루었고 행실이 높아 스승으로 존경하는 학자들이 많습니다. 저도 일찍이 그 문하를 오가며 몇 가지 논의를 시작했습니다만 서로 끝내지 못한 것이 있었습니다. 삼가 주고받은 편지들을 기록해 올리니 중재해 주시면 다행이겠습니다.

기정자에게

근래에 김종용金從龍 군이 우리 집에 들러 다음과 같이 말했습니다. "기정자는 '태극은 음양에 섞이지 않는다.' 했습니다. 그런데 『역』에서 '태극은 양의兩儀를 낳는다.' 했으니, 여기에서도 태극이 음양에 섞이지 않는다는 것을 알 수 있습니다."

그러나 저는 이렇게 답변했습니다. "「태극도」 가운데 이른바 '음양이 섞이지 않는다.' 한 것은 「태극도」 위에 하나의 동그라미를 그려 태극의 본체만을 끌어내어 말한 것으로, 이만을 말하고 기는 말하지 않은 것이다. 그러므로 그것을 해석하면 '음양에 나아가서 본체가 음양에 섞이지 않음을 가리켜 말한 것이다.' 해야 할 것이다. 아래에도 하나의 동그라미를 그려 이기를 겸해 말했는데, 이것에는 태극 전체의 큰 작용[大用]이 다 갖추어져 있다. 그러므로 해석하기를 '음양은 하나의 태극이니 정밀함과 거침, 근본과 말단에 구분이 없다.'고 해야 한다."

그런데 그대는 위의 동그라미의 이와 아래 동그라미의 도를 분별하지 않고서, 통틀어 "태극은 음양에 섞이지 않는다." 했으니 잘못본 것이 아니겠습니까?

또 『역』에서 "태극은 양의를 낳는다." 했다지만, 양의가 생기기 전에는 양의가 어디에 있었으며, 이미 양의가 생긴 뒤라면 태극의 이치가 또한 어디에 있습니까? 이에 따라 밝게 분별하고 깊이 생각한다면 이와 기가 뒤섞인 하나일 따름이라는 것을 알아볼 수 있을 것입니다.

제가 이에 대해 말하자면, "태극이 양의를 낳기 전에는 양의가 본래부터 태극 속에 있었고, 태극이 양의를 낳은 뒤에는 태극의 이치가 또한 양의 속에 있다."로 하고 싶습니다. 그렇다면 양의가 생기기 전이나 이미 생긴 뒤에도 원래부터 늘 태극에서 떠나지 않습니다. 만약 태극과 양의가 서로 떨어진다면 만물이 생겨나지도 못할 것입니다. 아! 도를 아는 사람이 아니면 누가 이것을 깨달을 수 있겠습니까? 제가 "서로 떨어진다면 만물이 생겨나지 못한다[相離則無物]"고 말한 다섯 자를 부디 무심히 보지 말기 바랍니다.

정자는 "넓게 공부하다 보면 바로 이것저것 가리지 않고 익히다가 원래 뜻을 잊어버리게[玩物喪志] 된다." 했습니다. 모름지기 여러 책들을 널리 보는 것을 잠시 그만두고, 공경[敬]에 근거하여 경전을 연구하고, 묵묵히 생각하며 스스로 터득하여, 본성을 높이고 덕을 기른다면, 이와 기가 뒤섞인 하나라서 본체와 작용, 움직임과 고요함 사이에 한순간도 떨어지지 않는다는 것을 저절로 알게 될 것입니다.

일재가 우연히 하서댁의 종을 만나, 바쁜 중에 대략 적어 드립니다.

담재湛齋[1]가 일재에게 준 짧은 편지

기대승 군에게 준 편지에 대해 감히 뭐 이야기 할 수는 없습니다만, 대개 이기가 하나로 섞여 천지에 가득 차 있다는 것이 그 글 안에 나와서 갖추어져 있습니다.

태극이 음양과 떨어진다고 말할 수는 없습니다. 그러나 도와 그것을 담는 그릇의 구분에는 경계가 있어야 합니다. 그러니 태극과 음양을 하나 해서도 안 될 듯합니다. 주자는 "태극이 음양을 탄 것이 마치 사람이 말을 탄 것과 같다." 했습니다. 그러니 결코 사람을 말이라 해서는 안 될 것입니다. 병이 무거워서 다 적지 못했습니다.

기정자에게 주는 글[2]

근래에 김종용 군이 우리 집에 들러 다음과 같이 말했습니다. "기정자는 '태극은 음양에 섞이지 않는다.' 했습니다. 그런데 『역』에서 '태극은 양의兩儀를 낳는다.' 했으니, 여기에서도 태극이 음양에 섞이지 않는다는 것을 알 수 있습니다."

그러나 저는 이렇게 답변했습니다. "「태극도」 가운데 이른바 '음양이 섞이지 않는다.'고 한 것은 「태극도」 위에 하나의 동그라미를 그려 태극의 본체만을 끌어내어 말한 것으로, 이만을 말하고 기는 말하지 않은 것이다. 그러므로 그것을 해석하면 '음양에 나아가서 본체가 음양에 섞이지 않음을 가리켜 말한 것이다.' 해야 할 것이다. 아래에도 하나의 동그라미를 그려 이기를 겸해 말했는데, 이것에는 태극 전체의 큰 작용[大用]이 다 갖추어져 있다. 그러므로 해석하기를 '음양은 하나의 태극이니 정밀함과 거침, 근본과 말단에 구분이 없다.'고 해야 한다."

그런데 그대는 위의 동그라미의 이와 아래 동그라미의 도를 분별하지 않고서, 통틀어 "태극은 음양에 섞이지 않는다." 했으니 잘못 보신 것이 아니겠습니까?

또 『역』에서 "태극은 양의를 낳는다." 했다지만, 양의가 생기기 전에는 양의가 어디에 있었으며, 이미 양의가 생긴 뒤라면 태극의 이치가 또한 어디에 있습니까? 이에 따라 밝게 분별하고 깊이 생각한다면 이와 기가 뒤섞인 하나일 따름이라는 것을 알아볼 수 있을 것입니다.

제가 이에 대해 말하자면, "태극이 양의를 낳기 전에는 양의가 본래부터 태극의 범위 안에 있었고, 태극이 양의를 낳은 뒤에는 태극의 이치가 또한 양의 속에 있다."로 하고 싶습니다. 그렇다면 양의가 생기기 전이나 이미 생긴 뒤에도 원래부터 늘 태극에서 떠나지 않습니다. 만약 태극과 양의가 서로 떨어진다면 만물이 생겨나지도 못할 것입니다. 아! 도를 아는 사람이 아니면 누가 이것을 깨달을 수 있겠습니까? 제가 "서로 떨어진다면 만물이 생겨나지 못한다.[相離則無物]" 말한 다섯 자를 부디 무심히 보지 말기 바랍니다.[3]

무릇 하늘과 사람은 하나의 이치이니, 이를테면 사람의 지각과 운동, 강하고 약하며 맑고 탁한 기가 한 몸에 가득 찬 것은 음양의 기입니다. 또 어짊·의로움·예의바름·지혜로움의 이치가 이러한 기 가운데 갖추어 실린 것은 태극의 이입니다. 그렇다면 이와 기가 마땅히 한 몸 안에 있는 것이니, 이것을 두 가지 사물이라고 할지 한 가지 사물이라고 할지, 두 몸이라고 할지 한 몸이라고 할지를 다시 정밀하게 생각하고 몸으로 확인해야 될 것입니다.

그대는 일찍이 저에게 "형체를 넘어서는 것은 도가 되고 형체에 묶여 있는 것은 그릇이 되므로, 태극과 음양을 한 몸이라고 할 수 없다." 하고 말했습니다. 하지만 도와 기가 비록 상하의 구분이 있으나 태극과 양의는 위와 아래, 정밀하고 거침이 서로 원만하게 녹아들어, 경계가 없이 한 몸이 되는 것입니다. 그런데 담재 역시 이런 주장에 젖어 도와 그것을 담는 그릇의 상하를 이유로 두 몸이라 하니 한탄스럽습니다.

정자는 "넓게 공부하다 보면 이것저것 가리지 않고 익히다가 원래 뜻을 잊어버리게[玩物喪志] 된다." 했습니다. 모름지기 여러 책들을 널리 보는 것을 잠시 그만두고, 공경에 근거하여 경전을 연구하고, 묵묵히 생각하며 스스로 터득하여, 본성을 높이고 덕을 기르는 공부를 오래 한다면, 이와 기가 마치 둘인 것 같지만 뒤섞인 하나의 전체라는 것을 저절로 알게 될 것입니다.

담재에게 거듭 답하는 글

태극의 논의에 재삼 힘쓰는 것은 제가 이기기를 좋아해서가 아닙니다. 깊이 근심되기 때문입니다. 호남에서 우뚝 서서 도학을 하는 이는 그대와 기 군뿐입니다. 그런데 나는 그대와 기 군이 이처럼 말한다면, 학자들이 휩쓸려 따라가서, 달리 생각하지 못할까 두렵습니다.

주신 편지에서 "도와 그것을 담는 그릇의 구분에는 경계가 있어야 한다. 그러니 태극과 음양을 하나라고 해서는 안 된다." 했습니다. 이와 기는 비록 경계와 구분이 있으나 뒤섞인 하나입니다. 경계와 구분이라면 그것은 다만 이와 기에만 있는 것이 아닙니다. 태극의 이치에도 경계와 구분이 있습니다. 태극의 도는 다름이 아니라 시작함[元]·자라남[亨]·여물음[利]·이룸[貞]입니다. 태극에는 시작함[元]의 이치가 있고 **자라남**의 이치가 있으며, 여물음의 이치가 있고 이룸의 이치가 **있습니다.** 하지만 이와 같이 네 가지 덕이라는 경계와 구분이 **있다**고 하여 둘이라고 할 수 있겠습니까? 마찬가지로 이와 기가 **비록** 경계와 구분이 있지만, 역시 둘이라고 말할 수 있겠습**니까?** 그러므로 저는 "이와 기가 비록 경계와 구분이 있더라도 뒤섞인 하나이다." 했습니다. 그대가 말한 경계와 한계[界限]라는 글자는 또한 이치를 다 밝히지 못합니다. 그것을 경계와 구분[界分]이라고 말할 수는 있지만 경계와 한계라고 말할 수는 없습니다. 이와 기는 비록 경계와 구분이 있기는 하지만 실로 한계는 없습니다.

기 군도 일찍이 제게 말하기를 "형체를 넘어서는 것은 도가 되고 형체에 묶여 있는 것은 그릇이 되므로 태극과 음양을 한 몸이라고 할 수 없다." 했습니다. 도와 그릇이 비록 상하의 구분이 있지만, 태극과 양의는 위와 아래, 정밀하고 거침이 서로 원만하게 녹아들어, 경계가 없이 한 몸이 되는 것입니다. 그런데 그대 역시 이런 주장에 젖어 도와 그것을 담는 그릇의 위아래를 이유로 두 몸이라 하니 한탄스럽습니다.

또한 보내 주신 글에서 "주자는 '태극이 음양을 탄 것이 마치 사람이 말을 탄 것과 같다.'고 말했다. 그러니 결코 사람을 말이라 해서는 안 된다." 했습니다. 이것은 대개 주자가 사물을 빌어 이가 기를 타는 모습을 그려낸 것이지, 정말로 사람과 말의 관계와 같다고 한 것은 아닙니다. 사람과 말은 타기도 하고 떨어지기도 합니다. 말을 얻으면 타고 가고, 얻지 못하면 그냥 가는 것입니다. 그런데 이와 기 또한 타기도 하고 떨어지기도 하는 것입니까? 이가 기를 얻으면 타고 가고, 얻지 못하면 그냥 갑니까? 이 경우는 정말로 그렇지 않습니다. 주자가 사물을 빌어 비유한 것을 지나치게 믿고서, 이와 기를 너무 심하게 나누어 사람과 말처럼 달리 본다면, 이것은 "옛 글을 지나치게 믿는 것은 글이 없느니만 못하다."는 것입니다. 대개 이와 기는 고요하면 함께 고요하고, 움직이면 함께 움직입니다. 그 본체와 작용, 움직임과 고요함의 각 경우에 잠시도 떨어지지 않습니다. 옛사람이 학자들을 위해 비록 나누어 말했으나, 그 본체는 하나입니다. 나누어 말하면 둘이요, 합해 말하면 하나입니다. 하나이면서 둘이요 둘이면서 하나인 것입니다. 옛날에 이르기를 "음양은 하나의 태극이니, 정밀함과 거침, 근본과 말단에 구분이 없다." 했습니다. 이 말을 한 사람은 태극의 도를 알았다고 하겠습니다.

무오년 가을, 대승이 과거를 보러 서울에 갈 때 일재 선생을 뵙고 인사드렸는데, 대화가 우연히 태극의 이론에 미쳤습니다. 논의를 하면서 다하지 못한 부분이 있어 하루 종일 토론했지만, 결국 견해를 같이하지 못하고 그쳤습니다. 겨울에 서울에서 고향으로 돌아가는 길에 다시 찾아뵈었으나 견해의 차이는 전날과 같았습니다. 뒤에 하서河西 선생을 찾아 뵙고 그 이론을 여쭈었더니, 하서 선생의 뜻은

대승의 뜻과 같았습니다. 종룡從龍은 하서 선생의 아들이어서 그 논의에 대해 몇 가지 얻어들었습니다. 그런데 그는 또한 일재 선생의 사위였기 때문에 들은 것을 일재 선생에게 말씀드렸던 것입니다. 그런 일이 있고 난 뒤 일재 선생은 하서 선생의 종을 통해 편지를 대승에게 보내왔습니다. 그런데 하서 선생이 그 편지를 중간에 보고, 짧은 편지 한 통을 써서 일재 선생에게 보냈고, 일재 선생이 대승에게 보낸 글과 그가 일재 선생에게 보낸 짧은 편지를 대승에게 전해 왔습니다. 그러나 대승은 때마침 서울 갈 날짜가 코앞에 닥쳐 답장을 쓸 겨를이 없었습니다. 그사이 일재 선생은 하서 선생으로부터 짧은 편지를 받았을 때 대승에게 보내었던 글을 고쳐 쓰고, 담재 곧 하서 선생에게 답하는 글을 써서 사람을 통해 서울에 있는 대승에게 보냈습니다. 그런 사정 때문에 편지들의 순서와 상세함이나 간략함이 일정하지 않습니다. 밝게 살펴 주시면 다행이겠습니다.

일재 선생께 답하는 글

삼가 써 주신 편지와 담재 선생께 답하신 편지를 받고서 깊이 되풀이하여 여러 번 읽었습니다. 하지만 아득히 깨달을 수 없으니 더욱더 부끄러울 따름입니다. 지난해 가을, 선생을 찾아 뵙고 여러 해 그리던 마음을 쏟아낸 것은 제게 크나큰 행운이었습니다. 그런데 모시고 말씀을 나누는 사이에 저도 모르게 이끌리어 태극의 논의에 미치게 되었습니다. 이는 또한 순서를 건너뛰었다고 할 만하니, 아랫사람으로의 정성을 다하지 못한 것이었습니다. 그러나 그때 서로 논의한 것에는 각자 자신의 설이 있었습니다. 태극은 이와 기를 겸한다고 말한 것은 선생의 주장이었습니다. 그러나 대승은 천지만물의 이치를 이름 붙인 것이 태극이니, 태극이라는 것은 다만 이일 뿐 기와는 교섭하지 않는다고 여겼습니다. 비록 하루 내내 논쟁하고 여러 가지 방법으로 되풀이하여 보아도, 서로 주장의 요지는 여기서 더 나아가지 못했습니다. 겨울에 다시 찾아 뵙고 또한 서로 논변했습니다만, 지난날의 논의에서 벗어나지 못했습니다. 하지만 이 두 가지 설이 비록 각기 주장하는 것이 있더라도, 여러 선현의 말씀을 증거로 삼아 돌이켜 구한다면, 어찌 상세히 밝혀내지 못하겠습니까?

지금 주신 글을 보니 "김종룡 군이 우리 집에 들러 말했다." 하시고 지난날의 면담은 언급하지 않으시니 어찌된 일입니까? 하물며 김 군이 말한 것은 애당초 대승의 본뜻이 아닙니다. "양의兩儀가 생기기 전에는 양의가 어디에 있었는가?" 따위의 말은 이치에 전혀 맞지 않는 망령된 말인데도, 선생은 살피지 않고 믿었으니 어찌된 일입니까? 따로 까닭이 있는 것은 아닌지요? 이 도리는 곧 하늘과 땅 사이의 공변된 일이지 한 사람의 사사로운 견해가 아닙니다. 이제 마음을 비우고 기운을 골라 지당한 결론을 구하지 못하고, 다만 억지 이론만을 늘어놓는 것은 진실로 편치 않음을 압니다. 그러나 그렇다고 놓아두고 논의하지 않는다면 도는 어떻게 밝아지겠습니까? 그러므로 감히 한두 가지 제 견해를 아뢰니 선생께서 바로잡아 주십시오.

보내 주신 글에 보이는 "「태극도」에서 위에 하나의 동그라미를 그려 이만을 말하고 기는 말하지 않았으며, 아래에 하나의 동그라미를 그려 이기를 겸해 말했다." 같은 말씀은 모두 잘못입니다. 이제 「태극도」의 전체를 놓고 보면, 가장 위의 동그라미는 바로 이른바 태극입니다.

다음 아래의 동그라미는 "양은 움직이고 음은 고요하다[陰陽動靜]"는 것이며, 그 안에 있는 작은 동그라미는 태극의 본체이니, 이것이 "음양에 나아가서 본체가 음양에 섞이지 않음을 가리켜 말한 것이다." 하는 것입니다. 음의 고요함은 태극의 본체이니 그것을 서게 하는 까닭이요, 양의 움직임은 태극의 작용이니 그것이 가게 하는 까닭입니다. 그러나 태극의 본체와 작용은 음양이 아닙니다. 다만 태극의 본체와 작용은 음양으로 말미암은 뒤에 보일 뿐입니다. 무릇 태극은 형상이 없고 음양은 기를 가지고 있기 때문에, 움직임이 생기면 이와 같을 따름입니다.

또 그 다음에는 "양은 변하고 음은 합하여 물[水]·불[火]·쇠[金]·나무[木]·흙[土]이 생겨난다."는 것입니다. 오행은 각각 하나의 동그라미로 되어 있는데, 각각 하나의 성질을 가집니다. 각각 하나의 성질을 가진다는 것은 뒤섞인 태극의 전체가 오행의 하나하나에 다 갖추어져 있다는 것입니다. 그 아래의 작은 동그라미는 무극無極이라는 것으로서 이오二五, 즉 음양오행이 교묘하게 합쳐 뭉친 것입니다.

다음 동그라미는 "하늘의 도는 남자를 이루고[乾道成男] 땅의 도는 여자를 이룬다.[坤道成女]"는 것입니다. 기로 이루어진[氣化] 측면을 말하면 남녀가 각각 하나의 태극입니다.

맨 아래의 동그라미는 "만물이 이루어진다.[萬物化生]"는 것입니다. 형체로 이루어진[形化] 측면을 말하면 만물은 각각 하나의 태극입니다. 이것은 그 도상의 설명에 이미 분명하게 나와 있지 않습니까? 그 이치를 묵묵히 새기는 것은 각자에게 달려 있습니다.

지금 보내 주신 글의 설명은 「태극도」의 구조와 아주 어긋난 듯한데, 설명이 제대로 드러나지 않아서 그런 것이 아닌지요? 그렇지 않다면 어찌 이처럼 잘못 아실 수 있습니까? 보내 주신 글에서 "서로 떨어진다면 만물이 생겨나지 못한다.[相離則無物]" 하신 다섯 자는 진실로 바꿀 수 없는 지고한 이론입니다. 그러나 만약 태극의 본체에 대한 것이 분명하지 않으면, 이 다섯 자가 또한 어디에 붙겠습니까? 담재에게 답한 편지 가운데 사람과 말에 대한 논변도 잘못입니다. 글을 이처럼 보시면 학자들의 웃음거리가 되지 않겠습니까?

　　또한 명도明道 선생께서 상채上蔡[4]가 역사서를 암송하는 것을 "이 것저것 가리지 않고 익히다가 원래 뜻을 잊어버리는 것[玩物喪志]"이라고 한 것은 오로지 넓게 아는 것을 옳지 않다고 한 것이 아닙니다. 『중용』에서는 "널리 배운다." 했고, 『맹자』에서는 "널리 배워서 자세히 설명한다." 했습니다. 그렇다면 이것은 모두 잘못입니까? 호오봉胡五峯[5]은 "배움은 넓히려 하면서도 섞이지 않게 하는 것이며, 요약하면서도 보잘것없게 하지 않는 것이다." 했습니다. 음미할 만한 말이지 않습니까! 대승의 학문은 진실로 넓히려고만 하는 데로 흘러 섞여 버렸고, 선생의 견해는 요약함에 치우쳐 보잘것없는 모습에 가려버릴까 두렵습니다. 이것이 바로 서로 고쳐야 할 부분입니다. 하지만 진실로 많은 책을 널리 보는 것을 잘못이라 하여, 오로지 조용히 생각하여 스스로 깨닫고자 해서는 안 되겠습니다. 옛 성현들은 도를 밝히고 책을 지어 해와 별처럼 찬란하니, 후학들에게 끼친 은혜가 지극하고 극진합니다. 그런데 지금 "옛 글을 지나치게 믿는 것은 글이 없느니만 못하다." 하며, 조용히 생각하여 스스로 깨닫기만을 바란다면, 석가와 노자의 견해로 흘러들지 않을 사람이 몇이나 되겠습니까? "옛 글을 지나치게 믿는 것은 글이 없느니만 못하다." 하는 말은 곧 맹자가 고금의 역사와 책략을 두고 한 말입니다. 하늘의 이치와 사람의 마음의 본 모습은 성현들이 이미 마음에서 얻어서 책에다 썼습니다. 다 믿지 못할 것이 어찌 있겠습니까? 학자들이 자기 견해에 잘못이 있음에도 함부로 선현의 문자나 언어 가운데서 의심을 키울까 두렵습니다. 만약 그렇지 않더라도 가슴속에서 짐짓 재단한 것 때문에, 옛 글을 배척하고 다 믿을 수 없다고 여긴다면, 저는 그 폐해가 단지 석가나 노자의 견해에 흘러 들어가는 데서 그치지 않을 것임을 걱정합니다. 뒷사람이 그것을 듣고 가벼이 서로 이어간다면 그 폐해가 또한 크지 않겠습니까?

보내 주신 글에 끝까지 논해 보고 싶은 것이 많습니다. 하지만 표현에 크게 얽매여서 정기正氣에 누가 될까 두려워, 다만 대략 설파했을 뿐입니다. 삼가 선생님께서 살펴 주시면 다행이겠습니다. 주자는 "태극은 바로 이일 뿐이다." 했고, 또 "이른바 이와 기는 결단코 둘이라고 해야 한다. 다만 사물의 측면에서 보면 둘이 섞여 갈라낼 수 없기 때문에 한 곳에 있는 것이다. 그러나 그것이 둘이 각각 나름대로의 하나가 되는 것을 방해하지 않는다. 한편 이의 측면에서 보면, 사물이 생겨나기 전에도 사물의 이치는 이미 존재한다. 그러나 단지 이만 있고 실제로 그 사물이 없는 경우는 없다." 했습니다. 이 말을 깊이 음미하고 마음속에서 경험해 본다면, 서로의 주장 가운데에서도 또한 스스로 깨달을 수 있을 것입니다. 옛사람이 말한 얼음이 녹고 추위가 풀린다는 것을 지금 다시 볼 수 없을까요? 선생께서는 마음써 주십시오.

기정자에게 답함

두 번씩이나 편지로 질문을 받으니 매우 감격스럽습니다. 지극한 정성이 아니면 어찌 이와 같을 수 있겠습니까? 보내 주신 편지에서 "의논이 격렬하여 싸움이 되려 한다."[6] 했습니다만 우습습니다. 다툼이 지극히 공정했으니, 무엇을 꺼리고 의심하겠습니까? 다만 그대가 스스로 길을 안다고 여겨, 자기를 버리고 남을 좇지 못하니, 이것이 저의 걱정거리입니다. 옛사람은 아는 것을 모르는 이에게 물었습니다. 이것은 진실로 중요한 부분을 본 것이었습니다.

태극의 논의는 옛사람이 비록 오로지 이만을 말했다 하더라도 기가 그 가운데에 있는 것입니다. 마찬가지로 비록 오로지 기만을 말했다 하더라도 이가 그 가운데에 있는 것입니다. 이와 기는 비록 둘이지만 그 몸은 하나입니다. 하나이면서 둘이요, 둘이면서 하나입니다. 『맹자』에서는 오로지 성만을 말했는데, 정자는 "성은 논했지만 기를 논하지 않으면 제대로 갖추지 않은 것이요, 기는 논했지만 성을 논하지 않으면 분명하지 못한 것이다. 그것을 두 개로 여기면 옳지 않다." 했습니다. 그것을 풀이한 이는 "정자는 맹자가 펼치지 못한 부분을 넓혔다." 말했습니다. 무릇 군자가 도학을 연구하여 밝힐 때에는 마땅히 예전의 성현들이 논한 것을 이해해야 하지만, 한갓 그들이 이미 말한 것을 알기만 할 것이 아니라, 아직 말하지 않은 것을 미루어 밝혀야 옳습니다.

크게 보면 주자는 성인이 되는 공부에 대해, 사서四書만을 말했고 다른 책은 말하지 않았습니다. 원컨대 그대는 사서를 다시 붙들고, 사람일에 대한 참다운 지식을 쌓는 데에 오래 힘쓰십시오. 그렇게만

한다면 태극의 논의에 무슨 어려움이 있겠습니까? 정자는 "『논어』·『맹자』를 이미 익혔다면 육경은 익히지 않아도 밝아진다." 했고, 주자는 "평생의 노력을 모두 『대학』에 두었다." 했습니다. 대개 정자와 주자의 도에 대한 견해가 예전 성현이 미치지 못한 곳까지 갔다고 하는 것은 바로 이것 때문입니다. 학자는 마땅히 이와 같아야 할 것입니다.

경신 정월 6일 항지恒之는 귀댁의 종이 문에 서서 바삐 써달라고 재촉하는 바람에 대강 써서 올립니다.

지난해 가을 서울에 있을 때, 제 의견을 대강 정리하여 일재 선생에게 답하는 편지 한 통을 보냈습니다. 그리고 남쪽으로 내려가는 날 다시 일재 선생의 집에 들러 예전의 논의를 펼쳤습니다. 그러나 의견의 차이는 전날과 다름없었습니다. 이에 제 글을 전하고 물러났습니다. 그 뒤 하서河西 선생을 뵙고 제 글 가운데 한두 조항을 들어서 보여드리자, 하서 선생이 말씀하시기를 "나도 답서를 보냈다네. 자못 서로 군색한 것 같네. 노선생께서 어찌 벗어날지 모르겠네." 말한 뒤, 서로 한 번 웃고 헤어졌습니다. 초봄에 이르러 다시 짧은 편지를 내어 논의를 정리하셨는지 여쭈었는데, 위의 편지가 그에 대한 답장입니다.

그 글에 보이는 "옛사람이 비록 오로지 이만을 말했다 하더라도 기가 그 가운데에 있는 것이다. 마찬가지로 비록 오로지 기만을 말했다 하더라도 이가 그 가운데에 있는 것이다."라는 말은 정말 맞습니다. 그러나 옛사람이 그 말을 했을 때, 비록 이와 같은 측면이 있기는 합니다만, 아주 작은 차이라도 반드시 분석하여 털끝만큼도 틀림이 없게 밝힌 측면도 있으므로, 진실로 이처럼 미숙하다고는 할 수 없습니다. 만약 과연 이와 같다면 왕원택王元澤이 "사슴 곁에 있는 것은 노루요, 노루 곁에 있는 것은 사슴이다." 했다는 설[7]도 저절로 잘못된 것이 되지 않을 터이니, 사물을 연구하여 지식에 이르고[格物致知] 배우고 익히며 토론하는[講習討論] 세밀한 공부가 무슨 소용이 있겠습니까?

또한 "한갓 그들이 이미 말한 것을 알기만 할 것이 아니라 아직 말하지 않은 것을 미루어 밝혀야 한다." 하는 말도 지당한 논리입니다. 그러나 제가 헤아려 보건대, 반드시 이미 말한 것을 완전히 깨친 뒤에야 아직 말하지 않은 것을 밝힐 수 있을 것입니다. 그러나 지금은 이미 말한 것에 대해 되풀이하여 깊이 연구하지는 않고, 도리어 아직 말하지 않은 것만을 밝히고자 하니, 이런 이치는 아마 없을 듯합니다.

요사이 일재 선생이 인편으로 소식을 전했고, 또 편지도 보내 왔습니다. 모두 저의 견해가 그르다고만 하며, 다시 조용히 따져 보려는 뜻이 없습니다. 그 옳고 그름, 이익과 손해는 진실로 깊이 비교해 볼 만한 것이 없으나, 노선생이 평생 힘들게 한 공부가 이처럼 잘못된 견해로 비뚤어져 버렸으니 애석합니다. 어찌하겠습니까? 바라건대 선생님께서 한 말씀 해 주셔서 옳고 그름을 밝혀 주시고, 태극의 깊은 뜻을 드러내어 후학의 의혹을 깨우쳐 주시면 큰 다행이겠습니다.

지금까지의 태극에 대한 논의는 이제 삼가 왕복서에 수록했습니다. 그 사이의 옳고 그름, 이익과 손해는 결코 선생님의 맑은 통찰에서 벗어나기 어렵다고 생각합니다. 오직 하서 선생이 일재 선생에게 답한 글만을 참고하지 못했는데, 하서 선생은 이제 다시 볼 수 없으니 매우 애통합니다. 때때로 생각이 이에 미치면 창자가 끊어지는 듯할 따름입니다. 어찌하면 좋겠습니까?[8] 髙

1. 담재는 하서 김인후이다.
2. 뒤에서 설명하고 있다시피 이 글은 「담재가 일재에게 준 짧은 편지」를 읽고, 일재가 자신이 고봉에게 부쳤던 글, 「기정자에게 주는 글」을 다시 고친 것이다.
3. 아래의 두 문단은 일재가 앞의 편지에 추가로 보충해 넣은 것이다.
4. 중국 송대의 학자 사량좌謝良佐를 가리킨다. 자는 현도顯道로 정자 문하[程門]의 네 선생 가운데 한 사람으로 꼽힌다.
5. 중국 송대의 학자 호굉胡宏을 가리킨다. 자는 인중仁仲.
6. 고봉의 설명에 따르면 그가 서울에 있을 때 쓴 편지 외에 남쪽으로 돌아간 뒤 초봄에 다시 짧은 편지를 보냈고 그 답장으로 받은 것이 이 글이다. 따라서 여기서 일재가 받은 편지라는 것은 여기에 소개하지 않은, 초봄에 고봉이 일재에게 보낸 짧은 편지일 것이다.
7. 왕원택은 중국 송대의 정치가 왕안석王安石의 아들 왕방王雱을 가리킨다. 원택은 그의 자이다. 어떤 이가 왕안석에게 사슴과 노루를 선물했는데, 원택은 어려서 그 둘을 잘 분간하지 못했다. 누가 원택에게 어느 것이 사슴이고 어느 것이 노루냐고 묻자, 원택은 위와 같이 대답했다고 한다. 『주자어류』 130.
8. 이 편지는 【1-8】에서 왔다.

태극을 논한 편지들을 보여준 데 대한 답서

편지 끝에 적어서 보여 준, 이항·김인후 두 분과 태극을 논하여 대여섯 차례 주고받으며 토론한 편지는, 사람의 생각을 계발하고 안목을 열어 주기에 충분했습니다. 제가 사는 곳에는 즐거이 더불어 학문을 강론할 만한 사람이 없고, 간혹 동지 한둘이 있어도 벼슬길 따라 바쁜 데서 벗어나지 못하니, 늙고 병든 저만 무리에서 떨어져 쓸쓸히 지내면서, 늘 막혀도 물어 볼 데 한 곳 없는 근심을 품고 삽니다. 그런데 이제 주신 글을 보고, 호남에 그러한 인물과 의논이 있음을 알겠습니다. 이는 실로 우리 나라에서 보기 드문 일이니, 깊이 감탄하고 흠모하여 기우는 마음 감당할 수 없습니다. 그 논의의 옳고 그름과 얻고 잃은 것에는, 옛날의 여러 현인들의 일정한 설이 있으니, 오늘날 다툴 일이 아닙니다. 그러나 그대가 일재에게 미묘한 뜻을 가려서 밝혀 보인 것은 모두 맞는 말입니다. 담옹灘翁도 비록 '적막'같은 몇 마디 말밖에 하지 않았지만, 역시 큰 줄거리는 드러내 보였습니다. 그러니 제가 어찌 감히 또다시 시비의 소용돌이 속으로 쳐들어가겠습니까?

일재가 숨어살면서 지조를 지키며 돈독히 스스로를 믿음이 이와 같으니 참으로 가상합니다. 하지만 그의 학설과 논의를 보면, 병집이 없다고는 못하겠습니다. 이는 또한 지나치게 스스로를 믿고, 너무 굳게 자기 말만을 지키기 때문일 것입니다. 또한 태극과 음양, 도와 그것을 담는 그릇의 구별은 성현들께서 밝혀 놓으신 것이 뭇 별들이 하늘에서 빛나는 것과도 비길 수 없을 정도인데, 그는 처음부터 번거로움을 참고 세심하게 미묘하고 은밀한 뜻을 연구하지 않았습니다. 다만 「태극도설」에 있는 하나의 도형만을 대략 보고, 몇 구절의 서론을 주워 듣고서는, 서둘러 정해진 견해로 삼아, 천하의 도리는 바로 이것일 따름이라고 했으니, 이것만 해도 제대로 배우는 모습이 아닙니다.

그런데 이제 또 다른 이가 자신을 공격하면, 놀라서 스스로를 되돌아보며 덕을 넓히고 공부를 더 할 방법을 모색하여, 여러 주장의 같고 다름을 살피고 서로의 얻고 잃음을 헤아리며, 지나간 현인들의 말씀으로 묻고 사리의 실상으로 참작하여, 지난날의 잘못된 견해를 씻어버리고 새로운 지식을 발견하는 것을 즐기지 않고, 도리어 이전의 견해를 강력히 주장하여 자기가 옳다고 애써 변명하며, 옛사람들의 말씀을 다시 풀이해 보지도 않고 다른 사람의 말을 한결같이 배척하여, 다시는 다른 사람에게 앞자리를 양보하지 않고, 다시는 마음을 비우고 뜻을 겸손하게 가지며 착한 것을 택하고 유익함을 구한다는 말이 무슨 뜻인지 알지 못하게 되었습니다. 무릇 돈독히 스스로를 믿는 것을 귀하게 여김은 바른 도를 듣고 그것을 굳게 지키는 경우에만 해당됩니다. 지금은 이처럼 견해가 차이 나는데도, 이처럼 굳게 지키니 어찌 안타깝지 않습니까?

예로부터 "지나치게 똑똑하여 배우고 묻는 것을 달갑게 여기지 않는 경우는 말할 것도 없거니와, 배움을 일삼는 이들에게도 자만하거나 앞서나가려는 폐단이 많이 있다. 자만하면 남의 말을 듣지 않게 되고, 앞서나가려 하면 갖가지 이론들을 연구하지 않게 되니, 이와 같이 하고서도 도에 들어가고 덕을 쌓아 성현의 경지에 다가가기를 바란다면, 뒷걸음질치면서도 앞으로 나가려 하는 것과 어찌 같지 않겠는가?" 하는 말이 있습니다.

일찍이 옛사람과 우리의 학문이 차이나는 까닭을 깊이 생각해 보았습니다. 그것은 단지 이理자를 알기 어렵기 때문일 따름입니다. 그런데 이자를 알기 어렵다고 말하는 경우, 그것은 대략 알기가 어렵다는 뜻이 아니라, 참으로 알고 신묘하게 깨달아 완벽에 이르기가 어렵다는 뜻입니다. 만약 뭇 이치를 끝까지 헤아려 완벽하게 꿰뚫어 볼 수 있는 경지에 이르러서, 그것이 텅 비었으면서도 가득 찼고 아주 없으면서도 다 있으며, 움직이면서도 움직이지 않고 멈추었으면서도 멈추지 않으며, 지극히 순수하여 한 올도 더하거나 뺄 수 없으면서, 음양오행과 만물·만사의 근본이지만 음양오행과 만물·만사에 갇히지 않는다는 것을 통찰할 수 있다면, 어찌 기와 섞어 하나로 인식하거나 같은 사물로 볼 수 있겠습니까?

도의 이치가 가없음만 본다면 저와 나 사이에 무슨 경계가 있을 것이며, 남의 말을 듣고 오직 옳은 것만을 따른다면 마치 화창한 봄날에 얼음 풀리는 것 같을 테니, 어째서 사사로운 뜻을 고집하겠습니까? 책임은 무겁고 길은 멀어 죽을 때까지 공부하기로 한다면, 어째서 앞서나가려는 근심이 있겠습니까? 설혹 처음에 길을 잘못 들었다 하더라도 남의 충고를 듣는 즉시 스스로 잘못을 고치고 새로움을 꾀하면 되니, 어째서 옛 것만 지키면서 생각을 돌릴 마음을 먹지 않을 리 있겠습니까? 진실로 두려운 것은, 지난날의 견해만 따르며 변하지 않으면서 숨어서 도를 논하면 뒷사람들을 미혹하고 벼슬

길에 나아가 세상에 쓰이면 정치에 해를 끼치는 일이니, 작은 일이
아닙니다.

그는 널리 여러 책들을 보는 것을 그르게 여기고, 사람들로 하여
금 묵묵히 생각하여 스스로 터득하게 하고자 했으니, 생각이 한쪽
치우친 곳에 머물러 있음을 알 수 있습니다. 그대가 답장에서 치우
친 곳을 바로잡고 병을 짚은 것은 마땅했습니다. 그러나 그는 다시
편지를 보내어 "성인의 학문은 단지 사서四書에 있을 뿐이고, 그 가
운데서도『대학』이 주가 된다." 했다니, 이 말이 참 옳은 말이기는
하지만, 생각이 한쪽 치우친 곳에 머물러 있는 병집을 여기에도 볼
수 있습니다. 그러니 그대가 "서로 고칠 것이 있다." 한 말도 끝내
일재의 귀에는 들어가지 않았을 뿐일까요? 이것 참 탄식할 만한 일
입니다.

그렇기는 하지만 남에게 있는 것은 알면서 자기에게 있는 것은
모르는 것이 만물에 두루 있는 원리입니다. 그러나 명색이 도를 배
웠다는 우리도 이러한 병에서 벗어나지 못한다면, 어찌 학문에 힘입
은 바 있다고 하겠습니까? 그러므로 제가 보건대, 일재가 분명하고
간략한 쪽에만 근거하여 넓게 공부하는 것을 나무람은 진실로 큰
병입니다. 그러나 우리 벗님의 학문도 해박한 쪽으로만 치달아 거두
어들여 요약하는 데 소홀함을 면치 못한 듯한데, 어떻게 생각합니
까?

제가 그대의 학문이 어디까지 갔는지 엿보지도 못했으면서, 경솔
히 이런 말을 했다고 비난하실지도 모르겠습니다. 하지만 이번에 보
내오신 변론의 문장만 보더라도 참으로 장자莊子가 "하한河漢과 같
다."¹ 말한 것과 같으니, 지극히 가깝고 중요하며 핵심이 요약된 곳

에 이르러서는 마치 한 겹 꺼풀이 채 벗겨지지 않은 곳이 있는 듯합니다. 바라건대 두 분은 서로 자기의 장점을 자랑하여 남의 단점을 공격하지 말고, 모두 자신을 돌이켜 스스로 치우친 것을 바로잡을 생각에 힘써서, 서로를 고친다는 말이 땅에 떨어지지 않게 한다면 매우 다행이겠습니다.

못난 저는 어려서 책을 읽지 않았고 늙어서 마음을 보존하는 데 서툴러, 넓게 공부하고자 해도 총명함이 미치지 못하고, 요약하고자 해도 기력이 이미 닳아 버려서, 한갓 남의 병만 알 뿐 내 병은 모릅니다. 두 사람 사이에서 갈팡질팡하면서 서로 고쳐주는 끄트머리에 도 끼지 못하니 부끄럽고 두렵습니다. 바라건대 그대는 저를 버려두지 마시고 때때로 독려해 주셔서, 붙어 있는 두 연못이 서로 물을 보태는 의리를 다해 주십시오. 간절한 마음 이루 말로 다할 수 없습니다.[2] 退

---

1. "견오肩吾가 연숙連叔에게 물었다. '내가 접여接輿가 말하는 것을 들었는데, 크게 떠벌리기만 할 뿐 사리에 맞지 않았고, 한 번 나가면 돌아올 줄 몰랐습니다. 저는 그 말에 질리고 말았는데, 마치 큰 하한과 같은 큰 강처럼 끝이 없었고, 보통의 상식과 너무 차이가 있었습니다.'" 『장자』, 「소요유」.
2. 이 편지는 【1-10】에서 왔다.

편지 끝에 「태극에 대한 편지」를 논한 글에 대해

주신 글을 곰곰이 궁리하여, 제 마음에서 깊이 느낀 것을 마땅히 가슴에 담아, 여러 번 살펴서 참으로 알아 깨닫는 경지에 이르도록 하겠습니다. 많이 알려고만 하고 요약하는 데 소홀하다고 경계하신 말씀은 더욱 간절하고 지극하여, 부끄러운 생각에 드릴 말씀이 없습니다.

또 주신 글에 "지극히 가깝고 중요하며 핵심이 요약된 곳에 이르러서는 마치 한 겹 꺼풀이 채 벗겨지지 않은 곳이 있는 듯하다." 하신 말씀이 옳습니다. 그러나 제가 보기에는 한 꺼풀뿐만이 아닌 듯하니, 대체 그 막이 몇 꺼풀인지 모르겠습니다. 행여 이끌어 주시고 인도해 주시는 도움에 힘입어 경계하여 깨우치는 말씀에서 얻는 것이 있다면, 평생의 다행을 어찌 이루 말로 다할 수 있겠습니까? 바라건대 선생님께서는 때때로 약을 주시듯, 어둡고 막힌 저의 마음을 열어 주시기를 천만 번 빕니다. 기다리는 마음 견딜 수 없습니다.

상례나 제례의 격식을 논한 편지들

악수에 대한 설과 맏며느리가 제사를 주재하는 문제

악수握手[1]에 대한 설은 고증과 전거가 정밀하고 세심했는데, 유장劉璋의 학설의 오류를 들추어낸 것은 더욱 힘이 있었습니다. 다만 양쪽 끝에 달린 끈이 모두 아래쪽에 있으니, 먼저 덮은 한쪽 끈을 아래서부터 한 바퀴를 감아 돌리는 것은 실로 자연스럽지만, 뒤에 덮은 한쪽 끈을 아래서부터 비스듬히 위로 향해 가운뎃손가락에 거는 것은 모양이 자연스럽지 않습니다. 어떻게 생각하십니까?

맏며느리[冢婦][2]가 제사를 주재하는 문제에 대해서는 전에 보낸 제 견해에 미진한 곳이 있다고 했다는데, 어느 조항인지 모르겠습니다. 지적해 보여주시면 다행이겠습니다.[3] 退

---

1. 소렴小殮 때에 시신의 손을 싸는 헝겊.
2. 정실正室에서 난 맏아들의 아내를 가리킨다. 특히 죽은 아버지를 이은 맏아들이 대를 이을 아들 없이 죽어버렸을 때, 그의 아내를 말한다.
3. 이 편지는 【1-27】에서 왔다.

주제설主祭說

　만며느리[家婦]가 제사를 주재하는 데 대한 설은 매우 상세하게 예문을 참고하여 전거를 밝힌 것이고, 오늘날의 제도를 추출한 것도 곡절이 극진하므로, 하나하나 음미할수록 흠복되는 마음 스스로 억누를 수 없었습니다. 그런데 지금 선생님의 편지를 받고 미진한 곳을 지적해 내라는 분부를 받으니, 송구한 마음 실로 깊습니다. 지난해 김 군에게 회답하는 글을 쓸 적에는 마침 쓸데없이 번거로워 미처 제 생각을 하나하나 펼쳐서 선생님의 인정을 바랄 수 없었으므로, 다만 편지 끝에 논할 것이 있다는 뜻을 대략 말했을 따름이었습니다. 그러나 그것은 선생님께 여쭐 것이 있어서 말한 것이지, 감히 선생님의 설에 미진한 곳이 있다고 여긴 것은 아니었습니다. 그런데 표현이 잘못되어 스스로의 생각을 분명히 드러내지 못하는 바람에, 수고롭게 편지를 주시기까지 했으니, 부끄러운 마음 또한 그지없습니다.

　여쭙고자 하는 뜻은 다름이 아니라 『주자가례朱子家禮』에 "사대四代를 제사하는 것은 예문에 뿌리를 둔 것이고, 지금 세상에서 삼대三代를 제사하는 것은 시의를 참작한 것이다." 했으니, 인정이나 의리로 헤아려 보건대 실로 어느 것은 따르고 어느 것은 어기기가 어렵습니다. 만약 주나라 제도를 따른다는 뜻으로 미루어 보면, 마땅히 삼대만을 제사하는 것을 의심할 까닭이 없습니다. 그러나 주자가 일찍이 어떤 이에게 답한 글에서, "지금 이전 유학자들의 설을 사용하여 모두 고조高祖까지 제사하는 것은 이미 잘못이다." 말씀하시고, 『주자가례』에 기록하기는 사대로 정해 놓았으니, 거기에는 반드시 뜻이 있을 것입니다.

지금 옛것을 상고하여 예로 삼고자 하면서, 그것을 어찌 감히 따르지 않겠습니까? 다만 국가의 제도가 이와 같고, 주자가 일찍이 『의례儀禮』의 「부재위모父在爲母」¹를 논하면서 "노이빙盧履氷의 논의가 옳으나, 다만 지금의 제도가 이와 같으니 감히 어기지 못하는 것이다." 했으니, 오늘날의 제도 또한 어겨서는 안 될 것 같습니다. 또 요즘은 집안이 대부분 가난하여 예의 뜻에 맞게 제사지내는 집이 드문데, 만약 고조까지 제사지내게 한다면, 그 사이의 형편 또한 처리하는 데 어려움이 있을 것입니다. 그러므로 제 생각으로는 늘 지금의 제도에 따라 정하고 싶었으나, 또 마음으로 결단하여 처리할 수가 없었으니, 이것이 천리와 인심의 본연으로서 진실로 속일 수 없는 것이기 때문입니다. 그리고 저희 집안의 제사를 담당하는 이가 마침 체천遞遷² 할 때를 당했으나, 형편이 이처럼 난감하여 감히 결정하지 못했습니다. 그 때문에 항상 근심스럽고 답답한 심정이 간절하다는 내용을 별지에 자세히 기록하여 아뢰었으니 헤아려 가르쳐 주십시오.

맏며느리가 제사를 주재하는 것은 결단코 안 됩니다. 지금의 이 법은 비록 과부가 내쳐지는 화를 면하게 하기 위한 것이기는 하지만, 큰 근본이 이미 틀렸으니 다시 무슨 예를 논하겠습니까? 그러나 만약 맏며느리를 위해 하나의 법을 세워 알맞은 도리를 얻게 하려

면, 어떻게 법을 만들어야 예의 뜻에 합당할지 모르겠습니다. 제 생
각에는 제사를 잇는 이가 자손 없이 죽었을 경우, 그 집안 사람으로
제사를 이어받을 이가 곧 전중傳重해야 되고, 그 과부는 그대로 그
집에 있으면서 평생을 마칠 뿐, 제사에 관한 모든 일은 모두 전중하
는 이에게 맡겨 드나들면서 받들게 한다면, 예문의 본뜻과 오늘날
풍속의 마땅함에 다 서로 방해될 것이 없을 것으로 여기는데, 이 뜻
이 어떨지 모르겠습니다. 가르쳐 주시기 바랍니다. 또 요즘 집안에
서는 부모가 살아있는데도 장가든 큰아들이 자손 없이 죽었을 경우,
그 부모가 둘째 아들에게 전중하기도 하고, 큰아들의 아내에게 전하
기도 하는데, 의논하는 자들은 혹 맏며느리에게 전하는 것이 마땅하
다고들 합니다. 그러나 예를 살펴건대 "시아버지의 제사를 잇지 못
한 맏며느리는 시어머니가 그를 위해 소공小功을 입는다." 했으니,
이로써 미루어보면 둘째 아들에게 전하는 것이 실로 예에 합당할
듯한데, 선생님의 생각에는 어떠신지 모르겠습니다. 아울러 비판해
주시기를 빕니다.[4] 高

1. 아버지가 살아 있고 어머니가 죽었을 경우 아들이 입는 상복에 대한 규정.
2. 1-30의 주석을 참조할 것.
3. 조상의 제사를 자손에게 전해 이음.
4. 이 편지는 【1-28】에서 왔다.

별지

체천의 예에 대하여

요즘 집안에서는 대부분 개제改題나 체천을 행하지 못하고, 대수代數가 다 된 조상을 최장방最長房으로 옮기는 것은 더욱 행하지 못합니다. 이것이 비록 세속에서 일시적인 편함만을 따르는 폐단이기는 하지만, 천봉遷奉하는 일에는 또한 행하기 어려운 형세가 있으니, 세속의 잘못만은 아닙니다.

대개 『가례』의 체천하는 의식을 사용하면서 지금 세상의 법도를 따른다면, 증손으로 제사를 주관하던 이가 죽고 그 아들이 제사를 잇는 경우, 지난날의 증조가 곧 고조가 되니 법으로 보아 마땅히 체천해야 됩니다. 그의 어머니가 비록 살아있다 하더라도 최장자가 될 수 없으니, 마땅히 증손 중의 차장방으로 옮겨야 합니다. 그러나 증손 항열에 해당한 자들이 모두 이미 죽었고 그 아내만이 홀로 살아 있다면 체천할 신주를 매안埋安해야 하겠습니까? 매안한다면 증손은 비록 죽었으나, 증손의 처가 아직 살아 있는데, 그 증조의 신주를 묻는 것이 편치 않을 듯합니다. 또 제사를 이을 이의 할머니가 아직 살아 있고 다른 형제가 없으면, 그녀의 할아버지의 신주를 묻어야 하겠습니까? 이것은 더욱 편치 않습니다.

만약 어머니나 할머니가 아직 살아 있다 하여, 그 신주를 별실로 옮겨 마치 최장방으로 옮기는 예처럼 한다면, 이는 바로 맏며느리가 제사를 주재한다는 설로서 예의 본뜻과 맞지 않으니, 행해서는 안 될 듯합니다. 또 혹시 맏며느리가 주제할 수 있다는 법에 따라 강행한다면, 한 집안 제사가 오대, 육대에 미치는 경우도 있을 것이니, 이것은 예의 본뜻이나 세속의 편의에 모두 방해될 듯합니다.

저의 가문은 영락하여 여러 종반들이 흩어져 살기 때문에, 온 집안의 높은 조상에 대해 오래도록 예를 거행하지 않아, 고조의 신주가 아직도 제사를 주재하는 집에 있는데, 제사를 주재하는 이는 바로 그분의 오대손입니다. 전에 숙모가 살아 계실 때는, 그 분이 증손대가 되기 때문에, 옮겨다가 모실 수가 없어서 감히 체천하지 못했습니다. 하지만 지금은 숙모 역시 돌아가셨으니, 지금의 제도로 미루어 보건대 체천하지 않을 수 없는 형세이고, 증조도 제사를 이은 이에게는 고조가 되니, 이 분도 옮겨다가 모셔야 마땅합니다. 다만 최장이 되는 형이 멀리 호남에 살고 있기 때문에, 옮겨다 모시는 예를 행하기 어려움이 있었습니다. 그리고 제사를 주재하는 이가, 어머니가 아직 살아 계신다 하여, 다른 집으로 옮기려 하지 않았습니다. 이것이 비록 맏며느리가 주재하는 것에 관계되지만, 한때의 편의를 따른 것이니, 행할 수 있는 일인 듯합니다.

고조를 체천하는 의논에 대해서는 종형이 "『주자가례』에도 고조까지 제사한다는 말이 있으니, 지금 체천하는 것은 편치 않다." 했습니다. 만약 다른 집으로 옮기고자 하면, 앞에서 말씀드린 것처럼 행하기 어려운 형편이 있습니다. 그리고 제사를 주재하는 이의 어머니가 아직 살아 있다 하여 그대로 그 집의 별실에 모셔 두면, 이것은 오대를 제사하는 것이 됩니다. 제사를 주재하는 이의 어머니가 죽은 뒤에는, 천봉하기가 이미 어렵고 그렇다고 매안하는 것도 편치 않으니, 어떻게 처리해야 좋을지 모르겠습니다. 그리고 이미 제사를 주재하는 이의 나이가 많아서 종숙의 항렬에 있는 이들 가운데 도리어 젊은 사람이 많습니다. 상식적인 이치로 말하자면, 제사를 주재하는 이가 혹시 먼저 죽고 그 아들이 제사를 이을 경우, 한 집안에 육대의 제사가 있게 되는 것이니, 이것은 예의 본뜻이나 시속의 편의에나 더욱 방해됩니다.

저희 집안이 비록 한미하다고는 하지만, 소종小宗을 받드는 이들이 무려 여나문 집이나 됩니다. 만약 사대를 봉사하는 것으로 정한다면, 마땅히 집안의 일족이 돌아가면서 받들어야지, 단지 종가에서만 할 것이 아닙니다. 그러나 오늘날의 제도를 어기고서, 집안이 돌아가며 제사를 받드는 것을 한 집안의 법으로 삼고자 한다면, 또한 의례가 꺼리는 데에 걸리고 옳지 못한 죄를 범하게 되어 매우 불편할 것 같습니다. 그렇기 때문에 늘 지금의 제도를 따르는 쪽으로 결정하고자 했던 것입니다.

그런데 저희 형님이 마침 사당을 세운다고 하시며, 편지를 보내어 몇 분의 감실을 만들어야 하느냐고 물어 왔습니다. 그 때문에 다시 마음이 편치 아니하여, 새로이 『가례』에 따르는 것이 옳다고 결정하고자 했습니다. 그러나 종가의 경우에는 삼대로 결정하고, 우리 사당[禰廟]의 경우에는 사대로 정한다면, 남의 일을 처리하고 나의 일을 처리하는 것이 판이하게 둘로 갈라져, 더욱 편치 않게 느껴집니다. 어떻게 처리해야 예에도 맞고 지금의 제도도 거스르지 않을 수 있을지 모르겠습니다. 가르쳐 주시면 다행이겠습니다. 무릇 이러한 여러 곡절에는 또한 편지로 말씀드리기 어려운 것이 있습니다.

다만 큰 줄거리가 이와 같으니 아울러 살피시기를 빕니다.[3] 稿

1. 신주를 고쳐쓰는 것을 말한다.
2. 최장자가 신주를 모셔가서 받드는 것을 말한다.
3. 이 편지는 【1-28】에서 왔다.

악수설 가운데에서 한쪽 끝을 가운뎃손가락에 거는 모양이 자연스럽지 않다고 하셨는데, 저도 일찍부터 그것을 의심했습니다. 다만 『가례』의 소疏에, "악수는 길이가 한 자 두 치이다. 손을 쌀 때 한쪽 끝을 손등까지 반드시 겹으로 감싼다. 위에 덮힌 쪽의 한 끈은 하각에 걸어 손을 한 바퀴 감은 것을 걸고, 손등 가운뎃손가락쯤에서 위로 향해 가운뎃손가락에 건다. 그리고 반대로 위로 감아 올린 것은 끈을 아래로 향히게 걸어서 띠 끝에 깍지 끼어 연결한다." 했으니, 이것으로 미루어 보건대, 비록 자연스럽지는 않지만 그렇게 한 듯합니다. 지금 손등 가운뎃손가락쯤에서 위로 향해 중지에 건다는 문구를 자세히 살펴보면 손을 한 바퀴 감는다고 할 때, 혹 반대로 감은 뒤에 위로 향해 거는 것인지도 모르겠습니다. 제 의견에 대해 비평해 주시면 다행이겠습니다.[1]

상례와 격식에 관한 몇 가지 문제들에 대해

　편지를 자주 하면 바로 그대의 편지에서 말한 것 같은 염려가 있습니다. 제 생각을 자주 전달하지 않는 것도 역시 그 때문입니다. 그러나 편지를 전달할 때 남의 눈에 띄지 않으면 무방합니다. 하지만 서울 집에 종이 없으므로 삯꾼을 통해 편지를 전할 뿐이니, 누가 우리의 생각을 알아서 은밀히 전해 주겠습니까? 그러나 한 가지 방법이 있습니다. 미리 문지기에게 당부하여 "예안 이 아무개의 서신을 가지고 왔다고 하는 사람을 만나거든, 절대로 손님들이 있는 자리에서는 올리지 말고 가만히 받아서 간직해 두거나, 안으로 들인 뒤 내가 혼자 있을 때를 기다려 올리게 하라." 한다면 별다른 염려가 없을 듯한데, 어떻게 생각하십니까?

　별지에서 조천의 예에 거행하기 어려운 부분이 있다고 논한 것은 복잡한 사정을 다 갖추었고, 아울러 그대 집안 선대를 조천하는 데 의심스럽고 꺼리는 이유까지 아울러 언급하여, 세세한 부분까지 다 미루어 말했으니 감탄을 금할 수 없습니다.

　그러나 오대나 육대까지 제사하는 경우가 생길 수도 있다는 것은, 그대 집안만이 그러한 것이 아니라 저의 집안에도 있었는데, 그대 집안보다 더욱 심한 경우입니다. 일찍이 이로 말미암아 생각해 보건대, 그 요점은 모두 아내가 아직 살아 있고, 어머니가 아직 살아 있고, 할머니가 아직 살아 있을 때 어떻게 해야 하는가 하는 주장 때문에 이처럼 많은 모순이 생겨난 것입니다.

이미 저를 높여주시니 감히 먼저 제가 몸소 겪은 경우를 말하겠습니다. 제 증조의 신주가 소종가에 계시는데, 지금까지 집안의 조카가 제사를 주관했으니, 이미 사대를 제사한 것이었습니다. 몇 년 전에 그 조카가 죽었으므로, 그의 아들이 마땅히 제사를 주관하게 되니, 오대입니다. 얼마 뒤 그 아들도 죽었으므로, 조카의 손자가 지금 제사를 주관하고 있는데, 육대를 제사하는 것이 됩니다. 만약 오늘날의 제도로 대처한다면, 집안의 조카가 제사를 주관할 때, 증조를 최장방으로 옮겨 모셨어야 옳았는데, 다만 집안의 어른이 일찍이 의논을 거쳐 말하기를, "증조는 우리 가문에 가장 음덕이 있으니 예에 따라 조천할 수 없다." 했습니다. 이것이 비록 한때의 논의에서 나온 것이어서 그대로 따르기 어려웠지만, 만약 『가례』를 따른다면 고조까지 제사하는 것이 허물이 되지 않기 때문에 그대로 두었습니다. 그런데 신주를 옮기지 않은 사이에 집안의 조카와 그 아들이 연달아 죽었습니다. 그런데도 집안 조카의 처가 아직 살아 있었기 때문에 의심스러워 옮기지 못했는데, 지금은 그의 처도 죽었으니 증조의 신주를 옮기는 것은 의심할 여지가 없는 처지에 놓였습니다. 그럼에도 제사를 주재하는 이는 오히려 문중의 논의를 지켜 옮기고자 하지 않았습니다. 그 아래 조천해야 할 조상이 두 분 있으므로, 바야흐로 옛 예를 강구하여 각각 옮겨 모시려 하면서도, 아직 거행하지 못했습니다.

겨울과 봄 사이에 한두 유생이 찾아와서 서로 이야기하다가 우연히 조천에 대한 일을 언급했는데, 그들이 의심하는 것도 바로 그대의 편지 내용과 같았습니다. 그들은 또 말하기를, "지금 서울의 사대부 집안에서는 대체로 어머니가 살아 있으면 조천하지 않는다는 이론을 쓰고 있다. 그러니 무릇 어머니가 살아 있는 이는 아버지의 상기가 끝난 뒤에도 그 신주를 다른 곳에 간직했다가, 뒷날을 기다려 어머니의 신주와 함께 가묘에 들이고서 비로소 조천의 예를 거행한다. 할머니나 증조모의 경우도 그러하다." 했으니, 여기에서 사람들이 이 일을 모두 편치 않게 여기고 있음을 알겠습니다. 그 예의 뜻은 또한 매우 두텁다 하겠으나, 예문禮文을 자세히 살피건대 바른 예는 아닌 듯합니다. 삼가 『주자가례』를 살펴보면 「부장祔章」의 주에, 고씨高氏[1]는 다만, "아버지는 살아 있는데 어머니의 신주를 부묘祔廟[2]하는 경우, 할머니의 신주를 바로 체천할 수 없다." 했을 뿐, "어머니는 살아 있는데 아버지의 신주를 부묘하는 경우, 할아버지의 신주를 바로 체천할 수 없다." 하지는 않았습니다. 양복楊復[3]도 다만 "아버지가 살아 있는데 어머니 신주를 부묘할 경우, 아버지가 주가 된다.… 상기가 끝났지만 옮기지 않고 할머니의 신주에 부묘했다가, 아버지의 상기 마치기를 기다려 할아버지와 할머니의 신주를 체천하고서야 비로소 아버지와 어머니의 신주를 함께 옮긴다." 했을 뿐, "어머니가 살아 있는데 아버지의 신주를 부묘할 경우, 어머니가 주가 된다.… 상기가 끝났지만 옮기지 않고 할아버지의 신주에 부묘했다가, 어머니의 상기 마치기를 기다려 할아버지와 할머니의 신주를 체천하고서야 비로소 아버지와 어머니의 신주를 함께 옮긴다." 하지는 않았습니다.

또 「대상장大祥章」에서도 개제와 체천, 신주를 입묘하는 여러 일들은 모두 아버지의 상을 기준으로 말한 것으로서, 그 의례의 시작부터 끝까지 한결같이 이렇게 행해 나가야 한다는 것을 말한 것입니다. 일찍이 어머니가 살아 있으면 바로 개제나 체천 같은 일을 행할 수 없으니 마땅히 아버지의 신주를 다른 곳에 모셔 두었다가 뒷날 어머니가 돌아가시고 상이 끝난 뒤에 바야흐로 이 예를 행해야 한다고는 말하지 않았습니다. 이 장의 주註에 보이는 주자가 학자에게 준 글과 양씨의 설에는 비록 모두 "신주를 바로 조묘에 부묘한다." 했으나, 이는 합제가 끝난 뒤에 바로 입묘한다는 것이고, 뒷날을 기다려 어머니의 상기가 끝난 뒤 비로소 함께 입묘한다는 것이 아닙니다.

성인께서 어머니가 살아 있는데도 세대를 내리는 것이 편치 않음을 알면서도 이와 같이 한 까닭은 무엇입니까? 아버지가 이미 죽었으면 아들이 제사를 주관함이 마땅하니, 아들이 제사를 주관하면 며느리가 주부主婦로서 제사를 드리고[奠獻], 어머니는 전중했기 때문에 잔을 올리지 않는 것입니다. 그러므로 시아버지가 죽으면 시어머니는 늙었으므로 제사에 참여하지 않는 것이며, 만약 참여하면 주부보다 앞서 전헌한다 했습니다. 내칙內則 주에 "늙었다는 것은 집안 일을 큰며느리에게 전했음을 말한다." 했다. 이것은 맏며느리가 제사를 주재하지 않는다는 주장과 뜻이 통합니다. 무릇 지아비는 지어미의 하늘이기 때문에 지아비가 살아 있으면 지어미가 죽었더라도 세대가 바뀌지 않지만, 지아비가 죽으면 지어미가 살아 있더라도 대가 바뀌는 것으로 논했습니다. 이는 진실로 천지의 변하지 않는 도리이고 높고 낮음을 정하는 큰 뜻이므로, 성인이 예를 제정할 때 의로써 재단했으니, 효자의 정을 빼앗을 수밖에 없는 까닭입니다.

옛날에 호백량胡伯量[4]이 주자에게 묻기를, "돌아가신 형님이 결혼한 뒤에 죽었기 때문에 후사를 세우려고 생각하고 있습니다. 후사를 세운 뒤에는 마땅히 제사를 주관하게 해야 하는데, 그러면 저의 고

조는 체천해야 합니까?" 하니, 주자가 답하기를, "이미 새로 제사를
주관하는 이를 세웠으면 신주[祠版] 역시 마땅히 고쳐 써야 함은 의
심할 여지가 없다. 고조를 체천하는 것이 비록 인정상 편치 않지만,
달리 처리할 방법이 없다. 집안에서 어린 손자가 제사를 받드는 경
우가 생기기도 하는데, 그것도 형편이 이와 같다." 했습니다.[5] 지금
이처럼 자세히 말씀하시면서도 역시 어머니가 살아계신지 여부는
논하지 않고 바로 이와 같이 결정한 것은 어찌할 도리가 없어서 그
렇게 한 것이 아니겠습니까?

　이로 말미암아 보건대 아내가 살아 있고, 어머니가 살아 있고, 할
머니가 살아 있다 하여 조천을 행하지 않는 것이 옳습니까 그릅니
까? 옳다면 그만이지만 그르다고 여긴다면 그대의 편지에서 말한
"증조의 아내가 살아 있는데 그 증조의 신주를 묻고, 제사를 받드는
이의 할머니가 아직 살아 있는데 그 할아버지의 신주를 묻는다."라
는 것은 비록 모두 편치 않기는 하지만, 예로써 제한하고 의로써 인
정을 빼앗을 수밖에 없는 것인 듯 합니다. 하물며 어머니와 할머니
가 살아 있다 하여 그 신주를 별실로 옮겨서야 되겠습니까?

　그대의 가문에서 처리할 나머지 것들에 대해서는 또한 제가 말씀
드린 것을 가지고 옳은지 그른지 결정하실 문제이니, 감히 되풀이하
여 말하지 않겠습니다. 다만 그 가운데 "증조가 제사를 주관하는 이
에게 고조가 되니 지금 마땅히 체천해야 하는데도 사정상 행하기
어렵다."라는 것이 있었습니다. 이 일은 어머니가 아직 살아 계셔서
그렇다고 하지 말고, 다만 『주자가례』에 사대를 제사한다는 뜻에
근거하여 제사하면, 비록 지금의 제도와는 조금 어긋나지만 바로 옛
의례에는 맞을 것입니다. 그대의 편지에 있는 "편의에 따라 행할 수

있다."라는 말이 참으로 정확한 주장입니다. 또 그 위의 한 세대는 옛 제도를 따른다면 마땅히 체천해야 하니, 어머니가 아직 살아있어서 안 된다는 설을 적용하더라도 오히려 그대로 머물러 두고 받들 수 없는데, 하물며 그 설을 적용하지 않음에 있어서이겠습니까? 신주를 옮기는 데 비록 어려운 사정이 있지만, 이를 하지 않고 다른 근거를 찾으려 해봐야 되지 않을 것이니, 주자께서 별달리 처리할 방법이 없다고 말한 것이 바로 이런 경우입니다. 어찌하겠습니까?

그대의 가문에서 육대를 제사한다는 것은 미리 헤아려 한 말일 뿐이지만, 저희 가문에서는 이미 그런 일이 닥쳤습니다. 그러나 신주를 옮기려는 시도가 문중의 논의에 막혀, 위와 같이 의례의 뜻을 살펴 놓고도 형편이 맞지 않아 아직 결정하여 실행하지 못하고 있습니다. 그러던 차에 그대의 질문을 받으니 매우 부끄럽고 두렵습니다. 그러나 그대에게 사정을 다 말하여 바로잡아 달라고 해야 하겠기에 제 견해를 낱낱이 펼쳐 보였으니, 간절히 바라건대 자세히 근거를 따져 보고 다시 깨우쳐 주시면 매우 다행이겠습니다.

별지의 끝 부분에서 삼대로 할지 사대로 할지 결정하는 문제와 주제설에 대한 한 장의 글은 하나의 같은 사건이기 때문에 합해 논하겠습니다.

무릇 주나라 사람으로서 주나라 제도를 따르는 것은 성인께서도 면하지 못하신 것인데, 하물며 지금 그대는 자신이 오종五宗의 종가도 아니면서, 여나문 파의 소종을 모아 옛 제도를 행하고자 하니 어찌 어렵지 않겠습니까? 하지만 이것은 하나의 관점일 뿐입니다. 반면에 지금 제사를 주관하는 한 사람이 있어 독실하게 효를 행하려

하고, 예를 **좋아하여** 스스로 사대를 제사 지내려고 생각한다면, 이것 또한 한 **가지** 관점입니다. 어찌 제도와 어긋나고 격식에 맞지 않으니 **행할 수 없다** 하겠습니까? 그러므로 저는 항상 이런 일에 대해서, 스스로 의의를 헤아리고 힘을 재어 행한다면 옳은 것이고, 다른 사람에게 일러 주어 그 사람이 스스로 즐겨 따른다면 또한 안 될 것이 없겠지만, 만약 다른 사람을 이끌어 억지로 반드시 행하게 하고자 한다면, 이는 바로 나랏님이나 할 수 있는 일이니, 보통의 선비가 감히 할 수 있는 일이 아니라고 생각했습니다.

지금 그대의 형님께서 편지로 몇 위의 감실을 만들어야 하는지 물어왔다 하니, 이는 바로 옛 제도를 따르려는 아름다운 뜻입니다. 이를 계기로 그 뜻을 이루도록 잘 권할 수도 있을 테니, 참으로 좋은 기회를 얻은 것입니다. 제가 말할 만한 위치에 있지 않기 때문에 남들에 대해서는 옛 제도를 따를 수도 있다는 정도로 말하지만, 선비는 옛 제도를 살피는 것을 귀하게 여기기 때문에, 자신에 대해서는 옛 제도로 돌이키는 것을 막지 않습니다. 이 두 가지는 아마도 병행해도 서로 어긋나지 않을 것입니다. 어찌 의례가 시대와 맞지 않는 혐의가 있겠습니까? 그러나 저희 가문에는 이런 기회도 없었습니다. 그러면서도 주제넘게 이런 말을 했습니다. 이는 또한 옛 사람의 "말을 함부로 하지 않는다." 하는 경계를 크게 범한 것이니, 진땀나고 두려워서 어찌할 바를 모르겠습니다.

맏며느리를 위해 법령을 세워 마땅한 도리를 얻게 함은 보여주신 것처럼 올바른 의리에서 나온 것입니다. 그리고 이어받을 후손을 두어 제사를 지내는 것도 진실로 지극히 선하니 행할 만한 법입니다.

다만 세상이 내려오면서 풍속이 경박해져서 사람들이 대부분 오랑 캐와 같습니다. 또 전중하는 일이 가까운 친척인 아저씨와 조카 사 이에서만 있을 수 있는 것도 아니고, 더러는 시마緦麻[6]나 소공친,[7] 심 한 경우 무복친[8] 사이에서도 있으니, 이와 같은 데도 이 법을 준용한 다면 반드시 서로 받아들이기 어려운 사정이 생길 것입니다. 그러나 이런 폐단을 구제하기 위해 다시 하나의 법을 세워, 받아들이지 않 고 봉양하지 않는 죄를 엄히 묻기로 하고 규찰하고 감독한다면 아 마 가능할 것입니다.

부모가 살아 있는데 큰아들이 자식 없이 죽었다면, 큰아들을 위해 후손을 세우고 큰며느리에게 전중하는 것은 정당한 도리입니다. 그 러나 만약 후손을 세우지 않고 함부로 큰며느리에게 맡긴다면, 이것 은 맏며느리로 하여금 제사를 주재하게 하는 것입니다. 세상에는 간 혹 이런 일이 있기 때문에 지금 이렇게 변론하는 것입니다. 어떻게 생각하십니까? 또 집안에 이런 일을 당했을 경우를 보면, 부모의 정 이 대부분 둘째 아들에게로 쏠리어 그에게 맡기려 합니다. 둘째 아 들 역시 대부분 형을 위해 후손을 세우는 것이 도리인 줄 모르고, 제가 전중의 자리를 차지하고자 하여 끝내 좋지 않은 쪽으로 끝맺 는 경우가 흔히 있으니 더욱 한탄스럽습니다.

악수 하각의 끈은, 그대의 말대로 손을 한 바퀴 감을 때 반대로 감은 뒤에 위로 향해 건다 하더라도 여전히 자연스럽지 않은 것 같 습니다. 또 소疏에서 "거꾸로 위로 감아 올리다가 건다."라는 것은 먼저 한 바퀴 감아 위로 향한 끈이 손등에 있기 때문에, 이에 따라 위로 감아 올릴 수 있습니다. 그러나 지금 손을 한 바퀴 감은 사이에 감고자 해도 의지하여 감을 만한 물건이 없으니, 이 설명대로 하기도 어려울 듯합니다. 어떻게 생각하십니까?[9] 退

---

1. 중국 남송 때의 관료 고항高閌을 가리킨다. 그는 남송 초에 예부를 맡아서 당시의 예제 대부분을 논하여 정했고, 『후종례厚終禮』를 지었다.
2. 상기가 끝나고 신주를 사당에 모시는 것을 가리킨다.
3. 중국 송대의 학자이다. 주희의 제자로, 자는 지인志仁이요, 신재선생信齋先生으로 불린다.
4. 중국 송대宋代의 학자 호영胡泳을 가리킴. 호는 동원桐原, 백량은 그의 자.
5. 『주자대전』 63, 「호백량에게 답하는 두 번째 편지」.
6. 오복 가운데 가장 짧게 만 두 달 동안 상복을 입는 사이의 친족으로 팔촌에 해당한다.
7. 소공 즉 다섯 달의 복을 입는 친척으로, 종조부모, 재종형제, 종질, 종손 등을 통틀어 이른다.
8. 상복을 입는 촌수를 벗어난 친척.
9. 이 편지는 【1-30】에서 왔다.

국가나 왕실의 전례를 논한 편지들

조정의 의례 제도에 관한 몇 가지 논의

조정의 의례 제도는 멀리 숨어 있은 보잘 것 없는 신하가 알 수 있는 일이 아닌데, 일찍이 그와 관련된 자리에 있었기에 동료들과 더불어 몇 가지 의논하지 않을 수 없었습니다. 지금 편지를 보내어 비난하시니, 감히 간략하게나마 그 때 그렇게 했던 의도를 설명하지 않을 수 없습니다.

복이 없다는 설은 제후의 전례에서는 진실로 근거를 찾을 수 없습니다. 다만 『의례경전통해儀禮經傳通解』의 「군위신복도君爲臣服圖」와 「천자제후절방기복도天子諸侯絶旁期服圖」를 미루어 보건대, 제후가 비록 형제 사이에 기년복을 생략하여 입지 않습니다만, 만약 아우가 선대를 계승한다면 반드시 기년복을 입는다는 것을 적손·적증손·적현손 모두에 대해 기년복을 입는 데서 알 수 있습니다. 이미 아우를 아들로 여기지 않음으로 말미암아 형제라는 이름이 아직 남았으니, 형수와 시동생의 이름도 없어질 수 없습니다. 옛 의례에는 형수와 시동생 사이에 복이 없었기 때문에, 그것을 가지고 복이 없는 것인지 의심스럽다고 한 것뿐입니다.

요즈음 제가 한 집안의 의례를 왕실에 비겨 멋대로 정했다는 말이 떠돌고 있습니다만, 그것은 저의 본뜻이 아니었습니다. 하지만 만약 비록 형수와 시동생 사이일지라도 대를 잇는 의리를 무겁게 여겨 복을 입지 않을 수 없다고 한다면, 마땅히 『주자가례』의 소공복小功服을 적용하지, 굳이 『주자가례』를 피하여 근거도 없이 지나친 설을 새로 만들지는 않을 것입니다.

　망자에 대한 호칭, 즉 칭위稱謂는 단지 정자程子가 복왕濮王의 칭위를 논한 것에 근거하여 정했으니 크게 잘못되지는 않았을 것입니다. 주자도 일찍이 친親이라 칭하고 백伯이라 칭하는 것이 모두 편치 않다는 주장을 펼쳤으나, 그것을 고쳐서 무엇이라 칭하여 부르는 것이 마땅하다고 한 것은 보지 못했습니다. 그러기에 지금 다만 정자의 설을 좇은 것이 의리에 비추어 또한 큰 잘못이 없는데, 어째서 이토록 꾸짖어 배척하는지 알 수 없습니다.

　황皇자는 옛날 사대부들이 일반적으로 사용했는데, 또한 지금 사람들이 왕王자로 할아버지·할머니를 칭하는 것과 같습니다. 『주자가례』에서는 비록 현顯자로 고쳐 쓰고 있으나, 임금에서부터 현자를 써서 아래로 사대부들까지 같이 쓴다면 또한 편치 않을 듯하기에, 옛날의 예와 정자程子의 경우를 따라 황皇자를 썼습니다.[1] 退

1. 이 편지는 【1-50】에서 왔다.

형제가 대를 이었을 때 서로 복을 입는 것과
후부인后夫人이 복을 입는 데 대한 논의

주자가 말하기를 "의례 전문가[禮家]나 이전 유학자[先儒]들의 주장에 따르면 '형제가 왕위를 잇는 경우, 그들이 일찍이 임금과 신하 사이였다면 바로 아버지와 아들처럼 각각 한 세대가 된다.' 했으니 이것이 의례의 올바른 법도이다. 오늘날 운영하는 묘제廟制를 볼 것 같으면 형제가 왕위를 잇는 경우 함께 한 세대로 치는데, 이것도 잘못된 예는 아니다." 했습니다.

살펴건대 형제간에 왕위를 계승할 경우 곧 아버지와 아들 사이와 같이 본다는 의례 전문가의 밀을 참고한다면, 상복은 참최斬衰라야 마땅합니다. 여기서 미루어 짐작해 보면, 동생이 형의 후비를 위해 입는 상복은 자최齊衰 3년이라야 맞을 것이고, 형의 후비가 왕인 동생을 위해 입는 상복도 자최 3년입니다. 시대가 내려와 형제가 왕위를 잇는 경우, 비록 각각 한 세대로 여기지는 않게 되었으나, 모두 대를 잇는 경우에 해당하는 중복重服 제도를 유지했고, 형제 사이의 본복本服 제도로 상복을 입지 않았습니다. 송 태종이 위로 태조를 이었으니 형제가 왕위를 이은 경우인데, 비록 하루를 한 달로 치는 제도[易月]를 시행하기는 했으나, 참최 3년 복을 입은 것은 분명합니다. 휘종이 철종의 뒤를 이었으나 실제로는 신종의 아들 세대인데도 철종을 위해 중복인 참최를 입었으며, 고종은 흠종을 위해 참최 3년의 상복을 입었습니다. 이런 경우들을 보면 형제가 왕위를 이어 같이 한 세대가 되었지만, 상복은 세대를 이은 경우의 제도를 따랐습니다. 동진東晉의 강제康帝는 성제成帝의 두황후杜皇后를 위해 1년이 넘도록 여전히 소복을 입었으며, 송 고종은 융우隆祐 맹태후孟太后를 위해 세대를 이은 경우에 입는 중복을 입었습니다. 이들은 형의 후비와 숙부의 후비를 위해 역시 중복을 입은 예입니다.

『의례儀禮』「상복喪服」참최장斬衰章 부위장자전父爲長子傳에서 "어찌하여 삼년을 입는가? 선조의 정체正體이고 또 장차 제사를 이을 것[傳重]이기 때문이다." 했고, 주에서 "선조의 정체를 담당하고 또 그렇게 함으로써 장차 자신을 대신하여 종묘의 주재자가 될 것을 중요하게 여기기 때문이다." 했습니다. 자최3년장齊衰三年章 모위장자전母爲長子傳에서 "어찌하여 삼년을 입는가? 아버지가 복을 낮추지 않는데 어머니가 감히 낮출 수 없기 때문이다." 했습니다.

살피건대 부모가 큰아들을 위해 3년을 입는 것은 그 선조의 정체를 담당하고 장차 자신을 대신하여 종묘의 주재자가 되기 때문입니다. 천자나 제후의 경우에는 비록 정체가 아니지만 이미 왕위를 이어 종묘와 사직의 주인이 되었으니, 부모가 그를 위해 참최 3년의 복을 입는다는 것을 알 수 있습니다. 동진 효무제의 태후 이씨는 효무제를 위해 3년복을 입었고, 송 무제 때 소태후도 또한 3년복을 입었으니, 태후가 보위를 이은 아들을 위해 3년복을 입음은 이후로도 계속 그러했습니다. 형제가 서로 왕위를 잇는 경우 이미 왕위가 옮아감을 중요하게 여겨 아버지와 아들의 복을 고수했으니, 형의 후비 또한 그를 위해 어머니가 아들을 대하는 것처럼 중복을 입는 것이 마땅할 것입니다.

『주례周禮』「사복司服」에서 "무릇 상이 나면 천자나 왕을 위해 참최를 입고 왕후를 위해 자최를 입는다." 했고,「사사肆師」에서 "대상 때에는 내외명부들로 하여금 순서대로 곡하게 한다." 했습니다. 소疏에서 "내명부內命婦의 삼부인三夫人 이하 여어女御까지 왕을 위해 참최의 복을 입는다." 했습니다.

살피건대 천자나 제후의 상에 전왕의 후궁이 없지 않을 것인데도 예에 특별히 이에 대한 언급이 없는 것은, 대개 태후가 이미 보위를 이은 아들의 상에 자최 3년을 입으니, 나머지는 모두 참최의 복을 입는다는 것을 알 수 있기 때문입니다.

『예기禮記』「상복喪服」소기小記에서 "제후의 형제들은 참최의 복을 입는다." 했습니다. 소에서 "무릇 제후의 5속五屬의 친족은 모두 참최의 복을 입는다…" 했습니다.

살피건대 천자나 제후의 상에 무릇 5속의 친족은 참최의 복을 입지 않는 이가 없다고 했습니다. 이미 서로 혈연으로 맺어졌는데도 반대로 복을 입지 않을 까닭이 있겠습니까?

『의례儀禮』자최3월장에서 "같은 종가에 속한 남자[丈夫]와 그 아내는 종가의 맏아들과 그의 어머니와 아내를 위해 입는다." 했습니다.

살피건대 남편이 종가의 맏아들과 그의 어머니와 아내를 위해 자최 3월의 복을 입는다고 하니, 그 사이 반드시 형수를 위한 복이 있을 것인데도, 예문이 이와 같습니다. 그것은 대개 종가의 맏이를 위해 복을 입는 것이 조상을 높이고 종가를 공경하는 뜻인 까닭에, 그 뜻을 미루어 그의 어머니와 아내에게까지 미치는 것입니다. 형수와 시동생 사이에는 복이 없다는 설에 대해서는 전傳에서 "이름을 삼간다." 했습니다. 하지만 의리가 어디에 있는가에 따라 예는 때때로 변하는 것이므로, 형수와 시동생 사이에 복이 없음에도, 오히려 종가의 맏이의 어머니와 아내를 위해 복을 입는 것입니다. 그렇다면 형제가 왕위를 이었을 때는 형수와 시동생의 경우로 이야기하면 안 될 듯합니다.

지금까지 위의 몇 조항을 살펴 서로 참조해 보면, 복이 있는지 없는지는 비추어 알 수 있을 것입니다. 더구나 명종께서 이미 인종을 위해 대를 잇는 복을 입으셨으니, 공의전도 명종을 위해 마땅히 어머니가 큰아들을 위해 입는 자최 삼년복을 입어야 함이 분명합니다. 무엇 때문에 복이 없는 것인가 의심하겠습니까?

만약 누가 그 점에 대해 논란하여 "명종께서 인종을 위해 입은 복은 곧 형제가 서로 계승하기는 했지만 신하가 임금을 위해 입는 복이었을 뿐, 대를 잇는 복은 아니었다. 그러므로 공의전은 명종을 위해 형수와 시동생의 관계에 따른 복을 입어야 마땅하다. 어찌 어머니와 아들 사이의 복이라고 하겠는가? 또 전대의 제왕들도 형제가 왕위를 이은 경우, 신하가 임금을 위한 복으로 참최를 입은 것이 아니라는 것을 어찌 알겠는가?" 한다면, "이것은 그렇지 않다. 대를 잇는 복은 바로 아버지와 아들 사이의 복이니 정복正服이요, 임금과 신하 사이의 복은 바로 의복義服이니 정복의 다음이다. 그러므로 과거에도 제사를 이을 때는 모두 정복으로 복제를 정했으니, 참으로 의복을 그 사이에 끼어들게 해서는 안 된다. 만약 그대의 주장대로라면 주자가 영종 초 적손의 제사를 잇는 복을 의논할 때, 무엇 때문에 신하가 임금을 위해 참최를 입는 것으로 결정하지 않고서, 굳이 정강성의 말에 의거하여 명백한 증거로 여겼겠는가?[4] 이는 변론할 것도 없이 분명하다." 대답하겠습니다.

만약 세제世弟를 위해 기년복을 입는다는 설을 가지고 이야기한다면 그것은 또한 그럴 듯합니다. 하지만 명종께서 이미 왕위를 이어 종묘와 사직의 주인이셨고 온 나라 백성들의 주인이셨습니다. 그러므로 세제의 경우를 가지고 논의할 수는 없습니다. 어떻게 생각하시는지요?[5] 高

---

1. 오복 가운데 가장 무거운 복으로 거친 베로 짓고 아랫단을 꿰매지 않은 상복을 입는다. 아버지[父]나 남편[夫], 그리고 승중손承重孫이 할아버지[祖父]·증조부曾祖父·고조부高祖父의 상에 입으며 기간은 3년이다.
2. 오복 가운데 하나로서 약간 굵은 삼베로 지은 상복이다. 어머니상[母喪]에는 3년, 조부모상祖父母喪에는 1년, 증조부모상曾祖父母喪에는 5개월, 고조부모상高祖父母喪에는 3개월 동안 입는다.
3. 인종仁宗의 비妃 박씨朴氏를 가리킨다. 인종과 명종은 형제로서 왕위를 이었기 때문에 이러한 논쟁이 일어났다. 1-49 편지를 참조할 것.
4. 영종 경원慶元 3년에 고종의 황후인 헌성태황태후憲聖太皇太后가 죽자 그 손자인 태상황太上皇 광종光宗이 승중복을 입었다.
5. 이 편지는 【1-51】에서 왔다.

칭위稱謂에 대하여

정이천이 황백부皇伯父로 칭위했던 것은 그 뜻이 황제의 큰아버지를 이르는 것이지 황고皇考와 같은 뜻이 아닙니다. 『원서元書』를 상고하건대 이미 황친이라 칭하고 또 황백부라 칭했으니 증거가 이미 명백합니다. 『송감宋鑑』에 이른바 황종형 누구의 아들 및 황백 운운한 것도 모두 황제의 황을 가리킨 것으로, 황자·황손·황질의 경우와 같습니다. 지금 황고의 황으로 잘못 알고 계시니 어찌 글의 뜻과 크게 어그러지지 않겠습니까? 황고의 황을 옛사람들은 아울러 썼으나 뒷날에는 회피하여 현자를 사용했으니, 황제의 황자와는 같지 않은 듯합니다. 더구나 황고의 황자를 방계 존속에까지 사용할 수는 없는 것이니, 옛사람들이 어찌 황백·황숙이라 칭한 일이 있겠습니까?

또 고질孤姪이라는 표현도 편치 않습니다. 만약 『주자가례』에 의거하여 글을 만든다면 질고자姪孤子라고 하는 것이 마땅하지, 고질이라 하는 것은 마땅치 않습니다. 고질이라 한 것은 어디에 근거하셨습니까? 백부라는 호칭은 옛날에 천자가 성姓이 같은 제후를 일러 백부·숙부라고 했던 것인데, 그것은 한두 사람을 놓고 칭하지는 않았으니 일반적인 호칭일 것입니다. 그러나 지금은 그렇지 않아 인종이 지금 임금에게 황백고가 되니, 백부의 호칭에 황자를 써서 방계의 어른에까지 사용하는 것은 또한 매우 편치 않습니다. 그 옳고 그름은 모르겠습니다만 저의 생각이 이와 같을 뿐입니다.

그리고 얼마 전에 제사를 지낸 일도 제가 생각하기에 옳지 않습니다.[1] 무릇 초상 중에는 종묘의 제사도 감히 거행하지 않는 것인데, 어찌 사친을 위해 제문을 짓고 관원을 보내어 함부로 궤전饋奠[2]의 예를 행하겠습니까? 더구나 신하가 대왕의 참최를 입고서 경솔히 보통 사람의 궤전에 참여하는 것이 어찌 예에 부합되겠습니까? 장례를 마칠 즈음에 정을 억제하기는 어렵지만, 정 때문에 예를 폐한다면 뒤에 장차 구제하기 어려운 일이 있게 될 것입니다. 그러므로 제 생각에는 넉넉하게 전물을 보내어 그 후사를 잇는 이로 하여금 바치게 하는 것이 오히려 정과 예를 다 갖추어 크게 방해되지 않게 하는 것이 낫다고 여깁니다. 어떻게 생각하시는지요? 髙

---

1. 하동부부인河東府夫人에게 제사한 것을 가리킨다. 【1-49】편지를 참조할 것.
2. 제물을 갖추어 신에게 제사하는 행위 또는 그 제물을 말한다

문소전과 덕흥군의 가묘에 관한 논의

영공께 절하며 여쭙습니다. 문소전文昭殿에서 세조를 옮겨 내가고 [祧遷] 인종과 명종을 같은 소목昭穆으로 모시는[祔廟] 일은 본디 이미 정해진 일입니다.¹ 비록 같은 소목일지라도 함께 같은 감실龕室에 들일 수는 없는 까닭에, 뒷방[後寢]에 의당 한 감실을 더 세워야 함도 또한 의심할 여지가 없습니다. 오직 전전前殿에 위패를 같이 모실 [祫祭] 때에 태조의 위패를 남향으로 모시고 소목을 동서로 나누어 모시는데, 겨우 다섯 위패만 모실 수 있을 뿐 다시 한 위패를 더 모실 만한 자리가 없습니다. 그러므로 지난번 문소전을 돌아보며 의논하여 청한 것은 전을 넓게 개축하여 여섯 위패를 모실 수 있도록 하고자 했던 것입니다. 그러나 되풀이해서 생각해 보아도 묘전廟殿을 개축하는 일은 참으로 간단한 일이 아닙니다. 크고 긴 들보감도 구하기가 쉽지 않고 공사 일도 매우 커서 상기喪期를 마치고 신주를 모시기[祔廟] 전에 미처 완공하지 못할 듯도 합니다.

저는 다음과 같이 말하고 싶습니다. 전의 형태는 남북이 짧고 좁으며 동서는 길고 넓습니다. 당시 세종대왕世宗大王께서 남북으로 위패를 설치하신 뜻은 비록 알 수 없으나, 이전 여러 왕조에서 위패를 같이 모실 때의 위치와 순서를 보면 모두가 태조를 동향으로 모시고 소昭는 북쪽, 목穆은 남쪽으로 하여 모셔서 서쪽에서 동쪽으로 향하도록 했습니다. 이는 주자의 『주협도설周祫圖說』과 『송협도설宋祫圖說』로도 명백하게 증거할 수 있습니다. 그러니 수고스럽게 건물을 고쳐 쌓느니보다는 차라리 옛 전殿을 그대로 두고 옛 의례에 따라 모시는 자리와 방향만 고치는 것이 더 예에 맞지 않겠습니까? 며칠 전 좌상左相을 만나는 자리에서 이런 뜻을 말하여 이미 그에게서는 긍정적인 대답을 받았습니다만, 의당 함께 상의하여 처리해야 할 것입니다. 모르겠습니다만 그대는 어떻게 생각하십니까?

덕흥군德興君[2]을 추봉追奉하는 일에 있어서 먼저 의논하여 전례典禮를 결정하지 않고 지레 가묘家廟를 만든 것은 이미 온당치 못했습니다. 또한 저는 다만 "사친私親으로 내려가면 제사지낼 수 없다."는 주장을 지켜, 관에서 제수를 공급하지도 말고 또한 헌관獻官을 보내지도 못하게 했으면 했습니다. 다만 그 집에서 제수를 갖추어 제사를 주재하는 이가 직접 제사지내게 했으면 했던 것입니다. 이미 그런 뜻으로 설을 대략 정해 놓았습니다.

그러나 제 마음에도 그 설이 그리 믿음직스럽게 다가오지 않는 부분이 있었습니다. 그런데 지난번 이 문제를 의논할 때 재상들의 뜻이 모두 이를 탐탁지 않게 여겼고, 의논하는 이들도 널리 의리를 말하면서, 저의 몇 가지 주장을 모두 쓸 수 없다고 했습니다. 마침내 저는 아무 말도 못한 채 물러 나왔습니다만 몹시 서운했습니다.

그런데 삼공三公이 의논하면서 국전國典을 참고했다고 말한 것은 아마 『경국대전經國大典』 안에 있는 "왕후의 돌아가신 부모[考妣]를 위한 기제忌祭 등에 대해 관에서 제수를 공급한다."는 말을 가리킨 듯합니다. 그 관례를 본받아 제수를 공급하려고 한 것입니다. 그러나 제 생각으로는 이 또한 의심스러웠습니다. 그러다가 며칠 뒤 그 일 때문에 『송사宋史』에서 복왕濮王·수왕秀王 두 왕의 원묘園廟에 대한 의제儀制를 조사해 보았는데, 절목節目을 적은 부분에서 관에서 제수를 공급하고 헌관을 보내는 따위의 일에 대해 자못 소상하게 보았습니다. 그리하여 비로소 지난날의 소견이 너무 치우친 것이었음을 알게 되었고, 도리어 지난번 삼공이 저의 망령된 논의를 받아들이지 않은 것을 깊이 다행스럽게 여기게 되었습니다.

대체로 옛날에 "사친으로 내려가면 제사 지내지 않는다."는 글이 있기는 합니다만, 인정이 지극한 곳을 끝내 막을 수는 없습니다. 만일 일절 다 막아서 정성을 조금도 펴지 못하게 한다면, 갑자기 터져 나오는 폐단이 있을 듯합니다. 그러니 삼공의 뜻에 따라 관에서 제수를 공급하는 것을 옳게 보는 것이 더 나을 것입니다.

다만 지금 가묘를 설치한 것은 두 왕의 묘가 원침園寢에 있는 것과는 경우가 크게 다릅니다. 가묘는 자손들이 소목으로 들어가는 곳이니 관원을 보내어 제사를 지내자면 문제가 많을 것입니다. 어떻게 생각하십니까?

제사를 주재하는 이가 첫 잔을 올리고[初獻], 동생·조카나 친족 가운데서 합당한 사람을 골라 둘째 잔[亞獻], 마지막 잔[終獻]을 올리는 것으로 원칙을 정해 스스로 행하도록 했으면 합니다. 그리고 맡은 사람에게 일이 생길 경우에만 그 일을 핑계로 바꾸도록 했으면 합니다. 이렇게 하면 비록 가묘라 하더라도 행하는 데 거리낌이 없을 것입니다. 이 또한 어떻게 생각하십니까?

『송사』에서 이 일이 나오는 부분을 보냅니다. 아울러 자세히 헤아려서 비판할 것이 있으면 비판해 주기 바랍니다. 손님이 왔으므로 자세하게 적지 못했습니다. 삼가 절하고 여쭙니다.

기사 정월 그믐 며칠 전. 황.[4] 退

---

1. 문소전은 종묘와는 다르게 경복궁 안에 따로 세운 침전寢殿으로, 태조와 사친四親을 모시었다. 한편, 성종 때에 성종의 친아버지를 덕종德宗으로 추숭하면서 그와 형제인 예종과 같이 모실 수 없어 따로 사당을 지었는데, 그것이 연은전延恩殿이다. 인종이 돌아가시고 삼년상을 마친 뒤 부묘할 때에, 당시 이기李芑 등은 대수代數가 다하지 않은 세조를 조천할 수 없나 하여 인종을 문소전에 모시지 않고 연은전에 모셨는데, 이는 인종을 소홀히 대한 것이라 하여 사람들이 분하게 여겼다. 그래서 그 뒤 명종이 돌아가시자 자연스럽게 인종을 명종과 함께 문소전에 모시려는 논의가 일어났던 것이다. 하지만 문소전이 좁아 어떻게 하면 인종과 명종을 무리 없이 함께 모실지에 대해 여러 논의가 일어났다. 퇴계와 고봉도 이 논의에 적극 참여했고, 아래에서 볼 수 있듯이 두 사람 사이에서도 이 문제로 여러 차례 편지가 오가게 된다. 『서애집西厓集』15(『잡저』), 「기인묘부문소전사記仁廟祔文昭殿事」.
2. 덕흥군德興君은 중종의 일곱 째 아들이며 선조의 아버지이다. 이름은 소紹인데, 아들인 선조가 왕위에 오른 뒤에 대원군大院君으로 추봉되었다.
3. 복왕 조윤양趙允讓은 중국 송 태종太宗의 네 번째 아들인 상왕商王의 아들로서 그의 아들인 영종英宗이 후사 없이 죽은 인종仁宗을 이어 황제의 자리에 올랐고, 수왕 조 자칭趙子偁은 송 태조太祖의 네 번째 아들인 진왕秦王의 아들로서 그의 아들인 효종孝宗이 역시 후사 없이 죽은 고종高宗을 이어 황제의 자리에 올랐다. 따라서 그들은 모두 황제의 사친私親이 되었으므로 당시 조정에서는 사친추숭私親追崇의 전례典禮에 관한 논의가 많았다. 『송사』244·245, 「종실전宗室傳」.
4. 이 편지는 【1-74】에서 왔다.

문소전과 덕흥군의 가묘에 대한 논의에 답하며

문소전에 대해

주신 편지의 말씀이 모두 마땅합니다. 제 생각도 일찍이 이와 같았습니다. 다만 묘제廟制를 살피건대 실室과 당堂이 있습니다. 하지만 지금 전전前殿에는 실만 있고 당이 없으니 잘못된 듯합니다. 그리고 후침後寢 또한 옛 제도와 같지 않습니다. 그렇다고 지금에 와서 하나하나 옛 제도로 돌이킬 수도 없습니다. 그러니 다만 이와 같이 하여 줄거리만이라도 보존한다면, 예의 본뜻을 잃지도 않고 한때의 편의도 맞출 수 있을 것입니다. 살펴 헤아리시기 바랍니다.

덕흥군 가묘에 대해

지레 가묘를 세운 것은 참으로 편치 않고, 이에 대한 임금의 명령 또한 온당치 않은 부분이 있었으니, 여론이 자못 떠들썩합니다. 그러니 이 문제로 다시 시끄럽게 해서는 안 될 것이고, 다만 잘 헤아려 바르게 돌이키는 것이 옳겠습니다.

하지만 관에서 제수를 지급하는 일에 대해, 비록 『경국대전』에 왕후의 돌아가신 부모의 기제忌祭 등에 지급한다는 조항이 있기는 합니다만, 지금 이 일의 경우와는 실제가 다릅니다. 더구나 관에서 제수를 공급할 때 격을 높이는 쪽을 따르면 참람하게 되어 의리를 해치게 되고, 격을 낮추는 쪽을 따르면 평범하게 되어 은혜를 다치게 될 것입니다. 그러니 정이나 예로 헤아려 보건대, 제사를 맡은 자손으로 하여금 스스로 제수를 마련하게 하여, 편안하고 자연스럽게 하는 것이 낫겠습니다. 제사의 비용을 보조해 주는 문제라면, 해당 관부로 하여금 한 해 동안 드는 비용을 헤아려, 해마다 지급하는 것이 또한 무방할 것 같습니다.

그리고 복왕과 수왕의 두 원침은 지금의 논의와 경우가 다릅니다. 복왕과 수왕의 두 원침은 제후의 제도입니다. 아울러 서울에 사당[廟]을 세운 것이 아니라 무덤에 원묘園廟를 세운 것입니다. 따라서 예로 따져 보아 임금을 핍박하는 혐의가 없습니다. 그러나 지금 논의하는 것은 대부大夫의 제도입니다. 따라서 묘역에 사당을 세우는 규정이 없고, 서울에 가묘家廟만을 둘 수 있습니다. 그러니 그 의례의 분수를 약간 낮게 하는 것이 마땅할 듯합니다.

헌관獻官을 파견하는 것도 행하기 어려울 듯합니다. 다만 복왕 원묘의 예절 가운데 한 가지에 의거하여, 제사를 주재하는 이가 첫 잔을 올리고[初獻], 그 아들이나 조카 두 사람이 둘째 잔[亞獻], 마지막 잔[終獻]을 올리는 것을 원칙으로 정하는 것이 예의 본뜻에 맞을 듯합니다. 주신 편지에 헤아려 정하신 것들이 실로 마땅하니 고칠 것이 없을 듯합니다. 살펴 헤아리시기 바랍니다.

지금 이 논의는 옛 의례에 의거하여 뒷 세대의 잘못을 바로잡는

것이 마땅합니다. 선례가 있다 하여 생각 없이 따르거나 별일 아니
니 깊이 따질 것 없다며 대충 처리해서는 안 됩니다. 반드시 치우치
지 않는 정당한 도리를 선택하여 준칙으로 삼아야 합니다. 그렇게
한다면 다시는 동쪽으로 기울고 서쪽으로 이끌리며 가깝고 멀고 두
텁고 얇은 사이에서 제멋대로 하지 못하게 될 것입니다.

저의 견해는 이와 같습니다만 어떤지 모르겠습니다. 견주어 보시
고 가르쳐 주시면 다행이겠습니다. 삼가 절하고 여쭙습니다. 기사
정월 29일, 후학 대승은 절하며 올립니다. 固

1. 이 편지는 【1-74】에서 왔다.

전전前殿에 위패를 모시는 규칙에 대해 1

　문소전文昭殿의 후침後寢을 한 칸 늘려 짓는 일은 이미 허락을 받았으니 다시 다른 논의가 없습니다. 그리고 전전前殿에 위패를 모시는 규칙에 대해서는, 어제 정부의 2품 이상 고위 관료들과 삼사三司의 장관들이 같이 가서 살피고 의견을 모아 대책을 아뢰었습니다만, 아직 비답이 내려오지 않았습니다.

　대체로 의정부의 뜻은 오른쪽 두 번째 당가唐家¹ 안을 반으로 나누어 칸막이를 하고 인종仁宗·명종明宗 두 대왕을 모시고자 하는 것입니다. 이 논의는 얼핏 들으면 너무 간단하게 처리한 것 같습니다. 그러나 자세히 헤아려 보면 이미 인종·명종 두 대왕에 대해 누구를 높이고 누구를 낮춤이 없습니다. 또 잠시 함께 모셔져 있는 신위는 후침後寢에서 각각 방 하나씩을 차지하고 계시는 신위만큼 존귀하지 않습니다.

　그래서 제 생각에도 이와 같이 정했으면 합니다. 이 모든 것이 어쩔 수 없어서 낸 방편입니다만, 이 논의에 따라 행한다 하더라도 의례의 큰 줄거리에는 거리낌이 없을 것이라고 여겼습니다.

　그런데 박화숙朴和叔이 홀로 인종·명종 두 대왕을 함께 한 당가唐家에 모신다는 것은 그분들을 업신여기는 일이라고 하면서, 세 개의 당가를 만들자고 합니다. 그러나 이렇게 한다면 그 공간 안에서 각각의 신위 앞에 탁자를 놓기가 매우 어렵습니다. 화숙은 다만 탁자의 크기를 줄여서 놓을 수 있도록 하자고 주장했습니다만, 실행하기가 매우 어려울 듯합니다. 세 개의 당가로 만들되 탁자는 하나를 같이 쓰도록 하면 일이 매우 쉬운데, 의정부에서는 또 따르지 않으니 어찌하면 좋겠습니까? 또 제가 일찍이 정자의 주장을 보건대, 횡거橫渠가 주장한 묘제墓祭에 한 위位만을 모신다는 설을 옳지 않다고 했습니다. 그러므로 저는 감히 탁자 하나를 같이 쓰자고 청하지 않았을 뿐입니다.

이런 일들과 관련된 논의에 대해서 선생님께서는 어떻게 생각하시는지 몰랐습니다. 그런데 탁자의 넓이·그릇·반찬의 종류 등에서 모두 지나친 것을 덜어 알맞게 하라고 하시니, 참으로 많은 위로가 되며 다행스럽습니다. 조보朝報 두 장을 함께 넣어 보내드리니 아울러 살펴 헤아리시기 바랍니다.

이곳의 일의 형세는 물과 불 사이 같아서 위아래가 서로 어그러져 다투어, 점점 시기하고 막아서는 풍조를 이루고 있습니다. 다른 논의를 펴는 이는 더러 "인묘仁廟는 그대로 연은전延恩殿에 두는 것이 매우 마땅하다."라고도 합니다. 제가 생각하기에 끝내 수습하지 못하여 화란의 실마리를 크게 일으키지나 않을까 두렵기도 합니다. 그래서 예에 크게 저촉되지 않는다면 되도록 심하게 다투지 않았으면 합니다.

이런 생각이 구차한 것 같지만, 시대가 다르고 일이 다르니 굳이 한 가지 경우만 가지고 서로 비교해서는 안되겠습니다. 이런 생각이 어떤지 모르겠습니다. 아울러 살펴 헤아리시기 바랍니다. 서울 오는 인편을 보아 자세한 가르침을 내려 주시기 바랍니다.

삼가 절하며 아룁니다. 기사 4월 17일. 후학 대승은 절하며 답합니다.[2] 高

---

1. 신주를 모시는 감실.
2. 이 편지는 【1-89】에서 왔다.

전전前殿에 위패를 모시는 규칙에 대해 2

　문소전에 대한 논의는 끝내 어떻게 결말이 났습니까? 건물을 허물지 않는 것은 참 다행한 일입니다. 그러나 전하는 말을 들으니 방 하나를 둘로 나누자는 의견도 쓰지 않기로 결정할 것 같다고 했다는데, 그렇다면 어떤 의견을 좋게 여겨 골라 쓴다는 것입니까? 뒤에 나온 의견을 이어서 들으니 인종仁宗은 그대로 연은전延恩殿에 모셔 두고 문소전文昭殿에 들이지 않는 것을 옳다고 여긴다는데, 사실인지 모르겠습니다. 만일 참으로 그런 주장이 있었다면, 그대는 그에 대해 어떻게 생각하십니까? 저의 어리석은 소견으로는 많은 논의 가운데 이것이 의리를 가장 심하게 해친다고 생각합니다. 이 말을 들은 뒤로는 밤낮으로 근심스러워 몸이 멀리 바깥에 나와 있는 것도 모를 지경입니다.

　옛날의 중신들이 이런 일을 처리한 경우를 가만히 살펴보았습니다. 한쪽에서는 "일찍이 임금과 신하 사이였으면 곧 아버지와 아들 사이와 같으니, 각각 한 세대가 되는 것이 당연하다." 합니다. 또 한쪽에서는 "형제 사이에서는 서로 뒤를 이을 수 없으니, 같은 소목昭穆으로서 함께 하나의 자리를 차지하는 것이 당연하다." 합니다. 두 주장이 서로 맞서 싸우지만 늘 나중 주장이 이겼습니다. 그것은 보통의 경우, 위로 고조高祖를 체천해야 하는데, 앞의 주장을 따르게 되면 간혹 증조나 할아버지까지 체천하게 되므로, 이것을 어렵게 여겼기 때문입니다. 그러므로 지금 종묘에서도 이미 나중 주장을 쓰고 있는 것입니다.

원묘原廟에 있어서도 그러한 어려움은 마찬가지입니다. 그래서 당초 제가 계획을 올렸을 때, 방 하나를 늘리고 신위의 방향을 고치려 한 것도 바로 이것 때문이었습니다. 그러나 지금 생각해 보니, 간원諫院이 오실五室을 넘을 수 없다는 제도를 굳이 지키려고 한 것 또한 매우 이치에 맞는 것이었습니다. 왜냐하면 비록 설치하지 않아야 할 것인데도 구차하게 설치한 것을 감히 폐지하자고 청하지는 못할 망정, 늘리자고 청해 끝없이 훗날의 잘못된 길을 열어 놓아서는 안되기 때문입니다. 그런데 다행히 임금의 지혜가 빼어나시어 이런 이치를 깊이 살피시고, 건물을 허무는 일을 그만두라고 명령하시고, 또 방을 늘리는 것도 정지하게 했습니다. 매우 잘하신 일이고 지극히 당연한 일이라고 하겠습니다.

그러나 돌이켜보건대 위로 체천하는 어려움은 그대로 남아 있습니다. 그렇기 때문에 대신들이 의논하여 방 하나를 나누어 두 개의 자리를 만들려고 한 것입니다. 옛날 진晉 명제明帝를 종묘에 모시려 [祔廟] 할 적에 온교溫嶠가 그 당시의 종묘 안에다 감실龕室을 바로 증설하여 일곱 신위에 더해 한 신위를 모시려 했던 것은 바로 이러한 논의와 같습니다. 이것 또한 어쩔 수 없는 상황에서 나왔던 것입니다. 만약 묘당廟堂이 다른 논의에 대해 모두 쉽게 채택해서 쓸 수 없겠다고 한다면, 차라리 저것보다는 이것이 낫다고 하며, 위와 같은 주장을 쓸 수도 있을 것입니다.

인종을 같이 모시지 않으려는 주장까지 나왔습니다. 옛날에도 이러한 경우가 있었습니다만 모두가 거론할 가치가 없는 것들이었습니다. 무릇 형제가 서로 임금의 자리를 잇는 경우, 일찍이 신하로서 섬기다가 왕위를 이어받는다는 것은 천지 자연의 이치와도 같아서 만고에 바꿀 수 없는 법입니다. 그러므로 춘추春秋의 뜻[2]과 정주程朱의 논의[3]가 모두 그들을 각각 한 세대로 보는 쪽으로 모아졌습니다. 그런데 지금 비록 위로 체천하는 어려움 때문에 그 설을 채용하지는 못할지라도, 만일 이 때문에 왕위를 이었다는 중대한 의미를 마침내 잊어버리고 임금으로 섬겼던 의리를 소홀히 여겨, 선대의 임금은 밀쳐서 딴 곳에 그대로 모셔두고 곧바로 명종明宗을 올려 위로 중종中宗을 잇게 한다면, 춘추의 뜻과 정주程朱의 논의에 어긋나고 정론에 위배됩니다. 이는 크나큰 윤리를 어기는 죄를 짓게 되는 것이니 어찌하면 좋겠습니까?

반경盤庚이 양갑陽甲을 대를 잇는 순서에 넣지 않았다는 설[4]이 한 번 나오자, 후세에 의논하는 신하들 가운데 그것을 인용하여 그릇된 주장을 펼친 이들이 이루 헤아릴 수 없이 많았습니다. 우선 한 가지 보기를 들겠습니다. 당唐나라 때 진정절陳貞節과 소헌蘇獻이 중종中宗을 다른 곳에 모셔 놓고, 예종睿宗으로 고종高宗을 이으려 했습니다. 그 때 충성스럽고 의로운 선비인 하남河南의 손평자孫平子가 봉사封事를 올려 힘을 다해 싸웠습니다.[5] 그러나 소헌의 종손從孫인 소정蘇頲[6]이 재상으로 있으면서 사사로이 소헌을 편들어, 손평자를 귀양보내고 소헌의 설을 채용했습니다. 그러나 저들은 정말 책망할 것도 못됩니다. 당당한 우리 조정에는 떳떳한 법이 크게 밝은데도, 만에 하나 불행하게 저들의 잘못을 그대로 따르는 경우가 생길 수 있겠습니다. 그런데도 그대가 때마침 간원諫院에 있으면서 그런 허물을 지나쳐버리고 바로잡지 않는다면 천하와 후세의 책망을 어찌하겠습니까?

　무릇 사대四代의 선조를 체천하지 않는 제도와 묘당에서 오실五室을 넘어서지 않는 제도는 병행하기가 무척 어렵다는 것을 너무나도 잘 알고 있습니다. 그렇기 때문에 방 하나를 둘로 나누어 어쩔 수 없이 당장 눈앞에 닥친 문제를 해결할 방책으로 삼으려는 것입니다. 그러나 하순賀循의 "묘실廟室은 평상시의 거처를 상징하니, 두 임금이 한 방에 있는 의리는 없다."라는 주장으로 본다면, 이 또한 매우 편치 않은 것입니다.

　그래서 제가 앞서 서울에 있을 적에 일찍이 그대에게 말하기를, "위로 고조高祖 한 위만을 체천하여 연은전延恩殿에 모시고자 한다." 한 적이 있습니다만, 그 의견은 어떤지 모르겠습니다. 제 생각에는 이렇게 하여 덕종德宗과 같은 곳에 모시면, 이것은 오실을 넘기게 되어 체천한 것이지 낮추어 치우는 것이 아니게 되며, 사친四親 안에 포함되기 때문에 머물러 모셔두는 것으로서 묘廟에서 옮겨내지 않게 됩니다. 위로는 체천하는 예를 따를 수 있게 되면서도 실상은 체천하지 않게 되며, 아래로는 형을 건너뛰어 모시는 혐의를 면할 수 있게 되면서도 함께 모시는 거리낌도 없게 되는 것입니다.

　무릇 원묘原廟의 경우는 종묘와 크게 다릅니다. 종묘의 경우는 이 논의를 시행할 수 없습니다. 원묘의 경우는 옛 제도를 따르지 않고 뜻대로 설치할 수 있습니다. 그러니 바꾸는 것이 당연한 경우에 바꾼 것을 따르는 것이 어찌 안 될 까닭이 있겠습니까? 바라건대 깊이 생각하고 멀리 도모하여, 제 말이라 해서 **무조건** 따르지도 말고 그렇다고 소홀히 여기지도 않으면서 손평자에게 죄를 얻게 되지 않는다면 매우 다행이겠습니다.

　융경 기사 4월 일. 황은 절합니다.

　덕흥군에 대해 논의한 일도 원래는 제 글을 보내드리고 서로 의
견을 주고받으려 했습니다. 하지만 다시 생각해 보니 일마다 간섭하
는 것은 정말 물러난 사람이 취할 태도가 아니었습니다. 그래서 오
직 일찍이 관여했던 일에 대해서만 말씀드렸습니다. 하지만 이 또한
매우 송구스럽습니다.[7] 退

1. 『진서晉書』19(『지志』9), 「예禮」상.

2. 중국 춘추시대 노魯의 희공僖公은 민공閔公의 서형으로서 민공의 뒤를 이어 임금이 되었다. 따라서 묘당에 모셔지는 차례는 당연히 민공의 밑에 있어야 하는데, 희공의 아들인 문공文公은 자기의 아버지 희공이 형이라 하여 희공의 신주를 민공의 위로 올려 놓았다. 이것이 곧 역사逆祀라는 뜻에서 공자는 『춘추』에 이 사실을 명시했다. 『춘추좌전』, 「문공」 2년.

3. 어떤 이가 정자程子에게 "형제가 소목昭穆이 될 수 있습니까?" 묻자, 정자는 "나라에서 아우가 형을 잇는 것은 곧 왕위를 잇는 것이므로 소목이 될 수 있으나, 사대부는 그렇지 않다." 했다는 것과 주자朱子는 「의정송협향도擬定宋祫享圖」에서 "형제가 각기 한 세대가 된다." 했다는 것을 가리킨다. 『퇴계문집고증退溪文集攷證』5.

4. 중국 진대晉代의 하순賀循이 혜제惠帝와 회제懷帝는 형제로서 왕위를 이었으니 각각 한 대로 삼아서는 안 된다는 것을 논하면서, 그 근거로 고대 은대殷代의 반경盤庚도 형인 양갑陽甲의 뒤를 이어 왕위에 올랐으나, 양갑을 이은 것으로 하지 않고, 위로 부왕인 조정祖丁을 이은 것으로 했다고 한 말을 가리킨다. 『진서晉書』68, 「하순전」.

5. "당唐 예종睿宗이 죽자, 박사 진정절과 소헌이 의논하기를 '형제는 서로 1대가 될 수 없으니,… 은나라 양갑陽甲의 고사에 따라, 중종中宗을 별묘別廟에 모시고, 예종을 종묘에 모셔 고종을 잇게 해야 한다.' 했는데, 이궐伊闕 사람 손평자가 글을 올려 말하기를, '중종을 별묘로 옮기고 예종만 종묘에 모시는 것은 노 희공의 묘차를 민공의 위에 올린 것과 같습니다. 형이 아우에게 신하 노릇을 한 경우에도 위로 올릴 수 없는 것인데, 아우가 형에게 신하 노릇을 한 경우는 오죽하겠습니까? 만일 형제를 같은 소昭로 모시자면 응당 형을 별묘로 내보내서는 안 됩니다.' 하여, 힘을 다해 싸웠다." 『자치통감강목資治通鑑綱目』43.

6. 기록에는 "소헌은 소정의 종조형從祖兄이 되기 때문에 그 의논을 따른 것이다."라고 나와 있다.(『자치통감강목』43, 「현종 개원開元」5년) 따라서, 퇴계가 소정을 소헌의 종손이라고 한 것은 착오인 듯하다.

7. 이 편자는 【1-90】에서 왔다.

전전前殿에 위패를 모시는 규칙에 대해 3

원묘原廟의 일에 대해 가르침을 받아 선생님의 뜻을 자세히 알게 되니 참으로 위로되고 감사합니다. 이 일의 줄거리를 지난날 이정而精에게 부탁하여 선생님께 전달하게 했고, 그 뒤에 저도 스스로 편지 한 장을 닦아 조보朝報와 함께 올렸는데, 지금 주신 편지를 받아 보니 그것들을 받아 보지 못하신 듯합니다. 참으로 많이 아쉽습니다. 그러나 지금쯤은 날짜가 오래 지났으니 분명히 도착했을 것이라고 생각합니다.

이달 4일에 후침後寢을 한 칸 더 짓고 전전前殿에 신위를 모시는 규칙을 다시 대신들로 하여금 의논하여 정하게 하자고 청해 윤허를 받았습니다. 16일에는 의정부의 2품 이상 관료들과 삼사의 장관들이 같이 가서 현장을 살폈는데, 의정부는 여전히 방 하나를 반으로 나누어 칸막이를 하자는 의논을 고집했습니다. 그러나 그 사이에 신위를 모시기에는 너무 좁아 불편합니다. 17일에는 제가 좌상左相을 뵙고서 조용히 상의하여, 중간에 칸을 막지 말고 긴 당가唐家를 만들자는 뜻을 아뢰었더니, 좌상께서 기쁘게 허락하며 말하기를, "어제 이이상李二相도 이런 말을 했는데, 나의 생각에도 그렇다. 그러나 모아진 논의에 대한 결론을 아직 내리지 않았다. 만약 결론을 내린 뒤 내가 도감都監을 맡으면 이런 의견을 다시 아뢰겠다." 했습니다. 하지만 얼마 뒤 지시가 내리기를, 우상右相이 전에 주장한 대로 앞뒤로 통장通粧을 물리라고 했습니다. 제가 친히 건물의 내부를 살펴본 바로는 앞뒤에 통배通排하기에도 불편함이 있었습니다. 그래서 곧장 원래의 제 생각을 고집하려다가, 의정부에서 반드시 스스로 계획을 바꿀 것이니 우선 어떻게 하는가를 기다리자고 생각했습니다.

22일에 우상이 스스로 자기의 주장이 실행되기 어렵다는 것을 아뢰고, 아울러 칸막이를 하지 않고 당가唐家를 만들 뜻을 드러냈으나 윤허를 받지 못했습니다. 그러므로 24일에 칸막이를 하지 않은 긴 당가를 만들 것과 반찬의 종류나 그릇을 한결같이 『오례의五禮儀』와 횡간橫看에 따라 할 것을 청해 곧바로 윤허를 받았습니다. 사람들의 생각이 대체로 모두 같으니 별일 없이 진행될 것이라고 생각합니다. 다만 세상 인심이 가벼워 다른 쪽으로 흐르기 쉬우니, 또한 어떻게 결말이 날지 모르겠습니다.

사헌부는 국가의 큰 일을 맞아 일관된 주장을 펴지도 못했고, 이미 정해진 논의를 꺾어 고치려고 했으니, 일을 아주 옳지 못하게 처리했습니다. 때문에 그저께 논박을 받아 자리가 갈렸습니다. 저도 어제의 정사政事에서 좌대언左代言으로 옮겨 임명되었습니다. 그러니 앞으로의 일에는 힘을 미치지 못할 듯합니다. 간원諫院의 일을 더 맡은 지 한 달도 되지 않아, 논박을 받고 자리에서 물러나거나 옮긴 사람이 스무 사람 정도이니, 아무리 나랏일 때문에 어쩔 수 없었다 하더라도 무척 두렵고 부끄러웠습니다. 하지만 어찌할 수가 없었습니다. 마침 다른 자리로 옮기고 나니 차츰 마음이 다시 안정되고 있습니다.

또 인묘仁廟를 그대로 연은전延恩殿에 모시자는 설이 과연 있었으니, 저도 매우 걱정했습니다. 지금은 다행히 어느 정도 정해졌으니, 틀림없이 뒷걱정은 없을 것입니다. 주신 편지에서 말씀하신 위로 고조高祖 한 위位만을 옮겨 연은전에 모시자는 등의 말씀은 후침後寢에서는 행할 수 있으나, 전전前殿에서 같이 모시는 위位의 경우에는 어려움이 있습니다. 무릇 인종과 명종 두 분 위位는 함께 소昭에 모실 경우 당가가 둘 뿐이어서 세 위를 모시기 어렵고, 그렇다고 명종을 목穆 쪽에 모시면 종묘와 같지 않으니 쓸 수 없는 주장입니다. 선생님의 생각은 어떠신지 모르겠습니다. 나머지 많은 말들은 다하지 못했습니다. 살피시기 바랍니다. 삼가 절하며 아룁니다.

융경隆慶 기사 4월 28일 후학 대승은 절하며 올립니다.¹ 高

1. 이 편지는 【1-91】에서 왔다.

할 말을 다하는 것이 진실로 마땅하지만

4월 17일 편지와 28일 편지에서 문소전과 관련된 논의의 줄거리를 자세히 알려주셨습니다. 멀리 바깥에 있는 사람이 관여할 일이 아니라고 여기지 않으시고, 이처럼 정성스럽게 알려주시니 매우 깊이 감사드립니다. 다만 당시 그대는 그 문제에 대해 다른 논의가 없을 것이라고 했습니다만, 뜻밖에 그 뒤에 또 한번의 소동이 있어, 듣는 이를 놀라게 했습니다. 다행히 바로 다시 진정되었으니 어찌 여러 사람이 힘써서 싸운 덕분이 아니겠으며, 또한 임금께서 슬기롭게 결단하신 아름다움이 아니겠습니까?

하지만 그 가운데 이해할 수 없는 것이 있습니다. 두 대왕을 한 당가唐家에 함께 모시는 것은 과연 거북스럽습니다. 만일 세 위位를 모시는 것을 세 당가의 제도와 대비해서 말하는 것이라면, 이는 아래에 모시는 것을 셋으로 나누면 위의 제도도 셋으로 자르는 것입니다. 어째서 위에 세 당가를 만들면 아래에 세 위位를 모시는 탁자를 두기가 어렵고, 위에 긴 당가를 만들면 아래 세 위를 모시는 탁자를 두기가 어렵지 않다는 것입니까? 알기 쉽게 다시 설명해 주시면 어떻겠습니까? 탁자의 넓이·그릇·반찬의 가짓수에서 지나친 것을 줄이는 일은 끝내 시행되었는지 모르겠습니다. 이 문제에는 본래 물과 불처럼 합쳐지기 어려운 부분이 있습니다. 지난번 부묘祔廟와 관련된 논의 때문에 다툴 적에도 몇몇이 화를 내며 도를 넘는 말을 하기도 했습니다. 미움과 원망이 더욱 늘고 더욱 심한 평계를 대게 되면, 놀라운 사건이 반드시 일어나지 않을 것이라고 보장할 수 없게 될까 걱정입니다. 제 생각에 이러한 때에는 밤낮으로 경계를 게을리 하지 않는 것이 가장 중요하다고 생각합니다. 그대들도 이런 생각을 하고 계신지 모르겠습니다.

제가 가만히 엿보건대 그대는 참으로 얻기 어려운 자질을 가졌으나, 영명한 기상을 풀어내고 웅대한 변론을 펼쳐, 다른 사람을 너무 지나치게 업신여기고 꺾어버립니다. 하지만 자신을 돌이켜 몸을 단속하며, 분노를 경계하고 욕심을 막아 허물을 고치고 좋은 쪽으로 옮겨 가는 따위의 세밀한 공부는 아예 소홀히 하는 것 같습니다. 이런 식으로 행세하려 들면 한정 없이 함정에 빠지게 될 것이며, 이런 식으로 성인을 바란들 성인이 계신 곳의 담장이나 바라볼 수 있겠습니까? 임금께 간하는 직책에 있으니 할 말을 다하는 것이 진실로 마땅하지만, 정명도程明道가 신종神宗에게 고한 말로써 보건대, 많지 않은 시간에 많은 사람들을 탄핵하는 것은 또한 따져볼 것이 있는 듯합니다. 김 대사헌大司憲의 일은 매우 잘 처리하셨습니다. 이것이 모두 지난 일인데 제가 자잘하게 말하는 까닭은 앞으로 조금이라도 도움이 있기를 바라서일 따름입니다.

제 편지에서 윗대를 체천遞遷하자고 했던 설은 실행하기 어렵고 또한 최선의 방법도 아니라는 것을 잘 알고 있습니다. 다만 사사로운 견해를 믿고서 아래로 마땅히 부묘祔廟할 때가 된 신주를 교체하는 것보다는, 차라리 어쩔 수 없지만 조묘로 옮길 차례인 신주를 체천하는 것이 더 낫다고 생각해서였습니다. 그러나 이 설을 택한다면 그 뒤의 일을 말하지 않은 것이 많은데도 지금 옳지 않다고 하시는 군요. 지금 이미 큰 일을 다투어 청한 대로 되었는데, 나머지 일까지 하나하나 절도에 맞기를 바란들 어찌 될 수 있겠습니까?

보내 주신 모두 열 다섯 마디의 시와 정존시靜存詩 여덟 마디는 모두 매우 사랑할 만하여 말할 수 없을 정도로 깊은 감사와 부끄러움을 느낍니다. 이 시들은 모두 제 시에 대한 화답이므로 함부로 다시 번거롭게 화답하여 누가 더 뛰어난지 서로 다투는 것처럼 하지 않겠습니다. 오직 「빈몽頻夢」 한 마디와 「사선謝扇」 한 마디에만 화답했습니다. 나머지는 별지에 적었으니 보시고 한 번 웃어 주시면 다행이겠습니다.

기사 6월 7일, 황은 머리를 숙입니다.[1] 退

---

1. 이 편지는 【1-93】에서 왔다.

문소전에 당가를 만드는 일 1

문소전의 전전前殿은 서까래 길이가 30자요 전 안의 넓이가 겨우 29자인데, 만약 나누어 세 당가唐家를 만들면, 남북의 벽 가까이를 헐어 각각 집사執事가 드나드는 길을 내고, 중간에도 또 두 줄의 길을 만드니, 길이 모두 넷인데, 각각 2자씩 차지하니 모두 8자의 넓이는 쓸데없게 됩니다. 나머지는 겨우 21자로, 세 당가가 각각 7자씩을 차지하게 됩니다. 탁자의 넓이가 3자니 세 분 위位를 모실 경우 탁자 셋을 합하면 9자가 되어 7자 안에 놓을 수 없는 형편입니다. 이것이 나누어 당가 셋을 만들자는 논의를 행하기 어려운 까닭입니다.

만약 틔워 놓고 긴 당가를 만들어 형편에 따라 칸을 막으면, 드나드는 길은 전과 같이 모두 8자가 빠지고 나머지가 21자이니, 세 번째 위位를 모시는 간격은 9자로 하고 나머지의 간격은 6자로 하며, 세 번째 탁자는 9자로 놓고 나머지 두 탁자는 6자로 놓으면 딱 맞습니다. 이것이 틔워 놓고 긴 당가를 만들자는 의견이 어쩔 수 없이 나온 까닭입니다.

만약 한 당가 안에서 칸막이를 하여 모시자고 한다면, 한 당가의 길이는 다만 12~13자요, 탁자 넷을 놓은 길이가 모두 12자이니, 드나들 길이 없어집니다. 이것이 비록 논리적으로는 일리가 있는 논의이지만 형편상 행할 수 없습니다. 이와 관련된 논의의 전말이 대체로 이와 같습니다. 살펴 주시기 바랍니다.

    세 분 위位는 대왕과 두 분 왕후를 이름입니다. 탁자의 규격은 처음 3자 8치였는데, 뒤에 3자로 정했다가 지금은 2자 8치로 정했습니다. 그릇들과 반찬 가짓수는 상당히 줄였습니다.[1] 壽

---

1. 이 편지는 【1-94】에서 왔다.

문소전에 당가를 만드는 일 2

　문소전에 당가를 둘로 만드는 것과 셋으로 만드는 것 모두에 어려움이 있어, 어쩔 수 없이 칸막이를 하지 않은 긴 당가를 만든 사정을, 지금에서야 비로소 밝게 알았습니다. 신위의 방향을 바꾸지 않고서, 또는 다른 방편을 만들어 내지 않고서, 다만 지금까지의 제도와 의례만으로 처리한다면, 이 방법 말고 더 좋은 계책이 없습니다. 그러니 으레 여러 사람이 의논하다 보면 여기에 이르러 그칠 것입니다. 그러나 그 제도를 보건대, 나중에 체천할 때 형편상 또 다시 제도를 고치지 않을 수 없으니, 혹시 따로 간사한 논의가 그 사이에서 생겨나서 만세토록 행해지는 굳건한 제도가 될 수 없을까 염려스럽습니다. 듣자하니 지금은 비록 이와 같이 하지만 다음 번 체천할 때에 인묘仁廟를 먼저 옮겨 내자는 논의가 있는 듯한데, 사실입니까? 退

---

1. 이 편지는 【1-95】에서 왔다.

벼슬자리와 목숨을 걸 각오로

문소전의 일은 뒷날 체천遞遷할 때 비록 다시 칸을 만들어야 하겠지만, 긴 당가 안에서만 서로 바꾸어 옮겨도 아주 좋을 듯하니, 대대로 이 법식을 써도 거의 근심이 없을 것입니다. 만약 한 당가에 두 위를 나누어 모시면, 비록 한동안은 어떻게 안배할 수 있다 하더라도, 뒷날 어찌지 못하는 상황에 이르고야 말 것입니다. 그러므로 제가 처음부터 힘을 다해 주장했던 것인데, 마침 좌상이 옳게 여겨 임금께 알려 논하는 데에 이르렀고, 또한 바로 윤허를 받았습니다. 그러므로 그 뒤에 비록 여러 논의들이 분분히 일어났으나 또한 이로 말미암아 힘을 얻었던 것입니다.

인묘仁廟를 곧장 체천하자는 논의가 영의정으로부터 나와서 일찍이 경연 자리에서 임금께 아뢰기까지 했습니다. 그 뒤 제가 곧장 체천하는 것이 옳지 않다는 뜻으로 논변했습니다만, 임금께서 어떻게 생각하시는지 모르겠습니다. 급한 일이 아니기 때문에 이렇게만 하고 그만 두었습니다.

부묘祔廟한 뒤에 함께 존봉尊奉하는 전례에 대해서는 예조의 관리들과 대신들이 미리부터 예전에 덕종德宗을 추숭追崇할 때의 일¹을 참고했습니다. 사정이 몹시 걱정스러워서 제가 또한 경연 자리에서 남의 후사[人後]가 된 의리와 이전에 있었던 존봉의 실례들을 힘써 아뢰면서 마땅히 성현을 본받아야 하되, 송나라 효종孝宗의 일이 더욱 본받을 만하다고 말했습니다. 하지만 임금께서 어떻게 여기셨는지 모르겠습니다. 그 뒤 병으로 사직하고 다시 조정에 들어가 임금을 모시지 못했습니다.

  아래위 사람들의 의견이 서로 어긋나고 옳지 못한 주장들이 떠도니, 이로 말미암아 사림의 화가 크게 열릴까 매우 두렵습니다. 걱정과 근심을 그칠 수 없습니다. 저는 매번 여기에 벼슬자리와 목숨을 걸 생각으로 있을 뿐입니다. 지난날 선생님께서 견주어 정해 놓은 논의들을 얻어 볼 수 있을지 모르겠습니다. 살피신 뒤 가르침을 주시면 매우 다행이겠습니다.[2] 高

1. 성종의 친아버지를 덕종으로 추숭한 것을 가리킨다. 5-4 편지를 참조할 것.
2. 이 편지는 【1-96】에서 왔다.

묘당의 논의가 이미 정해지고 말았으니

인묘仁廟를 곧장 체천遞遷하자는 주장이 비록 눈앞의 급한 일은 아니나, 참으로 오랫동안 큰 해를 입힐 일입니다. 어쩌다가 이처럼 이치를 거스르고 도를 훼손하는 실마리가 올바른 군자의 생각에서 나왔는지 모르겠습니다. 『춘추春秋』에서도 다만 희공僖公을 올린 것을 나무랐을 뿐, 민공閔公을 바로 체천하지 않은 것은 나무라지 않았습니다. 그러니 이 주장이 근거도 없고 바르지도 못해 성스러운 전례典禮에 죄가 될 것은 의심할 여지가 없습니다.

존봉尊奉하는 진례를 지금 어떻게 결정했습니까? 덕종德宗을 추숭追崇한 고사의 예를 물어 따르겠다는 뜻이 과연 어디에 있었습니까? 아마도 그것은 우연히 나온 것이지, 무리한 일을 좇아서 그대로 하고자 하여 그렇게 한 것까지는 아닌 듯합니다. 더구나 경연 자리에서 아뢴 것을 임금께서 거의 받아들이셨으니, 불행히도 지금까지 때때로 옳지 못한 주장이 있기는 했지만 밝으신 임금께서 깊이 살피시고 멀리 보시어 그 가운데 빠지지 않으실 것은 분명합니다.

저는 지난날 가묘家廟에 대해 논의할 적에 마땅히 존봉尊奉하는 전례를 먼저 정해서 대체적인 윤곽을 만든 뒤에야 비로소 가묘에 대해 의논할 수 있다고 생각했습니다. 그래서 대략 그 전례의 문안을 초안 잡아 정하기로 했습니다. 그런데 끝나기도 전에 묘당의 논의가 이미 지레 정해졌고, 오래지 않아 저 또한 벼슬을 그만두고 돌아와서 지금처럼 농사짓는 백성이 되어 버렸으니, 다시 이런 일에 참여하기가 어렵게 되었습니다. 그런 까닭에 끝내 그 문안을 완성하지 못하고 말았습니다. 더구나 제가 도성 문을 나오자마자 공격하는 무리들이 갑자기 일어나, 비록 다행이 떠나기는 했지만, 뒷말이 끊이지 않았으며, 그 의도가 모두 제게 있는 듯했습니다. 그러니 어찌 다시 이런 일로 제 글을 서울에 보내 사람들의 손가락질을 불러일으킬 수 있겠습니까? 감히 말씀하신 대로 따를 수 없으니 너그러이 살펴시기 바랍니다.[1] 退

---

1. 이 편지는 【1-97】에서 왔다.

문소전 전전前殿에 당가를 둘이나 셋 만드는 것은 모두 안되고 반드시 긴 당가로 만들어야 된다는 것에 대해서는 이미 말씀 들었습니다. 하지만 또 이해되지 않는 것이 있습니다. 멀리서 상상해 보건대, 세조를 이미 체천한 뒤 소목昭穆의 신위가 마땅히 위의 그림과 같을 것입니다. 그렇다면 한 당가에 세 신위를 봉안한 경우는 모두 목위穆位이니, 이는 일찍이 이미 정한 일입니다. 지금 의논하는 소위 昭位에는 한 당가에 세 신위를 모신 자리가 없습니다. 그런데 무슨 까닭에 지난번에 주신 편지에서는 "세 개의 떡자를 설치하기는 어렵다." 같은 말씀이 있었습니까? 이미 지난 일을 다시 논의하는 것이 옳지 않습니다만 오가며 논의하던 끝에 이치가 분명하지 않는 부분이 있어서 그렇게 되었습니다. 스스로 논의를 그만두고 싶지 않아 감히 다시 묻습니다.

太祖
王后

穆 章宗大王   祧 睿宗大王
   王后   仁粹大妃

穆 守宗大王   祧 剛陽大王
   王后
   王后

1. 이 편지는 【1-97】에서 왔다.

묘갈명을 논한
편지들

묘갈문을 삼가 올립니다

　　묘갈문을 삼가 올립니다. 다만 격식에 맞는지 모르겠습니다. 살펴보시고 헤아려 주십시오. 글이 깊이가 없고 기운이 약해 쓰이지 못할까 하여 두려운 마음 실로 깊습니다. 만약 적당하지 못하다고 생각하시면 선생님께서 재량껏 처리하시기 바랍니다. 마음속에 남은 생각이 수만 가지이지만 이만 줄일까 합니다. 다만 별지에 한두 가지만을 대략 적었으니 아울러 살피시기 바랍니다. 삼가 절하며 글을 올립니다.

　　기사 7월 21일, 후학 대승은 전하며 올립니다.

　　사십여 년에 대해. 삼가 주신 글을 살피건대 임술년부터 정유년까지 삼십육 년이라고 해야 마땅할 것을 그냥 사십 년이라 하셨습니다. 그렇게 해도 해로운 것은 없겠습니다만, 외람되이 단정할 수 없으니 헤아려 보시고 결정해 주시기를 바랍니다. 행장行狀 가운데 실려있지 않은 한두 가지를 보완하여 적은 곳이 있는데 어떤지 모르겠습니다. 아울러 살피시고 가르침을 주시기 바랍니다. 高

---

1. 이 편지는 【1-96】에서 왔다.

별지

갈문에 대한 몇 가지 품목들에 대해

— 무릇 공公과 선생先生이라는 호칭 가운데 처음에는 어느 것이 더 높았는지 모르겠지만, 요즘 부르는 경우를 보건대 선생이란 호칭이 더욱 귀한 것 같습니다. 명문 가운데서 저에 대해 말하면서 어두 글자를 썼습니다만, 그것이 돌아가신 어른을 가리킨 곳과 섞여버렸으니, 저로서는 매우 황송하고 곤란합니다. 제가 일찍이 변춘정卞春亭이 지은 하륜河崙의 아버지 비명碑銘을 보니, 시작 부분에서 그 아버지의 일에 대해 미처 말하기 전에는 하륜을 칭해 좌정승진산호정선생左政丞晉山浩亭先生이라 했으나, 밑에서 아버지의 일을 말하고 난 뒤부터는 하륜을 모두 아홉 번 불렀으나 모두 선생이라 하지 않고 정승공政丞公이라고 했을 뿐입니다. 바라건대 대략 이 예에 따라 다만 제 관직만을 칭하고, 이 두 글자는 끝끝내 버리고 쓰지 말아서, 저를 편안하게 해 주시면 매우 다행이겠습니다.

— 명문 가운데 저를 칭찬하는 곳이 너무나 장황한 듯하니, 남에게 보이기 어려울 뿐더러 후세 사람들에게 믿음을 받기도 어렵습니다. 바라건대 적당히 헤아려 사실에 맞도록 쓰는 데 힘써 주시기를 간절히 바랍니다.

— 갈석碣石은 관례상 비석碑石만큼 크지 않습니다. 전에 본 것을 가지고 말하면, 비록 중간 크기를 얻는다 하더라도 천 백 내지 이백

자가 넘으면 다 새겨 넣기 어렵습니다. 그런데 지금 지어주신 명문은 천 칠백 이십 자 남짓 되니 한 갈석에 다 새겨 넣기 어려운 형편입니다. 작은 글씨로 새겨 넣으려 해도 예천醴泉 돌은 재질이 매우 거칠어 더욱 어려우니, 달리 좋은 방법이 없습니다. 삼가 살펴보건대 서문 가운데 저의 글 전문을 따다 넣은 곳이 많아 이처럼 글자가 많게 되었으니, 지금 만약 그 점을 고려해 주신다면, 전문은 지우고 그 뜻만을 취하여 줄이고 고쳐서 글을 지었으면 합니다. 그러면 사오백 자 또는 삼사백 자는 줄일 수 있을 테니 갈석에 글자를 넣는 어려움을 면할 수 있을 것입니다. 간절히 비는 마음 금할 수 없습니다. 무릇 이 글은 그 뜻이 원만하고 넉넉하며 의논이 뛰어나고 활발한 데다가 이치가 두루 갖추어져 있으니, 만약 다 새겨 넣기가 어렵지 않다면 어찌 이렇게 줄여달라고 청하겠습니까? 그러므로 원래 손수 적어 보내 주신 글 한 통은 잘 간직하여 자손에게 전할 보배로 삼고, 지금 베껴 적은 별본을 삼가 보내는 바입니다. 제 간절한 청을 굽어살피시고 별본을 가지고 부탁한 일을 처리하여 큰 은혜를 마무리해 주신다면 매우 고맙겠습니다.

— 행장에는 없는 몇 가지 일을 기억하시고 글에 보태어, 돌아가신 어른의 뜻을 펼쳐 주셨으니, 두터운 정성에 깊이 감사합니다.

— 사십여 년은 삼십육 년이라고만 하는 것이 마땅합니다. 그러나 편지에서 말씀하신 것처럼 숫자를 채워 놓아도 또한 안 될 것 없을 듯합니다.[2] 退

---

1. 변계량을 가리킨다. 그는 조선 초기의 문신으로, 춘정春亭은 그의 호이다.
2. 이 편지는 【1-97】에서 왔다.

갈문을 다시 수정했습니다

갈문의 글자를 사백 자 남짓 줄였으나 아직도 일천삼백여 자가 넘으니, 역시 배열하여 새기기 어려울 듯합니다. 하지만 더 깎고 줄이면 그 사이의 사정과 의미가 막혀 분명해지지 않을 염려가 있습니다. 그러므로 이와 같이 고쳤으니 살피시기 바랍니다.

무릇 공公과 선생先生이라는 호칭이 무겁고 가벼운 차이가 없는 듯하지만, 지금 세상에서 익혀 쓰는 관행을 보면 무겁고 가벼운 차이가 있는 것도 같습니다. 대개 공은 일반적으로 가리키는 경우가 많고, 선생은 후학이 선배 학자를 높여 스승으로 받드는 호칭입니다. 그러니 약간은 같지 않은 부분이 있습니다. 그러나 그렇게 부르는 데에는 각각 마땅한 경우가 있으니, 사람을 높이고 낮추는 차이가 있는 것은 아닙니다. 저로서는 선생님을 선생이라고 칭하는 것이 예에 맞으므로, 감히 변계량 공이 하륜 정승을 말한 보기를 따를 수 없습니다. 이에 선생님의 가르침을 받들 수 없으니 죄송한 마음 참으로 깊습니다. 삼가 너그러이 헤아리시기 바랍니다.

묘갈명 가운데 선생님을 칭찬하는 말이 너무 많다고 하신 것에 대해 말씀드리겠습니다. 그것은 처음부터 제가 많이 생각했던 부분이고, 감히 사사로운 뜻으로 드높였던 것이 아니었습니다. 지금 내리신 가르침을 받고 되풀이하여 생각해 보아도 지나친 곳은 없는 듯합니다. "그의 글과 가르친 학설은 학자들이 전하여 읊지 않는 것이 없다." 하는 표현은 다만 평범한 말일 따름인데, 만약 사실을 하나도 드러내지 않는다면 무엇으로 사람들의 논의를 펴낼 것이며 무엇으로 남은 뜻을 드러낼 것입니까? "참으로 하늘에서 나왔다.[實出於天]" 하는 네 글자가 바로 선생님께서 나무라시는 점인 듯하므로 지금 그것만 고쳤습니다. 아울러 너그러이 살피시면 다행이겠습니다.¹ 高

---

1. 이 편지는 【1-101】에서 왔다.

갈문에 대한 사사로운 몇 가지 생각을 다시 보냅니다

갈명을 고쳐주신 것을 두고 다시 드릴 말씀은 없습니다. 그러나 그 사이 다시 저의 사사로운 뜻으로는 마음이 편치 않은 곳이 있으니, 감히 스스로 가리켜 말씀드립니다.

― 머리말에서 저를 가리킨 곳은, 저의 편지에 있던 말을 옮겨 적은 것이면 '나[我]'라는 글자로 대신했고 그대가 스스로 말을 만든 것이면 '선생'이라고 일컬었습니다. 저는 이것을 편치 않게 생각하여 지난번 편지에서 이미 고쳐주기를 청했습니다. 하지만 답서에서 저의 청을 옳다고 여기지 않으시고 그대로 쓰겠다고 하셨습니다. 제가 되풀이하여 생각해 보아도 끝내 이것은 마땅하지 않습니다. 무릇 임금 앞에서 신하의 이름을 부르고, 부모 앞에서 자식의 이름을 부르는 것이 예의입니다. 지금 비록 제 이름을 바로 부르고 싶지 않다고 해도 마땅히 변춘정卞春亭이 하호정河浩亭 아버지의 비명을 지은 사례를 따라야 합니다. 처음에는 관작官爵의 이름과 정호亭號를 아울러 들지 않을 수 없으므로 선생이라 일컬었습니다만, 뒤에는 다시 선생이란 글자를 쓰지 않고 다만 정승공政丞公이라고 일컬었을 따름입니다. 저는 이것이 참으로 본받을 만하다고 생각합니다. 그러므로 지금 처음에 저를 일컬은 곳에서는 비록 관직명을 아울러 써서 '판중추부사 아무개 선생'이라고 하더라도, 뒤에서는 제가 스스로 말한

것을 적은 곳은 바로 본문대로 '황滉'자를 쓰고, 그대가 저를 일컫는 곳은 모두 '판추공判樞公'이라고 썼으면 합니다. 그러면 '황'이라고 해야 할 곳이 모두 셋이고, '판추공'이라고 해야 할 곳이 모두 여섯입니다. 모름지기 이와 같이 해야 온당할 것입니다. 돌에 새길 때 이렇게 새겨 넣지 않을 수 없다고 생각하고 있으므로 먼저 이렇게 다시 번거롭게 말씀드립니다. 죄송합니다.

— 처음 제 말을 인용하신 곳에서 "이미 그것을 사양했으나 받아들여지지 않았다. 그리고 또한 이에 증전贈典을 받았다." 했습니다. 여기서 '또한 이에[又乃]'라는 두 글자는 없애는 것이 어떻습니까?

— 같은 곳에서 "더욱 사람의 자식으로 가엽게 여겨 가슴 아파함이 끝이 없다." 했습니다. 여기서 '자식[子]'과 '가엽게 여기다[隱]' 사이에 '바[所]'라는 글자를 쓰는 것이 어떻습니까?

— 선대 어른들에 대한 서술은 저의 요청으로 글자 수를 줄인 까닭에 처음 쓰신 글에는 올라 있던 사실들이 더러 빠진 것이 있습니다만, 그것은 형편상 그렇게 만든 것입니다. 다만 그 가운데서도 "선대의 어른 누구는 의분을 크게 떨쳐 큰 뜻을 가졌다."라는 글 밑에 "세종世宗 때 영변진寧邊鎭을 두고 약산성藥山城을 쌓았는데, 공은 판관判官이 되어 감독을 잘 했기 때문에 공적을 이루었다."라는 스무 글자를 더하고자 합니다. 괜찮을지 모르겠습니다.

— 돌아가신 아버지의 사실 가운데 "글을 지을 때에도 과거보는 사람들이 쓰는 일정한 방식을 달갑게 여기시지 않은 까닭에 과거 보실 때마다 뜻을 이루지 못하셨다." 한 곳이 있습니다. 이것은 제가 쓴 본래의 말이 잘 모르고 한 것이라 실제 사실과 어긋나게 된 것입니다. 아버지께서는 향촌에서 과거가 있을 때는 더러 장원을 하시기

도 하셨다는데, 예부禮部에서 주관하는 과거에서는 번번이 뜻을 얻지 못했다고 합니다. 그래서 지금 그 사실을 더해 다음과 같이 고치고자 합니다. "여러 번의 과거에서 더러 장원을 하시기도 하셨으나 오랫동안 뜻을 이루지 못하셨다." 어떻습니까?

― "뒷사람들이 판추공判樞公의 도道를 사모한다." 하셨는데, '도'라는 글자는 여기에 가벼이 쓸 수 없습니다. 어찌 사람들로부터 나무람과 꾸짖음을 받지 않겠습니까? 지금 '의義' 자나 더러는 '풍風' 자와 같은 것으로 고치려고 하는데 어떻겠습니까?

― "그 연원[所自來]을 미루어 보면, 곧…"이라고 하신 글 아래에 또 "처음부터 우연한 것은 아니었을 따름이니, 곧…"이라는 글이 있습니다. '곧[則]'이란 글자 두 개가 가까이 있으면서 서로에게 허물이 됩니다. 위의 '곧[則]'이란 글자를 없애는 것이 어떻겠습니까?

돌아가신 어머니께서는 성화成化 경인庚寅년에 태어나셨고, 가정嘉靖 정유丁酉년에 돌아가셨는데 그때 연세가 예순 여덟이셨습니다. 저희 아버지께서 돌아가셨을 때, 어머니의 연세는 서른 셋이셨습니다. 그러니 실제 과부로 사신 년수로 계산하면 서른 다섯 해입니다. 그런데 지난번에는 꽉 찬 수를 들어 말했기 때문에 마흔 해라고 했다고 말씀하셨습니다. 그렇다면 '사십' 밑에 '남짓[餘]'이란 글자를 쓰는 것은 마땅하지 않습니다. 그냥 서른 다섯 해라고만 쓰는 것이 마땅할 것입니다.

'멀고 가까이서 자산을 모아[資給遠邇]'라고 한 곳의 '가깝다[邇]'는 정말로 '가깝다[邇]'가 맞습니다. 대개 멀고 가까운 것을 헤아리지 않으시고 먹고사는 일에 힘쓰셨습니다. 아버지를 잃은 저희 여러 형

제들이 다행히 어머니의 교화를 실제로 받았기에 더욱 그렇습니다.[2]

退

---

1. 퇴계로 말미암아 그의 아버지가 벼슬을 추증받은 사실을 말한다.
2. 이 편지는 【1-105】에서 왔다.

다시 고치며 선생님의 결정을 기다립니다

　머리말에서 선생님의 말씀을 적을 때, 처음 글에서는 바로 누구라
고 했는데 나중에 옛사람들의 글을 보니 '나[오픔 또는 아我]'로 많이
쓰길래 '나[我]'로 대신했습니다. 그러나 지금은 가르침을 받들어 처
음 글대로 이름을 바로 썼습니다.

　선생先生이란 표현을 판추공判樞公으로 대신하라는 가르침은 전
에도 받았습니다. 선생님의 뜻을 받들고 싶었습니다만 되풀이하여
생각해 보아도 마음에 차지 않는 점이 있는 듯하여, 감히 가르침을
따르지 않았습니다. 지금 비록 다시 간곡한 가르침을 받았습니다만,
판추공判樞公이라 부르면 원문의 명분과 의미, 그리고 문체에 모두
문제가 생긴다는 것을 알 수 있습니다. 그리고 글 한편의 처음과 끝
이 또한 다시 어긋나게 되니, 균형을 맞추려고 여러 가지로 연구해
보았지만 편안해지지 않았습니다. 선생님께서 어찌 생각하실지 모
르겠습니다. 요즈음 『주자대전朱子大全』의 「유십구부군묘지劉十九府
君墓誌」를 살펴보니, "아무개의 나이가 마흔 다섯 때, 돌아가신 빙사
聘士 유군선생劉君先生에게 배웠다."라는 말이 있고, 또 "선생의 형 십
구장부군十九丈府君을 뵙게 되었다."라는 말도 있었습니다. 끝에 또
선부군先府君이란 표현을 썼고, 이어서 빙군선생聘君先生이라고 불렀
습니다. 지금 글의 머리말의 호칭도 이런 보기와 비슷한 부류입니

다. 아마도 큰 현자의 본보기를 버리고 요즘 글을 골라 모범으로 삼을 필요는 없을 것입니다. 부모 앞에서 자식의 이름을 부르는 것은 참으로 예절의 큰 절목입니다. 그러나 주자께서 정재程才 공의 묘표墓表를 지으시면서 정사正思라고 일컬은 곳이 한두 군데가 아니었습니다. 구양공歐陽公은 당자방唐子方을 위해 그 아버지의 묘표를 지으면서 자방子方이라고 계속 썼습니다.[2] 더러는 그 할아버지에 대해 쓰면서 손자의 자字를 일컫기도 했고, 더러는 그 아버지에 대해 쓰면서 아들의 자字를 일컫기도 했습니다. 이런 것들도 또한 그 때에 맞추어 부른 것으로 예를 어긴 것이 아닙니다. 그렇다면 비록 선생先生이라는 표현을 쓴다고 해도 참으로 해로울 것은 없습니다. 판추공判樞公이라는 표현은 감히 명하신 대로 따를 수 없습니다.

'또한 이에[又乃]' 두 글자는 없애는 것이 또한 마땅합니다. 다만 "그것을 사양했으나 받아들여지지 않았다."라는 말은 선생님께서 받으신 원래 관직[原官]을 가리킨 것입니다. 이미 원래 관직을 사양했으나, 그 청이 받아들여지지 않아 그 관직을 받으셨고, 그것으로 말미암아 어른의 벼슬이 더해지셨으니, 그 사이에 일이 진행되어 나간 곡절이 있습니다. 그런데 지금 만약 "그것을 사양했으나 받아들여지지 않아, 증전贈典을 받으셨다." 한다면 그 사이의 곡절은 드러나지 않을 것 같습니다. 또한 증전을 사양하셨으나 받아들여지지 않아 다시 받으신 것처럼 보일 것 같은데, 어떻게 생각하십니까? 제 생각에는 '이에[乃]'라는 글자는 없앨 수 있으나 '또한[又]'이라는 글자는 없앨 수 없을 것 같습니다.

"더러 장원을 하시기도 하셨으나 오랫동안 뜻을 이루지 못하셨다."라는 말은 바른 표현이 아닙니다. 오히려 표현이 자질구레한 것 같습니다. "여러 번 과거를 보셨으나 매번 뜻을 이루지 못하셨다."라고만 해도 그 뜻이 저절로 드러납니다.

도道라는 글자는 옛사람들이 위아래로 다들 많이 썼습니다. 지금도 대개들 도라는 글자를 쓰니, 고치지 않아도 거리낄 것 없습니다. 의義와 도道는 다르지 않습니다. 풍風이라는 글자는 위아래와 문맥이 어울리지 않습니다.

곧[則] 자가 겹쳤다는 것은 이미 알고 있었습니다. 그러나 주자도 이처럼 글자를 쓰신 곳이 많이 있습니다. 만약 위의 글자를 없애면 말뜻이 명쾌하지 않게 됩니다. 겹치게 쓴 허물을 면하려 하다가 도리어 무슨 말인지 잘 모르게 될 것 같습니다. 어떻게 생각하십니까? 하지만 그 글자를 없애도 큰 해는 없으니, 선생님께서 헤아려 결정해 주시기 바랍니다.[3] 高

1. 정재程才의 아들인 정단몽程端蒙의 자이다.
2. 당자방唐子方은 당개唐介를 가리킨다. 중국 송宋의 강릉江陵 사람으로, 자방子方은 그의 자이다.
3. 이 편지는 【1-108】에서 왔다.

조선의 편지

요즘 편지 쓰는 사람을 찾아보기가 어렵다. 하기야 무서운 속도로 치달리는 세상의 흐름을 쫓아가기 위해 시간을 쪼개고 또 쪼개며 사는 우리 현대인들이 서로 떨어진 두 공간을 동시에 이어주는 여러 문명의 이기들을 사용하지 않을 이유가 없을 것이다. 그래서 갖가지 전화며 전자 우편과 같은 첨단 통신 수단들이 편지를 점점 대신해 간다. 이제 편지는 기껏해야 연하장이나 청첩장 같은 인사치레 아니면 애틋한 연인의 내밀한 감정을 전하는 비장의 무기로나 쓰일 뿐인 것 같다.

하지만 이 책이 담고 있는 편지들이 오갈 때만 해도 편지는 얼굴을 맞대고 마주하지 못하는 사람들을 이어주는 거의 유일한 수단이었다. 당시에는 개인들의 편지를 전하는 체계적인 우편 제도가 없었기 때문에 편지는 공무로 오가는 지인知人들이나 심부름을 맡은 종들을 통해 전달했다. 그러니 부릴 종이 넉넉한 부자이거나 관리들에게 쉽게 부탁할 수 있는 고관이 아니면 편지를 전하는 것도 쉬운 일이 아니었다. 그리고 한번 내뱉고 나면 붙잡아 놓을 길 없는 말이 아니라 글로 이루어져 있다는 점 때문에 편지는 자신의 생각을 다듬어 놓는 좋은 방법이었다. 따라서 당시의 선비들은 모두들 편지를 소중하게 생각했고 또 잘 보관했다. 조선 시대 선비들의 문집에서 시와 함께 중요한 비중을 차지했던 것이 편지였던 것이다.

그들의 편지는 일상의 안부나 소식을 전하는 수단일 뿐 아니라 학문적 논쟁의 터전이었고 자기 성숙의 매개체였다. 그러므로 그들의 편지는 요즘 관점으로 보면, 안부 편지일 뿐 아니라 학술 논문이기도 했으며 자기와 세상을 되돌아보는 성찰이기도 했다. 따라서 우리는 그들의 편지를 통해 그들의 생활 뿐 아니라, 사상의 전개, 가치관, 정치적 지향 같은 다양한 내용을 읽어 낼 수 있다. 한 마디로 그들의 삶을 가장 종합적이고 다양한 각도로 들여다 볼 수 있는 최선의 자료인 것이다.

고봉, 퇴계를 찾아가다

이 책은 조선 중기의 학자이자 관료였던 퇴계退溪 이황李滉(1501~1570)과 고봉高峯 기대승奇大升(1527~1572)이 주고받은 편지를 번역한 것이다. 두 사람은 서로를 알게 된 해인 명종 13년부터 퇴계가 세상을 떠난 선조 3년(1570)까지 13년 동안 백여 통의 편지를 주고받았다. 그리고 그 편지는 세심하게 편집되어 지금도 우리가 쉽게 찾아볼 수 있게 전해지고 있다.

퇴계와 고봉이 편지를 주고받게 된 계기는 예사롭지 않다. 그들이 처음 만났을 때, 고봉은 서른 둘의 나이로 패기와 열정을 갖춘 젊은 학자였다. 그는 단지 과거에 급제하여 출세를 하기 위해 학문을 한 것이 아니라, 그것을 통해 진정한 삶의 진리를 터득하려 했다. 그 해

과거를 보기 위해 서울로 향했던 그는, 올라오는 길에 큰 학자로 이름이 높았던 하서河西 김인후金麟厚와 일재一齋 이항李恒을 잇달아 만나 성리학의 중요한 주제들을 놓고 논쟁을 벌였다. 그러한 그의 열정은 서울에 와서도 이어졌다. 고봉은 마침 서울에 와 있던 퇴계를 찾아가 그와도 논쟁을 벌였던 것이다. 당시 퇴계는 이미 나이 쉰 여덟의 대학자로 낙향하여 학문에만 힘쓰고 있었는데, 마침 임금의 부름을 계속 거절할 수 없어서 잠시 서울에 와 있던 참이었다.

퇴계는 그런 그를 무시하거나 멀리하지 않고 학자로서 존중해 주었다. 그것은 퇴계가 고봉을 만나고 난 얼마 뒤 고봉이 제기한 문제에 대한 대답을 편지로 써보낸 것으로 알 수 있다. 고봉은 추만秋巒 정지운鄭之雲의 「천명도天命圖」에 대한 퇴계의 견해에 불만을 가지고 자신의 생각을 펼쳤는데, 퇴계는 그의 그러한 주장을 받아들여 자신의 생각을 고치고, 또 그것의 옳고 그름을 다시 편지로 되물었던 것이다. 그리하여 두 사람의 유명한 사단칠정四端七情 논쟁이 시작되었고, 그 일을 계기로 두 사람은 평생 편지를 주고받는 사이가 되었다.

그들의 편지가 지닌 의미

퇴계와 고봉의 편지는 그 시대에 이미 많은 사람들의 관심을 끌었을 뿐 아니라 오늘날의 학자들에게도 매우 중요한 자료로 인정받고 있다. 무엇이 그들의 편지를 그토록 중요하게 만들었을까? 그들 편지의 중요성에 대하여 몇 가지 관점에서 생각해 볼 필요가 있을 듯하다.

첫째로 그들의 편지는 사림士林이 정치적 실권을 쥐게 되고 이른 바 붕당 정치가 시작되려는 찰나에 작성되었다. 그 결과 그들 개인이 정치에 대하여 어떠한 생각을 가지고 있는가를 보여주는 좋은 자료가 된다. 이 책의 주인공인 퇴계와 고봉은 조선 중기 이후 정치의 중심이었던 이른바 사림의 일원이었다. 그들은 몇 차례의 사화士禍를 겪으면서도 점차 정치적 주류로 부상했고, 마침내 선조 때가 되면 실권을 장악하는 데까지 이르게 된다. 퇴계와 고봉은 이러한 상황을 잘 인식하고 있었던 것 같다.

또한 퇴계와 고봉은 학자로서 정치에 참여한다는 것이 무엇을 뜻하는 것이며, 학자가 정치에 임할 때 어떠한 태도를 취해야 하는가에 대해 오랫동안 고심하고 토론했다. 학문적 진리를 지켜 나가기 위해 벼슬을 버리고 산림에 은거하는 처사의 생활을 할 것인가, 아니면 부족하나마 가진 것을 다 바쳐 임금께 충성하는 신하의 길을 할 것인가 하는 이른바 출처出處의 의리를 놓고 거듭하여 의견을 주고받고 있다. 그들이 편지를 주고받을 때만 해도 아직 사화의 참변이 생생하게 기억 속에 남아 있을 때였으니, 의리를 지키기 위해 목숨을 걸어야 할지도 모른다는 긴장감이 글 속에 서려 있다.

둘째로 그들의 편지는 바야흐로 성리학적 질서가 사회 질서의 깊은 부문에까지 내면화되어 가는 조선 중기의 모습을 보여주는 좋은 자료가 된다. 조선이 성리학을 국가 이념으로 해서 세운 나라라고는 해도 초기부터 그 영향력이 사회 깊은 곳까지 끼치지는 못했다. 실제로 그 시기는 양반들의 생활 관습도 성리학보다는 불교적인 모습에 더 가까웠던 것이 사실이다. 하지만 이러한 상황은 시대를 내려오면서 점차 바뀌었다. 성리학을 좀더 깊이 받아들인 조선의 사대부

들은 그들의 생활 관습 하나하나까지도 이른바 성리학적 사회 질서에 맞추어 나갔다.

퇴계와 고봉의 편지에는 그와 관련된 여러 가지 논의를 찾아볼 수 있다. 그들은 가문의 구성과 운영에 부계父系 중심으로 쓰여진 『주자가례朱子家禮』에 입각한 질서를 관철시키려고 했고, 왕실의 각종 상례喪禮와 제례祭禮도 자신들의 이념에 비추어 기존의 관행을 고쳐 나가려고 끊임없이 노력했다. 총부제家婦制에 대한 비판, 조상의 신주를 체천遞遷할 때는 부계만을 기준으로 해야 한다는 주장 같은 것들이 바로 그런 예에 포함될 수 있을 것이다. 오늘날 우리에게는 화석처럼 굳어 있는 것으로 보이는 조선의 성리학적 유교 질서도 이와 같은 적응의 과정을 거치면서 정착된 역사의 산물이었다.

셋째로 사상적으로 그들의 편지는 독자적인 한국 주자학을 성립했다고 평가받는 사단칠정론四端七情論을 담고 있다는 데서 커다란 의의를 찾을 수 있다. 퇴계와 고봉이 편지를 주고받는 과정에서 이루어졌던 사단칠정 논쟁은 한국 유학이 주자학을 단순히 수용하는 단계를 넘어, 주체적이고 독자적인 목소리를 내는 단계로 성장한 대표적인 사례로 거론된다.

퇴계와 고봉의 사단칠정 논쟁은 앞에서 말한 것처럼 그들이 편지를 주고받는 계기가 된 것이었다. 따라서 그들이 편지를 주고받기 시작한 무렵에 집중적으로 이루어졌다. 퇴계와 고봉이 처음 편지를 주고받은 명종 14년(1559)부터 4년 뒤인 명종 17년(1562)까지 두 사람의 논쟁은 이어졌다. 그 해 퇴계는 한 마리 시를 보내 논쟁을 그치자는 뜻을 알리고, 고봉도 그에 따라 더 이상 사단칠정론과 관련된 편지를 보내지 않게 된다. 다만 논쟁을 그친 뒤 4년이 흐른 명종

21년(1566) 고봉은 그 동안의 논쟁 과정을 돌아보고 정리한 두 편의 글―후설後說과 총론總論―을 퇴계에게 보냈다. 마침내 두 사람은 이 글로 견해를 같이하게 되었다고 선언했고, 퇴계도 그러한 점을 인정하게 된다. 이렇게 해서 유명한 사단칠정 논쟁은 마무리가 되었다.

그들의 논쟁

여기서 사단칠정 논쟁을 처음 접하는 분들이 책을 읽다가 겪게 될 당혹감을 미리 조금이나마 덜기 위해, 번거롭더라도 사단칠정론에 대해 조금 설명하는 것이 좋을 것 같다.

성리학에서는 인간의 마음心에 감정이 일어나기 전의 고요한 상태를 성性이라고 하고, 감정이 일어난 뒤의 상태를 정情이라고 한다. 그리고 감정이 일어나기 전인 성은 하늘과 인간의 본성을 그대로 간직하고 있으니 오롯이 선善하다고 본다. 하지만 인간의 감정은 바깥의 사물에 감응해서 일어나는 것이므로 절도에 맞지 않아 본성이 이지러지거나 가려질 수도 있으니 정情은 선할 수도 악해질 수도 있다.

이러한 이해를 바탕으로 사단과 칠정을 살펴보자. 먼저 잊지 말아야 할 것은 사단과 칠정이 모두 마음속에 뭔가 움직임이 생긴 다음의 상태인 정情이라는 전제이다. 사단은 인의예지仁義禮智라는 성性이 바깥의 영향을 받지 않고 그대로 발현된 정情이므로 항상 선하다. 하지만 칠정은 바깥의 영향을 받아서 발생한 것이므로 선할 수도 악할 수도 있다. 이것이 마음에 대한 성리학의 설명이다.

592

한편 성리학에서는 만물을 이理와 기氣로 설명한다. 이는 세상의 원리이고, 기는 그 이치가 구현되는 물질적 실체이다. 그런데 이와 기는 하나이면서 둘이라는 모순적 성질을 가지고 있다. 곧 논리적으로는 원리인 이와 실체인 기로 구별되지만, 그 구별은 논리적이고 추상적인 것에 지나지 않는다. 왜냐하면 현실 세계에서 이와 기는 늘 하나의 사물 안에 같이 존재할 뿐 잠시도 떨어질 수 없기 때문이다. 그리고 세상의 원리인 이는 선하고, 물질적 실체인 기는 선할 수도 악할 수도 있다고 보았다.

퇴계와 고봉의 주장은 위와 같은 공통된 성리학의 세계관·인간관을 바탕으로 한다. 하지만 사단칠정과 이기의 관계에 대한 설명을 하면서 두 사람의 견해는 갈라지게 된다. 퇴계의 주장은 추만 정지운의 「천명도」를 고치면서 "사단은 이가 발현한 것이요, 칠정은 기가 발현한 것이다." 말한 데에 잘 나타나 있다. 퇴계의 이 말이 바로 두 사람의 사단칠정 논쟁을 불러일으킨 계기가 되었던 것이다. 곧 사단은 성이 그대로 드러난 정이므로 하늘과 인간의 원리인 이와 맥락을 같이 한다. 칠정은 바깥 사물이 사람에게 닿아 마음속에 생기게 되는 감정이니, 바깥 사물의 실체인 기와 맥락을 같이 한다는 것이다. 이처럼 퇴계는 사단과 칠정을 마주 놓고 이와 기에 나누어 붙였다. 인간의 감정을 그 연원에 따라 이에서 온 것과 기에서 온 것으로 갈라놓고 보았던 것이다. 그 가운데서도 사물의 원리인 이가 움직여 선한 감정을 일으킨다는 주장은 퇴계 철학의 독자성을 드러내 주는 중요한 부분이라고 평가받고 있다.

고봉은 사단과 칠정을 이와 기에 나누어 붙이는 견해에 반대했다. 그에 따르면 칠정은 정의 전체를 아우르는 개념으로, 이기가 합쳐져 있고 선악의 가능성이 공존한다. 반면 사단은 성을 그대로 드러내어 오롯이 선한 것만을 칠정에서 따로 떼어 말한 것일 뿐이다. 따라서 사단과 칠정을 마주놓으면, 사단을 포함하여 정의 전체를 아우르는 칠정이 사단과 동급의 개념으로 보이게 되고, 칠정을 기에 나누어 붙이면 이기가 합쳐져 있고 선악이 공존한다는 균형적 시각이 깨어져 기쪽으로 치우칠 위험이 생기게 된다고 보았기 때문이다. 따라서 그는 인간의 감정을 연원에 따라 갈라놓기보다는 두 가지 가능성이 공존하는 하나의 실체라는 점을 강조하는 것이 더 실제와 맞고 중요하다고 생각했다.

두 사람의 논쟁은 고봉이 뒷날 후설과 총론을 지어 퇴계의 주장을 상당히 받아들이는 선에서 어느 정도 정리가 된다. 하지만 그들의 논쟁은 거기에서 그치지 않는다. 그들의 논쟁은 뒷날의 학자들에 의해 새롭게 다루어지면서 주리론과 주기론의 사상적 대립으로 발전하게 된다. 뿐만 아니라 어떤 학자는 인심도심人心道心 논쟁, 인물성동이人物性同異 논쟁, 성심우열性心優劣 논란과 같은 조선 후기 성리학의 핵심적 논쟁의 씨앗이 이 사단칠정 논쟁 안에 모두 포함되어 있다는 평가를 하기도 하니, 참으로 이들의 편지는 조선 성리학이 발전하는 데 중요한 사상적 기반이 되었다고 해도 지나친 말이 아닐 것이다.

편지의 편집에 대해

퇴계와 고봉 두 사람의 편지는 기대승의 문집인 『고봉집』에 잘 정리되어 있다. 보통 어떤 학자의 문집에는 그 자신이 남긴 글만을 정리해서 싣는 것이 관례인데,『고봉집』에는 이례적으로 퇴계와 고봉 두 사람의 편지가 모두 정리되어 실려 있다. 한편 이황의 문집인『퇴계집』에는 그가 기대승에게 보낸 편지가 따로 정리되어 있다. 그러므로『퇴계집』보다는『고봉집』을 통해서 두 사람 사이에서 오간 편지들을 더욱 잘 살필 수 있다.

그러므로 이번 번역은『고봉집』을 대본으로 했다.『고봉집』에 두 사람의 편지가 모두 실려 있어서 참고하기 편하기 때문이기도 했지만, 더욱 중요한 것은『고봉집』의 편지가 한결 원문에 가깝기 때문이다.『퇴계집』의 편지들이 사소하게 보이는 많은 부분이 생략된 형태로 실려 있는 것과 달리『고봉집』의 편지들은 편지의 시작과 끝의 안부 인사나 편지를 쓴 날짜, 추신 같은 것들이 생략되지 않은 채 그대로 실려 있다. 그리고『고봉집』에는『퇴계집』에 실려 있지 않은 퇴계의 편지가 몇 편 더 남아 있다. 이러한 몇 가지 점 때문에『고봉집』의 편지들이 원래 형태에 더욱 가깝다고 생각했고, 그래서 그것을 번역의 대본으로 선택하게 되었다.

다만 퇴계는 고봉과의 유명한 사단칠정 논쟁을 마무리하면서 고봉이 보낸 편지에 자신의 생각을 적어 놓은 마지막 편지를 부치지 않았는데, 그렇기 때문에 그 편지는『고봉집』에 빠져 있고『퇴계집』에만 실려 있다. 그래서 이 편지만은 따로『퇴계집』에서 찾아서 넣을 수밖에 없었다.

『고봉집』을 보면 퇴계와 고봉이 주고받은 편지는 크게 두 부분으로 나뉘어 있다. 두 사람의 편지 가운데 유명한 사단칠정 논쟁과 관련된 것만을 따로 떼어서「양선생사칠이기왕복서兩先生四七理氣往復書」라는 이름으로 실어 놓은 것이 하나이고, 그 밖의 나머지 편지들을 모아 「양선생왕복서兩先生往復書」라는 이름으로 수록한 것이 다른 하나이다. 이러한 구성을 보면, 그것을 편집한 뒷사람들은 두 사람이 주고받은 편지 가운데 각별히 사단칠정 논쟁을 중요하게 여겼음을 짐작할 수 있다. 하지만 이러한 구성은 몇 가지 문제를 가지고 있다. 예를 들어 한 날에 보낸 편지인데도 내용에 따라 둘로 나누어 실은 경우가 있고, 편지의 일부만을 따다가 중복해서 실은 경우도 있다. 그래서 이렇게 둘로 나뉜 편지로는 사단칠정론을 포함한 두 사람 관계의 전체적인 모습을 보기가 참으로 어렵게 되어 있다.

따라서 이번에 그것을 보완하려는 시도를 해 보았다. 먼저 편지의 끝에 나와 있는 날짜를 참고하여 두 사람이 편지를 쓴 날짜 순서대로 정렬했다. 편지가 오가는 과정에서 다른 날 쓴 여러 통의 편지가 전달할 사람을 구하기 어려워 한꺼번에 전달된 경우가 있고, 같은 날 쓴 편지 안에도 별개의 내용을 가진 글들이 따로 덧붙여져 있는 경우가 있어서, 편지 한 통이 도대체 어디부터 어디까지인가 정하는 데 어려움이 있었다. 그래도 편지 쓴 사람 입장에서 날짜를 기준으로 정하고, 덧붙여진 글은 하나의 편지를 구성하는 일부로 보아 각각의 편지를 구분하여 보았다. 물론 모든 편지에 날짜가 붙어 있는 것은 아니었지만 전반적인 흐름을 파악하는 데는 어려움이 없을 정도로 정리할 수 있었다.

하지만 편지에 덧붙여져 있는 사단칠정론을 비롯한 여러 주제의 논문들은 분량도 많을 뿐 아니라 내용도 어려워서 그것들을 그대로 두고서는 두 사람이 주고받은 편지 내용을 따라가기에 어려움이 있다고 생각했다. 결국 두 사람이 여러 차례 편지를 주고받으며 논의를 이어나간 몇 개 주제의 글은 뒤로 빼서 정리하는 것이 좋겠다고 생각했다. 다만 그 글이 원래 어디에 있었는지를 세심하게 표시하여 그것이 어떤 맥락에서 나온 논의인지 이해할 수 있도록 했다.

새로 번역한 뜻

퇴계와 고봉의 왕복서는 이미 충실한 번역이 나와 있다. 민족문화추진회의 『국역 고봉집』(1989)에는 「양선생왕복서」와 「양선생사칠이기왕복서」의 번역이 포함되어 있고, 퇴계학연구원에서 나온 『퇴계전서』 5권(1990)에는 퇴계가 고봉에게 보낸 편지 대부분이 실려 있다. 그리고 그들 사이에 오간 사단칠정론은 국내외의 수많은 저서와 논문에서 다루고 있다. 그럼에도 새로 이 편지를 번역한 데에는 몇 가지 의도가 있었다.

먼저 한문이나 옛 관용어에 익숙하지 않은 오늘날의 사람들도 이해할 수 있는 쉽고 아름다운 말로 번역해 보자는 생각이 있었다 그래서 한문에 익숙한 사람들에게는 쉽게 이해될 수 있는 말조차도 우리말로 바꾸려는 노력을 아끼지 않았다. 그러다 보니 원문의 분위기를 살리는 직역보다는 의미를 중시하는 의역에 더 가까워졌다.

다음으로 대부분의 학자들이 그대로 써서 오늘날 학계에서 통용되는 용어라고 하더라도 애써 바꿀 수 있는 우리말이 있는지 찾아 바꾸어 보았다. 예를 들어 '심心' 같은 것은 오해의 소지가 있다는 것을 알면서도 모두 '마음'으로 바꾸었다. 우리는 일상에서 '마음'이라는 단어를 여러 상황에서 자유롭게 쓰는데, 그것은 우리가 그 단어의 여러 의미를 잘 알고 있기 때문이다. '심心'을 '마음'만큼 자유롭게 쓰는 사람이라면 이 책의 번역이 굳이 필요 없을 것이다. 하지만 그렇지 않은 사람이 대부분이다. 그런 사람들에게 한자 개념을 그대로 둔 번역은 읽기에 여간 성가신 것이 아닐 것이다. 대신 오해를 막기 위해 원래 한자가 무엇이었는지 병기해 준 경우도 있다. 물론 이러한 노력에도 한계가 있어서 이기理氣나 성정性情 같은 용어들은 그대로 쓸 수밖에 없었다.

마지막으로, 잘 모른다고 하여 또는 몇 가지의 해석 가능성 가운데 어느 것을 선택할지 주저된다고 하여 애매하게 얼버무리지 않으려고 노력했다. 될 수 있는 대로 자신의 생각이 분명히 드러나게 하려고 애썼다. 설령 번역자의 해석이나 선택이 잘못되었다고 하더라도 뒷사람들이 분명히 짚어낼 수 있게 하는 것이 미흡하나마 새롭게 번역하는 보람이라고 생각했기 때문이다. 하지만 번역자의 능력이 아직은 얕고 서툴러 깊은 뜻을 미처 이해하지 못했거나 또는 전혀 엉뚱하게 오해하고 있는 부분도 있을 것이다.

원래 번역을 시작한 계기는 학문적 관심이었으나 이들의 편지가 지니는 가치는 학자들의 눈길을 끄는 데서 머무르지 않는다. 성리학적 사고 방식은 조선 시대를 지나오면서 점점 우리 사회의 중심을 차지했다. 이런 추세는 최근 몇십 년 전까지 이어졌다고 보는 것이 옳을 것이다. 따라서 그것은 지난 시대의 유물이 아니라 아직도 생생히 살아서 우리를 규정하고 있다. 겉모습은 감추었지만 오히려 새로운 형식으로 더 강화되어 왔다고도 볼 수 있을 것이다. 지금은 조금 시들해진 듯하기도 하지만, 우리를 포함한 동아시아 국가들의 경제적 발전을 유교 자본주의로 설명하려는 시도도 그러한 모습을 포착했기 때문이 아닌가 한다. 느끼든 느끼지 못하든 현재의 우리 삶과 사고는 아직도 과거의 성리학적 사유 체계에 많이 기대고 있다.

두 사람의 편지를 읽으면서 이들의 고민과 이들의 처신이 우리에게 무척 익숙하다는 생각을 했는데, 그것도 이러한 까닭 때문이었을 것이다. 퇴계와 고봉은 그들이 살았던 세상에 최선을 다했던 사람들이었고 그들이 직면했던 문제의 핵심을 보았던 사람들이었다. 그들이 주고받은 편지는 시대를 달리하는 우리도 충분히 공감할 수 있는 부분이 많다. 우리가 별 생각 없이 하는 말이나 행동거지가 어떤 논리에 기반하고 있는지, 그것이 가지는 장점과 단점은 무엇인지, 편지를 읽고 번역하면서 많은 생각을 하지 않을 수 없었다. 아직도 우리에게 강력한 영향력을 가진 성리학적 사유체계의 장점과 단점을 가려 우리 시대의 문제를 해결해 나가는 것은 이제 우리들의 몫이 아닐까 한다.

번역을 마치며

이 책을 번역하게 된 데는 개인적인 사연이 있다. 지금으로부터 7년 전인 1996년 2학기 서강대학교 사학과에는 '한국유교문화연구'라는 과목이 개설되었다. 옮긴이를 포함하여 당시 과목을 수강했던 9명의 학생들은, 정두희 교수의 지도 아래, 퇴계와 고봉 사이에서 오간 편지를 모아 원문을 입력하고 번역하고 또 주석을 달았다. 그때의 성과물이 이 책을 마련하는 대본이 되었다. 당시의 노력은 이 책 곳곳에 스며들어 있다. 이 자리를 빌어 그들에게 감사하고자 한다. 옮긴이를 뺀 나머지 여덟 사람의 이름은 다음과 같다. 김대중, 미야자끼 요시노부宮崎善信, 민경옥, 이영은, 이호영, 임성빈, 조경란, 한건.

몇 년 뒤, 버려 두기 아까운 자료니 정리하자고 할 때만 해도 이 것을 책으로까지 내게 될 줄은 상상하지 못했다. 한 두 달 안에 끝 내겠다고 장담하고 작업을 시작했으면서도 자꾸 눈에 들어오는 틀 린 글자, 틀린 번역을 하나 둘 고치고 다듬다 보니 어느덧 2년 가까 운 시간이 흐르고 말았다. 처박아 두었던 원고를 다시 손보자는 생 각이나 책으로 내 보자는 용기를 내게 된 데에는, 때로는 기다려 주 고 때로는 다그쳐 주신 정두희 선생님의 도움이 컸다. 이 자리를 빌 어 베풀어주신 은혜에 감사드린다. 이보다 거슬러 역자가 스무 살 되던 해, 한문을 배우겠다고 찾아가서 인사드린 뒤로 언제나 분에 넘치는 격려와 사랑을 보여주신 회천晦川 최인찬崔寅贊 선생님께도 감사드린다. 그 분이 아니었으면 이런 글에 도전할 자신감을 가지지 못했을 것이다.

마지막으로 긴 글을 꼼꼼하게 읽어 주신 국사편찬위원회의 김범 선생과, 1년 넘게 부족한 글을 다듬어 책이 되게 애써 주신 소나무 출판사의 조원식 선생께 감사한다. 이분들을 만나게 된 것도 책을 만드는 과정에서 얻은 커다란 보람이었다.

이천 이년 동짓달에
김 영 두

퇴계와 고봉이 편지를 주고받은 13년 동안의 일들 (1558~1570)

해	달	퇴 계	고 봉
1558년 무오 명종 13년 가정 37년 퇴계 58세 고봉 32세	7월 9월 10월 11월 12월	 임금의 부름을 받아 상경 성균관 대사성 상호군 가선대부 공조참판	과거 보러 서울로 가는 길에 일재 이항을 만나 태극도설을 논하다 과거 급제, 권지승문원부정자 퇴계를 서울에서 만나다 귀향 도중에 일재 이항을 다시 만나 태극에 대하여 논하다
1559년 기미 명종 14년 가정 38년 퇴계 59세 고봉 33세	정월 3월 7월 10월	편지를 보내 고봉에게 자신이 고친 천명도설에 대해 의견을 묻다 휴가를 얻어 귀향하다 동지중추부사 첫 번째 사단칠정론을 짓다	 첫 번째 사단칠정론을 짓다 퇴계에게 편지를 보내 벼슬길에 나아가는 의리에 대하여 묻다
1560년 경신 명종 15년 가정 39년 퇴계 60세 고봉 34세	8월 11월	 두 번째 사단칠정론을 짓다	하서 김인후의 부음을 전하다 두 번째 사단칠정론을 짓다 일재 이항 및 하서 김인후와 주고받온 태극에 관한 논설을 퇴계에게 보이다
1561년 신유 명종 16년 가정 40년 퇴계 61세 고봉 35세	정월 7월		세 번째 사단칠정론을 짓다 추만 정지운의 부음을 전하다

해	달	퇴 계	고 봉
1562년 임술 명종 17년 가정 41년 퇴계 62세 고봉 36세	5월		상경, 예문관검열겸춘추관기사관
	10월	세 번째 사단칠정설을 지어 보내지 않고 보관하다 사단칠정 논쟁을 중지하자는 편지 를 보내다	휴가를 얻어 귀향
	12월		임금의 소명을 받아 상경 예문관대교 예문관봉교
1563년 계해 명종 18년 가정 42년 퇴계 63세 고봉 37세	3월		승정원주서
	4월		예문관봉교
	5월		고강에서 중등을 받다 부사정
	8월		논박을 받아 귀향, 이량의 시기로 삭직되었다가 종형 대항의 도움으 로 다시 복직되다
	10월		상경하여 사은. 독서당에 들다
	11월		선무랑, 홍문관부수찬겸경연검토관 춘추관기사관
1564년 갑자 명종 19년 가정 43년 퇴계 64세 고봉 38세	3월		수찬에서 체직, 전적 지제교
	6월		홍문관부수찬겸경연검토관
	7월		종형 기대항 죽다
	10월		상례에 대해 퇴계와 논의하다 병조좌랑 지제교
	12월		성균관전적 병조좌랑

해	달	퇴 계	고 봉
1565년 을축 명종 20년 가정 44년 퇴계 65세 고봉 39세	4월	동지중추부사에서 갈리다	
	6월		숭의랑, 성균직강 지제교 이조정랑 지제교
	8월	동지중추부사	
	10월		교서관교리
	11월		휴가를 얻어 귀향
	12월		노수신을 찾아가 인심·도심에 대해 논하다
1566년 병인 명종 21년 가정 45년 퇴계 66세 고봉 40세	2월	자헌대부, 공조판서겸예문제학 겸홍문관대제학 예문관대제학 지성균관사 동지경연춘추관사	
	4월	자헌대부, 지중추부사	통덕랑, 예조정랑 지제교
	7월		사단칠정 후설과 총론을 짓다
	10월		통선랑, 홍문관교리 사간원헌납 지제교 상경하여 사은 의정부사인
1567년 정묘 명종 22년 융경 원년 퇴계 67세 고봉 41세	2월	「용학석의」·「어록석」 훼판을 청함	사헌부장령 지제교
	5월		홍문관응교 원접사 임무를 띠고 의주에 가다
	6월	명의 사신을 맞는 제술관에 추천되어 상경 명종이 돌아가시다	
	7월	명종행장을 짓다 예조판서겸동지경연춘추관사 명종의 발인을 보지 않고 귀향	서울로 돌아오다 공의전이 복을 입지 않는 것은 잘못임을 논하다

해	달	퇴 계	고 봉
1567년 정묘 명종 22년 융경 원년 퇴계 67세 고봉 41세	8월		전위사로 다시 의주에 다녀오다
	9월	자신이 조정에서 급히 물러난 뜻을 밝히다 고봉에게 편지를 보내 복제에 대하 여 논하다	
	10월	용양위대호군겸동지경연춘추관사	조산대부, 사헌부집의
	11월		사친에게 제사를 지내는 것은 잘못 임을 주장하다
1568년 무진 선조 원년 융경 2년 퇴계 68세 고봉 42세	정월	숭정대부, 의정부우찬성	봉정대부, 홍문관직제학겸교서관판 교
	2월	판중추부사	통정대부, 승정원동부승지 지제교 겸경연참찬관 우부승지
	4월		병으로 승지에서 물러나다 성균관대사성
	7월	임금의 거듭된 부름으로 상경	
	8월	홍문관제학 홍문관대제학 · 예문관대제학 · 지 경연춘추관성균관사 판중추부사 대제학에서 갈리다	
	12월	성학십도를 올리다	우승지 성학십도를 논하다 야대에서 퇴계를 임금의 스승으로 우대할 것을 주장하다

해	달	퇴 계	고 봉
1569년 기사 선조 2년 융경 3년 퇴계 69세 고봉 43세	정월	이조판서 판중추부사 문소전에 대한 논의가 일다	
	2월	성문밖에 나가 물러나기를 바라는 차자를 올리다	
	3월	임금께 하직하고 귀향하다 물러나면서 고봉을 천거하다	퇴계를 동호에서 전송하다
	4월		문소전 논의에 대한 차자를 올리다
	6월	고봉에게 돌아가신 아버지의 묘갈 문을 부탁하다	김개를 탄핵하였으나 임금이 받아 들이지 않자 귀향을 결심하다
	7월		병으로 승지에서 갈리다
	8월		성균관대사성
	9월		병으로 대사성에서 갈리다
1570년 경오 선조 3년 융경 4년 퇴계 70세 고봉 44세	2월		벼슬을 버리고 낙향하다
	6월		부경사의 소명을 상소하여 사양하 다
	10월	치지격물의 해석을 수정하는 편지 를 보내다 「심통성정도」에 대한 고봉의 논의 에 답하는 편지를 보내다	
	12월	조카를 시켜 유서를 쓰다 종명하다	퇴계의 부음을 듣고 신위를 설치하 고 통곡하다

퇴계 이황, 고봉 기대승에 대한 짧은 소개

퇴계 이황退溪 李滉(1501~1570)은 조선 성리학이 배출한 최대의 슈퍼스타이다. 조선 성리학은 이황을 기준으로 전기와 후기로 나뉜다. 성리학을 국가 이념으로 삼고 출발한 조선이었지만, 이황에 이르기까지 그 이념은 토착화되지 못했다. 입으로는 성학聖學으로 이상 사회를 달성하자고 외쳤지만, 정치는 권력자들의 현실주의적 마키아벨리즘에 농락당했고, 사람들의 정신 세계는 여전히 불교와 무교가 지배하고 있었다.

조광조를 중심으로 하는 사림士林들의 개혁 정치는 이러한 이념과 현실의 배반을 극복하기 위한 시도였다. 그러나 이황의 나이 19세(1519년)에 발생한 기묘사화로 조광조 일파가 완전히 제거되면서, 유교 이상주의는 참담한 패배를 겪게 되었다. 당시의 성리주의자들에게는 선택의 여유가 없었다. 폭압적 현실을 받아들이거나, 아니면 이론을 더욱 세밀하고 굳건하게 하는 길뿐이었다. 이황은 바로 이런 상황에서 조선 성리학의 영웅으로 나타났던 것이다.

그는 거의 독학으로 성리학을 공부했지만 당대 제일의 성리학자로 인정받았다. 사실 이것은 기적 같은 일로, 비유하자면 동네 권투 선수가 세계 챔피언이 된 것이나 진배없었다. 그러나 여기에는 그만의 비법이 있었다고 하겠다. 배움에 임하는 그의 끝없이 열린 자세가 바로 그것이다. 그는 손자 제자 뻘에 해당하는 고봉이나 율곡으로부터도 배우는 것을 부끄러워하기는커녕 학우學友라고 부르며, 그들과 도학을 논하는 것을 기뻐했다. 그는 세 살배기에게 배우면서 희열을 느낄 줄 아는 참된 유자儒者였던 것이다.

이황의 목표는 단순하면서도 절실한 것이었다. 그는 주자학을 근본으로 삼아 모든 이단의 학설을 혁파하는 한편, 성리학의 보편적 진리성을 객관적으로 증명하는 것이었다. 불교와 도교, 양명학을 배척하는 것은 물론 서경덕, 나흠순, 오징 등 유교 안의 이단자들도 가려내어, 유학 세계에 유일하면서도 통일된 진리를 확

립하고자 했다. 그러기 위해서는 한치의 착오도 없는 이론화 작업이 필요했고, 동시에 그것을 몸으로 실천해 보이는 노력도 필수적이었다. 그는 사단칠정 논쟁 등을 통해 이론가로서 뛰어난 지성을 보여 주었다. 그러나 그의 위대성은 이론상의 격물格物에 그치지 않고, 치지致知에 도달하려는 치열한 자세에 있다고 할 수 있다.

그를 당대는 물론이고 후대에 이르기까지, 또 조선에 머물지 않고 동양 유교 문화권의 영웅으로 만든 것은 바로 그 점이다. 중국 근대 사상가인 양계초는 그를 공자孔夫子와 같은 칭호인 이부자李夫子라고 하여, 성인의 반열에 올림으로써 더할 나위 없는 극진함을 표시했다. 또 퇴계의 영향으로 일본 근세 유학을 연 야마자키山崎暗齋는 퇴계가 '주자의 직제자直弟子'나 다름없으며 '조선의 제일'이라고 추앙했다.

고봉 기대승高峯 奇大升(1527~1572)은 1527년(중종 22년) 전라남도 광주에서 태어났다. 그는 성리학의 세계에서 태어나, 성리학의 이상을 실현하려 발버둥치다가, 46세의 이른 나이에 성리학적인 죽음을 맞았다. 그는 고부에서 객사하게 되었을 때도 병이 들어 공부를 계속하지 못하는 것을 한탄했다.

그의 이러한 성향은 그의 집안 내력이기도 했다. 그의 집안은 대대로 사림의 절개를 지켜왔다. 고조인 건虔은 대사헌을 역임했으나 단종이 폐위되자 관직을 버리고 두문불출한 절의파였다. 그는 세조가 다섯 번 찾았으나 끝내 절개를 버리지 않았다. 또 숙부인 준遵은 기묘사화 때 조광조와 함께 죽임을 당한 사림파의 거두였다. 그의 부친 진進은 아우가 죽자, 집을 광주로 옮기고 벼슬도 사양한 채 오직 학문에만 힘썼다. 기대승은 어려서부터 학문에 몰두하여 약관의 나이에 이미 성리학에 일가를 이루었다는 평가를 받았다. 일찍부터 권신들의 전횡에 철저히 항거하는 한편 이상에 충실하려는 사림의 태도를 분명히 했다.

기대승은 서른 두 살(1558년) 때, 식년 문과에 을과로 급제하여 벼슬에 올랐다. 승문원부정자를 시작으로 병조좌랑·이조정랑의 요직을 거쳤으며, 성균관대사성·대사간·병조참의에 이르렀다. 그러나 그의 관직 생활은 파란의 연속이었다. 신진 사류의 영수로 지목되어 훈구파에게 쫓겨나기도 하고, 영의정 이준경과의 충돌 때문에 해직당하기도 했다. 이는 그의 강직한 성품과 불의와 타협하지 않으려는 선비 정신의 결과였다.

그는 임금 앞에서도 당당했다. 경연經筵 등을 통해 국가 기강 쇄신과 민생 보호를 역설했으며 간신들의 횡포를 비판했다. 왕도 정치의 확립을 도모하는 선봉장으로 언로를 넓게 열 것과 인심에 따를 것을 직언했다. 특히 국가 기강을 바로잡기 위해 조광조趙光祖, 이언적李彦迪 등 사화로 희생된 선비들을 복권시킬 것과 남곤南袞 윤원형尹元衡처럼 선비를 탄압한 자들의 죄를 밝힐 것을 역설했다.

그는 예禮란 천명에서 나오는 것이므로, 올바른 예법이라야 백성을 통솔할 수 있다고 강조했다. 백성을 국가의 근본으로 삼아 세금을 가볍고 균평하게 하며 민생을 넉넉히 함으로써 나라도 안정될 수 있다고 했다. 구체적으로 백성의 고통이 되는 폐단을 제거하고 민생을 보호하는 보민保民 정치를 제시했다.

퇴계는 마지막으로 물러나는 자리에서 선조에게 고봉을 학문하는 선비로 중하게 쓰도록 천거했다. 그러나 고봉의 기개는 너무나 강경하고 주장은 예리했다. 당시 복잡하게 얽힌 정치 상황 속에서 그는 실권을 잡은 대신들과 대립하는 일이 빈번했다. 결국 그의 정치적 개혁의 꿈은 이뤄지지 못하고 말았다. 그러나 그가 세상을 떠나자 선조는 곧바로 그의 경연 강의를 수집하게 하여 「논사록論思錄」으로 묶어 정치에 참작케 하였으니, 그가 경연에서 제시한 정치의 도리가 선조에게 깊은 감명을 주었음을 알 수 있다.